공간의 기호학

이어령 전집

16

공간의 기호학

아카데믹 컬렉션 4
문학평론_언어과학적 방법론의 명저

이어령 지음

21세기북스

상상력과 흥의 근원에 관한 깊은 탐구

박보균 | 문화체육관광부 장관

이어령 초대 문화부 장관이 작고하신 지 1년이 지났습니다. 그러나 그의 언어는 여전히 우리 곁에 남아 새로운 것을 볼 수 있는 창조적 통찰과 지혜를 주고 있습니다. 이 스물네 권의 전집은 그가 평생을 걸쳐 집대성한 언어의 힘을 보여줍니다. 특히 '한국문화론' 컬렉션에는 지금 전 세계가 갈채를 보내는 K컬처의 바탕인 한국인의 핏속에 흐르는 상상력과 흥의 근원에 관한 깊은 탐구가 담겨 있습니다.

선생은 우리 시대를 대표하는 지성이자 언어의 승부사셨습니다. 그는 "국가 간 경쟁에서 군사력, 정치력 그리고 문화력 중에서 언어의 힘, 언력言力이 중요한 시대"라며 문화의 힘, 언어의 힘을 강조했습니다. 제가 기자 시절 리더십의 언어를 주목하고 추적하는 데도 선생의 말씀이 주효하게 작용했습니다. 문체부 장관 지명을 받고 처음 떠올린 것도 이어령 선생의 말씀이었습니다. 그 개념을 발전시키고 제 방식의 언어로 다듬어 새 정부의 문화정책 방향을 '문화매력국가'로 설정했습니다. 문화의 힘은 경제력이나 군사력같이 상대방을 압도하고 누르는 것이 아닙니다. 문화는 스며들고 상대방의 마음을 잡고 훔치는 것입니다. 그래야 문화의 힘이 오래갑니다. 선생께서 말씀하신 "매력으로 스며들어야만 상대방의 마음을 잡을 수 있다"라는 말에서도 힌트를 얻었습니다. 그 가치를 윤석열 정부의 문화정책에 주입해 펼쳐나가고 있습니다.

선생께서는 뛰어난 문인이자 논객이었고, 교육자, 행정가였습니다. 선생은 인식과 사고思考의 기성질서를 대담한 파격으로 재구성했습니다. 그는 "현실에서 눈뜨고 꾸는 꿈은 오직 문학적 상상력, 미지를 향한 호기심"뿐이었다고 말했습니다. 그는 마지막까지 왕성한 호기심으로 지知를 탐구하고 실천하는 삶을 사셨으며 진정한 학문적 통섭을 이룬 지식인이었습니다. 인문학 전반을 아우르는 방대한 지적 스펙트럼과 탁월한 필력은 그가 남긴 160여 권의 저작물로 남아 있습니다. 이 전집은 비교적 초기작인 1960~1980년대 글들을 많이 품고 있습니다. 선생께서 젊은 시절 걸어오신 왕성한 탐구와 언어의 발자취를 따라가다 보면 지적 풍요와 함께 삶에 대한 진지한 고찰을 마주할 것입니다. 이 전집이 독자들, 특히 대한민국 젊은 세대에게 문화 전반을 아우르는 교과서이자 삶의 지표가 되어줄 것으로 확신합니다.

100년 한국을 깨운 '이어령학'의 대전大全

이근배 | 시인, 대한민국예술원 회원

여기 빛의 붓 한 자루의 대역사大役事가 있습니다. 저 나라 잃고 말과 글도 빼앗기던 항일기抗日期 한복판에서 하늘이 내린 붓을 쥐고 태어난 한국의 아들이 있습니다. 어려서부터 책 읽기와 글쓰기로 한국은 어떤 나라이며 한국인은 누구인가에 대한 깊고 먼 천착穿鑿을 하였습니다. 「우상의 파괴」로 한국 문단 미망迷妄의 껍데기를 깨고 『흙 속에 저 바람 속에』로 이어령의 붓 길은 옛날과 오늘, 동양과 서양을 넘나들며 한국을 넘어 인류를 향한 거침없는 지성의 새 문법을 만들기 시작했습니다.

서울올림픽의 마당을 가로지르던 굴렁쇠는 아직도 세계인의 눈 속에 분단 한국의 자유, 평화의 글자로 새겨지고 있으며 디지로그, 지성에서 영성으로, 생명 자본주의…… 등은 세계의 지성들에 앞장서 한국의 미래, 인류의 미래를 위한 문명의 먹거리를 경작해냈습니다.

빛의 붓 한 자루가 수확한 '이어령학'을 집대성한 이 대전大全은 오늘과 내일을 사는 모든 이들이 한번은 기어코 넘어야 할 높은 산이며 건너야 할 깊은 강입니다. 옷깃을 여미며 추천의 글을 올립니다.

시대의 언어를 창조한 위대한 상상력

'이어령 전집' 발간에 부쳐

권영민 | 문학평론가, 서울대학교 명예교수

이어령 선생은 언제나 시대를 앞서가는 예지의 힘을 모두에게 보여주었다. 선생은 한국전쟁이 끝난 뒤 불모의 문단에 서서 이념적 잣대에 휘둘리던 문학을 위해 저항의 정신을 내세웠다. 어떤 경우에라도 문학의 언어는 자유가 되어야 한다는 신념으로 문단의 고정된 가치와 우상을 파괴하는 일에도 주저함 없이 앞장섰다.

선생은 한국의 역사와 한국인의 삶의 현장을 섬세하게 살피고 그 속에서 슬기로움과 아름다움을 찾아내어 문화의 이름으로 그 가치를 빛내는 일을 선도했다. '디지로그'와 '생명자본주의' 같은 새로운 말을 만들어 다가오는 시대의 변화를 내다보는 통찰력을 보여준 것도 선생이었다. 선생은 문화의 개념과 가치의 중요성을 일깨우고 그 새로운 방향을 제시하면서 삶의 현실을 따스하게 보살펴야 하는 지성의 역할을 가르쳤다.

이어령 선생이 자랑해온 우리 언어와 창조의 힘, 우리 문화와 자유의 가치 그리고 우리 모두의 상생과 생명의 의미는 이제 한국문화사의 빛나는 기록이 되었다. 새롭게 엮어낸 '이어령 전집'은 시대의 언어를 창조한 위대한 상상력의 보고다.

일러두기

- '이어령 전집'은 문학사상사에서 2002년부터 2006년 사이에 출간한 '이어령 라이브러리' 시리즈를 정본으로 삼았다.
- 『시 다시 읽기』는 문학사상사에서 1995년에 출간한 단행본을 정본으로 삼았다.
- 『공간의 기호학』은 민음사에서 2000년에 출간한 단행본을 정본으로 삼았다.
- 『문화 코드』는 문학사상사에서 2006년에 출간한 단행본을 정본으로 삼았다.
- '이어령 라이브러리' 및 단행본에서 한자로 표기했던 것은 가능한 한 한글로 옮겨 적었다.
- '이어령 라이브러리'에서 오자로 표기했던 것은 바로잡았고, 옛 말투는 현대 문법에 맞지 않더라도 가능한 한 그대로 살렸다.
- 원어 병기는 첨자로 달았다.
- 인물의 영문 풀네임은 가독성을 위해 되도록 생략했고, 의미가 통하지 않을 경우 선별적으로 달았다.
- 인용문은 크기만 줄이고 서체는 그대로 두었다.
- 전집을 통틀어 괄호와 따옴표의 사용은 아래와 같다.
  『 』: 장편소설, 단행본, 단편소설이지만 같은 제목의 단편소설집이 출간된 경우
  「 」: 단편소설, 단행본에 포함된 장, 논문
  《 》: 신문, 잡지 등의 매체명
  〈 〉: 신문 기사, 잡지 기사, 영화, 연극, 그림, 음악, 기타 글, 작품 등
  ' ': 시리즈명, 강조
- 표제지 일러스트는 소설가 김승옥이 그린 이어령 캐리커처.

차례

프로이트는 『꿈의 해석』을 탈고하고서도 일부러 그 출판을 늦췄다. 1900년, 새로운 세기에 맞추기 위해서였다. 그는 무의식의 발견과 그 담론이 구 세기의 것이 아니라 새로운 세기에 속하는 것이라는 '자부심'을 지니고 있었던 까닭이다. 그에게 있어서 출판을 늦춘 것은 일부러 해가 지는 것을 기다렸다가 새로운 해오름을 맞는 일종의 계획된 잔치였다.

하지만 이 책이 글을 완성한 지 십 년 뒤에 그것도 새천년에 맞춰 출간된 것은 전혀 우연한 일이다. 굳이 따지고 들어가면 오히려 프로이트의 이유와는 정반대의 것일는지도 모른다.

첫째는 나의 게으름 때문이었고 둘째는 자부심이 아니라 미흡감 때문이었다. 좀 더 만족할 만한 책이 되기 위해서는 새로운 연구물과 자료들을 기다려야 하는 뜸 들이기가 필요했던 것이다. 그러나 가장 큰 이유는 '창작적인 글은 젊은 시절에, 연구논문은 말년에'라는 내 나름대로의 기준과 기획이 있었기 때문이다. 그러니까 이 한 권만이 아니라 그동안 써두었던 학술 서적이나 비평서들을 정리해서 출간하겠다는 계획을 이제서야 결정하게 되었다는 것이다.

일반적으로 한국의 문학 비평 연구의 풍토는 외재적 연구에 관한 것들이 많다. 작가의 전기나 역사적인 사회 상황 같은 것으로 예술 작품을 환원시키는 이른바 인과 비평들이다. 그만큼 사회가 어렵고 모든 가치가 정치적 패러다임에 의해서 결정되었기 때문일 것이다. 그러나 권투 선수가 링이라는 내재적 공간과 그 룰을 떠나서 평가될 때 그는 잔인한 폭력자와 구별되지 않으며 그 관객들 역시 그 공범자가 될 수밖에 없다. 문학의 경우에서도 문학의 언어나 그 담론의 내재적 평가에서 벗어나게 되면 사회학이나 정치적 담론의 한 '보기'로서 바뀌게 된다.

쉽게 말하자면 청마 유치환의 널리 알려진 「깃발」을 분석하려고 할 때, 백이면 백, 비평가들은 그 '기旗'의 의미를 전기적으로 풀이하려고 하거나 그렇지 않으면 그와 유사한 다른 깃발들—이를테면 태극기와 인공기, 스웨덴 병원선의 깃발 등—과 같이 시대에 얽힌 역사적인 의미로서 파악하려고 한다. 그래서 유치환의 깃발을 전기적 장소로 환원하여 그것이 꽂혀 있던 바닷가의 장소 찾기가 아니면 이념의 푯대로서의 깃발—나부끼는 깃발에서 찢기는 깃발로 이르는 과정을 추적하는 원표元標로서 등장하게 된다.

그러나 공간 기호론으로 청마의 깃발을 분석할 때에는 표층적인 깃발의 제재와는 다른 의미를 지니게 된다. 기는 공간적인 위상으로 볼 때 하늘과 땅의 중간 부분에 위치해 있는 사물이 된다. 그리고 그것은 상승과 하강의 두 모순 운동을 한다. 즉 땅에 있으면서도 하늘을 향해 솟아오른 인터미디에이트한 영역에 존재하는 사물이다. 그러므로 청마의 시를 공간 구조로 보면 깃발은 오히려 다른 외연적인 깃발들보다는 박쥐나, 어부의 집 장대에 매달려 있는 악구 같은 것들과 같은 것이 된다. 말하자면 어떤 사물이나 그 이미지가 하늘과 땅의 수직 구조에서 그 중간항 가운데 배치되어 있는 것이면 기와 동일한 의미를 갖게 된다. 그것이 바로 깃발의 시적 토포스topos이다.

청마의 시는 이같이 하늘과 땅 그리고 깃발 같은 중간항의 공간적 코드에 의해서 구축된 건축물이라고 할 수 있다. 하늘은 상上, 땅은 하下, 그리고 깃발이나 지붕의 처마 밑에서 날고 있는 박쥐는 중中으로서 삼분 구조三分 構造의 시적 세계가 구축되어 있다는 이야기이다. 지극히 간단하고 소박한 것 같으면서도 이 수직 삼분법으로 이루어진 공간 구성의 문법은 천·지·인의 삼재 사상으로 상징되는 코스몰로지 속에 몇천 년 동안 살아온 한국인에게 있어서는 매우 친숙하고 의미 깊은 것이다.

그러나 한편으로 청마의 시는 이 같은 수직 구조로만 이루어져 있는 것만이 아니다. 만주 벌판과 같은 대륙이나 혹은 울릉도같이 육지에서 멀리 떨어져 있는 섬과 바다의 수평적인 공간 역시 다양하게 펼쳐지고 있다. 깃발의 수직 공간과 대응하는 시들이다. 그리고 그것 역시 바깥과 안과 경계(중간항)의 삼분 구조로 분절되어 나타난다. 깃발이 위와 아래를 잇는 중간 공간 속에서(청마의 말을 빌리자면 空中) 나부끼고 있는 것이라면 청마의 윤선(배)은 안과 바깥을 매개하는 경계 공간—즉 수평 공간의 인터미디에이트한 대상물로서 움직인다. 이렇게 해서 상·중·하의 수직 공간과 바깥·경계·안의 수평 공간의 입체적 구조 속에서 청마의 시적 정념들은 서로 다른 이산적離散的인 의미 단위와 이미지를 생성해낸다. 동시에 그것들은 공간의 이동과 궤적을 따라서 다이내믹한 변화를 일으키게 된다. 상승과 하강, 외출과 돌아옴 같은 공간의 이동은 곧 시간의 움직임을 나타내는 것으로 연쇄적인 서사성을 부여한다. 그리고 변증법 같은 사고의 프로세스를 보여주기도 한다.

특히 20세기 후반에 들어서면서 구조주의의 영향도 있었겠지만 공간의 연구가 활발하게 이루어져 온 이유는 신체성이 강조되어 온 현상학의 영향 탓이기도 했다. 그리고 무엇보다도 중요한 것은 실체론에서 관계론으로 20세기의 담론이 바뀌어졌기 때문이다. 공간이야말로 실체가 아니라 관계를 나타내는 개념이다. 위, 아래, 안, 바깥의 공간 의식을 결정하는 것은 자신의 신체를 중심으로 해서 인식되고 분절되는 것으로 결코 객관적인 것이 아니다. 그래서 공간의 랑그는 언제나 개개인의 신체성의 파롤에 의해서 실현된다. 다른 문학 이론과 달리 공간론이 바로 실천 비평으로 적용될 수 있는 이유도 바로 그 점에 있다.

그런데도 공간론과 실천 비평 사이에는 지금까지 커다란 구령이 존재해 왔다. 가령 이봐노프와 토포로프의 「우주수」나 「좌와 우」의 연구 등은 분명 참신하고 정교한 이론들이지만 그것을 실제 문학 비평이나 다른 언어 공간에 직접 적용한다는 것은 거의 불가능한 일이다. 그리고 유리 로트만이 푸시킨의 시를, 바르트가 라신느의 희곡을, 그리고 바흐친이 라블레나 도스토옙스키의 소설을 공간 기호론적으로 접근 분석한 바 있지만 체계적인 것으로 구축해 주지는 못했다. 그것은 단편적인 작품의 한 부분을 공간론으로 예시하고 설명한 수준에 머물러 있는 것으로 이론적인 모델로서도 실천 비평으로서도 다 같이 미흡한 것이라 할 수 있다.

그러한 불만 속에서 시작된 이 공간 기호론은 애초부터 이론과 실천을 함께 하는 모델 작업이었다고 할 수 있다. 이론서로 보면 문학의 공간 기호론이 되고 실제 비평의 관점에서 보면 유치환의 작품론이 될 것이다. 수직 수평의 공간 분절을 시니피앙으로 보고 실제 사물이나 이미지를 그 시니피에의 관계로 파악하였을 때 그 이론 체계는 공간을 코드화하는 것이요, 실제 비평은 그 코드를 해독하는 것이 될 것이다. 코드 생성과 코드 해독의 양면을 다 같이 충족시키려는 욕심이 바로 이 책을 쓰게 된 동기이며 궁극적인 목표라고 할 수 있다.

　그러기 때문에 이 책에서 보여준 문학 공간론의 기본 틀은 시만이 아니라 소설 희곡 등 모든 문학 장르와 회화 건축 그리고 무용 같은 비언어적 예술에 이르기까지 광범위하게 적용될 수가 있을 것이다. 그래서 문학의 외재적 연구에 대해 불만을 가진 사람들, 그리고 이론 비평과 실제 비평의 괴리 속에서 고심하고 있는 사람들에게 이 한 권의 책이 목마름을 적셔주는 작은 표주박이 되어줄 것을 기원한다.

2000년 5월
이어령

I
공간 체계의 기본 요소

—「早春」의 분석

1 회화적 이미지 이론에 대한 비판

"시적 체험에 있어서 시각 이미지의 가치가 회화적인 데 있지 않다고 한다면, 즉 그 이미지가 그림으로서 판단되어서는 안 된다고 한다면, 대체 그 이미지는 어떻게 판단되어야만 할 것인가."[1]

이러한 질문이 던져진 지 벌써 반 세기가 넘었지만 우리는 아직도 그에 대해 만족할 만한 해답을 얻지 못하고 있다. 심한 경우에는 그러한 문제제기 이전의 상태에서 답보하고 있는 경우도 있다. 그 단적인 증거로, 가령 우리가 정철鄭澈의 다음과 같은 시조를 읽고 그에 대해서 어떠한 평을 내리게 될는지를 한번 상상해 보면 될 것이다.

---

[1] I. A. Richards(1955), Principles of Literary Criticism(London : Routledge & Kegan Paul Ltd), p.122.

믈아래 그림재 디니 ᄃ리우히 듕이 간다

뎌 듕아 게 잇거라 너 가ᄂ듸 무러 보쟈

막대로 흰 구름 ᄀᄅ치고 도라 아니 보고 가노매라.[2]

　대개의 경우 이 시조를 읽는 사람들은 누구나 다 동양의 산수
화(山水畵) 한 폭을 연상하게 될 것이고 그 시각 이미지로 판단하여
어느 국문학자가 말한 대로 "山中 風景이 宛然히 나타나 있다"[3]
고 평을 하게 될 것이다.

　작품을 읽을 때 떠오르게 되는 이 '心眼 속의 그림pictures in the
mind's eye'은 오랫동안 시적 언어의 역할을 해왔고 메시지 전달을
목적으로 하는 자연 언어와 구별되는 기준으로 중시되어 오기도
했다. 이른바 '회화적인 시ut pictura poesis'를 내세우는 시론들이
모두 그러했으며 그 회화적인 시각 이미지의 가치는 자연히 '생
생함vividness'이나 '완연함resemblance'과 같은 감각적 효과에 두게
되었다. 그러므로 수사학의 교과서로 정평 있는 퐁타니에르Pierre
Fontanier의 저서[4]에서도 "묘사란 사물을 눈에 보이게 드러내주는
것을 의미하는 것이며 그 사물의 가장 핵심적인 특징을 주변 사

---

2)　鄭澈(1966),『松江歌辭』(星州本),『時調文學事典』, 정병욱 편저(신구문화사).

3)　박성의(1978),『松江, 蘆溪, 孤山의 詩歌文學』(예그린출판사) 참조.

4)　J. A. Kestner(1978), *The Spatiality of the Novel*(Detroit : Wayne State Univ. Press), pp.23-24.

물의 세부detail를 통해 나타내주는 것이다. 말하자면, 활사법(活寫法, hypotypose)의 역할이 그것이다. 사물의 서술이 아주 활기에 차고 생동감을 띠게 되면 그것은 하나의 이미지, 하나의 그림tableau이 되는 것이다"라고 정의되어 있다.[5]

그러나 이미 앞에서 예를 든 질문의 경우처럼 시각 이미지가 회화적인 것으로 판단될 수 없다는 것은 아무리 정교한 묘사나 치밀한 시각적 이미지를 나타낸 글이라 해도 읽는 사람에 따라 마음속에 떠오르게 되는 그 그림이 제각기 다르다는 것 하나만 보아도 알 수 있다. 필자 자신이 위의 시조를 놓고 대학원생들에게 직접 그 반응을 조사해 본 일도 있지만, 시조를 읽히고 각자 마음에 떠오르는 장면을 그림으로 그려보라고 하거나, 혹은 글로 자세히 설명하라고 하면 그 세부에 있어 하나도 공통된 점이 없다는 사실을 발견하게 된다.

"50인의 독자는 하나의 공통적인 그림을 경험하고 있는 것이 아니라 50개의 제각기 다른 그림을 경험하고 있는 것이다. 그렇기 때문에 만약 시의 가치를 언어에 의해 환기되는 시각 이미지의 그림에 두고 추출해내는 것이 된다면 비평의 장래는 절망적이라고 할 수밖에 없다"[6]고 말한 I. A. 리차즈의 말을 부인할 길이

---

5) P. Fontanier(1977), *Les Figures du Discours*(Paris : Flammarion), p.420.
6) I. A. Richards(1955), 앞 글, p.123.

없게 된다.

그렇다면 시각 이미지를 어떻게 판단해야 될 것인가라는 물음에 답하기 위해서 I. A. 리차즈는 그것을 상상력의 개념으로 바꾸어 놓았다. 서로 대립, 조화되기 어려운 충동impulse을 포괄inclusion하는 힘과 그 '태도'에 의해서만 그 시각 이미지는 '시적 의미'를 갖게 된다는 주장이다. 결국 거기에서부터 미국 신비평가들이 등장하게 되고 그 하나의 예로서 워즈워스의 「웨스트민스터 다리 위에서 作詩함Composed upon Westminster Bridge」을 분석한 C. 브룩스와 같은 비평을 대하게 된 것이다.

그가 런던의 아침 경치를 그린 풍경 묘사에서 찾아내려 한 것은 결코 그림엽서 같은 런던 시가의 활사법活寫法이 아니라 서로 모순하고 상충하는 도시의 인공성과 아침의 자연성이 어떠한 시의 효과를 자아내고 있는가 하는 패러독스의 상황이었다.[7] '생생함' '완연함'이라는 말은 '엠비규이티ambiguity',[8] '아이러니irony', '위트wit' 등의 용어로 바뀌었고 리얼real, 미메시스mimesis라는 말 대신에 '애티튜드attitude'나 '텐션tension'[9]이라는 말이 등장하게 되었다. 그러나 실상 앞에서 예를 든 정철의 시조를 패러독스, 아

---

7) C. Brooks(1947), *The Well Wrought Urn*(Harcourt, Brace and Co.), pp.3-7.

8) W. Empson(1930), *Seven Types of Ambiguity*(Chatto & Windus, 1947) 참조.

9) A. Tate(1948), *On the Limits of Poetry*(N. Y.) 참조.

이러니의 태도로서 분석하려 들면 '心眼 속의 그림'을 가지고 판단하는 것 이상으로 많은 문제점을 드러내게 된다는 것을 발견하게 될 것이다. 적어도 이 시조에서 신비평가들이 주장하고 있는 것 같은 아이러니의 구조나 패러독스의 상황 같은 것은 찾아볼 길이 없기 때문이다. 더구나 장미꽃 향기와 타이프라이터 소리가 한데 어우러져 있는 이성과 감성의 통합적 상상력 같은 것도 논의될 수 없다. 그럼에도 불구하고, 정철의 시조가 우리에게 여전히 시적 감흥을 주고 있는 하나의 고전으로 살아남아 있는 것을 보면 거기에는 패러독스, 아이러니만으로는 판단하기 어려운 어떤 이미지가 있음이 분명하다.

그렇다면 우리는 I. A. 리차즈의 질문 자체를 바꾸어볼 필요성을 느끼게 된다. 즉 언어 텍스트의 시각적인 이미지(묘사)에는 과연 공통으로 체험될 수 있는 그림의 요소가 존재하지 않는 것인가라는 반대질문이다. 그리고 우리는 적어도 그러한 질문에 대해서 그것이 시이든 소설이든 묘사적인 언어 속에는 예외없이 공통적으로 지니고 있는 지형적topography 일체감이 있다고 답변할 수가 있다. 즉 그것은 공간에 대한 지각이요 체험인 것이다.

어떤 묘사든 그것을 읽는 사람에게는 동일한 공간적인 의미를 불러일으키는 체계가 있다는 사실이다. 위에서 예를 든 정철의 시조를 읽히고 마음속에 떠오르는 것을 그림이나 간단한 글로 적게 하면 계절, 시간, 사람의 형상 그리고 주위의 광경은 모두 다르게 나타나겠지만 그것들이 놓여져 있는 공간적 관계는 모두가 동일하다는 사실을 알 수 있게 될 것이다. 즉 공간은 수직축과 수평축으로 분할되어 있고, 그것은 '상·중·하' '좌·중·우'와 같이 이항 대립 체계에 의해 구축된 대극(對極) 공간l'espace polarisé[10]으로 나타나게 된다. 그리고 묘사된 사물들은 그 분절된 공간에 따라 배치된다. 아무리 그림이 서툴고 상상력이 빈약한 사람이라도 전체 공간을 분절하는, 말하자면 공간의 이산적離散的 단위unités discrètes를 식별하는 반응은 모두가 같다. 의식적이건 무의식적이건 그것은 정철 자신이 연속적이고 등질적인 공간을 하나의 기호 체계로서 코드화하고 시조 전체의 공간을 구조화하고 있다는 증거이기도 하다.

초장의 '믈아래 그림재 디니'는 수직 체계로 하방적(下方的) 공간을 표시하고 있는 것이며 바로 다음 구의 '드리 우희 듕이 간다'에서는 '아래'란 말이 '위'라는 말로 바뀌면서 화자의 시선이 상방향(上方向)으로 움직이고 있음을 나타낸 것이다. 그리하여 다리와 중은 물과 그림자와 대비되는 수직축의 중간 영역의 공간에 자리하게 된다.

그러나 한편 다리는 물 아래서 보면 수직적 높이를 가지고 있으나 길의 방향성으로 보면 이곳과 저곳의 두 장소를 연결하는

---

10) G. Bachelard(1958), *La Poétique de L'espace* 참조.

수평적인 경계 영역이 된다. 또 중장의 "뎌 듕아 게 잇거라 너 가
ᄂᆞᄃᆡ 무러 보쟈"가 그것이다. 물 아래에서 다리 위를 치켜보던
화자의 수직적인 시선은 걷고 있는 중을 따라 이번에는 수평적인
시선으로 이동을 하고 있는 것이다. "너 가ᄂᆞᄃᆡ 무러 보쟈"라는
것은 두말할 것 없이 그의 목적 지점을 묻고 있는 것이지만 이미
그 물음 속에는 그가 떠나온 곳(출발점)/현재 걷고 있는 곳(다리)/가
는 곳(목적지)으로 삼분(三分)되어 있는 공간적 단위가 함축되어 있
다. 그것을 다른 말로 바꾸면, 수평적인 공간의 분절을 나타내는
'내/경계/외'의 세 단위와 수직의 '상/중/하'가 대응한다.[11]

종장의 '막대로 흰 구름 ᄀᆞᄅ치고'에서 다시 화자의 시선과 대
상의 동작은 수평에서 수직으로 바뀐다. 그래서 상방上方의 최고
영역인 하늘과 구름의 공간이 나타난다. 다리가 수평적 공간의
매개항mediation이라면 수직적 매개항을 이루고 있는 것은 다름
아닌 이 막대이다.[12] 중이 치켜올려 흰 구름을 가리키고 있는 막
대는 땅과 하늘을 이어주고 있는 수직의 다리인 셈이다. 그래서
하늘을 흐르는 흰 구름은 물 아래의 그림자와 은연중에 이항 대

11) C. Norberg-Schulz(1977), *Existence, Space & Architecture*(Praeger Publishers), p.21
: *Communications*(Sémiotique de l'espace) 27(Seuil, 1977) : P. Boudon, "Recherches, Semi-
otiques sur lieu," *Semiotica* 17: (1976)1, pp.35-67.
12) G. Durand(1969), *Les Structure Anthropologiques de L'imaginaire*(Bordas), p.156
참조.

립 구조를 갖게 되고 그 색채마저도 '黑(그림자), 白(흰 구름)'의 대조를 나타낸다. 이렇게 하여 물·다리·하늘로 삼분절된 이산적 공간이 수직적 계층을 형성하고 거기에 각각 그림자·중·구름의 세 대상이 위치하게 된다.

그리고 이러한 수직 공간은 마지막 구의 '도라 아니 보고 가노매라'에서 다시 수평적인 공간과 그 운동으로 이어진다. 즉 중의 수직적인 운동과(막대로 가리키다) 수평적인 운동(도라 아니 보고 가노매라)으로 상(上)의 높은 곳과 외부 공간의 먼 곳이 한데 이어지고 있는 것이다. '가리키다', '돌아보지 않고 가다'라는 말은 모두가 현재의 공간과 구분되는 저 너머의 새로운 공간으로 향하는 행위와 그 의지를 나타내는 말이 된다. 현존하는 공간은 다리 위이다. 수평, 수직이 다 같이 교차되는 공간으로서 그것은 부재하는 과거의 공간과 앞으로 다가올 미래의 공간 사이에 끼어 있는 현존 공간이다. 즉 과거·현재·미래의 시간이 공간화되어 있다. 동시에 이 텍스트의 공간은 중을 보고 또 묻는 화자의 시점공간과 다리 위를 걸어가는 동작주(動作主)의 공간으로 분할된다.

이렇게 이 시조는 사물, 인간, 그리고 시간 등이 모두 공간의 분할 체계에 따라 배치되어 있으며, 그 때문에 누가 그림을 그려도 그 실체는 모두 다 다르게 나타나지만, 실체와 실체의 그 공간

적 대립 관계만은 불변적인 것으로 재현된다.[13]

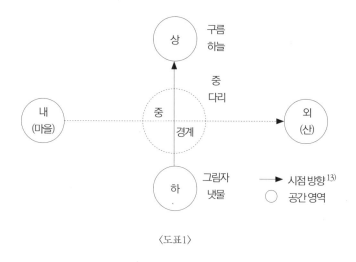

〈도표1〉

  그러므로 이 시조와 그것을 그린 그림은 실체의 회화적 이미지
가 아니라 그 실체의 공간적 대립의 차이를 보여주고 있다는 데
일치점을 갖고 있다는 사실을 알게 된다.

13) 단, 중의 방향이 좌에서 우로 향하는 것과 우에서 좌로 가는 것이 서로 뒤바뀌는 경
우가 있다. 어느 쪽을 출발점(內)으로 설정하느냐는 자의적이다. 중요한 것은 좌든 우든 공
간을 수평적인 것으로 양극화하여 그 변별적 특징을 부여하는 체계이다. 좌우의 변별성은
언어로 된 공간 구조와 이차원의 평면도상에 그려진 공간 구조의 의미 작용에서 서로 다
른 의미 체계를 갖는다.

(A) 수직축의 삼원 구조

　　상-하늘 : 흰 구름

　　중-다리 : 중(막대)

　　하-물 아래 : 그림자

(B) 수평축의 삼원 구조

　　내-출발점, 마을 : 속(俗) : 과거

　　경계-지금 있는 곳, 다리 : 성속聖俗의 경계 : 현재

　　외-목표점, 높고 먼 곳(山) : 성聖 : 미래

(C) 화자의 공간과 시점 방향

　　하에서 상으로의 수직적 이동…… ① 물 아래를 보다→② 다리 위를 보다→③ 하늘을 보다

　　내에서 외로의 수평적 이동…… ① 중을 보다→② 묻다(중의 수평적 이동을 멈추려고 함)→③ 중이 걸어가는 방향을 보다

　현시적顯示的이든 잠재적이든 우리는 이 시조를 읽을 때 이상과 같은 수직 수평의 여섯 영역으로 공간을 분할하여 인식하게 되고 각기 그 장소나 공간에서 어떤 관념, 정서 그리고 암시적인 의미의 지향성을 체험하게 된다. 마치 중이 묻는 말에 말을 하지 않고 막대로 하늘을 가리킨 것처럼 여기의 언어들은 일차적인 자연 언어와는 다른 공간적인 이차적 언어의 체계를 통해 하나의 세계상(의미)을 구축하고 있는 것이라고 할 수 있다. 이 시조는 어떤 비유

나 우의적인 구조를 갖지 않고 있다. 단순한 서경성을 나타내고 있는 것 같다. 그러면서도 우리는 다리 위에 있는 중이 물 아래 그림자와 하늘 위에 뜬 흰 구름의 관계에 의해서 비유 체계를 만들어낼 수 있다는 것을 배제할 수 없다.

그리고 동시에 우리는 물 아래에서 점차 위로 상승하여 흰 구름에까지 이르는 수직적 공간 운동이나 그와 대응하여 돌아다보지 않고 다리를 건너 묵묵히 걸어가는 중의 수평적 이동, 그리고 미지의 곳으로 뻗쳐 있는 길의 운동이 무엇을 지시하고 있는 것이 아니라 그 자체로서 이미 하나의 의미 작용signification을 지니고 있다는 사실을 알게 된다.

뿐만 아니라 '여기 지금hic et nunc'의 공간은 수직과 수평이 교차되는 다리로서 매개항mediation의 기능을 갖고 있다. 인간의 실체를 물 아래의 세계로 갖다 놓으면 그림자가 되고 상방으로 하늘을 상승시키면 구름과 같은 것이 된다. '하'에는 부정이, '상'에는 초월의 긍정적 의미가 내포되어 있다.[14] 마찬가지로 중이 돌아다보지 않고 간다는 것은 속세 인간의 영역에서 떠나는 것이 되고 되돌아다본다면 그것은 환속이 된다. 이 모든 생성과 변환의 장소가 다리의 매개적 공간에서 이루어지며 결단된다. 그것은

---

14) '상방'과 '하방'의 의미 작용을 체계화한 글로서는 Yu. Lotman(1973), *La Structure du Texte Artistique*(N.R.F.), pp.309-327(Le Problème du L'espace Artistique)이 있다.

'상'과 '하'의 수직적 공간과 '내'와 '외'의 수평적 공간의 이항 대립을 연결하고 있을 뿐만이 아니라 화자 공간과 대상 공간이 서로 만나는 구실도 하고 있다. 여기에서 공간은 양의적兩意的인 것이 되고 정태적인 닫혀진 구조에서 동적인 열려진 공간을 만들어낸다. 말하자면 신비평가들이 즐겨 쓰는 시적 양의성이나 긴장감까지 나타내게 된다.

우리는 이상의 사실에서 시각적 이미지를 다루는 태도에 있어서도 음성학적phonetic인 것과 음운론적phonemic인 두 방법의 차이 같은 것이 있다는 사실을 발견하게 된다. 옐름스레는 기호를 표현expression과 내용으로 나누고 다시 그것을 각각 실질substance과 형식forme으로 구분하였다.[15] 이러한 정식에 따르면 언어 기호에 있어서의 음성은 표현의 실질에 속하는 것이고 음운은 표현의 형식에 해당되는 것이라고 할 수 있다. 그러므로 자연히 기호 형식을 다루는 음운과 기호 실질을 대상으로 한 음성학은 그 방법이나 태도에 있어서도 달라질 수밖에 없다. 즉 그것은 구조론적인 것과 원자론적(原子論的)인 것의 대립이다. 파이크K. L. Pike는 간단히 두 술어의 어미를 따서 에믹emic과 에틱etic으로 그 특징을 구분했고 자신이 내세우고 있는 에믹 접근법emic approach을 에틱의

15) L. Hjelmslev, *Prolégomènes à Une Théorie du Langage*(Les Editions de Minuit, 1984), pp.65-79.

그것과 대비하여 이렇게 풀이했다. "에믹 접근법에 있어서 개별적 사상particular events은 언제나 전체의 한 부분으로 다루어져야만 한다. 이때의 전체란 그 부분들이 관계되어 있고 거기에서 그것들의 최종적인 의미를 부여받는 것을 의미한다." 그러므로 "에믹의 단위emic units는 진공 상태 내에 있는 절대적인 것이라고 하기보다는 오히려 한 체계 내에 존재하고 있는 점 같은 것이라고 할 수 있으며 그러한 점들은 그 체계와의 관련에서만 규정된다. 하나의 단위는 고립된 것이 아니라 문화 전체 속에서 전체적으로 기능하고 있는 구성 체계의 한 부분으로 연구되지 않으면 안 되는 것이다."[16]

I. A. 리차즈가 말하는 시각 이미지란 '에틱etic'적인 개념을 가지고 한 말임을 알 수 있다. 시각 이미지를 보면 그것은 하나의 실질을 나타낸 그림 같은 것이 되고 만다. 그러나 개개의 이미지가 서로 상대적인 차이를 나타내고 있는 기호 현상으로 보면 음운과 같은 기능을 갖게 된다. 그러므로 이미지를 놓고 그 선명성이나 완연성을 따지려는 것은 에틱 접근법이 되는 것이고 이미 정철의 분석에서 본 대로 이미지의 상호 연관성과 그 관계에서 비롯되는 공간 구조를 분석하는 것은 에믹 접근이라고 할 수 있다.

---

16)   K. L. Pike, *Language in Relation to a Unified Theory of the Structure of Human Behavior*(Glendale California, 1954), p.93.

이와 같은 에믹과 에틱 층위를 직접 시각적 이미지에 적용시킨 레비스트로스는 "뇌가 언어를 지각하는 것은 음(音)의 본성에 의한 것이 아니라 그 변별적 특징에 의한 것이다. 시각의 작용에 대한 최근의 연구도 그와 똑같다는 결론을 암시하고 있다. 눈은 단순히 외계를 사진처럼 찍는 것이 아니다. 오히려 그 형식적인 특징을 코드화하고 있는 것이다"라고 주장한다. 그러므로 이항 대립 구조의 이산적 에믹 층위discrete emic level of structural binary oppositions는 참된 것이 되고 에틱 층위etic level는 꾸며진 것artifact에 지나지 않는다는 것이다.[17]

에틱 층위에서 보던 시각 이미지를 에믹 층위에서 관찰한다는 것은 결국 자연적인 구체적 감각이나 그 심리를 공간이라는 하나의 체계로, 즉 기호 형식으로 바꾸어놓는 일이다. 그러므로 수직/수평을 기축(基軸)으로 상/하, 중심/주변, 내/외, 전/후, 좌/우 등 이항 대립의 이산적인 공간은 그 차이를 통해 하나의 기호 현상 semiosis을 자아내게 된다. 일차 언어는 이렇게 하여 이차 체계의 공간 언어로 바뀌게 된다. 이러한 코드 전환의 변환 구조는 공교롭게도 정철의 그 시조 속에 그대로 극명하게 나타나 있다.

말하자면, 중장과 종장은 화자와 중 사이의 문답 형식을 나타

---

17) C. Lévi-Strauss, "Structuralism an Ecology," *Social Science Information*(Barnard Alumnae, Spring, 1972), pp.7-32.

내고 있어 시조 자체 안에 시적 언술discourse의 중요한 언어 전달 문제를 담고 있다. 특히 중장의 "뎌 듕아 게 잇거라 너 가는듸 무러 보쟈"라는 화자의 질문에는 말의 전달 기능에 대한 화자 자신의 태도가 분명히 나타나 있다. 첫째, 언어의 전달 기능에는 그것이 발신자와 수신자 사이에서 이루어지는 것이므로 서로가 협력할 수 있는 공동의 자리(채널)가 있어야 한다는 생각이다. 그렇기 때문에 화자는 중을 향해 "게 잇거라"고 했다. 둘째, "무러 보쟈"라고 한 것은 말의 전달 기능은 발신·수신의 관계가 수시로 바뀔 수 있다는 생각을 나타낸 것이다(대화성). 셋째, 전달 작용에는 명제topic와 메시지의 지시적 기능이 있어야 한다는 것, 즉 '너 가는듸'라고 못박고 있는 것이 그것이다.

이상 세 가지 것들은 말의 전달 기능에 대한 일반적인 통념과 그 조건을 잘 반영시켜 주고 있는 것이라고 할 수 있다.

그런데 그에 대한 중의 응답은 "막대로 흰 구름 그르 치고 도라 아니 보고 가노매라"로 되어 있다. 두말할 것 없이 이러한 결과는 화자나 독자가 기대하고 있던 것과는 어긋나는 것으로 전달의 혼란과 차질을 일으킨다. 왜냐하면 그 같은 중의 대답은 앞에서 제시된 세 가지 말에 대한 전달 기능을 모두 무너뜨리고 있기 때문이다. 중은 "게 잇거라"라고 했는데 서지 않고 그대로 갔으며 "무러 보쟈"라고 했는데 말이 아니라 '막대로 그르 치고', 마지막으로 가장 중요한 메시지 부분인 '너 가는듸'라는 말에 대해서는

'흰 구름'을 제시하고 있다. 그 정보의 가치는 수평적 방향의 이동에 있는 것인데, 그에 대한 해답은 수직적 상승 방향을 나타내고 있어 동문서답 격이 된다.

그런데 문제는 이러한 전달의 단절층이 응답자의 불성실이나 과실에서 비롯된 것이 아니라는 데 있다. 오히려 상황은 그 반대인 것이다. 중은 언어의 기호를 비언어적인 기호로, 즉 '몸짓의 기호kinetic'로 전환시켰다. 중은 자연 언어를 다른 기호 체계로 바꾸지 않고서는 자기가 가고 있는 곳을 도저히 전달할 수 없다는 것을 알고 있었기 때문이다. 그렇지 않다면 남의 묻는 말에 돌아다보지도 않고 막대로 가리킨다는 것은 질문자를 모욕하는 행위가 될 것이다. 그렇게 해석한다면 이 시조는 작품으로서 아무런 의미도 가질 수 없게 된다. 즉 자연 언어를 이차적인 언어로 코드 전환을 한 행위 자체가 이미 해답을 전달하는 방식이다. 이미 여기의 문답 내용은 지시 작용이 아니라 의미 작용에, 말하자면 그들이 사용하고 있는 기호 자체의 차이 속에 있는 것이라 할 수 있다.

한마디로 그 차이는 '말하다'와 '가리키다'의 차이라고 할 수 있다. 중이 말로 하지 않고 막대로 가리켰다는 것은 몸짓 기호의 가장 기본이 되는 지표 기호indexical sign를 사용하였다는 뜻이다. 그리고 그 막대는 근본적으로 손가락이나 도로 표지의 화살표와 같은 지표 기호로서의 의미 성분을 지니고 있는 것이다. 움베르토 에코Umberto Eco는 무엇을 가리킬 때의 손가락pointing finger이 지니게 되는 의미 성분을 두 개의 차원 표지(次元標識)와 두 개의 몸짓 표지로 되어 있는 통사(統辭) 특징으로 분석하고 있다.[18] 그는 그것을 이렇게 도시圖示하고 있다.

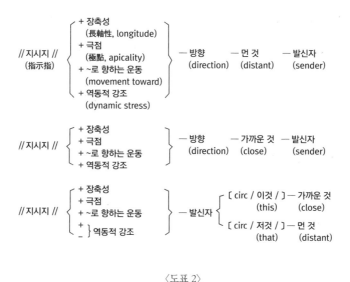

〈도표 2〉

중이 가리킨 막대를 손가락의 경우와 비교해 보면 우선 장축성

18) U. Eco(1979), *A Theory of Semiotics*(London, Bloomington : Indiana Univ. Press), p.120, Table 23.

(長軸性, longitude)이 같다. 무엇을 가리키는 기호는 폭이나 두께보다 길이가 길어야 한다는 장축성을 가져야 하는데 막대는 그것이 손가락이나 도로 표지의 화살보다도 월등 그 특징이 뛰어나다. 그리고 이 경우의 막대는 지팡이일 테니까 손으로 잡는 쪽보다 그 끝이 가늘 것이므로 손가락과 마찬가지로 '뿌리root'에서 시작하여 '끝apex'에서 끝나는 '극점apicality'의 요소도 완벽하게 갖추고 있다. 그리고 '~로 향하는 운동movement toward' 역시 이의가 없을 것이다. 지팡이나 막대를 들어 보이면 사람들이 그 방향으로 시선을 돌리게 마련이라는 것을 생각해 보면 된다. 문제는 마지막으로 제시되어 있는 '역동적 강조dynamic stress'이다. 여기에서 같은 '지시지(指示指, pointing finger)'라도 의미 성분이 달라지는데, 첫째는 손가락만이 아니라 팔이나 어깨를 들어 보여 역동적 강조의 요소를 나타내게 되면 그것은 보다 먼 것을 가리키는 '원격'의 뜻을 지니게 된다. 그리고 그 반대의 경우에는 근접을 뜻하게 된다. 그것은 마치 언어에 있어서의 '여기'란 말이 근접을, '저기'란 말이 원격을 뜻하는 전이사가 되는 것과 같다. 결국 손가락과 막대의 차이는 역동적 강조에 그 변별 특징이 있는 것으로 중의 지팡이는 아주 먼 원방성(遠方性)을 나타내는 의미 작용을 한다. 특히 이 경우에는 막대로 흰 구름을 가리키고 있는 것으로 그 극점이 먼 하늘에까지 뻗쳐 있어 역동적 강조란 면에서는 무엇보다도 강렬한 표현력을 발휘할 수 있다.

그러나 이런 몸짓 기호와 언어 기호와의 차이는 그렇게 큰 것이 아니다. 오히려 그것은 서로 보완 관계를 갖고 있어서 한쪽 기호만으로 그 뜻이 애매해질 때에는 다른 기호로 보완하는 것이 이 지표 기호의 특성으로 되어 있다.

세 번째의 역동적 강조가 그것이다. 여기, 저기, 이것, 저것 같은 전이사는 손가락으로 가리키지 않는 한 확실히 그 거리의 차이를 알 수 없고 반대로 손가락으로 무엇을 가리킬 때에는 이, 저 등의 말을 통해서 더욱 그 거리를 분명히 하는 경우도 있다. 그렇다면 막대로 흰 구름을 가리키는 의미 작용은 언어의 지시적 의미와 별로 다를 바가 없는 것이 된다. '멀다', '깊다', '높다'의 의미소를 갖고 있는 먼 산속을 지시하고 있기 때문이다.

그런데 도표 3에서 보듯 지시지는 다른 상황$_{cir}$을 선택하여 그 거리를 멀게$_{(+)}$도 가까이$_{(-)}$도 나타낼 수가 있다. 이런 성분표를 확산하면 그가 놓이는 상황에 따라 외시적(外示的, denotation)인 의미만이 아니라 다른 공시적(共示的)인 의미도 나타낼 수 있음을 가정해 볼 수 있다.

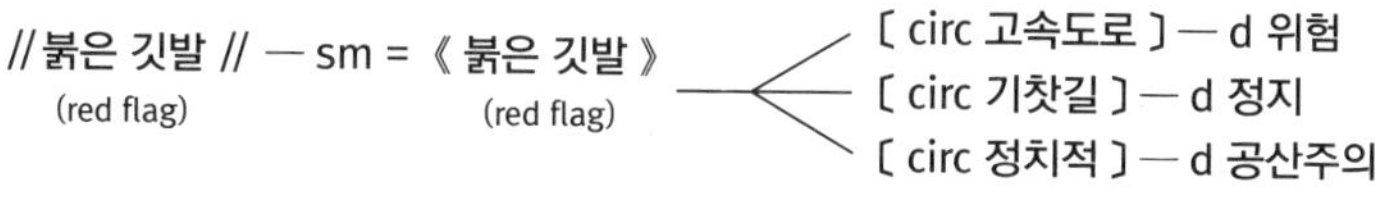

//붉은 깃발 // — sm = 《 붉은 깃발 》　　〔 circ 고속도로 〕— d 위험
(red flag)　　　　　　　　(red flag)　　 〔 circ 기찻길 〕— d 정지
　　　　　　　　　　　　　　　　　　　　　　〔 circ 정치적 〕— d 공산주의

〈도표 3〉

가령 비언어적인 기호의 예로서 붉은 기(旗)가 고속도로 변에 있으면 위험을 나타내는 것이 되고, 철길에 있으면 정지 신호가 되고 정치적 장소에 꽂혀 있으면 좌파의 이데올로기를 뜻하는 것이 된다.[19] 이 시조에서 막대와 얽혀 있는 상황이 있다면 그것은 몸짓의 기호, 즉 막대에 의미를 주는 상황은 멈추지 않고 걷고 있는 그의 행위이며 그 행위와 얽혀진 전체의 공간 구조가 될 것이다.

이미 분석한 공간 구조와 관련시키면 그가 막대로 가리킨 것은 자기 자신에게로, 물 아래 그림자와, 다리와 하늘의 흰 구름을 잇는 막대 전체로 되돌아온다. 그 수직의 세계, 그리고 뒤돌아보지 않고 가는 그 수평의 공간 체계를 가리키는 것이 된다. 막대가 가리키고 있는 것은 그 지팡이 자체이며 그 공간 자체이다. 즉 자기 지시self-reference인 것이다. 이것이야말로 야콥슨이 말하는 시적 전달 기능의 특색과 같은 것이다.[20]

손가락의 연장으로서의 막대(지팡이)가 공간의 구조로 전환된다. 손가락의 몸짓 기호 체계는 우주수宇宙樹와 같은 공간의 기호로 다시 전이된다. 그렇게 해서 시의 언어와 종교의 언어가 탄생된다.

---

19) 앞 글, p.114, Table 20.
20) R. Jakobson(1981), *Selected Writings Ⅲ, Poetry of Grammar and Grammar of Poetry*(Hague : Mouton Publishers) 참조.

그러므로 시인은 중의 경우처럼 자연 언어의 전달 작용을 이차 체계로 전이시키는 기호 과정procédé을 통해서 세계의 상world view을 형성하고 있다고 말할 수 있다. 그러므로 청마靑馬의 시를 직접 정철의 시조와 똑같은 공간 체계에 의해서 분석해 보면 과연 그 같은 변별 특징이 유효한가를 알아낼 수가 있을 것이다.

2 공간의 이산적離散的 단위들

a. 밤새 慈愛로운 봄비의 다스림에

b. 太初의 첫날처럼 반짝 깨여난 아침

c. 발돋음하고 빨래 너는 안해의 모습도 어여쁘고

d. 마을 위 古木가지에 깍깍이는 까치 소리도 기름져

e. 흠뻑 물오른 검은 가지, 엄지 같은 움

f. 하늘엔 滋養한 해빨이 우유처럼 자옥하다.

—「早春」[21]

이 시는 공간 분절이 그대로 시의 형태적 구분으로 나타난 것
으로 그 시적 언술을 분석하는 데 있어 매우 유효한 모형이라 할

---

21) 《朝光》(1938. 3)에 발표, 『青馬詩鈔』(青色紙社 刊, 1939) 수록.

수 있다. 각기 2행으로 된 1, 2, 3의 세 연이 상/중/하의 수직적 분절 단위와 일치하고 있기 때문이다. 즉, 제1연은 '하'를 나타내는 땅, 제3연은 그와 대극을 이루는 '상'의 하늘, 그리고 제2연은 그 양극 사이에 끼어 있는 중간항으로서의 '공중'이다.

시 전체의 구조와 관련시키지 않고 '1'을 에틱 층위에서 보면 '밤새', '太初', '첫날', '아침' 등은 그 어휘적 성분 요소로 보아 시간적 의미 단위를 나타내게 된다.

그러나 공간을 나타내고 있는 다른 부분들(2연, 3연), 말하자면 시 전체의 공간 코드를 통해서 보면 그 의미 단위는 시간축에서 공간축으로, 즉 공간화한 시간chronotopos으로 전환되고 그때까지 잠재되어 있었던 '下'의 장소, 즉 밤사이에 내린 봄비로 젖어 있는 뜰의 흙=지표(地表)의 공간적인 의미가 겉으로 드러난다. '밤새 자애로운 봄비의 다스림에'라고 한 것은 화자가 땅에 내린 촉촉한 비의 흔적을 바라보고 있을 때만이 비로소 가능해지는 언표 행위이기 때문이다. 이렇게 코드가 공간적으로 전환되면 '밤새', '봄비', '아침', 심지어 시간의 단위를 나타내고 있는 '태초', '첫날'이라는 말까지도 공간적인 의미 단위로 바뀌게 된다. 밤은 시간을 나타내는 것이지만 공간적인 변별 특징에서는 비와 마찬가지로 위에서 아래로 내려오는 하강적인 요소를 띠게 된다(밤의 장막이 내린다거나, 땅거미 진다는 말 등을 생각해 보면 될 것이다).

그리고 아침은 그와 반대로 아래에서 위로 올라가는 상승의 기점이 된다. 아침에는 저녁과 대극되는 위치, 태양이 솟아오르는 상승적인 지평으로서의 공간성이 있기 때문이다. 그러므로 에믹의 층위에서는 시간을 나타내는 어휘의 집합체인 1연은 공간의 단위로, 말하자면 하강의 극점(밤)에서 상승의 기점(아침)으로 전환되는 공간 역할을 한다. 그것이 '깨어나다'의 동사이다. '깨어나다', '눈뜨다'의 동사의 방향성을 함유하고 있는 것으로 '일어서다'의 전 단계의 공간성을 띠고 있는 말이다. 그러므로 '깨어난'은 단순히 '잠들다'와 대립되는 행위이지만 공간적인 이차 체계 안에서는 '하'에서 '상'으로 나가는 기점의 의미 작용으로 바뀌게 된다.

이렇게 1연은 상승의 출발점이 되는 하=지표의 수직적 분절을 나타내게 됨으로써 2, 3연과 구조적 관계를 맺게 된다. 따라서 '태초의 첫날처럼' 역시 창세기적 우주 공간의 출현을 표시하는 공간적 코드로 전환된다. 그리고 그것은 앞으로 2와 3연에서 출현하게 될 공간을 예시하는 징표가 된다.

> 발돋음하고 빨래 너는 안해의 모습도 어여쁘고
>
> 마을 위 古木가지에 깍깍이는 까치 소리도 기름져

2-c의 빨래 너는 아내의 모습을 에틱 층위에서 본다면 그것 역시 단순히 나물 캐는 아가씨의 표현과 다름없는 봄의 풍물지적(風

物誌的, éthopée) 의미 이상의 것이 될 수 없다. 아낙네들은 봄이 되면 겨우내 빨지 못했던 묵은 빨래를 한다. 여기의 빨래 너는 아내의 이미지가 봄의 분위기를 회화적인 효과로 나타내려 한 것이라면 이 장면을 냇물이 흐르는 시냇가의 빨래터로 옮겨놓아도 텍스트의 의미 구조는 달라질 것이 없다. 아마도 그 효과는 더욱 커질는지도 모른다. 그러나 이 시 전체의 공간적인 체계에서 볼 때에는 빨래를 빠는 것과 너는 것은 서로 대립된 관계를 갖게 된다. 몸을 쭈그리고 앉아서 빨래를 빠는 사람과 꼿꼿이 서서 빨래를 너는 사람의 자세는 공간의 변별 특징에 의해 대립적 의미를 갖게 된다. 하나는 수직적 공간을, 그리고 다른 것은 수평적 공간을 각기 드러낸다.

그래서 우리는 자세나 등뼈를 꼿꼿이 세우는 용기, 인력引力에 대항하여 살아가며, 수직으로 살아가는 용기[22]의 중대성을 알게 될 것이다. 똑바로 일어서는 것, 성장하는 것, 머리를 높이 쳐드는 것의 위상적(位相的, topological) 의미를 평가하게 될 것이다. 그리고 동시에 빨래는 허공에 걸려 바람에 나부낄 때 비로소 청마의 대표시인 「旗빨」과 상동성을 지닌 초월적 의지의 공간을 보여준다.

빨래가 땅('하')과 하늘('상') 사이에 있는 공중('중')—청마 자신의

---

22) G. Bachelard(1943), *L'Air et le Songe*(Librairie José Corti), p.24.

용어대로 하자면 '반공중'의 공간 기호라는 사실은 하늘에 걸려 있는 구름을 "봄바람 속에 天女들의 빨래줄 빨래들이 흩날리고 있고……"라고 한 「봄바람에 안긴 한반도」의 시를 참조해 봐도 알 수 있다.[23]

비에 젖은 뜰—'下'를 나타내고 있는 1의 '하방적' 공간은 이렇게 2-c의 빨래를 너는 아내의 출현으로 수직적인 높이를 갖게 되고 그 공간은 아내의 키만큼 높아지면서 상승 운동을 일으킨다. 무엇보다도 빨래를 너는 아내의 행위가 상승적 공간의 수직 구조와 관련되어 있다는 것은 '발돋움'이라는 말에서 분명히 드러난다. "발돋음하고 빨래 너는 아내의 모습도 어여쁘고'에서 발돋움과 아내의 아름다움은 불가분의 관계로서 구조적인 의미를 갖게 된다. 그 어여쁨은 바로 한 치라도 상승하려는 발돋움, 그 수직적인 상승 운동에서 비롯되는 것이기 때문이다. 만약 자연 언어의 지시적 의미로 읽게 된다면 여기의 발돋움은 아내의 키가 '작다' 또는 빨랫줄이 '높다' 등의 정보가 되고 만다.

그런데 2-c의 공간이 2-d에 이르면 그보다 좀 더 높아지게 된다는 것을 알 수 있다. 뜰 위의 아내와 빨랫줄은 고목나무 가지가 되고 빨래는 울고 있는 까치로 바뀐다. 췌언할 필요 없이 조류의 공간적 변별 특징은 땅 위에서 기어 다니는 짐승, 특히 파충류와

---

23) 『뜨거운 노래는 땅에 묻는다』, 13쪽.

대립적인 의미를 갖는다.[24] 즉 하늘과 땅의 수직성에 관여하고 있는 존재이다. 더구나 같은 새이지만 까치는 종달새나 소리개처럼 높이 나는 새가 아니라 낮은 나뭇가지에 잘 앉는 것으로 땅/하늘의 양극적인 공간을 매개하는 중간 영역을 나타낸다.

흠뻑 물오른 검은 가지, 엄지 같은 움
하늘엔 자양한 해뻗이 우유처럼 자옥하다.

2연의 두 행이 단계적인 상승을 나타내 주고 있는 중간적인 수직 공간이라면, 이것을 매개로 한 3연의 수직적 공간은 그 정상인 하늘이다. 뿐만 아니라 1연은 공간이 완전히 숨겨져 있던 무표적(unmarked) 공간이고 2연이 반쯤 드러나게 된 공간인 데 비해 (발돋움, 마을 위—등의 말로 암시되어 있는) 3연의 공간은 가장 명시적(explicite)인 공간으로 유표화(marked)되어 있다. 즉 수직적인 분절이 점차 세분화되고 그 상승적 단계에 따라 그 공간성도 점차 표층적으로 드러나 마지막 3연의 끝행에 이르면 하늘의 햇발 묘사로 완결된

---

24) 성서의 창세기에서는 '하늘=새', '땅=파충류', '물=물고기'로 각기 상·중·하의 수직적인 공간적 변별성을 나타낸다. 그것을 기호론적 관점에서 분석한 논문으로는 Matthieu Casalis, "The Dry and the Wet, A Semiological Analysis of Creation and Flood Myth," *Semiotica* 17 : 1(Mouton, 1976), pp.35-67 등이 있다.

다. 물론 3-e의 나무는 실제적인 높이보다도 우주수(宇宙樹)와 같은 것으로 땅과 하늘을 잇는 역할을 한다. '물오른'은 '발돋움'처럼 공간의 방향성을 암시하고 있는 것으로 상승적 체계의 관여성을 갖고 있다. 특히 '물오른'이란 말은 [물+오르다]로 수직으로 상승하고 있는 물이다. 위에서 아래로 흐르는, 내리는, 쏟아지는 폭포수 같은 물과 대립한다. '물오르다'의 일상적인 상투어가 공간의 변별성을 띨 때 묻혀 있던 그 의미가 생생하게 고개를 들고 전경화되는 것이다. '엄지 같은 움'의 직유어 역시 공간 기호 체계에서 보면 단순한 형태의 유사성이 아니라 직립성이라는 변별성을 표시하는 것이 된다. 다섯 손가락에서 '엄지'만이 수직을 나타냄으로써 공간적으로 유표화된다(첫째라는 뜻으로 엄지손가락을 세우는 동작 기호를 생각해 보면 알게 될 것이다).

빨랫줄과 빨래, 나뭇가지와 까치로 중간 단계를 나타낸 2연처럼 '상방'의 공간을 표시하고 있는 3연도 움트는 나뭇가지의 새싹과 하늘의 햇발로써 낮은 것과 보다 높은 두 단계로 구분되어 있다. 그러므로 이 시에는 여섯 행이 마치 여섯 칸의 계단처럼 '공간의 계제성(階梯性, échelle spatiale)'이 나타나 있다. 두 개씩 짝을 이루면서 세 개의 수직적·이산적 단위에 의해 점차 위로 올라가고 있는 것이다. 그러므로 「早春」의 수직적 공간 체계는 천·지·인 삼재(三才)와 같은 전통적인 우주론적 공간으로 구성되어 있음을 알 수 있다.

그러나 「早春」에는 수직적 공간만이 아니라 수평적 공간 구조도 동시에 잠재되어 있다. 수직 체계에서는 중립적이었던 시구들이 수평적 공간 체계에서 변별적 특징을 띠고 또 다른 의미 단위를 형성한다. 1연의 '밤새 봄비' 그리고 '깨어난 아침'과 같은 말들이 수평적인 공간 코드에서는 화자 공간을 암시하는 표지가 된다. 깨어난 아침이라는 말은 동시에 화자 자신의 깨어남이기도 하다. 눈을 부비고 일어나서 창문을 열었을 때 확인되는 광경이기 때문이다.

현재 이 화자가 방 안, 적어도 집 안에 있다는 것은 2-c의 뜰에서 빨래를 너는 아내의 묘사에서 더욱 분명해진다. 빨래를 빠는 아낙네라고 했다면 화자 공간은 집 바깥일 수도 있지만 '아내'란 말과 빨래를 '넌다'는 말이 있기 때문에 그것은 다 같이 내부 공간과 동시에 화자와의 관계를 지시해 준다.[25] 빨래를 넌다는 것이 수직 공간 체계에서 보면 아래에서 위로 향하는 상승을 나타내는 변별적 특징이 되는 것이지만, 수평적 코드에서는 안과 바깥의 경계 영역을 의미하는 요소가 된다. 뜰은 방 안에 있는 화자의 시점 공간에서 볼 때는 바깥이지만 마을 바깥에서 보면 거꾸로 집 안이라는 울타리 안이 된다. 2연이 수직 공간의 매개항의

---

[25] 호칭에 의한 화자의 시점은 Boris A. Uspensky(1973), *A Poetics of Composition*(Univ. of California Press), p.18 참조.

기능을 하고 있었던 것처럼 수평 공간에서도 그것은 아내 같은 작용을 하고 있다.

왜냐하면 2-d의 까치는 마을 위 고목 가지에 있기 때문이다. '마을 위'라는 시구는 수직적 코드에서는 단지 '위'라는 전치사만이 그 구조에 관여하고 '마을'이라는 말은 중립적(비관여적)인 것이 되고 말지만, 수평축에서는 거꾸로 '위'라는 말이 중립적인 것이 되고 '마을'이라는 말이 관여하여 집 바깥을 나타내게 된다. 그러므로 2연은 집 안의 뜰과 담 너머 바깥 고목 나무를 각기 나타내는 경계적인 장소가 된다. 이렇게 땅에서 하늘로 올라가는 수직 공간이 수평적 공간에서는 안에서 밖으로, 즉 방 안에서 뜰로, 뜰에서 마을로 나가고 확산되는 공간 운동을 한다.

그리고 '하'의 기점이 무표적 공간으로 잠재해 있다가 상승 단계에서 점차 분명하게 드러나 마지막 연에서 하늘이라는 유표적 공간이 되듯이 수평 구조에서도 겉에 드러나 있지 않던 내부 공간(방 안)이 밖으로 나감에 따라 점점 더 선명하게 유표화되는 것이다. 이 마을을 더 바깥으로 연장시켜 가면 집을 떠나가는 공간, 먼 대륙의 끝이거나 바다 너머의 돌아올 수 없는 외딴 섬 같은 것이 될 것이다.

상승 하강의 공간적 운동은 수평축에서는 나아가고 들어오는 운동이 된다.

그러므로 「早春」의 수평적인 체계는 다음과 같이 요약될 수 있다.

〈내〉공간	경계	〈외〉공간
(화자)	아내	까치 · 나무
방	뜰	마을

〈도표 4〉

「早春」의 수평적 공간 체계를 부동Boudon의 정식을 이용해서 표기해 보면 [[[방]뜰]마을]같이 된다.[26]

이 같은 공간 체계에 의한 이산적 텍스트는 그 밑바닥을 이루는 자연 언어의 각 층위와 유기적인 연관을 맺고 있다.

우선 음성적 층위phonetic level를 보면 '하방성'을 나타내고 있는 1연이 '밤새', '봄비', '반짝' 등 부드러우면서도 약간 어두운 느낌을 주는 /p/계열의 진음(唇音)으로 유음(類音, paranomesia) 현상을 이루고 있는 데 비하여 '상방성'을 나타내고 있는 3연은 '하늘', '자양한', '해빨'의 날카로우면서도 밝은 /h/계열의 후음喉音이 그와 대조를 보이고 있다. 그리고 그 하늘과 땅 사이에 자리하고 있는 2연은 매개항답게 그 첫 행 c는 '발돋음', '빨래', '어여쁘고' 등으

---

26) P. Boudon, "Recherches, Sémiotiques sur Lieu," *Semiotica* 17 : 1(1976), p.203. 부동의 원래 표기대로 하면 [마을[뜰[방]]]으로 해야 되겠지만, 이 책에서는 전체의 서술을 '내'에서 기술하고 있기 때문에 위치를 바꾸었다.

로 1연의 /p/음을 그대로 지속시키고 있으며, 그 둘째 행의 d는
'고목', '가지', '깍깍이는', '까치' 등 /k/계열의 개음蓋音을 반복
하여 다음에 올 3연의 첫 행 '검은', '가지', '엄지 같은'으로 연결
된다. 그리하여 음성적 층위에서도 2는 1과 3의 매개적인 특성을
보여주고 있다.

$$
\begin{array}{l}
1 \quad \left\{ \begin{array}{l} a \cdots\cdots\cdots /p/ \\ b \cdots\cdots\cdots /p/ \quad \cdots\cdots\cdots \end{array} \right. \\[2em]
2 \quad \left\{ \begin{array}{l} c \cdots\cdots\cdots /p/ \quad \cdots\cdots\cdots \\ d \cdots\cdots\cdots /k/ \quad \cdots\cdots\cdots \end{array} \right. \\[2em]
3 \quad \left\{ \begin{array}{l} e \cdots\cdots\cdots /k/ \quad \cdots\cdots\cdots \\ f \cdots\cdots\cdots /h/ \end{array} \right.
\end{array}
$$

〈도표 5〉

　통사적 층위syntactical level에서도 연마다 그 구문적構文的인 특성
은 확연히 구분된다. 1연의 경우 첫 행과 둘째 행은 연속적인 한
문장으로 되어 있으며 명사 종지형인 '……깨어난 아침'으로 끝
나고 있다. 여기에 비해 3연은 '……우유처럼 자욱하다'로 완전
히 서술문으로 완결되어 있다. 그러나 그 사이에 끼어 있는 중간
연인 2연은 음성적인 층위에서도 그러했듯이 문장 형태면에서
도 매개적인 특성을 지니고 있다. 즉 두 행이 문법적인 병렬성(並

列性, grammatical parallelism)으로 구성되어 있으면서, c는 '모습도 어여쁘고', d는 '소리도 기름져'로 다 같이 연결형 어미로 각기 끝나있다. 즉 내용상으로는 1과 3에 직접적인 연결성이 없으면서도 그것들을 이어주는 형태의 문장으로 되어 있다.

상/중/하의 삼원적 구조는 의미론적인 층위semantic level에서 볼 때 더욱 뚜렷해진다. 1연의 물질적 이미지는 봄비로서 액체, 즉 물이지만 그와 대극을 이루는 3연은 햇발로서 불(빛)의 이미지이다. 뿐만 아니라 바슐라르를 인용할 필요도 없이 엄지로 비유된 나무의 움은 불꽃과 동일한 이미지로 널리 알려져 있는 것이다.[27] 그러므로 1연과 3연은 가장 원초적인 물/불의 대립을 이루고 있다.

그러면서도 동시에 1연의 물(봄비) 속에는 그와는 반대 이미지인 빛을 함유하고 있다. 즉 1-b의 '반짝'은 불빛을 묘사하는 의태어이며 실제로 그것은 '아침', '햇살'을 수식하는 말로 쓰이고 있다.

그와 마찬가지로 3연 역시 해빨의 빛은 그 반대인 '물'의 이미지를 내포하고 있다. '우유처럼'이라는 비유가 해빨을 수식하고 있기 때문이다. 3-e의 나뭇가지의 움 역시 불의 이미지이지만

27) 공간 분절을 하나의 체계로서 다룬 것으로는 G. Bachelard(1961), *La Flamme d'une Chandelle*(Paris : Presses Universitaires de France) 참조.

'흠뻑 물오른'이라는 수식어에 의해 역시 물의 이미지를 갖게 된다. 이렇게 서로 상대방의 대립적 이미지를 잠재적으로 내포하고 있는 경상적鏡像的 대칭은 누차 강조한 바대로 그 사이에 끼어 있는 2연의 매개항에 의해 여실히 드러난다. 즉 빨래는 물로 빠는 것이기 때문에 그것은 자연히 물과의 상관성을 함유하고 있으나 동시에 그것을 널어 말린다는 면에서는 빛(불)과 연결되어 있다. 그러므로 '빨래를 넌다'는 말에는 물과 불의 양성구유(兩性具有)적 의미가 포함되어 있는 것이다. 까치 소리를 수식하는 '기름져'라는 말 역시 빨래처럼 물과 불의 두 속성을 동시에 융합시킨 이미지를 띠고 있다. 왜냐하면 기름은 불타는 액체이기 때문이다. 그것은 물과 같이 흐르고 번지는 액체이면서도 동시에 물과는 섞이지 않고 불타오르려는 반대 속성을 가지고 있는 물질이다. 즉 기름은 양의성을 지닌 물질로서 액체화한 불이며 동시에 불타오르는 물이라고 부를 수 있다. 뿐만 아니라 1연과 3연은 물질적인 이미지가 지배적인 데 비해 2연은 생물(인간과 까치)의 움직임으로 구성된 동적인 이미지이다. 그것은 문자 그대로 생성과 교환을 이루는 매개체이기도 한 것이다.

3 문학적 언술discourse의 변별적 특징

　이상의 사실을 종합해 보면 기호 표현signifiant과 기호 내용sig-nifié의 관계(sa≡sé)처럼 「早春」의 '공간 구조'와 이른 봄은 서로 양면적인 등가 관계로 맺어져 있다는 사실을 알게 된다. 말하자면 아래에서 위로 올라가는 수직적 상승과 안에서 밖으로 나가는 수평적 확산성擴散性이 기호 표현sa이 되고, 겨울에서 봄으로 바뀌어 가는 계절적 의미가 기호 내용sé이 되는 셈이다. 그러므로 「早春」은 하나의 사실적인 그림으로 봄을 묘사하고 있다고 말하기보다, 그것을 공간의 변별 특징에 의해서 구축하고 있다고 표현하는 쪽이 더 합당할 것이다.

　「早春」과 정철의 시조는 회화적인 소재(에틱의 층위)에 있어서 전연 다르지만 이산적 공간의 에믹 층위에서는 상동성을 갖고 있다. 그것들은 다 같이 상/중/하의 수직적 공간과 내/경계/외의 수평적 분할로 이루어져 있다. 그리고 그러한 공간은 아래에서 위로, 안에서 밖으로 나가는 운동과 시점 이동으로 그 연쇄성을 나타낸다.

정철은 그러한 공간 분절의 체계에 의해서 '성/속'과 같은 정신적 영역을 나타내주고 있고 청마는 겨울/봄의 계절적인 의미를 보여주고 있다. 공간의 변별적 단위는 이항 대립으로 되어 있으나 그 매개항에 의해 만들어진 공간의 의미 작용은 자연 언어의 지시적 의미보다 훨씬 복합적이고 다의적인 텍스트를 형성하고 있다. 상승의 끝과 수평의 경계 너머로 가는 중의 공간은 도저히 말로는 답변할 수 없는 것이다. 막대기로 가리키듯이, 공간으로 그냥 제시할 수밖에 없다.

상승하고 확산하는 봄의 공간 구조는 생동, 해방, 자유, 생명 등 온갖 지시적 의미를 다 합쳐놓아도, 기술 불가능하다. 오로지 그것은 반대 구조를 지니고 있는 다른 공간 텍스트에 의해서만 설명이 가능하다. '겨울→봄'과 반대인 '여름→가을'을 그린 청마의 또 다른 시 「秋寥」를 보면 그 공간 구조 역시 정반대로 되어 있다. 거기에서 우리는 공간 구조 자체가 바로 시적 의미와 주제라는, 그 가설의 유효성을 얻을 수 있다.

도회에 내린 가을이
소스라 선 고층 모슬이에 고은 파문을 그리고
소리없이 지는 가로수 잎새에도 진실이 기뜨려
천지의 寂寥함이

鋪道 위에 오가는 발자죽마다 어리었나니

붉은 석양이 비낀 하얀 돌벽에 기대여서면

아늑한 산맥이 눈섭 끝에 다다러

나는 마지 못할 한 마리 小魚러라

―「秋寥」

'내린'이라는 하강의 언술로 시작되는 이 텍스트는 그 공간 배치의 서열이 「早春」과는 반대로 '상'에서 '하'로 되어 있다. 「早春」은 낮은 곳에서 높은 곳으로 시점이 옮겨 가고 있는 반면에 이 텍스트는 고층 건물→가로수→낙엽→포도→발자죽의 순으로 점차 하강해 오다가 더 내려갈 곳이 없는 땅바닥에 이르면 석양이 비낀 돌벽에 기대어(「早春」은 시간 단위가 밤에서 아침으로 상승의 기점이 되어 있지만 이 텍스트의 석양은 하강의 기착점을 나타낸다) 몽상 속에서 하강을 시작한다. 저녁놀에 잠긴 아득한 산맥들이 물결의 이미지가 되고 도시 전체는 그 몽상 속에서 침몰한다. 그때 화자는 수중의 고요한 세계로 내려가 한 마리의 작은 물고기가 된다. 두말할 것 없이 물고기는 하늘을 향해 나는 조류와 대립적인 변별 특징을 갖고 있는 기호로서 땅보다도 더 '하방적'인 공간을 지시하는 의미 작용이다.

수평적인 구조도 「早春」('내'→'외')과는 달리 '외'→'내'로 되어 있다. 즉, 화자가 있는 공간(나)은 밖이다. 그것은 집 안의 뜰이 아니라 떠돌고 있는 도시의 포도이다. 물고기는 바깥이 아니라 밖에서 안으로 잠겨 있는 내밀 공간의 공간적 변별성을 지니고 있다. 이러한 공간적 대립은 음성적 층위에서도 똑같은 양상을 보여준다. 「早春」은 이미 언급한 대로 순음脣音이나 개음蓋音, 그리고 후음喉音으로(1, 2연의 '봄비', '밤새', '반짝'(/p/)), 2연의 '가지', '까치', '깍깍이는'(/k/), '해빨'(/h/) 등 유음類音 현상을 일으키고 있는 데비해서 「秋寥」는 주로 포근한 음이 아닌 치음齒音으로 되어 있다. /소스라 선/소리없이/가로수/잎새/진실/석양/눈섭/소어/ 등의 /s/음이 기저음을 이루고 있다.

그렇다고 봄은 언제나 상승적, 가을은 하강적으로 그 코드가 고정되어 나타나는 것으로 오해해서는 안 된다. 공간이야말로 시인이 자유로 그 코드를 바꾸고 또 새로운 체계를 만들어낼 수 있는 언어인 것이다. 시인에 따라, 또는 시인의 코드화encode에 따라 그 텍스트는 다향적polyphonic인 것이 되고 그 언술discourse은 역시 다양성을 띠게 되는 것이다.

그러나 이와 같은 공간 체계를 만들어내고 그 텍스트의 구조를 형성하는 것은 화자라는 시점 공간[28]이 있을 때 비로소 가능해진다. 상/하, 전/후, 내/외, 좌/우 같은 이항 대립은 자연의 실체 속에 있는 것이 아니라 공간을 구조화하는 말하는 주체의 위치를

---

28) R. Ingarden(1973), *The Literary Work of Art*(Northwestern Univ. Press, Evansten) 참조.

기준으로 해서 만들어지는 것이기 때문이다. 후설이 신체를 공간의 원점der nullpunkt[29]이라고 한 것이나 메를로 퐁티가 투묘점(投描點, points d'ancrag)[30]이라고 부른 것 등, 모두가 그러한 뜻을 담고 있는 것이다. 유클리드의 기하학적 공간과는 달리 문학 텍스트의 이차 체계 언어로 형성된 공간은 '나, 여기, 지금moi-ici-maintnant' 속에서 펼쳐지는 체험된 공간l'espace vécu을 토대로 하고 있기 때문이다.[31]

그러므로 공간 언어는 나, 너와 같은 대명사나 여기, 저기처럼 그 뜻이 말하는 사람의 위치에 의해 바뀌는 '자연 언어'에 있어서의 전이사shifter와 그 성질이 같은 것이라고 할 수 있다. 즉, 공간 기호는 '언표énonce'가 아니라 '언표 행위énonciation'로서의 공간이라고 할 수 있다. 문학 작품에서 시점이 중시되는 것은 그것이 곧 문학적 공간(기호)의 구조 그 자체를 만들어내고 있기 때문이다.[32]

「早春」의 경우 그 모든 봄 풍경은 방 안에 있는 숨겨진 화자의 위치에 의해서 그려지고 있다. 이미 살펴본 바와 같이 등질적이고 무한히 연속적인 자연 공간이 상/중/하, 내/경계/외로 나누어

---

[29] 앞 글, pp.222-229.
[30] Merleau-Ponty(1945), *Phénoménologie de la Perception*(Gallimard), p.289.
[31] A. A. Moles, Elizabeth, Rohmer(1972), *Psychologie de l'espace*(Casterman), p.8.
[32] 앞 글, p.8.

진 것은 바로 '방 안'에 있는 화자의 몸을 원점으로 해서 이루어진 것이다. 뿐만 아니라 '1-ab, 2-cd, 3-ef'의 순으로 연쇄되어 있는 시구들, 즉 시적 언술 역시 논리적 인과와 시간의 선후가 아니라, 화자의 시점에 의해 전개된 것이다. 공간을 '하' → '중' → '상'으로, 또는 '내' → '경계' → '외'로 묘사해 가는 계기적繼起的 서열 sequence은 바로 화자 시선의 이동에서 비롯되고 있다. 그러므로 그 텍스트와 하늘 위에서 땅으로 그 시선을 옮길 수도 있으며, 그렇게 될 경우에는 「早春」의 시 형태는 3→2→1로 바뀔 수도 있다.

그리고 만약 그 시점이 '방 안'에 고정되어 있지 않고 밖에 나와 동적인 것이 된다면 「早春」은 이상화의 「빼앗긴 들에도 봄은 오는가」와 유사한 구조가 되었을 것이다. 즉, 안에서 밖으로, 밖에서 안으로, 또는 아래에서 위로, 위에서 아래로 시점의 이동 역시 이항 대립 체계 속에서 그 변별 특징을 갖게 된다. 그것은 공간의 언술이라 할 수 있는 순회parcour[33)에 의해 실천된다.

---

33) Jean-Marie Floch(1981), "Sur L'usage du Terme de Parcours dans le Discours Sémiotoque," *Le Bulletin* 18, Juin, p.12 ; Alain Renier(1982), *Espace, Représentation et Sémiotique de L'architecture*(Villete) 재인용.

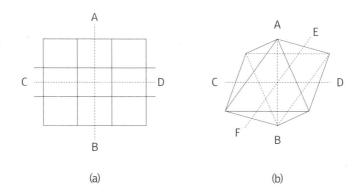

       (a)   (b)

〈도표 6〉

 이상에서 얻어진 여러 자료와 그 분석 결과를 정리하여 보면 구석기시대의 우주수宇宙樹 도상圖像을 연구한 토포로프Toporov의 결론과 공통된 공간의 기호 체계를 만들어낼 수가 있다. 토포로프는 '시적 상징의 기원'[34]에서 우주 공간을 형성하는 우주수宇宙樹의 조형 공간(기호로서의 의미가 부여된 공간)을 두 개의 도형으로 제시하고 모든 예술이나 신화에 있어서도 그 같은 도형에 따라 조직되어 있음을 밝혀주고 있다.

 그 도형은 7개의 기본적인 위치 ①상, ②중앙, ③하의 수직축과

---

34) V. N. Toporov(1976), "On the Origin of Certain Poetic Symbols," *The Paleolithic Period Soviet Studies in Literature*(IASP), XI 2-3, pp.113-154.

④북, ⑤동, ⑥남, ⑦서를 나타내는 4방위로 되어 있다(도형 b). 그리고 그것이 그림의 평면에 나타날 경우에는 수평축은 좌/중앙/우로 구별되어 우주수(중앙) 양쪽에 동물이나 인간이 배치된다(도형 a). 그리고 '상-긍정적', '하-부정적' 그리고 수평축에서는 '우-긍정적', '좌-부정적'의 가치 대립을 나타내게 된다.

이와 마찬가지로 문학 작품에 있어서 그 언어들이 형성해내고 있는 공간의 모델을 정리해 보면 토포로프의 도형 a와 똑같은 것이 된다. 단지 문학 작품에 있어서는 동서남북이나 좌우 그리고 전/후, 중심/주변 등은 의미 체계에 있어서 내/외로 묶어져 대립항을 이루게 되므로 수평축의 변별 특징이 달라진다는 것뿐이다.

상V+	+/-	+/○	+/+
중V₀	○/-	○/○	○/+
하V-	-/-	-/○	-/+
수직／수평	내H-	경계H₀	외H+

하=V-　　　내=H-
중=V₀　　　경계=H₀
상=V+　　　외=H+
V: Vertical　H: Horizontal

〈도표 7〉

-는 부정적인 것으로 +는 긍정가, 그리고 0는 둘의 혼합을 뜻하는 평가 기호이지만 단지 변별적 특징을 나타내는 대립 체계의

중간항의 표지로 쓰기로 한다.[35]

공간의 시점 이동 및 동태적인 연쇄 관계를 약호로 기술한 정식

수직 [V-/0/+] V-/0/+ ↑, V-/0/+ ↓
수평 [H-/0/+] H-/0/+ →, H-/0/+ ←

(수직 ↑ ↓, 수평 → ←)

여기에서 보이는 9개의 칸이 공간 기호 형식signifiant을 나타내는 것이라고 한다면 그 안에 기입되는 실질적인 장소와 대상물(관념도 포함)은 기호 의미signifié가 될 것이다. 그리고 그것들은 순회parcour에 의해 하나의 문장처럼 결합되면서 텍스트를 형성하게 된다.

〈정철의 시조〉

상 V+		(하늘)	하늘:구름
중 V0	(마을:俗)	다리:중	(산:聖)
하 V-		물:그림자	
수직 ＼ 수평	내 H-	경계 H0	외 H+

[V- ↑ V0H- → H0, V+ ↑, H+ →]

---

35) 공간을 기술하는 이 부호는 A. Ph. Lagopoulos의 것을 응용한 것이다. 그는 이밖에도 일차 체계로서의 공간 기호 형식=psa, 기호 의미=sid, 이차 체계로서의 기호 형식=sa, 기호 의미=sic로 표기하고 있다. A. Ph. Lagopoulos(1977), "*L'image mentale de* l'agglomération," *Communication* 27, p.56.

〈청마의「早春」〉

수직＼수평	내 H_	경계 H₀	외 H+
상 V+			해빨:하늘 움(나무)
중 V₀		아내:빨래줄 (발돋음)	까치 나뭇가지
하 V_	(화자:나) (방안)	아내	

[H-, V-, V₀ ↑, H₀ → V+ ↑ H+ →]

〈도표 7〉

　　이미 분석된 정철의 시조와 청마의 「早春」을 이 공간 구조의 모형matrix 속에 배치해 보면 그 자연 언어들로 구성된 의미 체계와 그것이 이차 체계로 전환된 의미 체계의 뚜렷한 차이를 보여주게 될 것이다. 가령 구체적인 언급은 없으나 '마을'이란 말이 정철의 시조에서는 '내' 공간으로 배치되어 있는데 청마의 「早春」에서는 '외' 공간에 위치해 있고, 정철의 지표(地表)는 물(하)과 하늘(상)의 중간 위치에 있게 되나 청마의 비 내린 그 땅은 '하' 공간에 속해 있다. 텍스트의 공간 체계에 따라 멀리 떨어져 있는 언어들이 같은 것이 되기도 하고 그 반대로 동의적인 것이, 때로는 대립적인 위상에 놓이게도 된다. 같은 텍스트 안에서도 수직과 수평에 따라 달라지게 되므로 「早春」의 경우, 까치와 아내는 수직 공간 체계에서는 다 같은 중간항으로 그 의미 작용이 같으나 수평 분절에서는 아내는 '경계', 까치는 '외' 공간으로 차이화된다.

쥬네트의 말대로 '문학—사상—은 거리, 지평, 우주, 풍경, 장소, 풍광, 길, 주거와 같은 용어에 의해서만 자신을 이야기한다. 즉, 소박하지만 특징적인 문채figure, 무엇보다도 공간이 언어의 내부에서 언어가 되고, 그 공간이 이야기하여 기술하는, 그래서 언어가 공간화하는 그 문채에 의해서만 자신을 이야기한다.'[36] 이 같은 관찰 결과로 우리는 앞으로 청마의 시를 모형으로 하여 공간 기호의 산출 과정procédé을 검출해내는 기본적인 틀을 마련할 수 있게 될 것이다. 그리고 타르투Tartu 학파의 테제처럼 자연언어를 기반으로 한 문학의 '이차 모델 형성 체계systeme modelisant secondaires'를 연구할 수 있는 기점을 찾게 될 것이라고 본다.

---

[36] G. Genette(1966), *Figures I* (Édition du Seuil), p.108.

II
상과 하의 대립 구조
─하늘과 땅

1 수직과 수평의 공간 모형

　노르베르그-슐츠Norberg-Schulz는 '실존적 공간의 가장 단순화한 모델은 하나의 수평면에 수직축을 꽂아 세운 것이다'[37]라고 말했다. 공간을 수직축과 수평면으로 구분하려는 것은 기하학적인 것이라기보다 원시시대 때부터 인간이 지니고 있던 문화인류학적인 현상으로 풀이하는 것이 옳을 것이다. 그 증거로 현대에는 수직이든 수평이든 미터 단위로 공간을 표시하고 있지만, 원시적 생활의 척도법에서는 수직과 수평의 길이를 재고 표현하는 단위가 엄격히 구별되어 있었다.

　한국의 경우에도 수직을 잴 때에는 '길'이란 단위를 썼고 수평인 경우에는 '발'이란 척도를 썼다. 그러므로 "열 길 물속은 알아도 한 길 사람 속은 모른다"고는 해도 "열 발 물속은 알아도 한

---

37)　C. Norberg-schulz(1971), 앞 글, p.21.

발 사람 속은 모른다"[38]고는 하지 않는다. '길'은 머리에서 발끝까지의 수직적인 인체의 길이를 단위로 한 것이고 '발'은 양팔을 벌렸을 때 좌·우 양손 사이의 수평적 길이를 그 단위로 삼은 것이다.

탈무드에 의하면 유태 문화의 공간은 ①사유지propiéré privée, ②공공의 장소lieu public, ③카르메릿트carmelitt, ④자유의 장소lieu libre 등 넷으로 구분되어 있었지만 그것을 잴 때에는 반드시 수직과 수평으로 엄격히 구분된 척도를 사용한 것으로 되어 있다.[39] 그것은 유태인 역시 수직 차원과 수평 차원을 서로 섞을 수 없는 이질적인 공간으로 생각했다는 증거이다. 그러했기 때문에 사유/공유의 사회적 층위로 구분된 그 네 개의 공간도 그 심층에는 수

---

38) 우리나라 고어(古語)에 나타난 '길'과 '발'의 용례를 보면 다음과 같다.

길 : 길이, 닙마다 너븨와 길왜 다 스믈 다숫 曲句이오(月釋 8: 12).

발 : 두 발을 펴서 벌린 길이.

닐굽 바리 츠니라 : 滿七托(初朴通事上 14)

쉰 예쉰 발굴근 삼실로도 노호매 모즈라 ᄒᆞᄂᆞ니라 :

五六十托麗麻線也放不勾(初朴通事上 18).

ᄀᆞ득ᄒᆞᆫ 닐곱발 남즉 ᄒᆞ니 : 滿七托有餘(老解下 25),

南廣祐(1960), 『古語辭典』(서울 : 동아출판사), 81쪽, 245쪽.

39) 'carmelitt'는 개인적 공간과 정의는 같지만 사람들이 살 수 없는 들판이나 바다와 같은 공간이다. 그러나 이 공간은 집단적 공간과 같은 입장에 따른다. A. A. Moles, E. Rohmer(1972), p.50.

직/수평의 공간적 시차성(示差性, differential)이 숨어 있게 된다. 즉 ④의 '자유의 장소'는 공유도 사유도 불가능한 높은 허공을 지칭한 것이지만 동시에 그것은 다른 세 공간의 수평성과 대립되는 수직 공간이 된다. 결과적으로 수평적 공간은 소유와 구속의 현실적 공간을 의미하게 되고 수직적 공간은 누구도 소유할 수 없는 자유로운 초현실적 공간을 가리키게 된다.

이산적인 공간의 단위를 이와 같은 토속적 척도법에 의해 관찰하려 할 때 무엇보다도 많은 시사점을 던져주고 있는 것이 앵글로-색슨Anglo-Saxon의 문화이다. 그들은 길이의 단위로 야드yard와 피트feet를 사용하고 있었지만, 관습적으로 볼 때 야드는 주로 수평적 척도에, 피트는 사람의 키나 산의 높이와 같은 수직 척도법에 많이 쓰였다. 그러나 한 걸음 더 나아가 그들은 같은 수직이라 해도 상방이냐 하방이냐에 따라 척도의 단위를 다시 바꿔 썼다. 즉 상방을 잴 때에는 피트의 단위를 썼고 냇물의 수심이나 광산과 같은 밑바닥의 길이를 잴 경우에는 패덤fathom이라는 특수한 단위법을 사용했던 것이다.[40] 앵글로-색슨 문화에는 수직/수평의 대응만이 아니라 수직축 안에서도 그것이 다시 상방과 하방

---

40) Fathom :

    a. A unit of length that is used especially for measuring the depth of water.

    b. to measure by a sounding line, take soundings(수심 측량, *Webster Dictionary*).

으로 이중 분절을 일으키고 있음을 보여준다.

　바슐라르Gaston Bachelard의 『공간의 시학La poétique de L'espace』이
나 볼노우Otto Friedrich Bollnow의 『인간과 공간Mensch und Raum』은
모두가 현상학적인 '체험된 공간'을 기저로 삼고 있는 것이지만
그들 역시 옛날의 척도법과 마찬가지로 수직과 수평을 그 중요
한 단위로 삼고 있다. 볼노우는 아리스토텔레스가 공간을 상/하,
전방/후방, 좌/우의 여섯 종류로 나눈 것에 대하여 그 세 개의 대
립항이 결코 등가의 것이 아니라는 것을 지적하면서 상/하의 방
향은 다른 것과 분리시켜 생각해야만 된다고 말하고 있다. '우와
좌, 전방과 후방은 인간이 방향을 바꾸면 금세 달라지게 되는 것
이지만 상과 하는 사람이 눕거나 공간 속에서 다른 자세로 움직
여도 여전히 상은 상, 하는 하이기 때문'[41]이다. 즉 우좌, 전후는
직립해 있는 인간의 자세에서 생겨난 것이지만, 수직축은 인간의
자의에 의한 것이 아니라 중력의 방향에 의해 본래적으로 그리고
객관적으로 주어진 것이라는 주장이다.

　특히 인간은 다른 동물들과 달리 직립 자세를 하고 있다는 점
에서[42] 오래전부터 수직 공간은 수평 공간과 대립적인 가치가 부

---

41)　O. F. Bollnow(1980), *Mensch und Raum*(Stuttgart : Kohlhamner), p.44.

42)　'단지 인간만이 특수한 기관 속에 지닌 수직성의 감성을 지니고 있다'(L'homme seul a le
sentiment de verticalité placé dans un organisme spécial), Balzac(1902), *Ollen dorff*, Seraphifa(ed.)

여되어 왔다. 수평/수직은 곧 자연/문화, 현실/초현실, 물질/정신, 수동성/능동성의 대립적 상징성을 나타내게 된다. '만약 수직성이 초현실적인 것을 의미한다고 한다면 수평 방향은 인간의 구체적 행동 세계를 나타낸다. 어떤 의미에서 보면 모든 수평 방향은 똑같이 무한히 확장하는 면을 구성한다', 또는 '수직의 방향만이 능동적이며 정신적 작용을 지닌다. 수평은 완전히 수동적이며 물질적이다'[43]와 같은 말들은 모두가 공간의 시차성에 의해서 정신의 영역을 표현하려는 한 방법의 태도를 반영하고 있다. 그러므로 고대의 척도법이나 신체성에서 출발한 현상학적 공간에서도 수직과 수평의 대립은 자연 현상physis 속에 있는 객관적인 실체가 아니라 기호 현상semiosis으로서 작용하고 있는 것이다. 말하자면 '음율적 패턴화의 기저에 있는 수직/수평의 대립은 그 원리인 예/아니오란 일련의 이자택일적 상황'[44]을 만들어내고 있기 때문이다. 그렇게 해서 연쇄적이고 등가적인 유클리드Euclid의 무한한 기하학적 공간은 기호로서의 공간적 성격을 띠게 되고, 모든 사물은 그 공간 안에서 언어와 같은 의미 작용을 갖게 된다. 즉, 수직과 수평은 바로 공간이 언어가 되는 이항 대립 체계의 가

(Paris), p.299.

43)   R. Jakobson, "Patterns in linguistics," *Selected Writings I* (Hague : Mouton, 1962) 참조.

44)   앞 글, p.225.

장 상위에 놓여 있는 변별 특징이다. 수직과 수평은 바로 공간이 언어가 되게 하는 체계의 기본 틀을 이루는 것이다.

도시의 고층 빌딩은 탑과 마찬가지로 수직적인 공간을 형성하고 있지만 그것이 결코 정신적이라 할 수는 없다. 그 실체적 개념으로 볼 때에는 오히려 정반대로 물질적이고 세속적인 표징이 된다. 더구나 그 아래의 가로街路가 수평적인 것이라 해서 그 자체만으로 어떤 대립적 가치가 생겨나는 것도 아니다. 중요한 것은 '사물'이 아니라 '사물과 사물의 관계'—그 대립과 차이를 나타내 주는 작용인 것이다. 사물이 이러한 대립의 체계, 그 관계의 구조속으로 들어오게 될 때, 말하자면 비기호 영역(자연물)에서 기호 영역으로 들어오게 될 때, 비로소 그것들은 언어처럼 하나의 의미작용을 갖게 된다. 공간이 '언어의 실체linguistic entities'와 마찬가지로 이항 대립binary opposition의 체계—바로 그 음운적 패턴화의 기저에 있는 원리인 '예', '아니오'의 일련의 이자택일적 상황으로써 등질적인 유클리드의 그 실질적 공간(기하학적 공간)과 구별,[45] 기호로서의 공간으로 작용할 수 있게 된다. 그러므로 기호로서의 공간은 심리적인 것도 윤리적인 것도 아닌 공간이다.

비기호 영역에 있던 생물학적 인체가 기호 영역 속으로 들어오게 될 때, 비로소 무용이라는 예술 텍스트가 형성되는 것과도 같

45) A. A. Moles, E. Rohmer(1972), 앞 글, p.104.

다. 인체가 기호 영역으로 들어온다는 것은 곧 일상적 공간에서 무용이라는 공간 속으로 들어온다는 말이며, 무용이라는 공간 속으로 들어온다는 말은 곧 수직/수평으로 분할된 공간으로 들어온다는 말이다. 그리고 다시 수직/수평의 공간 속에 들어온다는 것은 인체(사물)가 대립의 체계—동작과 동작의 차이를 만들어내는 그 관계의 구조 속으로 들어온다는 말이다.

개개의 춤만이 아니라 아프리카의 춤과 유럽의 춤이 구별될 수 있는 것도 그것이 수직적이냐 수평적이냐의 그 이항성二項性의 변별 특징이 있기 때문이다. 로버트 톰프슨Robert Thompson의 지적대로 아프리카의 춤은 몸을 수그리고 땅을 밟고 다니는 수평의 춤이며 서양의 발레는 몸을 세우고 땅으로부터 하늘로 뛰어오르는 수직의 춤이다.[46]

문학 텍스트 역시 그 상위 계층을 이루고 있는 공간의 변별 특징은 수직과 수평의 대립 구조에서 생겨난다. 청마의 시적 언술을 밝히는 데 있어서도 그 일차적인 근거가 되는 것은 다름 아닌 이 수직/수평의 이항적 관계이다. 그의 전 작품은 수직적인 것과 수평적인 것, 그리고 그 두 요소를 혼합한 형으로 분류할 수가 있다. 단순히 그런 분류가 가능하다는 것이 아니라 작품을 해독하

---

46) K. C. Bloomer, C. W. Moore(1975), *Body, Memory and Architecture*(London : Yale Univ. Press), p.40.

고 그 의미를 기술하는 데 있어서, 그 같은 변별 특징이 매우 유효하게 작용한다는 것을 알 수 있다. 청마의 대표시로 알려진 「旗ㅅ빨」 하나를 두고 보더라도 그 기가 바다를 향해 있는 수평 구조 속에 있는가, 아니면 하늘을 향해 상승하려는 수직적 구조와 관련되어 있는가에 따라 그 의미 작용에는 결정적인 차이가 생겨나게 된다. 그것은 단순한 이미지가 아니라 시의 본질적인 의미, 그리고 청마의 시 전체와 관련된 구조적인 문제인 까닭이다. 뿐만이 아니라 그것을 뚜렷이 밝힐 수 있게 되면 지금까지 얼마나 우리가 그 시를 잘못 읽어 왔는지도 명백히 드러나게 된다(제4장 참조).

그리고 그 일차적인 수직/수평의 변별 특징만으로도 『靑馬詩鈔』(1941)와 『生命의 書』(1947)의 차이를 규명하는 통시적인 연구도 가능해진다. 왜냐하면 앞의 시집은 「靑鳥여」, 「소리개」 그리고 「박쥐」 등에서 볼 수 있듯이 지상에서 하늘로 초월하려는 수직적 공간성을 나타내고 있는 데 비해서, 뒤의 시집은 주로 고향에서 만주 대륙으로 탈출하는 수평적 공간성으로 구성되어 있는 것이 많기 때문이다.

그러나 수직/수평의 대립 체계를 분석해 보면 그것이 상/하의 대립 체계로부터 비롯된다는 것을 발견하게 된다. 상과 하의 두 공간의 영역을 전제로 하지 않고서는 수직이란 개념이 생겨날 수 없다. 말하자면 수직은 그 자체가 상/하의 두 요소에 의해 형성된 하나의 텍스트인 것이다. 수평축에 대해서도 똑같은 말을 할 수 있다. 그것 역시 좌우나 전후, 말하자면 내와 외로 구성되어 있는 독자적인 텍스트라고 할 수 있다.

그러나 우주론적cosmology인 세계에 있어서 수평축은 땅에 속해 있는 것으로 때로는 하방 공간의 전체로서 수직 구조에 흡수되어 버리는 수가 많다. 그리고 보면 공간적 텍스트에 있어서 가장 기본이 되는 것은 바로 상/하라는 특징이다. 로트만Lotman의 예술 텍스트의 구조 분석에서 제일 먼저 시도했던 것도 '상부', '하부'의 공간적 체계였다. 그는 튜체프Tioutchev와 쟈볼로츠키Zabolotski의 시에서 상방/하방의 축이 일련의 변형적 대립série d'oppositions variables을 통해 모든 텍스트 속에서 실현되고 있는 그 과정을 관찰하고 있다.[47]

청마의 시작품 속에서 가장 많이 나오는 어휘 중의 하나가 '하늘'이다. 이 글에서 분석 대상으로 삼은 시 599편 가운데 하늘의 어휘가 나오는 시만 해도 총 246편으로 거의 반수를 차지하고 있다. 그리고 그 어휘의 종류에 있어서도 '天空', '蒼空', '大空', '穹蒼' 등 18종류를 나타내고 있다. 그런데 중요한 것은 그에 못지않게 땅을 비롯하여 '거리', '저자', '市街' 등의 말도 많이 등장하고

---

47) Yu. Lotman(1970), "La Structure du Texte Artistique," *Le Problème de L'espace Artistique*(Paris : Gallimard, 1973), pp.309-323.

있다는 사실이다.[48] 그것은 곧 그 '하늘'이 단독적인 의미로 쓰인 것이 아니라는 점을 시사해주는 것이다. 청마의 하늘은 거의 예외 없이 땅(거리)의 대립을 통해서 그 의미를 산출하고 있다는 증거이다. 말하자면 상/하의 공간 체계에 의해서 자연 현상으로서의 하늘과 땅은 기호 현상의 실재체entities로 바뀌게 된다. 그러므로 청마의 시를 해독하기 위해서는 우주론이나 신화의 텍스트와 마찬가지로 하늘/땅의 기호 체계를 해독decode하는 데서부터 시작되지 않으면 안 된다.

그리고 청마의 시 가운데 상/하의 변별 특징을 하늘과 땅으로 가장 잘 보여주고 있는 것이 「市日」이다. 『靑馬詩鈔』에 수록된 이 작품은 청마 시의 출발점을 측정할 수 있는 초기 작품에 속해 있는 것이고 동시에 그 시의 길이가 총 4행 43자로 되어 있어 모형화하기에도 매우 적합하다.

---

48) 땅(44편), 길(45편), 도시(18편), 마을(46편), 들(21편), 벌(9편), 광야·사막(16편), 대지·흙(52편) ― 총 251편.

2 「市日」분석으로 본 청마 시의 기본 구조

흰 人波는 땅에 넘치고 喧然하건만

공중에는 날는 새 그림자 하나 없이

―寂寥는

魚眼같이 白日과 함께 살도다.

―「市日」[49]

이 시를 자세히 관찰해 보면 어떤 어휘나 시구도 혼자 떨어져
있는 것이 없다. 모두가 이항 대립적인 상관성에 의해서 짝을 맺
고 있는 것이다. 우선 장소를 지시하고 있는 것으로 '땅'과 '空中'
이란 말이 대립되어 있다(땅 a/하늘 a´).

그리고 각각 거기에 배치되어 있는 '사람'(人波)(b)과 '白日'(b´)이
대응하고 있다. 그것들은 비단 '地上/天上'의 대립이 아니라 수량

---

49) 『靑馬詩鈔』, 73쪽.

적인 면에 있어서도 단수/복수의 차이를 나타내고 있다. 사람은 '人波'로 표현되어 그 밀집이 강조되어 있고 '白日'은 반대로 '날는 새 그림자 하나 없어'라는 시구에 의해 유일성이 부여된다. 그리고 의미론적 층위에서도 땅과 사람, 하늘과 해는 a⊃b : a´⊃b´로서 다 같이 포섭, 함의 관계에 있으며 그 색채도 다 같은 백색으로 수식되어 있어서 '흰 人波'의 '흰'과 '白日'의 '白'이 구조적인 상동성homology을 띠고 있다(사람 b/해 b´).

그것들을 서술하고 있는 말들 역시 이항적인 짝을 이루고 있다. 즉, 인파에 해당하는 서술어는 '넘치다'(c)와 '喧然'(d)이고 '白日'에 연결되는 것은 '비어 있다'(c´)와 '寂寥하다'(d´)이다. 시에는 '넘치다'에 대응하는 '텅 비다'의 술어가 직접 나타나 있지는 않으나 '날는 새 한 마리 없어'라는 시구가 그것을 대신하고 있다. 무엇보다도 훤연喧然과 적요寂寥는 '시끄럽다/조용하다'의 청각적 대응으로서 비일상적 한자어라는 그 문체적 층위에 있어서도 동일한 지위를 지니고 있다(넘치다 c/비다 c´) (喧然 d/寂寥 d´)

그리고 이 시는 통사적 층위에 있어서도 '~하건만'의 반대접속어미로 이어진 두 문장이 대립, 반의 관계를 나타낸다.

그런데 이 모든 대립의 축이 되는 것은 다름 아닌 땅과 하늘(空中)이라는 장소성에 의해 형성된다. 그리고 그러한 장소성에 차이를 만들어내고 있는 것이 바로 상/하라는 수직적 공간 체계이다. '세계의 상방, 만물의 상방…… 내 하늘은 둥그런 지붕, 푸른 빛의 종, 영원한 靜寂처럼 온갖 것의 상방에 있는 것'[50]이라는 니체의 말에서도 명시되어 있듯이 하늘은 상방성을 나타내는 대표적인 공간으로 '땅'의 하방성과 대립된다.

하늘이 상방성을 나타낸다는 것은 매우 단순한 일인 것 같지만 실은 자연 현상으로서의 하늘이 기호 현상으로서의 하늘로, 말하자면 비기호적 자연 영역에서 기호 영역의 텍스트 안으로 들어오게 된 것을 의미하는 것이다. 왜냐하면 그것은 이미 독립된 한 사물로서가 아니라, 음소처럼 사물과 사물의 관계, 그 차이와 대립의 관계 안에서만 실재할 수 있기 때문이다. 땅의 하방성도 마찬가지이다. 그리고 보면 결국 「市日」이란 시는 '장날'을 묘사한 것이 아니라 바로 하늘과 땅의 기호 체계를 보여주기 위해 있는 것이라고 해도 과언이 아닐 것이다.

앞에서 분석한 그 대립 사항들을 상/하의 공간 체계에 따라 배열해 보면 「市日」의 심층부 속에 숨겨져 있던 그 구조가 명백하게 드러나게 된다.

하(v_+) = 땅 a, 사람들(人波) b, 混雜 c, 시끄러움(喧然) d
상(v_+) = 하늘 a´, 해(白日) b´, 空虛 c´, 고요(寂寥) d´

50) G. Bachelard(1943), *L'air et les Songes*(Librairie José Corti), p.167.

어떤 기호도 통합축syntagmatic과 계합축paradigmatic의 두 배열 양식으로, 즉 레비스트로스[51)와 바르트의 비유에 의하면 멜로디와 화음으로 된 오케스트라의 악보처럼 기술된다.[52)

「市日」은 앞의 그 사항들이 역시 a-a´, b-b´, c-c´, d-d´의 화음처럼 배치되는 이른바 계합축과 멜로디처럼 선후의 서열로 연쇄된 a-b-c-d와 a´-b´-c´-d´의 통합축으로 형성되어 있다. 즉, 씨줄과 날줄 같은 그 두 축에서 바로 시의 언술poetic discourse이 생겨난다.

시를 분석한다는 것은 곧 그 언술을 분석한다는 것이고 그 언술을 분석한다는 것은 곧 언술의 변별 특징을, 그 유효성을 밝히는 일이라 할 수 있다. 그렇다면 위의 사항들을 통합축으로 읽을 때와 계합축으로 읽을 때 어떤 일이 생기는지를 관찰해 보아야만 될 것이다.

「市日」을 통합축으로 읽어보면 땅(a)→사람들(b)→혼잡(넘치다)

51) 관현악의 악보는 하나의 축에 따라서(페이지에서 페이지로, 좌에서 우로) 통시적으로 읽을 때만 이 의미를 갖게 되지만 동시에 또 다른 상하축을 따라 공시적으로 읽지 않으면 의미를 갖지 못한다. 환언하면 동일 수직·수평상에 위치한 모든 음부는 하나의 대구성 단위, 즉 관계의 묶음paquet을 이루고 있는 것이다. C. Lévi-Strauss(1958), *Anthropologie Structurale*(Paris : Plon), p.234.

52) 텍스트의 공간(읽힐 수 있는)은 여러 면에서 악보(고전적인)와 비교될 수 있다(L'espace du texte(lisible) est en tout point comparable à une partition musicale(classique)). R. Barthes(1970), *S/Z*(Paris : Seuil), p.35.

(c)→시끄러움(喧然)(d)의 일련의 연쇄성이 드러난다. 그리고 그것은 A 주부theme와 B 서술부rheme의 두 단위로 선분할 수 있다. 그렇게 놓고 보면 A와 B의 관계는 A는 B이다(A is B)로 등위 관계coordination에 있음을 알 수 있다. 시를 공간의 이차 형성 체계로 보고 「市日」이라는 텍스트를 하나의 '기호'라고 할 때 A는 기호 형식signifiant, B는 기호 의미signifié가 되어 '下'라는 공간을 기호화한다. '上'을 나타내는 하늘의 통합축도 똑같은 작용을 해서 '上' 공간의 기호를 형성한다.

그러므로 상/하의 수직적 공간 텍스트에 있어서 그 통합축은 바로 기호 생성의 과정procédure이라 할 수 있다. 옐름스레의 용어대로 하자면 하늘, 땅은 기호 표현(E)의 실질substance이 되고 상/하는 그 형상form이 된다. 그리고 혼잡과 시끄러움, 공허와 적요는 기호 내용(C)의 실질이 된다. 기호 내용의 형상form은 우주론적 층위로 세속성이나 신성성 같은 것이 될 것이다.

그러나 앞의 사항들을 a-a´, b-b´, c-c´의 계합축으로 놓게 되면 하늘과 땅의 그 차이가 문제가 된다. 그래서 A is B(A≡B)는 A and B(A∪B)로 바뀌고 그 순차적인successiveness 축은 동시적인 축simultaneity으로 옮겨지게 된다.

가) 하늘과 땅의 대립항

그러므로 이 축에서는 하늘과 땅의 대립이, 즉 변별적 특징이 문제의 핵심이 된다.

「市日」은 비록 43자밖에 안 되는 단시이지만 그 스케일이 크게 느껴지는 것은 그것이 하늘~땅이라는 우주의 모델 형성 체계의 이차 언어로 작용하고 있는 까닭이다. 그래서 「市日」은 단순한 장터의 묘사가 아니라 상/하의 변별적 특징에 의해 두 세계로 분할된 세계상, 일종의 'imago mundi'를 나타내는 '대기호macro sign'가 된다. 신화의 텍스트, 우주론의 세계상이 「市日」과 같은 언술로 이루어져 있다.

그런 점에서 『천자문』의 첫 구에 나오는 '天地玄黃'이라는 언술과 대단히 유사하다. 그것은 엄격한 의미에서 '墨悲絲染'과 같은 심리적, 윤리적 또는 사실 진술의 언표도 아니다. 단지 하늘과 땅을 '玄黃'이라는 색채의 대립으로 차이화하고 있을 뿐이다. 변별성을 주는 것이 그 언술의 기능이므로 그것은 'A는 A´이다'의 자기 지시적인 성격만을 지니고 있다. 「市日」의 언술도 그와 꼭 같이, 시끄러움과 고요함, 넘쳐나는 것과 텅 빈 것으로 지상의 세계(인간계)와 천상의 세계(백일의 천상계)의 변별성을 부여하고 있을 따름이다.

천지창조의 모든 신화적 텍스트 역시 하늘과 땅의 분절 작용과 그 시차성으로부터 생성된 것임은 널리 밝혀져 있는 사실이다. 즉 우주창조는 어떠한 형태의 신화이든 카오스chaos로부터 코스모스cosmos로의 전환을 나타내고 있는데 그것을 기호론적으로 표현하자면 미분절 상태의 연속체continuum가 분절화되어 변별적 특징을 갖게 되었다는 것을 의미한다. 말하자면 우주의 텍스트 형성 작용signifiance이 곧 우주 창조 신화라고 부를 수 있다.

엘리아데의 말대로 하늘과 땅의 분리는 세계 신화의 라이트 모티프이다. 희랍 신화의 우라노스Uranos와 가이아Gaia에서 마오리족의 신화53)인 랑기(Rangi : 천공)와 파파(Papa : 대지)에 이르기까지 처음의 하늘과 땅은 모두가 밀착 상태로 그려져 있다. 그러나 빛을 아쉬워하는 자식들이나 식물의 힘에 의하여 하늘이 위로 밀어올려져 천지가 상하로 분리되고 비로소 우주는 하나의 형태를 갖추게 된다.

연속체로서의 공간에 틈이 생겨 그것이 분리되는 데서부터 우주는 기호로서의 의미를 갖게 된다. 기호라는 것은 '무엇인가가 무엇인가를 대신하는 것(a liquid stat proaliquo)'이다. 그러므로 높이

---

53) M. Eliade(1964), *Traité D'histoire des Religions*(Paris : Payot), p.209. "……우주 창조의 모티프는 인도네시아로부터 마이크로네시아에 이르는 전 오세아니아의 문명에 존재하고 있다. 또 이러한 모티프는 보르네오, 미네하사, 북부 셀레베스 군도, 중부 셀레베스의 토라챠족(I-lai I-ndora), 인도네시아의 많은 섬에서도 보여지고 있다. 하늘과 땅이 힘에 의해 분리되는 것은 다른 곳에서도 볼 수 있다. 예컨대 타이티에서는 천공을 들어올리는 것은 식물의 성장 때문이라고 믿고 있다."

있는 공간(하늘)이 단순히 높은 것으로만 존재하고 있는 것이 아니라, 낮은 것과 대립하는 변별 특징을 갖게 되고 그 식별적 가치 valeur critique에 의해서 성(聖), 힘, 영원 등 지상의 것과 대립된 의미를 대신 나타내게 되면 하늘은 하나의 기호 현상이 된다. 엘리아데는 그것을 이렇게 표현하고 있다.

"고대적 사고에 있어서 '자연'은 단순히 '자연적'인 존재만이 아니다. '하늘의 궁창을 바라본다'는 표현은 원시인에게 있어서는 우리가 상상하기 힘든 일상의 기적에 가까운 어떤 것을 의미한다. 이러한 바라봄은 계시와 똑같다. 천공은 천공의 모습 그대로 무한과 초월을 나타낸다. 하늘의 궁창은 무엇보다도 인간이 표상하는 것, 인간의 생활 공간에 속하는 사소한 것들로부터 '멀리 떨어진 어떤 것'이다."[54]

현상학자로서의 엘리아데를 기호론자로 바꾸면 이 말은 훨씬 더 설득력을 갖게 될 것이다. 즉, 자연은 단순히 '자연적'인 것만은 아니다라는 말은 곧 자연이 '자연 아닌 다른 것을 대신하는' 기호 현상으로서 존재하고 있다는 말이다. 그리고 하늘의 모습이 인간이 표상하는 것으로부터 '멀리 떨어진 어떤 것(tout artre chose)' 이라는 말도 모든 기호는 이항 대립적 공간의 변별 체계에 의해서 산출된다는 것을 훌륭히 대변해 주고 있다. 계시를 의미 작용

---

54) M. Eliade, 앞 글, p.46.

으로 바꾸고 '높이'를 상/하의 이산적 공간 단위, 즉 공간의 변별 특징으로 대치해 놓으면, 엘리아데의 말을 그대로 「市日」의 시 분석에 적용시킬 수 있을 것이다.

　　하늘은 거기 그렇게 있는 것만으로도 초월성, 힘, 불변성을 상징한다. 하늘은 그것이 높고 무한하고 불변이고 힘이 있기 때문이다.[55]

　이 말을 뒤집으면 천공이 존재하는 것은 그것이 낮고 유한하고 수시로 변하는 비력(非力)의 땅과 대립되는 체계가 있기 때문이라고 말할 수 있다. 즉 하늘이 하늘로서의 의미 작용을 갖게 되는 것은 그것이 땅과 구별될 때이며, 그러한 구분은 상/하, 즉 높은 것과 낮은 것이라는 상대성과 그 관계에서 생겨난다. 엘리아데가 말하고 있는 하늘의 요소는 다름 아닌 땅의 속성을 뒤집어놓은 것이라 할 수 있다.

　하늘과 땅의 차이화가 상/하의 공간 기호 체계에 의해 이루어져 있다는 사실은 세계에 분포되어 있는 신의 이름들을 분석해 보면 분명해진다. 그것들은 대개가 다 '下'에 대립되는 '上'의 요소, 즉 '높이'의 뜻을 갖고 있기 때문이다.[56]

55)　앞 글, p.47.
56)　M. Eliade(1964), 앞 글, "Le ciel : Dieux Ouraliens Rites et Symboles Célestes,"

대립항	하늘	땅
상 / 하	+	−
무한 / 유한	+	−
불변 / 변	+	−
능력 / 무력	+	−

〈도표 1〉 엘리아데의 하늘

대립항	하늘	땅
상 / 하	+	−
공허 / 밀집	+	−
적요 / 훤연	+	−

〈도표 2〉 청마의 「市日」

　도표에서 알 수 있는 것은 엘리아데와 청마의 경우 대립은 각기 달라도 공통적인 것은 높고 낮은 것, 즉 상/하라는 변별 특징이다. 그것은 하늘과 땅이 공간의 기호 체계(수직 : 상, 하)에 의해서 코드화되어 있음을 의미하는 것이다. 그리고 또 하나의 사실은

pp.47-48.

종족	신의 이름	어원적 의미
Lroguois	Oki	높이 있는 자
Sioux	Wakan	높이 오른, 높이 있는
Akposo	Uwoluwu	높이 있는 것, 천계(天界)의 방
Selknam	Temanrel	하늘에 거주하는 자
Maoli	Iho	오르는 것, 높이에

하늘과 땅의 대립요소의 이항 관계군[57]은 무한에 가까운 것이므로 그중에서 어떤 대립의 목록을 끌어내느냐 하는 것에 따라 그 기호=텍스트는 달라지게 된다는 점이다.

엘리아데가 만든 이항 관계의 그 목록이 산문적, 신화적 텍스트라 한다면, 청마가 보여준 그 대립항은 청마의 시적 텍스트이다. 청마의 시를 이루고 있는 본질을 캐고 그 언술을 분석하기 위해서는 바로 상/하의 변별 특징을 만들어내는 관계항과 그 대립항의 연계성couplarité을 밝혀내는 일이라는 것은 이 예로써도 분명해진다. 시의 기법 역시 공간을 구조화하여 기호를 생성해 나가는 그 과정, 그 기법procédé에 있다고 할 수 있다.

나) 인간과 태양의 대립항

청마는 「市日」에서 하늘과 땅의 이항 관계군과 그것들의 일련의 변형적 대립을 만들어내기 위해 사람들과 '白日(태양)'을 등장시켰다. 이렇게 해서 하늘/땅은, 태양/인간의 대립 관계를 낳고 상/하의 변별 특징은 더욱 다양한 의미 작용을 품게 된다. 땅은 '장터'로 좁히고 반대로 하늘에는 '새 한 마리 날게 하지 않'음으로써 더욱 큰 공허를 만들어내고 땅과 하늘의 대립을 더욱 첨

---

57) P. Guiraud(1978), *Sémiologie de la Sexualité*(Paris : Payot), p.34.

예화한다. 뒤에서 본격적으로 언급하겠지만, 새는 상/하의 대립을 완화, 흡수 또는 변환시키는 가장 이상적인 매개물로서 존재하는 것인데도 그것을 배제했다는 것은 곧 하늘과 땅의 상/하 코드를 강화하고 있다는 뜻이 된다. 그러므로 「市日」에 있어서 상방에 위치한 '孤高'한 태양의 정신성과 하방에 있는 '俗衆(장터의 장꾼)'의 시끄러운 무리는 세계상을 모델화하는 시의 출발점이 된다. 인류/태양의 그 같은 이항 대립은 「슬픈 태양」, 「오랜 태양」, 「해바라기 밭으로 가려오」 같은 시들에 의해서 문명/자연, '非詩/詩' 등으로 확대된다.

해여 해여
이제 마악 생겨난 듯 황금 가루 나래 떨며
그 찬란한 빛을 이렇게 아낌없이 내려 쏟는 해여
차라리 네가 슬프고나

일찌기 여기는
애닯게도 악착스런 인간들이 첩첩 처마 겹치고서 뭉개 모여
뺏고 뺏기고 아귀다툼과 악다구질과 패걸이로 영일(寧日)이 없던 곳
그리하여 그 장기에 고슬려
너의 그 고운 모습마저 여지없이 무색하였었거니

그러나 어느 날 난데없는 초연(硝煙)의 열풍이 한번 휩쓸자

한줌 꿈보다도 자취 없이 그들은 쫓겨가고

이제는 깨끗이도 허허로이 주추 하나 남지 않은 쑥대 우거진 속에

지저귀는 새며 나부끼는 바람결이며 푸새며랑 더불어

너는 그 어엿하고 서느로운 영원한 젊음을 도리켜

이같이도 처얼철 넘치도록 빛나기만 하거니

그러므로 해여 차라리 네가 슬프고나

지금 이때에도 어디메에 몰켜 모여

그 깨칠 줄 모르는 죄과에 잠쳐만 있을 인간들!

그러나 그들의 이 허물을 어찌 무엇으로 단죄할 수 있겠는가

해여 네가 끝내 어엿하고 곱고 어질기만 하듯이

마침내 그들이 제 업보로서 씨 하나 남지 않는 망멸(亡滅)로 굴러 떨어

지기로니

진실로 그 뉘가 슬퍼하며 일깨워 구원하여 주겠는가

해여 해여

그 황금의 찬란한 빛을 이같이 아낌없이 쏟다 내려

손바닥을 내밀면 손이 물들고 뜨면 철철 넘치도록 비쳐 흐르는 해여

끝내 인간과 함께 있지 않는 곳에서는 이렇게 서느롭고 젊은 해여

영원히 너만 곱고 어연해서 차라리 차라리 슬픈 해여

「슬픈 太陽 어느 전선 지구에서―」[58)

「市日」에서 홀로 적요하게 떠 있는 태양이 혼잡하고 시끄러운 장터의 인간들과 대립되어 있듯이 「슬픈 太陽」에서는 하늘 위의 태양이 '애닲게도 악착스런 인간들이 첩첩 처마 겹치고서 뭉개 모여/뺏고 뺏기고 아귀다툼과 악다구질과 패걸이로 영일(寧日)이 없던 곳'과 대응된다. /첩첩 처마/뺏고 뺏기고//아귀다툼 악다구질/의 두운(頭音)을 이루고 있는 인간 세계의 항목들은 태양과 정면으로 대립된다. 이 뚜렷한 변별 특징으로 잡음noise이 끼어들 여지가 없이 그 메시지는 분명해진다. 그리고 '뭉개 모여'와 '패걸이로' 등으로 표현하는 지상의 인간들은 '人波'처럼 하방적 공간의 밀집성(넘쳐나는) 집단성을 반복한 것이다.

'끝내 인간과 함께 있지 않는 곳에서는 이렇게 서느롭고 젊은 해여/영원히 너만 곱고 어연해서 차라리 차라리 슬픈 해여'의 그 결연에서 '인간과 함께 있지 않는 곳'이란 바로 지상에 대립되는 천상(上方性)을 나타낸 것이다. 여기에서 우리는 상/하의 변별 특징에 더운 것/서늘한 것의 온감각(溫感覺)이 추가되어 있음을 알 수 있다. 서늘한 것은 상방적인 요소가 되고 더운 것은 하방적인

---

58) 『波濤야 어쩌란 말이냐』(서울 : 정음사, 1984), 240-241쪽.

요소이다. 이러한 코드는 청마의 시를 독해하는 데 중요한 기능을 갖게 된다.

다) '넘치다'와 '비다'의 대립항

「市日」을 계합축으로 읽는 마지막 단계로서 하늘과 태양, 땅과 인간을 서술하는 부분인 '넘치다/비어 있다', '喧然/寂寥'를 분석해 보아야 할 것이다. '넘치다'란 용기에 무엇이 과잉으로 차 있는 상태이고 '시끄럽다'는 것은 감각기관을 통해 자극(청각적)의 과잉 상태를 나타낸 것이다. 그러나 태양이 텅 비어 있는 곳에서 고요하다는 것은 반대로 무(無)이자 영원한 것을 나타낸다. 그러므로 여기의 변별 특징은 '廣/狹'이 된다. 하방은 비좁고 하늘은 무한하다, 즉 무한/유한이다.

공간의 유한성과 무한성이 시간을 흡수하게 되면 순간성과 영원성이 되기도 한다. 소리의 세계는 영원한 것이 아니다. 차 있는 것은 비어 있는 변화를 가져올 수 있고 소리 있는 것은 언제고 사라진다. 생성되고 소멸하는 소리들이 바로 소음들이다. 그러나 비어 있는 것과 소리 없는 세계에는 변화라는 것이 없다. 그것은 부재나 영원일 수가 있는 것이다.

정적만큼 끝없는 공간의 감정을 암시하는 것도 없을 것이다. 나는 이 공간에 발을 들여넣었다. 소리가 이 넓이를 채색하고 여기에 일종의 소리의 육체를 부여한다. 소리가 없으면 일체가 순수하다. 정적 속에서 나를 사로잡는 것은 광대, 심원, 무한의 감각이다.[59]

소리 없는 공간을 창조한다는 것은 순수한 삶을 만드는 일이다. 지상(현실)에는 없는 삶이다. 그러나 오직 그것이 시끄러운 소리의 세계를 변별하는 요소로 작용하는 순간부터는 소음을 통해서 그 정적의 공간에 발을 들여놓을 수가 있다. 그것이 '~하건만'의 반대접속어미의 기능이다. '……喧然하건만'의 그 어미는 바로 다음에 '寂寥'와 이어지는 '문지방', '문틈' 혹은 '龜裂의 금'이다.

인도 사상에서는 침묵이 '空'의 본성을 나타내고 있듯이[60] 적요는 상방上方의 공간에 각인되고 훤연은 반대로 지표 위에 잔류하게 된다. 이렇게 해서 상과 하는 일종의 기호화한 공간으로서 현존과 부재, 집단과 개체, 순간과 영원, 속과 성의 관계로 이루

---

59) G. Bachelard(1958), *La Poétique de L'espace*(Quadrige/PUF), p.55.

60) René Weber, "Field consciousness and field ethics," ed. Ken Wilber(1982), *Holographic Paradigm and other Paradox*, Boston : Shambhalal, p.41. 침묵만이 '空'의 본성과 통할 수 있고, 또한 그것을 '논할 만한' 것에 알맞은 공간이다(三昧 Samadhi, 파탄쟈리 patanjali는 요가의 명상에 있어서 환희 넘치는 최정점을 그렇게 부르고 있으나 그 문자대로의 뜻은 '참된 침묵', '완전한 정적'이다).

어진 계합축을 만들어낸다.

언어란 차이 이외의 아무것도 아니라고 주장하는 것처럼[61] 「市日」이 진술하고 있는 것 역시 이러한 차이 이외의 아무것도 아닌 것이다. 차이의 기호를 만들어내는 것―이 세계의 차이화를 통해서 우주의 모델을 만들어내는 것이 창세기의 신화였던 것처럼, 그리고 그러한 차이화에 의해서 최초의 인간들이 촌락을 만들어낸 것처럼 유치환의 경우에 있어서도 하늘과 땅의 상하 분리 그 공간의 차이화에 의해서 자기 자신의 시적 우주의 창세기와 그 언어의 거처를 만들어낸 것이라고 할 수 있다. 그러한 관점에서 보면 '예술 작품이란 그 유한성 속에 무한적 대상, 즉 작품에 대한 외적 세계를 반영하는 것의 공간, 어떠한 형태로써 한계지워진 공간'이라는 로트만의 예술 텍스트 이론[62]은 「市日」의 경우에서도 그대로 적중된다.

---

61) J. Derrida(1967), *Of Grammatology*, tr. Gayatri Chakavorty Spivak(Baltimore and London : the Johns Hopkins Univ. Press,), pp.52-53. "이제부터 우리가 근거를 두는 것은 기호의 자의성의 체제가 아니라 언어 가치의 원천으로서의 차이의 테제인데……〉

62) Yu. *Lotman*(1970), 앞 글, p.309.

라) 통사, 의미, 수사론적 대립

상/하 분절에 의한 땅과 하늘의 차이화는 비단 어휘와 의미론적인 층위에서만이 아니라 통사론적 층위 또는 문체적인 형식 면에서도 대조적인 양상을 나타내고 있다. 즉, 하방적인 공간을 구축하고 있는 시구는(땅) 평상적인 규범에서 어긋나지 않는 문법성을 지니고 있는 데 비해 하늘을 묘사하고 있는 상방적 공간의 시구는 일상적인 언어의 자동화에서 벗어나려는 이화ostranennie 현상이나 문법적 일탈성deviation이 강하게 드러나 있다.[63] 말하자면 러시아 형식주의자들이 주장하고 있는 시적 언어의 지향성을 보이고 있는 것이다.

그렇기 때문에 같은 텍스트 안에서도 그 형태 통사적 구문의 성격이나 수사학적인 기법 역시 땅과 하늘의 2 의미론적 대립에 관여하고 있음을 알 수 있다. 땅을 기술하고 있는 시구(v.) '흰 인파는 땅에 넘치고 휜연하건만'에서는 언어의 변칙적인 사용anomalie, 즉 비문ungramaticality 같은 현상을 찾아볼 수가 없다.[64] 수사

---

63) L. T. Lemon, M. Resi(1965), *Russian Formalist Criticism : Four Essays*(Lincoln : Univ. of Nebraska) 참조.

64) Groupe μ(J. Dubois, F. Edeline, J. M. Klinkenberg, 1982), *Rhétorique Générale*(Paris : Seuil), p.16. "Parmi les equivalents proposés, souvent innocemment, on relève encore abus(Valéry), viol(J. Cohen), scandale(R. Barthes), anomalie(T. Todorov), folie(Aragon), déviation(L. Spitzer), subversion(J. Peytard), infraction(M. Thiry), etc.……"

적 편차écart가 영도degré zéro에 가까운 문장이라고 할 수 있다.[65]
단지 군중을 물결로 비긴 인파란 말이 나오기는 하나 그것은 명
백한 사유(死喩, dead metaphor)로서 그 관습적인 표현은 오히려 자동
화된 일상적 언어를 강조하는 효과(비유적 일탈성과는 반대의 효과)를 주
고 있다. 그리고 인파를 서술하는 '넘치다'라는 술어 역시 용장도
(冗長度, redondance)[66]와 (人波에는 이미 넘치다라는 개념이 들어 있다) 언어의 자
동화 현상이 심하다. 이렇게 하방적 공간을 나타내고 있는 기호
들은 코드성이 강한 단일 기호monosemic의 성격을 지니고 있다.

그러나 하늘을 묘사하고 있는 상방적 기호의 연쇄(V+)는 그와
반대로 복합적 기호polysemic[67]의 성격을 띠고 있어 그 의미가 결
코 평탄하거나 투명하지 않다. 가령 '넘쳐 나고'에 대응하는 말은
'비어 있고'지만 하늘에 관계된 시구에서는 그것이 '공중에 날는
새 그림자 하나 없어'로 변환되어 있다. 자동화된 서술을 피하기
위해서 아무것도 없는 빈 상태를 새라는 구체적인 이미지를 통
해서, 부재를 현존으로 재현시키고 있는 것이다. 청마는 이 경우
만이 아니라 무엇을 묘사할 때 '-없어'라는 표현을 많이 쓰고 있
는데 이렇게 구체적인 사물을 통해 부재의 상황을 묘사하는 잔

---

65) 앞 글, 2-2·1~2-2·3 참조.

66) 앞 글, 2-2·2 참조.

67) P. Guiraud(1971), *La Sémiologie*(Presse Universitaire de France), p.27.

상 효과 또는 흔적의 수법은 리파테르Rifaterre가 '朱錫 없는 거울 mirror sans tain의 분석'[68]을 통해서 보여준 것과 같은 양의성을 지 닌 아이러니의 효과를 일으킨다. 왜냐하면 외적인 상황의 지시적 인 기능만을 지향하고 있는 묘사란 사진처럼 눈앞의 현존성만을 나타내지만 시적 기능으로서의 언어들은 당착법이나 역설적 표 현에 의해 부재를 현존처럼 묘사할 수가 있는 것이다. 즉 무엇이 '없다'라는 부재의 묘사는 그것의 현존성('있다')을 상상하거나 전 제하지 않고서는 그 부재의 의미가 떠오르지 않기 때문이다. 그 러므로 이 경우의 '날는 새 그림자 하나 없어'라는 상태의 하늘은 아무것도 없는 그냥 텅 빈 허공을 그린 그림과는 다른 의미를 표 상하고 있다. 즉 그것은 회화가 그려낼 수 없는 바로 현존과 부재 의 '차이'이다.

'魚眼같이'라는 직유 역시 '人波'처럼 흔한 비유가 아니다. 그 비유의 기능은 물고기가 살고 있는 수중의 인접 관계에 의해 적 요寂寥를 수식하는 환유적인 성격과 동시에 그 물고기의 동그란 눈의 형태가 '白日'의 형상을 나타내는 유사 관계의 은유적인 복 합성을 지니고 있다. 이러한 비유는 엔트로피치la grandeur l'entropie 가 매우 높은 시적 긴장을 자아내게 된다.[69]

---

68) M. Riffaterre(1978), *Semiotics of Poetry*(Bloomington : Indiana Univ. Press), p.32.

69) 정보 이론을 기호론에 도입시킨 로트만은 예술 텍스트를 엔트로피치에 의해 가치화

그러나 무엇보다도 하늘과 땅의 상하 대립을 묘사하고 있는 두 시구의 뚜렷한 차이는 통사적인 구조이다. 양극성으로 분할된 「市日」의 의미론적 대립처럼 상/하 두 계열의 통사 구조는 정반대로 뒤바뀐 관계를 보여주고 있다. '寂寥는 魚眼같이 白日과 함께 살도다'의 뜻은 이미 앞에서 본 바대로 인파가 땅에 넘쳐 시끄럽다는 진술에 대비되는 것으로 '白日'이 텅 빈 하늘에 고요히 떠 있는 상태를 그린 것이다. 그러므로 정상적인 서술문으로 옮기면 당연히 '白日'이 주어가 되고 '寂寥'는 술어의 위치에 와야 옳다. 아무리 은유적인 것을 나타내는 구문이라 해도 최소한 '白日은 魚眼처럼 寂寥와 함께 살도다'로 되어야 할 것이다. 그런데 그 시에 나타난 것을 보면 주어부와 술어부의 서열이 정반대로 뒤바뀌어져 있음을 알 수 있다. 말하자면 '喧然하다'의 술어에 대응하는 '寂寥하다'가 주어의 자리로 오고 인파에 해당하는 '白日'이 술어부에 와 있다.

　　사격(斜格, modus obliqus)을 직립격(直立格, modus rectus)[70]으로 바꾸

한다. '작가와 독자에 있어서의 예술적 언어의 엔트로피치에 대하여'라는 항에서 그는 예술 텍스트의 엔트로피의 정식定式을 이렇게 나타내주고 있다. H=h1+h2, 단 H1=h1+h1′ H2=h2+h2′ 그럼으로써 예술 텍스트가 비예술 텍스트에 비해 훨씬 더 많은 정보량을 갖고 있는 사실의 설명이 가능해지는 것을 증명하고 있다. Yu. Lotman(1970), 앞 글, pp.58-65.

70)　R. Jakobson(1981), 앞 글, pp. 47-48.

는 구문 변화의 시학적 의미는 이미 셰익스피어의 「줄리어스 시저」를 분석한 야콥슨의 글 속에 극명하게 나타나 있다. 야콥슨은 부르터스의 말을 논박하고 있는 안토니오의 장례식 연설의 그 극적 박력은, 셰익스피어가 문법 범주(文法範疇)의 문법 구조를 조작하여 생성한 것이라고 말하면서 부르터스가 사용한 사격(斜格)이 안토니오의 연설에서 모두 직립격(直立格)으로 바뀌어져 있는 구문 변화를 지적하고 있다. 즉, 부르터스의 'he was ambitious'라는 고발은 'ambition should be made of sterner stuff'(야심이란 보다 단단한 소재로서 만들어져야만 하는 것입니다)로 바뀌고 또한 'awake your senses, that you may the better judge'(보다 나은 판단을 내리기 위해서 여러분들의 모든 감각을 눈뜨게 하십시오)라는 부르터스의 호소는 'judge'에서 파생된 추상명사가 동작주로 되어 있는 'O judgement, thou art fled to brutish beast'(분별이여, 그대는 잔인한 야수에게로 달아나고 말았구나)의 문장으로 되어 있는 경우가 그것이다. 부르터스가 야심이나 판단이란 말을 사격으로 쓴 것이 안토니오의 공박에서는 모두 직립격으로 바뀌어져 있다.

「市日」의 경우 하늘과 땅의 상하 대립이 극적인 요소를 띠고 있는 것이 있다면 그것은 야콥슨이 주장하고 있는 대로 '언어의 형태적 통사적 구조 속에 숨겨진 시적 자원(줄여서 말하면 문법에 있어서의 시) 및 그 문학적 산물(즉 시에 있어서의 문법)'[71]을 그 속에서 발견할 수 있기 때문일 것이다. 오랫동안 비평가와 언어학자들에게서 무시되어 왔지만 창조적인 작가들에 의해 교묘하게 구사되어 왔다는 바로 그 문법적인 구조의 시학적인 역할을 「市日」은 그대로 실증적으로 보여주고 있다.

'살다'의 동사와 결합되는 동작주는 살아 있는 생물로서 그 문법성의 정도degree of grammaticality는 ①인간(+intellect), ②동물(+animate), ③식물(+living)의 순으로 측정될 수 있다. 그러므로 '살다'라는 동사와 무생물이나 추상어는 비유적인 전용에서만 그 결합이 가능하다.

그런데 「市日」에서는 '살다'의 동작주에 가장 적합한 사람들이 오히려 '無生(-antimate)'에 유효한 '넘쳐나다'와 결합되고 무생인 '白日'과 '적요'는 거꾸로 유생에 관계되는 '살다'의 동사와 연결되어 있다. 그러므로 적요는 활유적 의미만이 아니라 땅의 수동성에 대한 하늘의 능동성을 나타내는 상/하의 또 다른 변별 특징으로 작용하고 있다.

상(v+)……언어의 규범성, 코드성이 강한 기호—단일 기호monosemic
—수신 지향적 텍스트

---

71) R. Jakobson, 같은 책, p.47.

하(V.)······언어의 일탈성, 코드성이 약한 기호 — 복합 기호polysemic

— 발신 지향적 텍스트[72]

---

72) 타르투 학파의 테제집은 텍스트의 유형을 수신자 쪽에다 둔 것과 발신자 방향에 둔 것으로 나누고 있다. 전자는 산문, 기록영화 등 알기 쉬운 것에 가치를 둔 것이고 후자의 것은 예언서, 성서적 텍스트, 시 등 말하는 쪽에 중점을 둔 것으로 그 내용이 비교적(秘敎的)인 난해성을 띠고 있는 것이다.

B. A. Uspenskij, "Structure of Textes and Semiotics of culture," *Thesis on the Semiotic Study of Cultures* : 3.2.2. In p.9. Jan Van Der Eng and Mojmir Gryarc(ed.)(1973), *Structure of Texts and Semiotics of Culture*(the Hague : Mouton)에서 재인용.

3 병렬법parallelism과 변이태

우리는 지금까지 상하의 이항 대립을 이루는 네 개의 사항들(화음과 같은)과 그것을 각기 횡으로 연결해 주고 있는 연쇄측(멜로디와 같은)으로 된 텍스트의 언술을 밝혀낸 셈이다. 그 결과를 하나의 도표로 정리해 보면 「市日」의 구조가 병렬적인 두 문장parallelism으로 된 이행시의 변형이라는 숨겨진 구조를 발견하게 된다.

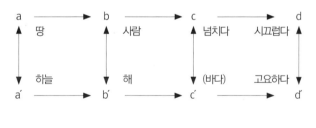

〈도표 3〉

이것은 이항 대립의 선택축을 결합축으로 옮겨놓았을 때 생겨나는 전형적인 병렬parallelism 구조이다. 이 병렬 구조는 야콥슨이 바로 시적 언어의 기능과 구조를 규명하는 핵심적인 문제로서 다루어 온 것이며 특히 대구법과 같은 전통적인 시법을 지니고 있는 한시(漢詩)의 주류를 이루고 있는 것이다. 야콥슨은 하이타워 Hightower 교수의 말을 인용, 중국에는 29형이나 되는 병렬법이 있음을 밝히고 있으며, 그러한 병렬법은 우랄 알타이어의 구송시에서 많이 발견된다고 증언하고 있다.

일반적인 언어 기호의 특성 가운데 가장 큰 것으로 지적되어 온 것은 시간적인 순차성이었다. 즉 말은 불가역적인 선조성lin-earity으로 되어 있다는 점이다. 이 때문에 레싱Lessing은, 문학을 조각과 같은 공간 예술과 구별하여 시간 예술의 분야로 보았다. 그러므로 '文'과 '文'을 잇는 문법의 범위를 벗어난 그 언술의 차원에서도 역시 언어는 시간의 지배와 그 선조성에서 벗어날 수가 없는 것이다.

그러나 「市日」의 구조를 보면 '왕은 병이 들었다', '왕은 죽었다', '왕국은 망하였다'와 같은 사건이나, 행위의 이론적 인과 관계나, 시간적 선후의 서사적인 언술narrative discourse과는 분명히 다른 언술로 되어 있음을 알 수 있다. 상(V+)/하(V-) 공간으로 구성된 「市日」의 그 시적 언술에는 순차적인 서열sequence이나 논리적 인과 관계의 선후가 개입할 여지가 없다. 즉, 그것은 어느 하나가 어느 하나에 흡수되거나 연속되어 하나의 선을 이루는 것이 아니라 문자 그대로 서로 마주 보고 있는 평행선의 두 선과도 같은 기능을 갖고 있기 때문이다. '人波'와 '白日'에 대한 기술은 공기적(共起的)인 동시성을 나타낸다. 독립된 한 개의 선만으로는 아무런 의미 작용도 할 수 없는 것과 같은 경우이다.

　　보통 것과는 다른 존재인 선이란 게 있다. ……단지 한 줄의 선만으로는 의미가 생기지 않는다. 거기에 표현을 주는 것은 두 번째의 선을 그었을 때이다. 그것은 중대한 법칙이다.[73]

　데리다가 그의 저서 『차이와 에크리튀르』에서 원용하고 있는 드라크르와Delacroix의 이 말은 그대로 병렬법의 중요성과 그 특성을 잘 설명하고 있다.

　병렬법은 광범위한 성격을 띠고 있어 언어의 모든 계층 위에서 나타난다. 그러나 지금까지 주로 연구되어 온 것은 음성과 문법(통사적)의 층위에서였다. 그러나 병렬법은 그보다 상위에 있는 의미론적인 층위와 서사적 언술narrative discourse에서도 똑같이 일어나고 있는 특성이다. 그러므로 병렬적 구조는 언어 외적인 것으로 생각해 온 일반문화의 영역까지도 그 언어 체계를 모델로 하여 관찰할 수 있는 근거를 마련해 주는 것이다.

　야콥슨 자신이 포모르스카K. Pomorska와의 대화에서 밝히고 있

---

73)　J. Derrida(1973), *Writing and Difference, tr.* Alan Bass(Chicago : The Univ. of Chicago), p.15.

는 것처럼, 시와 산문 속에서 나타나고 있는 병렬성은 현저한 계층적 상위점相違點을 갖게 된다.

　시에 있어서 병렬성의 구조 자체를 형성하는 것은 바로 시구이다. 총체로서의 시구의 운율 구조나 선율 단위와 행, 그리고 그것을 구성하는 운율 부분의 되풀이, 이와 같은 것이 문법적, 어휘적인 의미론의 모든 요소들을 병렬로 배분한다. 그래서 싫어도 음이 의미에 우선하게 된다. 그러나 역으로 산문에서는 병렬의 구조를 우선적으로 조직하는 것은 여러 가지 힘을 지니고 있는 의미 단위이다. 그리하여 이 경우에 유사·대비, 또는 인접에 의해 결합되는 단위의 병렬성은 플롯의 구성, 행동의 주체와 대상의 성격화, 이야기 테마의 줄기에 적극적으로 영향을 준다.[74]

　공간 텍스트의 구조 속에서 일어나는 병렬법은 '음성'도 '의미'도 아닌 문자 그대로 공간을 단위로 한 것이기 때문에, 시와 산문을 다 같이 포괄할 수 있는 층을 형성하게 된다. 그리고 공간 체계 속에서 병렬법의 구조와 기능은 더욱 분명하게 밝혀진다. 본질적으로 모든 공간은 그 자체가 병렬적 구조로 이루어져 있다. 건축을 보면 알 수 있을 것이다.
　청마(靑馬)의 텍스트에는 '소리' 중심의 병렬법은 거의 찾아볼

---

74)　R. Jakobson, K. Pomorska(1980), *Dialogues*(Paris : Flammarion), pp.105-106.

수가 없다. 청마뿐만 아니라 운율법이 시의 형태를 직접적으로 결정짓는 인도-유로피언Indo-European이나 중국과 달리 한국의 경우에는 특히 운율 형식의 우선성만으로는 시적 언술의 변별 특징을 찾아낼 수가 없다. 자연언어의 음운에 해당하는 공간(기호 형식) 체계는 운과 관계없이 시와 산문(소설)의 병렬적 구조를 동일한 기준에 의해 관찰할 수 있게 한다. 그래서 시적 언술과 서사적 언술의 유사성과 그 차이성의 변별적 특징을 밝혀낼 수 있게 된다. 지금 이 자리에서는 자세히 설명할 수는 없지만 앞으로 청마 시의 이 병렬 구조의 특성을 살펴보면 그 검증이 용이해진다는 사실이 자연스럽게 밝혀지게 될 것이다.

야콥슨은 「문법적인 것과 러시아어에 있어서의 국면」이라는 논문에서 병렬법이란 용어를 제일 먼저 쓴 연구가로 로버트 로우스Robert Lowth의 이름을 들고 있다. 그리고 1778년에 간행된 그의 저서에서 다음과 같은 용어법의 정의를 인용하였다.

시의 어느 1행이 다른 1행과 대응하는 것을 나는 병렬법parallelism이라고 부른다. 어느 명제가 설정되고 다른 명제가 그것에 추가subjoined되거나 그 아래에 그려지게 되어 먼저 것과 의미에서 등가나 또는 대립을 이루고, 혹은 문법적 구조의 형식에서 서로 유사한 경우, 나는 그것들을 병렬 시행이라고 부르려 한다. 그리고 대응하는 시행에 있어서 서로 대응하는 어휘나 구를 병렬 어구라고 부르겠다. 병렬 시행은 다음의 세 종류로 간추릴 수가 있을 것이다. 동의적 병렬 시행parallels synonymous, 대립적 병렬 시행parallels antithetic, 종합적 병렬 시행parallels synthetic······ 이런 종류의 몇 병렬 시행이 끊임없이 서로 섞이게 된다는 것, 그래서 이러한 혼합이 그 작시법에 변화와 미美를 부여한다는 것을 주목해 두어야 할 것이다.[75]

이러한 고전적인 정의가 청마 시의 구조(공간적 병렬성)를 파악하고 분석하는 데에 여전히 그 유효성을 잃지 않고 있다는 것은 야콥슨이 근대 시학의 선구자라고 부르는 홉킨스Gerard Manley Hopkins의 말에서도 드러난다. 홉킨스는 "시의 작위적 부분 그리고 아마도 모든 기법들은 병렬법의 원리에로 환원될 수 있을 것이다"라고 하면서 "그 효과가 유사성일 경우에는 은유·직유·우화 같은 것들이 되고 그것이 비유사성이 되면 반대법antithesis, 대조법 등이 된다"[76]고 그 특성을 분류하고 있다. 그 말을 받아서 "음의 등가성을 구성 원리로 하여 서열 위에 투사되면 어쩔 수 없이 의미의 등가성을 띠게 되고, 서열의 그 같은 구성 요소는 언어의 어떠한 면에서도, 유사성을 위한 비교와 비유사성을 위한 비교라

---

75) R. Jakobson(1981), "Grammatical Parallelism and Its Russian Facet,", 앞 글, p.99.
76) 앞 글, p.99.

는 두 개의 상관적 경험의 어느 한편에 치우치게 된다"[77]라고 야
콥슨 자신이 그와 동일한 정의를 내리고 있다.

윗글에서 음이란 말을 공간이라는 말로 바꾸면 그것이 바로 이
차 모델 형식 체계에 있어서의 공간적 병렬 구조를 설명하는 정
의가 될 것이다.

두말할 것 없이 「市日」의 병렬 구조는 '비유사성을 위한 비교'
즉 대립과 대비의 병렬법에 속한다. 하늘과 땅의 병렬 구조는 이
미 앞에서 본 대로 시의 언술을 결정짓고 있으며, 그 수사적인 면
(문체)에까지도 깊숙이 투사되어 있다는 것을 알 수 있다. 그리고
동시에 시적인 의미 구조 전체에 관여하고 있다. 왜냐하면 공간
의 상/하 병렬이 유사적 관계냐, 비유사적인 대립이냐로 시의 구
성은 물론 뜻만이 아니라, 시인의 태도, 시점 자체가 달라질 것이
기 때문이다.

쟈브론스키Jablonski[78]는 중국 문학 형식의 가장 현저한 특징을
여러 가지 형태의 병렬법으로 설명하고 그것이 중국적 세계관과
깊은 관계가 있을 것이라고 보고 있다. 세계는 시간 속에서 교체
되며, 공간 속에서 대립하는 두 개의 원리의 작용으로 나타난다.
원리라고 하기보다는 오히려 성(性, sexes)이라고 해야 옳을 것이다.

77) 앞 글, p.40.
78) 앞 글, p.103.

왜냐하면 사람들은 이 세상을 한 쌍의 결합이고 동시에 대립이기도 한 사물, 속성, 양상이 분할된 것으로 믿고 있기 때문이다.

여기에서 성이라고 한 것을 음양, 즉 역易의 건곤乾坤을 뜻한 것으로 본다면 청마의 병렬 구조도 그와 일맥상통하는 것임을 알 수 있다. 청마만이 아니라 용비어천가龍飛御天歌와 같은 대구법은 말할 것도 없고 많은 의성어·의태어를 비롯해 음성陰性/양성陽性의 모음조화 같은 병렬 구조로 되어 있는 한국어 전체에도 들어맞는 말이다.

병렬 구조는 단순한 두 개의 평행선적인 대칭으로 본다면 그것은 정태적인 것이 되고 닫혀진 구조가 된다. 거기에서 운동은 생겨나지 않는다. 공간을 단위로 한 병렬성의 특성은 그 형식적 구조를 파괴하거나 혹은 변형시킬 때 보다 큰 시적 효과를 발휘하게 된다. 「市日」의 심층적인 구조가 도표 3에서처럼 병렬성을 띠고 있으나 그것이 시의 표층적인 면에서는 통사적 위치가 바뀌어 순환적인 원 구조를 이루고 있다. 즉 도표 4처럼 한쪽 끝이 다른 한쪽의 머리에 와 닿는 변형 구조로 되어 있다.

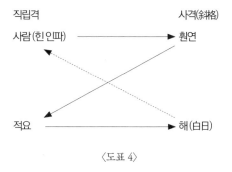

〈도표 4〉

그렇기 때문에 통합축의 서열 관계에 반영된 병렬법은 격자 모양이 아니라, 태극 모양의 순환 구조로 바뀐다. 거기에서 프랑소와 쳉François Cheng[79]이 주장하고 있는 것 같은 동양의 음양적 병렬 구조의 특성이 나타나게 된다. 동양의 병렬법은 음양론처럼

---

79) F. Cheng(1975), "Le Langage Poétique en Chinois," *La Traversée des Signes*(Paris : Seuil), pp.63-64.

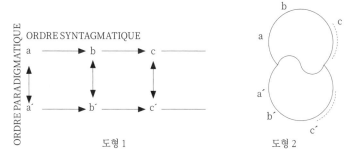

쳉은 '왕유(王維)의 시 '明月松間照 / 淸泉岩石上流'를 병렬법의 예로 들고 그것을 위와 같

상보성(相補性)이 강한 것들이 많으며 그것이 공간 기호 체계에도 그대로 반영되어 나타난다.

또 하나의 운동은 병렬·대칭 구조가 표층으로 나타날 때 공란이 생겨나게 되면 자신의 상상으로 그것을 메꾸지 않으며 안 된다. 이미 병렬적인 공간 체계가 주어져 있어 독자들은 그 코드에 따라 빈칸을 메워가는 것이다. 이렇게 해서 텍스트의 엔트로피 entropy치가 높아지고 병렬법의 도식성은 오히려 비도식적인 시의 언어들을 생성한다.

앞에서 인용한 바 있는 「슬픈 太陽」은 「市日」처럼 인간과 태양을 병렬 구조로 나타낸 것이지만 「市日」의 구조와는 달리 대칭을 이루는 이항 관계군의 사항들 가운데 어느 한쪽이 결락(缺落)되어 있는 빈칸들이 많다.

> 해여 네가 끝네 어엿하고ⓐ 곱고ⓑ 어질기만ⓒ 하듯이
> 마침내 그들이 제 업보로서ⓓ 씨 하나 남지 않는
> 망멸로ⓔ 글러 떨어지기로니ⓕ……
>
> ―「슬픈 太陽」

은 도형으로 밝혔다. 동양의 시는 도형 1이 아니라 도형 2라고 설명하고 있으나 왕유의 시는 그 구조가 도형 1로 되어 있어 설득력이 없다. 그러나 도형 2를 청마의 「市日」에 적용하면 훌륭하게 부합된다.

上/해(하늘)	下/인류(땅)
긍정어의 계합paradigm	부정어의 계합
a 어엿하고	a′ (⋯⋯⋯)
b 곱고	b′ (⋯⋯⋯)
c 어질기만	c′ (⋯⋯⋯)
d (⋯⋯⋯)	d′ 業報
e (⋯⋯⋯)	e′ 亡滅
f (⋯⋯⋯)	f′ 굴러 떨어지고

〈도표 5〉

태양을 말할 때에는 그와 병렬을 이루는 인류 쪽이 빈칸으로 남아 있고(a′b′c′) 인류를 말할 때에는 그것들의 대립항인 해(def)가 공백으로 남아 있다.

그리고 상/하의 공간적 병렬 구조에 의해 빈칸에 들어가야 할 말이 상대편의 반의어라는 것을 알고 있지만 실제로 자연어에서 거기에 꼭 맞는 사항을 찾아내기는 힘들다. 즉 빈칸 자체가 공백인 채로 표현적인 것이 된다. 그것들은 부재인 채로 차이를 만들어내는 이른바 '영도의 기호signe zero'[80]라는 것이 된다. 이것을 더 심화·발전시키면 데리다가 말하는 흔적, 차연(差延, differance)과

---

80) R. Jakobson(1971), *Selected writings* Ⅱ, I Word and Language(Haguei: Mouton), p.211. 참조.

같은 원(原)에끄리뤼르와 통하게 되고[81] 또는 잉가르덴이나 이저 Iser가 말하듯이 독자가 참여함으로써 비로소 완성되는 비결정소 (非決定所, indeterminacy)[82]의 텍스트가 될 것이다.

청마의 시적 형태를 기술하는 데 있어서도 공간적 병렬 구조는 가장 중요한 기준이 된다. 「市日」의 경우는 상/하의 공간이 대립되어 비유사적 병렬성을 나타낸다. 최종적으로 상上은 긍정(+), 하下는 부정(-)의 평가를 지시하고 있다. 그러면서 '쌍방이 서로 보완하면서 그 효과를 높이고 강하게 하는'[83] 작용을 한다. 땅의 시끄러움은 사람들이 많이 모여 넘치는 것으로 강화되기보다 태양이 떠 있는 하늘을 텅 비게 함으로써 그 시끄러움을 증대시키는 것이라고 할 수 있다. 그리고 하늘은 새 한 마리 날지 않는 허공만이 아니라, 땅에 인파가 넘치고 시끄러울수록 더욱 적요해진다.

이러한 대비적 구조 V(-/+) 또는 V(+/-)의 형태로 기술될 수 있는 것으로 그의 「아리아」라는 시에서 보듯이 하늘/땅 사이에 하나의 경계선을 만드는 기법에 의해서 대립 차이를 만들어내고 있는 시들은 모두 여기에 속한다. 이 지붕(경계)이 완전히 덮여버려 강화

---

81) J. Derrida(1967), 앞 글 참조.

82) W. Iser(1978), *The Act of Reading*(Boltimore, Johns Hopkins Univ. Press), pp.172-175 참조.

83) R. Jakobson(1971), "Parallelism in Russian Facit," *Selected Writings* Ⅱ, p.102 참조.

되면 하늘/땅의 병렬성은 대립으로 나타나 '판테옹의 하늘처럼', '하늘은 하늘', '땅은 땅'이 되어 궁극에는 하늘과 땅이 분리·독립성을 띠게 된다. 그래서 그 병렬 구조는 파괴되고 끝내는 공간성을 상실하게 된다. 자연 언어의 전달적 기능만으로 기술된 이념적인 메시지의 시, 말하자면 비공간적 텍스트가 되어버린다.

반대로 그 지붕의 구멍이 너무 뚫어지게 되면 '天上遊園처럼' 땅과 하늘엔 거의 시차성示差性이 생겨나지 않는다. 기호의 해체가 이루어진다. 이 공간 코드를 강화, 약화, 또는 구축, 해체로 청마 시는 다양한 공간 텍스트의 변이태를 만들어내고 있다. 공간의 탄생과 소멸, 생성과 쇠퇴의 순환을 하면서 시는 이항 대립의 도식성에서 벗어나게 된다. 그러나 '벗어나기 위해서'는 이항 대립의 튼튼한 공간의 구조가 먼저 요구된다. 이항 대립으로 구축된 병렬 구조와 그 유사성으로 이루어진 반복의 병렬 구조는 서로 밀착되어 있는 손등과 손바닥과 같은 시의 양면을 이루게 된다.

4 상/하 분절과 그 변이태

앞에서도 간단히 말했지만 「市日」의 시적 언술은 하늘과 땅의
차이화에 있다. 그런 점에서 천자문의 첫 구절에 나오는 '天地玄
黃'이라는 언술과 대단히 유사하다.

공중(하늘)은 보통 회화에 있어서는 단순한 배경 구실밖에 하지
못한다. 오히려 화가들의 입장에서 보면 무엇인가로 메꿔야만 될
가장 거북스러운 공간이라 할 수 있다. 그러므로 바슐라르는 '화
가와 시인에게 있어서 푸른 하늘은 전혀 다른 문제'[84]에 속해 있
는 것이라고 지적한 바 있다. '글을 쓰는 사람에게 있어서 하늘은
단순한 배경이 아니라 시적 대상이 되는 것이므로 그것은 은유로
사용되었을 때만이 비로소 그 생명을 지닐 수 있게 된다'는 주장
이다. 바슐라르가 말하고 있는 시적인 하늘, 회화와 구별되는 그
은유화한 하늘이란 곧 몽상을 자아내게 하는 물질화를 의미하는

---

84)   G. Bachelard(1943), 앞 글, p.187.

것이지만 기호론의 입장에서 볼 때에는 그 물질화를 기호 체계, 즉 변별 특징으로 바꾸어 생각하면 된다. 청마가 초기에서 말년에 이르기까지 거의 동어반복처럼 그 많은 하늘을 되풀이해서 써온 것은 바로 하늘과 땅의 대립이 모든 의미를 생성하는 차이화의 변별적 기준이 되었기 때문이다.

청마에게 있어 시를 쓴다는 것은 이미 있는 의미를 전달하거나 표현하는 것이 아니라 그런 의미를 산출하는 행위였다고 할 수 있다.

말하자면 시를 쓴다는 것은 등질적이고 연속적인 공간에 일격을 가함으로써 금la brisure가게 하는 행위와도 같은 것이다. 그 금 혹은 그 틈이라는 말에 대해서 라포르트Roger Laporte는 서간문에서 이렇게 적고 있다.

'당신은 차이와 분절을 동시에 나타낼 수 있는 한 마디 말을 꿈꾸어 왔던 게 아닌가 싶습니다. 그런데 우연히도 내가 로베르 불어사전에서 찾아낸 것이 바로 그 말인 것 같다는 생각이 듭니다…… 그것은 brisure(結節, 금)이라는 말입니다.—깨어진 것 갈라진 부분 틈이 나 있는 것, 금간 것, 파쇄단층 분열 파편…… 나무나 쇠붙이의 두 부분을 연결하는 경첩의 이음새, 덧문이 접혀진 곳 이음새'[85] 차이와 분절을 동시에 나타내는 이 부리쉬르란 말

---

85) J. Derrida(1967), 앞 글, p.65.

이 우리나라의 말에는 없지만 청마의 시를 읽어보면 도처에서 그런 틈, 단층, 이음새를 발견할 수 있다. 실제로 하늘과 땅 사이에 금을 가게 한 그의 수법으로 '지붕'을 그 예로 들 수가 있다.

> (······)
> 자옥히 백만 장안의
> 지붕의 밀물
> 기왓골의 이랑
> 첩첩이 잇닿고 겹치고 잇닿아 넘쳐나는
> 용마루와 용마루와 용마루와 용마루와
> 처마와 처마와 처마와 처마와 처마······
>
> 이것은 어쩌면
> 저 헛하고 가이없는 지엄한 면전에서 피하기에
> 덮어 가리운 인간의 덮개
> 이 순간에도 저 덮개 밑 바닥에선
> 낳고 죽고 살고, 미움과 사랑과 어짐과 어리석음과······
> 얼마나 덧없고도 애달픈 애환이 그지없이 이뤄지는 중이올시까?
> 어쩌다 뚫린 덮개의 구멍은
> 얼마나 깊은 그 깊이올시까?
> 거기서 내다보면 얼마나 높고 푸른 하늘이올시가?

「아리아」[86]라는 이 시에는 '안상철 작 「殘雪」에'라는 그림에 대한 부제가 붙어 있다. 그러나 이 시가 보여주고 있는 기와와 처마는 하나의 회화성이라기보다 하늘과 땅을 분절하고 차이를 주는 경계선의 작용을 한다. 부리쉬르라는 말에는 틈이란 뜻과 동시에 경첩이라는 뜻이 있어 두 쪽으로 분할된다는 것과 동시에 그것을 연결해 준다는 양의성을 나타내고 있듯이, 청마의 지붕도 그와 똑같은 의미 작용을 하고 있다. '부리쉬르'란 말이 청마의 시에 오면 '덮개'가 되는 것이다. 그것은 하늘과 땅의 견고한 경계와 그 분리를 나타내 주고 있으면서도 동시에 그것은 그냥 덮개가 아니라 구멍이 뚫린 것으로 설정된다. 이 분리와 연결의 흔적은 '대립은 동일성을 전제로 하고 있다'[87]는 원리뿐만 아니라 하늘과 땅의 차이화를 오히려 그 뚫린 구멍으로 더욱 심대하게 하는 것이다. 덮개가 두꺼울수록 그 구멍으로 보이는 하늘은 깊

---

86) 『파도야 어쩌란 말이냐』, 116쪽.

87) 대립은 대립물을 서로 구별하고 있는 징후만이 아니라, 대립의 양항에 있어 공통적인 그 전제가 있어야 된다. 이들 징후는 '비교의 기초'를 갖고 있지 않는 두 개의 사항, 바꿔 말하면 공통의 특징을 하나도 가지고 있지 않는 두 개의 사물(말하자면 잉크병과 의지의 자유)은 결코 대립시킬 수가 없다. N. Trubetskoy, "Essai d'une Théorie des Oppositions Phonologiques," *Journal de Psychologie* ⅩⅩⅩⅢ, pp.5-18.

고 높고 푸르다('거기서 내다보면 얼마나 높고 푸른 하늘이올시가').

그리고 그 상방/하방의 시차성은 회화성에서 음악성으로 옮겨 지붕과 용마루, 그리고 처마는 '의미의 경계, 시각의 경계에서 청각적인 대응'으로 바뀐다.

'上, 하늘'은 '……은은한 솔로…… / ……비바체…… / ……아다지오 돌체' 등의 그 변화를 나타내고 그와 대립되는 '下, 땅'의 지붕 밑 세계는 간장으로 스며드는 '아리아'로서 표현된다.

「아리아」는 「市日」에 비해 행수만으로 계산해도 거의 10배가 넘는 시이지만 그 공간 구조에 있어서는 조금도 다를 것이 없다. 장터에 넘쳐나는 그 시끄러운 인파는 그대로 백만 장안의 지붕 밑에 살고 있는 그 사람들이다. '첩첩이 잇닿고 겹치고 잇닿아 넘쳐나는'의 표현에 우리는 「市日」의 넘쳐나는 인파의 그 밀집성과 동일한 특성을 찾아낼 수 있다.

가) 「비오 十二世」—상/하 이원 구조의 특성

이항 대립이 강화되어 가는 텍스트 형성 과정을 살펴보면 그 대립이 균형을 이룬 것으로 「비오 十二世」[88]를 그 모델로 들 수 있다.

---

88) 『뜨거운 노래는 땅에 묻는다』(서울 : 東西文化社, 1960), 95-98쪽.

'인 노미네 딸국, 빠뜨리스 엘 딸국, 필리이엘 딸국, 딸국……'

과거 현재 미래를 넘어 무량광대, 우주의 절대 권능자이신 천주의 地上의 대리자요 패덕한 「實證」만이 독점 번영하는 이 이단의 세대에서도 짐짓 범치못할 천주의 엄존(嚴存)을 증거하여 거룩한 이적까지 보이신 당신을 무엄히도 야유하려는 뜻은 손톱만치도 아니올시다.

—「비오 十二世」, 1연

「비오 十二世」의 첫 시구는 '인 노미네 딸국, 빠뜨리스 엘 딸국, 필리이엘 딸국, 딸국……'이라는 암호 같은 소리로 시작된다. 그러나 전체가 잡음(雜音)으로 들리던 이 소리는 시행이 옮겨지면서 서서히 의미화하기 시작한다. 그 딸꾹질 소리가 횡격막의 병으로 앓다 죽은, 즉 딸꾹질을 하다가 세상을 떠난 비오 12세를 가리킨 것임을 알게 되면 그것이 라틴어의 장중한 경문과 대비하여 익살스러운 효과를 자아내게 된다. 농산물 품평회의 시상식 행사의 산문적인 말들이 엠마 보봐리와 레논의 사랑의 대화 속에 병렬적으로 끼어드는 것과 똑같은 효과이다.[89]

그러나 딸꾹질 소리가 하나의 의미 작용을 갖고 분절과 차이가 이루어지게 되는 것은 3연에 이르러서이다. 즉 공간의 상/하 체

---

89) Joseph Frank(1976), *The Widening Gyre*(Bloomington & London : Indiana Univ. Press), pp.14-15.

계가 대립적인 병렬성을 드러내게 될 때부터이다. 2연에 제일 마지막 '歸天케 한'의 시구로 비오 12세는 '하늘'에 위치하게 되고 3연에는 그것과 대응하여 거리의 뒷골목, 대폿집 등으로 설정된 지상(땅) 공간이 구축된다.

보십시오. 여기 넝마전같이 모여 엉긴 이 숱한 병자들을. 하루의 마지막 석양빛이 치솟은 건물들의 창유리에 비껴들고 인간이 낙엽처럼 쓸려 넘쳐나는 거리에 어설픈 으스름이 서글프게 짙어 올 무렵이면 그리운 듯 병자가 병자를 찾아 서로 모여드는 여기 뒷골목 대폿집 같은 데 찌그러진 문짝을 제끼고 들어서량이면 희멀건 약주발 아닌 약주 주발을 앞에들 놓고 갖은 삐뚜러진 모양새의 죄스런 만물의 영장들!

─「비오 十二世」, 3연

'보십시오. 여기'라는 첫 마디 전이사(轉移詞)는 가까운 근방의 장소성을 나타내고 있으며 '여기'는 그 병렬 체계 때문에 자연히 비오 12세가 있는 '저기'와 대비적 의미를 내포하게 되고 '보십시오'라는 말은 지금까지 그 대상이 '저기'(하늘/V+)를 보고 있었다는 언표이다.

여기(땅) ─ 저기(하늘)

그리고 '여기'는 거리→뒷골목→대폿집의 구체적인 장소로 점점 좁혀져 가면서 하방성의 변별 특징인 후방성('뒷') 협애성('골목') 폐쇄성('찌그러진 문짝으로 들어설 양이면, 대폿집')을 보여주고 있다.

그리고 이미 「市日」에서 본(넘쳐나는 人波)[90] 그대로 그 땅에 위치해 있는 것은 '인간'이고 그 인간들은 하방성을 더욱 강화하는 이미지인 '낙엽'–추락성, 그리고 '넝마같이 모여'–군집성, '엉긴'–밀집성이라는 말과 함께 동위태(同位態, isotopy)를 형성한다. 그것을 한마디로 표현한 것이 '쓸려 넘쳐나는 거리'이고 동시에 '병자'란 말이다. 즉 땅→뒷골목, 거리, 사람→병자로 그 하방 공간의 변별 특징을 극대화한 것이다. 그렇게 됨으로써 상방에 있는 「비오 十二世」의 병자와 하방에 있는 병자가 시차성示差性을 갖게 된다. 말하자면 병까지도 공간의 시차성에 의해 상/하로 분절·분할되고 있는 것이다. 그러므로 같은 병이라도 그 의미 작용이 달라져 육신을 파괴하는 병(V+–비오 十二世)과 정신을 망치는 병(V-–술집거리의 인간들)으로 구분된다.[91]

---

90) 하방, 상방의 변형적 대립으로 로트만은 자블론스키Zablonski의 시 분절에서 〈상〉 넓은 것, 〈하〉 좁은 것étroit을 들고 있다. Yu. Lotman(1970), 앞 글, p.318.

91) 상/하의 분절이 정신성과 육체성을 나타낸다는 것은 가장 보편적이고도 오래된 것이다. 그러므로 중국에서는 같은 영혼이라도 상방에 있는 것을 '신神', 하방에 있는 것을 '귀鬼'로 구분하였다. Jean Chevalier, Alan Gheerbrant(1969), *Dictionnaire des Symbols*(Paris : Seghes), p.50.

그래서 '딸꾹' 소리는

① 딸꾹 – 잡음
② 딸꾹 – 익살, 야유(라틴어 기도문과 대립되는 것)
③ 딸꾹 – 병의 소리(횡경막을 앓는 비오 十二世에서)

에서 이윽고 ④ 단계에 이르면 그 소리는 술집에서 떠드는 소리, 즉 육체의 병을 앓고 있는 인간들의 소리와 대립된다.

(……)

지금 이들은 완강한 육체 대신 영혼이 모진 질병에 사로잡혀 이렇게 늘 모두 경련질에 휘몰려 있는 것이오나.

— 자신마저 학살하고 눈만 유독 열에 타는 녀석, 대언장어大言壯語 뇌까려 자기비열自己卑劣을 가리우려는 녀석, 삐뚜러진 조소嘲笑로써 흙탕치는 녀석, 가롯유다같이 숨가빠하는 놈, 카인처럼 우울한 놈, 바라바처럼 태연한 놈……

— 「비오 十二世」, 4연

딸꾹질은 경련질과 대응하게 되고 마침내 기도문인 '인 노미네'와 대립되었던 딸꾹질 소리는 술집에서 지껄이는 경련질의 소리, '大言壯語', 자기 비열을 가리우는 소리, 조소, 흙탕치는 소리 등과 대비된다. 그 소리들은 구조적으로 「市日」에서 보여준 시끄러움(원연)과 등가 관계를 갖는다.

④ 소리의 대립 { V₊ 딸꾹질 소리   육신을 앓는 병의 신호
                V₋ 술집에서 떠드는 소리   경련질 소리,
                                정신을 파괴하는 병의 신호

이렇게 해서 마지막 5연에 오면 딸꾹질 소리는 최종 단계의 대립항을 형성하며 그 의미가 변형된다.

마침내 당신이 불축히도 모욕당한 그 육신을 판잣집이나처럼 버리고 간 저 어디에 하늘이 결코 죽음으로써 인도되는 피안(彼岸)에 있는 것은 아니거니, 보십시요. 이 죄스런 병자들의 갖은 찌그러진 모양새를 아련히 물들여 비쳐오는 먼 놀빛 같은 지옥의 불꽃반영을! 어쩌면 이 곱디고운 저녁놀빛이야말로 내일의 한량없이 청명할 영혼의 새 아침을 조짐하는 기약의 거룩한 빛은 아니오리까?

— 「비오 十二世」, 5연

하늘은 지옥과 그리고 영혼은 육신과 이항 대립 관계를 가지면서 상방/하방의 병렬성은 양극화된다. 딸꾹질 소리와 술집에서 떠드는 인간의 소리는 다섯 번째 단계에서 빛으로 전환되는 것

이다. 딸꾹질 소리는 곱디고운 저녁노을이 되고, 술집의 그 소리들은 인공의 불빛(전깃불)이 된다. 현재의 빛은 다시 미래의 빛으로 연장되어 또 한 번 병렬적인 전환을 이루게 된다. 그래서 저녁노을은 내일의 한량없이 청명한 영혼의 새 아침을 조짐하는 기약의 '거룩한 빛'이 되어 상방으로 오른다. 그와 대립하여 술집의 인공의 불은 하방으로 굴러떨어져 지옥의 불꽃을 반영한다.

⑤ 빛의 대립 { V+ 저녁 노을빛 (상방성) - 아침 햇빛의 거룩한 빛의 반영
            { V- 술집의 불빛 (하방성) - 지옥의 불빛을 반영
                                      (텍스트의 시간은 저녁으로
                                       설정되어 있다.)

말하자면 딸꾹질 소리로 상징된 비오 12세의 육체의 병은 저녁노을빛이 되어 육신에서 벗어나 영혼의 빛으로 부활되지만, 정신을 앓고 있는 술집 인간들의 병은 정신이 무너지고 육신이 그 지옥으로 하강한다.

⑥ 운동의 대립 { V+ 상승(상방성) 영혼   천국
             { V- 하강(하방성) 육신   지옥

이렇게 해서 처음 '인 노미네……'에 대한 잡음이요 익살이요 방해물이던 '딸꾹 소리'는 마지막엔 반전 작용을 통해 기도문과 동위태를 이루게 된다. 그 변형 생성 과정은 모두 두 개의 평행

선 같은 병렬 구조에서 비롯된다. 그리고 그런 구조를 만들어내는 것은 상/하 수직 공간의 대립 체계에서 비롯된 기호들이다. 그러나 같은 V(+/-)의 공간적 구성 요소를 가진 병렬적 텍스트라 해도 그 배치의 특성에 따라 전혀 다른 의미를 낳기도 한다. 만약 그 병렬 관계에서 어느 한쪽이 그 대립항에서 완전히 떨어져 나가면 상은 상, 하는 하로서 차이성을 잃게 된다. 말하자면 하늘과 땅 사이의 지붕에 뚫린 구멍이 완전히 막혀버린 경우이다. 이 단절의 두꺼운 경계에서는 상-긍정, 하-부정의 가치 대립이 중심적인 것이 되어서 그 병렬성은 문자 그대로의 평행선을 띠게 된다. 구체적으로 말하면 「市日」의 경우에 있어서 '~하건만'이라는 반대접속어미에서 보여주고 있는 것 같은 화자의 태도와 시점에 따라 병렬 구조의 균형이 완전히 한쪽으로 기울어져 버린 텍스트이다.

나) 「염소는 薔薇순을 먹고」— 상/하 이원 구조 변이태

「염소는 薔薇순을 먹고」는 상/하의 이항 대립으로 된 병렬 텍스트이면서도 그 성질이 전혀 다른 작품이다. 「비오 十二世」에서는 거룩한 천주의 대리자로 그려졌던 종교인이 이 텍스트에서는 신의 '마름들'로 전락되어 있으며 지옥과 비교되던 지상의 인간들은 거꾸로 '天國의 무싯날'과 같은 평화성을 갖는다.

이러한 이념의 차이는 다름 아닌 공간의 병렬적 구조의 변이태variant에 의해 생성된다. 「염소는 薔薇순을 먹고」 역시 「비오 十二世」와 똑같이 상방에는 신을 하방에는 인간을 병렬시킨 종교적인 의미를 담고 있는 텍스트이다.

그러나 시를 분석해 보면 그 공간 구조는 다시 한 번 분절을 일으켜 변이태를 만들어내고 있는 것이다.

> 그의 돌아오기를 그의 마름들은 바라서
> 아침저녁 鍾樓의 종은 호들갑스리 울어도
> 건너 언덕배기 위 노상 뒷짐을 짚고 서서
> 감시하는 눈으로 이쪽을 바라보는 그의 엄숙한 모습도
> 녹음에 싸인 莊園도 여기서는 안 보인다.
> 그것은 여기는 그의 소작지구가 아닌 때문
>
> ─「염소는 薔薇순을 먹고」, 1연[92]

1연은 모든 것이 상방성(하늘-신)을 나타내고 있다.

'건너 언덕배기 위' '녹음에 싸인 莊園'은 모두가 언덕 위에 있는 파란 하늘을 지시하고 있는 것으로 높이의 상방성을 나타내고

---

92) 『波濤야 어쩌란 말이냐』(서울 : 정음사, 1984), 270-271쪽.

있는 시구들이다.[93] 동시에 아침저녁으로 종을 울린다는 종루 역시 교회를 뜻하는 제유이다. 의미만이 아니라 종루의 형태는 수직성을 나타내는 땅과 하늘을 잇는 매개항이 된다.[94] 그리고 '노상 뒷짐을 짚고 서서' '이쪽을 바라보는' '엄숙한 모습'이란 말로 암시하고 있는 신이 그 상방의 공간에 위치한다.

1연에서 이쪽이라고 불리어지고 있는 곳은 두말할 것 없이 하방에 있는 공간으로 인간들의 땅이다. 지상을 나타내는 공간적인 변별 특징은 「비오 十二世」의 그것과 다를 바가 없다. 그 '뒷골목의 대폿집'이 이 텍스트에서는 '地上의 뒷거리'로 되어 후방성, 협애성을 나타내고 있으며 「市日」의 복작거리는 장터는 '鷄舍'[95]로 기호화되어 있다.

　　지금 여기 지상의 뒷거리는
　　날이 밝은 鷄舍같은 복닥대던 아침무렵도

93)　이 시구에서 하늘의 공간적 변별 특징은 +상방성 +청색으로 되어 있다. P. Guiraud (1970), "L'azur de Mallarmé," *Essais de Stylistique*(Paris : Klincksieck), p.109 참조.

94)　P. Guiraud, *Sémiologie de la Sexualité*(Paris : Payot, 1987), p.42.

95)　니체는 관념의 세계를 건축물의 비유로 나타냈다. 청마도 니체의 공간과 유사한 것이 많으며 그 점에 있어서 매우 시사적인 문제점을 남기고 있다. Sarah Kofman, "Nietzche et la Métaphore," *Poétique 5*,(1971).

그런데도 이 텍스트가 「비오 十二世」와 정반대의 의미 작용을 갖게 되는 것은, 첫째, 병렬성을 이루고 있는 그 상/하의 공간 관계에서 찾아볼 수 있다. 「비오 十二世」의 하늘과 땅은 그 대립성이 상호 연관성을 가지고 대비적으로 배치되어 있는 데 비해서 「염소는 薔薇순을 먹고」의 경우에서는 그것들이 완전히 단절되어 있다는 점이다.

'이쪽을 바라보는 그의 엄숙한 모습도/녹음에 싸인 莊園도 여기서는 안 보인다./그것은 여기는 그의 소작지구가 아닌 때문'이라는 언표 행위는 하늘과 땅의 단절성을 분명하게 드러낸다. 특히 '여기에서는 안 보인다'라는 말은 필연적으로 '저기에서는 보인다'라는 반대 진술을 내포하고 있는 것이어서 같은 하방의 땅이지만 교회가 있는 곳(소작지)과 그렇지 않은 곳으로 그 장소가 다시 분할되어 있음을 알 수 있다. 그러므로 상/하의 차이를 나타내던 그 금과 균열은 대립에서 단절로 옮아가 버린다. 하늘과 땅의 경계선이었던 '아리아'의 그 지붕들에, 그나마 한구석 뚫려 있었던 구멍마저 완전히 막혀버리고 그 덮개가 더욱 두터워진 상태가 된 텍스트라고 할 수 있다.

그것은 천지가 분리되고 난 다음, 지상의 인간들로부터 숭앙을 받던 하늘의 신이 너무 멀리 떨어져 있고 너무나도 추상적이어서 인간들의 생활로부터 점차 잊혀지고 멀어져 가는 종교적 텍스트

의 과정과 비슷한 현상이다.[96]

그래서 이 텍스트는 적도 아프리카의 초원지대에서 사는 황
Fang족의 종교철학을 읊은 다음과 같은 노래와 유사한 구조를 갖
게 되는 것이다.

> 응자메(NZAME 신)는 위에 있고 인간은 밑에 있다.
> 신은 신이고 인간은 인간이다.
> 각자는 자기가 있는 곳을 자신의 집으로 삼고 산다.[97]

유신론적인 공간을 이루고 있던 「비오 十二世」는 '하늘은 하
늘, 땅은 땅'이라는 무신론적인 의미 공간으로 변환된다. 단순했
던 상/하의 공간 체계는 이 같은 변화 체계를 통해서 무한한 변이
태의 텍스트와 공간의 의미 작용을 만들어내게 된다.

그러한 변환 체계는 우선 화자의 시점 공간으로부터 비롯된다.
우리는 「비오 十二世」에서 화자가 상방을 긍정하고 하방을 부정
하는 태도를 분명히 읽을 수 있었지만, 그가 텍스트 내부에서 점

---

96) 엘리아데는 '천공(天空)의 지고신(至高神)들이 끊임없이 신앙 생활의 외곽으로 밀려나
거의 망각되고 있다. 그 대신 인간에게 가깝고 일상경험에 친근하고 인간에게 더욱 쓸모
가 있는 성스러운 힘들이 주도적인 역할을 하게 된다'라고 적고 있다. M. Eliade(1964), 앞
글, p.50.
97) 앞 글, p.54.

하고 있는 시점의 위치는 분명치가 않다. 「市日」의 경우에는 '~ 하건만'의 반대접속어미에서 그리고 「비오 十二世」는 '여기 보십시오'라는 전이사를 통해 암시되어 있을 뿐이다. 그러나 화자의 시점은 전지적인 것이어서 술집에도 있으며 동시에 그것을 부정하는 「비오 十二世」 같은 바깥 하늘의 공간에도 있다. 그러므로 그 시점은 두 공간을 대비하고 비판할 수도 찬양할 수도 있는 자리에 있다.[98]

그러나 이 텍스트에서는 다른 작품과 달리 유난히도 장소를 가리키는 지시 대명사들이 많이 사용되고 있다. 그것은 시점 공간을 분명히 명시하려는 태도의 반영이다. '건너 언덕배기', '이쪽을 바라보는' '여기서는 안 보인다' 그의 소작지구가 아닌 때문 '지금 여기 地上의 뒷거리는' 등의 예가 그것이다. '건너'이거나 '이쪽' 그리고 '여기'라는 말은 모두가 언표 주체(言表主體, sujet parlant)[99]에 따라 그 의미를 지니게 되는 것으로 이는 이 텍스트의 공간적 분절이나 그 의미가 전적으로 화자에 의해 형성되어 있음을 보여준다. 그리고 동시에 화자가 세 번이나 되풀이하고 있는

---

98)   Boris Uspenski(1973), "Point of View on the Spatial and Temporal Plane," *A Poetics of Composition*(Berkeley and Los Angeles California : Univ. of California Press), p.57 참조.

99)   언표 주체와 관념적 세계와의 관련에 대한 것으로는 크리스테바Julia Kristeva, "Qui Parle?," *Des Chinoises(1969)*, (Paris : seuil), pp.13-19 참조.

'여기'와 '이쪽'이라는 전이사(轉移詞, shifter)[100]는 모두 근접성을 표시하는 것으로 그가 땅의 입장에서 말하고 있음을 나타낸다. 중간적이거나 혹은 지상에 있으면서도 천상의 그것과 비교하여 그 차이를 드러내고 비판하는 태도와는 다르다. 그런 화자의 태도가 결국은 공간 기호의 변환 체계를 만들어내고 거기에서 +/-의 새로운 텍스트성이 출현된다. 즉 V+/V-의 형태는 V+(+/-)/V-(+/-)로 변형된다.

상/하의 공간이 단절되어 상관성이 없어지면 그 변별성도 상실하게 된다. 그렇게 되면 병렬체는 각자 상은 상의 차원에서 하는 하의 차원에서 자기 동일성 내에서의 이차 분절을 일으키게 되는 까닭이다.

평행선으로 표시된 두 개의 대립항이 네 개로 분할되어 그 복잡한 비교 관계를 보이고 있다. 그 관계에 구체적인 사항들을 삽입해 보면 다음과 같은 공간 구조의 배치도가 작성된다.

---

100)　전이사shifter는 그 지향 대상이 대화자와의 관계에 있어서만 결정되는 표현을 뜻하는 것으로 야콥슨Jakobson이 명명한 것이다.

　'여기'(=대화가 행해지는 장소)와 '거기'

　'이제'(=대화의 전날)와 '전날'

　'지금'(=대화의 시점)과 '그때'

　Oswald Ducort, Tzvetan Todorov(1972), 앞 글, p.323.

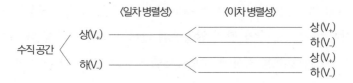

수직공간 : 〈일차 병렬성〉 〈이차 병렬성〉 상(V₊), 하(V₋) ...

	「장소」	「대상」	「관계」
상 V₊ 〈하늘〉	+장원 (하늘)	+신 (엄숙한 모습)	+지주 (주인)
	-종루 (교회)	-종교인 (종을 울리는 사람들)	-마름 (피관리자)
하 V₋ 〈땅〉	+계사 (뒷거리)	+세속인 (지상의 뒷거리에 사는 사람)	+가축의 주인 (사육자)
	-꽃밭	-염소	-가축 (피관리자)

〈도표 6〉

　일차 병렬 체계에서는 대립 관계에 있었던 것이 이차 분절에
선 등위태의 대비로 옮겨진다. 즉 은유의 관계는 환유의 관계[101]
가 되면서 신과 인간의 관계는 신과 종교를 믿는 사람(비오 12세)과
의 관계로 바뀌고 인간은 그들이 기르는 동물인 가축과 비교된

---

101)　R. Jakobson(1963), "Deux Aspects du Langage et Deux Types D'aphasie," *Essais de Linguistique Genérale*(Paris : Minuit), pp.43-67 참조.

다. 신은 그 사도를 다스리는 주인이 되고 인간은 그 가축을 기르는 관리자가 되어 상에도 하에도 다 같이 주종 관계의 도식이 나타난다. 그러므로 신과 비교되던 때의 인간은 닭장의 닭과도 같은 것이지만 그의 소작 지구(땅/하늘)의 영역에서 벗어나 그의 단절된 지상 공간에서는 염소와 대비되어 오히려 관리자의 주인 자리로 역전된다.

이 교묘한 바꿔치기에서 상방의 차원에서의 신과 종교인의 병렬 관계는 하방에 있어서 인간과 가축의 그것과 같은 관계가 되므로 통합축의 위치점syntagmatic position에서 보면 신과 인간이 일치하고 종교인(유신론자)과 염소가 같은 자리에 놓이게 된다.[102]

신은/사도를/관리한다.

인간은/가축을/관리한다.

[102] 바꿔치기의 구조를 정식화하면 다음과 같이 된다.

Consider the following simple example :

(i) a : b :: c : d   (ii) a : x :: c : d

(iii) a : b :: c : y

(where … :: …means 'is to…as…')

a : b ⇨ a : x

c : d ⇨ c : y

(Where ⇨ means 'is transformed into') Michael Lane(1970), *Structuralism a Reader* (London : Jonathan Cape) pp.35-36.

이런 변환 체계로 하방의 세속적 인간들은 천상의 신들과 비교되고 신의 대리인이었던 비오 12세와 같은 종교인들은 마름으로부터 염소와 같은 피사육자의 위치로 전락된다.

여기에서 이차 병렬 구조가 생겨나고 그것이 이 시의 결행에서 볼 수 있는 것과 같은 완벽한 문법적, 의미론적 병렬 구문을 탄생시키게 된다.

염소는/장미순을/먹고/까만 똥을/누고

이들은(人間)/어설픈 죄를/새기며/인간을/낳는다오

염소가 아름다운 장미순을 먹고 더러운 똥을 배설하는 데 비해 인간들은 추잡한 죄의 행위를(sex) 하고 오히려 인간의 생명을 창조하는 것이다. 염소의 배설은 인간에게 있어서는 아이를 낳는 창조 행위가 된다.

이 작품을 좀 더 자세히 검토해 보면 죄를 생명이나 평화의 창조로 변환시키는 긍정적인 이미지가 이미 이차 병렬 구조를 낳기 전에 심층적으로 선행되어 있었음을 알 수 있다. 즉 「비오 十二世」의 '뒷골목 대폿집'과 「염소는 장미순을 먹고」의 '鷄舍'로 표현된 '地上의 뒷거리'는 다 같이 '복닥거리는' 하방성의 혼잡성으로 그려져 있지만 전자는 저녁나절 사람들이 모여드는 데서부터 시작되는 시끄러움이고 후자의 것은 정반대로 '날이 밝은' 데서 비롯되는 혼잡성이다. 술집과 계사의 차이성은 저녁/아침으로 하루의 그 시간적 단위가 정반대로 되어 있다. 그러므로 그 묘사의 끝이 전연 달라지게 된다. 술집은 지옥의 불빛을 반영하게 되고 닭장의 혼잡은 뿔뿔이 밖으로 흩어져 나가 「市日」의 하늘처럼 닭장으로 비유되었던 집은 텅 비고 적요해지는 것이다.

> 사내들은 일터로 아낙들도 더러 어디로
> 아이들은 아이들대로 또 어디로 어디로
> 뿔뿔이 제 구실들을 찾아 쫓겨가고
> 마지막 설겆잇물을 내다 엎질고 나면
> 하루에도 모처럼 넝마를 벗은 알몸 같은ㅡ
> 천국의 무싯날 같은 헛한 무사(無事) 속을
> 엿장수 가윗소리 한가로이 울려나는 반나절
>
> ㅡ「염소는 薔薇순을 먹고」, 2연

여기에서 군중성을 나타내던 '넘쳐나다', '모이다'의 '下' 공간의 서술어가 '뿔뿔이 흩어지다', '나가다'의 반대어로 전환된다. '적요'와 '새 한 마리 날지 않는 虛空'처럼 되어 (上) 공간의 변별특징과 같아진다(비어 있는 집의 공간적 기호의 특성은 뒤에서 자세히 언급하겠음).

뿐만 아니라 '하' 공간의 더러움도 '설겆잇물'이 되어 '엎지르는' 행위로써 배설, 기각棄却의 동작으로 바뀌고 「비오 十二世」

에서 이미 등장한 바 있는 지상의 기호인 '넝마'도 '벗고'라는 술어로 전환된다. 통합축에 있어서 술어는 기호 의미를 만들어가는 이벤트라는 사실을 이미 밝힌 바 있다. '엎지르고' '벗고'와 같은 동사는 다 같이 하방 기호 체계에 새로운 변화를 가져다주는 행위어들이다. 이러한 시적 이벤트로 지상은 비로소 천상의 것과 등가 관계를 갖고 상/하의 기호 체계를 파괴하려고 한다. 지상과 천상의 차이가 위태로워지고 하나의 등질적 공간이 되려고 하는 것이다. 그래서 '천국의 무싯날' 같은 '헛한' 무사(無事)를 지상에 끌어들이게 된다.

통사적 층위에서도 변화가 일어난다. 하늘과 땅의 관계가 언제나 '-하건만'의 반대접속어미로 이어졌던 것이 이제는 '차라리'로 접속된다. 차라리는 -에서 +를 지향하는 것이 아니라 수학의 정식처럼 -에 -를 더해 +로 전환되는 역설적인 공간 구조를 서술하는 데 첨가되는 부사이다. 청마는 '차라리'란 말을 많이 쓰고 있는데 그것은 모두 이러한 공간 구조의 변형 체계를 반영시키고 있는 것이다.

그렇게 해서 닭장으로 시작되었던 지상의 뒷거리는 이러한 전환 체계에 의해서 어느새 꽃밭으로 비유된다.

설령 여기엔 부대낌과 가난만이 있을지라도
그것은 꽃밭에도 안기는 비바람

차라리 어떤 가호(加護)의 핑계도 약속도 없이 버려진 채

가난뱅이 막둥이의 제금살이 삶들이

얼마나 오붓하고 홀가분한 괴롬이요 즐검이랴

천주여, 그것이 못마땅해 노여운가?

염소는 장미순을 먹고 까만 똥을 누고

이들은 어설픈 죄를 새기며 인간을 낳는다오

— 「염소는 薔薇순을 먹고」, 3연

    여기에서 지상을 거부하고 하늘로 향하려는 초월주의의 언술과 반대로 하늘과 단절하고 지상적 삶을 긍정하려는 휴머니즘의 언술이 나타나게 된다. 아름다운 장미순을 먹고 더러운 똥을 누는 염소와 같이 종교의 진리를 먹고 그것을 더러운 배설물로밖에 내쏟지 못하는 종교가 휴머니즘의 이름으로 비판된다. 그래서 「비오 十二世」와 같은 텍스트에서는 하늘의 영원성을 지향하는 초월자의 눈으로 인간의 세속적 삶을 매도, 부정하며 고발한 것과는 다르다.

    그러나 이 모든 변이태는 상/하의 수직적인 공간 기호 체계를 불변항으로 해서 형성되는 것이므로 여기에서 출발, 변형되는 텍스트들을 관찰하면 그의 이념과 갈등 그리고 창조의 열정들이 어떻게 공간을 구축해내고 있는지를 관찰할 수 있게 된다. 그의 시 정신의 구조는 바로 공간 구조에 반영된다. 무수한 다양성과 이

념의 갈등은 그의 시적 언술의 차이, 텍스트 형태의 차이 그리고 그 공간의 변별 특징에 의해 드러난다. 그러므로 청마의 상/하의 이항 대립에 중간항이 끼어들어 삼원 대립 구조가 되면, 한층 더 그 공간 형태는 다양해지고 동적인 것이 된다. 상(v_+) 하(v_-) 중(v_0) 수직 삼원 구조들이 만들어내는 변이태들을 계속 살펴가야 할 것이다.

III
매개항과 삼원 구조

1 다성 기호(多聲記號, polysemic)의 시적 기능

　'신화는 처음엔 신들과 인간을 구별짓는 일을 하고 다음엔 인간을 신과 연결시키는 여러 가지 관계나 매개자에 그 관심을 쏟는다'고 말한 에드먼드 리치Edmund Leach의 지적[103]은 공간적인 텍스트인 경우에 있어서도 그대로 적용된다.

　앞 장에서 관찰한 바대로 상/하의 대립은 우주를 하늘과 땅으로 구별하고 그 대립 관계에 의해 텍스트를 생성해 간다. 그러나 그런 일이 이루어지면 다음엔 벌어진 간격을 좁히고 거기에 하나의 사다리와 같은 매개물을 가설하려는 꾸준한 노력을 시도한다. 모든 기호의 생성은 미분절 상태의 연속체(카오스)가 이산적 단위의 질서(코스모스)로 바뀌는 것을 의미하는 것이지만 그 코드가

---

[103]　E. Leach, "Genesis as Myth," *Myth and Cosmos*, ed. John Middlton Austin(Univ. of Texas Press, 1967), p.3.

너무 강해지고 자동화되면 그것은 이른바 노모스nomos[104]의 상태가 되어 인간의 상상력이나 자유로운 창조적인 활동을 구속하게 된다. 그러므로 다시 기호의 해체, 또는 기호의 재생산이 필요하게 되고 그러한 욕구는 보통 대립 구조의 매개항을 통해 조정된다. 수사학에서 변칙적인 어법이나 코드 일탈을 보여주는 당착법撞着法 아이러니, 패러독스 등 이른바 '반대의 일치coincidentia oppositonum'의 효과는 모두 그러한 요구에서 나온 것이라고 할 수 있다.[105]

공간은 무엇보다도 이 점에 있어서 대립과 동일성同一性의 긴장 관계를 가장 뚜렷하게 나타내는 기능을 지니고 있다. 단적인 보기로서 공간은 객관적이고 기하학적인 법칙을 가지면서도 동시에 주관적이고 내재적인 융통성을 가지고 수시로 그 체계를 바꾼다. 기둥은 상/하를 분리시키기도 하고 연결하여 하나가 되게 하는 융합 작용을 보여주기도 한다. 그것은 분리이자 동시에 결합인 모순을 실존적인 영역 속에서 실행하고 있는 가장 생생한 예가 될 것이다. 수직적인 공간의 경우 그 매개항은 상과 하를 연결

---

104) 노모스nomos는 기호를 포함하여 법과 같은 인위적 약속물로서 자연physis과 대립되는 세계를 뜻한다. 데리다는 이 대립을 기호와 관련해서 언급하고 있다. Jacques Derrida(1967), 앞 글, p.44.

105) M. Eliade(1964), 앞 글, p.352.

해 주는 중간적 영역을 형성하게 되고, 또는 상에서 하로, 하에서 상으로 상승, 하강하는 운동체를 통해 그 특성을 드러낸다.

우선 하늘과 땅을 모티프로 하고 있는 신화적=우주론적인 텍스트에서 그 중간항으로 가장 많이 등장하고 있는 것은 산악이다. 말하자면 세계의 모든 종교의 상징이 된 '우주산(宇宙山, cosmic mountain)'[106]의 원형이 바로 그것이다. 하늘과 땅을 기축으로 해서 공간 기호 체계를 형성한 청마의 경우에서도 역시 그 매개항의 모델이 되는 것은 산이다. 어휘 빈도수를 보아도 하늘, 땅을 나타내는 말과 버금가는 것이 산에 관한 것들이다.[107]

청마의 지형 분석topoanalysis을 보면 산은 일차적으로 하방의 지표에 있으면서도 하늘을 향해 높이 솟아 있는 그 수직성 때문에 부정적인 공간에서 긍정적인 공간으로 향하는 초월의 과정과 연관된다. 그리고 하방이 '감정', 상방이 '지성'의 경우, 산의 중간 영역은 '의지'를 나타내는 기호로서 작용하고 있다. 더구나 청마는 이 중간항의 성격마저 이항 대립적인 것으로 나타내 주고 있는데 그것이 산과 대극적인 자리에 있는 「斷崖」이다.

---

106) 앞 글, p.93. 산은 하늘과 땅이 만나는 지점이기 때문에 '세계의 중심'이며 물론 대지에서 가장 높은 곳에 위치하고 있다. 그러므로 '성지' 신전, 궁전, 성도(聖都)와 같은 성스러운 지대는 '산'과 동일시되었으며 그 자체가 '중심'이 되었다⋯⋯ 다시 말하면 주술적으로 모든 것은 우주산의 산정(山頂)에서 통합된다.

107) 청마 시 전체 중 산에 관한 어휘수는 347개이다.

그의 시의 출발점이 된 『靑馬詩鈔』에는 1, 2, 3, 4의 번호가 달린 연작시 형태의 「山」이 나오고 있으며 동시에 땅의 지표에서 밑으로 내려간 지형을 시의 공간으로 설정한 「斷崖」, 「勾配」 등이 그와 대립 구조를 이룬다. 그러므로 산은 지표보다는 단애를 통해서 그 공간적인 시차성을 분명히 드러내고 있다고 할 수 있다. 청마에 있어서 단애가 부정적인 것으로 그려지는 이유는 바로 산이 긍정적인 것으로 평가되는 것과 상관성을 띠고 있다는 사실만 보아도 알 수 있을 것이다.

   거기엔 저 天空으로 뻗으려는 絶頂이 없다
   오직 발알로 깎어 떠러진 千仞의 奈落.

   어느 짬 宇宙의 輪廻에서 생긴 地落이
   오오랜 햇살과 비바람을 겪고
   스스로 한 風貌를 가추었나니

   한줄기 푸른 칡도 기어 오르지 못하는
   千年의 絶望에 지긋이 늙어
   이 憂鬱 無事한 地表에 切迫한
   아아 저 禿兀한 不毛의 面相을 보라.

「斷崖」의 공간적 변별 특징은 대립된 의미 그룹으로 나뉜 어군을 통해 추출해낼 수 있다. 즉 상방 영역과 상승 운동을 나타내고 있는 '天空'-'절정'-'칡'의 명사군과 '뻗으려는' '기어오르다'와 같은 술어군들과 그와 반대로 하방 영역과 하강성을 나타내는 '발알'(아래)-'千仞 나락'-'地落'의 명사군과 '깎어 떠러진' 등의 술어군이다.

그리고 상방성을 나타내는 사항들에는 '~없다'와 '~못하는'의 결여의 마이너스 표지가 붙어 있다. 이것은 「市日」의 경우에서 본 바대로 'A는 非A가 아니다'처럼 단애가 '유표(有標, marked)' 공간일 경우 그것은 그 '무표(無標, unmarked)' 공간과 대립되어 있다는 것을 보여주고 있는 것이다. 그리고 유표 공간인 '하방성'에는 비생명성을 표시하는 '千年의 絶望', '切迫', '禿兀', '不毛' 등의 부정적인 가치부여가 따른다. '거기엔', '저' 등 장소성을 가리키는 전위사轉位詞들은 모두 '여기'와 '이'에 대응하는 것으로 화자와의 거리가 먼 것임을 보여준다. 동시에 그러한 거리는 친근성이 없는 화자의 부정적 태도를 암시해 주고 있다.

그러므로 「斷崖」의 텍스트는 ① 상방성과 상승의 결여 ② 하방

---

108) 『靑馬詩鈔』, 58-59쪽.

적 공간 ③ 비생명성, 그리고 ④ 화자와의 부정적인 거리의 네 가지 공간적 특성을 나타내는 언술로 이루어져 있음을 알 수 있다.

「斷崖」는 청마의 하방적인 시의 텍스트를 산출하는 부정적 공간의 극점이라 할 수 있다. 그런데 이 같은 부정적 공간을 뒤집으면 청마의 시적 이념을 구축하고 있는 긍정적인 공간 「山」이 나타난다. 산은 천공을 향해 뻗으려는 절정과 머리 위로 솟아오른 산봉이 있으며 모든 것이 한 줄기 푸른 칡처럼 위로 기어오르는 천년의 희망이 무성하고 풍요한 공간을 보여준다. 그러나 산은 하방의 지표 공간과 상방의 천공성을 동시에 갖고 있으므로 단순한 긍정이 아니라 때로는 부정면도 내포하게 되는 다의적 기호polysemic, 다향적polyphonic 의미 작용을 갖게 된다.[109]

땅과 하늘 사이에 있는 이 공간적 기호를 심화하고 확충하면 크리스테바의 코라chora 공간 같은 것이 될 것이고,[110] 바흐친의 카니발 공간과도 유사한 성격을 띠게 될 것이다.

---

109) Yu. Lotman, "The Dynamic Model of a Semiotic System," *Semiotica*, 1977-21 : 3/4, p.201. 로트만은 이항 대립적 원리는 어떤 구조이든 그 메커니즘의 기본 조직의 하나라고 말한다. 그러나 그 양극 사이에 중간 구조의 영역이 생기면 그 구조의 요소들은 단일성unvalent이 아니라 양의성ambivalent을 띠게 된다고 풀이한다. 이 매개항에 의해서 단일적 기호는 양의적 기호로 바뀌게 되는 것이다.

110) J. Kristeva(1974), *La Révoluution du Langage Poétique*(Paris : Seuil), pp.22-30. 코라는 플라톤이 명명한 것으로 '이름지을 수 없는 것, 진짜 같지 않는 것, 아버지를 모르는' 무정형의 것으로 논리적인 세계와 대립되는 모자(母子) 융합 상태의 양의적인 공간을 뜻한다.

'산'의 출현으로 「市日」과 같은 상/하의 이항 대립적 형태의 텍스트($V_{+/-}$)는 상/중/하의 삼원 구조로 된 하늘/산/땅, 그리고 땅/산($V_{-/0}$), 산/하늘($V_{0/+}$), 산(V_0) 등의 여러 가지 다른 텍스트의 형태를 형성하게 된다. 그러므로 청마 시 전체를 상방적上方的 텍스트(하늘), 하방적 텍스트(땅), 매개적 텍스트(산)로 상징되는 수직적 삼원 구조[111]로 구분할 수 있다.

우선 『靑馬詩鈔』에 수록된 「산」 1, 2, 3, 4 네 편을 대상으로 하여, 그 텍스트의 기호 생성 과정을 살펴보면, 하늘/땅 사이에 있는 매개 공간(V_0)이 어떠한 시적 언술을 이루고 있는지를 알 수 있을 것이다.

　　그의 이마에서 붙어

---

111)　Yu. Lotman, "on the Metalanguge of a Typological Description of Culture," *Semiotica*(1975), 14 : 2. p.110. 문화 타이폴로지에서 정식화한 수직 삼원 구조는 다음과 같은 도표로 되어 있다.

천
지
지하계

단테의 「신곡」도 천국, 연옥, 지옥의 삼원 구조로 되어 있다. 그러나 청마는 「단애」를 제외하고는 지하계의 이미지가 나오지 않고, 다음과 같이 삼분되어 있다.

천
중간·매개항(산)
지

어둔 밤 첫 黎明이 떠오르고

비 오면 비에 젖는대로

밤이면 또 그의 머리 우에

반디처럼 이루날는 어린 별들의 燦爛한 譜局을 이고

오오 山이여

앓는 듯 大地에 엎드린 채로

그 孤獨한 등을 萬里 虛空에 들내여

默然히 瞑目하고 自慰하는 너

─山이여

내 또한 너처럼 늙노니.

─「山 1」¹¹²⁾

「山 1」은 양성구유처럼 상/하의 양극성을 모두 지니고 있다. 의인화한 산은 인체와 마찬가지로 상/하를 나타내는 명칭으로 구성되어 있다. '그의 이마에서 붙어/ 어둔 밤 첫 여명이 떠오르고' 있다의 첫 시행에 나오는 '이마', '여명', '떠오른다' 등의 어휘는 모두 상방성을 나타내는 것들이다. '이마'는 '발', '여명'은 '黃昏', '떠오르다'는 '가라앉다'의 2항적 대립 관계를 나타내고 있기 때문이다.

---

112) 『靑馬詩鈔』, 32쪽.

시간, 위치, 행위에서 상방성을 나타내고 있는 이 의미소들이 다음 4~5행에서도 계속 강화되어 '이마'는 '머리 우'가 되고 '떠오르고'는 '별들을 이고'가 된다. 1~3행의 상방성은 수동적인 데 비해 4~5행은 능동적이다.

> 밤이면 또 그의 머리 우에
> 반디처럼 이루날는 어린 별들의 찬란한 譜局을 이고

'비 오면 비에 젖는대로'와 달리 여기에서는 어린 별들을 '머리 우에……이고'로서 하늘과의 관계가 능동적이고 의지적으로 바뀌어 있다.

그러나 6행에서부터 끝 행까지의 후반에 오면 돌연히 '오오'라는 감탄사와 함께 산은 지표에 속해 있는 하방下方 공간으로 돌아온다. 그것이 '앓는 듯 대지에 엎드린 채로'라는 시구이다. 이마에서 여명이 떠오르고 머리 위에 별들을 인 산의 수직적인 높이는 '엎드린'이라는 말에서 갑자기 수평적인 추락의 자세로 바뀐다. 그래서 하늘과 이어졌던 산은 이제 하방적 공간인 '땅'과 밀착된다. 그리고 이마, 머리 등 상방을 표시하고 있던 인체어도 '그 고독한 등을 만리 허공에 들내여'로 '등'이란 말로 교체된다. 그리고 상방에 속해 있는 '눈'도 뜬 상태가 아니라 감은 것으로 '默然히 瞑目하고 자위하는 너'로 변한다.

즉 이 시는 전, 후반으로 완전히 상/하의 두 공간 구성 요소가 양분되어 있다. 그러한 분할은 화자 시점에 의해서도 명백히 드러난다. '그의 이마' '그의 머리'로 기술되던 산이, '오오 山이여'라는 감탄사로 화자의 감정을 직접적으로 드러낸 후반부터는 '너'라는 이인칭 호격으로 불려진다. 즉, '그의 이마에서 붙어'로 삼인칭으로 서술되던 산이 마지막 행에 오면 '默然히 瞑目하고 자위하는 너', '내 또한 너처럼 늙노니'로 '나-그' 관계에서 '나-너'의 이인칭적 관계로 전환된다. 야콥슨의 말대로 삼인칭을 이인칭으로 부르는 것은 '주문적 기능이며 능동적 기능conative function'으로[113] 대상과 나를 합일하고자 하는 욕망을 나타낸다.

이것은 '여명'과 '별빛'으로 된 빛의 긍정적 의미소와 '앓는 듯', '고독한', '묵연히' 등의 부정적 의미소를 공존시킴으로써 상/하(하늘/땅)의 두 대립 공간을 양성구유처럼 동시에 수용하고 있는 산의 그 매개적 특성을 있는 그대로 보여준 것이다.[114] 그리고 산이 지닌 상방성을 지상에 속해 있는 화자가 볼 때에는 하늘

---

113)   R. Jakobson(1981), 앞 글, "Lingustic and Poetics." 야콥슨은 미술적 또는 주문적 기능은 주로 부재의 또는 무생물의 삼인칭이 능동적 메시지의 수신자로 전환, 이인칭의 시는 능태적 기능에 의해 특징을 갖게 된다고 말하고 있다.

114)   M. Eliade(1964), 앞 글, p.352 참조. 양성구유는 반대의 공존, 우주론적 원리(즉 남성과 여성)의 공존을 표현하는 것이고 분절 이전의 상태이므로 일종의 카오스 상태이지만, 그것은 반대에 일치하는 결합의 신화를 만들어내는 양의성을 갖게 된다.

과 마찬가지로 초월적인 먼 존재가 되는 것이므로 '그'(나-그)라고 삼인칭으로 불렀고, 그것이 하방적 특성을 나타낼 때에는 자기와 같은 지상 공간에 있는 존재로 '나-너'의 가까운 관계로 나타난다. 이렇게 '나'와 '산'의 관계 역시 양의성을 갖지 않을 수가 없다. 여기에서 땅에 있는 화자가 자기를 그 아래에 있는 「斷崖」와 동일화하느냐 혹은 그 위에 있는 산과 동일시하느냐의 선택에 따라, 현실주의적인 절망의 언술과 이상주의적인 초월의 언술로 그 성격이 달라지게 될 것이다.

　청마는 「山 2」에서 그 과정을 극명하게 보여주고 있다. 즉 청마는 「山 2」에서 '그'라고 불렀던 산의 상방성을 더 강화하고 그 시점 역시 일체화하여 '나-그'의 관계를 '나-너' 하나로 통일해 버렸다.

　　陰雨를 안은 무거운 絶望의 暗雲이
　　너를 깊이 휘덮어 묻었건마는
　　발은 굳게 大地에 놓았고
　　이마는 구름 밖에 한결같은 蒼穹을 우르렀으니

　　山이여
　　너는 끝내 疑惑하지 않을지니라

—「山 2」[115]

「山 1」과 마찬가지로 「山 2」 역시 구름 밖에서 창궁(蒼穹)을 우러르고 있는 '이마'와 대지를 굳게 디디고 있는 '발'의 상/하 양면성을 지니고 있다.

그러나 「山 1」의 시점에서 '그'라고 불리던 삼인칭적 요소는 완전히 사라지고 시 전체가 '나-너' 하나로 통일되어 있다. 뿐만 아니라, '빛을 이고' 있는 산과 '등을 드러내고 앓듯이 누워 있던' 산은 이제 구름 위로 솟아 수직적인 높이가 더욱 강화되어 절망의 암운이 가로막아도 하늘과 직접 연결된다. 즉, 하방에서 상방으로 더욱 상승해 가고 있고, '끝내 의혹하지 않을지니라'에서 「山 1」의 명상(회의) 상태는 '의혹하지 않는'(절망하지 않는) 신념의 「山 2」로 변용된다.

「山 2」에서 공간 구성을 나타내는 가장 중요한 말은 '우르렀으니'이다. 「早春」에서 본 바 대로 그것은 공간 체계에 있어서 '발돋음'과 동위태를 이루는 동사이다. 그것은 아래에 있으면서도 위로 나가려는 의지의 공간을 만들어내는 술어 기능을 갖고 있기 때문이다. 발돋움하고 우르르기 위해서는 하방에 있어야 한다는 역설, 그리고 동작이나 마음의 행위는 상방에 있으면서도 실제로

---

115) 『靑馬詩鈔』, 53쪽.

는 하방에 있다는 모순, 그것은 매개항의 구조를 그대로 반영하고 있는 시선이다. 청마의 시어 가운데 '우러르다'란 말은 이렇게 시의 전 구조에 관여하고 있는 말로서, 어휘의 빈삭도나 그 비중에 있어서 매우 중요한 위치를 차지하고 있다. 「山 2」에 있어서도 '우러르다'[116]라는 말은 발돋움과 같은 뜻으로 절망의 암운보다 높은 상방적 공간을 표징하고 있다.

시 「山 3」[117]에 오면 시점이 완전히 바뀌어 ① '나→그'→② '나→너'는 ③ '나-나'가 된다. 산과 화자는 일체가 된다. 그래서 시 「山 3」은 마치 무녀들이 신들린 상태에서 타자와 하나가 되듯이, 그리고 경상 단계(鏡像段階, mirror phase)의 어린아이들이 대상 속에서 자기 자신을 보듯이 대상과 화자의 간극은 사라져 버리고 '나는 산입니다'로 시작된다.

나는 산입니다.

---

116) 『靑馬詩鈔』에 나타난 '우러르다'의 용례로는 다음과 같은 것이 있다.
　이마는 구름 밖에 한결같은 창궁(蒼穹)을 우러렀으니 ―「山 2」
　마지막 우릴은 태양이 ―「日月」
　우르르면 만만(滿滿)한 한천(寒天)에 ―「紙鳶」
　때론 일편 청운이 머뭇는 저 궁륭(穹窿)을 커다란 잠언처럼 사나이는
　우르르노라 ―「점경에서」
117) 『靑馬詩鈔』, 74-75쪽.

밤새도록 나는 혼자서
촉촉이 비를 맞고 서 있지요.

　'앓는 듯' 누워 있던 산은 이제 비를 맞으면서도 밤새도록 서 있다. 그리고 의혹하지 않는 「山 2」의 단계는 비구름으로 별들을 볼 수 없이 '홀로' '서' 있을 수 있는 「山 3」이 된다. 홀로 서 있는 것만이 아니라, '산새' '청개고리'들을 모두 자기 품안에 끌어안을 수가 있는 포용력을 지닌다. 즉 산은 하나의 완성된 공간으로 이제 독립적인 세계를 갖고 하늘과 땅 사이에 존재한다.
　그런데 「山 4」[118]에 오면 시점 공간 속에 있던 화자가 텍스트의 대상과 역전되어 텍스트의 정면으로 나오게 된다. 벨라스케스의 「시녀들」처럼 화폭에는 그림을 그리는 화가가 그려져 있고 막상 초상화의 주인공은 그림 한구석의 거울 속에 조그맣게 비치고 있는 그 구성법과 같다.[119] 즉 화자 자신이 주가 되어 산을 생각한다. 그래서 산은 기호 과정 속에서 이제는 완성된 하나의 기호로서 작용하여 시의 세계(화자의 이념 공간)를 기술해내고 있다.

118)　『靑馬詩鈔』, 92-93쪽.
119)　M. Foucault(1966), "Les Suivants," *Les Mots et les Choses*(Paris : Gallimard), pp.19-31.

오오래 내게

오르고 싶은 높으고도 슬픈 산 있노니

내 오늘도 마음속 이를 염(念)한 채로

부질없이 거리에 나와 헤매이며

벗을 맞나 이야기하는 자리에도

향그론 푸른 담배 연기 넘어 안윽히

그의 아아(峨峨)한 슬픈 용자(容姿)를 보노라

해지고

등불 켜인 으스름 길을 돌아오노라면

어디메 또 그 한밤을

그 막막한 어둠속에 방연(尨然)히 막아섰을

오오 나의 산이여

산이여

—「山 4」

　　화자의 시선이나 행위에 의해서 땅과 산이 대비된다. 그리고
그 시적 언술은 공간에 변환 작용을 일으키는 산의 매개항에 의
해서 땅/산$(V_{-/0})$의 형태에 속하는 텍스트를 형성하게 된다.

　　산(V_0): '향그론 푸른 담배 연기 넘어 안윽히

그의 아아한 슬픈 용자를 보노라'

나

거리(V.): '부질없이 거리에 나와 헤매이며

벗을 만나

이야기하는 자리에도'

대립되는 이 두 시행들은 벗으로 상징되는, 거리(현실적, 산문적인 세계인)와 거기에서 벗어나 마음속으로 꿈꾸고 있는(오오래…… 오르고 싶은) 공간인(현실적 공간과 다른 초월의 세계를 연결하는) 산의 대립을 통해 두 개의 '나'를 나타낸다.

'오오래 내게/오르고 싶은……' '안윽히/그의 아아한 슬픈 용자를 보노라'에서 산의 매개항은 '오'와 '아'의 모음의 반복에 의해 그려져 있다. 모음은 근본적으로 유아 언어로서, 아이들이 대상과 밀착되었을 때, 최초로 분절을 배울 때 사용되는 음성이다.[120] 이 모음의 욕망이 '오르고 싶은' 상승의 의지와 결합되어 하나의 시적 언술로 나타난다.

더구나 그 산의 매개항과 등가성을 나타내고 있는 것은 '향그론 푸른 담배 연기 넘어'라는 말이다. 이 짧막한 색채 속에는 세 가지 의미단위, '향기'(취각), '푸른'(색채), '연기'(시각, 공기)가 숨어 있다.

120) J. Kristeva(1977), *Polylogue : Noms de lieu*(Paris : Seuil) 참조

'향기'는 향을 피워 저승의 망자들과 교신을 하듯이 확산성과 상승작용을 동시에 갖고 있다. 더구나 그 향기는 담배 연기를 타고 구체적이고 시각적인 것으로 잠재해 있던 수직의 몸을 나타낸다. '푸른' 색채는 상방성을 나타내는 변별 특징이다. 청마는 푸른빛을 단순히 하늘과 동일시하는 것만이 아니라, 상방성을 나타내는 모든 관련어와 결합시킨다.[121] '연기'[122] 역시 상승 운동을 나타내는 것으로 종교적 텍스트에서는 지상과 천상을 매개하는 기호로 쓰이고 있다. +수직성, +반중력성, +기체성의 요소로 그것은 '하'에서 '상'으로 나가는 매개 공간을 만들어내는 중요한 작용을 한다.

향기로운 담배 연기의 상승적 공간 운동[123]은 향기+청색+연기

---

121) 〈푸른〉―「무덤(2)」, 「봄바다」, 「微醺」, 「풋감」, 「시골에서」 등

    〈파아란〉―「우편국에서」, 「쓰르라미와 개미」 등

122) 〈엽초 연기〉―「나는 믿어 좋으랴」, 〈진애〉―「군중」

123) 담배 연기의 상승적 이미지는 다음과 같은 시에서도 잘 반영되어 있다.

    "Il battit des ailes, alluma one cigarette,

    Et la fumée monta vers le ciel,

    Et la cendre tomba sur les pieds de l'enfer."

    (그는 지쳐 담배에 불을 붙였다.

    그러자 연기는 하늘 위로 올라가고

    그러고는 재가 지옥의 발밑으로 떨어져 갔다.)

    G. Bachelard(1947), *La Terre et les Rêveries de la Volonté*(Librairie José Corti), p.343.

(취각+시각)의 구성으로 매개 공간의 감각적 강화를 이루고 있다. 한편 그것은 실체가 아니라 금시 꺼져가는 것으로 몽환성(夢幻性)을 나타내기도 한다. 「山 4」의 수직적 상승이 이러한 '담배 연기'와 유사성을 맺고 나의 내부로 침투해 들어오는 것이다. 그러므로 화자의 '오르고 싶은 높고도 슬픈 산'은 그가 내뿜고 있는 담배 연기와 객관적 상관물을 이룬다. 그것을 화자는 '나의 산이여'라고 부름으로써 '거리'와 '벗'들이 있는 하방 공간에서 벗어나 상방 공간으로 오르려는 '사다리'의 매개물을 꿈꾼다. 이렇게 땅(하방)에서 하늘(상방)로 나가는 꿈의 공간은 언제나 V(-/0)의 형태의 텍스트에 의해서 산출된다.

산이 지상의 것과 천상의 것을 매개하는 역할을 하는 것은 그것이 하늘만을 우러러 있는 것이 아니라 땅을 지켜주는 구실도 하기 때문이다. 청마는 「短章」[124]에서 '山岳'이 저같이 천애(天涯)를 가리어 있음은 무한에 대한 인간의 욕망과 무모를 아늑히 에워 막아 달래주기 위하여'라고 말하고 있다. 하늘과 땅은 직접적으로는 융합하기 힘드나 산을 매개로 해서는 천상적인 것과 지상적인 것이 교환을 이룰 수가 있다. 산은 같은 지표에 있으면서도 인간에게 상승적인 풍경으로 나타나있기 때문이다.[125]

---

124) 『東方의 느티』, 169쪽, 「短章 11」.
125) G. Bachelard(1947), 앞 글, p.369 '산이 그 자체를 들어 올리는 것을 멈추지 않고, 있

특히 「怒한 山」, 「너에게」, 「山顚인 양」 등은 천상과 지상이 융합되는 매개항의 여러 형태의 언술을 보여주는 유효한 모형들이 될 것이다. 그러므로 화자인 '나'와 '산'이 보여주고 있는 '슬픔'과 '분노'의 차이는 바로 그 '높이'의 차이를 나타내는 것이다. 그래서 「怒한 山」의 그 '노여움'은 수직성을 띠고 나타난다. 마지막 연의 '아! 山이여 너는 높이 노하여'가 그것이다.

나와 산은 하방의 땅에 속해 있으면서 동시에 상방적 요소를 지닌다. 그래서 '지키며, 돌아앉는' 모순적인 태도와 그 '悲怒의 감정'을 나타내는 의미 작용의 기능을 갖게 된다. 하늘과 땅 사이에 있는 매개 공간은 그렇기 때문에 지상에 대한 것과 천상에 대한 것이 서로 섞인 양의적 감정의 '悲怒'[126]란 기호 표현이 되는 것이다.

는 힘을 다해 중력에 맞서고 있다. 일종의 상승하는 풍경과도 같은 것을 목격했기 때문이다.'

126) '悲怒'—「非力의 詩」, 「群衆」.

2 산의 의미 작용과 상승 과정

그 淪落의 거리를 지켜

먼 寒天에 山은 홀로이 돌아앉아 있었도다

눈 뜨자 거리는 저자를 이루어

사람들은 다투어 貪婪하기에 餘念 없고

내 일찍이

호올로 슬프기를 두려하지 않았나니

日暮에 하늘은 陰寒히 雪意를 품고

사람들은 오히려 우러러 하늘을 憎惡하건만

아아 山이여 너는 높이 怒하여

그 寒天에 굳이 접어주지 않고 있으라

—「怒한 山」[127]

「怒한 山」에 있어서의 거리 역시 지금까지 우리가 관찰해 온 바 대로 하늘의 '상' 공간과 대립되는 '하' 공간의 코드에 속해 있는 것이다. '淪落의 거리', '저자(시장)', '貪婪' 등으로 표현된 거리의 변별 특징은 다 같이 '수평적인 교환성'으로 요약될 수 있다. 윤락은 몸을 파는 것으로 성(性)을 매매하는 것이고, '저자'는 물건을 매매하는 곳이다. 그것은 다 같이 육체, 물질의 수평적 교환이 이루어지는 공간이다. 그리고 그 교환을 가능케 하는 힘이 바로 '탐람'이다. 그러므로 거리, '저자'의 대립항은 신과 인간의 수직적 교환이 될 것이다. 하방적 공간(땅)이 이렇게 수평적 교환의 세속성을 나타낸다는 것은 「流泯」[128]에서도 분명하게 읽을 수가 있다.

그 거리의 한복판 大路 위에
쓰레기같이 엉겨든 사람의 이 구름을 보라
저마다 손에손에
일찍이 제가 아끼고 간직하고 입고 쓰던 세간이며 옷이며 신발이며

127) 『生命의 書』, 54-55쪽.
128) 『步兵과 더불어』, 84-85쪽.

능히 돈으로 바꿀 수 있는 게라면 여편네의 속속것도
자랑도 염치도 애착도 깡그리 들고 나와 파나니

(……)

겨울 하늘은 저렇듯 높고 맑기만 한데
그 하늘 아래 엉긴 사람의 마음은 어둡고 슬프기만 하여
끝내 일신의 한오라기 연루마저 팔아 팽가치곤
먼 어버이들이 지켜 온 고장도 나라도 버리고서
오직 죽기 어려운 신바닥보다 더럽고도 아까운 목숨에 이끌려
아아 어디라도 어디메라도 수월히 갈 자여

—「流泯」

  '거리의 한복판 大路'는 사람들이 많이 모일 수 있는 곳으로 「市日」의 장터와 똑같은 장소성을 지니고 있다. 그리고 사람이 모여든다는 것은 사고팔기 위해서이다. 이러한 교환이 '수평적, 하방적'으로 해독되는 것은 그것이 겨울 하늘과 대립적인 것으로 그려져 있고('겨울 하늘은 저렇듯 높고 맑기만 한데……') 또 그 목숨을 '신바닥'에 비교한 것을 보더라도 알 수 있다. 하늘과 대립항을 이루는 땅이 청마의 시에서 '장터', '거리', '저자', '市場', '市街', '商買'와 같은 교환의 장소로 표시되어 있는 것도 그 때문이다. 같은

교환의 장소라도 「古代龍市圖」[129]처럼 수직 교환의 상징성을 나타내고 있는 저자(용을 사는 신화적 시장)는 긍정적인 의미를 지니고 있다. '이 휘황한 霹靂사이', '장사치의 장막에서 오르는/화려한 채색 자줏빛 연기'의 묘사에 보듯이 땅(저자)이 천상적인 것과 교환을 이루고 있다. 용이 그 매개항 역할을 하고 있기 때문이다.

「怒한 山」에서 수평적 교환의 부정성을 단적으로 표시한 것이 4연째의 '사람들은 오히려 우러러 하늘을 증오하건만'이라는 표현이다. 그것은 수직적 교환의 불가능, 즉 상/하의 영원한 단절을 나타내 주고 있는 말이다.

그런데 '그 淪落의 거리를 지켜/먼 寒天에 산은 홀로이 돌아앉아 있었도다'의 첫 연에서 산은 거리와 하늘(寒天) 사이에 끼여 있는 중간적 위치에 있음을 보여준다. 그리고 동시에 그 성격이나 태도에 있어서도 양의성을 지닌 사항으로 그려져 있다. '거리를 지킨다'라고 한 것은 산이 거리를 보호해 준다는 긍정적인 뜻을 내포하고 있는 것으로, 산의 시선은 거리를 향해 있는 것처럼 보인다. 그러나 바로 다음에 먼 한천이 나오는 구절에서는 산이 '홀로이 돌아앉아 있었도다'로 거리와 외면을 하고 있는 부정적인 태도를 나타낸다. '지키다'와 '돌아앉다'는 그 태도, 시선, 감정이 모두 역방향을 나타내고 있는 동사들이다. 특히 '홀로이'란 말

---

129) 『鬱陵島』, 58-60쪽.

이 산의 그 같은 입장을 더욱 강화시키고 있다. 이렇게 '지키다'
와 '돌아앉다'의 대립되는 술어를 함께 결합시키는 공간이 산이
라는 주격이다. 그 주격 공간은 흑백으로 대립되는 '상징기호태le
symbolique'[130]와는 달리 그 양의성으로 하여 수직적인 상/하의 두
공간을 교환 가능케 한다. 그러나 양의적 구조가 어느 한편으로
치우치게 되면 텍스트의 성격이 달라지게 된다. '지키며' 동시에
'돌아앉는' 이 모순 속에서 '지키는' 쪽을 보다 강조한 텍스트가
「너에게」와 「山顚인 양」이며 '돌아앉는' 쪽으로 완전히 기운 것이
「히말라야에 이르기를」이다. 그리고 화자와 산의 관계에 의해서
도 그 텍스트는 여러 가지 변이태를 낳게 된다. 「怒한 山」에서는
'화자'와 '산'이 거의 같은 위치에 있다. 산이 땅(거리)을 지키고 있
으면서도 동시에 돌아앉아 있듯이 '나' 역시 같은 거리의 사람과
함께 살면서도 그 거리를 부정적으로 바라보고 있기 때문이다. 그
리고 산도 화자도 다 같이 '호올로'라는 부사로 수식되어 있다.

130) J. Kristeva(1974), 앞 글, 참조. 크리스테바는 『시적 언어의 혁명』에서 기호를 〈상징
기호태le symbolique〉와 원기호태le sémiotique로 분류하고 있다. 상징기호태는 시 언어 활동
에 있어서 사회적인 질서, 아버지-법이 지배하는 로고스 중심주의의 기호이다. 여기에 대
해서 원기호태는 텍스트 하부에 있는 것으로 유아기의 무의식 같은 언어로 언어 습득 이
전, 주체, 객체가 분할되기 이전의 구순 단계口脣段階의 무정형無定形 상태의 기호인 것이다.
시인의 언어는 상징기호태를 이 원기호태에 의해서 아버지적인 통사 질서를 파괴하여 새
로운 의미 작용을 노래한다.

산-홀로히 돌아앉아 있었도다.

나-호올로 슬프기를 두려하지 않았나니

   그리고 그 거리의 사람들에 대한 태도와 마찬가지로 감정에 있어서도 산의 노여움('아아! 산이여 너는 높이 노하여')과 나의 슬픔('슬프기를 두려하지 않았나니')은 '유사를 위한 병렬적 구조'를 이루고 있다. 그래서 산과 나는 거리의 인간들과 함께 있으면서도 그들과의 교환은 수평적인 것이 아니라 수직적인 것을 지향하게 된다.

   「산처럼」[131]의 시에서 산은 '무수히 *沈浮*하는 人間哀歡의 稜線 넘어/마지막 간구의 그 목마른 발돋음으로/계절도 이미 *絶한 俊烈*에 항시 섰으매'로 묘사되고 있다. '목마른 발돋음'으로 산의 높이는 수직적 상승과 인간 애환에서의 초월을 나타낸다. 그러나 동시에 목마름이나 발돋움이란 말은 그것이 하늘처럼 상방 공간이 아니라 하방적인 데 위치해 있음을 알려준다. 아래에 있기 때문에 그 위를 향해 오르려는 '간구'를 갖게 된다.

   그런데 산이 하늘을 우러러 사모하듯이 나는 또 '산'(너)을 우러르며 사는 것이다.

   아아 너는 나의 영원—

131) 『제9시집』, 66-69쪽.

짐짓 소망없는 저자에

더불어 내 차라리 어리숙게 살되

오직 너에게의 이 푸르름만을 우럴어

—「山처럼」

　나는 저자 속에서 살면서도 산을 매개로 하여 수직적인 높이를 가지려 한다.[132] 여기에서 다시 하위 구분으로 분할되는 수직적인 계층 관계가 생겨난다.

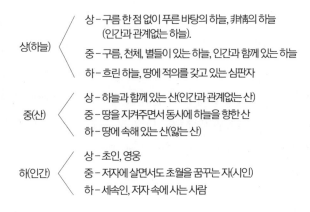

상(하늘) ─ 상 – 구름 한점 없이 푸른 바탕의 하늘, 非靑의 하늘
　　　　　　　　(인간과 관계없는 하늘).
　　　　　중 – 구름, 천체, 별들이 있는 하늘, 인간과 함께 있는 하늘
　　　　　하 – 흐린 하늘, 땅에 적의를 갖고 있는 심판자

중(산) ─ 상 – 하늘과 함께 있는 산(인간과 관계없는 산)
　　　　　중 – 땅을 지켜주면서 동시에 하늘을 향한 산
　　　　　하 – 땅에 속해 있는 산(앓는 산)

하(인간) ─ 상 – 초인, 영웅
　　　　　중 – 저자에 살면서도 초월을 꿈꾸는 자(시인)
　　　　　하 – 세속인, 저자 속에 사는 사람

132)　M. Eliade(1964), 앞 글, p.92. 세계에 분포된 우주산(宇宙山)의 명칭을 분석해 보면 산의 상방적 변별 특징을 찾아낼 수 있다. 그것들은 모두가 '높이', '수직성', '至高'의 뜻들을 지니고 있다.

'저자'의 수평적 교환이 소망이 없는 것임을 알고 그것을 차단할 때 인간은 홀로 '고립될 수밖에 없으며, 그러한 고립'과 고독은 수직적 교환의 간구로 나타난다.

> 日暮에 하늘은 陰寒히 雪意를 품고
> 사람들은 오히려 우러러 하늘을 憎惡하건만
> 아아 山이여 너는 높이 怒하여
> 그 寒天에 굳이 접어주지 않고 있으라
>
> 　　　　　　　　　　　　　　　　　—「怒한 山」 중에서

　　여기의 슬픔과 분노는 다 같이 하방에 있으면서도 상방적 공간으로 나가려 할 때 비로소 생겨나는 감정이다. 즉 수평적 교환의 감정 언어들은 쾌락이며 그것이 하늘과 관련되어도 이미 앞서 본 대로 '증오'가 된다. 청마의 시에서는 감정도 이렇게 공간의 메타언어에 의하여 기술되는 것으로 슬픔, 분노는 상/하의 수직 교환의 감정 언어 중의 하나이다. 매개항인 중간적 높이에서 하방의 것과 관련을 맺을 때 생겨나는 감정이 슬픔이다.

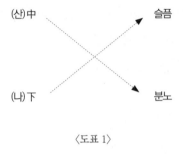

〈도표 1〉

　거리의 군중 속에서 그냥 처박혀 있는 사람들(하늘을 증오하는 사람들)은 자신에 대한 슬픈 감정을 모른다. 좀 더 높아지려는 것, 수직으로 향한 감정을 가졌을 때만이 하방 공간에 있는 자신의 슬픔을 알 수가 있다.[133] 그러나 이미 상방에 있는 존재가 하방의 삶을 내려다볼 때 생겨나는 것은 분노의 감정이다.

　산의 노여움은 상/하 사이에 끼여 있는 매개적인 공간이 하방적 공간과 접촉할 때 생겨나는 감정이다.

　　물 같이 푸른 朝夕이

---

133)　G. Bachelard(1943), 앞 글, p.181. '산의 공간적 특성은 그 산정(山頂)도 산기슭도 아닌 산복(山腹)이다. 그것이야말로 중간의 중간이기 때문에 니체는 그것을 이렇게 표현하고 있다. 두려운 것은 산복이다. 시선이 그곳에서 공허로 떨어지고 손이 거기에서 정상으로 향하는 산복-이중의 의미의 어지럼이 마음을 사로잡는 것은 바로 그 산복이다.'

밀려 가고 밀려 오는 거리에서

너는 좋은 이웃과

푸른 하늘과 꽃을 더불어 살라

—「너에게」 중에서

「너에게」[134]는 그 제목부터가 암시하고 있듯이 편지글처럼 '나—너'의 관계를 나타내고 있는 메시지이다. 그러므로 이런 종류의 글에서는 구체적으로 '나'와 '너'가 누구를 가리키고 있는가 하는 지시적 의미보다는 양자의 관계와 그 태도 자체가 메시지를 이루는 자기 지시적self-referencial 기능의 경우가 많다. 이러한 '나—너'의 관계를 분석해 보면 '나'와 '너'의 사이에 문제가 되고 있는 것은 '거리'를 지키는 일이다. '물 같이 푸른 朝夕이/밀려 가고 밀려 오는 거리에서'라는 시구에서 그 장소성이 뚜렷이 규정되어 있다. 그와 같은 '나—너' 관계는 우선 장소성topos을 통한 관계이다(편지글을 생각해 보면 알 수 있다). 그리고 그 행위가 되는 것은 '너는 좋은 이웃과/푸른 하늘과 꽃을 더불어 살라'에서 보듯이 '산다'는 것이다. 하이데거의 표현대로 실존은 어디엔가 '거주한다'는 것이다.[135]

---

135) M. Heidegger(1975), "Building, Dwelling, Thinking," *Poetry, Language,*

그런데 그 삶은 거리의 수평적 교환이 아니라 거리 속에 있으면서도 수직적 교환을 의미하고 있다. 거리의 이웃은 좋은 이웃과 나쁜 이웃으로 나누어지고 있으며, 좋은 이웃은 '푸른 하늘' '꽃' 등으로 모두 상방적 변별성을 지니고 있는 것들이다.

'거리'를 표현하고 있는 '물 같이 밀려 가고 밀려 온다'는 말이 수평적인 왕래(交換)를 의미하고 있는 데 비해 '푸른 하늘과 꽃을 더불어 살라'의 '더불어'는 수직적 교환을 상징하고 있다. 그러므로 '너'는 시를 읽는 이상적 독자, 또는 산과 같은 매개물, 그리고 자기 자신을 이인칭화한 것이라 해도 무방하다. 하방에 존재하고 있으면서 푸른 하늘과 더불어 살아가려는 존재의 모든 것이면 바로 '너'가 될 수 있기 때문이다. 더구나 이 시는 전반부의 4행이 '너'에 대한 이야기인 데 반해 후반부의 4행은 '나' 자신의 이야기로서 대칭적 구조를 이루고 있다는 점에 그 언술의 특징을 보인다.

> 그 거리를 지키는 孤獨한 山頂을
> 나는 밤마다 호올로 걷고 있노니
> 運命이란 避할 수 없는 것이 아니라
> 진실로 避할 수 있는 것을 避하지 않음이 運命이니라

Thought(New York : Harper & Row Publisher), p.143.

'밤마다 산정을 걷는다'는 것은 두 가지 중요한 뜻이 내재되어 있다. 밤에 사람들은 잠을 잔다. 공간적 코드에서 잠은 수평적 혹은 하방적인 것에 속해 있다. '인간의 휴식, 수면은 일종의 추락이다. 상승하면서 잠자는 사람은 거의 없을 것이다'라고 말한 바슐라르 역시 수면을 반反수직적인 것으로 보고 있다.[136] 그런데 여기에서는 수면을 일으켜 세워 수직의 잠, 산정을 걷는 것으로 바꾸어놓았다. 그리고 '걷는다'는 것은 내가 한 장소에 갇혀 있는 것이 아니라 다른 곳으로 나가고자 움직이고 있는 적극적인 운동이다. 걸음은 이 장소에서 저 장소로 옮아가는 것이므로 항상 정태적인 것을 거부한다. 물론 이때의 '걷는다'는 산정山頂과 관계가 있으므로 상승적 운동을 나타내는 것이다. 이러한 운동이 하방적인 '거리'의 공간성에 변화를 일으키게 하는 요소이다.

'운동이란 물질의 기도祈禱, 근본적으로는 신이 이야기하는 유일의 언어인가, 운동! 그것에 의해 모든 존재의 사랑, 사물의 욕망이 발가벗겨진 질서 아래 스스로를 나타낸다. 그 완벽함이 모든 것을 통일시키고 생기를 불어넣는다. 그것은 땅을 구름에 그

---

136) G. Bachelard(1943), 앞 글, p.19.

리고 아이를 새에 연결시켜 준다'[137]—수직의 운동—'우러르다'
가 아니라 '오르다'라는 상승적 행동으로 훨씬 더 수직적 교환은
현실적인 의미 작용을 갖는다.

　'나'는 이제 산정의 높이와 함께 있는 것이다. 그러나 산과 '나'
는 상방의 높이를 갖고 있으면서도 지상적 운명을 그냥 받아들이
고 있는 존재로 그려진다. 왜냐하면 운명에 대한 태도 역시 하방
성과 상방성의 변별 특징에 의해 분할되고 있기 때문에, 즉 매개
항에 위치한 운명은 상/하의 혼합적 특성을 나타내고 있기 때문
이다.

　　거리의 인간들(v.)= 운명을 피하려고 애쓰는 사람들
　　산정을 걷고 있는 인간(V₀)= 피할 수 있는 운명도 피하지 않는 사람들
　　푸른 하늘(V₊)= 운명에서 벗어난 사람들(초인, 또는 신)

　거리의 하방적 인간들은 운명을 피하려고 애쓰는 사람들이고,
산정과 같이 상/하의 중간적 존재로서의 사람들(화자=시인)은 피할
수 있는 운명도 피하지 않고 받아들이는 사람이다. 그리고 텍스
트에 직접 나타나 있지는 않지만 그것이 하늘과 같은 상방에 위
치할 경우에는 인간은 신이나 초인 또는 망자가 되므로 운명에서

137)　앞 글, p.70 ; Joachimm Casqiet, *Narcisse*, p.199.

벗어난 존재가 된다.

　낮에는 거리에서, 밤에는 산정을 꿈꾸며 살아가는 이 시에서 운명의 자리인 산은 거리의 그것처럼 밖에서 일방적으로 주어진 것이 아니라 스스로 나의 자유로 얻어낸 공간이다. 지상의 운명은 피할 수 없는 것이고 천상의 운명은 자유로 벗어날 수 있는 것이지만, 그 중간항에 있는 것은 천상의 자유와 지상의 구속을 동시에 혼유(混有)하고 있는 운명으로서 피할 수 있으면서도 피하지 않는 양의성을 띤다. 즉 거리에서 살면서도 하늘을 향하고 있기 때문에 생겨나는 외로움을 감수하고 살아가는 모순의 삶과 그 괴로운 운명은 피할 수 있으면서도 피하지 않는다는 점에선 자율성이 있다고 할 것이다.

　수직적 교환은 결국 인간과 산의 일체화를 뜻한다. 「山巓인 양」에서는 인체가 산과 그대로 동일시되는 유추 작용에 의해서 인체 자체가 하방에서 상방적인 기호 체계로 전환된다. 청마의 산은 전체가 수직 공간의 분절을 나타내는 것으로 단위화되어 있기 때문에, 그 높낮이의 자리를 나타내는 명칭이 모두 인체 언어와 같은 것으로 유추되어 있다.

　　머리:「山1」, 산머리 :「點景에서」

　　이마:「山巓인 양」, 「山1」, 「頌歌」

　　등:「山1」, 「期約」, 묏등 :「義人길」

허리: 「港口의 가을」, 「釜山圖」, 「山火」

발: 「山2」

뫼뿌리: 「星座를 허는 사람」

「山巓인 양」에서 산봉우리는 화자 자신의 이마가 된다.

고독한 山巓인 양 나의 곤한 잠결의 머리맡으로
　　　 V_0 　　　　　　　　　　 V_0

가므레한 새벽 여명의 물드는 기척이 스밀 제면
　　　　　　 V_+

어느덧 안해의 기동소리 어렴푸시 귀곁에 들리고
　　　 V_- 　　　　　　　　 V_0

그 귀 익은 소리로 더불어

나의 일상은 다시 무한으로 잇닿는 것이었다.
　　 V_- 　　　 V_+

　산과 인체가 완전히 일체화되어 산정이 자신의 이마가 된다. 그러므로 여명의 빛이 산의 이마인 봉우리에 와 닿는 「산1」의 경우와 똑같은 비유가 인체에서도 일어난다. 이 시에서는 누워 있는 자기의 머리맡이 바로 아침 햇살이 와 닿는 산전의 역할을 한다. 그러므로 '새벽 여명이 물드는 기척'인 상방의 소리와 세속적인 하방의 삶을 나타내 주고 있는 '안해의 기동소리(일상적인 생활의 소리)'가 자신의 '머리맡'과 '귀곁'에서 어울려 하나가 된다. 그래서 초월적인 빛과 일상적인 소리가 수직적 교환을 이루면 '일상은 다시 무한으로 잇닿는 것이었다'로 긍정적인 가치 부여로 바뀐다. 거리의 시끄러움(훤연)과 하늘의 고요함(적요)이 하나가 되는 순간이다.

우리는 이상에서 산이 하방과 상방의 두 공간 사이에 끼어 수직적 교환의 매개적 공간으로 기능하고 있는 것을 관찰해 보았다. 그것은 [V-/0]의 텍스트 형태로 주로 지상(V-)과의 결합 관계로 이루어져 있지만, 산이 점차 높아지면 그것이 하늘(V+)과 더 가까워지면서 산/하늘[V0/+]의 텍스트를 산출한다.

산 중에 가장 높은 산인 히말라야의 경우는 거의 하늘의 상방성과 같은 의미 작용을 한다. '계단없는 하늘을 나는 願치 않는다'[138]는 말처럼 청마의 하늘 역시 무수한 계단을 갖고 있는 것이다.

'하' 공간적 요소에서 중간항의 팽팽한 균형을 갖고 있는 매개 공간으로 그것이 다시 '상' 공간적 요소로 치우쳐 지상과는 관계 없이 되는 공간으로 산의 텍스트는 전환된다. 이 의미 변화에 따라 같은 산이라도 그 공간의 변별 특징은 모두 다르며 시적 언술도 달라지게 된다. 산은 중간 공간이므로 하방에 속할 수도 상방

---

138)   G. Bachelard(1947), 앞 글, p.343. "Je ne veux plus de ciel sans escalier"-Essénine.

에 속할 수도 있고 쌍방에 모두 속할 수도 있는 세 가지 다른 공간의 변별성을 지닐 수 있는 기호이기 때문이다. 그 코드성이 불안전하기 때문에 그만큼 동태적인 텍스트를 형성하게 된다.

그러나 산은 자라나는 것이 아니다. 다른 지형처럼 그 자체는 고정되어 있다. 그러므로 산이 상방적 요소를 더 많이 갖기 위해서는 특별한 '시적 장치device'에 의해서만 가능해진다. 그것의 한 수법이 '산불'이다. 불은 상승적 기호소를 지니고 있기 때문에 산불이 나면 상방적 요소가 강해질 뿐만 아니라 솟구쳐 올라가는 역동성을 나타낸다. 청마는 '山火'에 대해서 두 편의 시를 남기고 있는데 그 텍스트의 형태는 모두가 산/하늘($V_{0/+}$)의 요소로 이루어진 것들이다.

날 저문 길가에 나서서들 머언 山불을 보다
머언 山불은 山허리를 타고 올라
籍籍한 여주빛 提燈行列인양 한데
뽈뽈이 돌아가 문을 걸고 자는 한밤에도
횅한 거리에는 어두운 길만 남아 있고
옷칠 같은 아득한 가운데
머언 山불은 번져 이내 꽃밭이란다.

뉘가 산을 저렇게 진노하게 하였는가
여태껏 참고 견뎌 온 저 산들을
뉘가 실없이도 성냥개비를 그려 뎅겨
저렇게 무서운 진노에 불을 붙였는가

보라
몇 날 며칠을 두고
길길이 타오르며 번져나는 분노의 불길은
어두운 夜空을 阿修羅의 하늘처럼 물들여
저대로 온 江山을 태워 버릴 듯 그칠 줄을 모르나니

......

아아 뉘가 산을 저렇게 노하게 하였단 말인가

―「山火」[140]

여기의 산불은 다 같이 움직일 수 없는 산에 상승의 운동성을

139) 『생명의 서』, 8쪽.
140) 『기도가』(1953), 30-31쪽.

부여하고 있다. '산허리를 타고 올라가는 提燈行列'의 이미지는 산 자체의 움직임으로 묘사되고 있다. 일상 생활에 있어서 산불은 부정적인 의미를 담고 있으나, 이차 체계의 언어 공간에서는 상승의 긍정적인 의미 작용을 한다. 그래서 그것이 '꽃밭'으로 은유되는 것이다.

두 번째의 「산화山火」는 형태보다는 감정의 표출 작용으로 묘사된다. 그러나 분노는 산의 높이를 그대로 상징하는 것으로 이러한 산화(山火)가 극한에 달하면 '화산(火山)'의 이미지로 바뀌어 '그 아픔에/마침내 '에트나'산이 불을 뿜듯/하늘도 무너지라 터뜨려 울부짖고'라는 「어진 山」[141]과 같은 시가 된다.

청마는 이렇게 해서 산의 키를 키우고, 역동적인 움직임을 줌으로써, 상승적 기호를 강화, 초월의 특수한 공간 기호를 만들어 낸다. 이 뜨거운 산의 텍스트는 「히말라야에 이르기를」[142]에서는 차가운 텍스트로 변한다. 그래서 히말라야는 산의 공간 계층에서 가장 높은 상방성을 표시한다. 히말라야 산은 땅/산(-/0)의 관계가 산/하늘(0/+)의 텍스트의 극한점을 나타낸다.

오직 사유하는 자만이 능히

---

141) 『나는 고독하지 않다』(1963), 「山中詩鈔」 중 「어진 山」, 175쪽.
142) 『울릉도』, 42-43쪽.

이 절대한 고독을 견디나니

영원이란

전부를 느껴 알고 전부를 峻拒하는자 —

아아 종시 우럴은

다못 한장 짙푸른 나종의 나종!

삽시 造化의 처참한 咆哮에도 다시 견디어

우주의 가장 黎明과 暮色에 섰는 자 —

— 「히말라야에 이르기를」

    에서 고독의 강도는 높이에 따라 변한다. 가장 낮은 높이를 나타내는 것이 '아픔', '앓는', '호올로' 그리고 그보다 높은 관계가 슬픔과 '분노'의 화산을 거쳐 완전히 지상(하방적 세계, 인간사회)의 '절대한 고독'의 최정상에 이른다. 그렇기 때문에 청마의 시는 그 上의 높이에 따라 감정의 언어들을 측정할 수 있다. 그만큼 그의 이념적 언어나 감정 표현의 언어들은 공간과 밀착되어 있는 것이다. 하방이 물질, 집단, 사교적 수평 교환의 자리라면 이것을 떠난 히말라야 산정의 공간은 정신, 영혼으로서 무無, 영원을 산출하는 공간이다.[143]

---

143) Otto Friedrich Bollnow(1980), pp.82-83. 볼노우는 페트라르카가 처음으로 반토우

그러므로 '히말라야 산'의 높이는 지상을 떠나 하늘을 '우럴은' 강도와 비례하는 것으로 여기에서는 그 하늘이 '한장 짙푸른 나종의 나종'의 궁극적인 공간으로 설정되어 있다. 그리고 그 공간은 우주의 여명과 모색의 '빛'으로 히말라야와 접합점을 이룬다. 무엇보다도 중요한 것은 수직 공간의 최정점을 나타내고 있는 특성을 보여주고 있는 바로 그 접합점이다.

> 엘리! 엘리! 엘리!를 부르짖던 너도
> 드디어 이끌 수 없던 인류-ㄹ랑 버리고
> 여기에 나와 더불어
> 영원한 고독에 일어 서자!
>
> —「히말라야에 이르기를」

Ventou 산에 오른 1336년을 특기하지 않으면 안 된다고 말하면서 '그것은 산정으로부터의 조망이 인간에 가장 직접적으로 '넓음'의 감정을 부여하는 상황이 되었기 때문이다'라고 그 이유를 설명하고 있다. 그리고 등산을 처음으로 한 페트라르카가 그 체험에 대해 자세히 묘사하지 않고 단지 산의 크기로부터 영혼의 크기를 뒤돌아다 보면서 '영혼의 크기에 비해서는 어떠한 것도 크지 않다'라고 말한 대목을 이렇게 분석하고 있다. '너무나도 강렬한 작용에 그가 말문을 잃은 것이 아니라 오히려 공간적인 광막함에 의해서 이루어진 영혼의 기분 상태가 직접 영혼 자신의 넓음으로 바뀌어진 것'이라고 풀이한다. 그래서 영혼의 잴 수 없는 넓음을 향하는 사고의 방향은 공간적 조망의 넓음과 떼어낼 수 없는 것으로 관련된다.

산의 공간은 이렇게 예수와 대비되어 있다.

예수는 하느님의 아들로 천상적 존재이지만 동시에 요셉, 마리아의 아들로 이 지상에 왔으므로 지상적 존재가 된다. 공간 기호론적으로 볼 때, 여호와를 상방의 V+로 놓고, 지상의 인간계를 하방의 V-로 보면 예수는 그 사이에 끼여 있는 매개항 V_0가 된다. 그는 인간에게는 구세주이며 신에게 있어서는 독생자로 인간계의 파견자이다. 그러므로 예수의 공간적 위상은 산의 지형적 위치와 상동적 구조를 갖게 된다.

	V_+	V_0	V_-
종교적	하느님의아들	예수	인간의아들
지형적	하늘	산	땅

〈도표 2〉

그런데 히말라야는 예수에게 '드디어 이끌 수 없던 인류일랑 버리고/여기에 나와 더불어 영원한 고독에 일어 서자!'라고 말한다. 이것은 히말라야의 공간이 매개항의 중간적 성격에서 상방성만을 극대화하고 하방성을 극소화한 상태인 것을 의미하는 것이다. 만약 히말라야와 동일시되는 인간이 있다면 그 존재는 인류를 구하기 위해(수직 교환) '엘리 엘리'의 괴로운 외침조차도 지르지 않고 신과 같은 절대의 고독과 영원성을 획득한 신인(神人)이 될 것이다. 이렇듯 중간항의 상승적 극한점까지 이른 이 산의 매개 공간은 거의 하늘과 같은 상방적 공간과 구분할 수 없게 된다.

그러나 '얼어붙은'이라는 말은, 아무리 히말라야가 높아도 '상'의 공간인 하늘과의 변별성을 나타낸다. 빙점을 향한 이 상승적 텍스트는 반인간주의에 가까운 청마의 준엄성, 이른바 '애련에 물들지 않는' 준엄한 정신주의적 이념 공간, 그 진공에 가까운 세계가 반영한다. 슬픔이나 분노로 타오르던 뜨거운 텍스트는 상방으로 향하면 차가운 텍스트로 바뀌어 인류마저 버리는 얼어붙은 예수가 된다.

여기에서 우리는 같은 중간항이라도, 그것이 중하($V_{0/-}$)와 중상($V_{0/+}$)으로 분절되고 따라서 그 텍스트의 의미 작용도 각기 달라진다는 것을 관찰한 셈이다.

청마 시의 산을 수직 공간으로만 나누어보아도 「山1」에서 본 것처럼 '앓는 듯 대지에 엎드린 채로' 누워 명상하던 산은 점점 수직적인 상승 공간으로 변해 「노한 산」의 분노의 산이 되었다가 더 높아져 극점에 다다르면 화산이 되어 부활해 버리거나 「히말라야산」처럼 '얼어붙은 영원', 인류와의 교환마저도 끊는 '절대고독'에까지 이른다. 반드시 히말라야가 아니라도 '해발 천 오백 미터 지리산 촛대봉 마루'를 그린 「天上庭園」[144]과 같은 시에서

---

144) 『제9시집』, 47-49쪽.

도 이미 그 산은 인간과 함께 있지 않다. '無人境'으로 신들이 가끔 놀러 오는 장소가 된다.

청마 시의 정신적 높이는 수직 공간의 높이와 비례한다. 높이의 이 같은 계층적 차이는 '斷崖'로부터 '히말라야산'의 지표의 정상까지 이어지고 그 수직적 높이의 단계에 의해서 인간과 신의 대립항이 여러 가지 다른 형태의 텍스트로 나타난다. 텍스트의 단계를 공간과 감정(理念)의 상관성으로 도표화하면 다음과 같다.

	V_-		$V_{(-/0)}$		$V_{(0/+)}$	
가치	–	+	–	+	–	+
감정	절망	욕망 (탐람)	슬픔	분노	분노의극 (징벌)	영원 절대 고독
수직 교환	(–)	–	+	+	–(+)	–
수평 교환	(–)	+	+	–	–	–
시	「斷崖」	「山1」	「너에게」 「山」145) '悔悟의골 짜기를 지닌 산'	「怒한山」	「山火」 「어진산」 (火山)	「히말라야 에 이르기 를」「天上遊 園」

145) 『예루살렘의 닭』, 13쪽.

3 '산'과 '나무'의 기호론적 차이

'나무'를 실질의 의미로 보면 그것은 땔감이나 건재(建材)로서 일상생활의 차원에서부터 치산치수의 사회적·경제적, 그리고 식물학적인 과학에 이르기까지 실로 기술(記述) 불가능의 상태에 빠져버리고 말 것이다. 그러나 나무를 공간의 기호 영역으로서, 말하자면 공간 체계의 한 텍스트로 독해하게 되면 매우 단순하면서도 중대한 의미 작용을 발견하게 된다.[146] 즉 그것은 앞서 관찰한 바 있는 산처럼 하늘과 땅으로 분할된 상/하의 대립적 우주 공간을 수직으로 이어주고 있는 매개적 성격을 띠고 있기 때문이다.

그러므로 사람들이 베어다가 집을 짓던 실질(實質)로서의 나무가 하나의 공간 체계로 들어와 기호로서 인식되는 순간, 그것은 '우주수'와 같은 '신화 작용'이나 성현(聖顯, hierophany)의 힘을 갖게

---

146)   G. Durand(1969), 앞 글, p.156.

된다.[147]

그렇기 때문에 '어떻게 해서 한 그루의 나무가 세계의 형성을 설명하고 그 특수한 물체가 어떻게 우주 전체를 낳게 되는가'라는 우주수의 테마는 실용주의적인 방법으로는 해석될 수가 없다.

'앗시리아의 성목(聖木)은 그 유용성에 의해서 옛날 이 지방에서 존경을 받던 일군의 식물로 종합한 것에 지나지 않는다. 종려는 그 열매 때문에, 포도나무는 그 즙 때문에, 소나무와 서양 삼나무는 건재와 땔감으로, 석류나무는 탄닌tanin의 생산과 샤베트 제조 때문에'라고 주장한 식물학자 보나비아Bonavia의 말에 대해서 바슐라르는 다음과 같이 공박하고 있다. '이 같은 유용성의 굳은 덩어리는 유용한 것의 개념을 분명하게 해줄 수 있을지는 모르나 본래의 신화적인 꿈의 힘을 밝혀내기에는 미흡한 것이다.'[148]

그리고 바슐라르는 또 다른 저서 『대지와 휴식의 몽상』에서 '그것은 뿌리이며 가지이다. 그것은 대지와 하늘 사이에서 산다. 그것은 대지 속에서 바람 속에서 산다. 상상 속의 나무는 모르는 사이에 우주적인 나무, 하나의 우주를 요약하고 하나의 우주를 만드는 나무이다'[149]라고 나무의 우주수적인 특성을 풀이해 주고

---

147) James Frazer(1966), *Golden Bough* (London : Macmillan), p.144.

148) G. Bachelard(1943), 앞 글, p.249.

149) G. Bachelard(1947), *La Terre et les Rêveries du Repos*(Librairie José Corti), p.300.

있다.

그러나 상상력의 역동적 원리로 증명하고 있는 바슐라르의 나무를 기호론적으로 바꾸면 우주수는 이미 1장에서 소개한 바 있는 토포로프의 공간 이론으로 발전될 수가 있을 것이다.

우주수 또는 그 변이태(산, 사원, 기둥, 사탑의 형상)는 수직 구조의 이념을 나타내는 표현 수단이 된다고 말한다. 그래서 언어 텍스트에 있어서도, 조형 예술에 있어서도 보통 새는 나뭇가지 위에 놓이고 뱀은 그 뿌리에, 유제류(有蹄類)의 동물은 나무등걸의 양쪽에 배치된다. 새는 하늘, 유제류는 구도의 중방부인 지상, 그리고 뱀은 지하(뿌리의 나라)로 이어진다.

이같이 우주수는 수직축에 따라 세 가지로 구분된다. 이 삼분된 우주수는 발생, 발달, 조락을 포함한, 모든 종류의 동적 과정의 모델로 생각될 수가 있다. 우주수의 세 가지 부분은 상의 부분이 긍정적인 평가를, 그리고 아래의 부분이 부정적인 평가를 받게 되는 그 특징에 대응하여 의미화된다.[150]

그러나 무엇보다도 중요한 것은 토포로프가 언급하지 않고 있

150) V. N. Toporov(1976), 앞 글, XI 2~3 p.53.

는 가운데 부분, 상도 하도 아닌 '중'의 부분이 우주수의 가장 핵심적인 특징이 된다는 사실에 주목할 필요가 있다. 즉 우주수는 우주 자체의 전 공간을 상징하고 있는 것이지만, 하늘과 땅의 체계에 있어서는 그 중간적 매개물로서의 기능을 나타내고 있기 때문이다. 땅의 것을 상방의 하늘에 운반해 주기도 하고 하늘의 것을 하방의 땅으로 내려오게도 한다. 우주를 분할하고 동시에 그것을 연결해 줌으로써 정태적인 공간 구조에 역동적인 운동을 일으키게 하는 것이 바로 나무의 수직성이다.

대부분의 신화에 있어 수목은 단군신화의 신단수처럼 신이 하강할 때 쓰는 사다리의 매개물로 이용되기도 하고, 또 인도신화의 거목처럼 지상에서 하늘baiulgen[151]까지 올라가는 상승의 계단이 되기도 한다.[152]

청마의 시 속에 등장하는 나무 역시 예외없이 우주수와 동일한 기능을 가지고 있다. 특히 청마의 나무는 산과 더불어 땅에서 하늘로 향하는 수직적 초월의 매개항이 되는 것으로 여러 가지 변이태의 텍스트를 낳는 작용을 하고 있다. 나무를 직접적으로 노

---

151)   M. Eliade(1964), *Traité D'histoire des Religions*, p.258.

152)   Manly P. Hall)1972), *Man, Grand Symbol of the Mysteries*(Los Angles : The Philosophical Research Society Inc). 또는 바빌로니아의 신화처럼, 그것은 하늘의 어머니 지쿰Zikum의 침상에까지 이르는 나무이다.

래한 청마의 작품은, 그 전집에 수록된 전 작품 가운데 22편이고, 어휘 빈삭도는 144회에 이른다. 수평적인 공간 구조를 나타내고 있는 것도 있지만, 거의 모두가 하늘과 땅 그리고 산과 연결하여 양의적 세계상(世界像)을 보여주고 있는 것들이다.

그러나 그보다 중요한 문제는 나무가 상/하 공간의 매개항으로서 산과 같은 기능을 하고 있다는 것을 확인하는 데 있는 것이 아니라, 그것이 '산'과 같은 위치에 있으면서도 어느 점이 다른가 하는 하위체계에 있어서의 그 공간적 변별 특징을 찾아내는 일일 것이다.

첫째는, 수직적인 공간 텍스트의 형태에 있어서 불변태와 변이태를 구분해내는 방법이고, 둘째는 기호 형식과 기호 의미의 결합 관계에서 그 유계성(有契性, motivation)을 밝혀내는 일이다. 그러한 문제들은 청마의 전체적인 공간 구조를 파악하면서도 동시에 개개 작품들의 차이성까지 가려내는 미시적(微視的)인 분석 방법을 제공해 줄 것이다.

하늘/땅의 이항 대립적 텍스트(V$_{+/-}$)와의 대비를 통해 산의 매개항적 특성을 분석해 보았지만, 이제는 같은 매개항끼리의 대비를 통해 나무의 텍스트적 특성을 뽑아보자는 것이다. 그러기 위해서 우선 '거리', '나무', '山', '하늘'의 공간적 요소들이 모두 함께 나타나 있는 「나무여 너에게 할 말이 많다」의 시를 분석해 보는 것이 좋을 것이다.

나무여, 너에게 할말이 많다!

오늘도 나는 원남동 대학병원 뜰을 지나 돌아 오노라니

지척에서 종일을 염열과 스스로의 광분에 쫓기는 거리에는

다시 하루의 피치 못할 실의(失意)의 일몰이 밀려오는데

여기 너희가 팔 뻗고 우거져 사는 마을은

오직 聖스리도 짙은 정밀과 화평만이 고요히 서려

더러는 이마에 낙락히 마지막 햇빛을 걸고

바람 기척 하나 느낄 수 없는데도

風月을 읊조리는 長者처럼 조용히 몸짓하고 있고

그 곁엔 높다랗게 올라 앉은 시계탑의 하얀 時間의 얼굴

─지금 그는 十九時 四十五分을 가리키고 있다.

그리고 그 위론

소리없이 펼쳐 물든 진달래빛 꽃 물결과

─一片의 조각달─

아아 여기는 영원한 흐름 중의 일순의 여울목

이 지점(地點)에서 나무여, 너희는

먼 산악이 더욱 더 안타까이 발돋움하고 우러러 섰듯

그지없는 목숨의 몸부림과

광막한 비정(非情)을 한 품에 안고서

이렇듯 너그러이 우주를 거느렸거니

나무여, 진정 너에겐 할 말이 많다!

—「나무여, 너에게 할 말이 많다!」153)

이 시는 전반이 나무/거리의 대립 관계로 되어 있고, 후반은 나무/산의 상관 관계로 구성되어 있다. 그러므로 우리는 이 삼각 구조를 통해서 나무와 산의 변별 특징을 가려내는 매우 유효한 자료체(資料體, corpus)로 사용할 수 있다. 뿐만 아니라 그것은 '나무여 너에게 할 말이 많다'는 말로 시작하여 그와 똑같은 말로 끝을 맺고 있는 이른바 닫혀진 구조로 되어 있다. 언뜻 보기에는 단순한 동어반복인 것 같지만 실은 할 말이 많다고 해서 시작한 말이 끝에 와서도 결국은 원점으로 돌아갈 수밖에 없는 '텍스트의 침묵'을 나타낸다. 할 말이 많다고 말할수록 역설적으로 그 텍스트는 아무것도 말하지 않고 있는 것이 된다. 결국 이 텍스트는 시 속에서 말해진 의미 속에 존재하고 있는 것이 아니라, '할 말이 많다'고 말하는 그 언술 자체 속에 의미 작용을 갖고 있는 것이라고 할 수 있다.

기호론적으로 말해서 여기의 나무는 기호 의미(sé)가 아니라 기호 형식(sa)으로서 존재하고 있다는 뜻이다. 나무는 오직 이 텍스트의 언술 속에서 침묵하고 있다. 우리가 이 침묵을 읽기 위해서

153) 『뜨거운 노래는 땅에 묻는다』, 47-49쪽.

는 '눈에 보이지 않도록 용접되어 그 매끄러운 표면밖에 잡히지 않는 의미 작용의 덩어리les blocs de signification를 작은 지진을 일으켜 서로 떼어놓고 그 텍스트를 금가게 해야 할 것'이다. 말하자면 롤랑 바르트가 '렉시lexis'라고 부른 독서의 단위를 만들어내는 일이다.[154]

그 '렉시'는 거리와 나무, 거리와 산, 그리고 나무와 산을 이은 틈 사이에서 찾아낼 수가 있다. 우선 그 첫 번째 단위가 되는 것은 거리와 나무 외의 대립소들이다. 이 시의 첫머리에 나오는 나무와 거리의 대비는

거리 ─ '종일을 염열과 스스로의 광분에 쫓기는 거리'
나무 ─ '오직 聖스리도 짙은 정밀과 화평만이 고요히 서려'

로서, 거리의 염열, 광분, 쫓김 등은 나무의 정밀, 화평, 고요와 대립항을 이루는 의미 그룹으로서, '俗'이란 말로 요약될 수 있다. 그러므로 나무를 오직 '聖스리도'라고 한 말에 대응하게 된다. 거리와의 대립에 의해 형성된 나무의 이 같은 변별 특징을 산과 비교해 보면, 조금도 다를 것이 없다는 것을 알게 된다. 정밀, 화평, 고요함의 '聖'은 거리와 대립되는 산의 경우에 있어서도 똑

---

154)   R. Rarthes(1970), *S/Z*(Paris : Seuil), p.20.

같이 나타나 있기 때문이다. 우주산mont cosmique은 한편 성산mont sacré이라고도 부르는 것 하나만 가지고 보아도 알 수 있는 일이다.

그러면 두 번째의 단위가 될 수 있는 시간에 대한 반응을 보자.

거리—'다시 하루의 피치 못할 失意의 일몰이 밀려오는데'

나무—'더러는 이마에 낙락히 햇빛을 걸고 바람 기척 하나 느낄 수 없는데도 風月을 읊조리는 長者처럼 조용히 몸짓하고⋯⋯'

위의 두 시행을 비교해 보면 한쪽은 그 일몰이 실의로 그려져 있는데, 다른 쪽 나무의 경우에는 오히려 즐거움으로 그려져 있다. '풍월'은 '실의'의 반의어이다. 특히 '이마에 낙락히 햇빛을 걸고'라는 말에서 상방성을 나타내는 이마는 나무의 높이를 뜻하는 것으로 거리는 어둡지만 그보다 위에 솟아 있는 나무는 아직도 햇빛을 이고 있다는 빛의 대립(명/암)을 읽을 수가 있다.

그러나 이것 역시 거리와 나무의 차이성이 될 수는 있으나 나무와 산의 차이가 될 수 없는 특징이다. 이미 읽은 대로 「山 1」의 경우에 아침 여명은 '산의 이마'에서 비쳐나오고 또 밤이면 머리에 별빛을 인다. 그리고 「山 2」에서는 암운이 밀려와도 그것을 뚫고 하늘을 보며 회의하지 않는 그 높이가 그려져 있다. 나무나 산이나 절정의 '이마'를 갖고 있다는 점에선 차이가 없다.

그러나 나무와 산이 구별되는 차이성은 '장소locus'의 단위에 의해서 비로소 드러난다. 이 텍스트에서 나무들이 서 있는 자리는 '원남동 大學病院의 뜰'로 되어 있다. 굳이 동의 이름이나 특정한 건물명을 이렇게 명시한 것은 나무의 장소성을 유표화(有標化, marqué)하고 있음을 의미하는 것이다. 그리고 그러한 명시적 사항은 심산유곡과 같은 자연의 장소와 대립되는 도시성을 강조하려고 한 것이고 그러한 강조는 나무와 산과의 차별화를 이룬다. 즉 나무와 산은 그 장소성에 의해서 대립성을 드러내게 되고 오히려 나무와 '거리'는 그 근접 관계에 의해 이질성(異質性, hétérogénité)에서 동질성(同質性, homogénité)으로 바뀐다. 특히 그와 같은 장소성을 유표화하고 있는 것이 '지척에서……'라는 말이며 (지척에서 종일을 염열과 스스로의 광분에 쫓기는 거리) 동시에 그 '지척'이라는 말은 산과의 원방성遠方性을 나타내는 의미소로 작용한다.

그렇기 때문에 이 텍스트 속에서 '지척'과 반대되는 '먼(遠)'의 '프로세믹스proxemics'[155]를 통해 그 의미 작용을 갖게 된다. 그러므로 이 텍스트에서 산은 '먼 산'으로 기술되어 있다. 인간(거리)을 기준으로 할 때 나무는 산보다 더 가까운 거리에 있게 되고 이것이 같은 매개항이라도 각기 다른 변이태를 만들어내는 작용을 한다.

---

155)　E. T. Hall(1966), *The Hidden Dimension*(New York : Doubleday and Company Inc.), P.1.

결국 나무는 '히말라야 산'처럼 '얼어붙는 영원성' '인류를 버리는 냉엄한 초월 공간'을 이룰 수가 없다. 심산이 아닌 도시의 산이나 언덕이라 해도 「飛天」[156]의 경우처럼 집 안에서 나와 오르지 않으면 안 될 격리된 거리를 갖게 된다. 청마의 시에서 사실상 나무는 도시나 인간의 일상성 속에서 수직 공간을 이루고 있는 경우가 많기 때문에 도시로부터 떨어져 있는 '먼 산'과는 매우 대조적인 의미 작용을 갖는 일이 많다. 「銀杏記」의 경우가 그 좋은 예라 할 수 있다.

있는 대로 활개 벌려 부르짖고 살 수 있는
어느 칠칠한 수풀에서 붙들려 왔는지
악착스리 분벼 사는 도시의 귀퉁이
한 그루 포로 되어 우리집에 선 으능나무

그의 키는 헌헌 장부
처마와 처마에 가리워져
뻗고 선 헌칠한 모습은 볼 수 없이
노상 아랫도리 곁에서 움직여 사는 가족들은
포승 대신 게다가 빨래줄을 매고선

---

156) 『미루나무와 南風』, 55쪽.

하찮은 나부랑이 따위나 걸쳐 말린다.

(……)

—「銀杏記」[157]

　하늘과 땅의 경계 영역의 기호 기능을 갖고 있는 '처마'[158]에 그 키가 가리워져 있다는 것은 거의 수직성에서 상방적 요소(V₊)가 배제되어 있음을 뜻하고 있는 것이다. 그리고 '노상 아랫도리 곁에서 움직여 사는 가족'은 나무의 하방적 요소를 나타내고 빨랫줄은 세속적 삶을 나타내는 것으로 나무를 구속하는 '포승줄'로 은유된다. 이와 같은 메타포의 체계는 나무가 먼 산에 있지 않고 거리 속에 그리고 인간의 주거 공간과 지근거리至近距離에 있다는 그 프로세믹스에 의해서 형성되고 있다.

　즉 '악착스리 붙벼 사는 도시의 귀퉁이'라는 장소성에 의해 '포

---

157)　『미루나무와 南風』, 102-103쪽.
158)　'처마'의 용례는 다음과 같은 시에서 찾아볼 수 있다.
　『생명의 서』—「六年後」,「諸神의 座」
　『步兵과 더불어』—「어디로 가랴」
　『幸福은 이렇게 오더니라』—「熱源」
　『第九詩集』—「春朝」
　『뜨거운 노래는 땅에 묻는다』—「아리아」
　『미루나무와 南風』—「銀杏記」
　『메아리』—「對話」,「實相寺實記」,「季節에 서다」

로', '포승줄'(빨랫줄), '가리워진 키' 등으로 나무의 의미가 변형되고 그것의 하방적인 요소가 강조된다. 결국 나무와 산의 차이성은 나무의 하방적 요소가 산보다 훨씬 더 증폭될 수 있다는 점에 있다. 물론 거리, 인간과의 근접성만이 아니라, 나무는 또한 수직의 깊이인 뿌리에 의해서 산보다 깊은 하방의 지하 세계와 연결될 수 있다.

한마디로 요약하자면 나무는 뿌리를 가지고 있기 때문에, 그리고 거리(사람)와의 근접성을 지니고 있기 때문에 그 하방적 요소에 있어서 산과 구분되는 변별성을 갖고 있다고 할 수 있다. 그러나 동시에 나무는 하방적 요소에 있어서도 산과 다른 변별성을 보인다. 그것은 산이 갖고 있지 않는 '팔'이다.

'여기 너희가 팔 뻗고 우거져 사는 마을'의 그 '너희'의 자리에 산을 삽입(挿入, mutation)시킬 수는 없을 것이다. 즉 산은 나무처럼 '이마'는 가지고 있어도 팔을 하늘로 치켜들고 있는 그 가지의 장축성(長軸性, longitude)을 가지고 있지 않다. 나무나 산은 다 같이 부동성이란 면에서는 수평적인 움직임이 없지만, 산은 산맥이나 연봉連峯의 수평적 선을 가지고 있어 때로는 수평적 운동을 나타내는 바다의 파도로 은유되기도 한다. 그러한 예는 이미 분석한 바 있는 「秋寥」에도 나타나 있다.

그렇기 때문에 나무는 산이 갖고 있지 않은 순수한 수직성, 팔을 들어 올린 것과 같은 장축성長軸性을 나타낸다. 그러므로 나무는 그 물리적 면에서는 그 높이가 산보다 못하지만, 기호 기능으로서는 그 정점성頂點性 때문에 그보다도 훨씬 높은 하늘을 가리킬 수가 있다.

지시지(指示指, pointing finger)의 설명(제1장 참조)에서 본 바대로 장축성을 지닌 손가락은 폭을 갖고 있는 손바닥보다 훨씬 지시적 기호로서의 기능이 강한 것이다. 산을 손바닥이라 한다면 나무는 손가락에 비유할 수 있다.[159] 그러므로 청마가 '나무' 가운데서도 '미루나무'를 특히 강조한 까닭은 (시집 제목에도 '미루나무와 남풍'이라는 것이 있다) 그것이 어느 나무보다도 길고 갸름한 장축성을 지니며 순수한 수직선을 그려내고 있기 때문이다.

　　신록이 눈부신 단장을 하고
　　언덕 위 한 그루 미루나무는
　　헌칠하고도 연연한 당신의 모습
　　지금 남풍의 세찬 나의 손에 매달려
　　당신은 이내 몸부림 치거니
　　수줍음과 부대낌에 못견뎌 할수록
　　당신의 육체속에 든 나의 연정의 손은
　　더욱 더 즐거이 희롱거린다.

159)　Umberto Eco(1976), 앞 글, p.120.

고울수록 육신은 뜨거운

혼령의 바람을 만나 담기 위하여만 있는 것

天地가 안팎 없이 열려 트인

五月의 넘쳐나는 빛보라속

영과 육의 그지없는 이 교환(交歡)

너울너울 하늘로

용(龍) 틀임하고 오르는 사랑의 푸른 불기둥

—「미루나무와 南風」[160]

　　의인화된 미루나무는 장축성의 특징을 최대한으로 발휘하고
있다. '헌칠한'이란 수식어도 그렇지만, 특히 남풍에 흔들리는 모
습을 '너울너울 하늘로/용 틀임하고 오르는 사랑의 푸른 불기둥'
이라고 표현한 것은 미루나무이기 때문에 비로소 생겨날 수 있는
유추 작용이다.
　　'용 틀임', '오르다', '푸른', '불', '기둥'은 모두가 수직적 상승
의 공통적인 공간성을 나타내고 있는 어휘 그룹이며, 무엇보다도
'푸른 불기둥'이라는 당착어법(撞着語法, oxymoron)은 나무의 그 장
축성이 하늘의 정점과 맞닿아 있는 운동을 나타내 준다. 규모에
있어서는 비교될 바가 아니나, 기호 기능에 있어서는 화산 또는

---

160)　『미루나무와 南風』, 36-37쪽.

산불보다도 훨씬 그 수직적인 효과가 높다. 그것은 '영(상방성)과 육(하방성)의 그지없는 교환(交歡)'을 나타내고 있기 때문이다. 산불이나, 화산은 지상적(하방적)인 것에서 떠나는 것이지만, 바람에 나부끼는 미루나무의 '불기둥'은 하방성과 상방성의 모순(뿌리와 가지)을 동시에 갖고 있는 상승 작용이다. 이 모든 것은 뿌리의 하방성과 가지의 상방성에서 나무가 산과 다른 변별 구조를 지니는 것에 비롯된다.

장축성은 '뿌리root'와 '종극성(終極性, apicality)'으로 운동의 방향 movement forward과 '역동적 강조dynamic stress'의 요소를 지니고 있다. 그런 면에서 장축성도 뿌리도 없는 산에는 운동의 방향성도 그 역동적 강조도 나무에 비해 못하다. 나무의 뿌리는 지하의 방향성을 심화시킴으로써 반대로 하늘로 뻗쳐 오르는 나뭇가지를 강화하는 양의성과 '반대의 일치'라는 시적 기호성을 생성시킨다. 청마의 텍스트에는 하강과 심연의 하방 코드가 빈약하긴 하지만, 뿌리의 하강이 나뭇가지의 상승이 되는 역설은 많은 곳에서 찾아볼 수가 있다.

보이지 않은 곳에 깊이 뿌리 박고 있기에 항시 亭亭할 수 있는 나무

— 「나무」[161]

---

161) 『예루살렘의 닭』, 14쪽.

'내 뿌리는 말라비틀어진 찰흙…… 축축한 대지를 통해서 납의 광맥, 은의 광맥을 통해서 세계의 深部에 도달한다.'[162] '뿌리는 깊이의 축이다.'[163] 또는 '나무는 지옥과 천국과 태양과 대지를 연결시킨다.'[164] '뿌리는 살아 있는 死者이다.'[165] '이 地下의 생은 內密的으로 感知된다.'[166] 이와 같은 말들은 오직 가지와 반대 방향으로 뻗고 있는 뿌리의 하강성을 가진 나무에게만 주어질 수 있는 특징이다.

다시 본래의 텍스트로 돌아가 그 장축성이 반영되어 있는 시구들을 찾아내면, 나무의 수직성은 ① '팔 뻗고' → ② '이마에' → ③ '높다랗게 올라 앉은 시계탑' → ④ '그 위론 소리없이 펼쳐 물든 진달래빛 꽃물결'(저녁노을의 은유) → ⑤ '조각달'의 순서로 텍스트 속의 나무는 거리에서 하늘의 정점까지 뻗쳐 올라가고 있다.

우리는 나무와 산의 변별 특징이 거리와의 근접성과 장축성에 있다는 것을 밝혔다. 그러나 운동이란 측면에서 볼 때, 또 다른 변별 특징이 더 추가될 수가 있다. 말하자면, 「나무여 너에게 할

---

162) G. Bachelard(1943), 앞 글, p.295.

163) 앞 글, p.300.

164) 앞 글, p.310.

165) G. Bachelard(1947), *La Terre et les Rêveries de la Volonté*(Librairie José corti, p.124.

166) 앞 글, p.134.

말이 많다」의 시에서 나무를 '산'으로 삽입할 수 없는 또 하나의 자리가 '풍월을 읊조리는 장자처럼 조용히 몸짓하고 있고'라는 시구이다. '몸짓'과 같은 가변성이 산에는 결여되어 있다. 바람이 스치면 나무는 움직이고 소리를 낸다. 이것이 하늘의 높이와 교감하는 수직적 교환이다.

그러나 산은 산불, 화산에서 내뿜는 '불'로밖에는 그와 같은 동적인 상승 운동을 표시하지 못한다는 것을 이미 우리는 관찰한 바 있다. 더구나 나무는 바람이 불지 않아도 실제로 자라 위로 올라가는 수직적 성장을 한다. 그러나 산에는 그 성장성이 없다. 유생/무생의 변별적 특징으로 나무만이 '그지없는 목숨의 몸부림'이 부여될 수가 있다. 청마가 애용하고 있는 '몸부림'의 몸짓이야말로 지상의 하방 공간(현실)으로부터 벗어나 상방적 창조적 공간(정신)으로 향하려는 행위의 지표적 기호indexical sign가 되는 것이다. 그러므로 산악과 직접적으로 대비된 2연의 텍스트에서 산악은 나무로 인하여 그 상승의 의지를 더욱 갈망하게 되는 것이다. '먼 산악이 더욱 더 안타까이 발돋음하고 우러러 섰듯'에서, '더욱 더'는 나무의 몸부림이 있기 때문이다. 나무는 몸부림 속에 그 모든 것을 한몸에 안고서 우주를 거느리고 있는 존재로 그려진다.

그래서 나무와 우주는 등위 관계를 이룬다. 직설적으로 말해 '발돋음'과 '우럴어'의 '행동성'에서 나무는 산보다 앞선다. 그것은 '성장성'이라는 변별 특징에 의한 것이다.

> 蒼蒼히 푸른 가지를 들어 공중 높이 뻗고 선 나무의 想念을 알라. 언제나 孤獨한 그 한자리에 서서, 가는 者를 쫓지 아니하고, 오는 者를 물리치지 아니하고 오직 宇宙의 攝理에 順應하므로 한결같이 자라기만 念願하여, 밤이면은 어두운 하늘에 祈禱드리우고, 낮에는 햇빛에 노래하고, 한번 憤怒하면 울울히 風雨를 불러 스스로의 팔죽지를 꺾어뜨리는 者.
>
> ―「匠人」[167]

여기에 '한결같이 자라기만 염원하여'라는 청마의 시구는 클로델의 '나무는 노력에 의해서만 높아지는 것이다'[168]라는 말로 바꿔 생각하면 더욱더 그 기호론적 의미가 분명해질 것이다. 그리고 '똑바로 선 수목은 의지의 축'[169]이 되는 셈이다.

이상에서 분석한 거리, 나, 산의 변별 특징을 도표로 대비해 보면 다음과 같이 기술할 수가 있다.

---

167) 『예루살렘의 닭』, 65쪽. 원문.
168) G. Bachelard(1943), 앞 글, p.233.
169) 앞 글, p.171.

	거리	나무	산
매개 공간 / 상방적 공간	−	+	+
성 / 속	−	+	+
평화, 정밀	−	+	+
(거리와의) 근접성	+	+	−
수직성, 장축성	−	+	−
성장성	(±)	+	−

〈도표 3〉

산과 나무는 우주론적 텍스트에도 다 같이 하늘(上)과 땅(下)을 연결하는 매개 공간의 기능을 나타내고 있지만 근방성, 장축성, 운동성에 있어서는 그 기호 기능이 다르다는 것을 알 수 있다. 산에는 공중을 향해 뻗치는 의지를 나타내는 '팔'이 없고 아래로 뻗는 뿌리가 없고 하늘의 정점을 나타내는 장축성이 없으며, 그리고 성장의 가변성이 없다. 말하자면 산은 거리에 해당하고 나무는 그 거리에 사는 인간과 대응한다는 점이다.

그러므로 나무는 산보다 더욱 용이하게 인간과의 동일성을 이룰 수 있고 더욱 역동적으로 하방적인 공간을 상방 공간으로 전향시키는 매개 기능을 나타낼 수가 있다. 수직성, 근방성, 장축성은 인간의 신체가 지니고 있는 공간적 요소와 동일하기 때문이다. 그러므로 오컬티즘occultism에서는 인간의 척추와 우주수는 상동적인 기능을 갖는다. 탄트라 철학tantric philosophy에서의 차크라chakras도 마찬가지다.[170] 「山巓인 양」의 경우처럼 인간이 산과 일체화되는 수가 없는 것은 아니다. 그러나 발돋움하게 하고 하늘을 우러러보는 나무의 그 자리에 직접 인간을 대입시켜 동일성을 나타낸 시들은 그리 흔치 않다. '直立 그것은 期待의 姿勢'[171] 라는 사실이 인체와 나무를 동일성의 원리로 묶어둘 수 있는 청마의 시적 공간이다.

> (……) 아아 인간의 喜怒哀樂이 그치없이 부질없이 여기 靑山에 와서 나도 나무 되어 나무의 생각 생각하고 나도 모를 그 무엇 기다려 팔벌이고 섰고지고.
>
> ―「靑山에서」

라고 노래 부르고 있다. '여기 靑山'이라고 한 것은 부질없는 인간들이 살고 있는 하방적 공간인 '거리'와 대립되는 공간을 지적하고 있는 것이다. 그러나 이 매개 공간 속에서 직접 그 대상 속에 융합되려는 것은 청산이 아니라 청산 속에 있는 나무이다. '팔 벌려'란 말에서 나뭇가지와 팔이 상승적 의지의 방향과 운동을 나타내고 있다.

---

170)   Manly P. Hall(1972), 앞 글, pp.179-185.
171)   G. Bachelard(1943), 앞 글, p.74. "Elle(l'espérance) est un destin droit."

또한 「善한 나무」에서도 인간은 우유적인 것이 아니라 직접 그
공간 구조에 의해 동일시된다.

　내 언제고 지나치는 길가에 한 그루 남아 선 老松 있어, 바람 있음을
조금도 깨달을 수 없는 날씨에도, 아무렇게나 뻗어 높이 치어든 그 검
은 가지는 啾啾히 탄식하듯 울고 있어, 내 항상 그 아래 한때를 머물어
아득히 생각을 그 소리에 따라 天涯에 노닐기를 즐겨 하였거니, 하룻날
다시 와서 그 나무 이미 무참히도 베어 넘겨졌음을 보았나니.
　진실로 現實은 한 그루 나무 그늘을 길가에 세워 바람에 울리느니보
다 빠개어 육신의 더움을 취함에 미치지 못하겠거늘, 내 애석하여 그가
섰던 자리에 서서 팔을 높이 虛空에 올려 보았으나, 그러나 어찌 나의
손바닥에 그 幽玄한 솔바람소리 생길 리 있으랴.
　그러나 나의 머리 위, 저 묘막한 천공에 시방도 오고가는 神韻이 없
음이 아닐지니, 오직 그를 증거할 善한 나무 없음이 안타까울 다름이로
다.

　　　　　　　　　　　　　　　　　　　　　　　　　　　—「善한 나무」[172]

　여기의 노송은 매개항으로서의 중간적 공간을 여실히 보여주
면서 동시에 「靑山에서」와 같은 인간의 대입 과정을 훨씬 더 뚜

---

[172]　『예루살렘의 닭』, 36-37쪽.

렷하게 보여주고 있다. '뻗어 높이 치어든 그 검은 가지'는 '땅'에서 '하늘'로 향하려는 '苦惱하는 나무'의 그 상향적 자세를 보여준다('啾啾히 탄식하듯 울고 있'다). 그러므로 화자(지상적 존재)는 이 나무 그늘에 머물러 '그 소리 따라 天涯에 노닐기를 즐겨한다'. 나무의 고뇌하는 소리는 상승적인 욕망과 그 의지의 의미 작용이다. 그러므로 지상적인 존재로서의 화자는 그 소리를 통해 천상(天涯)과의 접촉이 가능케 되는 것이다.

여기에서 그 소나무는 두 개의 의미론적 충돌을 일으킨다. 즉 기호론적인 영역의 의미와 자연적 층위로서의 의미가 상반되는 행위를 만들어낸다.

A) 자연적Physis 영역으로서의 소나무 : 땔감으로서의 나무('진실로 現實은 한 그루 나무 그늘을 길가에 세워 바람에 울리느니보다 빠개어 육신의 더움을 취함에 미치지 못하겠거늘')→나무를 베다.

B) 기호적semosis 영역으로서의 소나무 : 하늘과 땅을 매개하는 중간적 기호('내 항상 그 아래 한때를 머물어 아득히 생각을 그 소리에 따라 天涯에 노닐기를 즐겨 하였거니.')→나무가 섰던 자리에 대신 서다.

나무를 베어 때는 땔감으로서의 나무와 천애(天涯)와 노니는 매개물로서의 나무의 충돌은 '나무를 베다'와 '나무를 벤 자리에 서서 팔을 높이 허공에 올리다'의 두 행위로 나타난다. 그러므로 여

기의 나무를 계합적 구조와 통합적 구조로 다시 배열해 보면 ①
노송이 서 있다. ② 검은 가지를 뻗어 치어 든다. ③ 가지에서 바
람 소리 들리다. ④ 나무가 베어지다. ⑤ 내가 그 자리에 서다. ⑥
팔을 높이 허공에 올리다. ⑦ 손바닥에서 솔바람 소리가 생겨나
지 않는다. ⑧ 천공에는 그 소리(神韻)가 있을 것이다, 의 통합적인
계열 단위로 배열할 수 있다.

그러나 그것은 계합적인 것으로 읽어보면 다음과 같은 병렬 구
조가 나타난다.

노송　　　→　　①　　②　　③　　④
　　　　　　　　　|　　|　　|　　|
화자(인간)　→　　⑤　　⑥　　⑦　　⑧

〈도표 4〉

베어진 소나무의 자리에 인간(화자)이 대신 들어서는 것은 그 변
별적 특징을 분석하기 위해 음소를 다른 음소로 대입하는 언어학
적인 방법과 똑같은 것이라 할 수 있다. 물론 이러한 대입은 나,
소나무가 동일적(나=소나무)인 것이 아니라, 등가적인 것(나≡소나무)임
을 나타내 준다. ①~⑤와 ②~⑥의 소나무와 나는 유사 관계이고
③~⑦의 대응에서는 '그러나 어찌 나의 손바닥에 그 幽玄한 솔바
람 소리 생길 리 있으랴'로 그 차이성이 생겨난다. 그러나 뒷부분
의 ④~⑧에 오면 나무와 인간의 대입이 가능한 것임을 암시하고

있다.

'그러나 나의 머리 위, 저 묘막한 天空에 시방도 오가는 신운이 없음이 아닐지니, 오직 그를 증거할 善한 나무 없음이 안타까울 다름이로다'로 묘사되어 있다. 그 안타까움, 나무 벤 자들에 대한 분노의 감정은 이미 그가 나무와 일체감을 이루고 있음을 나타낸다.

'天空의 神韻이 없음이 아닐지니'라는 말에서 이미 그는 그 소리를 듣고 있는 것이다. ⑦도 ⑧도 통사적 특징은 다 같이 '그러나'로 시작되어 있다는 점이다. 결국 ⑧은 이중부정이 되어 부정에서 다시 긍정으로 돌아옴으로써 동일성의 위기를 회복한다.

위의 분석에서 보듯이 나무의 공간성은 '팔'이나 '하늘로 맞닿는 神韻의 소리(나무의 바람 소리)'를 들려주는 나무 이파리 등으로 고착된 지형적 의미를 나타내고 있는 산과 다른 동태적 텍스트를 형성한다. 그러나 동시에 우거진 이파리로 하늘을 가로막는 부정적인 의미 작용을 낳는 모순성도 지니게 되는 다의적 기호를 산출하기도 한다. 그리고 낙엽의 하강적 이미지, 폭풍에 쓰러진 나무, 도끼에 찍힌 나무 등 수직에서 수평으로 코드가 전환되는 변환 구조를 갖기도 한다. 시적 기호로서 나무는 산보다 일반적으로 그 의미의 복합성이 높다고 할 수 있다.

이와 같은 공간적 특징 때문에 나무는 '산, 사원'과 같은 동계열의 텍스트에 속해 있지만 한편에서는 '지팡이, 깃대, 장대, 왕홀'과 같은 또 다른 하위 계열의 다양한 텍스트를 형성하게 된다. 우주수의 기호론적인 독해는 산보다도 훨씬 더 보편적이고 또 다양한 의미 체계에 의해 운용된다. 지팡이, 왕홀, 기둥, 방망이, 막대기, 장대 등 장축성을 가진 형태의 물건들은 모두가 우주수처럼 상/하를 연결하는 매개적 기호로 작용한다. 동시에 그 변이태들은 의미론적인 층위에서 각기 다른 의미 작용을 갖게 된다.

　　우주론적: 우주수 ― 신성神聖

　　종교적: 솟대석장(불교) 신장대(무속) ― 초월의 힘

　　정치적: 왕홀[173] ― 권력

　　농경의식적: 기둥[174](오월주-번식력)

　　마술적: 요술지팡이 ― 신비

　　일상적: 지팡이(노인, 목자牧者) ― 지혜, 지도력

　　성적: 남근[175] ― 번식력, 생명력

　　죽음을 표시하는 같은 해골 그림이라 해도 그것이 배(船)의 깃발 위에 있으면 해적, 병 위에 있으면 독약 등을 나타내듯이 이

---

173)　G. Durand(1976), *L'Imagination Symbolique*(Paris : Press Univ. de France), p.244.

174)　M. Eliade(1957), 앞 글, p.214.

175)　G. Durand(1976), 앞 글, p.194.

나무와 같은 매개적인 코드가 하나의 메시지로 나타나게 될 때에는 그 상황에 따라 변형된 무수한 텍스트를 낳는다. 그것이 시적 언술로 나타나게 되면 청마의 대표시로 알려진 「旗빨」 같은 것이 된다.

IV
「旗빨」의 수직적 초월 공간

1 「旗빨」의 구조적 의미

지금까지의 검증을 통해서 볼 때 청마의 「旗빨」을 단독적으로 떼어내 원자론적인 에틱etic 접근법으로 해석했을 경우 얼마나 큰 오류가 생길 것인지 짐작할 수 있다. 그것은 우주수를 유용성에 의해 분석하려 했던 보나비아Bonavia의 방법과 같을 것이기 때문이다. 깃발을 연속체continuum의 한 실질(에틱 차원)로 볼 때 우리는 이 시를 언어 외적인 현실로 환원시켜야 할 것이다. 그래서 '旗'의 의미를 알기 위해서는 그 깃발이 과연 어떤 종류의 '旗'인가에 대해서도 상상해 보아야 할 것이다. 그리고 그 상황적 의미contextual meaning에 따라 각기 그 해석과 느낌이 전연 달라지게 될 것이다.

청마 자신이 '旗'라는 말을 기호론적 층위semiotic level에서 쓴 경우와 모사적 층위mimetic level에서 기술한 경우가 있다.[176] 가령,

---

176) M. Riffaterre는 *Semiotics of Poerty*(1978)에서 기호와 텍스트를 두 층위로 구분하

어제는 人共旗 오늘은 太極旗

關焉할 바 없는 기폭이 나부껴 있다[177]

또는 '和蘭旗에 영원히 영광있으라'[178]의 기의 의미가 바로 '실
질'로서의 모사된 기들이다. 이 「旗빨」을 그와 같은 모사 차원에
서 본다면 시가 씌어진 시대적 배경이 일제시대이므로 '일장기'
가 될 가능성이 많아진다. 그것을 일장기로 본다면 시 전체 이미
지가 완전히 변질되는 것을 알 수 있다.

그러나 청마 시의 이 「旗빨」을 읽을 때 우주수의 경우와 마찬
가지로 사람들은 '그것이 어느 나라의 기인가?'라고 묻지 않는
다. 왜냐하면 그 시적 언술의 구조가 벌써 실질로서의 기와는 다
른 차원으로 우리의 관심을 돌리고 있기 때문이다.

공중에서 나부끼고 있는 그 기는 무엇을 지시하고 있는 기가
아니라 나부끼고 있는 자기 모습 자체를 나타낸다. 즉 자기 지시

고 있다. mimetic level은 정보 전달을 위주로 한 언어로 지시 대상 속에 그 의미를 둔 것
이고 semiotic level은 그보다 차원이 위에 있는 것으로 이른바 이차 형성 체계의 언어로
텍스트 내의 구조와 관계된 의미이다. 가령 사막이란 말이 mimetic level이 되면 지도상에
있는 실제의 사막이 되지만 semiotic level에서는 그 사막이란 말이 씌어진 텍스트의 구조
안에서 인간의 황량한 마음이나 문명의 폐허의 뜻을 갖게 될 때 그것을 semiotic level이
라고 본다. (pp.13-14)

177) 『旗의 意味』,「步兵과 더불어」, 28쪽.
178) 「和蘭旗에 永遠히 榮光 있으라」, 앞 글, 63쪽.

적self-referential이다.[179] 그러므로 기의 의미를 결정하는 것은 텍스트 밖에 있지 않고 텍스트 안에 있다는 것을 알게 된다. 분석해야 할 것은 '지시 작용referential function'이 아니라 의미를 생성하고 있는 '의미 작용signification'이다. 이때의 텍스트를 구성하고 있는 것이 바로 공간 기호 체계이다.

왜냐하면 기에서 본래의 그 지시 작용을 빼내면 자연히 공중 속에 수직으로 서 있는 깃대와 깃발의 그 모습만이 남게 될 것이기 때문이다. 그러나 이「旗빨」을 공간 기호 체계와 관련시켜서 이해하려고 할 때 다시 잡음 현상noise이 생기게 되는 것은 '푸른 海原을 향하여 흔드는'이란 구절이다. 대부분의 사람들은 이 시구 때문에 이 시가 '바닷가에 꽂혀 있는 기'를 모사한 것이라고 풀이하고 있다.

'이 시의 깃발은 바다를 향한 언덕 같은 데 세워져 있음을 짐작할 수 있다'[180]는 김현승金顯承과 같은 풀이는 다시 이 깃발을 회화적 모사(模寫, pictorial mimesis)의 단계로 환원시키고 있다. 그것 역

---

179) R. Jakobson, *Selected Writings* Ⅲ(1981), pp.22-27. 언어 전달communication의 여섯 가지 기능에서 시적 기능poetic function이 자기 지시적인 것이 된다. 기를 현실로 본다는 것은 상황context의 지시대상으로 본 것으로도 referential function이 된다.

180) 金顯承,「韓國 現代詩 解說」(關東出版社), 94-95쪽.
　　趙南翼,「旗ㅅ빨」,「現代詩 解說」(세운 문화사, 1977).
　　崔東鎬,「靑馬詩의「旗ㅅ빨」이 향하는 곳」,『現代詩의 精神史』(열음사, 1985).

시 기를 시의 기호 체계로 보지 않고 실질의 세계로 보려는 태도 인 것이다. 그렇게 되면 그 기가 무슨 기인가를 따지는 것과 같이 그 공간 역시도 '에틱'[181] 차원의 것이 되고 만다.

그림으로서의 시각 이미지를 문제 삼게 되면 그 작자가 이 시를 지었을 당시의(1936년) 행적을 찾아 그것이 '통영의 바다인가, 부산 바다인가'를 밝혀내는 전기적 접근법으로까지 확대되어야 한다. 그런 극단적인 예가 아니라도 김현이 한 것처럼 어린 시절 바닷가에서 나부끼던 깃발을 본 자기 자신의 체험담으로라도 환원시켜야 할 것이다.[182]

그러나 그것은 두 가지 관점에서 유효성이 없다는 것이 드러나게 된다.

첫 번째의 관점은 이 텍스트의 통합적(syntagmatic)인 질서에 근거해 있는 것이고 두 번째의 관점은 계합적(paradigmatic)인 데 기저를 둔 것이다. 이 시의 통합적 의미는 '아아 누구던가/이렇게 슬프고도 애닲은 마음을/맨 처음 공중에 달 줄을 안 그는'이라는

---

181)   O. Ducrot, T. Todorov(1972), 앞 글, p.55.
182)   김현, '旗ㅅ빨의 詩學', 「柳致環」, 『韓國 現代 詩文學 大系』 15 (지식산업사, 1981), 144쪽. 시인의 상상 속에서 깃발은 그가 원초적으로 경험한 부산의 산허리 측후소 풍향계의 기폭이다. (이 자리에서, 나의 펜도 유치환의 부산으로 향하지 아니하고, 나의 몽상으로 향한다. 내가 유년 시절을 보낸 목포의 노적봉에도 측후소가 있었고, 그 측후소 건물 위로 하얀 기폭이 언제나 나부끼고 있었다. 그곳에서 멀리 선창가와 뒷개를 바라보며, 내 얼마나 은밀한 사랑을 꿈꾸었는지! 밤에는 연인들이 그곳에 모여 내가 모르는 묘한 짓들을 한다는 소문이었다.)

마지막 시행에 의해서 작성되어 있다. 旗의 공간적 의미는 바다
가 아니라 '공중'(하늘)에 있다는 것이 이 시의 주된 메시지라는 것
이 명백히 나타나 있다. 그리고 그 물음 역시 '누가 지금의 저 旗
를 꽂았는가'라고 묻는 것이 아니라 '旗'라는 것을 처음 만들어
공중에 매단 그 사람이 누구인가를(최초의 창조자, 발견자) 묻고 있는 것
이다. 만약 바닷가라는 실체적 장소가 유표적有標的인 것이 되어
'바닷가의 旗'로 한정하는 것이 된다면, 바닷가가 아닌 곳에 꽂힌
기는 여기서 말하는 '旗'에서 배제되어야만 할 것이다. 그렇게 되
면 최초에 旗를 허공에 단 그 旗와도 관계가 없어지고 만다. 어디
에 꽂혀 있든, 여기의 旗는 기호 작용 속의 '旗'로서 불변항으로
서의 의미 작용을 갖고 있는 旗이다. 나무가 어디에 자라고 있든
그 수직성이라는 기호성에는 변화가 없다. 그런 공간 체계가 우
주수라는 기호를 만들어낸 것이다. 이 말은 旗의 경우에도 똑같
이 해당될 수 있다.

　두 번째의 관점은 계합적(paradigmatic)인 질서 속에 나타난, 의
미에 의해서이다. 이 텍스트의 계합적인 층을 이루고 있는 것은
旗를 의미하는 여섯 개의 은유로 형성되어 있다. 그중의 한 은유
속에 나타난 것이 '저 푸른 海原을 향하여 흔드는 영원한 노스탈
쟈의 손수건'이다. 그러므로 그 해원의 뜻을 알기 위해선 해원이
관여된 은유 체계와 그리고 다른 은유들과의 상관성을 밝혀보아
야 할 것이다.

이 두 가지 관점에서 「旗빨」을 읽어보면 '해원'의 뜻만이 아니라 이 텍스트의 구조 그리고 「旗빨」의 기호론적 위치가 분명해지고 그 결과로 그 텍스트 속에 잠재되어 있던 공간성이 그 윤곽을 드러내게 될 것이다.

1. 이것은 소리없는 아우성

2. 저 푸른 海原을 향하여 흔드는

3. 永遠한 노스탈쟈의 손수건

4. 純情은 물결같이 바람에 나부끼고

5. 오로지 맑고 곧은 理念의 標ㅅ대 끝에

6. 哀愁는 白鷺처럼 날개를 펴다.

7. 아아 누구던가

8. 이렇게 슬프고도 애닯은 마음을

9. 맨 처음 공중에 달 줄을 안 그는

—「旗빨」

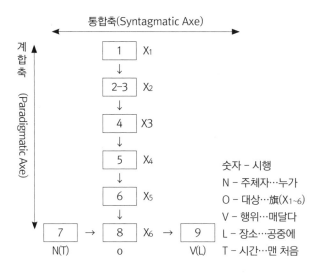

통합축(Syntagmatic Axe)

계
합
축

(Paradigmatic Axe)

1	X_1
2-3	X_2
4	X_3
5	X_4
6	X_5

7 → 8 X_6 → 9
N(T)   o   V(L)

숫자 – 시행
N – 주체자…누가
O – 대상…旗($X_{1~6}$)
V – 행위…매달다
L – 장소…공중에
T – 시간…맨 처음

〈도표1〉

기호를 배열하는 2대 양식인 통합축syntamaticx과 계합축paradig-matic으로 이 시의 언술을 분석해 보면 다음과 같은 구조가 드러나게 된다.

위의 도표에서 보듯이 시 「旗빨」의 통합축 구성은 N–O–V로 되어 있다. 그 구조에 어휘를 삽입해 보면, 누가(N) 맨 처음(T) 旗를(O) 공중에(L) 매달았는가(V)의 뜻이 된다. 시행으로 치면 7-8-9행이 통합축의 의미 작용을 담당하고 나머지 1-2-3-4-5-6행은 모두 '旗'를 나타내고 있는 여섯 개의 은유(X_1 X_2 X_3 X_4 X_5 X_6)로서 계합축을 구성하게 된다.

야콥슨의 용어와 그 시의 정의를 적용하면[183] 이 시는 '旗'를 나타내는 여섯 개의 선택항(selection)을 결합(combination)축으로 투영, 서열의 구성 수단으로 승격된 양상을 보여주고 있는 예이다. 그러므로 이 시를 계합축으로 읽기 위해서 '旗'의 어휘적 층위 (lexical level)의 선택에 속하는 그 여섯 개의 은유 체계부터 분석해 내지 않으면 안 될 것이다.

가) 계합적paradigamatic 분석과 은유의 형태

그것이 은유이든 직유이든 심층적 구조로 보면 메타포(meta-phor)를 구성하고 있는 요소는 '비유하는 것comparent=C^t', '비유되는 것comparé=$C^é$', 그리고 두 집합의 접합점intersection=γ의 세 부분으로 되어 있다.[184]

메타포의 종류는 이 심층적인 구조가 어떻게 그 표층면으로 반

---

183) '선택은 등가성, 상사성과 상이성 및 유의성과 반의성을 기초로 하여 이루어지며 한편 결합, 즉 서열의 구성은 인접성에 기초를 둔다. 시적 기능은 등가의 원리를 선택의 축에서 결합의 축으로 투영한다.' R. Jakobson(1981), 앞 글, p.27.

184) 여기에서의 은유의 형태는 모리에르Henri Morier와 주네트Gérard Genette의 두 이론을 밑받침으로 하여 만든 것이다. Henri Morier(1961), "Métaphore," *Dictionnaire de Poétique et de Rhétorique*(Presse Universitaire de France, pp.645-717

G. Genette, "La Rhétorique Restreinte," *Communications* 16(Seuil, 1970), p.165.

영되느냐에 따라 결정된다고 말할 수 있다. 그러므로 그 구성 요소가 모두 표층에 드러나 있는 경우(제Ⅰ형), 접합점만이 결락되어 있는 경우(제Ⅱ형), '비유되는 것(comparé)'이 생략되어 있는 경우(제3형), 접합점과 '비유하는 것'이 결락, 생략되어 있는 경우(제4형), 비유되는 것과 비유되는 것이 모두 생략되어 있고 오직 그 접합점만이 겉으로 드러나 있는 경우(제5형)의 기본 형태가 생겨나게 된다. 그것을 전통적인 비유법 '앵도같이 붉은 입술'을 예로 하여 도시해 보면 다음과 같은 표를 얻을 수 있다.

	Y 비유하는 것(C')	접합점 (∩)	X 비유되는 것(Cᵉ)	용례
Ⅰ형	+	+	+	그녀의 앵도같이 붉은 입술……
Ⅱ형	+	−	+	그녀의 앵도같은 입술……
Ⅲ형	+	+	−	그녀의 붉은 앵도를……
Ⅳ형	+	−	−	그녀의 앵도를……
Ⅴ형	−	+	−	그녀의 동그랗고 붉은 것을……

〈도표 2〉

이상의 메타포 형태를 놓고 청마가 「旗빨」에서 쓴 '旗'의 비유는 모두가 '비유되는 것'(c^e)이 결락되어 있는 Ⅲ Ⅳ Ⅴ형의 비유 형태임을 알 수 있다. 그 비유의 형태와 성격을 각 항별로 검토해 보면 「旗빨」의 계합적 의미가 자연히 밝혀지게 될 것이다.

X1의 비유는 '旗'의 나부낌을 인간이 무엇인가를 절규하고 있는 아우성 소리로 나타낸 것이다. 즉 시각적인 '旗'의 나부낌('소리없는')이 청각적인 인간의 목소리('아우성')와 유추된 것으로 인간 : '旗', 청각 : 시각의 그 의미와 감각이 접합점을 만들어낸다. 그러나 비유하는 것(c^t)도 비유되는 본체(c^e)도 다 같이 결락, 생략되어 있어 그 접합점만이 표면에 남아 있는 제Ⅴ형의 비유 형태에 속하는 것이 되었다. 그러므로 이것을 직유 형태의 비유로 환원시키면 '사람들이 아우성치듯 나부끼고 있는 깃발'이 될 것이다.

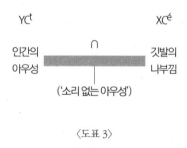

〈도표 3〉

이렇게 결락된 부분을 채워보아도 여전히 애매성이 높다는 것을 알 수 있다. 왜냐하면 그 접합점 자체가 '소리없는 아우성'의 모순어법(oxymoron)으로 또는 시각을 청각적인 것으로 나타낸 공감각적인 것으로 되어 있을 뿐만 아니라 아우성 하나만 놓고 보더라도 고통, 요구, 저항, 갈망, 불만 등 모든 감정의 표현 형식이 될 수 있기 때문이다. 결국 이러한 비유 형태는 그것 하나만으로는 의미 작용을 할 수 없다는 것을 알게 된다. 그러므로 이 메타포는 다른 보완 작용을 필요로 한다. 그것이 텍스트 전체의 계합적 구조를 이루는 다른 비유들과의 연계성이다. 비유와 비유 상호 작용에 의해서만 메아리처럼 그 의미를 만들어내게 되어 있는 것이다.

결국 X1의 비유는 X2의 비유를 기다려야만 한다. 그것이 '저 푸른 海原을 향하여 흔드는/永遠한 노스탈쟈의 손수건'이다. 결락되어 있던 '비유하는 것' 손수건(ct)이 등장함으로써 시각적인 형태의 분명한 접합점이 생겨나게 되고 '흔드는'의 말로써 깃발의 나부낌까지도 떠오르게 된다. 그러나 이것 역시 비유되는 것(cé)의 '旗'가 생략된 것으로 그 비유 형태는 제Ⅲ형에 속하게 된다.

〈도표 4〉

이 유추 작용을 환원시켜 보면 '旗(C̊)는 바다를 향해 흔드는 영원한 노스탈쟈의 손수건(C̊) 같다'가 될 것이다. 그러므로 비유의 구조상 '海原'이란 말은 '旗'에 걸리는 것이 아니라 '旗'를 비유하는 Y항(C̊)의 손수건에만 관계된다는 것이 밝혀지게 된다. 따라서 이것은 단순한 비유라고 하기보다 일대일의 대응 관계를 갖고 있는 병렬법parallelism 구조로 되어 있다는 사실과 그 대칭을 이루는 두 개의 축axis 가운데 비유하는(C̊) 쪽만 나타내고 비유되는 쪽(C̊)은 모두 생략된 형이라는 것도 알 수 있게 된다. 그러므로 바다↔손수건의 관계는 하늘↔깃발의 관계가 된다. 바다는 역시 실질의 바다가 아니라 하늘과 등가 관계에 있는 비유어(C̊)라고 볼 수 있다. 그것을 도식으로 나타내면 그 관계가 더욱 확실해질 것이다.

〈도표 5〉

즉 깃발이 푸른 공중(하늘)을 향해 나부끼고 있는 수직적 관계,

사람이 바다를 향해 손수건을 흔드는 수평 관계로 나타낸 비유
가 바로 X2의 '旗'가 되는 셈이다. 이렇게 보면 지금까지 이 시에
대해 갖고 있던 여러 가지 의문점이 풀리게 된다. 전체적인 구성
으로 보아 이 시는 깃발 자체의 속성에만 초점을 두고 그 이미지
를 묘사하고 있는 것인데 어째서 갑자기 '海原'[185](바다)이란 말이
나왔는가 하는 점이다. 「釜山圖」[186]의 경우처럼 바닷가 언덕에서
나부끼는 깃발을 묘사하려고 한 서경적인 시라면 '海原'이란 말
외로도 그와 관련된 표현들이 등장했어야 한다. 그런데 이 텍스
트에서는 '海原' 말고는 바다와 연결될 수 있는 사항이 전무하다.

마지막 시행에서 '旗'의 특성이 분명하게 드러나 있듯이 '旗'는
공중에 매달려 있는 하늘과의 관계에 초점을 두고 있는데, 어째
서 그 '旗'를 수평적인 해원과 관련시켰는가, 그리고 김현의 말대
로 보통 노스탤쟈[187]는 고향에 대한 정이므로 바다로 떠나는 사
람이 뭍을 향해 손수건을 흔들 때 생겨나는 것인데 이 시는 그것

---

185) '海原'은 바다를 편편한 들판에 비긴 것으로 넓은 바다를 뜻하는 일본의 관용어이
다. 이미 『萬葉集』 권5에서도 그 용례가 나타나 있다. 《海原の 沖行く 舟を 歸んとか……》
186) 「釜山圖」, 『靑馬詩鈔』, 81쪽.
187) 김현, "'旗ㅅ빨'의 詩學", 「柳致環」, 『한국현대시문학대계』 15(1981), 241쪽. '서양 말
의 노스탤쟈의 어원은 되돌아옴이다. 고향이나 어머니에게로 되돌아오고 싶은 마음이 조
금 심해질 때, 서양 사람들은 그것을 노스탤쟈라 부른다. 그 노스탤쟈의 손수건은 배 위에
서 육지를 바라다보며, 그곳에 가고 싶어서 흔드는 손수건이다. 바다를 향해 흔드는 손수
건은 이별의 손수건인데, 노스탤쟈의 손수건은 되돌아감의 손수건이다.'

이 반대로 되어 있는가? 하는 것 등이다.

그러나 그것을 병렬적인parallelism 은유로 파악해 보면 모든 의
문에 대한 대답을 얻게 된다. 바다의 자리에 하늘을 놓고 거기에
'旗'를 두게 되면 수평 지향적이었던 깃발이 본래의 자세대로 꼿
꼿이 수직으로 일어서게 되고 그것은 하늘과 연결하는 우주수와
같은 공간적 의미 작용을 갖게 된다. 그리고 노스탈쟈는 항상 수
직적 초월을 위해 끝없이 하늘을 향해 발돋움하고 있는 깃발의
마음이 된다. 땅에 살면서도 땅의 중력을 거부하고 상승적인 삶
을 희구하는 사람들은 모두가 하늘을 고향으로 삼고 있는 사람
들이다. 「旗빨」과 똑같은 「紙鳶」[188]이라는 시를 보면 노스탈쟈의
뜻을 정확하게 파악할 수가 있다.

> 우르르면 滿滿한 寒天에 紙鳶 몇개
> 나의 향수는 또한 天心에도 있었노라
>
> —「紙鳶」

그리고 청마의 텍스트에서는 하늘과 바다가 항상 공간적 등위
태를 이루고 있다는 점도 놓쳐서는 안 된다. 소리개가 하늘 높이
솟아오른 것을 '바다' 한복판에 나아가 닻을 내린 것으로 비유하

---

188) 「紙鳶」, 『靑馬詩鈔』, 63쪽.

고 있는 시(「소리개」)[189]를 보더라도 수직의 하늘과 수평의 바다는 상호 교환 관계에 있음은 분명해진다. 바다는 수평의 하늘이요 하늘은 수직의 바다인 것이다.

따라서 X2의 비유에 의해서 X1의 '아우성'도 그 의미 작용이 뚜렷한 방향성을 갖게 된다. 그 아우성은 지상(하방)에 대한 거부와 천상(상방)을 향한 갈망의 소리이고, 그 나부낌 역시 유한한 삶 속에서 구속된 지상의 육신이 무한하고 영원한 자유로운 천공(상방)의 영혼으로 상승하려는 몸짓과 통하게 된다.

하늘은 수직이고 공기이다. 바다는 수평이고 물이다. 비유하는 것과 비유되는 이 두 대칭적인 공간의 병렬 구조는 X3(4행)의 비유 체계에 있어서도 지속되어 간다. '純情은 물결같이 바람에 나부끼고'의 비유 역시 인간의 마음과 '旗'의 유추 작용으로 이루어진 것이다. 그 형태는

C^t……인간의 순정은 물결같이 흐른다.
$C^é$……旗빨은 바람에 나부낀다.

의 두 문장을 합쳐 비유되는 쪽($C^é$)을 생략한 것으로 제Ⅱ형에 속하는 비유이다.

189) 「소리개」, 42쪽.

비유하는 쪽인 인간의 마음은 물과 관계되어 있고 수평적 이동 또는 하강적 운동을 한다. 이것이 '흐른다'라는 서술어이다. 순정은 이미 물의 직유에 의해서 수식되고 있는 것이다.

그런데 비유되는 깃발은 상방의 바람(공기)과 관련되어 수직적 상승의지를 나타내고 있다. 그것이 '나부끼다'이다. 물은 바람(공기)에, 수평은 수직에 그리고 하강은 상승에 대응하여 '흐르다'는 '나부끼다'와 대응 관계를 가진 채 하나로 융합된다. 이렇게 X2의 바다와 하늘의 관계는 여기에서는 물과 바람의 관계로 구체화되었고, 손수건과 깃발의 관계는 가시적인 데서 완전히 불가시적인 것으로 변환되었다. 깃발=순정으로서 추상에서 구상으로 나아가는 보통 비유법과의 역행 작용을 하고 있음을 보여준다.

X4(6행)의 비유는 인간과 이념을 깃대에 비긴 것으로 깃발과 깃대가 분리되어 나타난다.

Y(이념)∩X(깃대)=γ(맑고 곧은)으로 '비유하는 것'(c^t) '비유되는 것'(c^e), 그리고 그 '접합점'(γ)을 처음으로 다 갖춘 제 I 형의 비유 형태가 등장하게 된다. 그러나 엄격한 의미에서 표ㅅ대는 깃대를 직접 가리킨 것이 아니므로 그것은 손수건~깃발처럼 표ㅅ대~깃대의 비유로 볼 수 있다. 그렇게 보면 이것 역시 비유되는 것(c^t)이 생략된 제Ⅲ형의 메타포라고 할 수 있다. 그리고 여기에서도 물/공기, 수평/수직의 공간적인 은유 체계가 그대로 잠입되어 있다. '맑고'는 '물같이 흐르다'의 그 비유의 연속이고 '곧은'은 하늘·바

람(공기)의 수직적 상승을 직설적인 말로 나타낸 것이기 때문이다.

이 '맑음'과 '곧음'은 '아우성', '노스탈쟈', '순정'과 같은 깃발의 심정에 수직적인 방향성을 준다. 즉 이념은 깃대가 되고 심정 언어들은 '깃발'이 된다. 감성 대 지성의 두 정신 영역이 깃발과 깃대의 대응성으로 나타나 있다. 깃발은 수직적인 깃대와는 달리 높이 매달려 있어도 '땅' '물' '수평'에 관계된다. 즉 깃대 : 깃발의 관계는 이념 : 아우성, 노스탈쟈, 순정의 관계와 상관성을 갖게 되고 끝내는 이념 : 애수의 상반된 모순 관계를 나타내게 된다.

그것은 X5(6행)의 단계에 오면 깃발은 지금까지 인간의 마음과 비유되어 오던 것이 처음으로 '유생적'인 존재와 관계를 맺고 움직임을 나타내게 된다. '애수는 백로처럼 날개를 펴다'는 직유에 의해서 깃폭은 백로와 비유된다.

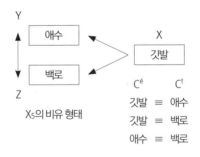

〈도표 6〉

그러나 여전히 그 비유 형태는 본체(C^{6})가 생략된 것으로 그 자리를 애수라는 추상어가 대신하고 있다. 그러므로 X5의 비유는 X4의 비유 형태에 또 하나의 직유를 더한 특수한 형태의 구조를 이루게 된다. 말하자면 비유되는 것(C^{6}) 하나에 비유하는 것(C^{t})이 두 개가 되는 이중적인 은유가 되는 셈이다(도표 6 참조). 그와 같은 구조에 의해서 인간의 마음으로 비유되어 온 깃폭은 변함없이 X5에서도 '애수'로 이어져 인간의 심리를 나타내는 어휘적 층위 lexical level의 통일성을 지속시키고 있다. 그러면서도 한옆으로는 '백로처럼'의 새로운 직유 형태에 의해서 지금까지 잠재해 있던 깃발(E^{6})을 표층 가까이까지 부상시킨다. X1에서 X5에 이를수록 그 비유 형태는 생략적이고 암시적인 데서 보완적이고 명시적인 것으로 전환되는 과정을 보여준다. 그러므로 청각적인 비유 '아우성'으로 시작되었던 깃발은 X4의 푯대와 X5의 백로로 시각화되고, 그 단계에 따라 점차 운동성을 띠어가던 은유적 동사들도 비상의 언어로 바뀌게 된다. 즉 '아우성치다'(X1) '흔들다'(X2) '나부끼다'(X3) '꼿꼿이 서다'(X4)가 X5에서는 날개를 '펴다'가 되는 것이다. 이 비유의 다섯 단계는 바로 하늘을 향한 비상의 단계임을 알 수가 있다.[190] 더구나 백로가 날개를 펴는 자리는 수직의 정점인

190) 동사를 서술 범위로 하여 은유의 계층 모델을 만든 것으로 핼리Haley의 논문이 있다. 그것은 응용하면 깃발 〈나부끼다〉의 동사가 그 계층에 따라 은유적인 변화를 일으키게 되

폿대 끝으로 되어 있어 더욱 그 비상의 운동성이 부여되어 있다.
그러나 높이의 절정인 폿대 끝과 '날개를 펴는' 그 움직임은 동시
에 그 높이와 상승의 한계를 나타내는 자리이기도 한 것이다.

그러므로 그 비상의 단계에 따라 초월을 향한 인간의 심정을
나타냈던 '아우성'(X1) '노스탈쟈'(X2) '순정'(X3) '이념'(X4)이 X5에
서는 '애수'가 된다.

깃발은 영원히 날개를 펴는 그 단계에서만 머물러 있다. 그 단
계에서 한층 더 나아가면 '날다'가 되지만 '旗'는 깃대에 묶여 있
기 때문에 더 이상 날 수가 없는 것이다. '旗'의 나부낌은 바로 이

는 것을 알 수 있다. 가령 비유적인 상태에서 기(旗)는 그 범주가 ⟨shape⟩에 해당될 것이다.
그러나 은유적 표현에서 그 범주가 한층 위로 올라가 ⟨gravitation⟩이 되면 ⟨나부끼다⟩는
⟨흐르다⟩로 그 서술이 바뀌게 된다. 반대로 한층 아래로 내려오면 ⟨life⟩가 되어 ⟨오르다⟩
그리고 ⟨animation⟩이 되면 ⟨날개를 펴다⟩나 ⟨날다⟩ 같은 것으로 변할 것이다. ⟨intel-
lection⟩은 ⟨설레다⟩나 ⟨아우성치다⟩ 같은 것이 된다. Michael C. Haley(1980), "Concrete
Abstraction : the Linguistic Universe of Metaphor," *Linguistic Perspectives on Liter-
ature*(London : Routledge & Kegan Paul), p.146.

Noun Examples	Category	Predicate Examples
Truth, beauty	BEING	to be, to seem
space, a point	POST10N	to be here, be there
light, force	MOTION	to move, to cross
hydrogen, anti-matter	INERTIA	to push, to pull
water, dust	GRAVITATION	to fall, to rise
rock, ball	SHAPE	to break, to strike
tree, flower	LIFE	to grow, to die
horse, fish	ANIMATION	to run, to swim
man, woman	INTELLECTION	to think, to speak

러한 상승의 극점, 자유와 구속, 무한과 유한, 영혼과 육체의 모순과 긴장을 나타내는 행위이다. 그렇기 때문에 애수 역시 희망과 절망, 초월과 좌절 등 모든 이항 대립적인 감정의 복합성을 내포하고 있는 말이 된다. 비유적인 구조를 보더라도 '애수'는 '아우성'치는 마음에서부터 노스탈쟈, 순정, 이념 등의 말과 동위태를 이루게 된다. 그러므로 그 '애수'의 뜻은 사전이 아니라 이러한 중층적인 메타포의 계합적 구조(paradigmatic structure)를 통해서만 해독될 수 있다. 하늘과 땅 사이에 있는 그 공간의 위상으로밖에는 표현 불가능한 심리이며 관념이다.

말라르메가 분수噴水로 나타내려고 한 공간적인 위상과 같다. 분수는 하늘로 솟아오르는 물, 수직의 물이다. 그것은 수평적 존재를 거부하고 있는 물, 수동적인 물, 하강하는 물, 지상적인 중력에 굴복하고 있는 온갖 하방적인 물에서 벗어나려는 초월의 물이다. 그러나 이렇게 수직으로 뻗쳐오르던 물은 결국 어느 정점에서 다시 땅으로 떨어지지 않으면 안 된다. 그 경계점은 더 이상오를 수 없는 허공 속에 존재하고 있다. 이 상승과 하락의 그 투명한 공중의 경계점이 말라르메의 '無'와 순수를 나타내는 시적 공간이다.[191]

---

191) Georges Poulet(1950), "Espace et Temps Mallarméms," *Etre et Pensée*, No. 30, 10, (Édition Baconnière).

청마의 '旗' 역시 분수와 마찬가지로 하늘과 땅 사이의 허공 속에 그 정점의 경계를 만들어낸다. 그것이 이념이자 동시에 애수가 공존하고 있는 다의성을 띤 중간 공간이다. 이미 관찰한 바 있는 산이나 대나무처럼 그것은 상/하의 이항 대립적인 두 공간의 매개항적 기호로서의 의미 작용을 갖고 있다.

나) 「旗빨」의 통합적syntagmatic 의미

'旗'를 나타내는 다섯 가지 은유는 어디까지나 어휘의 층위 level에 속해 있는 것들이다. 겉으로는 하나의 통사적 구조를 갖는다. 그러나 X_6의 비유에 이르러서는 정황이 달라진다. 비로소 '旗'를 나타내는 하나의 은유는 통사적인 위치를 차지하고 다른 사항들과의 통합 관계에 의해 그 의미를 나타내게 된다. 그것이 '아 누구인가 맨 처음/이렇게 슬프고 애닯은 마음을/공중에 달줄 안 그는'의 마지막 행이다.

여기(X_6)의 이 은유 '슬프고도 애닯은 마음'($C^\dagger$)만이 명시되고 그 접합점이나 비유되는 본체($C^\circlede$)가 모두 생략되어 있는 제IV형의 형태에 속하는 은유이다. 그리고 그 내용에 있어서도 지금껏 '旗'를 인간의 마음과 유추해 온 그 은유들을 그대로 연장시킨 것이다. 그러므로 이론적으로 보면 앞의 모든 은유가 이 비유 속에 포함된다고 할 수 있다. 말하자면 $X_6=(X_1+X_2+X_3+X_4+X_5)$라고 할 수 있다. 그렇기 때문에 '슬프고 애닳은 마음'이란 은유 대신 '노스탤쟈'나 '純情'이란 말을 환입시켜도 그 통사적인 기능에는 본질적인 차이가 생기지 않는다.

그런데도 이 비유는 앞의 것들과 근본적으로 다른 의미 작용을 갖게 된다. 그것은 그 통사적인 위치가 주제부(theme)에서 서술부(rhema)로 옮겨져 있기 때문이다. 형식적인 구문상의 위치가 아니라 문장 조직에 있어서 이른바 프라그 학파가 구분하고 있는 기정보(given information)와 신정보(new information)의 상호 관계로 볼 때 다섯 개의 은유는 모두 '旗'를 나타내는 신정보로서 인간의 마음이 기정보가 되고 숨겨져 있던 '旗'의 의미는 수수께끼처럼 신정보의 해답 기능으로 조직되어 있다.[192] 그러나 통합축에 오면 '슬프고 애닳은 마음'은 기정보가 되고 누가 그 '旗'를 처음 공중에 매달았는가의 인물이 새로운 수수께끼의 신정보로 출현하게 된다. 계합축의 텍스트에서는 기란 무엇인가에 그 물음의 핵심이 있었지만 통합축의 의미에서는 누가 '旗'를 처음 공중에 매달았는가의 행위에 대한 것이 핵심을 이루는 부분이다. 다른 말로 옮겨보면 깃발의 계합축은 '旗'의 기호 기능에 대한 질문이고 통합

---

192)   이 용어는 프라그 학파(Prague school)가 창안한 것으로 우스펜스키가 〈구성의 시학〉에서 시점과 관련시켜 분석 방법의 하나로 사용하고 있다. Boris. A. Uspensky(1973), 앞 글, p.18 참조.

축은 기호 생성(sign production)에 관한 물음이라고 할 수 있다. 그리고 이러한 차이를 확충시키면 로트만이 말하는 부동적 텍스트와 동태적인 텍스트의 차이를 낳게 된다.[193] 쉽게 말해서 깃발의 관심은 깃발로부터 그 생산자로 옮겨 가고 있는 것이다.

이미 관찰한 바대로 이 텍스트 안에 있어서도 깃발은 인간의 마음을 표상하는 일종의 기호로서 작용하고 있다. 깃대와 깃발은 기호 형식(signifiant)이 되고 '純情', 노스탈쟈, 이념 같은 인간의 정신이나 마음은 기호 의미(signifié)가 된다. 그런데 깃발의 변별 특징은 지표의 하방적 공간에도, 천공의 상방 공간에도 속해 있지 않는 그 중간에 있다. 매개적, 또는 경계적인 양의성이다.

그러나 통합축에서 볼 때에는 이러한 기호의 기능과 현상을 만들어낸 인간의 행위가 문제가 된다. 하방적인 공간에 속해 있는 인간들이 상방적인 공간을 향해 발돋움치는 행위, 밤마다 산전을 걷는 행위, 베어진 노송老松 자리에 자신이 대신 팔을 벌리고 서 있는 행위와 마찬가지로 여기에서는 공중에 '旗'를 매다는 행위가 텍스트의 초점이 되고 있다. 그것은 기호를 생성하는 예술과 같은 표현의 행위이다. 그렇기 때문에 「旗빨」은 청마의 시론이라고도 할 수 있는 작품이다. '旗'를 시라고 할 때 맨 처음 '旗'를 공

---

193) Yu. Lotman, "On the Metalanguage of a Typological Description of Culture," *Semiotica*(1975), 14-2, pp.102-103.

중에 매단 사람은 양의적인 삶의 의미를 처음으로 발견한 사람이고, 좁은 의미에서는 맨 처음 시를 쓴 시인이 될 것이다. 여기에서 맨 처음이라는 말은 단순히 통시적인 기원을 말하고 있다기보다는 독창성을 나타내는 창조 행위, 즉 모방이나 관습적인 언어의 자동화에 대립되는 뜻으로서의 의미 작용을 갖는다.

시의 언어를 통해서 우리는 그 뒤에 가려진 시인을 느끼고 있지만, 그 시인이 돌연 은유의 막을 찢고 텍스트 밖으로 대담하게 나온다. 아이를 보는 것이 아니라 아이를 낳는 자궁을 보는 놀라움이 바로 계합적인 질서가 통합축으로 바뀌는 최종행이다.

결국 여기의 '그'는 텍스트의 산출자로서 '언표 주체sujet parlant'를 뜻하게 된다. 크리스테바의 분류대로 하자면 현상적 텍스트pheno text에서 생성적 텍스트geno text로 눈을 돌릴 때 나타나게 되는 바로 그 발화자이다.[194]

결국 '말하는 주체'('旗'의 텍스트 생성자)와 텍스트 속의 화자(시점) 사이에는 작은 틈이 하나 생기게 된다. 그것이 '旗'의 '원발화자'(맨처음 공중에 매단 사람)를 향해 '아!'라는 감탄사와 '누구인가?'라고 의문사를 통해 텍스트 속에 틈입(闖入)한 화자의 마음이다.

'슬프고도 애닯은 마음'(旗)을 맨 처음 공중에 달 줄을 안 재능을 가진 자와 그것을 보고 감탄하는 자기와의 거리, 이것이 이 텍

---

194)   J. Kristeva(1977), 앞 글, pp.323-356.

스트의 진정한, 그리고 최종적인 의미가 될 것이다. 기호의 소비자와 기호의 생산자 사이에 끼어 있는 또 하나의 중간자의 시점 속에서 '旗'의 시적 언술이 형성되어 있기 때문이다. 그러므로 「旗빨」의 독해는 기호 기능과 기호 생성의 관계, 즉 기호와 인간의 관계로 전환된다. 그 관계를 요약해 보면,

(1) 맨 처음 '旗'를 단 사람(기호 텍스트의 생산자)

: 인간1 (독창적인 시인)

(2) 그것을 부러워하고 감탄하는 사람

: 인간2 (시 속의 화자, 또는 독자)

(3) '旗'를 보고도 아무런 느낌을 받지 않는 사람

: 인간3 (세속적인 사람, 자동화된 기호의 소비자)

(4) '旗'를 꺾는 사람(나무를 벤 사람과 같은)

: 인간4 (기호를 비기호 영역의 실질로 보는 해독자)

로 분류될 수 있다.

(1)은 '旗'와 같이 상/하의 이항 대립을 넘어서거나 융합하는 다향성(多響性, poliphonic) 기호의 생성자로서의 시인 또는 초월과 좌절하는 긴장 속에서 삶을 자각하고 표현하는 인간이다.

(2)의 사람은 그 기호의 코드를 통해 텍스트를 충실하게 읽거나 자기 스스로 재현시키는 재창조자, 서툰 시인이거나 감상자로서

의 독자가 여기에 해당한다.

(3) 청마가 '거리'의 인파로 규정하고 있는 인간들로 맹목적 삶에 매몰되어 있는 하방적 인간들이다.

(4)는 「善한 나무」에서 육체를 덥히기 위해 나무를 베는 자처럼 기호를 비기호 영역의 실질로서 대하는 사람 또는 언어를 정보 전달의 수단으로밖에는 인정하지 않으려는 유용론자이다.

이러한 인간의 층위 역시 수직 공간으로 체계화하면 네 번째가 최하위의 공간 그리고 인간으로서 최상위의 공간에 있는 사람이 맨 처음 공간에 '旗'를 매단 사람이 된다. 그러나 그 사람은 초인이나 혹은 신선처럼 초월한 인간(상방적)은 아니다. 영원히 초월과 좌절의 양의적 중간의 매개 공간에 머물러 있는 '슬프고 애닯'은 마음속에서 존재하고 있는 사람이다. 기호는 기호 자체만이 아니라 그것을 운영하는 발화자의 주체에 따라서 달라진다. '旗'의 언술과 그 텍스트 역시 그 언표 행위에 의해서 여러 가지 변이태를 만들어내게 된다.

2 '旗'의 변형적 텍스트

가) 상승적 기와 하강적 기

'旗'는 그 자체가 이미 국가나 어떤 단체를 나타내 주는 기호의 일종이다. 일차 체계의 깃발은 자연 언어처럼 분명한 지시 대상을 갖고 있다. 그러나 그것이 이차 모델 형성 체계의 공간 언어가 되었을 때에는 그 지시적 의미는 소거되고 자기 지시적인 것으로 전환된다. 즉 공간 기호의 영역 안으로 들어온 '旗'는 공간 체계의 자율적인 구조 공간 자체 내의 변별 특징에 의하여 상대적으로 그 의미가 규정된다. 「旗빨」에서 '공중에 매단'이라는 시구가 바로 그 공간의 변별 특징을 단적으로 말해 주고 있다. '旗'는 하늘과 땅의 가운데 공간, 하늘과 땅의 이항 대립 체계가 만들어 낸 바로 그 경계 속에서 존재한다. 그러므로 '旗'는 그 공간 관계를 떠나서는 아무런 의미 작용도 할 수가 없다. '旗'가 나부끼는 진정한 의미는 '旗' 자체에 있는 것이 아니라 지상의 하방 공간과 하늘의 상방 공간의 양극적인 관계 속에 있게 된다.[195] 바람 속에서 비상하려는 움직임을 나타내는 것은 하늘의 것이고 깃대에 매달려 한곳에 고착되어 있는 것은 땅의 것이다. 그러므로 펄럭이는 '旗'의 실체는 사물성이 아니라 두 공간의 대립에 관여되는 그 관계이다. 그러므로 깃발이 무엇인가를 지시하고 있는 것이 있다면 바로 이러한 자기 자신의 중간적인 상태 그 양의적인 공간의 특징일 것이다. 그리고 '旗'의 공간적인 언술은 하늘 땅의 이항 대립의 코드 속에서 산출되고 소비되는 그 단일적인 경직된 기호를 다향적이고 복합적인 의미 작용으로 바꾸어 나가는 전략에 의

---

195) 신화나 종교적인 텍스트에서 〈旗〉의 의미 작용을 보면 청마의 깃발과 구조적으로 일치한다는 것을 확인할 수 있다. 슈발리에르 상징사전에 나타난 〈旗〉의 항을 보면 이렇게 기술되어 있다. Jean Chevalier Alain Gheerbrant(1974), *Dictionaire des Symboles*(Paris : Seghes). 보호 화합 혹은 탄원의 상징. 깃발이나 군기(軍旗)를 드는 사람은 그것을 머리 위에 치켜서 든다. 깃발은 하늘을 향하며 던지는 일종의 부름을 의미하며, 그것은 높은 곳과 낮은 곳, 천상과 지상을 이어주는 축대의 의미를 지닌다. 출애굽기(17, 15)를 보면 〈야웨는 내 깃발〉이라는 말이 나오는데, 이 말은 하나님은 나의 수호신이라는 의미를 지닌다. 유태인은 늘 깃발을 중요시했다. 기독교에서 깃발은 예수의 부활의 승리와 영광을 상징하기 때문에 부활절과 승천을 기리는 의식에서는 언제나 깃발이 사용된다. Richard de Saint-Victor(12세기)의 「미간(未刊)의 책과 설교」(Jean Chatillon의 해설판. Paris, 1951, pp.68-78)에 의하면 예수가 영혼의 세계로 가는 과정에서의 깃발은 영혼의 고양(élévation, soulevement)을 의미한다. 깃발은 높이 계양된다. 깃발을 머리 위로 들고 있는 사람은 천상을 향한 관조의 세계를 들고 있는 것이다. 지상에서 높은 곳에 매달려 있다는 것은 천상의 기밀을 깨우쳤다는 것을 뜻한다.

해 이루어진다.

'맨 처음에 旗를 공중에 매다는 것'은 다름아닌 '旗'의 새로운 공간적 언술을 의미하는 것이다. 청마 자신이 '旗'는 물질이 아니라 하나의 심상이라고 말하고 있다. 그렇다면 그가 '맨 처음 공중에 달 줄을 안 그는' 누구인가고 물었던 그 '旗' 역시 물질로서가 아니라 의당 심상으로서의 '旗'일 것이다. 그러므로 청마의 그런 질문은 은연중에 남들과 다른 그 '旗'의 심상을 만드는 것이 바로 맨 처음 공중에 기를 다는 방법이란 것을 언표하고 있는 것이기도 하다.

비유가 아니라 실제로 청마는 시를 통하여 '旗'의 새로운 심상을 만들어내고 있다. 사실상 '旗'만이 아니라 그가 매개적 공간의 기호로 생성한 산과 나무 역시도 맨 먼저 그것을 공중에 단 사람이 있었다는 것은 우주론적 텍스트나 신화의 기호 체계가 잘 말해 주고 있다. 맨 먼저(기원)를 뜻하는 영어의 오리진origin은 독창성original이라는 것과 그 뿌리가 같은 말이다. 청마의 「心像」이라는 시를 읽어보면 시 「旗빨」만이 아니라 여러 가지의 전략에 의해서 새로운 '오리진'으로서의 '旗'를 공중에 매달려고 시도하고 있음을 알게 된다. 「旗빨」의 '旗'와 「心像」의 '旗'를 비교해 보면 청마가 공간의 기호를 만들어내는 전략만이 아니라 하나의 불변적인 요소로부터 변형적 텍스트를 만들어내는 과정 그리고 그 시적 언술의 변별 특징을 찾아낼 수 있을 것이다.

한밤을 내내도록 머리맡 지붕위에서 퍼득이며 보채어 우는 안타까
운 울음소리에 나도 전전히 잠 한잠 못 이루고, 날이 밝아 일어나자 窓
을 열고 내다보니, 지붕 위 공중 旗ㅅ대끝 햇빛에, 어제 저녁 내리우기
를 잊은, 울다 지친 아이처럼 까무러져 걸려 있는 物質 아닌 心像 하나.

—「心像」[196]

「心像」의 '旗' 역시 수직적 공간의 삼원 구조의 공간 체계로 이
루어져 있다는 것은 그것이 '머리맡 지붕위에서 퍼덕이며'라는
말에 드러나 있다. '旗'의 공간적인 위치와 방향이 시의 첫머리
에 나타나 있는 것이다. 그러나 그것은 그 수직성을 나타내는 방
법에 있어 맑고 곧은 풋대로 표시되었던 「旗빨」의 경우와는 아
주 대조적이다. 이 '旗'의 수직 공간을 나타내는 깃대는 '머리맡',
'지붕' 위라는 말이다. 머리맡은 신체 공간의 상방적 기호로서 이
미 「산전인 양」에서 분석한 그대로이다. 그리고 지붕 역시 건축
공간에 있어서 상방성을 의미하는 기호이다. 지붕 위에는 물론
말하지 않아도 우주 공간의 상부인 하늘이 있을 것이다. 그리고
보면 이 '旗'의 깃대가 되는 것은 '머리', '지붕', '하늘'의 소우주
와 대우주를 잇는 사슬 같은 선이다. 수직을 나타내고 있는 깃대
자체가 이미 추상화되어 있다.

196) 『예루살렘의 닭』, 49쪽.

그리고 무엇보다도 다른 것은 「旗빨」의 '슬프고 애닲은 마음'이 이 텍스트에서는 '보채어 우는 안타까운 울음소리'로 전환되어 있는 점이다. 그것은 보는 깃발이 듣는 깃발로 바뀐 것으로 '나부낌'이라는 시각어가 '펄럭임'이라는 청각어로 표현되었고 그것은 '旗'의 언술 자체에 변화를 일으킨다. 이러한 감각의 대응은 낮과 밤의 시간적인 이항 대립의 변별 특징을 이루고 있기 때문이다. 「旗빨」은 투명한 대낮의 공간을 배경으로 한 것이지만 여기에서는 '어젯밤 내리우기를 잊은……'이란 말로 그 동기가 주어져 있는 밤중이다. 그 결과로 시각성이 완전히 배제된 '旗'의 한 변이태가 생겨나게 된다.

같은 '旗'라도 이렇게 낮을 밤으로 바꾸고 시각성을 청각으로 그 코드를 전환시키면, 그 차이화에 의해서 의미 작용이 전연 달라지게 된다(낮 : 밤 : : 시각 : 청각).

깃발이 어떤 중간적 공간보다도 더 그 양의성을 강렬하게 표시하고 있는 그 나부낌이 비상과 구속을 동시에 나타내 주고 있기 때문이다. 그런데 '펄럭이는 소리'는 비상 쪽보다는 그 구속의 이미지가 더 강해진다. 그리고 호소력에 있어서도 더 직접적이다. 더구나 밤의 공간은 날개를 갖고 있는 새라 할지라도 날지 못한다. 그러므로 '나부낌'이 '펄럭임'으로 바뀐 깃발은 보다 하방적인 추락성, 구속성이 강하다. 더구나 볼노우가 말하는 '밤의 공간'과 '낮의 공간', 또는 민코프스키가 '환한 공간'과 '어두운 공간’이라고 명명한 그 두 공간의 변별성은 ‘대낮의 공간은 모든 것이 명징하고 정상적이며 문제성이 없다’는 공간인데 밤의 공간은 ‘나에게 부딪히고, 나를 에워싸며, ……내 속에 침투해서 구석구석까지 채우는 공간’으로써 모든 것이 그 거리와 윤곽을 상실한 공간이다.[197] 그러므로 밤의 ‘旗’는 바로 자기 자신과 일체감을 이룬다.

‘나도 전전히 잠 한잠 못 이루고’로서 이미 표현하는 것과 표현 대상이 되는 거리가 소멸된다. 「旗빨」은 밤의 어둠에 의해서 인간의 마음과 훨씬 더 밀착된다. 이 하방성과 밀착성은 어두운 ‘旗’, 울음소리로서의 ‘旗’가 되고 그 텍스트는 ‘상승적 ‘旗’’와 대립하는 ‘하강적 ‘旗’’의 고뇌를 나타낸다. 그러므로 그 깃발은 상승보다는 축 늘어진 추락의 상태로 하강적인 의미 작용을 지니게 된다. 마지막 연의 ‘울다 지친 아이처럼 까부라져’ 있는 상태이다. ‘나부끼는 ‘旗’’/‘축 늘어진 ‘旗’’로 상승과 하강의 두 운동 사이에서 공중에 매달린 매개적 공간의 긴장과 고뇌의 의미 작용이 증대된다.

인간이 산과 나무의 수직성과 동일시되어 거리의 수평적인 인간과 구분되는 것을 보았듯이, 인간의 생명적인 것을 강조한 시에 있어서 청마의 ‘旗’는 가끔 인체와 상동성을 이룬다. 오컬트oc-

---

197) Dr. E. Minkowski(1927), *Le Temps Vécu*(Paris : Payot, p.393.

cult의 상징 체계에서 인체의 직립한 척추가 우주수와 상동적 구조를 갖고 있다는 것은 이미 밝힌 바 있다.[198] 그런데 청마의 텍스트에서는 척추가 깃발의 깃대로 유추되는 일이 많다.

그래서 「마지막 港口」[199]에서는 깃대와 깃폭이 몸과 넋의 상호 관련적인 도식을 나타낸다. 구체적인 표현으로 시 「형벌」(1959)에서는 옷자락이 깃대로 비유된다. 옷자락을 펄럭이는 것이 깃발이 나부끼는 것과 같다는 것은 인간이 '거리'의 하방적 존재에서 상방적인 것으로 초월하려고 하는 비상의 운동이 되는 까닭이다. 그래서 탐구하는 사람, 벗어나려는 사람의 수평적인 이동이 상승적인 것과 결합되어 있는 의미 작용이 된다.

　　……나는 여전히 보잘것 없는 추운 옷자락을 기빨같이 흩날리며……

　　　　　　　　　　　　　　　　　　　　　　　　—「刑罰」[200]

또 하나의 '旗'의 변형적 텍스트는 깃발이 없고 깃대만이 있는 경우이다.

198)　Manly P. Hall(1972), 앞 글, p.179.
199)　『蜻蛉日記』, 36쪽.
200)　앞 글, 71-75쪽.

그것이 장대, 전봇대로 '旗'의 공간 기호 체계에 원초적인 형태가 된다. 나부낌이 없기 때문에 순수한 장축성의 수직적 의미만을 갖고 있어서 '동적 강조'는 없지만 그만큼 맑고 곧은 이념의 원형성을 강렬하게 나타낸다. 청마는 가장 순수한 유아 공간 속에 이 '장대'를 끌어들이고 있다.

장대는 거의 무의식에 가까운 것으로 청마 시에 있어 하늘을 매개하거나 어린 시절의 어머니의 품과 같은 순수한 공간을 지시하는 화살표 기능을 갖고 있는 것이다.

> 놀기에 수럿 겨워 울고 울고 돌아가면
> 그때사 정녕 가리마 고와셨을 어머님의
> 하늘 같은 품안이 있었으니
>
> 뒤뜰 돌배나무 아래 우러르면
> 성(兄)이 치어든 장대끝 그 새파란 하늘!
>
> —「세월」[201]

이 장대가 현재現在의 공간, 도시 공간이 될 경우에는 전봇대로 바뀐다.

---

201) 「祈禱歌」, 『柳致環全集1』, 245쪽.

'슬프고 애닯은 마음'은 여기에서 전봇대의 윙윙거리는 소리로 바뀌어 존재의 '울음소리'로 상징화된다. 이것은 보는 깃발과 듣는 깃발을 혼합해 놓은 형태라 할 수 있다.

> 전봇대가 운다.
> 먼 들끝에 외따로이 서서
> 고독이 치울수록 전봇대는 운다.
> 귀를 대고 들어보렴
> ─나도 한개 전봇대
>
> ─「十字路에」[202]

전봇대는 '旗'와 나무처럼 수직성을 갖고 있으므로 그것 역시 상/하의 양의성에 의해 찢기우는 아픔을 갖고 있다. 그것이 전봇대의 울음소리이다. 전봇대의 울음은 빈 들판에 혼자 높이 서 있기 때문에 생겨난다. 수직, 상방성, 공허, 고립성은 전봇대를 정신적인 존재의 기호가 되게 한다.

> 영원과 무한의 단 한번의 교차점
> 그 허백한 위치의 나에게서 울려나는

---

202) 『波濤야 어쩌란 말이냐』(정음사, 1985), 14쪽.

이 아득한 울음소릴 들어보렴

두드려 보면 딱딱한 한개 통나무인데
전봇대는 운다.
—나는 울리기만 한다.

—「十字路에」

   그러나 장대가 '旗'와 같은 의미 작용을 나타내는 극적인 전환
을 일으키게 되는 것은 「아꾸(鮫鱇)」[203]라는 시에서이다. 청마는
이 「아꾸」에서 절대로 '旗'가 될 수 없는 바다 밑 하방의 물고기
를 역전시켜 공중에 매닮므로 해서 전연 새로운 '旗'의 변형 텍스
트를 만들어내고 있다.

   어부의 집인가

   푸른 바닷가
   푸른 장대 끝
   榮光처럼 높다랗게

203)《詩文學》(1966년 5월호). 아꾸의 본래 표기는 〈아구〉이나 여기에서는 원작자의 표기를 따라 그대로 기술한
다.

짜개서 매달린 한 마리
아꾸

昇天하는 魚物이여
너는 본시
저 海深의 密林 속
薄暗의 욕정에 엎드려 살며
욕된 생식만을 사명 삼던 자

그런 수렁 같은 너의 아집으론
오직 괴괴스런 저승이던 여기,
정녕 눈부신 빛보라 속
그 칙칙한 올개니즘일랑 말끔히 갈라
무한 순수의 깃발

어부의 집인가

푸른 바닷가
푸른 장대 끝 높다랗게
짜개서 매달린
아꾸

한마리

어부의 집인가

푸른 바닷가
푸른 장대 끝
榮光처럼 높다랗게
짜개서 매달린 한 마리
아꾸

—「鮫鰊」

바닷가 어부의 집에 고기(아꾸)를 잡아 장대 끝에 매달아 놓은 것을 청마는 하나의 깃발처럼 보고 있다. 그러므로 하늘을 가리키는 푸른 장대 끝, 하늘과 맞닿은 공중의 그 자리를 '榮光처럼 높다랗게' '매달린 아꾸'라고 부른다. 이때 아꾸의 자리에 '旗'란 말을 바꿔 넣어도 조금도 부자연스러울 것이 없다.

昇天하는 魚物이여
너는 본시
저 海深의 密林 속
薄暗의 욕정에 엎드려 살며

욕된 생식만을 사명 삼던 자

깃대에서 나부끼고 있는 '旗'가 하늘을 향해 비상하는 것으로 보았듯이 장대 끝에 매달린 '魚物'도 승천하는 것으로 보고, 하늘의 높이와 바다 속의 하방적 공간의 코드인 부정적인 의미소가 그와 대립된다.

청마는 상/하의 공간을 분절하는 생체기관의 변별 특징으로 내장을 들고 있다. 장대 끝에 매달린 공중 속의 아꾸는 내장을 모두 훑어낸 존재이고, 바닷속에서 사는 아꾸는 생식만을 일삼으며 칙칙한 '올개니즘organism'만을 갖고 살아간다.

빛의 대응에 있어서도 장대 끝의 아꾸는 눈부신 빛보라 속의 공중에 있는데, 원래의 아꾸는 해저의 어두움 속에서 산다. 특히 아꾸의 부정적 요소들(v-)은 두운(頭韻)에 의하여 등가적인 것으로 연결되고 또 강조된다.

　욕정에……/욕된……
　생식만을 사명 삼던 자

등이다.

물 아래 있는 것을 역전시켜 공중 위로 매단 순간, 그것들은 욕정에서 벗어나 사고하는 영혼을 갖는다. 그 시적인 모멘트moment

를 청마는 '무한 순수의 깃발'이라고 부른다. 생식만을 일삼던 아꾸가 공간적 코드 전환에 의해 깃발로 바뀐 것이다. 하방적 공간(바다 밑바닥)의 기호가 상방적 공간(하늘)을 나타내는 전도된 그 코드의 전환은 바로 바흐친Bakhtine의 '카니발적'인 세계 감각을 형성하게 된다.[204] 그리고 그 전도된 아꾸의 변별 특징을 도표 7처럼 나타낼 수가 있다.

아꾸 변별성	전도된 아꾸 (장대 끝에 매달린 아꾸)	본래의 아꾸 (바닷속에 사는 아꾸)
수직성	(+) 榮光처럼 높다랗게(4행)	(-) 海深(바닷속) (9행)
	(+) 昇天(7)	(-) 엎드려 살며(10)
	(+) 무한 순수의 깃발(16)	(-) 수렁같은(12)
밝음	(+) 푸른 바닷가(2, 18)	(-) 密林속(9)
	(+) 푸른 장대끝(3, 19)	(-) 칙칙한(15)
	(+) 정녕 눈부신 빛보라 속(14)	(-) 薄暗(10)
정신성	(+) 짜개서(5)	(-) 욕정(10)
	(+) 올개니즘일랑 말끔히 갈라(15)	(-) 생식만을 사명 삼던 자(11)
	(+) 純粹(16)	(-) 아집(12)

〈도표 7〉

그런데, 해심에서 사는 어물을 공중으로 끌어올려 '무한 순수의 깃발'로 만들어낸 것은 '어부'이다. '어부의 집인가'라고 시 첫 연과 마지막 연에서 되풀이한 것은 단순히 '아꾸가 장대에 매인

---

204) Mikhail Bakhtine(1970), *La Poétique de Dostoïevsky*(Paris : Seuil, pp.151-152 참조.

광경'에 개연성을 주기 위한 것만은 아니다. 그것은 '구속적 모티브bound motif'라기보다 작품의 자율적 구조와 연결되는 '자연적 모티브free motif'[205)]로서의 의미를 더 많이 갖고 있는 것이 '어부의 집'이다. 왜냐하면 어부의 집 자체가 '거리'의 집과 반대로 '매개 공간'의 역할을 하고 있기 때문이다.

수평적 공간 구조를 다룰 때 다시 본격적인 논의가 있겠지만 수평적인 것으로 보면 어부의 집은 바다와 뭍 사이의 '경계' 영역에 있다. 그리고, 장대에 아꾸를 올린 것으로 보면 어부의 집은 해저와 천공의 '경계' 지점에 자리하게 된다. 바다의 무한한 수평으로 향해 있는 집이면서도 동시에 하늘로 상승하는 길목의 집이다.[206) '바다≡하늘'의 유추적 동일성이 더욱 어부의 집을 하늘로 향하게 한다. 그리고 어부는 고기를 잡는 사람이다. 바다 밑에서 고기를 끌어올리는 것은 아래에서 위로 상승하게 하는 것이므로 공중으로 매단 아꾸는 그 자체가 어부의 행동이며 꿈인 것이다.

청마는 어부가 아니더라도 '낚시질'을 통해서 상승 작용의 의미 작용을 나타내는 일이 많다.

---

205) B. Tomashevsky "Thematics," *Russian Formalist Criticism*, Lee T. Lemon, Lemon & Marion J. Reis(ed)(Lincoln : Univ. of Nebraska, 1965), pp.68-69.
206) E. R. Leach(1976), *Culture and Communication : The Logic by Which Symbols are Connected*(Cambridge University Press, pp.33-34.

바다에도 가을이 왔나니

浩浩한 天水에 落寞함이 瀰滿하야

빛을 거둔 차거운 물결의 주름주름

그지없이 秋風은 스미고

해는 낮게 半空을 직힐 뿐

내 한가로운 대로

山비탈에 앉어 호올로 낚시를 느리니

조고마한 銀빛 고기 있어

물 우에 올러와 내 손바닥에

이 외롭고도 고요한

가을의 마음을 살째기 지꺼리더라.

—「秋海」[207]

　모든 것이 하강하는 가을 공간 속에서 물속의 '小魚'를 낚는 낚시꾼의 행위는 그와 역행하는 상승적 기호이다. 상을 하로 하를 상으로 탈코드화하는 어부, 낚시꾼은 카니발적 공간을 만들어내는 역할을 한다. '유한'을 '무한'으로, '불순'을 '순수'로, '어물'을 '깃발'로, 즉 하강적 기호를 역전시켜 상방적인 것으로 전환시켜 '무한 순수의 깃발'을 장대에 매단 어부는 바로 청마가 「旗빨」에

207) 「秋海」, 『靑馬詩鈔』, 88-89쪽.

서 '아아 누구던가. 이렇게 슬프고도 애닯은 마음을/맨 처음 공중
에 달 줄을 안 그는'이라고 한 바로 '그'라고 할 수 있다. 그리고 어
부는 당연히 기호의 생성자로서의 시인이며 청마 자신인 것이다.

나) 비행기, 비행사의 상승적 시학

공중에 '旗'를 매다는 사람으로서의 '그'(어부)가 좀 더 의도적인
행위자로 기호화된 것이 비행사들이다. 공간 기호의 관점에서 볼
때 '아꾸'의 공간의 기호가 다분히 자의적 기호의 성격을 띤 것이
라면, 비행기의 경우에는 기호 형식과 기호 의미가 유계성(有契性,
motivated)을 지닌 도상적 기호(iconic sign)의 범주에 속하는 것이라
할 수 있다. 그만큼 비행기는 물질과 기호가 다 같이 상승적 매개
공간의 기능을 갖고 있기 때문이다. 청마가 비행기를 직접 시적
모티프로 한 작품은 네 편이 된다. 그것은 모두가 예외없이 매개
공간의 의미 작용을 산출하고 있는 것들이다.

특히 청마는 그 매개 공간(V_0)(비행기)의 변별적 특징을 '여류비행
사'와 '실종된 비행사'라는 특수한 대립항에 의해 그 텍스트 형
성 과정을 여실히 보여주고 있다. 공간적 코드로 볼 때 여자는 남
자에 비해 훨씬 더 지상적 존재다. '하늘/땅'의 상/하 공간이 '남
자 : 여자'의 시차성이 된다는 것은 어느 신화나 종교에서도 발
견될 수 있는 현상이다. 그것이 바로 '천-부sky father', '지-모

earth mother'의 원형이다.[208] 같은 지상적인 존재를 나타내는 공간 코드라도 공간의 여성 기호는 '하'의 '하'요, 남성 기호는 '하'의 '상'을 나타내는 의미 작용을 한다. 그러므로 같은 비행사라도 그것이 여류비행사일 경우 해심海深의 '아꾸'가 장대 끝에 매달린 것과 마찬가지로 그 코드의 일탈성은 더욱 커진다. 본래 하방적인 코드에 속해 있는 기호를 상방적인 것으로 전도시킬 때 그 극적인 요소는 커지고 그 텍스트는 혁명적인 것이 된다. 일차 체계에 있어서 언어의 일탈성이 예술적 문체를 형성하고 있는 경우처럼 이차의 공간 모델 형성 체계에 있어서도 그 같은 탈코드 또는 코드 역전은 새로운 기호 생성의 역할을 하게 된다. 말하자면, 여류비행사 쪽이 남자비행사보다 그 코드 변화의 편차가 크기 때문에 비일상화의 상승적 효과도 그만큼 증대된다.

청마는 「靑鳥여―어느 女流飛行士에게」에서 그 기호 형성 과정을 역력하게 보여주고 있다.

집에선 발끝에 자라는 조선옷을 입고
거리에 나서면 洋帽를 쓰고
少年처럼 지꺼리고 우슴웃건만

---

[208] David J. Burrows & Frederick R Lapides & John. T. Shawcross(ed), *Myth and Motifs in Literature*(New York : The Free Press, 1973), p.69.

머리위엔 날곱은 蒼空을 항상 이고 있기에
속으론 憂鬱이 푸르러 駝鳥처럼 외로우리라.

機우에 오를적마다 고운 覺悟에
女子의 삼가므로 살던 터전을 깨끗이 맑힌다지요.
그렇기에 大空속 물같이 滄滄한 理念에 씿이어 몇번
낯 익은 季候鳥처럼
그리운 땅우에 다시 날어 앉느뇨.

飄飄히 휘바람을 불어라.
지낸 길도 뵈이잖는 茫茫한 虛漠의 眞空가온대
오직 自己에게 自己를 떠매낀
그 絶對한 孤獨의 즐거움을 뉘가 알리오.
하얀 銀魚같이 미끄런 愛機를 자어 맵시 있게
寂寞히 華麗한 저 卷積雲에 날개를 씿어라.

彩色도 잘고 고은 동글안 地球儀를 퉁기는 듯 靑鳥여.
한마리 또렷한 소리개 形像이여.

　　　　　　　　　—「靑鳥여—어느 女流飛行士에게」[209]

209) 「靑鳥여」, 「靑馬詩鈔」, 78-80쪽.

Ⅳ 「旗빨」의 수직적 초월 공간　261

'집에선 발끝에 자라는 조선옷을 입고'라는 첫 연 1행에서 '집', '발끝', '조선옷'의 어휘들은 모두 지상의 하방성을 나타내는 공간적인 변별 요소를 지니고 있다.[210] 「早春」에서 보았듯이 수평적으로 볼 때 여성은 안이고 동시에 수직적으로는 '하'이기 때문에 여자가 밖으로 나간다거나 혹은 상승적인 행위를 한다는 것은 '집', '발끝', '조선옷'(문화적 코드로 안에서 입는 옷 전통성, 풍속성)과 대립적인 것이 된다.

> 거리에 나서면 洋帽를 쓰고

바로 그다음 행에는 집과 반대되는 거리가 나오고 '발끝'은 상방적인 변별 특징인 머리에 쓰는 모자 그리고 '조선옷'은 '洋裝'으로 바뀐다.

이렇게 해서 안에 있었던 것이 밖으로, 아래 있었던 것이 위로 역전되는 여류비행사의 상승적인 코드의 혁명이 이루어지게 된다.[211](내內, 하下-, 외外, 상上+) 의미론적인 면에서도 한국적인 것에서

---

210) R. Barthes(1970), 앞 글 참조
211) 여성의 지성은 수평으로 퍼지고 남성의 지성은 수직으로 펼쳐진다. 그것은 남성과 여성이 각자 자기 안에 지니고 있는 훌륭한 상보성이 아니겠는가? P. Daco, *Pour Comprendre les Femmes et leur Psychologie Profonde*(Marabout, 1974), p.206.

서구적인 것, 즉 전통적인 공간에서 근대적 공간으로 전환된다.

1행	2행
(-)집	(+)거리
(-)발끝	(+)帽子
(-)조선옷(입고)	(+)洋帽(쓰고)

〈도표 8〉

소년처럼 지꺼리고 우슴웃건만

머리위엔 날곺은 蒼空을 항상 이고 있기에

속으론 憂鬱이 푸르러 駝鳥처럼 외로우리라.

밖에 나온 여성을 '少年처럼'이란 말로써 성을 바꾼 비유를 쓴 것 역시 코드 일탈의 대표적인 예가 될 것이다. 그래서 비행사만이 양성구유적인 양의성[212]을 띠는 것이 아니라 II연 전체가 수없이 보아 온 매개항의 양의성으로 구성되어 上/下, 웃음/우울 등이 공존하고 있다. 그러한 모순을 통합한 것이 '타조의 외로움'이다. 창공을 향해 '날곺은' 마음과 동시에 날개가 없어 날 수 없는 타조는 새이면서, 지상에서 짐승처럼 보행하는 새이다. 외로움(고

212) 양성구유의 공간적 위치는 천/지의 중간 영역이다. Manly P. Hall(1972), 앞 글, p.41.

독)의 감정을 나타내는 말들이 공간 코드에서는 이렇게 매개항적 기호 의미와 연결된다는 사실은 이미 「怒한 山」 등에서 관찰한 바 있다. '悲怒', 홀로, 외로움 등은 다같이 하방에서 상방으로 나가는 혹은 상방적인 것이 하방적인 것과 접촉할 때 생기는 일종의 복합적 감정(amvibalence)이라는 것이 여기에서도 뚜렷하게 읽을 수 있다.

상(V_+) 머리 : 정신성(창공으로 날고 싶은 마음)

　　　　: 새 : (푸른)웃음

중(V_0) 타조(푸른 웃음과 우울이 합친 것) : 외로움(새와 짐승의 두 특성을 합친 것)
: 타조의 외로움

하(V_-) 다리 : 육체성(땅을 걸어다니는 마음) : 짐승 : (어둠) 우울

여기에서 상방성을 더 고조시키면 비행기에 오르는 것이 된다.

　　機우에 오를적마다 고은 覺悟에
　　女子의 삼가므로 살던 터전을 깨끗이 맑힌다지요.
　　그렇기에 大空속 물같이 滄滄한 理念에 씻이여 몇번
　　낯 익은 季候鳥처럼
　　그리운 땅우에 다시 날어 앉느뇨.

1연이 안에서 밖으로 나오는 운동이라면 여기 2연은 아래에서 위로 오르는 운동을 나타낸다. 그리고 동시에 그것은 하늘에서 땅으로 내려오는 대립적 행동으로 이어진다.

깃발은 상승하려는 마음만이 아니라 영원히 하늘로 날아갈 수 없는 지상에의 하강을 내포하고 있다. 그것처럼 비행기의 상승은 하강으로 이어져야 하기 때문에 그것은 상도 하도 아닌 두 공간의 모순성을 갖게 된다. 여류비행사는 항시 머리에 하늘을 이고 있기에 '날곺은' 욕망을 갖고 있지만, 현실적으로는 '여자의 삼가므로 살던 터전'을 갖고 있기에(발끝에 자라는 조선옷) '羊帽(飛行帽)'를 벗어야 하는, 그리고 '그리운 땅우에' '季候鳥'처럼 날아 앉아야만 한다. 여기에서는 토착적인, 전통적인 여인의 지상적인 속성과 외래적인 현대 문명의 여인으로서의 '초월성'이 경합을 이룬다. 1연의 '타조'가 2연에 오면 '季候鳥'가 된다. 이 모순되는 두 새는 다같이 두 개의 공간을 갖고 있다는 데에 그 비교의 공통점이 있다. 전자는 상승의 꿈을, 후자는 돌아옴(하강)의 꿈을 꾸고 있다는 점에서도 대조를 이룬다.

여기에서도 또한 하방적인 코드의 상방적 전환이라는 일탈성이 일어나고 있다. 그것은 물의 의미 작용 때문이다. 물은 하방적인 것으로 불과 반대되는 공간의 방향성을 갖고 있다. 물은 수평 하강적인 운동을 하고 있는 데 비해 불은 수직 상승적인 작용을

한다. 물/불의 시차성 역시 공간적인 데 그 기점을 두고 있다.[213]

그런데 이 공간의 텍스트에서는 그것마저 전도되어 하늘은 물로 수식되어 있고 공중을 나는 비행이 물로 씻는 행위로 은유된다.

……터전을 깨끗이 맑힌다지요.
……大空속 물같이 滄滄한 理念에 씻이어 몇번

의 7, 8행이 모두 물의 정화적 상징을 띠고 있다. 여류비행사가 비행기를 타고 하늘을 난다는 것이 여기에서는 푸른 공기의 물로 빨래하는 것으로 비유된다. 빨래 빠는 것은 여성 코드에 속하는 것이다. 그러므로 푸른 공기로 빨래한다는 것은 상방 코드와 하방 코드가 완전히 혼성되고 뒤바뀌는 기호의 다향성(多響性)을 생성한다.

그리고 땅의 우울(하방적 공간)을 하늘의 맑음으로(상방적 공간) 씻는 것, 그것이 이념이다. 하방적 공간은 거리로 상징되는 육체, 세속성, 이기 등을 나타내는 것으로 반이념적 세속 공간이 된다는 것

---

213) 바슐라르의 4원소를 물질적 상상(想像)이 아니라 공간적 계층으로 배치하면, 물―지하, 흙―대지, 불―천체, 공기―하늘의 순으로 그 수직적 높이가 결정된다. G. Bachelard(1943), 앞글, p.22.

은 많은 작품에서 보아온 바 있다. 그러므로 하늘을 물로 나타내는 것은 여러모로 탈코드화된 공간의 변칙적인 의미 작용을 갖게 한다. 수직화한 물 자체가 코드 위반이며 일탈이라 할 수밖에 없다.

청마는 이렇게 이미 있는 공간 코드에서 벗어나 새로운 공간적 코드를 구축함으로써 자신의 시적 우주, 자신의 공간적 질서(코드)를 형성한다. 그것이 바로 그의 시적 언술이며, 그 텍스트 형성 작용이라 할 수 있다.

> 飄飄히 휘바람을 불어라.
> 지낸 길도 뵈이잖는 茫茫한 虛漠의 眞空가온대
> 오직 自己에게 自己를 떠매낀
> 그 絶對한 孤獨의 즐거움을 뉘가 알리오.
> 하야 銀魚같이 미끄런 愛機를 자어 맵시 있게
> 寂寞히 華麗한 저 卷積雲에 날개를 씿어라.

상/하의 양의적 공간을 나타냈던 1연의 비행기가 3연에 이르면 「히말라야에 이르기를」에서 보았듯이 좀 더 지상에서 멀리 그리고 높게 상승하여 수직적 초월의 의미를 강화한다. 물로 비유되던 하늘은 '虛漠의 眞空'이 되어 지상의 것이 배제된 순수한 상방적 공간(v_+)을 나타낸다. 그리고 타조의 외로움은 상대적인 양의성에서 '절대한 고독'으로 변화한다. 여전히 물의 정화력은 투명한 진공 상태에서도 남아, 비행기는 '銀魚'같이 그리고 구름('卷積雲')은 날개를 씻는 파도로 그려지고 있다.

　비행기는 타조, '季候鳥'에서 다시 '靑鳥'와 '소리개'로 변신하면서 그 상승 단계의 공간적 변별성을 부여한다.

> 彩色도 잘고 고은 동글안 地球儀를 퉁기는듯 靑鳥여
> 한마리 또렷한 소리개 形象이여.

　집에서 발끝에 자라는 조선옷을 입은 여인으로 시작된 이 텍스트는 마지막에 와서는 '靑鳥'와 '소리개'로 바뀐다.

> 1연…타조　　창공을 날고 싶은 외로움
> 2연…季候鳥　낯익은 땅 위에 다시 앉는
> 3연…날개　　卷積雲에 날개를 씻어라
> 4연…靑鳥·소리개　　地球儀를 퉁기는

　이미 '靑鳥'나 '소리개'는 지상의 새가 아니라 천상의 새에 속하는 것이 된다. '靑鳥', '소리개' 등 비행기를 수식하는 비유항 comparant이 두 개나 되는 것은 소리개에 푸른빛을, 그리고 '靑鳥'에게는 고공의 정지성(停止性)을 줌으로써 완벽한 '고공의 새'를 합성해 내기 위한 장치이다. '靑鳥'는 그 푸른빛 때문에 상방적인 하늘과 일치한다. 그러므로 '부드러운 빛이나 신속한 운동이 몽상 속에서는 푸른 운동이나 푸른 날개, 파랑새를 만들어낸다'[214] 는 바슐라르의 말대로 '靑鳥'는 그 푸른빛 색채 자체가 하늘과의 상상적 접합점을 갖게 된다.

그리고 뒤에 따로 언급하겠지만 모든 새들이 높이와 함께 수평적인 비상을 하고 있는 데 비하여 소리개는 고공 속에 한 점으로 머물 수 있는 수직적 비행의 특성을 갖고 있다. 무엇보다도 이 '靑鳥'와 소리개가 지상으로부터 하늘로 완전히 코드를 역전시킨 흔적은 '그리운 땅'으로 묘사된 2연의 그 지상을 동그란 공처럼 축소시켜 '地球儀'로 표현하고 있는 그 비유이다. '집'→'마을'→'나라'에서 지구 전체의 공간 밖으로 '튕겨져' 나온 상방 공간의 높이를 시각화한 표현이 그 '지구≡지구의'의 비유이다. 땅을 초월한 하늘 공간의 시점이 아니면 지구는 지구의로 보이지 않을 것이다.

그러나 이 '소리개(비행기)'는 결국 땅으로 돌아와야 한다는 점에서 여전히 하방에 구속되어 있다. 근본적으로는 날면서도 묶여 있는 깃발의 그 중간의 공간적 특징(V_0)과 같다. 그러므로 이 비행기가 지상으로부터 완전히 이탈하여 상방적 허공으로 옮겨버리

214) G. Bachelard, 앞 글, p.105.

기 위해선 지상적인 것을 모두 버려야 한다. 그러므로 높이 오를수록 그 매개항의 성격은 사라지게 된다. 그것이 바로 '실종된 비행기'(비행사)이다. 여류비행사를 실종된 비행사로 바꾼 것이 '생텍쥐페리Saint-Exupéry'를 소재로 한 「熱愛」[215]와 「돌아오지 않는 비행기」[216]이다. 비행사의 죽음은 현실적 차원에서 보면 슬픔이요, 불행이지만 공간적 기호 영역의 코드로 보면 하방의 것이 완전히 상방으로 올라간 의미 작용을 나타낼 수 있기 때문에, 초월의 가치를 부여할 수가 있다. 그러므로 생텍쥐페리의 실종을 청마는 축복하고 찬양한다.

생텍쥐페리에 의해서 깃대에서 펄럭이던 깃발은 허공에서 찢기어 영원히 그 깃대를 떠나 하늘로 날아가 버린 상태가 된다. 그 '슬프고도 애닯은 마음'은 자유와 해방과 영원으로 전환된다. '노스탈쟈'의 손수건이 그 고향으로 돌아가 그 향수마저 사라져버린 깃발, 그것이 생텍쥐페리가 몰던 비행기이다.

여류비행사가 여러 종류의 새들로 그 단계적 상승 작용의 변별성을 나타내고 있었듯이 이 텍스트의 시적 언술도 수직적인 계층을 형성해내는 언술에 의해 구성되어 있다.

---

215) 『미루나무와 南風』, 60-63쪽.
216) 『기도가』, 40-42쪽.

저 절대한 광막(廣漠) 앞에선

인간의 유대(紐帶)란 얼마나 의지 없는 것인가

그러기에 너를

항로(航路)에서 놓친 험상스런 밤이면

모든 공항(空港)들이 목마르게 불러 찾는 그 어디에도 없는

그 어디메 막막한 절벽 속

너는 너대로 홀로 진실로 홀로

도시 간 데 없는

열애하는 인간의 가녀린 등불

그 귀로(歸路)에의 틈바구니 바늘 구멍을 찾기에

아련한 계량반(計量盤)의 진량(震量)을 지키며

죽음의 非情과 암흑 위를 비상(飛翔)하는

고독의 神

그리고도 너는

그 열애하는 인간을 求하여 차라리

이웃 나들이 가듯 매양 가벼운 몸매로

저 허허(虛虛)로운 하늘로 길 나섰던 것이니

그리하여 어느 날 그대로 마침내
너는 영 아니 돌아오고

오늘도 여기 나의 문전 거리엔
너의 신애(信愛)하는 인간의 모습들은

아쉬운 천량을 얻기에
종일을 분산히 다툼들의 꽃밭인데

너는 저 銀河水 근처 어디메
돌아올 수 없는 성운(星雲) 골짜기에서
그 성실한 사유(思惟)의 사래긴 밭을
호올로 호올로 일으키고 있단 말인가.

— 「熱愛」

— 생떽쥐베리에게 —

* 行動의 作家이자 飛行家인 그는 1944년 7월 31일 밤 地球를 離陸하여 길 떠난 채 상금 돌아오지 않고 있다.

① 열애하는 인간의 가녀린 등불
② 고독의 신
③ 인간을 구하기 위해 가벼운 몸매로 하늘로 간 자

④ 은하수 근처에서 사유의 사래 긴 밭을 가는 자의 단계로 되어 있다.

'열애'에서 시작하여 '절대 고독'의 단계를 지나 최후에는 사유의 밭을 가는 경작자로 끝난다. 비행사는 '銀河水 근처 어디메/돌아올 수없는 星雲 골짜기에서/그 성실한 思惟의 사래 긴 밭을/호올로 호올로 일으키고' 있는 자로 바뀌고 만 것이다.

땅 위에서 살던 인간은 절대 고독자가 되어 /s/음으로 두음을 이루고 있는 '성실, 사유, 사래 긴 밭'의 천상 공간에 위치하게 된다.

우리는 맨 처음 고기를 낚아 하늘에 깃발처럼 매다는 어부를 보았고, 지상의 더러운 옷들을 펴고 푸른 공기로 빨래를 하는 여류비행사를 보았다. 그들은 모두가 기호의 사용자가 아니라 기호를 만들어내는 생성자들로 시인으로서의 청마와 같은 지위를 갖고 있다. 그러나 실종된 비행사는 땅과 하늘 사이에 있는 것이 아니라 은하수 근처의 공간, 완전히 상방의 공간에 있다. 그러므로 그 '사유의 밭을 가는 耕作者'는 이미 이 기호의 생성자가 아니라 기호(의미)의 근원이 되는 원기호(arche ecriture)의 세계를 만들어가는 자이다. 비기호 영역의 실질적 세계에서 보면 그것은 '죽은 자'이다. 그러나 기호 영역에서 보면 '죽은 자'란, 그리고 죽음이란 길고 긴 사래의 밭을 갈고 있는 자로서 단지 기호의 소비자와 또 생산자와의 대립에서 벗어난 제3항의 자리에 있는 자이다.

그는 기호의 해체자이며 동시에 생성자이다. 왜냐하면 죽은 자를 기호와 관련해서 보면 그 역할은 기호를 '無化'하고 기억의 모든 흔적을 소거하는 편에 서기 때문이다. 상방적 공간의 그 무시간성의 밭, 영혼의 밭은 기호(의미)의 생성마저 붕괴시키고 뒤엎고 (원래 시를 뜻하는 'verse'에는 쟁기로 흙을 뒤엎다, 전복하다의 뜻이 있다) 반구축(反構築, deconstruct)하는 기호의 해체자들인 것이다.

그러나 심는 자도 거두는 자도 아닌 이 밭 가는 사람으로서의 실종된 비행사, 생텍쥐페리Saint-Exupery는 끝없이 하방의 세계와 대립되는 차이의 세계에서 살아가고 있다. 그것이 청마의 텍스트에서는 차이와 분절을 나타내는 '금(brusure)', '밭고랑'으로 형성된다. 그 '사래 긴' 밭은 무한으로서 카오스chaos이지만 그것을 가는 '골'은 구분, 구획이 있는 코스모스cosmos이다. 천지 창조의 신화 작용이 이루어지는 원(原-흔적, arche-trace) 기호와도 같은 상태이다.[217]

청마는 비행기를 소재로 하여 「心像」의 가장 낮은 '旗'에서 「熱愛」의 가장 높은 상방 공간에서 나부끼는 '旗'의 변형 텍스트를 만들어낸 것이다. 그래서 '죽음의 非情과 암흑 위를 飛翔'해서 도달할 수 있는 상방적 공간의 언어를 생성한다. 사래 긴 밭을 가는

---

217) J Derrida(1967), *Of Grammatology*(1976), *tr*, Gayatri Chakravorty Spivak(Baltimore and London : The Johns Hopkins Univ. Press), p.62.

그 경작자의 언어는 '아쉬운 천량을 얻기에/종일을 부산히 다툼들의 꽃밭'을 이루는 이 지상 공간(v_-)을 전도시켜 영원한 천상적 공간(v_+) 위에 '인간의 천지'를 만든다. 그것이 바로 새롭게 만들어진 시적 기호이다.

3 공간적 구조 전환의 원리

가) 탈공간 체계로 본 동물들의 기호 분석

우리는 앞에서 공간 코드를 변형시키거나 역전시켜 하방적인 것을 상방에 배치시킴으로써 새로운 공간을 구축하는 청마의 시적 변형을 살펴보았다. 그러나 지금까지 '旗'의 변형 텍스트에서 보아온 것들은 하방의 존재를 상방으로 끌어올린 이른바 기호 산출자에 의해 그런 탈코드화가 이루어진 것이다.

旗—'슬프고 애닯은 마음'(본래 지상적인 것)—공중에 매단 사람

아꾸—'바다 밑의 아꾸(魚物)를 장대에 매단 사람'—어부

飛行機—'본래 지상적인 여자가 비행기를 조종한다'—여류비행사

그러나 그와는 달리 어떤 주체가 상/하 코드를 일탈하여 주어진 공간을 바꾸어가는 일련의 동태적인 텍스트의 생성도 있을 수

있다.[218] 그 단적인 예로서 고양이를 들 수 있다. 청마는 보들레르와 정반대로 고양이를 하방적 탈코드의 짐승으로 그리고 있다. 본래는 범을 닮은 것으로[219] 높은 산맥에서 살던 짐승이(V_0 코드) 평지인 땅(V_- 코드)에 내려와 인간들과 함께 살고 있기 때문이다.

> 나는 고양이를 미워한다.
> 그의 아첨한 목소리를
> 그 너무나 敏捷한 적은 動作을
> 그 너무나 山脈의 냄새를 잊었음을
> 그리고 그의 사람을 憤怒ㅎ지 않음을
> 범에 닮었어도 범 아님을.
>
> ─「고양이」[220]

고양이의 속성으로 제시된 '아첨', '민첩', '적은 動作'들은 산맥(V_0)과 대립되는 거리(V_-)의 의미소와 같은 것들이다. 청마의 텍

---

218) Yu. Lotman(1977), 앞 글, p.244.

219) M. Delerois, Walter Geerts(ed.)(1980), "Les Chats," *De Baudelaire : une Confrontation de Méthodes* (Belgique : Presses Univ. do Namur). 보들레르의 고양이는 실내 공간으로부터 바깥 공간으로 그리고 최후에는 초현실적인 우주의 고양이로 상승·확산된다(Jakobson의 분석 참조).

220) 『靑馬詩鈔』, 16쪽.

스트를 보면 개개의 텍스트 안에서는 물론 텍스트와 텍스트 사이에도 반드시 이항 대립 관계의 짝을 맺고 있는 것들이 많다(그것은 청마만이 아니라 공간을 이차 모델 형성 체계로 하고 있는 텍스트의 공통적인 특색이다). 그러므로 이 고양이와 정반대되는 상승의 탈코드적 동물의 텍스트를 찾아보면, 즉 산맥의 냄새를 풍기는 것, 분노하는 것, 범과 유사한 것, 그러나 원래는 하방에 있었던 것을 찾아보면 「獅子圖」가 나오게 된다.

嵯峨한 山頂의 저물은 바윗돌 길을
이 또한 어두운 걸음걸이로 돌아서 가는 者
―獅子로다.
왕자 둘 거느린 늙은 암사자로다
그의 바위 같은 獰猛한 머리를 돌려 흘겨보는 곳
보라
아득히 地平에 영화하는 저 文明의 아지랑이를
저희 人類의 간교함은 저같이 헤아릴 바이 없고
이 길은 고독과 주우림에 저물었건만
一切 卑小함을 치욕하고
打算을 거부하고
더욱 이 암울한 哺乳類는 멀리 機械에 맞서므로
호올로 울울히 山頂에 咆號하나니.

아아 이는 차라리 意志의 적막한 旗빨이로다.

—「獅子圖」[221]

사자는 호랑이와 달리 높은 산속의 밀림이 아니라 평지의 초원에서 살고 있는 짐승이다.[222] 그러나 여기의 이 사자는 마치 헤밍웨이의 킬리만자로의 표범처럼 산정 높이에 기어 올라와 있다.

'嵯峨한 山頂'의 그 높이는 아래에서부터 여기까지 걸어 올라온 사자의 상승적 걸음을 나타낸다. 그것은 공간적인 탈코드화의 과정과도 같은 것으로 '저물음'이나 '바윗돌 길' 같은 장애 속에서 결행되는 '어두운 걸음걸이'에 의해 실현된 공간이다. 그러므로 우리는 거기에서 '障碍는 意志에, 意志는 障碍에, 良識에 의해서는 결코 떼어낼 수 없는 密接한 關係'를 지니고 있는 민코프스키Minkowski의 의지의 공간론[223]'을 읽을 수가 있다.

그는 인간의 내적 투쟁을 상승의 가능성과 추락의 위협을 나타내는 고(上)와 '저'(下)의 공간 사이에서 흔들리고 있는 운동으로 설명하고 있다. 그렇기 때문에 이 현상학자의 공간론 속에서는 '상

---

221) 『祈禱歌』, 32쪽.
222) 사자의 상징은 단일적인 것은 아니지만 주로 태양, 불, 황금 등과 관련되어 있다. 기독교에서도 그리스도는 라이온(야웨)의 아들로 부활을 의미했다. 실질적인 공간과 달리 사자를 의미하는 공간은 상방적이다. J. Chevalier, Alan Gheerbrant(1969), 앞 글, p.132.
223) Dr. E. Minkowski(1933), *Vers Une Cosmologie*(Paris : Ferand Aubier), p.31.

방적 공간'과 '하방적 공간'이 따로 있는 것이 아니라 상승과 추락의 사이에서 각성하는 그 순간 속에 나타난다. 그리고 의지 역시 상승과 추락의 사이에 자리하게 된다. 즉 그것은 상승 속에 있는 영속적인 숭고한 것과 추락 속에 있는 '열등한 것', '어두운 것' 사이에 놓여진다. 그러므로 의지가 장애 없이는 생길 수 없는 것처럼 상승은 언제나 그 추락의 인식 없이는 있을 수 없는 복합성을 띤다. 그렇기 때문에 산정에 오르는 사자의 긍정적인 힘은 바로 추락의 공간인 그 하방성에 대한 반대 작용의 힘에 의해서만 형상화된다.[224]

공간의 대립 가치의 대립	산정 ⊃ 사자(V₀)	지평 ⊃ 인간(V₋)
야성(野性)/문명	+포유류 +기계에 맞서다	−저 문명의 아지랑이 −기계
솔직/간계	+타산을 거부	−간교함은 저같이… −타협적
빈/부	+주림	−영화(榮華)
저항/순응	+포호 +비소함을 치욕	−순응, −치욕 −비소, −군상
실체/환영	+의지의 적막한 깃발	−아지랑이(시끄러움)

〈도표 9〉

224) 앞 글, p.23.

사자가 오른 산정의 공간은 그 아래에 있는 지평적인 순응, 비소, 이해타산 그리고 문명의 기계와 악을 거부하는 의지이다. 그것을 통틀어 청마는 사자를 '의지의 적막한 깃발'로서 표현한다. 아꾸가 내장을 도려낸 '순수한 깃발'이 되었듯이, 사자는 '장애(지평적인 것)'를 뛰어넘어 상승하는 '의지의 깃발'이 된다.

'수직축은 도덕적 가치를 표명한다'[225]는 말처럼 사자를 수직으로 산정에 세움으로써, 즉 깃발이 되게 함으로써 내적 투쟁과 의지를 공간 속에 투사한다. 사자의 황금빛 나룻은 은유에 의해서가 아니라 산정의 깃발처럼 나부끼게 된다.

하방에 있는 것을 상방으로 끌어올리는 전략을 더욱 가능하게 그리고 다양하게 해 주는 것은 동물 자체가 그러한 탈코드의 공간적 요소를 지니고 있을 경우이다. '뱀'이 신화적인 텍스트에서 다의성을 띠고 여러 가지 역할을 하게 되는 이유도 그 점에 있다. 뱀은 모든 공간 코드에서 완벽할 정도로 벗어나고 있다. 뱀은 땅속으로 잠입해서 살고, 또 반대로 나무 위로 기어 올라갈 수도 있다. 물고기와 같은 비늘로 덮여 있지만 땅 위에서 산다(상승적). 그리고 응집(또아리를 트는 것)과 확산(蛇行性)의 두 성격을 동시에 나타낸다.[226] 그러나 상승적인 것을 추구하고 있는 청마에게 있어서는

<hr />

225) G. Bachelard(1943), 앞 글, p.170.

226) G. Bachelard(1947a), "Serpent" 참조.

'뱀'보다는 '박쥐'가 그 탈코드의 전형적인 동물로 등장한다.

박쥐는 날짐승과 길짐승의 두 요소를 가지고 있기 때문에 우화에서는 기회주의자로 그려지기도 하고, 밤중에 날며 거꾸로 매달려 있는 습성으로 서양 문화에서는 부정적 상징성으로 많이 기술되어 왔다. 바빌론의 시대에서는 악령이나 유령으로 보여지기도 하고 모세의 율법에서는 부정한 동물로 규정되어 있다. 그리고 중세 유럽에서는 죽음, 공포를 나타냈고 단테의 문학에서는 얼어붙은 지옥의 가장 밑바닥에서 살고 있는 사탄이 박쥐의 날개를 달고 혹한을 일으킨다.[227] 그러나 한자 문화권에서는 박쥐를 나타내는 '蝙蝠'이란 글자가 '福'자와 비슷하기 때문에 '幸福'의 뜻으로 쓰이기도 한다.[228]

부정적 요소이든 긍정적 요소이든 박쥐가 지니고 있는 것은 온갖 양극성을 합친 양의적 성격에 있다. 연금술사에게 있어서 그것이 '양성구유적'인 것으로 상징되었던 것과 마찬가지로 공간의 기호 체계에서 보면 그것은 상/하의 두 공간적 요소를 모두 함의하고 있는 매개 기능을 갖게 된다. 지상에서 사는 짐승이 새처럼 공중을 나는 것은 하방 코드가 상방 코드로 전도된 것이지만

---

227) Ad de Vries(1974), *Dictionary of Symbols and Imagery*(North-Holland Publishing), Bat 항.

228) Jean Chevalier, Alan Gheerbrant(1969), 앞 글, chanve-souris항 p.344.

공중에서 다시 거꾸로 매달리는 것은 상/하의 코드를 재역전시킨 것이다. 동굴에서 밤중에도 길을 잘 찾아다니는 것은 소경이자 동시에 밝은 눈을 소유하고 있는 존재이다. 청마의 텍스트도 그렇다. 민간신앙 같은 집단적이고 보수적인 텍스트에서는 양의적 경계성을 띤 것들은 '타부taboo'의 의미로서 부정적인 의미를 갖고 있으나 개인적이고 변칙적인 텍스트에서는 오히려 창조적이고 긍정적인 힘으로 환영을 받는다. 이 시는 그 후자에 속한다.

> 너는 本來 기는 즘생.
>
> 무엇이 싫어서
>
> 땅과 낮을 피하야
>
> 음습한 廢家의 지붕밑에 숨어
>
> 파리한 幻想과 怪夢에
>
> 몸을 야위고
>
> 날개를 길러
>
> 저 달빛 푸른 밤 몰래 나와서
>
> 호올로 서러운 춤을 추려느뇨.
>
> ──「박쥐」[229]

229) 『靑馬詩鈔』, 14쪽.

박쥐는 상/하의 단단한 코드를 해체시키는 역할을 함으로써 스스로 카니발적인 세계 감각[230] 또는 코라chora 공간[231]을 만들어낸다. 하방의 것이 지붕에 매달리거나 또는 달밤에 춤을 춘다(비행). 이 서툰 비행이 의지의 공간, 초월의 공간을 형성한다. 거기에서 다의적인 시적 기호가 탄생한다.

'너는 본래 기는 즘생'은 박쥐가 땅에 속해 있는 것을 유표화한 것이다. 그런 동물이 공중으로 새처럼 비상하는 단계를 통해서 하방적인 것과 상방적인 것을 결합시키는 매개 공간의 과정이 나타난다. 그 단계는 ① 땅→② 廢家의 지붕→③ 날개→④ 춤으로 세분segement될 수 있고 그 통합축은 하방에서 상방으로 나가는 기호 생성의 과정을 순차적으로 전개하는 언술로 나타난다.

①의 단계를 서술하고 있는 술어는 '싫다'와 '피하다'이다. '싫다', '피하다'는 다 같이 거부와 거부의 행동으로 지상 공간에 대한 부정을 나타낸다.

② 단계에 가면 이 부정의 공간에서 새로운 공간을 모색하는 단계로, 그 술어는 '숨다'이다. 은둔시의 형태에서 무수히 보아 온 언술로 그것을 서사적인 기능 단위의 연쇄로 나타내면 모두가

230)   canival 공간 : M. Bakhtine(1970), 앞의 책 참조.
231)   chora 공간 : Julia Kristeva(1974), *La Révoluution du langage poétique*(Paris : Seuil) 참조.

싫다→피하다→숨다의 경우가 된다. 그런데 「박쥐」의 경우 '숨다'는 수평적인 거리를 나타내는 먼 곳(섬, 심산유곡)이 아니라 수직적 높이를 가진 공간인 '지붕밑'이란 점에서 그 탈출의 은신처가 상승적 단계로 설정되어 있음을 알 수 있다.

③ 단계는 그 숨어 있는 곳에서 적극적으로 자신이 원하는 공간으로 향하는 행위로 전환한다. '廢家의 지붕'은 누에가 숨은 고치와 같은 단계로서 '날개'를 기르는 변증법적 전환이 이루어지는 단계이다. 그것은 다시 세 가지의 하위 분절로 이루어져 있는데, 꿈꾸다, 야외다, 날개를 기르다이다.

이때의 꿈은 단순한 꿈이 아니라 초월하려는 욕망의 투영이기 때문에 수도승과 같은 고행으로 고통을 주는 꿈이며, 지상적 존재가 하늘로 나가려는 일탈의 행동이므로 현실성과는 멀리 떨어진 '환상'이 된다.

'야외다'[232]는 고행의 의미 외에도 개체의 감각減却, 수직의 정신성 등 상승적 조건의 핵심을 이루는 상징어로 청마의 여러 작품에서 사용되고 있다. '야외다'는 가볍다와 동의어로 비대하다, 무겁다의 지상적인 것과 대립되는 상방적 요소의 코드이다. 정신성과 특질성은 가벼운 것과 무거운 것의 연계성을 띤다. '송화

232) 〈마르는 鶴이로다〉(「鶴」), 〈너도 나도 鶴같이 마른다.〉(「冬庭」) 등 청마는 상승의 조건으로서 〈마르다〉, 〈야외다〉의 용례를 남기고 있다.

가루' 같은 것이 나무의 높이를 더욱더 하늘로 상승시키는 증폭의 기호로 사용되듯이 '야외다'는 가벼워지는 것, 위로 상승하기 쉬운 것, 고체의 기체화를 나타내 준다. 「實相寺 實記」의 시 속에서 '스님'이 '뜰에 떨어져 박힌 그림자', '허물 벗는 뱀'과 동열에 있는, 하방 공간(v.)의 존재로 그려져 있으면서도 한편으로는 '야윈 스님'이므로 상방적 요소를 지니고 있다는 것도 그 예의 하나이다. '천왕봉 마루와 이맛받이하고 앉은 보광전' '햇빛 속을 날아노는 잠자리떼' 등의 시구와 같이 '야외다' 또는 스님의 눈썹에 '송화가루'가 앉은 것 등은 모두 수직적인 높이를 나타내는 작용을 한다. 그런 시점에서 볼 때 '야외다'는 '날개를 기르다'와는 더욱 뗄 수 없는 관계를 지니게 된다. 날개를 기르는 것은 바슐라르가 '날개심리학ptéropsyclologie'의 영역으로 설명하고 있는 것과 통하는 것이다. 이 비상의 준비 과정은 이니시에이션initiation과 같은 구조를 보이고 있어 그것은 길짐승이 변신하여 날짐승처럼 날개를 얻는 '제례'와 맞먹는다.

④의 마지막 단계는 '춤추다'이다. 날고 있는 박쥐를 '날다'가 아니라 '춤추다'라고 한 것은 그것이 서툰 비행, 말하자면 진정한 비상의 단계가 아님을 나타낸다. '춤추다'는 지상에서의 행위이다. 그러나 동시에 춤은 즐거움을 나타내는 것이므로 '기다'와는 변별적 차이가 있다. '기다'와 '날다'의 중간항이 '춤추다'인 것이다.

그리고 낮이 아니라 밤으로 되어 있어 전체적인 공간이 초월적 긍정의 힘을 나타내면서도 동시에 부정을 담고 있다. 상방 공간은 '빛'이고 하방 공간은 '어둠'이다. 그러므로 '호올로 서러운 춤을 추려느뇨'의 '서러운 춤'은 슬프고도 애닲은 마음을 공중에 단 또 하나의 '검은 깃발'이 된다.

박쥐는 새(V+)의 위상에서 보면 빅토르 위고의 조류 우주론cosmologie ailée에서처럼 최하위에 속하는 것이고 또한 '밤', '벙어리', '눈먼 것' 등과 관련되어 그것은 어둠과 마찬가지로 무거운 하방적 요소를 띠게 된다. 그래서 바슐라르에 의하면 '박쥐는 나쁜 비행, 벙어리 비행, 천한 비행이 현실화된'[233) 것으로 '울림(響), 투명, 경쾌'의 쉘리적 삼부작trilogie[234)과 정반대의 반삼부작anti-trilogie으로 규정된다. 그리고 '박쥐는 날개를 갖고 싶어 하는 천성이 있으나 털복숭이의 물갈퀴밖에는 얻지 못한 채, 그것으로 날개의 역할을 하고 있다'는 미슐레Jules Michelet의 말을 인용하고 있다.

그러나 시점을 바꿔 청마처럼 본시의 그 짐승, 또는 파충류 같은 지표의 계층에서 보면 달을 향해 높이 오르려는 상방성의 날개, 의지의 날개를 갖고 있는 것으로 새로운 코드 작성encode이 가능해지는 것이다.

---

233) G. Bachelard(1943), 앞 글, p.89.
234) G. Bachelard, 앞 글, p.89.

박쥐의 공간적 계층l'échelle de l'espace은 가장 낮은 상태이고 상방성보다 하방적 특성을 많이 갖고 있으나 그럴수록 탈코드의 양의성이 강력하여 논리적인 기호와 다른 시적 기호의 기능을 갖게 된다. 어둠과 푸른 달빛의 공간부터가 짐승/새의 코드 위반의 양성구유적 특성을 갖고 있다. 달밤은 어둠과 빛을 동시에 수용하고 있기 때문이다. 이렇게 해서 '어두운 기'↔'밝은 기'의 또 다른 변형적 텍스트를 얻게 된다.

문화적 코드[235]는 언어 외적인 것으로 실질의 세계에 의존되어 있다. 그러므로 하나의 대상물의 내포적 의미connotation는 우유적 (寓喩的) 성격에 의해 이루어지는 경우가 많다. 한 사물이 공간 기호의 체계에서 벗어나 실질로서 파악될 때 그것은 백과사전적인 의미가 되어 하나의 덩어리를 이루고 있는 성운체와도 같은 것이 된다. 그러나 그것이 그 '성운' 속에서 공간적인 단위에 의해 분절화되면 청마의 박쥐처럼 분명한 하나의 언어로서 코드화할 수가 있다. 그와 똑같은 점에 있어서 청마의 '거미'는 박쥐와 다를 것이 없다.

우주란 思惟!

무한대한 그 일각에다

---

235) R. Barthes(1970), 앞 글, p.24.

한뼘 은실 그물을 치고

　　　비늘 반짝이는 적은 사상을

　　　가만히 지켜 고기잡이하는 자

—「蛛絲」²³⁶⁾

　　이규보(李奎報)의 「放蟬賦」²³⁷⁾ 같은 데에서는 거미가 음험한 존
재로 그려져 '뱃속에 들어 있는 것은 남의 목숨을 노리는 거미줄
밖에 없는 자'로 비난을 받고 있으나 청마는 오히려 그것이 깃발
처럼 공중('우주란 思惟')에 쳐져 있다는 것('무한대한 그 一角')으로 거미
줄은 은실로, 먹이는 '비늘 반짝이는 적은 사상'으로 거미는 '사
유하는 자'(사상을 고기잡이 하는 자)로 비유된다. 거미줄은 공중에 매달
려 있기 때문에 가장 투명한 깃발이 된다. 공기마저 그대로 통과
해버리는 투명성 때문에 나부낌마저 없는 고요한 침묵의 깃발이
된다. 깃발의 욕망은 순수한 사유로서, 생텍쥐페리의 그 사유(「熱
愛」)와 통하는 초월성을 보인다.

　　거미줄에 얽히는 먹이 자체가 허공을 날아다니는 작고 빛나고
가벼운 것들, 날개를 가지고 있는 것들이다. 그것은 지상적인 것
과는 대조적인 정신성(사유)을 지니고 있다. 특히 고기잡이에 비유

---

236)　『蜻蛉日記』, 106쪽.

237)　졸저(1970), 「生活을 創造하는 지혜」, 『韓國과 韓國人』 제6권(서울 : 삼성출판사), 34쪽.

한 것은 '어부'의 경우에서 본 것처럼, 물 깊숙이 어두운 곳에 사는 하방적인 것을 공기 위로 끌어올리는 상승 작용과 연계된다. 이와 같은 상승적 기호 생성(sign production)의 시적 변혁을 살피자면 끝이 없을 것이다.

이상의 예에서 보듯이 청마의 시에 나오는 생물(동물, 곤충)들은 생물학적 또는 문화적 코드에 속하는 우유적寓喩的인 특성과 관여하는 것이 아니라, 그 공간적인 체계에 의해서 의미 작용을 갖게 된다.

그러므로 그것은 지시적 의미(denotation)도 비유적인 의미와도 다른 성격을 지니게 된다. 그것들은 이산적 공간 단위에 의해 분절된 하나의 공간적 언어로 작용하고 있으며, 때로는 그 공간 코드를 바꾸거나, 거기에서 벗어남으로써 새로운 창조성을 나타내기도 한다. 그렇기 때문에 지상적인 동물이 공중에 위치하게 되면 그 크기나 성격에 관계없이 깃발과 같은 의미 작용을 갖게 되고 반대로 그것이 추락, 하방 공간에 속하게 되면 '거리의 인간'들(시「고양이」의 경우)과 동류가 된다.

나) 공간 계층으로 본 '새'의 의미

날고 있는 새는 하늘과 땅의 관계를 맺고 있는 상징으로서 희랍어에서 새를 의미하는 말은 곧 하늘의 메시지, 또는 예언

(présage)과 동의어로 쓰였다. 중국의 도가 사상에서도 구속적인 지상으로부터 벗어나는 가벼움(légèreté)[238]과 자유를 의미해 왔다. 새는 토포로프가 조사한 바대로 구석기 시대부터 상방성(하늘)을 나타내는 하나의 기본적인 기호로서 우주론적 텍스트를 구성하고 있는 중요한 요소 중의 하나이다. 구약의 「창세기」에서는 새, 짐승(有蹄類), 물고기들이 우주 공간을 수직으로 세 분절하여 天(상), 地(중), 水(하)로 그 차이를 기술화하는 의미 작용을 하고 있다.[239]

이 같은 전통적인 공간 코드에 의해서 청마의 새들은 상방적 공간을 의미하고 있으나 좀 더 정확하게 말하면 하늘 자체보다는 땅(V_-)과 하늘(V_+)의 중간 매개항(V_0)으로 산, 나무, 깃대 등과 상동적 관계를 갖고 있다. 다만 전자가 수직적 선을 이루고 있는데 새는 점이며 동태적인 것이어서 그 자체가 수시로 공간적인 코드를 바꾼다.

앉아 있는 새와 날고 있는 새는 공간적 의미가 전혀 다르다. 그러므로 새는 중간 공간의 코드를 갖고 있지만 늘 탈코드의 유동적인 공간의 궤적을 그린다. 청마 자신이 새가 날아다니는 자리마다 '작은 길'이 생긴다는 뜻의 시(「春信」)를 쓴 적도 있다. 그러나

---

238) Jean Chevalier(1969), 앞 글, p.307.
239) Edmund R. Leach(ed.)(1967), 앞 글, pp.5-6.

아무리 동태적인 텍스트를 이루는 것이라 해도 새는 역시 다른 기호와 마찬가지로 이항 대립 체계의 대극적 원리에 의하여 기술할 수가 있다. 청마는 새를 제목으로 한 24편의 작품 중에 15종류(박쥐, 종달새, 뻐꾹새, 참새, 학, 동박새, 부엉새, 소리개, 소조, 제비, 비새, 까치, 청조, 갈매기, 가마귀)의 새를 소재로 삼고 있다. 그 새들은 수직 체계로 보면 참새(하)와 까마귀(중), 소리개(상)로 대표할 수 있는 삼원 구조로 나누어 볼 수 있다. 물론 새만이 아니라 잠자리, 나비, 매미 등 곤충까지 합쳐서 공중을 나는 것들이면 모두 상/중/하의 체계화가 가능하다(물론 새들은 수직축과 수평축으로 그 변별 특징을 갖게 되지만 여기에서는 수직적인 체계에 관여하는 것만 대상으로 한다).

공간의 수직적 계층을 변별하는 기준이 되는 것은 어떤 대상의 운동을 서술하는 동사의 성격이라고 할 수 있다. 즉 기다와 걷다의 대립(기다 : 걷다), 걷다와 날다의 대립(걷다 : 날다) 등이다. 같은 지상적인 것이라 해도 기다는 지표와 밀착된 것이어서 지표를 단위로 할 때 가장 낮은 자리에 있다. 청마가 지상적인 것을 나타낼

때 가장 즐겨 쓰는 '파충류'와 '기다'라는 말이 여기에 속한다.

- '파충류처럼 마련한 흉흉한 참호'(「묻노니-갈재에서」)
- '뱀처럼 배를 땅에 붙이고 엎드린 위로'(「戰線에서」)
- '뱀이 멍 감고 간 종아리와'(「休戰線에 服務하는 軍番 9976729 一兵에게」)
- '뱀 한마리 석탑 아래 허물 벗어'(「實相寺 實記」)

기는 상태에서도 상방적인 것으로 나가려고 할 때 그것은 '기어오르다'가 된다.

- '한 줄기 푸른 칡도 기어오르지 못하는'(「斷崖」)
- '어둔 이 구배를/岸壁인 양 사뭇 기어올라오는'(「勾配」)

다음 계층이 네 발로 걸어다니는 '걷다'이다. 그리고 이 계층에서는 '뛰다'가 '기어오르다'처럼 간접적으로 상방성을 나타낸다. 천마(天馬) 같은 상상적 동물은 수평적으로 뛰는 말의 빠른 속도성을 수직적인 것으로 전위(轉位)한 전형적인 예라 할 수 있을 것이다.[240] '서다', '걷다'는 인간의 단계로서 수직적 자세가 드러나기 시작한다. 이 상태에서 나타나는 것이 '우럴어', '발돋음' 등 상방

---

240)   René Huyghe(1957), Puissance de l'image(Paris : Flammarion) 참조.

성을 강화하는 동사들이다. 그 대신 앉은뱅이('나는 非力하야 앉은뱅이', 「非力의 시」)처럼 하방으로 추락하는 변이태가 생길 수도 있다.

걷다에서 날다로 '새'의 공간적 계층이 상위를 나타내게 되지만 새라 할지라도 날지 못하고 걷는다거나 땅에 자주 내려앉아 걷는 새들이 있고, 거꾸로 지상의 동물이라도 박쥐처럼 하늘을 날거나 높은 천정에 매달려 사는 것도 있다. 그것이 앞에서 관찰한 박쥐와 타조였다.

새 중에서 가장 지상적인 것은 '걷는 새'에 속하는 타조이다. 청마는 「靑鳥여」에서 이 새를 비유적인 뜻으로 등장시킨 바 있고 직접적인 것으로는 「憧憬」에서 묘사한 바 있다.

걷자!
즐거운 즐거운 飛翔, 나의 동경을 가장 황홀히
그날에 쓰기 위하여 날개는 곱게 접고 나는 駝鳥처럼 걷자!

—「憧憬」[241]

「靑鳥여」에서와 마찬가지로 「憧憬」의 타조 역시 지상에서 걷는 새로서 더욱더 하늘과 날개를 동경하는 복합적인 기호로 사용된다. 지상에서 초월을 꿈꾸는 사람, 그러나 전혀 초월의 단계에

---

241) 『예루살렘의 닭』, 26쪽.

들어서지 못하는 사람들이 타조와 동일성을 이루는 것이라 할 수 있다.

날지 못하는 새 중의 하나가 가금(家禽)들로서 대표적인 것이 닭이다. 서툰 비행, 그리고 집 뜰에 있는 것으로 「예루살렘의 닭」에서 볼 수 있듯이 지상적인 악과 결합된다. ('僞善이 善을 凌辱하는 그 不正 앞에 오히려/外面하며 廻避하므로서') 자신의 비굴에 대하여 분함과 죄스러움을 일깨워주는 계기를 주는 존재다. 물론 그 닭의 울음은 홰를 치고 새벽을 알리는 것으로 수직적 상승의 이미지를 주는 경우도 있지만, 그것이 이렇게 지상적인 코드로 쓰이는 것은 성서의 사도 베드로가 예수를 배신한 것에 대한 인유와(문화적 코드) 경합되어 있는 까닭이다. 타조나 닭은 긍정적이든 부정적이든 '지상의 새'들로 하방 공간과 밀접한 의미를 지닌 [v-] 텍스트에 속하는 경우가 많다. 이러한 '하방의 새'를 대표하는 것이 참새로서 청마의 공간적 텍스트에서는 언제나 인간과 가까운 것, 즉 지상적인 비초월성을 드러낸다.

까마귀는 인가 근처에서 서식하여 지상과 깊은 관련을 맺고 있지만 하방성과 동시에 상방성을 나타내고 있어, 트릭스터의 역할을 하는 매개항(중)의 새가 된다.

　─또 눈이 오시려나!

음산히 칩고 얼어붙은 저잣가
해도 숨고
時間도 喪失한 무거운 하늘을 우럴어
근심스러 서넛 서성대며 뇌이는 이들은
까마귀
진정 남루한 까마귀

一切 人間의 애꿎은 思辨의 努力을 덮쳐
아예 한 마디 說明도 要치 않고

커다란 날개를 펴뜨려 소리 없이 밀고 오는 것!
─結論은 이같이
언제나 너의 안에 있지 않거니.

검은 虛無의 所性들이여,
마지막 너의 自暴의 행패마저
逃避도 사양도 불허하는

이 애매한 강요와 翻弄 앞에선
실로 우스깡스럽고 싱거운 노릇이거니
스스로 모가지라도 분질고 싶은

이 卑小의 恥辱과 憤怒를 견디고

너는 祈禱를 올려야 하느니.

더욱 無用한 祈禱를 올려야 하느니.

아아 너희는

정녕 까마귀,

남루한 까마귀.

— 「까마귀의 노래」[242]

　「까마귀의 노래」에서 까마귀는 '음산히 칩고 얼어붙은 저잣가'
에 배치된다.

　'거리＝저자'의 거리가 V- 코드라는 것은 설명할 필요가 없을 정
도로 되풀이해 온 사실이다. 그러나 이 까마귀는 거리를 내려다
보고만 있는 것이 아니라, 동시에 '시간도 상실한 무거운 하늘을
우럴어/근심스리 서넛 서성대며' 우짖고 있다. 까마귀는 V+의 코
드를 지니고 있는 것이다. 그것이 낮게 날고, 나뭇가지와 인가 가
까이에서 산다는 공간적 특성도 특성이지만 실질의 의미에서도
포우E. A. Poe의 시를 비롯, 불길한 죽음의 새로 노래되어 왔다. 검
은 빛 때문에 더욱 그런 것이다. 그러나 그 '검은 빛'의 밤이 공간

---

242) 『第九詩集』, 39-41쪽.

적 코드에서 모두 하방적인 것을 나타낸다는 것은 보편화되어 있는 것이다. 사유와 정신성엔 상방의 의미가 부여되어 왔는데, 까마귀는 바로 '인간의 애꿎은 사변의 노력을 덮쳐/아예 한 마디 설명도 요치 않고//커다란 날개를 펴뜨려 소리 없이 밀고 오는 것!'으로 그려져 있다. 그것은 추락이고 죽음이고 지성을 압도하는 현실이다. 그러면서도 까마귀는 부정적인 측면에서의 상방성을 표시하고 있다. 그것이 '스스로 모가지라도 분질고 싶은/이 卑小의 치욕과 분노를 견디고/너는 기도를 올려야 하느니'라는 시구에 드러나 있다. 그만큼 까마귀의 존재는 초월적인 힘을 나타낸다.

까마귀는 수평축에 있어서도 외부 공간과 내부 공간(인간들이 사는 마을)의 경계성을 나타내는 기능을 갖고 있다. '메레틴스키Mele-tinskij의 분석'[243]을 보면 고대 아시아 북미 인디언 신화에 나타나 있는 까마귀는 신화적인 트릭스터trickster의 장난치는 자와 연결되었고 동시에 문화영웅과 샤먼과도 결합된다.

즉 생/사, 육식동물/채식동물, 상/하, 자연/문화, 인간/동물, 남/녀 등등, 더 특수화하면 육/해, 해수/담수, 현(賢)/우(愚), 동(冬)/

---

243) Dr. E. Meletinskij, "Typological Analysis of the Paleo-Asiatic Raven Myths," *Acta Etnographica*, Vol. 22(1-2), pp.107-155. "the Semiotics of cultural Texts," *Semiotica* Vol. 18-2, 1976, 재인용.

하(夏) 등을 내포하는 일반적 범주의 진보적 매개자로서 기능하고 있다.[244]

그래서 까마귀는 천지창조가 완전히 끝나지 않은 상태, 그리고 사회규범이 정해지기 이전의 신화 시대에 설정되어 있다. 사회규범은 우롱당하고 성스러운 것은 속화되고 카니발화한다. 그리고 질서 있는 사회에는 휴식을 준다.[245] 청마의 까마귀는 메레틴스키가 말하고 있는 것과 거의 부합된 상징성을 보인다.

까치 역시 악의를 가진 것으로 그려진다.

이미 까마귀의 저주도 즐거운 燕雀도 이 破滅의 고을에서 희망을 버리고 피하여 가버렸거니,

무슨 연유로 너희만은 소간이나 있는드시 종일을 빈 대통(竹)을 두들기는 소리를 하고 남아 있어 이러느니?

무슨 뜻으로, 무슨 심산으로 종시 傍觀의 곁눈질로 재촉하며 나의 破滅을 마지막 끝장까지 보려 하느니?

—「惡意 – 까치」[246]

244) I. P. Winner, T. G. Winner, "The Semiotics of Cultural Texts," *Semiotica* Vol. 18-2, 1976, p.125.

245) Dr. E. Meletinskij, 앞 글, 참조.

246) 「예루살렘의 닭」, 27쪽.

그것들은 나는 것보다 나뭇가지에 앉아서 우는 새, '앉다'의 계열에 속하는 새로 이와 대립되는 소리개, 종달새와 뚜렷한 대조를 보인다. 학이라 해도 청마의 텍스트에서는 '앉아 있는 새', '걷고 있는 새'로 비상을 준비하지만 현실의 거리에서 야위어가는 박쥐와 같은 계열에 들어간다. '갈대'에 비유되는 것을 보더라도 서정주의 「鶴」과는 달리 그것은 '지상의 새'로서 위치가 설정되어 있음을 알 수 있다('어둑한 저잣가에 지향없이 서량이면/우러러 밤서리와 별빛을 이고/나는 한 오래기 갈대인양//-마르는 학이로다', 「鶴」).

그러나 까마귀나 까치라도 천심(天心)을 노리고 비상의 의지를 나타내는 경우엔 긍정적인 상방적 공간성을 나타낸다. 「어린 피오닐」의 까마귀는 생명적인 상승의 기호로써 작용하고 있다.

동지섣달 하늬바람받이 등성이에 모여올라
그 짙푸른 하늘에 연을 올려 연을 날려
까마귀 같이 이루 天心을 노리던 너희덜ㅡ

ㅡ「어린 피오닐」[247]

까마귀, 까치가 아니라도 나무 위에 앉아 있는 새들은 모두가 비상하는 새와는 달리 보다 더 깃발과 상동 관계를 맺게 된다.

247) 「旗빨」148쪽.

'백로'가 날개를 펴는 것과 같은 계열의 의미 작용이다. J. P. 리샤르는 랭보가 날고 있는 새보다 나뭇가지에서 막 날아오르려고 하는 비상 직전의 것을 노래 부른 적이 많다는 것을 지적한 적이 있다. 그것은 새벽(낮과 밤), 물거품(물과 대기의 경계), 잔디(지상과 대기의 사이)처럼 어떤 경계적인 양의성을 나타내는 것이라고 설명한 적이 있다.[248] 땅과 하늘의 경계선은 바로 새가 공중으로 막 날아가려고 하는 나뭇가지에서 가장 그 변별성을 잘 드러낸다. 청마의 시에서 나뭇가지에 앉아 있는 새들은 겨울과 여름 사이의 시간적인 경계인 '봄'과 연관되는 일이 많다. 「春信」의 새는 하늘이 아니라 나무의 가지와 가지 사이를 옮겨다니는 새로서 날아다닌 자욱마다 하나의 작은 길이 생긴다. 이 공중의 길, 작고 섬세한 수직의 길이야말로 「早春」에서 본 것과 같은 상승하는 봄의 시간을 공간화한 언어일 것이다.

> 꽃등인 양 창 앞에 한 거루 피어오른
> 살구꽃 연분홍 그늘 가지 새로
> 적은 멧새 하나 찾아와 무심히 놀다 가나니

---

[248]   Jean-Pierre Richard(1955), "Rimbaud," *Poésie et Profondeur*(Paris : Seuil), pp.189-190.

적막한 겨우내 들녘 끝 어디메서

적은 깃을 엷고 다리 오르리고 지나다가

이 보오얀 봄길을 찾아 문안하여 나왔느뇨

앉았다 떠난 아름다운 그 자리 가지에 여운 남아

뉘도 모를 한때를 아쉽게도 한들거리나니

꽃가지 그늘에서 그늘로 이어진 끝없이 적은 길이여

—「春信」[249]

　　지상과 천상의 사이에 있는 새의 그 기호성을 높이기 위해서
마련된 것은 새가 꽃을 먹는 것으로 배가된다. 청마에게 있어 붉
은 꽃은 검은 지상의 색과 푸른 하늘의 색 사이에서 탄생하는 것
으로 절규하는 빛, 목말라하고 발돋움하는 '청춘'의 회한과 소망
을 함께 나타내는 색이다. 그 붉은 꽃을 먹는 새가 바로 동박새인
것이다.

　　……동백나무가 작은 골짝마다 숲을 이룬 그 윤끼 도는 검푸른 속엔
　피칠같은 진홍 꽃덩이들이 이루 박혀 있어……그 가지 새에 소심스런
　동박새가 흔히 앉아 샛노란 꽃술이 담뿍 담긴 그 朱脣같은 꽃덩이를 쪼

249) 『生命의 書』, 18-19쪽.

아 굴러뜨리곤 하던 그 무심스런 정경인 것이다.

　　　　　　　　　　　　　　　　　　　　—「동박새와 동백꽃」[250]

　이와는 대립적으로 V(0/+)의 결합을 나타내는 새의 텍스트로서
대표적인 예가 될 수 있는 것이 「소리개」이다.

　　　어디서 滄浪의 물껼 새에서 생겨난 것

　　　저 蒼穹의 깊은 監碧이 방울저 떠러진 것

　　　아아 밝은 七月달 하늘에

　　　높이 뜬 맑은 적은 넋이여.

　　　傲岸하게도

　　　動物性의 땅의 執念을 떠나서

　　　모든 愛念과 因緣의 煩瑣함을 떠나서

　　　사람이 다스리는 世界를 떠나서

　　　그는 저만의 삼가하고도 放膽한 넋을 타고

　　　저 無邊大한 天空을 날어

　　　저기 靜思의 닷을 고요히 놓고

　　　恍惚한 그의 꿈을

　　　白日의 世界 우에 높이 날개 편

250)　『미루나무와 南風』, 18-19쪽.

아아 저 소리개!

—「소리개」[251]

이 텍스트의 소리개는 지상적인 것(v.)을 철저히 배제하는 것으로부터 그 변별성을 나타낸다. '滄浪의 물결 새에서 생겨난 것'이라는 시구는 그것이 태어날 때에도, 즉 날기 이전부터도 땅이 아니라 하늘과 관계를 맺고 있었음을 암시한다. '滄浪의 물결'이라고 한 것은 두말할 것 없이 하늘의 은유이다. 현실적으로 볼 때 소리개는 하늘에서 생겨날 수 없다. 그러나 소리개를 공간 기호로 보면, 다른 새와는 달리 하늘과 가장 가까운 높이에 있다. 새라 할지라도 다른 생물과 마찬가지로 지상에서 태어난다. 그러므로 소리개가 물고기처럼 물결 사이에서 생겨났다는 그 은유는 자연계와 기호계(상징)의 대립을 조정하고 융합하기 위해서 마련된 은유의 공간이다. 즉 하방에 있으면서도 상방적인 하늘의 요소를 갖고 있는 푸른 '바다(물)'의 공간에 그 탄생의 자리를 맡긴 것이다. 「靑鳥여」에서도 비행기는 '銀魚처럼'이라고 비유되어 있고 수직 공간의 모형으로 분석된 「市日」의 경우에서도 태양(상방적)은 '魚眼'으로 되어 있다.

그 탄생을 합리화하기 위해서 두 번째 시구는 바다에 하늘의

---

251) 『靑馬詩鈔』, 42-43쪽.

동일성을 부여한다. '저 蒼穹의 깊은 監碧이 방울져 떨어진 것'으로 하늘은 상방에 있는 바다처럼 그려져 있다. 그리고 비상하는 소리개를 묘사하는 '높이 뜬 맑은 적은 넋이여'라는 의미도 역시 지상과 분리된 특성으로 규정되고 있다. 그것이 '~떠나서'라는 동일한 문법 구조를 갖고 있는 병렬적 시구들이다.

청마의 시가 어떤 의미를 원자적인 개체로서가 아니라 다른 것과의 관계, 즉 대립이나 유사의 구조적 체계에 의해서 형성해 가고 있다는 사실을 우리는 여기에서도 다시 한 번 확인할 수 있다. 소리개의 의미는 바로 다른 새들 그리고 다른 공간(땅)과의 차이에 의해서만 만들어지는 것이다. 하늘/땅처럼 여기서는 새/땅의 대립항이 시의 구조를 이룬다(V-/0).

대립항	V+: 유표항(하늘)	V: 무표항(땅)
명/암	밝은 하늘에	(X₁)
고/저	높이	(X₂)
부(浮)/침(沈)	뜬	(X₃)
청/탁	맑은	(X₄)
소(輕)대(重)	적은(경쾌함)	(X₅)
영(靈)/육(肉)	넋	(X₆)

〈도표 10〉

날고 있는 소리개의 공간을 나타내는 세 가지 의미소(상방적 공간의 구성소)인 '높이', '뜬', '맑은', '적은', '넋'에 대응하는 것이 '동물성', '執念', '愛念', '인연', '煩瑣' 등으로 사람이 다스리는 하방적인 땅의 세계가 된다. 이 요소의 비교는 일대일로 이루어져 있는 것이 아니라 유표항과 무표항의 대립으로 되어 있기 때문에 중립적인 것을 제외하고 도표로 정리해 보면 다음과 같이 'A~非A'의 대립 관계를 보인다.

무표항에 구체적인 어휘를 집어넣어 보면 X_1은 어두운 땅, X_2는 낮게, X_3는 가라앉은(침몰하는), X_4는 흐린, X_5는 커다란(둔중한), X_6은 육신으로 모두가 하늘(V_+)과 대립되는 땅(V_-)의 공간적 의미소가 된다. 이것을 의미 그룹으로 나누어 요약하면 다음과 같다.

A 광도(빛)	밝은·맑은/어두움·흐림
B 동감(動感, 무게)	높이·뜬·적은/낮게·가라앉은·커다란
C 이데올로기	넋/육신

〈도표 11〉

그것이 '~떠나서'의 병렬적인 시구가 세 번 되풀이되는 곳에 이르면 그와는 반대로 지상의 공간이 유표화되어 있고 천상의 것이 무표가 된다. 앞에서 한 방법으로 그 공란을 말로 채워보면 다음과 같은 역대칭적인 표를 얻을 수 있다.

V_+: 무표항(하늘)	V_-: 유표항(땅)
Y_1	동물성
Y_2	땅
Y_3	집념
Y_4	애념
Y_5	인연
Y_6	번쇄
Y_7	사람이 다스리는 세계

〈도표 12〉

이 무표 공간에 어휘를 삽입하면 다음과 같다.

Y_1: 비동물성

Y_2: 하늘

Y_3: 해탈

Y_4: 무념

Y_5: 인연에서 벗어나는 것

Y_6: 방담

Y_7: 백일의 세계(초월적인 것(신)이 다스리는 세계)

이것을 앞의 것과 연결하여 다시 계합적paradigmatic인 축으로 놓으면 동물성, 집념, 애념, 인연, 번쇄는 모두 C항의 이데올로기의 체계에 들어가게 되어 육체성, 세속성, 현실성의 가치에 포함된다. 특히, 불교 용어이므로 그것은 번뇌에서 벗어나지 못하는 사바 세계이다. 인간의 세속적 현실과 천상의 종교적, 초월적 의미의 대립인 것이다. 소리개가 날아오른다는 것은 지상을 떠난다는 것(이 시에서 세 번이나 되풀이된다)이다. 곧 육체, 집념을 멸각함으로써 가벼워진 영혼이 정사(靜思)의 세계로 귀의해 가는 것을 표시한다.

맑고 밝은 투명성의 빛을 가진 것(빛)과 가볍고 작은 높이 떠 있는 것(물질)은 모두가 비상할 수 있는 물리적, 감각적인 의미 성분을 갖고 있다. 그것이 바로 넋이고 넋은 날개, 새와 동일성을 이루며 초월적인 이념을 나타내는 기호 형식(Sa)이 된다. 그것을 뒤집으면 하강하는 새가 되어 무겁고 크고 낮게 가라앉아 있는 것으로 불투명성을 나타낸다. 즉 세속적인 육신을 나타내는 하방의 기호 형식이다. 이미 「山」의 시에서 보아온 것처럼 담배를 피울 때 연기는 가벼워져 상방으로 오르고 재는 무거워 아래로 떨어지는 것처럼 인간도 정신과 육체가 상/하로 분리되어 땅과 하늘의 방향으로 상승, 하강을 한다. 전통적인 한자 문화권의 상징에서도 위로 올라간 넋이 '魂'이며 아래로 내려온 것이 바로 '魄'이 되는 것과 같다.

소리개는 방담한 '넋'과 동의어이다. 새가 영혼(넋)으로 그려져 있는 것은 세계의 민속적, 종교적 텍스트의 공통적인 요소로 특기할 필요조차 없다. 그리고 '닻을 고요히 놓고'의 비유를 분석해 보면 이 소리개는 완전히 하늘에서 상주하는 새로 그려져 있음을 알 수 있다. 집념, 애념, 인연, 번쇄의 것을 뒤집은 것이 '靜思'란 말로서 그 뜻은 반대항의 목록을 통해서만 실천적인 의미를 갖는다. 그것은 '動'에 대한 '靜'이며 동시에 '騷'에 대한 '靜'이다. '靜'은 또한 '熱'이 아니라 '冷'을 가리키고 있는 것으로 영원성과 연계된다. 그러므로 그 새는 지상과 대립되는 곳에 고정되어 상주한다는 뜻이 된다. 첫머리의 하늘을 바다로 비유한 의미 체계는 그대로 이어져서 '닻'이란 말로 소리개는 마치 바다에 떠 있는 배처럼 그려진다.

깃발이 공중에 나부끼는 것을 바다를 향해 흔드는 손수건이라고 했던 것과 똑같은 비유 체계로 소리개는 가장 높이 떠 있는 '旗'이고 따라서 수평적 비유로 표현하자면 이제는 바다를 향해 흔드는 노스탤쟈가 아니라 깊고 넓은 바다(하늘) 한복판에서 '닻'을 내리고 멈춰 있는 배가 된다. 그 공간은 '은하수에서 思惟의 밭을 가는 생텍쥐페리'와 상동성을 갖고 있다. 초탈한 넋, 육체를 완전히 벗어나 하늘에 조용히 머물러 있는 상태는 지상의 것에서 완전히 벗어난 다른 공간을 나타낸다. 그 세계는 무한한 것(영원한 것), 고요한 것, 황홀한 것, 꿈꾸는 것, 백일(白日)의 빛이 있는 곳, 요컨대 '인간이 지배할 수 없는 세계'이다.

소리개의 비상이 바다와 함께 하늘의 정점을 나타낸다는 것은 바슐라르의 『몽상의 시학』에서도 여실히 나타나 있다. 바슐라르는 수영의 꿈과 비행의 꿈을 결합시키는 몽상적인 속성을 증명하는 기록들을 많이 모은 적이 있다고 말하면서 그 예의 하나로서 호수에서 하늘 꼭대기를 원환圓環을 그리며 날고 있는 매를 쳐다 보고 있는 오디베르띠Audiberti의 한 작품을 들고 있다. 그리고 그는 이렇게 말을 한다. '하늘의 정상을 맴돌며 그려내는 둥근 원보다 영광이 어디 있겠는가? 수영은 직선밖에 모른다. 우주의 기하학을 구체적으로 이해하기 위해서 모든 것은 소리개처럼 비상해야 할 것이다.'[252]

그런데 이 「소리개」의 통합축을 이루고 있는 동사의 변화를 보면 ①생겨나다→②떨어지다→③떠나다→④타다→⑤날다→⑥놓다→⑦펴다로 선분線分된다. 그것을 관찰해 보면 하늘에서 낳아 지상으로 떨어졌다가(①, ②) 다시 태어난 고향으로 돌아가(③, ④, ⑤), 하늘에서 멈춰 정지하여 날개를 편다(⑥, ⑦)이다. 소리개가 난다는 것은 이 다섯 과정으로 되어 있다. 이 과정을 살펴보면 「旗빨」에서 왜 '노스탈쟈의 손수건'이라고 했는지를 알 수 있다.

우선 이같이 동사로 선분된 단위를 이항 대립적인 구조로 정리해 보면 A. 탄생(①-②) B. 성장(③-④-⑤) C. 정지(⑥-⑦)로 볼 수 있다. 그러므로 같은 소리개라도 $A(v_-)$, $B(v_0)$, $C(v_+)$의 단계에 따라 각기 다른 세 단위의 소리개가 있고 그것들은 변형되면서 C의 마지막 단계에서 그 의미를 완결 짓게 된다. 소리개가 이 '하'의 요소에서 중간항, 그리고 '상'의 공간으로 이동하는 과정대로 이 시의

252)   G. Bachelard(1960), *La poétique de la Rêverie*(Presse Universitaire de France), p.177.

형태가 이루어져 있음을 알 수 있다. 그렇게 되면 결국 「소리개」
의 언술discours은 A를 탄생으로 볼 때 C는 그 대극으로 멈추는 것
(靜思의 닻을 고요히 놓고), 놓는 것으로 '죽음'이 된다. 이미 상승의 극
이 죽음을 함의하고 있다는 것은 산에서도 나무에서도, 그리고
비행기의 실종에서도 다 같이 살펴본 터이다. 이러한 '새' 분석의
궁극적인 도달점은 상방으로 가든 하방으로 가든 그 극에 죽음이
있다는 사실이다.

　　그러한 양극을 가장 잘 보여주는 것이 '새'로서 하방적인 죽음
을 나타낸 것이 '까마귀'이고 상방적인 죽음을 보여주고 있는 것
이 '소리개' 또는 종달새이다.

　　　천지는 온통 아슴아슴 피어나는 봄인데

　　　종달이는 어디메서 저렇게 울어만 쌓는데

　　　아지랑이 보오얀 장막, 풋보리 푸른 이랑을 빨간 만장, 노란 만장 나
　　부끼고 가는 죽음 하나

　　　　　　　　　　　　　　　　　　　　　　　　　　　　　　　　　—「아지랑이」[253]

　　물론 종달새는 '죽음'과 대극적인 '봄'과 '하늘'의 생명적인 공
간을 나타내지만 그것은 '아지랑이'로 이어진다. 온통 피어나는

---

[253] 『뜨거운 노래는 땅에 묻는다』, 20-21쪽.

목숨은 아지랑이이며 그 아지랑이의 정점이 종달새이고 그것은 부재의 이미지가 된다. 상방의 죽음은 '生(빛)'의 과잉으로 비롯되는 것이고 하방의 죽음은 '生(빛)'의 결핍(어둠)으로 이루어진다. 그러므로 중간을 나는 새, 그 긴장된 중간항—깃발이 가장 생명적인 것이 된다. 극상이나 극하는 다 같이 불모성이 아니면 빙결의 비정성非情性을 나타내고 있다.

'까마귀'와 '소리개' 사이에 있는 새의 위치가 「圓舞」이다. 여기의 이 새들은 구체적으로 밝혀져 있지 않으나 넋과 육체를 함께 가지고 동시에 땅과 하늘의 한가운데서 원무를 하고 있는 존재로서 그려진다. 수직적인 정점을 갖고 있으면서도 그 정점에 닻을 내리고 정지 상태에 있는 것이 아니라 끝없이 움직이고 있는 새들이다. 정점성頂點性과 움직임 속에서 생겨난 것이 다름 아닌 그 원환성이며 그 원환성이 수직 지상으로부터 상방적 상승 작용을 할 때, 일어나는 선회(旋回, spiral) 운동이다.[254]

    황량히 雪意에 저물은 먼 하늘인데
    —보아요

---

[254] 중국에서도 이중의 나선형은 음양의 화합을 나타내는 것으로 되어 있으며 모든 문화 속에서 그것은 다 같이 '열림'과 '무한', '상승'의 뜻을 지니고 있다. Jean Chevalier(1969), 앞 글, p.240.

絶海처럼 밀려있는 서울의 영화와는 아랑곳없이

한 중천 적막히 소용도는 한 떼 새 있음을 가리키니

오늘 젊음으로 오히려 어두운 눈은

—아예 보지 않고 사는 하늘인데! 라고

무용한 수면이 없지 못하듯

짐짓 너는 자로 大空으로 눈을 돌려라

흙에 뿌리박고 사는 가녀린 풀들이

더욱 많이 창창한 허공에 몸짓하고 목숨함을 아는가?

Chaos도 이전

저 허허로운 바탕의 뜻과 연유를 읽으므로

영혼의 날개는 총명한 억셈을 얻겠거니

둥지는 죄스리 땅위에 가졌으되

낙엽같은 있음들이기에

차라리 저렇듯 혈혈히 하늘끝

非情도 의미 잃는 원무의 悅樂!

—「圓舞」[255]

'雪意를 품은 하늘'은 흐린 하늘이다. 하늘부터가 벌써 '소리

---

[255] 『뜨거운 노래는 땅에 묻는다』, 42-43쪽.

개'의 그것과는 다르다. 새와 하늘 사이에는 구름이라는 단절적인 층이 있다. 즉 새는 아무리 높이 날아도 하늘과 단층을 갖는다. 그 새는 그러면서도 서울의 영화와는 아랑곳없이 한 '중천'적막히 소용돌고 있는 것이다. 새는 '홀로'가 아니라 '떼'를 이루고 있는 것도 천상적인 것과 하방적인 것을 동시에 지니고 있음을 암시한다(V+의 코드는 「市日」을 비롯해 '홀로' 있는 곳이고 V-의 코드는 인파로 떼를 이룬다).

이 새들은 '보아요'라는 말로써 지상의 시점과 관련을 맺게 된다. '젊음으로 오히려 어두운 눈은 아예 보지 않고 사는 하늘인데'라는 시구에서 하늘(정신성, 이념, 초월적)을 모르고 살아가는 세속적 인간의 시선을 상방으로 돌리게 하는 역할을 하고 있다. 문자그대로 매개의 기능을 하는 것이다. 새는 자체가 하늘이 되는 것이 아니라 그 하늘을 가리키는 매체로서 존재한다. 말하자면 하늘을 가리키는 지표적 기호이다.

새는 유용성만 찾는 저자(거리)의 사람들로 하여금 그 수평적 삶속에서 수직 방향으로 '눈을 돌리게 한다'.

   짐짓 너는 자로 大空으로 눈을 돌려라
   흙에 뿌리박고 사는 가녀린 풀들이
   더욱 많이 창창한 허공에 몸짓하고 목숨함을 아는가?

흙에 뿌리박은 풀들은 땅의 하방성을 나타내는 기호이다. 거의 수직적인 키가 없이 수평으로 번져가고 흙에 밀착되어 있는 생명이다. 그것은 상승보다는 흙 밑으로 뿌리를 박고 살아가는 하강적인 앉은뱅이 생명체이다. 그런데 이러한 풀들도 창창한 허공(하늘-상방적 공간)을 향해 상승하려는 의지를 갖고 있다. 풀의 이 '몸짓하고 목숨함'을 수직으로 키워놓은 것이 새들의 원무로서 높이 나는 새들이 가장 낮게 나는 풀들의 몸짓과 상동성을 갖게 된다. '몸짓과 목숨'은 두음의 중첩에 의해 그 의미의 층위에도 유사성을 자아내는 본보기로서 목숨은 곧 몸짓(바람에 나부끼는 상승의 몸짓)과 동일성을 이룬다.

저 허허로운 바탕의 뜻과 연유를 읽으므로
영혼의 날개는 총명과 억셈을 얻겠거니

하늘은 하나의 책과 같은 것이 되고 이 하늘을 읽는 행위를 통해서 영혼의 날개는 힘을 얻는다.

둥지는 죄스리 땅위에 가졌으되
낙엽같은 있음들이기에
차라리 저렇듯 혈혈히 하늘끝
非情도 의미 잃는 원무의 悅樂!

둥지, 낙엽들은 다 같이 하방적인 땅의 기호들이다. 이 새들은 이런 하방적인 것, '낙엽같은 있음', 아래로 떨어져야 되는 하방의 존재들이기에 하늘 끝에서 차라리 열락悅樂의 춤을 출 수가 있다. 여기에서 '차라리'는 기존 가치나 윤리성을 역전시키는 탈코드의 기능을 지닌 부사로서 V+/-의 병행 구조에서 잘 쓰이는 '하건만'의 코드 강화와 대립되는 기능을 갖고 있는 것이다. 「염소는 장미순을 먹고」에서 이미 분석한 대로 '下이기 때문에 차라리 上이 되는 것', 즉 상/하가 역전되는 카니발적인 구조 또는 그 역설의 구조를 나타낸다. 그러므로 '차라리'란 말은 상/하의 수직 교환을 실현시키는 매개항의 변환 구조를 가장 잘 보여주고 있다.

다) 기호의 자동화

「고양이」의 경우에서 잠시 논의된 바 있지만 공간 코드의 일탈이나 전환은 '낮은 것'이 위로 올라가는 것뿐만 아니라, 거꾸로 '위의 것'이 아래로 또는 그 기호 의미가 긍정적인 데서 부정적인 데로 가치 부여가 바뀌는 경우도 있다. 공간적인 의미 작용이 자동화(automatization) 되었을 때 그 기호를 기계적으로 소비하고 있는 기호 사용자에 의해서도 그런 현상이 생겨나기도 한다.[256] 이

---

256) R. Barthes(1953), *Le Degré Zéro de L'écriture*(Paris : Seuil), p.11.

와 같은 텍스트들은 「旗빨」의 수직적 상승과는 정반대의 위치에 있는 것으로 「樂隊」와 같은 시가 그 전형적인 예가 될 것이다.

하늘은 음산히 치웁고

눈 나리랴는 날

낮게 움쿠린 회빛 거리를

한 악대의 행렬은 지내가나니

反響도 없는 허공에 나팔을 높이 불고

귀도 문허지라듯 북을 울리며

가난한 아이들은 허리를 굽으려

기ㅅ대에는 피ㅅ기 없는 내장을 매달어 메고

무거이 앞뒤를 따렀나니

아아 이 파리한 인생의 행렬은

무엇을 보이려 함이런고

무엇을 알리려 함이런고

—「樂隊」[257]

하늘(V+)도 깃발(V0)도 다 등장하지만 그 '하늘은 음산히 치웁고'

257) 『青馬詩鈔』, 114쪽.

'눈이 나리려는 날'로 되어 있다.

　'낮게 움크린 회빛 거리'의 시구에서 그 거리(v-)는 '낮다' '움크리다'의 용장성冗長性에 의해 하방적 코드가 강화되어 있다. 하늘을 향해 '나팔을 높이 불고'는 거리와는 반대인 상방적, 상승적인 변별성을 나타내고 있지만 '反響도 없는'으로 곧 그것이 부정되고 있음[258]을 알 수 있다.

　'귀도 문허지라듯 북을 울리며'는 하방 공간의 요소인 '고요함'과 대립되는 '시끄러움'을 나타내고 있고, '가난한 아이들은 허리를 굽으려'에서도 역시 인체의 수직성─곧곧히 허리를 펴고, '발돋음하며 빨래를 너는 아내'와 같은 수직성과 반대의 자세가 드러나 있다.[259] 그러므로 '旗ㅅ대에는 피ㅅ기 없는 내장을 매달어 메고/무거이 앞뒤를 따렀나니'의 그 '旗'는 가벼움, 투명함, 나부낌을 전혀 가지고 있지 않다. 「아꾸」에서는 배를 갈라 쪼개어 내장을 버려 장대 끝에 올렸지만 여기에서는 거꾸로 '내장'을 매달아 놓은 깃발로서 정신성이 아니라 구체성(내장-물질성)을 드러낸다. 그러므로 가벼움(v+)과 대립되는 '무거이'란 말이 뒤따르게 된다.

---

258)　청각이 공간성을 형성할 때에는 그 반향retenir에 의해서이다. 그것을 맨 처음 이론화한 것이 민코프스키였고 그 영향을 받아 바슐라르는 『공간의 시학』에서 그 문제를 발전시켰다. Dr. E. Minkowski, 앞 글, pp.101-110.

259)　Bloomer and Charles W. Moore(1975), *Body, Memory and Architecture*(London : Yale Univ. Press), "Body-image Theory," p.37.

「樂隊」가 들고 다니는 '旗' 역시 무엇을 '보이려는 것'이다. 표면적으로는 '슬프고 애닯은 마음'을 공중에 매다는 표현 행위와 그 의지를 표상하는 것처럼 보인다. 그러나 '무엇을 보이려고 함이런고/무엇을 알리려 함이런고'에서 아무런 의미도 없는 헛된 '旗', 거짓된 '旗'임을 알리고 있다. 공중의 높이를 전혀 갖고 있지 않는 이 '旗'는 거리(v-)의 특성인 수평적 교환을 나타내 주고 있기 때문이다.

장터의 인파들처럼 「群衆」에서도 우리는 이와 똑같은 의사擬似 수직의 세계를 찾아볼 수가 있다.

'꽃 낢에 등을 켜고 기빨을 달고'로 시작되는 「群衆」[260]에도 깃발이 나온다. 그리고 그 매개 공간을 형성하는 '꽃나무'도 나온다. 거기에 상방성을 나타내는 등까지 매달아놓았다. 삼중의 수직적 장치에 의해서 상승적 구조를 형성하고 있으나 이 '夜櫻'을 구경하는 사람들은 그것을 오히려 하강적인 기호로 끌어내리고 있다.

　　萬꽃의 爛漫한 夜櫻아래
　　사람들은 떼지어 밀고 또 밀리어 거닐며

[260] 『靑馬詩鈔』, 112쪽.

에서 그 군중들은 그 '꽃', '나무', '깃발'을 보지 않고 그냥 맹목적으로 밀려다니고 있다. 그들은 역시 수직적 교환의 매개물을 수평적인 교환으로 이용하고 있을 따름이다. 여기에서 '떼지다' '밀고 밀리다'는 전형적인 '밀집성' '수동성'을 나타내는 것으로 하방적인 변별 특징이 되는 것은 물론이다.

> 혹은 꽃 아래 술을 베풀고
> 취하야 춤추며 노래하건만
> 아아 이들의 여기에 몯인 뜻은
> 이 화려한 꽃낡에도 있지 않거늘
> 눈은 꽃을 보려지 않고
> 酒酊은 싱거히 감흥을 잃었도다.
> (……)
> 나는 목을 메우는 塵埃를 먹고
> 벙어리 같고 悲怒하야
> 倉皇히 古門을 밀리어 나왓노라.

'꽃나무'와 '깃발'에 대응하는 '먼지'(하방적 요소)가 수직적 교환을 불가능하게 한다.[261]

---

[261] Jean-pierre Richard(1955), 앞 글, p.50.

'먼지'는 청마가 상방성을 나타내는 기호로 잘 쓰고 있는 송홧가루처럼 가벼운 미립자로 공중에 날아다니는 것이지만, 그것은 거꾸로 '흙' '물'과 함께 진흙이 되어버리는 '하방적' 특성을 지니고 있다. 마치 곡마단의 악대의 '旗'처럼, '먼지' 역시 의사적擬似的인 상방적 기호로 실제로는 하늘의 빛을 차단하고 혼잡을 뜻하는 소음과 동의어가 되는 것이다. 먼지는 시각적 소음이라 할 수 있다. 상방적, 상승적인 매개의 기호들은 군중에 의해 하방적으로 추락되는 기호로 바뀌게 된다. 중간항은 늘 그 같은 반대 요소가 있기 때문이다. 이 하강적 전도성이 보다 유표화하고 능동성을 띠게 되면 「星座를 허는 사람들」과 같은 텍스트를 생성하게 된다.

이 산기슭에 一團의 사람이 흩어져 있음은
산을 문허트려 바다를 메우려 함이로다.
하늘 높은 기나긴 삼복의 해를 두고
사람들은 악착히 닥어붙어 뫼뿌리와 다투고 있나니
적막한 山谷에 핫바는 울고
토로꼬는 이빨을 갈고
사람들은 노한 듯이 남루하야
붉은 흙을 담어 푸른 바다에 털어 넣나니
오오 이 어찌 지꽂은 인위의 노력이리오

산악은 무궁히 천공을 우르러 의연하고
바다는 그대로 창망한 水天에 연하였건만
사람들은 오직 파충처럼 의욕하야
고은 성좌를 헐어 그 도형을 바꾸려 하는도다.

—「星座를 허는 사람들」[262]

산을 헐어서 바다를 메우는 사람들은 사회 경제적 실질의 세계에서 본다면 개척자들이며 인류를 위해 새로운 땅을 여는 문화 영웅들일 수가 있다. 그러나 공간 기호의 체계에서 보면 그것은 하늘과 땅을 매개하고 있는 산을 헐어 땅을 메우는 것으로 아래에서 위로 올라가는 운동이 아니라 위에서 아래로 내려오는 하강적인 코드가 되는 것이다. 공중에 매다는 것과 반대로 공중에 있는 것을 헐어내리는 작업이다. 오늘날 공간 기호의 생성성에서 보면 문명의 언어나 기계화된 언어들이 모두가 이 경우에 속하는 것으로 부정적인 의미를 띠게 된다.

이들의 행위항은

① 무너뜨리다(산)
② 메우다(바다)

---

262) 『靑馬詩鈔』, 116쪽.

③ 소음을 내다(핫바는 울고/토로꼬는 이빨을 갈고)

로 되어 있고 그것들은 모두가 상방의 것을 하방으로 끌어내리는 전도성을 생성하는 작업임을 알 수 있다. 바다는 아래에 있으나 푸르고 무한한 속성으로 수평적인 하늘로서 청마는 그것을 '水天'으로 비유하고 있다. 그것은 수직적 높이와 맞먹는 공간이다(「소리개」의 경우 참조).

무엇보다도 이 시가 간척사업을 하는 것을 공간적 기호의 코드로 구조화하였다는 것은 그 마지막 연과 처음의 제목에 잘 나타나 있는 것이다.

> 산악은 무궁히 천공을 우르러 의연하고
> 바다는 그대로 창망한 水天에 연하였건만
> 사람들은 오직 파충처럼 의욕하야
> 고은 성좌를 헐어 그 도형을 바꾸려 하는도다.

'山은 하늘을 우르러 있고 바다는 창망한 水天(하늘)에 연하였건만'에서 산과 바다는 다 같이 하늘과 연관을 맺고 있다.

그런데 '사람들은 오직 파충처럼'에서, 보듯이 그것을 허는 사람들은 그와는 반대로 땅에 밀착되어 있음을 알 수 있다. 뿐만 아니라, 그들은 그 땅을 위해서 '고은 星座를 헐어 圖形을 바꾸려 하는도다'에서 상승과는 정반대의 공간 코드의 변환성과 그 의지를 나타낸다.

산을 헐어 바다를 메우는 것을 '星座를 허는 것'이라고 말함으로써 산과 바다는 성좌와 동일시되어 '상방적' 공간의 질서와 범주를 나타내는 의미 작용을 한층 더 강화하고 있다. '헐다' '메우다'는 근본적으로 '발돋움하다' '우럴으다' '공중에 매달다'와 반대 운동을 하고 있는 동사로서 동태적 '텍스트'의 시차성을 나타낸다. 이러한 동사는 동태적 텍스트의 형태(morphology)를 기술하는 데 중요한 특성이 되는 것으로 땅을 파는 행위는 아래로 내려가는 것이므로 성좌를 허는 사람과 마찬가지로 부정적인 의미가 되고 상승적 운동 방향을 나타내는 공간과 대립되는 하강 공간에 속한다는 것을 알 수 있다.

해 나도 살을 저미는 추운 날이로다
멀리 겨울의 앙상한 樹木이 보이는 거리는
한가지 적막한 倫理에 連하여 있어
사람들은 저마다 그의 생각하는 길을 가는데

돌같이 얼어붙은 땅에 괭이질 하는
電車線路工의 소득 없는 勞力을 보다가
그 거리를 오늘 나는

나의 哀歡의 인생에도 가장 연고 없는

적은 소간을 보러 다시 가는 것이었다.

—「어느날」[263]

　'돌같이 얼어붙은 땅에 괭이질 하는/電車線路工의 소득 없는 勞力'의 거리 풍경은, 땅을 파는 하강적 운동, 지하의 세계와 연결되어 부정적 공간의 의미 작용을 형성하게 된다.

---

263) 『靑馬詩鈔』, 85쪽.

V

공간의 차원과 그 계층론

1 「出生記」를 통해 본 공간 차원

지금까지 우리는 청마의 시 분석을 통해서 공간의 기본적 텍스트가 수직과 수평의 변별 특징으로 분할되고 그것이 수직과 수평축 안에서 다시 재분절됨으로써 여러 가지 공간의 의미 단위를 만들어내게 되는 사실을 관찰해 왔다.

그리고 그중에서 우선 수직축의 텍스트가 상/하의 이항 대립으로 형성된 이원 구조와 그 두 공간을 매개하는 중간항으로서 그것이 다시 삼원 구조로 확충된 수직 텍스트의 의미 작용을 알아내었다. 그리고 그 공간의 단위들이 결합 연쇄되는 방식에 따라 여러 가지 텍스트의 형태가 생겨나게 되고 중간항의 역할로 그 구조에 역동적인 변환 작용이 일어난다는 것도 아울러 검증한 바 있다.

그러나 그 상/중/하의 공간 코드가 하늘/땅 중심으로 해서 그 메시지를 나타내는 것만은 아니다. 그것은 우주론적 텍스트에서 많이 볼 수 있는 예에 지나지 않는다. 가령 쉬운 예로 인체를 중심으로 할 때 머리/다리는 하늘/땅과 마찬가지로 수직의 상/하 분절을 나타낸다. 우주 전체의 차원에서 보면 인간은 '하'에 속하지만 (혹은 땅보다 더 아래인 지옥을 생각하게 되면 연옥의 경계공간인 '중'에 위치하게 되고 동양의 삼재사상인 천지인에서도 인간은 한가운데에 위치한다.) 인간의 차원에서만 그 공간을 형성할 때에는 그것과 다른 독자적인 하위 체계를 이루게 된다. 그와 마찬가지로 해와 달은 모두가 천체에 속하는 것으로서 하늘/땅의 분절로 보면 분명히 '상'에 속하는 것이지만 하늘의 차원만 대상으로 할 때 달은 태양보다 하방적인 세계, 즉 지상에 속하는 변별 특징을 갖게 된다.[264]

그러므로 기호를 '의미하는 부분(signifiant)'과 '의미되는 부분(signifié)'의 양면으로만 구분해 오던 것을 형상(form), 실질(substance)로 다시 세분한 옐름스레의 방법[265]이 더욱 유효성을 갖게 되고 오툴Lawrence M. O'Tool이 시도한 '기호 공간의 차원(Dimension of Semiotic Space)' 분석법[266]과 같은 것들이 필요하게 된다.

청마의 「出生記」를 읽어보면 수직 삼원 구조와 함께 공간의 의

---

264) 같은 천체라도 달은 해보다 그 공간이 하위에 있다. 그러나 신화, 종교의 텍스트에서 달은 해보다 인간에 가깝다. M. Eliade(1959). *The sacred and the profane*(1957). Willard R. Trask(trans.) (New York : Harcourt, Brace & World, Inc.), pp.156-157.

265) Louis Hjelmslev(1968), 앞 글, pp.76-77.

266) Lawrence M. O'Tool, "Dimentions of semiotic Space in Narrative," *poetics Today*vol. 1. No. 4(1980), pp.135-149.

미론적 차원[267]이 중요 과제로 등장하게 된다는 것을 알 수 있다.

> 검정 포대기 같은 까마귀 울음소리 고을에 떠나지 않고
>
> 밤이면 부엉이 괴괴히 울어
>
> 南쪽 먼 浦口의 백성의 순탄한 마음에도
>
> 상서롭지 못한 世代의 어둔 바람이 불어 오던
>
> 隆熙二年!
>
>
>
> 그래도 季節만은 千年을 多彩하여
>
> 지붕에 박넌출 南風에 자라고
>
> 푸른 하늘엔 石榴꽃 피 뱉은 듯 피어
>
> 피어
>
> 나를 孕胎한 어머니는
>
> 짐즛 어진 생각 만을 다듬어 지니셨고
>
> 젊은 의원인 아버지는
>
> 밤마다 사랑에서 저릉저릉 글 읽으셨다.
>
>
>
> 왕고못댁 제삿날밤 열나흘 새벽 달빛을 밟고
>
> 유월이가 이고 온 제삿밥을 먹고 나서

---

267) Michel Foucault(1966), *Les Mots et les choses*(Paris : Gallimard), p.366.

희미한 등잔불 장지 안에

煩文辱禮 事大主義의 辱된 後裔로 세상에 떨어졌나니

新月같이 슬픈 제 族屬의 胎班을 보고

내 스스로 呱呱의 哭聲을 지른것이 아니련만

命이나 길라하여 할머니는 돌메라 이름 지었다오

—「出生記」[268]

  이 시는 청마 자신의 출생력을 다룬 것으로 공간보다는 시간의
문제에, 그리고 사실을 충실하게(생년월일 등) 전달하여 텍스트의 기
호 체계보다는 실질성, 즉 비기호론적 영역의 실제적 가치praxis
의 세계에 더 중점을 두고 있는 작품인 것처럼 보인다. 실제로 이
러한 관점에서 이 작품을 읽고 있는 연구들[269]이 많다. 그러나 이
텍스트 역시 자신의 출생 의미를 심층적이고 공간적인 기호 형식
에 의해 기술해 간 것임을 명백히 밝혀낼 수 있다.

  전 4연으로 된 이 시는 상/중/하의 수직적인 공간만이 아니라
그 안에서도 또 다른 대립항으로 이루어진 변별적 체계가 있음을

---

268) 『生命의 書』, 42-44쪽.

269) 김윤식, 「허무 의지와 수사학—유치환론」, 『한국근대작가논고』(일지사), 272-273쪽 ;
홍기삼(1975), 「여자, 그 안개의 마성」, 『유치환의 시와 사상』(관동출판사), 245-246쪽.

알 수 있다. 우선 시간의 변별성이 공간의 단위에 의해 분할되고 있으며 또 그 체계에 의해 가치가 부여되어 있다. 즉 이 텍스트 안에는 세 개의 다른 차원의 시간이 기술되어 있다.

가) 시간 차원에 의한 변별적 특징

1연……'隆熙 二年'
2연……'季節만은 千年을 多彩하여'
3연……'열나흘 새벽'

태어난 날을 생년월일로 쓴 것처럼 보이지만 그것들의 변별 특징을 살펴보면 1연의 시간은 역사의 시간이고 2연의 시간은 우주(자연)의 시간이며 3연의 그것은 피(개체, 가족)의 시간으로 서로 다른 층위를 이루고 있다는 것을 알 수 있다. '隆熙 二年'이 나오는 시구를 분석해 보면 '상서롭지 못한 세대의 어둔 바람이 불어오던'으로 시대적·정치적 상황의 의미를 부여하고 있으며, 어휘론적 측면에서 보더라도 '隆熙'는 조선 왕조의 마지막 연호이다. 그러므로 그 언술에 있어서도 1연의 시간적 단위를 나타내는 말이 '世代'로 되어 있다.

그런데 2연은 '年號'나 '世代'가 자연적 우주 질서를 단위로 한

'季節'이란 말로 바뀌어 있고 그것도 '隆熙 二年'과 같은 왕조사적 단위가 아니라 '千年(무한의 시간)'이라는 우주론적 시간으로 기술되어 있다.

3연은 '피(혈족)의 시간'으로 바로 자기가 태어난 날짜(사람의 생일은 '年'이 제일 넓은 단위이고 달과 날짜로 점차 좁혀져 태어난 '時'로 그 시차성이 주어진다. 가장 명확한 단위는 날짜와 '時'이다)와 특히 이것이 우주나 역사의 시간 단위가 아니라 '피(혈족)의 시간'이란 것은 '왕고못댁 제삿날밤' 제삿밥을 먹고 낳았다는 것으로 선조의 혈통과 결합되어 있기 때문이다.

인간이 살고 있는 시간적 단위의 분절을 통해서 보면 이렇게 우주 공간, 역사·사회적 공간, 가족 공간(혈족) 그리고 마지막에 자기 개체의 신체 공간의 차원이 나타나게 된다. 세 단위 체계의 시간은 이 텍스트에서 각기 다른 공간 체계로 전환되어 그 성격이 공간과 유기적으로 연동되어 있음을 알 수 있다.[270]

---

270) 시간을 공간화하는 것은 그것을 도형으로 나타내려고 한 것이면 어디에서고 발견될 수 있다. 가령 사계절이나 하루의 시간을 공간적 도식으로 나타낼 경우 '봄 : 아침' '여름 : 대낮' '가을 : 저녁' '밤 : 겨울'의 대응성을 갖고, 그것이 다시 '중(상승) : 봄, 아침' '상 : 여름, 대낮' '중(하강) : 가을, 저녁' '하 : 겨울, 밤'이 된다. 이와 같은 방법으로 시간의 의미론적 차원을 공간 차원으로 바꿀 수가 있다. 오툴은 시간의 차원을 T-2(예기치 않은 행위들), T-1(대화의 시간, 꿈 등 내면의 시간), T(극적 장면을 위한 삽화의 시간), T+1(년), T+2(시대), T+3(일생), T+4(민족 전체의 역사) 등으로 차원화하고 있다. Lawrence M. O'Tool(1980), 앞 글, p.140.

나) 장소와 인간의 변별 특징

1연의 역사적 시간은 그 공간적 언술에 있어서 '고을'로 나타난다. 그리고 사람들은 '백성'으로 기술되어 있다. 고을과 백성은 다시 '남쪽 먼 浦口의 백성'으로 합쳐져 국가, 사회의 지리적 단위인 마을과 '백성의 순탄한 마을에도/상서롭지 못한 世代의 어둔 바람이 불어오던'으로 역사성, 시대성의 정치적 의미 단위를 함께 반영하고 있다. 그러므로 나라와 역사성에 의한 영향을 받고 있는 '시대의 마을' 속에 사는 '백성'들인 것이다. 사람들은 흔히 이 첫 연만 읽고 이 「出生記」[271]를 역사적 상황과 자신의 탄생을 결부시킨 것으로 해석하여 금시 정치적 맥락에서 풀이하고 있지만, 이 텍스트는 다차원, 다이론(polylogue)[272]으로 되어 있어, 다음 연에는 금시 이 불길하고 부정적인 색채가 사라진 우주 공간이 나타난다. '그래도 季節만은 千年을 多彩하여'의 '그래도'가 의미하고 있듯이 우주의 시간과 그 공간은 역사·사회와는 별개의 차원이란 것이 나타나 있다.

분위기에 있어서도 1연의 그것들과는 모두가 역전된 상태에 놓여 있다. '푸른 하늘엔 石榴꽃 피 뱉은 듯 피어'로 우주의 생명력이 드러나 있고 불어오는 그 바람도 '어둔 바람'과 대립되는 남

---

271) 『生命의 書』, 42-44쪽.

272) Julia Kristeva(1977), 앞 글 참조.

풍이다. 그리고 2연에선 우주 공간과 동시에 가족 공간이 나타나 있다. '南쪽' 바다와 '고을'은 '지붕에……'로 한 가족의 주거 공간으로 축소되었고, 그 장소에 사는 사람들도 고을 사람(백성)이 아니라 '어머니'와 '아버지'이다. 그러므로 '순탄한 백성'의 '마음에'는 '어머니는 짐짓 어진 생각만을 다듬어 지니셨고'의 어머니 마음으로 전환된다.

3연은 개체가 탄생하는 시간으로 그것이 공간화된 자리가 바로 '세상에 떨어진 나'의 그 탄생 공간이다. '백성→식구(어머니·아버지)→나' 이렇게 넓은 공간, 높은 차원은 개체의 공간이 되면서 그것들은 탄생의 자리인 태반으로까지 응축되고 또 낮아진다.

다) 감각적 공간의 변별 특징

1, 2, 3연의 이 같은 공간 차원을 나타내는 변별 특징은 시각, 청각 등 감각의 차원에서도 극명하게 나타나 있어서 1연은 '검정 포대기 같은 까마귀 울음소리'로 색채 공간은 흑색이고 청각 공간은 까마귀의 불길한 울음소리로 구성되어 있다.

그러나 2연의 우주 공간은 흑색과 대립되는 푸른(푸른 하늘)과 피를 뱉는 것 같은 적색(석류꽃)이다. 소리 없는 그 시각적 공간은 청각 공간으로 이어진다. 피(가족)의 공간은 아버지의 저릉저릉 책 읽는 소리로 까마귀 울음소리에 대응한다. 그리고 3연은 완전한 개체의 공간으로 집 안에서도 다시 분할된 장지 안의 방이다. 방은 다시 희미한 등잔불로 그 빛(시각성)의 공간을 이룬다. 특히 청각적 공간은 1연 까치 소리와 2연의 책 읽는 소리에 대응하는 4연째의 '呱呱한 哭聲을……'로서 이것은 자기 자신의 생명의 외침 소리인 것이다. 그 소리는 시대의 불안을 알리는 까마귀 소리도, 정신적 선비 문화를 나타내고 있는 책 읽는 소리도 아니라 그것은 자기 개체의 생명을 알리는 울음소리로 구체적으로 모태와 이별을 뜻하는, 태胎가 끊기는 소리이다. 우주, 사회, 가족에서 외로운 개체는 '呱呱의 聲'인 청각 공간으로 그 탄생의 자리 속에서 그 변별성을 갖게 된다.[273]

라) 수직 공간의 변별 특징

이러한 공간적인 차원은 다시 지금까지 검토해 온 수직 삼원 구조에 의해서 분할된다. 1연의 역사·사회의 공간적 차원은 중간항(V_0)으로 까마귀와 고을에 의해 그 수직적 위계가 명시되어 있다. 즉 $V_0 \rightarrow V_-$로 향하는 공간 형태이다.

---

273) 어린아이들의 울음을 하나의 언어 이전의 언어적 상태로 고찰한 것으로는 크리스테바의 논문 「장소의 이름Nomsde lieu」이 있다.

J. Kristeva(1977), 앞 글, p.467.

그런데 2연의 우주 공간은 '푸른 하늘'로 상방적(v_+)인 공간을 가리키고, '지붕에 박넝쿨 남풍에 자라고'로 모두 상승적인 특성을 나타낸다. 즉 중간항(v_0)에서 상방적 공간(v_+)으로 나가는 운동으로서 1연과 정반대의 운동을 나타낸다. 칡넝쿨, 박넝쿨 등의 넝쿨과 식물들은 앞에서도 분석한 바대로 하늘을 향해 뻗어 올라가는 상승적인 기호가 되는 것이며, 지붕은 고소(高所)를 상징하며 남풍 역시 하늘로 모든 것을 나부껴 올라가게 하는 힘을 나타낸다. 그 모든 것이 '자란다'라는 동사에 의해서 요약되고 있다.[274]

그런데 2연에서는 자신이 태어난 것을 세상에 '떨어졌나니'로 표현하고 있듯이 위에서 아래로 하락하는 것이, 즉 가벼운 영혼이 육체를 가지고 지상에 떨어지는 이미지로 구성된다. 그래서 탄생은 '추락'으로 표현되고 있다.

그래서 2연은 '달빛'(v_+) '유월이가 이고 온 쳇샅밥' 등 상방의 하늘로부터 시작하여 '달빛을 밟고', '희미한 등잔불(달과 대응하는 빛)' 등의 아래로 강하하여 하방적인 방바닥(2연의 지붕과 대응되는)으로 태어나는 것이다. 즉 방바닥은 땅을 나타내는 하방 공간으로, 잉태는 상방, 출산은 하방으로 연계되어 있다. 특히 하방 공간은 '煩文辱禮 事大主義의 辱된 後裔로 세상에 떨어졌나니'로 욕된

---

274) '지식' '생산' '삶'이란 말과 '출생'이란 말은 동양, 서양 할 것 없이 서로 넘나드는 의미론적 친연성을 갖고 있다. P. Guiraud(1978), p.44 참조.

세상은 지금까지 관찰한 그대로 하방 공간의 부정적 의미를 보여 주고 있다. 쉽게 말하면, 양반집에 태어났다는 뜻이지만 청마의 공간 기호 체계에서 세속적 권력이나 지식은 모두 하방성을 띠게 된다.

그러나 하방성은 단순한 부정이 아니라 태어나자마자 자기 자신과의 분리, 단절을 나타내는 것으로, 생명을 부여받는 그 순간이 바로 지상 공간에서 벗어나는 첫 의미 작용을 갖게 된다. 그것이 '新月같이 슬픈 제 族屬의 胎班을 보고'의 시구이다. 실질은 탯줄이 끊길 때의 아픔을 상징적으로 말한 것이겠지만, 자기의 분신인 태반과 자기와의 분리가 제이 제삼의 같은 족속들과 헤어지는 곡성으로서의 생을 예고하고 있다. 탄생은 거꾸로 하면 자기가 자기로부터, 가족으로부터, 고향으로부터, 사회와 나라로부터 분리·초월하여 나가는 것, 그것이 우주에까지 이르는 시의 출발점이요 시의 시작이다.

그러므로 최종연의 탄생을 탄생이게끔 하는 과정은 '잉태하다 →낳다→이름 짓다'로 선분되어 있고 그것은 명명命名 작용에 의해서 의미 없는 외침 소리(呱呱의 聲)가 분절화한 언어로 마무리를 짓게 된다. 이 생명의 자리에 이름을 부여하는 것은 할머니이다. 생명의 탄생이 곧 '기호의 탄생'을 나타내 주고 있으며 실질과 기호 체계가 서로 별개의 것임을(후자는 인간이 창조하는 문화의 공간) 시사한다. '생명─짧은 것 vs. 이름(기호)─명이 긴 생'으로 대립된다. 그것은 '命이나 길라 하여 할머니는 돌메라 이름 지었다오'의 구절에 암시되어 있듯이 '어머니→생명 탄생/할머니→이름 탄생(기호)'의 관계를 나타낸다.

그리고 하늘과 땅, 그리고 왕고모로 상징되는 선조와 그 후손을 잇는 매개자는 하늘에서 달빛처럼 하강해서 내려온 것 같은 유월이다(이 시에는 출생한 '年'과 일시는 명시되어 있는데 '月(달)' 수는 없다. 그러므로 유월이라는 이름이 유월달과 같은 연상을 주어 연호와 개체의 날짜를 이어주는 매개 작용을 하는 것 같은 효과를 주기도 한다). 뿐만 아니라 이렇게 '탄생'과 여성은 깊이 관련되고 있어 남성 공간과의 기호론적 대응 관계를 보여준다.

이 같은 분석을 통해서 보면

V+ : 상(하늘)—우주 공간······자연물
V0 : 중(까마귀, 새)—역사·사회 공간······왕고모, 유월
V- : 하(집, 장지 안)—개체 및 혈족 공간······나, 식구, 가족

로 놓이게 된다. 그 수직 공간은 우주론적 차원, 사회 공간적 차원(사회, 도시, 마을), 주거 공간적 차원 그리고 신체 공간의 개체 공간 등으로, 의미 단위의 차원성으로 기술될 수 있고 그렇게 해야만 텍스트의 공간적 의미 작용은 보다 그 변별적인 유효성을 얻게 된다. 특히 이것은 공간 기호 표현의 형식이 아니라 공간 기호

내용의 형식이 되는 것으로 일차 언어의 경우라면 의미론적 층위에 속하는 것이라고 할 수 있다. 이미 우주수에서 설명한 바 있지만 나무와 같은 장축성을 가진 공간 기호는 그 공간의 종교적(불교―석장錫杖, 기독교―목자의 지팡이), 정치적(왕홀), 성적(오월주―남근)인 문화적 코드에 따라 의미 작용이 달라지는 것을 보았다. 특히 소설과 같은 서사 문학에선 이러한 공간의 차원과 행위(사건)는 텍스트의 의미를 결정짓는 데 매우 중요한 요소가 된다.

오툴은 소설 텍스트를 인물, 시간, 장소, 시점 등으로 나누어 각기 그 요소 기호적 공간의 차원으로 분류해 보이는 방법론을 제시한 적이 있다.[275]

---

275) Lawrence M. O'Tool(1980), 앞 글, p.139.

2 기호 공간 차원의 분류

　오툴은 수학적인 이론을 바탕으로 공간을 시점(Pv) 시간적(T) 인물(N), 그리고 이것들과 관련되어 있는 중추적인 공간인 장소(L)를 기호론적으로 계층화한다. 그 자신이 말하고 있듯이 레비스트로스나 로트만이 공간을 이항 대립 체계에 의하여 변별화하고 그것과 의미의 세계를 연계시키는 그 방법과 유사한 '기호적 공간'을 얻게 된다.

　그는 직접 구약성서의 「창세기」에 나오는 요셉의 이야기에 적용하여 그 기호 공간들을 2차원화(계층)하여 하나의 도표로서 보여주고 있다. 가령 그 사물과 장소의 연계성을 나타낸 공간(L)의 차원을 보면 주거공간을 기준(L)으로 하여 왕의 개인적인 지역, 포티바, 요셉, 야곱이 살고 있는 공간으로 설정하고 L+1은 왕궁—형제의 캠프, L+2는 야곱의 농장—광야와 같은 사회적 공간, L+3은 이집트 전체—가나안—메소포타미아의 국토 공간으로 그 계층을 나누고 그 아래로는 L-1 왕의 침실—회의실—우물—

독방 등 주거 내의 개별적인 공간을 기술한다. L-2는 가구 등으로 침대, 옥수수 주머니, L-3은 컵, 호주머니로 좀 더 작은 사물 내의 공간으로 분할하고 있다. 그리고 이 차원들은 다른 시점, 시간, 인물의 차원과 연계되어 소설의 의미 작용이 나타나게 되고, 요셉의 운명적인 사건은 언제나 L-1의 우물이나 감옥 안과 같은 공간에서 일어나게 된다는 코드를 해독할 수 있게 된다.[276]

　오툴의 이 같은 분석은 피아제의 이론을 중심으로 해서 만든 노르베르크 슐츠의 실존적 공간의 층위 분석과 흡사한 데가 많다. 그는 그 층위를 다섯 단계로 나누고 있는데 최하위가 가구와 기물, 그 위가 주거 공간, 그보다 높은 것이 도시적 단계로 사회적 상호 작용을 나타내는 장소, 그리고 그 위의 계통이 경관 단계, 그리고 마지막 상위 공간이 지리적 단계로 되어 있다. 전자는 순수한 기호론적 차원에서, 그리고 결과적으로 후자는 인간의 삶과 체험을 토대로 한 분류이지만 그 실존적 공간과 기호 공간은 별 차이가 없음을 확인할 수 있다.[277] 그것들을 합쳐 하나의 모델

---

276)　앞 글, p.136.

277)　Norberg-Schultz(1971), 앞 글, pp.27-34. 슐츠는 가장 상층의 공간으로 지리적 공간 (geographical level)을 두고 정치적 문화적 공간의 성격으로 특징짓고 있다. 아시아, 유럽 등의 공간 개념이 여기에 속한다. 다음의 경관적 차원(landscape level)으로 산, 들판, 해안 등의 공간적 구역, 그 아래가 도시, 촌락 차원(urban level), 그리고 제일 하위가 주거(집) 차원(house level)이다. 그리고 그보다 더 기층을 이루는 것은 주거(집)의 내부에 있는 가구와 기물 차원

을 만들고 그것을 「出生記」에 적용시키면 다음과 같이 기호 공간 층위를 기술할 수 있게 된다.

L+4 {하늘, 달빛}

L+3 {남쪽 포구 한국, 백성}

L+2 {고을, 밤, 고을사람}

L+1 {왕고모집, 친족(유월이)}

L {집……아버지, 어머니(할머니)}

L-1 {장지 안, 등불}

L-2 {나, 탄생……태반}

N 나 {(나+어머니) (나+아버지) (나+할머니) (나+왕고모) (나+유월이) (나+고을사람) (나+백성)}

N+1 {나와 가족}

N+2 {마을사람들, 사회사람}

N+3 {백성, 한국인}

T+4 {천년}

T+3 {석류꽃 피는 계절(여름)}

things의 공간이다.

T+2 {隆熙 2년}

T+1 {왕고모 제삿날}

T00 {열사흘}

T-1 {새벽}

　그러나 시점 공간에는 주석이 좀 필요하다. 이 탄생의 이야기의 시점은 누구인가? 「出生記」의 화자는 '나'이지만 그것은 자기가 직접 보고 느낀 것이 아니라 누구에게 들은 상상적 공간이며, 전지적 시점(omnicient point of view)으로 자기를 바라보는 행위이다. '나를 잉태한 어머니는 짐줏 어진 생각만을 다듬어 지니셨고' 같은 표현이 그것이다. 화자가 어떻게 자기를 잉태한 어머니의 속마음을 아는가? 까마귀 소리와 아버지의 책 읽는 소리는 누가 들었는가? 그런데도 이것은 마치 화자가 겪은 것처럼 '~라고 한다'의 간접화법을 쓰지 않고 직접화법으로 기술하고 있다. 이것의 시점(PV)은 자신의 혈족 혹은 조상이나 조물주의 눈으로 기술하고 있는 것과 같다. 즉 PV는 신과 같은 PV+3에 있다. 그것은 우주적 시점이다.

　그러나 자세히 읽어보면 시구마다 시점이 다르다는 것을 알 수 있다. '번문욕례, 사대주의의 욕된 후예로 세상에⋯⋯'란 말은 자기의 의견 자기의 문화적·정치적 소견을 말한 것으로서 화자의 판단이다. 이때는 '나'인 화자 시점이다. 그런데 '⋯⋯곡성을 지른 것은 아니련만……이름 지었다오'는 할머니의 '시점'에서 자기를 관찰하고 있는 것이다. 즉 혈족의 시점이다.

그런데 '새벽 달빛을 밟고 유월이가 이고 온 제삿밥을 먹고'는 유월이라는 가족 외의 제삼자인 고을사람의 한 시점이다. '나를 잉태한 어머니는 짐짓 어진 생각만을 다듬어 지니셨고'는 어머니 자신만이 아는 것으로 잉태자에게 시점의 기점을 두고 있다. 더구나 '탄생' 자체는 더욱 복잡하다. '태어난다'는 나를 중심으로 한 것이고 '낳았다'라고 하면 '어머니'에 시점을 두고 기술해야만 된다. 그런데 여기에서는 그것이 '……세상에 떨어졌나니'로 되어 있어 하늘님, 어머니, 나, 동네사람 누구라도 좋은 다시점의 중성적 표현으로 되어 있는 것이다.

자신의 출생을 바라보는 시점 자체도 공간 차원처럼

'나'가 나를 바라보는 차원

'가족'이 나를 바라보는 차원

'고을사람'이 나를 바라보는 차원

'우주'에서 나를 바라보는 차원

으로 구분할 수가 있는 것이다.

오툴의 방식은 텍스트의 특성에 따라 그 차원을 더 늘려갈 수도 있고 거꾸로 더 줄일 수도 있다.

청마의 경우, 그리고 신화와 이른바 '차거운 社會'의 텍스트 안에서는 그 차원을 축소시켜 다음과 같은 기본으로 나누어볼 수 있을 것이다.[278]

이러한 차원을 좀 더 요약하여 공간적 텍스트에 유효하게 하려면 다시 이렇게 그 차원을 더 에믹emic의 층위로 나누어야 할 것이다. 이 시의 연 구분대로 하고 거기에 하늘/땅 같은 실질적 항목을 삽입하면 다음과 같은 기본적인 공간 기호의 차원을 얻을 수 있다.

L+2 우주 자연적 공간

L+1 사회(나라) 도시, 촌락 공간 지리적 공간

L+2 가족 집(주거 공간)

L-1 나 몸(신체 공간)

으로 되고, 그리고 이러한 모형(母型, matrix)에 의해서 「出生記」의 경우처럼 시간적 공간(temporal space)의 차원, 감각적인 공간의 차원(시각, 청각, 후각······ 등)을 만들어낼 수 있으며 자연적으로 그것들은 공간의 차원들과 연계될 수 있다.

말하자면 L+2와 T+2(시간)가 연계되면 우주사와 자연사를 만들

---

278)　P. Guiraud(1971), 앞 글, pp.17-18.

어내는 공간, L+1과 T+1은 왕조사, 사회사적인 공간, L과 T의 차원은 가족, 혈통의 공간이 된다. 그리고 L-1은 T-1내부 공간으로 프루스트Proust나 조이스가 보여준 내적 독백Monologue Interieur, 자의식의, 또는 무의식의 시간이 되는 공간이다.[279]

그리고 감각 공간의 차원은 홀E. Hall이 『숨어 있는 차원』에서 보여준 프로세믹proxemic 분야[280] 연구가 될 것이다. 단지 그것은 감각적 공간을 수평축과 사회적 차원에 초점을 두고 공간의 '거리'를 만들어내는 감각 수용기receptor의 작용에 의해서 기호화한 것이다.

뿐만 아니라 이런 공간 차원의 계층화는 각 차원별로 상/중/하의 수직 분절이 다시 이루어질 수 있다는 것을 보여준다. 우주론적인 신화의 텍스트와 문학적인 텍스트는 모두가 이러한 상/중/하로 분절된 수직 공간의 이산적 단위가 다시 공간의 다른 차원 내에서 똑같은 분절을 일으켜 공간적 은유와 무수한 텍스트의 변이태를 산출하면서 좀 더 섬세한 의미의 세계와 결합될 수가 있

---

279) J. Kristeva(1977), 앞 글, p.469.

280) 동물들도 자기 영역이란 것을 가지고 있으며 그 기호 체계에 의해서 공간을 유의적인 단위로 해서 살아간다. 이 거리 영역의 사회학적인 기호론을 정립한 것이 E. T. Hall이다.

Edward. T. Hall(1966), 앞 글 "Bistance Regulation in Animals." *The Hidden Dimention*, pp.7-22 참조.

는 것이다.[281]

지금까지 문화인류학이나 혹은 오컬트 문화에 나타난 그 공간 분절을 이 기호적 공간 차원으로 대입시켜 보면 아래와 같이 될 것이다.

L_{+2} 우주 공간
- 상(V_+)……지고 세계(supreme)
- 중(V_0)……상위 세계(superior)
- 하(V_-)……하위 세계(inferior)

L_{+1} 도시/촌락 공간
- 상(V_+)……높은 반족(半族)의 마을(天)
- 중(V_0)……낮은 반족의 마을(地)
- 하(V_-)……낮은 반족의 마을(水)

L 집=주거 공간
- 상(V_+)……지붕(돔)
- 중(V_0)……기둥(열주)
- 하(V_-)……지하실(거실, 지하 기지)

L_{-1} 몸=신체 공간
- 상(V_+)……두부
- 중(V_0)……흉부
- 하(V_-)……복부

물질적이고 연쇄적인 공간에 (잔잔한 일률적인 호수면과 같은) 돌을 던졌을 때처럼 공간(호수) 전체에 잔주름(차이를 만드는 경계)이 생기며 확

281) Georges Matoré(1976), Georges Poulet(1962), *L'espace Proustien*(Paris : Gallimard) ; Joseph A. Kestner(1978), *The Spatiality of the Novel*(Detroit : Wayne State University Press) 등의 글이 있다.

산되는 물결을 볼 수 있다. 그것처럼 공간 차원에 따른 분절은 무한으로 계속될 수가 있다. 예를 들면 인체의 몸이 하위로 차례차례 분할되어 가는 그 과정 하나만 보아도 알 수 있다.[282]

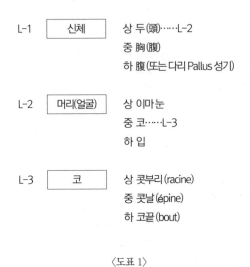

L-1   신체   상 두(頭)……L-2
             중 胸(腹)
             하 腹(또는 다리 Pallus 성기)

L-2   머리(얼굴)   상 이마눈
                 중 코……L-3
                 하 입

L-3   코   상 콧부리(racine)
          중 콧날(épine)
          하 코끝(bout)

〈도표 1〉

---

282) 역易의 경우, 우주 구성 요소는 천, 인, 지의 삼재로 되어 있다. 이 기호는 세 개가 합쳐져 삼효三爻가 되어 일괘一卦를 형성한다. 이 '소성괘小成卦'를 다시 겹쳐놓은 것이 육성괘六成卦로 효爻는 여섯이 된다. 이렇게 그 차원이 달라지면 천·지·인의 구성 체계도 달라져서 소성괘에서 천天이었던 것이 대성괘大成卦에서는 상괘上卦와 합쳐서 '인人'이 되어 중간 항이 된다.

3 신체 공간의 기호 체계—「구름의 노래」

언어가 인간의 신체기관에서 나오는 음성의 분절에 의해서 형성된 것처럼 공간의 언어 역시 인간의 신체성을 기점으로 하여, 또는 그 신체 공간[283]을 모델로 하여 이루어진다. 그것이 우주 공간이든 도시나 주거 공간(집)이든 공간이 있는 곳에는 그것의 방향을 결정짓고 그 출발점이 될 수 있는 중심이 되는 신체성이 있기 마련이라는 것은 하이데거, 후설, 메를로 퐁티, 민코프스키, 바슐라르, 엘리아데와 같은 현상학자들의 중심 테마를 이룬다.

카시러와 같은 상징론 그리고 오늘날의 기호론에 있어서도 그 중심이 되는 것은 개체의 '몸'이다. 거기에서 데카르트와 유클리

---

283) Bollnow는 제1장 4절 「공간의 중심」에서 '공간의 원점은 무엇인가(Die frage nach dem Nullpunkt das Raums)'라는 물음을 던지고 있다. 거기에서 그는 체험된 공간은 '자기 신체를 중심'으로 해서 출발되어 있고 그 '공간은 주관에 관련된 일정한 결합 관계의 체계, 즉 좌표계로 형성한다'고 정의를 내렸다. Bollnow(1980), 앞 글, p.55.

드 같은 주지주의적·기하학적 공간과 대립되는 '생으로서의 공
간'[284]이 생겨나게 된다. 그러므로 인체를 소우주로, 천체(지구를 포
함한)를 대우주로 인식하고 거기에 어떤 상동적 구조의 의미를 부
여한 것은 서양의 오컬트나 동양의 음양론(易) 같은 유추적 사고
에서도 다 같이 일치되고 있는 공간론을 보여준다. 그 해석이나
세부항에 있어서는 다르지만 그것은 민족어의 차이보다도 훨씬
보편적인 체계와 상사성相似性을 보이고 있다.

번잡을 피하기 위해 대우주와 소우주를 나타내고 있는 서양
'오컬트'의 우주 도형[285]과 이원구李元龜의 대표적인 도형(도표 2, 3)
을 비교해 보면, 그 유사성을 충분히 이해할 수 있을 것이다.[286]

284) Abraham A. Moles(1972), 앞 글, pp.8-10. 카르테시안Cartésienne의 균질적이고 무한
한 공간과 대립되는 것으로 아브람은 생과 그 지각에 의한 현상학적 공간을 내세우고 있
다. 이때 문제가 되는 것이 바로 신체 공간으로 그는 나, 지금, 여기의 문체文體가 타자他者
와의 관계에서(거리) 공간을 만들어내는 과정을 밝히고 있다.

285) Manly P. Hall(1972), 앞 글, p.46. 우주의 삼층 구조를 소우주인 인간에 반영시킨 대
표적인 도형으로서 두부가 상위권(하늘, Superior), 흉부가 중위권(Supreme), 복부가 하위권(땅,
inferior)으로 배치되어 있다.

286) 이원구는 그의 『심성록』에서 우주의 근원을 나타내는 〈洛書成形數圖(도형2)〉와 똑같
은 체계로 〈人物成形之圖〉를 나타내고 있다. 그리고 동시에 인간의 의미론적인 구조(血元,
心元, 義元)를 그 인체 구조에 따라 배치하고 있다. 이원구는 실학 시대가 낳은 공간 기호론의
선구자라 할 수 있다. 이원구, 『心性錄』卷之四, 「圖式」편 참조.

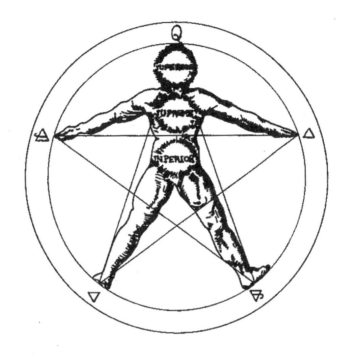

〈도형 1〉

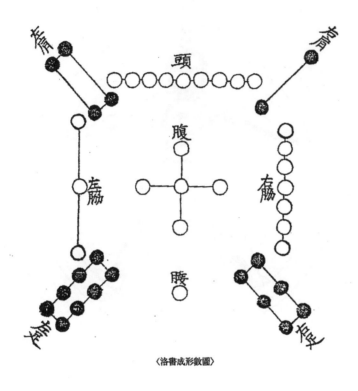

〈洛書成形數圖〉

〈도형 2〉

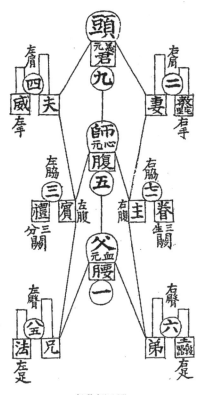

〈人物成形之圖〉

〈도형 3〉

서구의 신비철학의 근간이 되어 있는 오르페우스교단의 전통적인 우주 작용의 관점은 우리가 지금까지 관찰해 온 것과 똑같이 수직 삼원 구조로 되어 있다. 그리고 그것을 피타고라스파py-thagorean에서는 '지고 세계(supreme)' '상위 세계(superior)' '하위 세계(inferior)'라 명명하였다. 이러한 종교 세계의 교리로부터 원시 기독교회의 교부들은 우주의 구분에 관한 이론 체계를 구성했다. 그들은 창조된 세계는 세 부분으로 그 제일은 하늘(heaven), 제이는 땅(earth), 제삼은 지옥(hell)으로 되어 있다고 선언한다. 로마법의 삼생관三生冠은 영계(spiritual), 속계(temporal), 연옥계(pargatorial)에 군림하는 로마교회의 지상권을 의미한다. 이렇게 상/중/하로 분절된 우주 공간에 '신' '천사' '인' 등의 위상을 나타내기도 하고 의미를 부여하여 의식(consciousness), 예지(intelligence), 힘(force)의 의미를 부여하기도 한다.[287] 플루타크Plutarch가 유클리드Euclid의 '47문제(forty-seventh problem)'의 풀이에서 천공(heaven)의 '의식에 의해 모든 것은 정립된다. 그리고 '힘'에 의해서 대지가 밑으로부터 떠올라 영원의 기초가 구축된다. 예지(叡智)(호메로스의 사슬the homeric chain)는 하늘과 땅을 하나로 연결한다. 그것이 우주 상자 ark·우주의 닻anchor·우주끈cable-tow이다'[288]라고 말하고 있다.

---

287)   Manly P. Hall(1972), 앞 글, p.45.
288)   앞 글, p.47.

그런데 이 하계의 땅에 있는 인간은 동시에 이 우주의 체계를 그대로 자신의 신체 속에 반영시킨다. 인간의 몸은 '우주의 거울 (Van Helm : Man is mirror of the Universe)'로서 우주 삼계를 인체의 유비 관계로서 나타내고 있다.[289]

인체는 고귀한 부분과 저속한 부분으로 나뉜 뒤 그것을 두부, 흉부, 요부의 세 영역의 수직 삼중 구조로 나뉜다. 파라켈수스 Paracelsus는 우주 속에 하늘과 지옥을 알고 천상, 지상에 있는 일 체의 것을 인간 속에서 발견하지 않으면 안 된다고 했다.[290]

그러므로 우주적 차원에서 인간은 중간 또는 하방 공간을 차 지하게 되지만 그와 유비 관계를 이루는 소우주(신체 공간)에서는 머리가 하늘과 똑같은 상방성을 반영하게 된다. 흔한 비유로 해 와 달이 인체의 두 눈으로 비유되거나 혹은 두 눈이 해나 달, 또 는 별과 대비되는 것 등이 모두 그러한 예이다. 차원이 다른 공간 끼리의 유추 작용에 의해서 공간적 은유 체계가 이루어지게 되고 종교 의식이나 신화 그리고 문학적 텍스트의 기본적인 의미 구조 가 형성된다.

실제로 「구름의 노래」에서 청마는 인간의 머리와 하늘을 상동 성으로 나타내고 있다. 그 머릿속에서 생각하는 인간(시인)의 사유

289) 앞 글, p.52.
290) 앞 글, p.31.

가 하늘에 떠다니는 구름과 동일성을 이루고 있는 것이다.

> 눈부시기 쥬라르민 조각
> 可滅하기
> 한 모닥 마그네지움
>
> 누구도 무관한 백주 도시 위에
> 한 점 머흘은 저건
> 구름이 아니다
>
> ―「구름의 노래」[291] 중에서

여기의 구름은 먹구름이 아니다. 청마의 작품에서 구름은 텍스트의 구조에 따라 여러 가지 공간적 의미를 내포하게 되는데 먹구름은 땅과 하늘의 단절에서 하방에서 상방으로 지향하는 상승 운동을 방해하는 것으로 나타난다. 그러나 여기에서 묘사된 구름은 대낮의 흰구름, 그것도 수직의 높이를 지키며 움직이지 않는 '한 점 머흘은' 구름이다. 그러므로 처음엔 그 구름이 '두랄루민duralumin'과 '마그네지움'과 같은 광물성으로 비유된다. 두랄루민은 알루미늄의 강력 경합금으로 경도硬度가 매우 높으면서

---

291) 『미루나무와 南風』, 68쪽.

도 동시에 그 무게는 몹시 가벼워 항공기에 쓰이고 있는 재료이다.[292] 그리고 광택이 난다. 「소리개」의 경우에서도 관찰한 바 있지만 가볍고, 빛나는 것은 상방성을 나타내는 감각적 특성이고 그 의미는 정신성을 나타내는 의미 작용을 한다.

그런데 마그네지움은 빛, 가벼움 등에 있어서는 두랄루민과 같으나, 경도에 있어서는 정반대이다. 청마는 강도가 높으면서도 가벼운 것에 가멸성(可滅性)을 부여한 것으로 모순의 광물적 합금을 이루어 놓았다. 그것이 한 점의 흰구름이다.

그런데 그 구름은 또다시 은빛 나방이로 비유된다. '爆發性 强力輕合金'의 광물성에 곤충의 동적인 생명력이 부여되는 순간 흰구름 조각은 네 번째의 비유로 인간의 사유(시인의 예지)와 등가물을 이루게 된다.

① 두랄루민 조각 ② 마그네지움 ③ 은빛 나방이 ④ 시인의 예지…… 구름은 이렇게 광물질에서 생체적인 것으로 점점 접근하여 급기야는 인간의 신체인 '이마'와 그 속에 있는 뇌수 속의 생각이 이마에서 맴돌다가 나방이가 되고 그것이 대우주로 확산, 구름이 되어 두랄루민과 마그네지움의 가멸성 강력 경합금이 된다. 한마디로 말하면, 시인의 예지는 우주를 밝히는 광명, 하늘에

---

292) G. Bachelard(1980), "Libido et Connaissance objective," *La Formation de L'esprit Scientifique*(Librairie Philosophique), p.183 참조.

떠 있는 눈부신 구름 조각과 상동성을 갖게 됨으로써, 인간의 두부가 우주의 머리인 천계와 같은 위상에 놓이게 된다.

여기에는 구조적인 상동성만이 아니라 외형적인 유사성similiarity까지 발견될 수 있는데 그것은 이마 속에 들어 있는 뇌수와 구름은 비슷한 형상을 하고 있다는 점에서이다. 키에르케고르는 「가을은 구름의 계절이다」라는 산문에서 이렇게 말하고 있다.

'우리가 다 알고 있듯이 북구신화에 의하면 구름은 거인의 뇌수로 만들어진 것이다. 참으로 사상만큼 구름의 비유와 잘 어울리는 것도 아마 없을 것이다. 구름은 바로 두뇌가 만들어낸 것이며 사상인 것이다.'[293]

덴마크가 좁아서 갑갑하지 않느냐는 말에 대해 '나는 호두 속에 들어가서도 살 수 있다'고 말한 햄릿의 발언은 호두 속과 두개골 속에 들어 있는 뇌의 유연(類緣) 관계를 암시하고 있다. 그 이유를 생각해 보면, 인간이 대우주로 확산될 때 뇌가 구름이 되는 유추를 쉽게 이해할 수 있을 것이다.[294]

그러나 시인의 예지(인간의 영감)는 구름처럼 덧없이 꺼져버린다.

---

293) Werne Kraft(1964), *Augenblicke des Dichtung*(Kösel Verlag)에서 재인용.

294) 구름과 뇌, 호두와 인체, 뇌 등의 유추를 우주론적 체계와 관련해서 일종의 유연 관계의 기호(les signatures)로 볼 수 있다. 이런 시각에서 호두와 인체의 상사성을 분석한 푸코의 논문은 중요한 문제를 제기하고 있다. M. Foucault(1966), *Les Mots et les Choses*(Gallimard), p.41.

미리부터 마그네지움으로 암시되었던 가멸성은 우주를 광명하는 수유로 나타나고 그 머릿속의 사변은 동시에 두랄루민으로 비유되어 있어 그 광물질적 구름은 지상으로 내려와 바위가 된다.

> 다시 어느 겨를
> 어디메 모롱이 바위로 쪼그렸을
> 純粹思辨이여
>
> —「구름의 노래」 중에서

　소우주 속의 구름이었던 시인의 예지가 본래의 지상으로서의 위치(현실)에 서게 되면 하방적인 것이 되어 무겁고 딱딱하고 빛이 없는 굳어진 구름, 지표의 구름인 바위로 바뀐다.[295]
　시인의 예지가 하늘의 구름이 되기도 하고 일순간에 길모퉁이 (지옥)의 바위로 굳어버리기도 하는 이 비유 체계를 해독하기 위해서, 그리고 공간적 기호의 변환 체계를 검증하기 위해서는 '나의 이마에서 날아 나간'의 시구를 한 번 더 정밀하게 분석해 볼 필요가 있을 것이다.

---

295)　G. Bachelard(1947), 앞 글,pp.185-186. '구름과 바위의 대화에서는 하늘이 대지를 모방하는 것과 같다'라고 말하면서 바슐라르는 암석과 구름의 유사성을 공간의 상과 하(하늘/대지)의 교류(communication)로 보고 있다.

신체 공간의 상방성(v₊)을 나타내는 말로 청마는 머리라는 말을 쓰지 않고 '이마'라는 좀 더 개별화된 말particular word을 쓰고 있다. 산 이마(山巓) 등이 그것이다.

이마의 공간적 차원과 위상을 명확하게 하기 위해서 앞의 도식을 다시 이곳에 이용하는 것이 좋을 것이다. 여기에선 번거로움을 피하기 위해 이마를 중심으로 그 분절 과정과 의미 작용의 변환만을 적어보면, 도표 2와 같이 된다.

천(상)	두(상)	이마(상)	콧부리(상) racine
산(중)	흉(중)	코(중)	콧날(중) épine
지(하)	복(하)	입(하)	코끝(하) bout
L₃	L₋₁	L₋₂	L₋₃

〈도표 2〉

청마의 이마는 신체 공간(소우주) 속에서도 다시 하위 분할을 일으킨 L₋₂ 차원에 속하는 것으로 그 코와 입의 상방성에 위치해 있다. 그리고 기로Pierre Guiraud가 소개하고 있는 로스J. Brun-Ros의 관상적인 기호 체계에 의하면 인체의 머리는 다음과 같은 차원으로 삼분할되고 그 의미 작용은 다시 세분되어 있다.[296]

296)   P. Guiraud(1978), *Sémiologie de la Sexualité*(Paris : Payot), p.27.

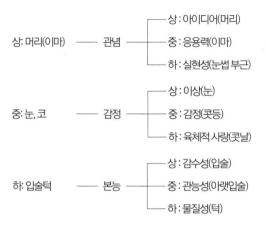

그 차원이 L-3까지 가서 신체 공간이 아무리 분절되어도 그 구조는 똑같이 상/중/하의 체계를 반복하면서 그 의미 작용도 다른 차원의 공간과 유비적 관계를 맺고 있는 상동성을 보여주고 있다. 인간의 얼굴을 삼분할하여, 이마를 정신성, 코와 같은 중간 공간을 역동성, 입과 같은 하방 공간을 물질과 관능(현실적인 것)으로 보고 있는 것은 천상과 지상 그리고 그 중간 공간을 보아온 지금까지 청마의 수직 텍스트의 의미 구조와 일치한다.

이렇게 되어 인간의 신체는 우주적 공간, 촌락(도시) 공간, 집(거주 공간)과 구조적 유연성을 갖고 은유적인 의미 전환을 하고 있을 뿐만 아니라 같은 신체 공간(소우주) 안에서도 그와 똑같은 교환이 이루어지고 있음을 보게 된다.

입은 신체 속에 포함되나 그보다 더 하위에 속하는 머리의 부분 '차원'에서는 이마, 눈, 코에 대응하여 하방적인 공간을 나타내는 기호로 바뀐다. 그 순간 반대였던 복부와 같은 구조에 속해 있는 '성기'와 '입'은 어느 나라의 성적 속어에서도 동의성을 갖고 있다. 그리고 관상적 기호 체계에서 입술의 의미 작용에는 성기와 마찬가지로 정신성과 반대되는 관능적인 육체성의 가치가 부여된다.

이 자리에서 일일이 청마의 작품에 나타난 '신체 공간'의 의미 작용을 분석할 수 없지만 수직 공간의 상/중/하의 체계가 차원이 다른 계층 관계에 따라 동일한 구성을 하고 있다는 것과 그것은 에틱Etic의 관점이 아니라 에믹Emic의 체계 안에서만 존재하게 된다는 사실 등은 쉽게 입증할 수 있다. 이 같은 현상은 언어에서 음운, 어휘, 통사로 그 층위가 바뀌어 가도 그 기호의 배열 방식이나 구조syntagmat paradigmatic가 상동성을 갖고 있는 것과 똑같다.

4 집 주거 공간의 수직 구조 — 「촉석루 所見」

신체 공간의 차원보다 좀 더 높은 차원이 집이라는 공간이다. 집은 가족을 기본 단위로 하여 공동 생활을 하고 있는 인간의 주거 공간으로, 일반적으로 볼 때, 가족이라는 집합 공간이 되는 셈이다. 그러므로 집은 인간의 몸(身體)을 확대한 것으로 그 수직 체계는 신체와 가장 유연성類緣性을 갖고 있다. 바슐라르가 『공간의 시학』에서 융C. G. Jung의 비유 체계를 빌려 가옥을 인간의 신체인 수직 삼원 구조로 분석하고 있는 것이 바로 그 예라고 볼 수 있다.[297] 인체와 '집'을 동일시하는 유추 작용은 이미 콘Cohn의 카바라적 의학론(cabalistical medicine)의 그림에도 잘 나타나 있다.[298]

그리고 심리학자들은 아이들에게 그림을 그려보게 하면 집의 창을 눈처럼, 현관문을 입처럼 그려 인간의 얼굴과 유사하게 표

---

297)   G. Bachelard(1958), 앞 글, pp.35-36.
298)   Manly P. Hall, *Man Grand Symbol of the Mysteries*(1972), p.213.

현하고 있다는 사실을 지적하고 있다.[299]

뿐만 아니라 사람의 머리에 쓰는 모자 모양과 건축의 두부라 할 수 있는 지붕 모양이 서로 유연성을 갖고 있으며 민족에 따라 지붕의 건축 양식과 모자 모양이 비슷한 고유 형태를 갖고 있다고 말하는 건축 이론가도 있다.[300]

바슐라르가 집의 중요한 테마의 하나로 강조하고 있는 것이 바로 그 수직성이다.

'집은 수직의 존재로 상상된다. 그것은 솟아오른다. 집은 수직의 방향으로 자신을 구별한다. 그것은 우리의 수직성에 대한 의식을 일깨우는 부름소리이다'[301]라고 말하면서 그 수직성을 상/하 양극으로 분할하고 있다.

상방에 있는 것이 지붕 밑 다락방이고 하방에 있는 것이 지하실이다. 그리고 그 공간의 의미작용으로써, 지붕의 합리성과 지하실의 비합리성을 대비시키고 있다. '지붕은 곧 자기의 존재 이유'를 이야기한다. 뾰족한 지붕은 두꺼운 구름을 찢는다. 지붕의

---

299) K. C. Bloomer and C. W. Moore(1975), *Body, Memory and Architecture*(London : Yale Univ. Press), p.2. '실제로 옛날 신전의 설계는 인체의 균형과 비례를 토대로 한 것이다. 인체가 두 손과 두 다리를 충분히 펴면 정방형과 원에 꼭 들어가 맞는다.' Frances Yates(1969), *Theater of the World*(University Chicago Press), p.140.

300) Zevi Bruno(1957), *Architecture as Space*, p.172.

300) G. Bachelard(1958), 앞 글, p.34.

언저리에서는 사고는 모두 명쾌하다. 지붕 밑 다락방에서는 겉으로 드러난 힘찬 서까래를 보고 즐길 수가 있다. 우리는 목수의 견고한 기하학에 몸을 맡긴다.[302] 그리고 그는 지붕 밑 다락방과 이항 대립을 이루는 지하실의 변별적 특징을 들고 있다. 지하실의 하방적 공간의 특성은 '어두움의 존재' '심부深部의 비합리성'[303]과의 접촉으로 설명된다. 지붕 밑 방의 고소高所에서 이루어지는 몽상은 밝고 명석하며 지적인 것인데 지하실의 몽상은 대지 속 깊이 파고 들어간다. 그래서 바슐라르는 융의 이미지를 빌려 인간의 무의식을 지하실에 놓고 의식의 세계를 지붕 밑 다락방 위에 배치한다.

바슐라르는 그것을 공간 분석(topoanalise)이라고 부른다. 수직 삼원 구조의 공간 기호론적 체계가 바슐라르의 몽상 속에서도 똑같이 작용하고 있다. 몽상 속의 가장 이상적인 집은 지하실(하)과 일층(중간항)의 방과 지붕 밑 다락방(상)의 삼층으로 세워진 집이라 말하고 있는 까닭도 그 점에 있다.[304] 그리고 몽상 속에서 촛불을 손에 켜들지 않고는 내려갈 수 없는 지하실 계단과 다락방으로 올라가는 계단이 그 위와 아래의 두 공간들을 연결시키는 매개

302) 앞 글, p.56.
303) 앞 글, p.44.
304) 앞 글, p.72.

기능을 한다. 그것들은 이 상승과 하강의 몽상에 색다른 특색을 부여하게 된다.

'무엇보다도 조용한 고독에의 상승을 나타내는'[305] 집의 수직적 테마인 계단은 청마의 '산', '나무', '旗ㅅ발', 그리고 새나 비행기와 같은 홀로 상승하는 적료하고 외로운 공간 탐색과 같은 것이다. 단지 다른 것이 있다면 하강하는 계단의 이미지가 청마에게 있어서는 그렇게 강력하지가 않다. 청마만이 아니라 한국 시인들의 공간 텍스트를 분석해 볼 때, '지하에 파묻힌 광기이며 벽에 갇힌 드라마'[306]라 부른 그 지하실적 하방성, 비합리적인 무의식의 심연을 나타내는 하강적 테마가 결여되어 있다. 이 같은 현상은 한국의 건축 공간과 그 문학 공간의 상관성을 밝히는 문화 기호론적인 좋은 본보기가 될 것이다. 동아시아의 주거 양식에는 지하실 공간이 결여되어 주로 집의 깊이는 수평적으로 구성된다. 그러나 지하실 공간을 갖고 있는 서양에서는 이 하강적인 테마가, 보들레르의 심연을 비롯해 엘리아데가 네르발의 문학적 특징이라고 한 그 하강 테마가 거의 주류를 이룬다.

서양의 문학 텍스트에서의 수직 공간은 로트만이 도해한 대로,

---

305) 앞 글, p.76.
306) 앞 글, p.82.

<표 3>

로 삼분되어 있는데[307] 청마의 경우, 그리고 역(易)의 공간에서
는 하방이 곧 땅으로 되어 있다.

그러나 상방적인 것을 나타내는 지붕 다락방 역시 일반적인 주
거 공간에서는 보편적인 것이 못 된다. 한국(동북아시아)에서도 사원
이나 탑, 그리고 누각 같은 독립된 건축물 외에는 개인의 주거에
서 지붕 밑 방과 같은 것은 보편적인 것이 아니다.

바슐라르처럼 다락방, 거실, 지하실의 삼분 구조가 아니라, 우

---

307) Lotman의 앞의 도표 참조.

리의 경우엔 지붕, 벽, 기둥, 마루, 온돌 바닥으로 그 수직 분절 체계가 이루어져 있다. 한국에서는 바슐라르가 집의 양대 테마의 결합으로 제시한 또하나의 특색인 '보호성'의 수평 구조가 수직 구조보다 더 강조되어 있는 셈이다.

문학 텍스트에 나오는 주거 공간 역시 수직성보다는 열두 대문의 경우처럼 수평적 의미가 더 많이 눈에 띈다. 말하자면 안과 바깥이 아래와 위보다 더 뚜렷한 공간 코드를 이루고 있다. 안방, 건넌방, 문간방 등의 명칭 자체가 천장방, 거실, 지하실로 되어 있는 서양의 건축 구조와는 다르다.

청마는 집(건축)을 테마로 한 시를 많이 썼으나, 대개는 안과 바깥의 수평 체계의 공간 기호의 특성을 나타낸 것이고 수직적인 것은 얼마 되지 않는다.

그러나 하늘과 같은 상방성의 수직 구조를 나타낸 집을 꼽자면 「촉석루 所見」과 같은 시를 그 예로 들 수 있을 것이다.

일차 언어 체계 속에서의 촉석루는 관광 안내 책자나 역사·지리책의 경우처럼 그것의 지시 작용은 ① 역사적 건물 ② 논개(論介) ③ 누각 등이다. 역사적 건물로서 공간 기호는 논개와 관련을 맺고 있으며 한용운의 시 「논개의 愛人이 되야서 그의 묘에」가 그것에 속할 것이다. 그러나 청마의 경우에는 「촉석루 소견」이라는 자신의 주장까지 내포한 제목을 쓰고 있으면서도 그 시적 모티프는 전혀 논개와는 관련이 없다. 말하자면 촉석루의 의미 구조는 그 지시적 문화적 코드를 전환하여 이차 체계로서의 공간성을 부여한다. 그렇게 되면 촉석루는 강 위에 서 있는 누각이라는 수직적 높이가 변별성을 이룬다. 누각은 단지 전망하기 위해 서 있는 건축물로 주거 공간이 아닌 것이다. 그러므로 청마가 즐겨 쓰는 하방적 공간인 '거리'의 기호 의미에서 가장 멀리 떨어져 있는 건축물이 바로 이 누각이 될 것이다.[308]

누각은 공중에 떠 있는 집이다. 기둥만이 대지와 접촉되어 있고 누각의 마루(房)는 허공에 떠 있다. 이것은 바슐라르가 말하는 '둥지(巢)'와 같은 것으로 '공기의 집', 벽을 갖지 않는 집이다.[309] 더구나 촉석루는 땅만이 아니라 강의 상공에 떠 있는 집이라고 할 수 있다. 공기(하늘)와 냇물, 무한히 비어 있는 것과 끝없이 차서 흐르는 것 사이의 대립적 요소가 누각의 의미 작용에 그 특이성을 부여한다.

높은 집, 상방의 집은 이미 우주 공간의 하방적 공간의 의미에서 벗어나 하늘과 같은 우주 공간과 대비된다.

하방의 땅 거리에서 살고 있는 인간들은 악착스러움, 다툼, 그리고 시끄러움, 밀집 속에서 명멸하는 것으로 되어 있는데 촉석루에는 그와는 반대로 '슬프게도 게으른 사람들'이 누워 있다. 여

---

308) 吉野裕子(1984), 『易と 日本の 祭祀』(東京 : 人文書院), p.127 참조.
309) G. Bachelard(1958), 앞 글, p.94.

기의 게으름은 세속적 욕망을 성취하기 위해서 온종일 분주히 뛰어다니는 행동과 대립을 이루는 것으로 청마가 하늘(상방)을 향한 인간의 정신성을 나타내는 의미 작용으로 코드화하고 있는 '무료'와 동위태를 이루는 어휘이다.

청마는 게으름, 무료함을 이렇게 그의 「短章」에서 직접 풀이 decode하고 있다.

> 無聊한 바닷물의 할일없는 행위가 마침내 이렇게도 무수한 고운 돌과 껍질들을 다듬어 내거든 너는 너의 의식적인 목적 행위가 아무리 감히 선을 일컬을지언정 그로 말미암아 얼마나 많은 醜와 累를 너의 둘레에 미치기만 하는지를 아는가?
>
> ─「短章 28」

여기의 게으름은 바닷물의 무료한 행위, 무상의 동작과 같은 것으로 '높이'와 '맑은' 그리고 '고요함'과 연계되어 있는 인간의 정신적 삶을 나타낸다. 촉석루에 게으른 사람들이 있다는 것은 마치 사고팔고 아귀다툼을 하는 '절도의 저자'에 부지런한 사람들이 있다는 것과 마찬가지로 그 장소성과 떼내어 생각할 수 없는 것이다. '거리'라는 하방 공간의 가치 기준으로 볼 때, 촉석루에 올라 누워 있거나 앉아 있는 사람은 '게으른 사람', '할 일 없는 사람'이 될 것이다.

그들이 왜 촉석루에 올라와 있는가 하는 것은

　이 높다란 다락 맑은 강바람에
　종일을 늘어져 누워만 지내나니

─「촉석루 소견」 중에서

에서 그 답을 찾을 수 있다.

　촉석루의 공간은 하늘의 공간과 등가 관계에 있음을 알 수 있다. 그곳은 하늘처럼 시간이 정지된 무한 공간으로 그려진다. 고소高所에 갈수록 몸에 느낄 수 있는 바람은 바람이라는 영원과 무의 의미를 산출한다.

　진실로 가는 자는 이같이
　밤낮을 가리잖는 그 강물 위에서

　라는 마지막 시구가 촉석루의 건축 공간이 강물과 대립되는 의미를 지니고 있음을 명시적으로 드러낸다. 이 말은 공자의 천상탄川上歎의 인유引喩로 덧없는 인간의 '죽음'을 내포하고 있는 말이다.

　그 강물 위에서 게으르다는 것은 시간에서의 초월을 나타내는 것이다.

촉석루는 수백 년 동안 그 자리에 높이 솟아 있고 강물은 계속 흘러간다. 흘러가는 것과 멈추어 있는 것, 그러므로 시간의 초월 공간으로 그려진 촉석루가 우주 공간에 있어서 하늘과 구조적인 상동성을 나타내고 있다는 것은 더욱 명백해진다.

역사적인 기념 건축물이 아니라 개인의 주거라 해도 그것의 수직성이 우주성을 띤 구조물로 기호화되는 경우도 있다.

저물도록 학교에서 아이 돌아오지 않아
그를 기다려 저녁 한길로 나가 보니
보오얀 초생달은 거리 끝에 꿈같이 비껴 있고
느릅나무 그늘 새로 화안히 불 밝힌 우리 집 영머리엔
북두성좌의 그 찬란한 보국이 신비론 標ㅅ대처럼 지켜 있나니
때로는 하나이 병으로 눕고
또는 구차함에 항상 마음 조일지라도
도련 도련 이뤄지는 너무나 擬古한 團欒을
먼 천상에선 밤마다 이렇게 지켜 있고
인간의 須叟한 營爲에
우주의 무궁함이 이렇듯 맑게 인연되어 있었나니
아이야 어서 돌아와 손목 잡고
북두성좌가 지켜 있는 우리 집으로 가자.

―「驚異는 이렇게 나의 身邊에 있었도다」[310]

　이 시는 제목에서도 암시되어 있듯이 일상적인 신변 속에서 매몰되어 있던 주거 공간이 갑자기 우주 공간과 일체화할 때 생겨나는 감동을 노래한 것이다.

　'느릅나무'는 일찌기 검토한 바대로 하늘과 땅을 잇는 우주수의 역할을 하는 것이므로 더 췌언할 필요가 없겠지만 '화안히 불밝힌 우리 집 영머리엔'의 시구에서는 지붕이 하늘과 같은 상방적 공간의 의미를 나타내고 있다. 집의 수직적인 높이가 강화되어 집 자체가 우주적인 차원의 공간과 일체화하고 있음은 '북두성좌의 그 찬란한 보국이 신비론 표ㅅ대처럼 지켜 있나니'로 되어 있는 시구에서도 알 수가 있다.

　'느릅나무', '집 영머리'의 수직선은 북두성좌의 별로 연장되어 '푯대'를 이루고 있다. 깃발의 푯대와 같은 공간적 의미를 갖고 있음은 너무나도 명백하다.

　그러나 여기의 이 집은 결코 수직적인 선만을 갖고 있는 것이 아니라는 점이다. 우선 아이가 밖에서 돌아오지 않았기 때문에 화자는 '집' 바깥으로 나가 '한길'에 서 있는 상태에서 자기 집을 바라보고 있다. 즉 집과 한길(안과 바깥)이라는 수평적인 관계로 볼

310)　『生命의 書』, 82-83쪽.

V 공간의 차원과 그 계층론　375

때, '집 안'에는 아이가 앓아 누워 있고 항상 마음 졸이는 구차함이 있다. 그리고 부정적인 의미를 띠게 된다. 이 시가 씌어지는 상황만 해도 저녁이 되어도 학교에서 '돌아오지 않고 있는 아이'를 근심하고 있는 상태이다. 인간의 수평적 공간 구조를 볼 때 그것은 '須臾한 營爲'의 장소, 주거 공간의 '擬古한 단란을' 끝없이 위협받고 있는 상황이다.

병들어 누워 있는 아이는 밖에 나가지 못하는 아이요, '밖에 나간 아이는' 아직 '돌아오지 못하는 아이'로 정반대의 불안을 나타내는 이율배반적인 공간이다.

이 집을 나가고 들어오는 수평축의 관계를 집의 벽, 문 등으로 그 의미 작용을 나타내고, 수직으로의 집은 푯대처럼 북두성좌가 지키고 있는 영마루=지붕으로 구조화된다. 그리고 그 내면에 불을 켜고 있는 집은 하늘의 별과 어울려 우주의 집이 된다. '순간의 영위'들은 우주의 무궁함에 의해 경이로운 감정으로 그 의미가 바뀌게 된다.

'북두성좌가 지켜 있는 우리 집으로 가자'의 우리 집은 벌써 수평의 집이 아니라 수직의 집으로 일상적인 차원의 주거 공간(L)이 우주적 차원(L_{+3})의 집으로 전환된 집이다. 무엇보다도 이러한 공간 차원의 전환 작용은 불빛의 코드에 의해 이루어진다. 이 텍스트에는 세 개의 빛이 있는 것이다.

① 보오얀 초생달

② 화안히 불 밝힌 우리 집

③ 북두성좌의 그 찬란한 보국

등이 그것이다. 그 화안히 불 밝힌 우리 집은 하늘에서 빛나는 천체의 하나(별)와도 같은 것으로, 지상의 집은 그 어둠에 의해서 천상의 집으로 바뀔 수 있다. 청마는 하방의 집을 이렇게 긍정적으로 그릴 때에는 반드시 밤을 이용하여 하늘을 바다로 집을 그 위에서 항해하고 있는 '배'로 비유하는 수법을 많이 쓰고 있다. 이러한 집은 수평적인 공간 기호 체계를 논하는 자리에서 보다 상세히 분석될 것이지만 청마의 '밤의 집'은 '고독하게 빛을 발하는 생물, 풀숲에서 반딧불처럼 때때로 빛을 나타낸다'.

'언덕의 펑퍼짐한 땅에 반딧불같은 당신들 집들을 나는 보겠지'[311]

그리고 땅 위에서 빛나는 집을 '풀의 별'이라 불러 인간의 집을 지상의 성좌로 나타내는 시들과 그 구조를 같이하고 있는 텍스트라 할 수 있다.

그러므로 아이의 손을 잡고 '북두성좌가 지켜 있는 우리 집으로 가자'라고 말한 것은 곧 귀가가 밖에서 안으로 들어오는 수평

---

311) G. Bachelard(1943), *L'Air et les Songes*(Librairie José Corti), p.98.

적 운동만이 아니라 땅에서 하늘로 상승하는 것과 같은 의미 작용을 갖게 된다.

'걷다'는 '날다'가 되고, '집'은 이미 '초월 공간', 하늘과 맞먹는 무한성, 고요함의 상방적 요소를 띠게 된다.

밤—'집에서 앓는 아이' 그리고 '귀가하지 않는 아이'—바깥 행길과 같은 부정적인 공간은 그것이 땅의 공간에 구속되어 있기 때문이다. 그러나 이 북두칠성의 별빛과 자기 집을 밝히는 그 등불로 하여 땅의 거주 공간은 우주 공간의 상방성과 융합하여 지상의 집은 수직으로 일어서서 하늘과 같은 긍정적 의미 작용으로 반전되는 것이다.

5 사회, 지리적 공간의 층위 —「釜山圖」

L_{+2}는 집을 포섭하고 있는 공간 마을이나 도시의 공간이다. 이것 역시 우주론적인 차원(L_{+3})에서 보면 인간이 모여 사는 마을 혹은 도시의 주거 지역 공간(사회)이다. 그것은「飛天」이나「勻配」에서 보듯이 하방(V.)에 속해 있는 것으로 특히 거리, 뒷골목, 술집, 저자 등의 인파가 넘치는 밀집된 부정적 공간의 의미소를 띠고 있다. 수많이 보아온 그 거리들이야말로 인간들이 모여 사는 지상계의 의미 구조를 드러내 보이고 있는 곳이다. 그러나 그것이 우주(L_{+3})와의 연관성에서가 아니라 그 단독(L_{+2})의 차원에서 구성 체계를 이루게 될 때, 그것은 우주를 혹은 신체 공간을 반영시켜서, 우주의 공간 구조(상/중/하의 수직적 삼원 구조)를 갖게 된다. 레비스트로스가 원네바고Winnebago족을 비롯하여 보로로Bororo족 등의 원시 취락 구조plan d'un village를 분석한 논문[312]에서도 여실히

---

312) C. Lévi-Strauss(1958), 앞 글, p.148.

드러나 있듯이 그것은 지금까지 우리가 고찰한 대로 우주 공간을 수직적인 상/하의 이항 대립으로 나누어 하늘과 땅으로 분절하고 그것에 중간항을 설정하여 삼원 구조를 만들어내는 공간 기호 체계와 일치하고 있음을 보여주고 있다.

원네바고족은 두 그룹으로 나뉘어 살고 있는데 한쪽의 이름은 '높은 데 있는 것(wangeregè)'이고 다른 한쪽에 살고 있는 그룹은 '땅 위에 있는 것(wunegi)'으로 되어 있다. 같은 평면상의 취락에서 살고 있으면서도 둘로 나뉘어진 취락 명칭과 그곳에서 살고 있는 그룹들의 이름은 수직적인 상/하의 의미를 띠게 된다. 사실 이것은 조금도 이상할 것이 없는 것이 우리가 '서울로 올라간다', '부산으로 내려간다'는 말을 쓰고 있거나 또는 교통 체계를 나타내는 말로 상행선, 하행선이라는 말을 쓰고 있는 것과 같은 예이다. 이른바 취락의 구조를 만들어내는 인간의 의식(I' image mental de I' aggione ration) 역시 우주론적인 신화 공간이나 신체, 가옥과 같은 공간 기호 체계를 지니고 있다는 증거이다.

보로로족의 마을은 동서남북의 방위(수평적)로 분할된 지역과 거리에 살고 있는 민족마다 상중하(s, m, i)의 순서로 세 개씩 막사를 배치시키고 그것들이 경상적鏡像的 대칭 구조를 형성하고 있다.[313]

313) 앞 글, p.160.

〈도표 4〉

  민족 간의 결혼이 이러한 구조에 의해서 제도화되어 있는 것은
물론이다. 여자를 하나의 기호(언어)로 보고 있는 레비스트로스에
게 있어서 결혼은 그 언어의 교환과 같은 것이므로 취락 구조는
바로 그 언어를 교환(전달)하는 문법 구조와도 같은 것이 된다. 그
취락 구조(결혼제도)를 단순화하여 모델화한 도형을 보면 지금까지
우리가 분석해서 얻은 청마의 수직 공간과 놀라울 정도로 일치된
구조를 보여주고 있다는 사실을 깨닫게 된다.

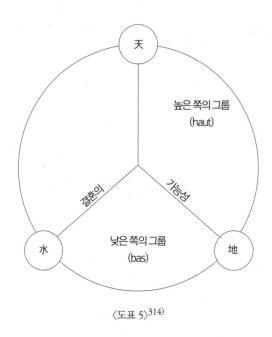

〈도표 5〉[314)

　　라고풀로스A. ph. Lagopoulos의 촌락 구조 연구[315)]도 디테일한 면
에서는 다르나 그 기본 골격이나 그가 내린 총체적 결론을 보면
우주수와 같은 공간 구조로 되어 있다. 즉 상/중/하의 수직 삼원
구조의 기호 체계를 멘탈 이미지(l'mage mentale)로 하여 부락의 구

---

314)　앞 글, p.175.
315)　A. Ph. Lagopoulos(1977), p.59.

조를 형성하고 있는 것이다. 복잡성을 피하기 위해서 알제리의 티디켈트Tidikelt에 있는 인가르In Ghar 오아시스족의 취락 구조의 경우만을 약술해 두려고 한다. 부락은 동질항(homogènes)과 이질 항(hétérogènes)으로 나뉘어진다. 전자의 경우 취락은 세 지역으로 분절되어 있는데 그것은 머리(북쪽에 위치한 세 마을, Fogani, Hadeh, Turfin) 와 (남쪽 Zawya, Sepra, Miliana, Agqbur의 네 마을) 그리고 그 중앙부에 위치한 목(switar, Gasba 두 마을)이 배치된다. 머리(상)는 남성, 배(하)는 여성이며, 목으로 상징되는 지역은 매개항으로 그 둘 사이에 낀 중앙을 차지한다. 그리고 이항 대우 형식의 양분할(binurite)의 수직 삼원 구조의 명칭을 그대로 재현시키고 있음을 알 수 있다.[316]

이러한 취락 공간 구조의 차원이 실제로 소설에 나타나면, 일종의 언어의 도시, 이미지의 촌락 같은 것이 생겨나게 되고, 그 구조화에 따라 이념, 행동, 의미의 차이 체계가 드러나게 된다. 청마의 경우를 보면 도시나 마을이 우주 공간, 또는 신체 공간과 상동성을 이루고 있음을 알 수 있다.

청마의 도시, 거주 지역의 특성은 인체로 치면 머리와 복부, 우주적 차원에서 보면 하늘과 땅의 대립을 나타내는 것과 동일한 복부나 다리에 속하는 마을이 「勾配」의 낮은 도시들이고 그 반대가 가장 이상적인 도시 공간으로 여러 번 그의 작품 속에서 재현

316) 앞 글, p.63.

되고 있는 상방의 머리와도 같은 釜山이다. 지금껏 보아온 것처럼 청마의 텍스트에 등장하는 도시나 마을의 이름들은 역시 지리 지도책의 참조물이 아니라 하나의 공간 기호로 작용하고 있다. 그것들은 신체 공간이나 주거 공간을 분석했을 때처럼 수직 삼원 구조의 공간을 나타내는 것과 순수하게 수평 구조를 나타내고 있는 것들로 분류될 수 있다.

> 그 구배에선 반짝이는 바다가 보이고
> 구배를 내려가면
> 해저같이 별다르게 화안한 市街
> 거기서 사람들은 인어같이 商賈하고
> 해가 지면
> 아무것도 안 뵈는 어둔 이 구배를
> 岸壁인 양 사뭇 기어올라오는
> 패류처럼 노한 슬픈 마음들
>
> ―「勾配」

여기의 이 도시는 '海底같이 별다르게 화안한 市街'로서 사람이 살고 있는 도시 전체가 용궁의 세계처럼 하방 공간을 형성하고 있다. 그래서 사람들은 인어와 동일시되고, '거리'의(저자) 특성인 사고팔고 하는 상매商賈도 여기에서는 평화롭게 보인다. 그러나 해가 지면 그 구배(언덕)는 안벽岸壁으로 바뀌어 인간들은 물에서 뭍으로 기어올라오는 패류처럼 그려진다.[317] '구배를 내려가면'과 '기어올라오는'의 하강과 상승 그리고 낮과 밤의 시간적 대응은 마을, 도시의 지형적 공간이 우주 공간과 상동적 구조로 그려져 있고 언덕 밑에 있는 해변, 도시는 바다와 동일시되어 있음을 암시한다. 해저, 안벽, 구류 등은 모두 바다의 연관어로서 도시 전체가 하늘, 땅, 바다의 우주 차원과 비길 때 바다의 자리에 그려지고 있다.

똑같은 지리적 조건과 도시 구조를 가지고 있어도 시점에 따라서 텍스트의 도시들은 상방(하늘)과 하방으로 나뉘어질 수가 있다. 그것은 같은 종족이 높이를 나타내는 그룹과 낮은 곳을 나타내는 반족(半族)으로 나뉘어지고, 촌락이 상/중/하의 삼원 구조로 분할되는 것과 같은 작용을 하고 있기 때문이다. 그러므로 청마의 텍스트 속에서도 '勾配'의 도시에서 사는 사람은 저부족低部族, 부산에 사는 사람은 고부족高部族이 되는 셈이다.

푸른 하늘에 닿아
포플라가 더 크지 못하는 언덕이 있는 港口

---

317) Abraham A. Moles E. Rohmer(1972), 참조.

저 아득히 水天이 髣髴한 遠方

展望은 날에 날세고 고운 憂愁에 반짝이고

검은 波濤가 山脈처럼 부풀은 고개넘어

오늘도 그리운 船舶들이 망아지처럼 쉬어 가고 또 오고

街路樹 그림자 또렷또렷 내가 걸어가는 市街는

杳漠한 海潮音에 씻기어 銀幕처럼 눈부시다.

—「釜山圖」[318]

이 텍스트에 나타나 있는 부산은 분석을 하지 않더라도 상방
성을 지닌 수직성의 도시, 하늘의 의미소를 지니고 있는 공간으
로 그려져 있다.「勾配」의 도시와는 달리 부산의 의미 작용은 하
늘처럼 상방으로 부상해 있는 공간성을 나타내고 있다. 포플러는
전술한 바대로 나무 중에서도 가장 장축성(longuidity)이 강한 수직
의 나무로서, 그 꼭지점이 높다. 실제적으로도 부산에는 언덕이
많아 수직적 공간으로 도시가 성장해 나간 도시이고, 더 이상 언
덕 위로 올라갈 수 없게 된 도시 경관은 바로 포플러가 하늘에 닿
아 성장하지 못하는 그 정점에 집약될 수 있다. 그러므로 바다까

318) 『生命의 書』, 30-31쪽.

지도 여기에서는 하늘을 나타내어 아득한 수천水天으로 되어 있고 또 다른 시에 나타나 있는 '釜山圖'319)처럼 '푸른 수평은 시가보다 높이 부풀어 구물고'로서 수직의 바다로 그려지고 있다. 이 시에서도 '검은 파도가 산맥처럼 부풀은 고개 넘어'로서 바다는 산이나 고개와 등선을 이루고 부풀어 오른다.320)

'푸른 하늘', '포플라', '언덕', '산맥', '고개', '가로수'의 어휘군들은 모두가 +수직, +높이, +상방성의 변별적 특징을 나타내고 있으며 그것들은 +팽창('부풀은')이 되는 동적 강조에 의해서 (하늘에 맞닿아 더 이상 자라나지 못하는 포플러는 도시를 하늘과 매개할 뿐만 아니라 팽창의 이미지를 준다) 기구처럼 팽팽히 떠 있는 공간을 형성하고 있다.

'반짝', '杳漠', '銀幕', '눈부시다' 등의 형용 수식구들은 하늘의 의미소와 일치하는 것으로 우리가 「市日」의 모형에서 관찰한 땅이나 거리에서 보아온 것 같은 '混雜', '喧然', '猝隘性', '密集城'과는 반대의 요소를 지니고 있음을 알 수 있다. 우주적 차원 [L+2]의 삼원 구조에서는 거리는 언제나 하방에 위치하고 부정적인 의미 체계에 의하여 기술되어 왔지만 촌락, 도시 공간의 차원[L+1]으로 전환하면 같은 거리, 시가라도 상방적 구조를 나타내고 하늘과의 유연성類緣性을 갖는 은유적인 공간이 될 수 있는 것이다. 그

---

319) 『靑馬詩鈔』, 81쪽.

320) Kevin Lynch(1960), *The Image of the City*(Cambridge : The M.I.T. Press) 참조.

렇기 때문에 그 도시의 거리를 걷고 있는 '나'는 마치 허공 속을 걸어가는 것처럼 환상적으로 그려진 아무도 없는 텅 빈 도시, 소리가 없는 도시, 영화가 끊긴 은막과도 같은 빛의 공간, 무의 공간으로 그려진다. 그래서 도시는 청마가 꿈꾸어오던 '蒼天'과 같은 행복한 공간이 된다.

이러한 도시 공간의 차원이 실제로 시나 소설의 배경으로 나타나면 일종의 언어의 도시, 이미지의 촌락 구조를 형성하게 되고 그 배치에 따라 이념의 지도, 상상적 구역을 그려내게 된다. 리샤르J. P. Richard나 풀레Poullet는 비록 기호학적 방법으로 접근한 것은 아니었으나 네르발Nerval의 시나 플로베르의 『보바리 부인(Madame Bovary)』의 연구에서 그러한 촌락 공간 구조의 분석을 통해 작품 테마로 접근한다. 주제의 변화에 따라 소설 속의 공간 설정 역시 달리 나타나고 있음을 검증해냈던 것이다.[321]

---

321)   G. Poulet(1961). "Flaubert,", pp.371-393. J. P. Richard(1955), 앞 글, "Géographie Magique de Nerval,", p.152.
　　위 두 편의 논문은 지리적 공간을 문화적 언술과 관련시킨 대표적인 예가 될 것이다.

6 자연, 우주론Cosmology적 공간―「安住의 집」

우주(L+2)의 차원은 이미 2장과 3장에서 하늘/땅의 수직 상하의 기본적 삼원 구조를 풀이하는 데서 모두 분석한 바 있으므로 여기에서는 그것이 다른 차원의 공간과 어떻게 유추되어 있는지의 관계만을 밝혀두고자 한다.

하이데거는 우리가 살고 있다는 것은 공간에 정주(定住, dwelling)한다는 이야기라고 했다.[322] 공간은 실재적인 삶을 그대로 나타내 준다. 우리는 공간을 대상으로 한다기보다는 언제나 그 공간속에 있기 때문이다. 이러한 논법으로 하면 '나라는' 존재는 바로 내 몸속에 살고 있는 것이다.[323] 그리고 집 속에 살고 있는 것이고

---

322) M. Heidegger(1971), "Building Dwelling Thinking," *Poetry, Language, Thought*, Tr. Albert Hofstadter(New York : Harper & Row Publishers, 1975), p.145.

323) 〈나는 내가 있는 공간 속에 존재한다.〉 G. Matoré(1976), *L'espace Humain*(Paris : Librairie A. G. Nizet), p.88.

집 속에 살고 있다는 것은 도시 속에 살고 있다는 것이 된다. 도시는 땅 위에 있다. 결국 하이데거는 '집' 속에 사는 인간을 하늘/땅, 모탈mortal/신성의 사중 구조로서 확대시켜 세계 내적 공간을 만들어낸다.[324] 몸속에 살고 있는 나는 우주(하늘, 땅)에 정주(定住)하고 있는 것이므로 우주가 나의 몸이고 나의 집이고 나의 마을인 셈이다.

나→몸→집→도시→우주의 등식으로 청마는 가장 안주할 수 있는 집으로서 우주 공간의 차원을 산출한다. 그것이 「安住의 집」이다.

오늘도 나의 安住의 집은
中天에 해 떠 있고
바람 들녘에 빛나고

—「安住의 집」

1연에서 태양이 떠 있는 상방적 우주 공간이 묘사되고 있다. 중

---

324) M. Heidegger(1971), 앞 글, p.84. "Poetically man dwells"의 논문에서 하이데거는 생의 공간을 '四重界', 하늘, 땅, 신성한 것, 인간(可滅的인 것)으로 되어 있고 그 안에서 사는 것과 시의 세계를 결부해서 논하고 있다. '可住空間'의 지붕은 주거와 우주를 동시에 나타낸다. "In lovely blueness blooms the steeple with metal roof"의 횔덜린의 시로부터 이 논문은 시작되고 있다.

천이란 말에서 태양은 수직의 정점성을 갖고 있음을 알 수 있다. 들녘은 위치상으로 우주의 하방적 구조에 속하는 것이지만 바람과 빛남으로 전체 공간이 하늘과 연결되어 있음을 나타낸다. 이 공간의 변별적 특징은 +상방성, +안주성으로 태양과 바람이 갖고 있는 +투명성과 +빛이다.

> 머언 멧부리에 흐르는 구름
>
> 나부끼는 풀잎
>
> 있는 것 모두 寂寂히
>
> 白金빛 喜悅의 소리없는 合唱을 드리나니.

'머언 멧부리'는 땅과 앞의 하늘을 이어주는 중간항(V_0)으로서, 구름과 맞닿아 있고($V_{0/+}$), '나부끼는 풀잎'에서 그 산이 하방적인 공간($V_{0/-}$)과 연결되어 있음을 읽을 수 있다.

시선의 순회parcours[325]가 태양→구름→멧부리→풀잎으로 하

---

325) Parcours는 공간을 이어주는 행정(行程)으로서 공간의 통사 구조라 할 수 있다. M.

강해 내려오면서 공간적 텍스트의 통사적 층위를 형성해 가고 있다. 그리고 매개 공간 V_0의 의미론적인 요소는 동태성과 정태성을 동시에 나타내 주고 있는 양의성을 지니고 있는 동작이다. 깃발의 나부낌에서 본 것처럼, 한 곳에 묶이어 있는 구속과 거기에서 벗어나 날아가려는 두 움직임이 부딪쳤을 때 '나부낌'이 있게 된다. 구속성이 없어지면 그것은 나부끼지 않고 해방성이 없으면 그것은 축 처져서 보통 물체와 마찬가지로 정태적인 것이 된다. 나무, 풀은 하방성의 뿌리를 갖고 있기 때문에 상방적인 자유로운 공간으로 상승하려고 할 때 나부낌을 갖게 된다. 그러므로 깃발의 나부낌이 '소리없는 아우성'으로 표현되었듯이 '나부끼는 풀잎'의 공간은 '소리없는 합창'으로 나타나 있다. 시각, 청각의 공감각을 통해 기술된 빛과 소리가 마음으로 전환된 것이 백금빛 '喜悅'로서 중간항의 정감적인 의미를 빚어낸다. 매개항은 의미의 세계만이 아니라 그 감각도 서로 융합하여 깊은 조응 관계를 나타낸다. 빛, 소리의 교감 속에는 구름의 가벼움과 백금의 광석적인 무게까지가 혼합되어 있으며, 구름과 풀의 나부낌 사이에는 소리와 침묵이 공존한다. '소리없는 합창'의 모순어법이 그런 것이다. 그리고 '적적히'는 하방성을 나타내는 시끄러움과 대립되는 +정적의 상방적 변별 특징을 나타낸다.

Heidegger, 앞 글, p.124.

하늘의 태양에서 땅의 풀잎까지 하강해 오던 것이 3연째에는 시점과 화자의 행위가 상승적인 것으로 이동해 간다.

하그리 적은 소망을 버리고
등성이에 호을로 오면
한장 푸른 하늘 아래
외떨기 들꽃만 寥寥히 피어

'적은 소망'은 +상방성, +안주성의 공간과는 대립을 이루는 -상방성과 -안주성의 반대를 나타낸다. 그 소망을 버리고 등성이에 '호을로' 오른다는 것은 -안주의 집에서 +안주의 집으로 옮겨가는 것을 의미하는 것이고 외시적인 의미대로 하자면 집을 나와 도시의 거리를 지나서 산에 올랐다는 뜻이 된다. 풀은 꽃으로 한층 더 우주적인 것과 어울리게 되고 '적적히'는 '寥寥히'로 이어진다.

아아 오늘도 나의 安住의 집은
漂渺하며 天地가 無礙한데
나는 뉘 모를 한톨 즐거운 씨앗이려라.

'漂渺', '無礙'로 묘사되어 있는 +무한성은 지상의 일상적인 집의 유한성 猝隘密集과의 대조적인 요소를 보인다. 안주의 집=우주[하늘/산/들]는 몸/집/마을의 유한적인 공간과 대응 관계를 갖게 된다. 그러므로 나의 탄생은 수직으로의 상승적 초월만이 아니라 모태에서 우주의 차원으로 수평적 탈출의 의미도 있다는 것을 알 수 있다. '상/중/하'는 '내/경계/외'로의 수평 구조의 텍스트 공간과 합쳐진다. 모태의 집(L₋₁)에서 집(L₊₁)의 공간으로, 거기에서 다시 집 바깥의 도시의 공간으로, 그리고 인간의 도시를 넘어 더 먼 무한한 우주의 집으로 그 탄생과 탈출의 기호는 차원이라는 경계의 벽을 돌파하며 상승/발진發進한다.

문제는 자신을 '한톨 즐거운 씨앗'에 비긴 마지막 행의 시구이다. 자신이 현실적으로 「安住의 집」에서 살고 있지 않는다는 것은 시 전체의 내용을 통해 알 수 있다. 안주의 집에서 살고 있는 것은 식물적인 것 그것도 풀 같은 존재로 여기의 유일한 생명, '寂寥' 속에서 합창하는 목소리는 풀들의 나부낌과 잡초의 꽃들이다. '씨앗'의 의미는 미리 이러한 이미지로 암시되었다.

「安住의 집」은 우주 전체의 공간인데 그 집에서 사는 주체는 씨앗으로서의 '나'이다. 무한대가 무한소에 가까운 씨앗으로 이어진다. 몸의 공간에는 나의 세포가 그리고 건축 공간에는 나의 몸이, 또 도시(촌락)에는 사회 집단체의 성원인 내가 산다. 그런데 우주에 살고 있는 것은 '씨'로서의 내가 된다.

씨는 땅에 떨어져서 싹이 되어 나온다. 한자의 생(生)이 풀싹이 나오는 형태의 뜻을 나타낸 것과 같다.

'생'은 동양에서나 서양에서나 끝없이 발아하는 것, 탄생하는 것이다. 라틴어의 gene도 '싹이 튼다', '태어나다'의 뜻이면서도 한편에서는 창조한다는 뜻과 재능(genius)과 같은 생의 능력을 의미한다.[326) '씨앗'의 집은 우주이고 우주의 집은 씨앗의 영원한 상승적 생명력의 지붕인 것이다.

　우주의 집=모태로 볼 때 $L-1^n$의 차원이 되어 어머니의 모태의 정자로서의 '나'가 우주 모태로서의 씨앗과 상관성을 갖게 된다. 엘리아데는 이 씨의 생명적 순환과 농업 문화를 관련시키고 있듯이 문학적 공간에서 씨앗은 우주를 응축한 것으로서의, 즉 공간을 생성하는 것으로서 의미를 갖고 있다.[327)

　이러한 우주의 집과 씨앗의 융합이 실제 텍스트로 나타난 것이 「期約」이다.

　　일즉이 일흠없이 썩어진 한톨 보리알이
　　스스로 지닌 그의 盟誓를 밝혀 오늘 돌아왔나니
　　노고지리 우지지는 푸른 하늘이

---

326)　수천 년 동안 인간이 식물의 주기적 재생을 관찰하지 못하였다면 즉 이로부터 인간과 종자의 연대성을 배우지 못하였다면 또 죽음 후에 죽음을 수단으로 하여 재생이 달성된다는 희망을 갖지 못하였다면, 가입의례적(加入儀禮的) 종교는 되지 못했을 것이다. M. Eliade(1964), 앞 글, p.303.

327)　앞 글, p.394.

後光처럼 꺼꾸로 물구나무선 大地의 끝으로 붙어

등을 넘어 눈부시게 물밀어

자욱히 땅에 번진 이 黃金의 讚歌를 들으라

오오 낱을 넣으라

낱을 넣어 흐르는 모개모개 榮光의 이삭을 거두어 다오.

그때 스스로 모진 念怒에 적어진 나의 뜻을 答하려노니.

—「期約」[328]

　　보리밭은 씨앗들의 발아와 상승으로 대지(밭) 전체를 하늘로 만들어버린다. 그것이 '푸른하늘이/후광처럼 꺼꾸로 물구나무선 대지의 끝'이라는 표현이다. 모진 분노에 썩어진 나의 뜻이 씨앗이 되어, 우주의 순환을 집으로 삼을 때 그것은 '뉘 모를 한 톨의 즐거운 씨앗'으로서의 생을 갖게 된다. 이 씨앗을 다시 「出生記」의 공간으로 가져가면 누리 속 우주의 땅이 어머니의 자궁이 되고 그 자궁 속의 생명이 세상으로 떨어지는 것이 나의 몸이 된다. 이것을 거꾸로 확산하면 어머니의 몸 → 집 → 마을(도시 → 우주의 관계로 확산된다.) 이렇게 나를 중심으로 해서 볼 때 그 공간의 차원은 '씨앗'으로서의 가장 하위 층위에서 가장 높고 넓은 층위의 양극으로 그 계층을 형성하고 있다는 것을 알 수가 있다.

328)　『靑馬詩鈔』, 54쪽.

VI
수평 공간의 구조와 '內' 공간

1 공간의 수평축과 그 분절

　지금까지 신화적 공간은 대개 세계 어느 곳에서도 7이라는 숫자에 의해서 기술되어 왔다. 카시러가 『상징 형식의 철학』[329]에서 지적한 즈니Zuñis족의 칠분절 형식(sevenfold form)의 '신화사회학적' 세계상은 그 점에 있어서 가장 전형적인 예가 될 것이다. 즈니족은 세계의 총체적 공간을 상의 세계와 하의 세계, 동, 서, 남, 북의 사방위 그리고 세계의 한복판을 나타내고 있는 중앙의 7개 영역으로 분할하고 있다. 그리고 그러한 방위가 단순한 방향만을 지시하고 있는 것이 아니라 어떤 의미를 나타내 주는 분절과 차이화의 작용을 하고 있다는 점에서 공간의 완벽한 기호 현상을 보여준다. 즉 '北에는 空氣, 南에는 火, 東에는 土, 그리고 西

---

329)　Ernst Cassirer(1944), *The Philosophy of Symbolic Forms*, Vol. 2. Mythical Thought(New Haven : Yale Univ. Press, 1955).

에는 水가 각기 배치된다.'[330] 뿐만이 아니라 인간의 활동에 있어서도 개개의 지위, 직업, 그리고 사회적 기능까지 그 근원적인 공간의 도식 속에 들어가 있다. 가령 '전쟁과 전사는 북에 속해 있고 수렵과 엽사는 서에 속해 있으며 의술과 농업은 남에 속하고 마술과 종교는 동에 속한다'.[331]

이러한 즈니족의 신화적 공간은 우리의 전통적인 공간 분절과 조금도 다를 바 없다. 음양오행의 토착 사상에서는 '東-木', '西-金', '南-火', '北-水', '中央-土'로 되어 있고 거기에 땅(음)과 하늘(양)을 합쳐 일곱 단위의 세계상을 형성한다.[332] 그 물질적 요소를 배치하는 방법에서는 약간의 차이가 있으나 우주 공간을 사방위와 중앙으로 나누고 그 방위에 방향성만이 아니라 가치 체계를 부여하고 있다는 점에서도 똑같다.

그런데 여기에서 문제가 되는 것은 그 일곱 개의 영역(분절) 가운데 이미 우리가 검토한 바 있는 수직 공간의 상하를 제외한 동서남북의 사방위와 중앙, 즉 수평적 공간에 관한 것이다. 이미 단

---

330) 앞 글, p.87. 세계 공간이 이항 대립 체계에 의해 7개의 요소로 분할되어 있다는 사실은 엘리아데의 종교현상학적 접근에서도 명확히 드러나 있다. 그것이 바로 〈우주란宇宙卵〉이다. M. Eliade(1949), *The Quest : History and Meaning in Religion*(Chicago : The Univ. of Chicago press, 1969).

331) 앞 글, p.87.

332) 권백철, 「오운대기체질학」, 동양역리철학원(발간 연대 미상), 21쪽.

330) 앞 글, p.87. 세계 공간이 이항 대립 체계에 의해 7개의 요소로 분할되어 있다는 사실은 엘리아데의 종교현상학적 접근에서도 명확히 드러나 있다. 그것이 바로 〈우주란宇宙卵〉이다. M. Eliade(1949), *The Quest : History and Meaning in Religion*(Chicago : The Univ. of Chicago press, 1969).

331) 앞 글, p.87.

332) 권백철, 「오운대기체질학」, 동양역리철학원(발간 연대 미상), 21쪽.

편적으로 언급한 바 있으나 수직축 공간에 비해 수평축의 공간 분절은 훨씬 복잡하고 그 기준이나 상황에 따라 성격이 서로 달라지게 된다. 가령 방위를 네 방향으로 나타내지 않고 개개인의 신체를 기준으로 하여 전후, 좌우로 분절할 수 있기 때문이다. 그럴 경우 같은 사분절이지만 전혀 그 성격이 다르다는 것을 알 수 있다. 동서남북의 방위 개념은 자연적인 실재체를 갖고 있는 것으로(전체의 운동과 방향) 다분히 에틱 차원의 것이라고 할 수 있다. 그러나 전후, 좌우는 화자의 신체성을 중심으로 한 이항 대립의 구조적인 관계 속에서 존재하는 것으로 에믹 차원에 속하는 단위이다.[333] 그렇기 때문에 이차 체계로서의 공간 언어로는 방위보다 전후좌우의 분절 방식이 훨씬 유효성을 나타내고 있음을 알 수 있다. 그것은 '좌/우'라는 말이 물리적인 방향성만이 아니라 생과 사, 선과 악, 진보와 보수, 진과 위 등 세계 어디에서고 어떤 가치나 심리의 이항 대립적 의미 작용을 나타내고 있는 기호 표현으로 널리 사용되고 있다는 점이다.[334] 그리고 '전/후' 역시 시간의

[333] 四方位를 신체성을 기준으로 하여 전후좌우로 분절한 예로서는 블루머와 무어의 연구를 들 수 있다. K. C. Bloomer and C. W. Moore(1975), 앞 글, p.40.

[334] 좌우의 이항 대립적 의미의 연구로 가장 널리 알려져 있는 것으로 Needham(1958)을 들 수 있으나, 그것을 기호론적 입장에서 분석한 것은 Faron의 연구 〈Symbolic Values and the integration of society among the Mapuche of Chile〉을 들 수 있다. Faron이 제시한 좌수 우수의 마푸치 도표는 아래와 같다. John Middleton(1967), *Myth and Cosmos-*

분절을 위시하여 전이사처럼 대립과 차이의 구조적인 관계를 지시하는 언어로 쓰이는 예가 많다.[335]

신화지리학적인 텍스트와는 달리 일상적 차원의 공간 텍스트에서는 동서남북보다 전후좌우의 분절 형식이 더욱 관여적relevant일 경우가 많다. 그것이 혼합되어 절충을 이룬 것이 동=전 서=후, 남=좌 북=우의 코드 전환에 의한 번역이다.

예술 텍스트와 신화 텍스트의 시차성도 바로 그 수평 분절에서 일어난다. 신화지리학적 텍스트가 천체나 지형의 자연 조건을 기준으로 한 것인 데 비해, 예술 텍스트는 기호 사용자의 신체성을

(Austin : Univ. of Texas Press), p.172.

Left	Right
evil	good
death	life
night	day
sickness	health
wekufe(evil spirits)	ancestral spirits
sorcerer	shaman
underworld(reñu)	afterworld(wenumapu)
kai kai	tren tren
poverty	abundance
hunger	fullness

335) 성적 차이를 나타내는 일상적인 젠더 공간은 방위보다 좌우의 이원성에 의해 이루어진다. 일리치는 동양의 '음양'을 비롯해 이 문제를 널리 다루고 있다. Ivan Illich(1982), *Gender* (New York : Pantheon Books), p.72.

기점으로 하여 구성된 공간이기 때문이다.[336] 그러나 예술 텍스트 안에서도 다시 그 성격에 따라 수평 분절 방식은 서로 달라진다.

예를 들자면 우주수의 경우 그것이 도상일 경우, 그 텍스트의 수평 구조에서 관여하게 되는 것은 좌우라는 개념이다. 도상적인 것은 이차원의 평면에 그려져 있기 때문에, 사방위의 분절이 불가능해진다. 그 분절은 자연히 삼차원의 공간에서와는 달리 수직의 상중하에 양손을 폈을 때와 같은 신체의 좌우 방향만이 수평 분절을 가능케 하기 때문이다. 물론 그림 속에 천체 등을 그려 넣어 사방위를 암시할 수 있으나 그렇게 되면 이미 그 공간은 형식에서 실질로 바뀌어지고 만다.

반대로 무용과 같은 공간 텍스트에 있어서는 이차원의 공간 속에서 그 동작에 의해 자유로 방향을 바꿀 수 있으므로 정태적인 사방위나 평면도상 같은 '좌우'의 변별 체계보다는 '전/후', '개/폐'(옴츠리고 펴는 것)와 '전진/후퇴', '정지/회전' 등을 유의적 단위로 삼게 된다. 그리고 건축의 공간적 텍스트와 도시의 텍스트는, 수직과 사방위는 물론 '내/외'라는 위상적인 분절 방법이 그 이산적 단위를 만들어낸다. 이미 부분적으로 관찰한 바 있지만 바슐라르는 『공간의 시학』에서 집을 중심으로 한 공간 체계에서 그 의미

---

336)   K. C. Bloomer and C. W. Moore(1975), 앞 글, p.40.

작용을 상/하의 수직축과 내/외의 구심점을 주축으로 한 수평의 이항 대립으로 분할하고 있다.[337]

남향집이라는 말도 있듯이 실제 생활에서는 방위가 중요한 의미를 갖고 있지만 예술의 공간 기호 영역에서는 그보다 내/외의 분절이 더 큰 비중을 차지하게 된다. 집은 벽으로 이루어져 있으며, 그것은 근본적으로 안과 밖을 나누기 위해 존재하는 것이기 때문이다. 그러므로 내/외의 경계인 문과 창이 중요한 의미를 형성해내는 것도 벽이 있기 때문에 비로소 가능한 것이다. 가령 로마의 파르테논과 같은 건물이 다른 일상적 주거 건축과 변별되는 것은 방위보다는 창의 위치에서 비롯된다.[338] 수평적인 방향은 벽으로 모두 차단되어 있고 창은 천장으로 뚫려져 있기 때문이다. 이러한 공간은 내/외가 상/하로 되어 있어 수평의 집(세속적)을 수직의 집(성적)으로 전도시킨, 종교적 의미를 자아낸다. 파르테논은 수평적인 지평으로 향해 열거나 닫거나 하는 것이 아니라 하늘과 땅이 수직으로 교통하는 '영'들의 집인 까닭이다.

---

337) G. Bachelard(1958), 앞 글, pp.34-35.

338) 교회, 또는 판테온과 같은 종교적 건축물들은 수평적으로 향한 개구부들(벽에 뚫린 창)은 모두 틀어막고 오로지 하늘을 향한 수직적인 개구부, 즉 하늘을 향해서만 창을 뚫어놓았다. 그것은 바로 육체적인 것과 대립되는 정신적인 접촉만을 강조한 의미 작용이다. 수직만이 상징적 개구부로서 다루어져 있는 것이다. C. Norberg-Schulz, *Existence*, (1971), 앞 글, pp.89-90.

이러한 사실을 종합해 보면 우리는 그것이 이차원의 평면도상이든, 혹은 삼차원의 공간 속에 있는 무용(신체)이나 건축 공간이든 상/중/하의 수직적 분절에는 변함이 없으나 수평 분절은 텍스트의 공간적 성격과 차원에 따라 그 변별 특징이 달라지게 된다는 사실을 알 수 있다. 같은 신화 공간이라 하더라도 하늘이 땅과 관련될 때에는 상/하의 수직 체계가 변별 특징이 되지만, 하늘 자체만을 놓고 볼 때에는 사방위로 분절되어, '남쪽 하늘에 있는 전방과 북쪽 하늘에 있는 후방……' 등의 장소적 구분이 생기고 이러한 분절에서 로마 신탁의 전체계가 전개된다. 새가 날아간 방향으로 점을 친 고대 로마의 그 신화는 지상적 행위의 징조를 알기 위해, 천공을 일정한 단층으로 분절하여 관찰하는 데서부터 시작되었기 때문이다.[339] 그런가 하면 또 엘리아데는 '원시적 인간들이 항상 자기가 살고 있는 영역과 그것을 둘러싼 미지의, 그리고 불확실한 공간을 대립적인 것으로, 즉 코스모스와 카오스의 내/외 공간으로 크게 우주 공간을 분절해 왔다는 사실'[340]을 밝혀 주고 있다.

　　문제는 문학적 텍스트의 경우에 있어서 수평축을 어떻게 분절하느냐 하는 것이다. 문학의 공간에서는 이차 도형처럼 좌·우나

---

339)　O. F. Bollnow(1980), 앞 글, p.66.
340)　M. Eliade(1957), 앞 글, p.29.

삼차 공간의 생활 공간에 있어서의 방위(동·서·남·북)가 분절 단위가 되기는 어렵다. 대개 그것은 실질의 의미, 일차적인 대상 언어의 체계에서만 유효할 뿐, 세계의 상을 기술하는 이차 체계의 텍스트 내의 공간에서는 거의 기술이 불가능해진다.

서장에서 본 정철의 시조 중에서 중이 가는 방향이 사방위 중 어디인가는 문제가 되지 않는다. 이때 관여되는 공간은 전·후이고 안·밖이다. 여기에서 덧붙여야 할 것은 이 시조를 읽고 시험자들에게 그림으로 그려 보이게 하면 중이 좌를 향해서 걸어가고 있는 것과 반대로 우를 향해서 걸어가는 두 종류가 나타난다. 즉 문학 텍스트의 수평축에 있어서는 좌우가 실제적 의미가 될 수 없다는 점이 명확하게 드러난다. 좌로 가든 우로 가든 그것이 의미하는 공간 분절은 앞/뒤이고(앞/외, 뒤/내) 앞쪽에는 산이, 또 뒤쪽에는 인가人家, 그리고 그 경계에는 다리로 배치되어 있다. 그렇기 때문에 신화 공간의 7영역이 문학 텍스트의 공간으로 나타날 때에는 방위를 중심으로 한 수평 분절이 로트만의 위상기하학적 분절 방식으로 전환되어야 한다는 충분한 근거가 생겨난다.[341] 로트만은 「문화의 유형론적 기술에 관한 메타 언어론」이라는 논문에서 공간의 이산성(분절화된 공간)을 위상기하학적 개념을 이용하여 연속, 인접, 경계 등으로 유형화하고 있다. 그렇게 되면 수직,

341) Yu Lotman(1975), 앞 글, p.100.

수평의 대립 관계가 애매해지기 때문에 로트만의 그 분절 방식을 수평 분절에만 적용, 그를 수정하고 다시 체계화하면 다음과 같은 도표로 정리할 수가 있다.

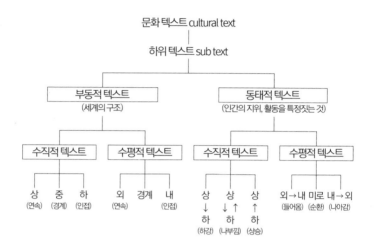

〈도표 1〉

이 도표를 보면 수평적 텍스트의 성격이 명백하게 드러난다.

첫째, 수직적 텍스트보다 수평적 텍스트는 동태적 텍스트에서 보다 특징을 뚜렷하게 나타낸다. 부동적 텍스트는 '세계는 어떻게 만들어져 있는가?'라는 물음에 답하는 것으로 세계상의 구조를 성격화하는 것이다. 주로 시의 경우가 이 부동적 텍스트로 나타난다. 그러므로 인간이나 가동적 주체보다는 하늘(천체), 땅(초목),

산과 같은 정태적 장소성이 그 기저를 이루게 된다. 주로 여기에 속하는 텍스트는 공간을 분할하고 건축하듯이 짓는 것이다. 수직이든 수평이든 우주를 칸막이로 막아 여러 의미의 공간들을 만들어내는 역할을 한다.

그러나 동태적인 텍스트는 만들어놓은 그 집에서 사람이 사는 것과 같다. 어휘적 층위(lexical level)의 공간이 한 인물(주어)의 움직임에 의해 술어를 갖게 되고 통사적 지위(syntactical level)로 승격하게 되는 것이다. 공간 이동의 그 궤적에 따라 이른바 서사적 예술의 텍스트는 플롯(러시아 형식주의 용어에 따라 로트만은 sujet라고 말한다)을 갖게 된다. 즉 '세계는 어떻게 만들어졌는가?'라는 물음에 답하던 공간의 텍스트는 '무엇이 어떻게 해서 일어났는가?', '그는 무엇을 했는가?'의 물음에 답하는 텍스트로 바뀌게 되는 것이다.[342]

인간의 경우 아래에서 위로 위에서 아래로 상승, 하강하는 행위는 극히 제한되어 있으며(계단을 오르내리는 것, 등산, 그네, 비행기의 탑승 등) 추상적이고 비일상적인 것인 데 비해서, 수평적 이동은 지상에서 이루어지는 모든 행위의 특성으로 구체적이고 일상적인 것이다. 즉 수직적 이동은 종교적, 형이상학적, 관념적 행동으로 성적(聖的) 세계를 나타내고 수평적 이동은 보다 생활적·물질적인 현실적 행동으로 세속적 세계의 욕망을 표시한다.

342) 앞 글, p.102.

이와 같은 성격을 감안하여 로트만의 문화적 텍스트의 분절을 이용하면 수평 텍스트를 분석, 기술하는 데 새로운 조명을 가할 수 있게 된다. 그리고 수평적인 내/외는 수직의 상/하보다도 그 공간 영역에 따라 수시로 그 대립 관계가 변하고 또 동태적 텍스트 안에서는 항상 유동적인 궤적의 점이 되기 때문에 수평 분절의 전제가 되는 그 분석에 있어서도 다이내믹한 방법이 요구된다.

2 내/외 공간

　로트만은 문화 공간의 가장 단순한 분할의 타입으로서 내/외
두 영역을 들고 그것을 이렇게 정의하고 있다. '삼차원(평면)의 공
간이 여기에 주어져 있다고 하자, 이 공간은 경계선에 의해 두 개
의 부분으로 분할되어 있으나 그 경우, 한 부분에 점의 유한집합
이, 또 한쪽 부분에는 점의 무한집합이 있고 그것들이 함께 합쳐
지면 보편적 집합(universal set)을 형성하게 된다. 이 같은 경우로부
터 그 경계선은 닫혀진 곡선, 동질동상적(homeomorphic)인 원이 되
어야 한다. 그러면 조르단Jordan의 공리에 의해서 경계선은 평면
을 외적(external), 내적(internal)이라는 두 영역으로 분할된다. 이 문
화 모델의 가장 단순한 의미론적 해석은 다음과 같은 대립의 '도
표 2'로 표시된다.[343]

---

343)　앞 글, p.114.

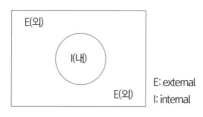

〈도표 2〉

그리고 이 같은 타입의 문화 모델에 방향성을 낳게 되는 시점
으로 일정 공간의 상위점(superposition)을 결정한다. 그리고 텍스트
시점과 문화 모델의 내적 공간이 합치된 경우에 생기는 방향성을
직접적 방향성(direct orientation)이라고 부르며 '도표 3'으로서 표시
한다.

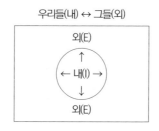

〈도표 3〉

그리고 그와는 반대로 텍스트의 시점과 외적 공간의 점들이 합
치되었을 경우에 생겨나는 방향성을 역방향성(inverse orientation)이

라고 부르고 '도표 4'로 나타낸다.[344]

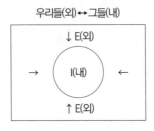

〈도표 4〉

　로트만의 문화 모델은 넓은 의미에 있어서의 문화 텍스트를 다루고 있으므로 공간의 차원을 구분하지 않고 있지만 우리가 직접 문화적 텍스트를 정밀하게 분석하고 개개 작품에 적용하기 위해서는 오툴의 공간 기호의 층위를 이 도표와 병행시켜야 할 것이다. 구체적인 예로서 이 내/외의 대립을 집(L)에 적용시킬 경우, 집 안은 '내' 공간이 되고 집 바깥은 '외' 공간이 될 것이다. 그리고 시점은 가족과 집 안에 있는 경우와 그 밖에서 집을 바라보는 역방향성으로 나누어진다. 그리고 거기에 우리(가족)↔그들(외)의 관계가 생겨난다.

　그것을 개개인의 신체 공간(L-1)을 중심으로 할 때, 같은 집 안

344)　앞 글, p.105.

에서도 아내는 안사람, 남편은 바깥사람으로 부르고 가옥 구조도 안채, 바깥채(사랑방)로 분할되듯이 여자의 공간(I-안), 남자의 공간 (E-바깥)이라는 이른바 젠더gender 공간이 생겨나게 된다.[345] 그러므로 같은 가족이라도 성에 따라 아내의 경우엔 '도표 2'와 같은 직접적 방향성이 되고 남편의 경우엔 '도표 3'처럼 역방향으로 나타난다.

이러한 차원이 사회나 국가적 차원으로 되면(L+1), '내'는 '국내'가 되고 '외'는 '외국'이 된다. 물론 이 차원을 더 세분화하면 유럽 사람들이 편지 봉투의 주소를 쓰는 것처럼 작은 공간에서 점점 크고 넓은 공간으로 그 경계를 달리해 갈 수가 있다.

'L+2'의 우주적 차원으로 보면 코스모스와 카오스의 상태로까지 그 영역은 달라지게 된다. 비단 물리적인 것만이 아니라 질적인 차원에 의해서도 공간의 내/외는 여러 가지 대립 구조를 낳게 된다.

청마의 텍스트에 있어서도 수직축에 비해 수평적인 공간 분절은 복잡하고 유동적인 형태를 띠고 있다. 그러나 그것들을 자세히 관찰해 보면, 전/후이든 개/폐이든 중심/주변이든 어떤 경우라도 내/외의 이항 대립 체계로 구축되어 있다는 것을 알 수 있다. 그리고 그 대립항의 성격과 가치론적인 의미 해석을 분석해

345) Ivan Illich(1982), 앞 글, 참조.

보면 그의 문화적 텍스트의 코드를 분명하게 해독할 수가 있다.

우선 내/외의 최하 층위는 신체 공간(L-₁)에 속하는 것으로 수평
축은 개체를 중심으로 한 공간의 대립에 의해 그 의미 작용을 나
타내게 된다. 그중의 하나가 일리치Ivan Illich가 지적한 바 있는 젠
더 공간³⁴⁶⁾으로서 남·녀의 성별에 의해 내/외 대립이 이루어지게
되는 경우이다.

수직·상/하의 분절로 보면 상이 남자의 공간이 되고, 하는 여
성의 공간이 된다. 신화의 공간에서 성혼聖婚의 대우신待遇神으로
천공신의 남성과 짝을 이루는 것은 지모신으로 되어 있다. 뿐만
아니라 상방은 정신적, 하방은 물질적이라는(동양의 역(易)에서도 양의
정신성에 비해 음은 물질성을 뜻한다) 그 같은 가치 부여에 따라서 어머니를
뜻하는 라틴어인 'mater', 'matrix'(자궁)는 다 같이 'matière'(물질)

---

346) Ivan Illich(1982), 앞 글, pp.105-108. 일리치는 남녀의 공간적인 분계(分界)의 의미를
저서 『젠더gender』 제5장에서 다루고 있다. 성의 역할은 남성 공간과 여성 공간으로 그 뚜
렷한 분계선을 이루고 있으며, 이 영역을 침해하는 것은 '문법에 맞지 않는 것'으로 질서
를 문란케 하는 것과 같다는 토착사회(vernacular)의 환경을 상세히 논하고 있다. 일리치가
말하는 젠더로서의 공간화된 영역이 기호적 공간이라는 것은 그것이 '동물세계의 그 영
역 분할'과 혼동해서는 안 된다는 것을 강조하고 있는 것을 보아도 알 수 있다. 토착사회
(vernacular)의 공간은 각기 젠더가 뚜렷한 계층적인 환경으로 이해되지 않으면 안 된다고
말하면서 '두 종류의 영역을 다원적으로 관계 지워지는 것, 즉 배열편성, 종속, 병치(An-In-
einander-Unter-und zuordnung)로 파악되어야 하는 것으로 균질 공간의 계층적 서열과는 현저
하게 대조를 이루고 있다'는 것 등을 밝혀주고 있다.

에서 온 말이다.[347] 그러나 이것이 수평축의 공간 모델에서는 여자는 내(H-), 남자는 외(H+)의 위치에 있게 되고 실제 명칭도 안사람, 바깥사람, 그리고 가옥의 건축 구조에 있어서도 안채와 바깥채(사랑채)로 분할되어 있다.

청마의 「出生記」에서 그의 탄생 공간은 두말할 것 없이 '장지 안'으로 표현된 어머니의 공간이고 아버지는 책을 읽는 바깥 사랑채의 공간으로 분할되어 있다. 그러한 젠더 공간을 극적으로 보여주고 있는 것이 「大邱에서」[348]라는 시이다.

冬至 가까운 慶北 大邱의 거리는 흐리어
사람마다 추운 날개를 가졌었다

'겨울', '거리', '흐리다', '추운 날개'의 의미 그룹은 이미 '大邱'라는 고유명사의 지시 작용(denotation)과 다른 이차 체계의 공간 모델을 형성하고 있다. 그것은 모두가 '내'에 대립되는 '외' 공간을 구성하고 있기 때문이다. 차가운 것/따뜻한 것의 온도 감각은 항상 차가운 것이 바깥, 따뜻한 것이 내부라는 함축적 의미를 담고 있다. 인간의 신체에 있어서도, 방에 있어서도 그것들이 바

---

347)   P. Guiraud(1978), 앞 글, p.47. mater(어머니)는 matrice(자궁)과 matiere(물질)이다.
348)   『鬱陵島』, 38쪽.

깥과 구별되는 요소 가운데의 하나가 이 한냉의 변별 특징에 의
해서이다. 날개는 역시 날아가는 것, 둥지 밖으로 나가는 것으로,
그것은 하늘처럼 넓은 외계와 연관된다. 거기에 '추운(寒)'이란 말
이 붙음으로써 이중으로 외계 영역을 나타내고 있다.

그러므로 이 첫 연은 깃털의 둥지 같은 아늑한 방 안, 따뜻한
아랫목에 있는 '내' 공간의 사람들과의 대립, 차이로 이루어져 있
음을 쉽게 파악할 수가 있다.

'외' 공간 속에 자리한 '거리'의 인간들을 대표하는 것이 2연째
의 회상 형식으로 기술된 '아버지'이다.

> 일찌기 나의 아버님께선 해마다
> 고향의 앞바다 빛갈이 유난히 짙어 차겁게 빛날 때면
> 밤일수록 슬피우는 윤선을 타고
> 나의 알수없는 먼먼 슈으로 가시고
> 가랭이 탄 바지 돌띠 띤 나는
> 수심하는 어머니 반지고리 곁에 놀며
> 어머니와 더불어 손곱아 기다렸느니
> 젊은 아버지는 이렇게
> 이곳 낯설은 거리에 내려 추운 날개를 하고
> 장끼를 들고 唐材 藥材를 뜨셨던구나
>
> ―「大邱에서」

추운 날개를 하고 거리를 돌아다니는 사람들이 바로 '아버지'라는 것은 이 연의 마지막 '이곳 낯설은 거리에 내려 추운 날개를 하고'에서 명확해진다. 그리고 이와 반대되는 공간과 사람이 고향집 안방에 있는 '어머니', '아이'라는 것도 분명해진다. 여기의 아버지는 '안'으로부터 '밖'으로 나가는 동태적인 하위 텍스트를 만들어내고 있다. 내(H-)→외(H+)로 간다는 것은 방→집→고향→'낯선 거리'로 이동해 가는 공간의 확산성과 밖으로 향한 궤적을 만들어내고 이것을 역순으로 하면(아버지가 돌아올 때) 그 공간은 밖에서 안으로 집약되고 구심점을 향해 응축되는 운동이 일어난다.

'고향의 앞바다 빛갈이 유난히 짙어 차겁게 빛날 때면/ 밤일수록 슬피 우는 윤선을 타고/ 나의 알 수 없는 먼먼 슈으로 가시고'의 2연 3행은 내에서 외로 나가는 매개항이 되는 공간으로 집과 대구의 거리 사이에 있는 공간의 특성을 잘 나타내고 있다.

앞바다에는 공간의 방향성과 확산성의 두 변별 특징이 있다. '앞바다'의 '앞(前)'은 남성 공간의 전진적 방향성이고 그와 대립되는 뒤는 여성 공간의 후진적 방향을 보이는 것으로 이 텍스트에서는 무표로 되어 있다. 바다는 넓은 공간으로 이와 대립되는 것은 좁은 공간, 집의 방이 된다. 좁은 공간에서 넓은 공간으로 확산해 가는 것이 '아버지'의 행동이다.

그 바다의 빛깔을 '유난히 짙어 차겁게[349] 빛날 때'라고 한 시구 속에서도 아버지 공간의 변별 특징이 내포되어 있다. 색채로 볼 때 짙은 것, 온감으로 볼 때 차가운 것이 젠더 공간에 있어서 남성적인 표지가 된다. 무엇보다도 그 두 공간을 뚜렷이 갈라놓는 것은 윤선이란 말이다. 도구성을 공간 코드로 전환하면 '가구'(집 안에 있는 것)와 승용물(밖으로 나가는)의 내/외로 분할시킬 수 있다.[350] 이 텍스트에서 윤선에 대립되는 도구는 '어머니 반지고리'이다. '반짇고리'는 여성의 젠더 공간을 나타내는 대표적인 의미작용을 하는 것으로 이 좁은 상자는 집→방→안방→반짇고리로 '내' 공간의 가장 은밀하고 축소화된 공간을 나타낸다.

거리에 있어서도 원/근 대립을 찾아볼 수 있는데 '먼먼'으로 중복 강조된 원거리 공간이 아버지 공간(남성)이고 그에 비해 어머니 공간은 가까운 곳, '반지고리 곁에'의 그 '곁'의 가까운 공간성으로 특징지어진다.

어떤 동사이든 거기에는 공간적인 구조가 숨겨져 있다. 이 텍

<hr />

349) A. Maurice의 〈Les chambres en Basse Provence-histoire et ethnologie〉에서는 남성 공간과 여성의 공간에 대한 격차가 기술되어 있다. 선술집, 카니발 준비를 하는 원형의 마당, 교회 광장의 양지바른 벤치 등 외부공간은 남성의 영역이다. 집안의 가장 나이 많은 남자만이 다음에 수확될 밭길을 특별한 낫으로 열고 앞으로 나간다. 프로방스 지방에서는 물리적인 확산성을 가진 공간이 남성 공간이 된다. Ivan Illich(1982), 앞 글, p.109.
350) C. Norberg-Schulz(1971), p.30.

스트에서 아버지에 걸리는 동사는 '타고', '가시고', '내려', '들고', '뜨셨던구나' 등으로 공간을 횡단하고 사물을 움직이는 동태적 텍스트의 특성을 나타낸다. 더 정확하게 말하면 단순히 바깥 공간에만 있는 것이 아니라 '아버지'의 공간적 특성은 내에서 외로 두 개의 공간을 횡단하는 동태성에 있다고 할 수 있다. 아버지가 집을 떠나 낯선 도시의 거리를 이렇게 옮아가는 횡단성은 물론 그 아버지가 의원이라는 전기적 사실의 층위에서 보면 약재를 구하기 위한 행위이다. 그러나 이것 역시 하나의 '슈제트'를 갖고 있는 텍스트로 보고 내에서 외로 나가는 공간 체계로 보면 '멀리 떨어져 있는 '외' 공간으로 나가는 행위'로서 '당재(唐材)'라는 '당'(한국에는 없는 것, 고향의 '내' 공간에는 없는 것)이 그 의미에 관여하게 된다. 그것은 일종의 낯선 공간을 찾아 나서는 서사적 텍스트의 요소로 약재상이 있는 도시의 거리는(교환성) '반짇고리'의 저장성(버린 것을 넣어두는 일상성), 내밀성, 재생산성의 여성 공간과 대립되는 가치 범주를 나타낸다.

'수심하는 어머니 반지고리 곁에 놀며/어머니와 더불어 손곱아 기다렸느니'에서 지금까지 무표적 공간이던 여성 공간(H-)이 곁으로 드러난다. 여성 공간은 아이의 공간(유아 H-)과 동질적인 것으로 '가랭이 탄 바지'는 밖으로 나갈 수 없는 부동성, '돌띠 띤'은 걸어 다닐 수 없는 유아의 행동으로 반짇고리 곁에 묶여 있음을 나타낸다. 그래서 반짇고리를 더욱 극단화하면 여성의 자궁과 같은 밀폐 공간이 되어버린다. 그리고 '놀며'는 아버지의 약초를 구하는 '일하다'와 대응되는 기능을 갖게 된다.

이러한 유아 공간은 여성적 '내' 공간을 특징짓는 것으로 반짇고리가 가지고 있는 좁은 상자로서의 공간, 자잘한 물건을 가둬두는 폐쇄 공간, 한 곳에 앉아 하는 가내노동인 바느질과 연결된다.[351] 그리고 여기서 어머니는 아버지를 기다린다. 남성 공간에 관련된 동사 '구하러 나가다'와 대응되는 것이 여성 공간에서는 '기다림'의 부동성으로 되어 있다.

변별성 〳 성	아버지(외공간)	어머니(내공간)
방향성	앞	(뒤)
광명성	명(빛나는)	(암)
색채성	농(濃)	(담淡)
온감각	냉	(온)
도구성	승용물(윤선)	가구(반짇고리)
거리	먼(먼먼)	근近(곁에)
객지	(낯선)	고향

〈도표 5〉 젠더 공간('외'로서의 남성 공간과 '내'로서의 여성 공간)

결국 이 텍스트의 공간 범주는 '고향집/대구거리', '반짇고리/

---

351) Ivan Illich, 앞 글, p.45. 일리치는 여성의 가사노동을 〈shadow-work〉로 특징지우고 있다. 직역을 하면 여성의 가사노동은 그늘과 어둠 속에 숨겨져 있다는 뜻이다.

약재상점'의 내/외로 구성되어 다음과 같은 도식을 만들어낸다.

내 오늘 장사치 모양 여기에 와서
먼 八公山脈이 추녀끝에 다달은 저잣가 술집 가겟방에 앉아
遼遠한 人生의 輪回를 寂寞히 느끼었노라

최종 연에서 어머니와 동일성을 이루었던 반짇고리 곁의 '나'는 이제 아버지와 동일성을 이루며 대구 거리에 와 있는 어른이다. 이 동일성은 대구가 남성으로서의 젠더 공간이 되기 때문에 가능하다.
수직적인 텍스트에서 산은 상/하를 매개하는 중간 공간이었으나 수평적인 텍스트에서는 높이보다 산맥의 수평적 연속선으로 격벽隔壁과 같은 경계 공간의 의미 작용을 하고 있다. 즉 여기와 저기를 갈라놓는 경계선(border line)으로 '八公山脈' 이편 쪽의 바깥 공간에는 '저잣가', '술집', '가겟방' 등 고향의 집, 어머니의 집과 대응되는 거리의 집들이 있다.
술집이나 가겟방은 모두 '내' 공간을 갖고 있지 않은 집으로 바깥 거리와 직접 통해 있는 남성적 공간의 하나이다. 그 공간은 거래하는 곳, 사고팔고 구하고 주는 것으로 항상 열려져 있는 개방성을 지니고 있다. 그것이 '오늘 장사치 모양 여기에 와서'의 시구에서 보여주고 있는 장사치의 공간적 의미이다. 그것은 목적성, 개방성(타자와의 관계), 유동성의 변별 특징을 나타낸다.

장사는 노는 것과는 달리 뚜렷한 목적성을 띤 행동이다. 장사치 모양 여기에 왔다는 것은 별 볼 일 없이 왔는데 마치 뚜렷한 목적이라도 있는 듯이 이곳에 들른 것 같다는 느낌을 나타낸다. 또한 상(商)은 남성 공간, 농(農)은 여성 공간이 되어 내/외의 대립 관계를 보인다.[352] 아버지처럼 되는 것, 그것은 집을 떠나 윤선을 타고 멀고 먼 당나라에서 온 약재를 구하기 위해 추운 날개를 하고 낯선 거리에 내려야 하는 것이다.

결국 젠더 공간은 '나'의 신체성과 환경을 나타내는 내/외의 공간 모델을 형성하는 예술적 요소의 하나이다. 그리고 '내'에서 '외'로 횡단적 행위를 나타내는 동태적 텍스트의 가장 하위 공간의 층위를 형성하는 '슈제트'이다. 그렇기 때문에 집 안에 있는 나, 그리고 집 안의 것을 긍정적으로 나타내는 텍스트의 공간은 여성적인 젠더 공간과 유사한 의미 작용을 형성한다. 부동적 텍스트의 성격을 띤 청마의 텍스트를 수평적 공간 구조로 분석해 보면 모태적인 '내' 공간을 향해 들어가는 텍스트와 거기에서 벗어나 먼 바깥 공간으로 끝없이 탈출해 가려는 아버지의 '외' 공간(외)이 각기 대립된 시 형태를 만들어내고 있음을 쉽게 발견할 수 있다.

---

352) 엘리아데는 여성과 농경 사이에 항상 연대성(solidarité)이 있음을 지적하고 있다. M. Eliade(1964), 앞 글, p.282.

3 비호庇護 공간으로서의 집

어머니의 공간은 여성 공간이므로 아내의 공간과 동일한 것이다. '집'(L)의 차원으로 분할된 청마의 텍스트에서 '내' 공간을 만들어내는 기호는 '아내와 아이들'로 되어 있다. 한국어의 '아내'나 또는 '안사람'이라는 호칭 자체가 '내' 공간(안)과 관계를 나타내고 있는 것으로 「早春」의 경우에서도 보았듯이 청마는 그 말을 시어로 많이 쓰고 있다.

안해는 빨간 손으로 김장을 하고
나는 마당에 나와 헌옷을 끄내 손보고
午後가 되니 날은 흐리고 치운 바람이 일어—
이것이 가장 덧없는 목숨의 영위일지라도
가장 덧없는 영위이기 내 참되려노라

집의 '내' 공간과 결합되는 기호 의미는 '영위'라는 말이다. 그
것은 먹고 살고 자식을 낳고 기르는 사소한 일상 생활의 모든 것
을 통틀어 나타내고 있는 말이다. 여기에 김장은 여성의 노동에
속하는 것으로 젠더 공간을 형성하는 것이지만, 동시에 그것은
겨울의 뜻, 추위의 뜻을 나타낸다. 겨울 추위가 '내' 공간을 위협
하는 것이라면 김장을 담그는 아내는 외부의 침입으로부터 '내'
공간을 지키는 행위가 된다. '빨간 손'은 외부와 내부의 경계를
이루며 추위의 바람을 막아주는 담이나 벽과 마찬가지 의미 작용
을 갖는다. 담을 쌓는 것과 같은 노동이다.

'마당에 나와 헌옷을 끄내 손보고'는 같은 '집 안'의 '내' 공간
이라 할지라도 그것이 남성(외)과 여성(내)으로 다시 하위 구분되어
있음을 보여준다. 방에 비하면 마당은 '외' 공간이 된다. 마당에
서의 일은 부엌에서의 일과 구별된다. 부엌(여성 '내'), 마당(남성 '외')
이 되는 것이다. 그러나 헌옷을 꺼내 손본다는 것은 김장을 담그
는 일처럼 겨울의 추위에 대비하기 위한 행동이다. 외부의 추위
로부터 내부를 지키는 것이 겨울옷이므로, 그것은 밖으로부터 집
을 보호하기 위해 담장을 올리는 것과 같은 노동이다.

353) 『蜻蛉日記』, 125쪽.

'날은 흐리고 치운 바람이 일어─'의 시구는 내/외의 관계를 뚜렷이 부각시킨다. 날씨, 바람은 모두 집 바깥에 있는 것으로, '목숨의 영위'란 말은 그것들로부터 나와 자기의 가족을 지키는 것을 뜻한다.

이렇게 수평적 공간 체계에 있어서의 집의 의미 작용은 그 비호성(protection)에 있다.[354] 그리고 그 비호성의 특징을 강화해 주는 것이 겨울의 추위이다. 이미 앞에서 분석한 바 있듯이 대구 거리가 동짓날 가까운 겨울의 흐린 거리로 묘사되어 있는 것과 같다. '집이 겨울의 공격을 받게 될 때에는 그 내밀의 가치가 더 커진다'[355]는 보들레르의 예를 들어 바슐라르는 그의 『공간의 시학』에서 가장 핵심을 이루는 집의 비호성을 다음과 같이 인상적인 말로 적고 있다.

아늑한 집은 겨울을 더욱 시적으로 하고, 겨울은 집의 시취(詩趣)를 더욱 높여주는 것이 아닌가? 그 하얀 움집cottage은 꽤 높은 산들에 둘러싸여진 작은 골짜기 깊숙한 곳에 움츠려 있었다. 그것은 마치 관목에 둘러싸여 있는 듯싶었다.[356]

---

354)   G. Bachelard(1958), 앞 글, p.50.
355)   앞 글, p.51.
356)   앞 글, p.51.

이 보들레르의 문장에 대해서 바슐라르는 '꽤 높은(suffisamment hautes)'이라든가 '둘러싸여진(fermée)', 그리고 '움츠려(arris)' 등을 이탤릭체로 나타내면서 그것들은 우리의 육체와 영혼에 정적이 깃들이는 골짝의 '움막집의 비호의 중심(protection de la maison du vallon)'[357]에 놓여 있음을 느끼게 한다고 설명을 덧붙인다. '바깥이 추운 까닭으로 우리는 아주 따뜻한 것이다.' 그래서 보들레르는 더욱 추운 겨울을 원한다.

그는 연중 있는 대로의 눈과 우박과 서리를 내려달라고 하늘에 빈다. 그에게는 캐나다의 겨울, 러시아의 겨울이 필요한 것이다. 그것으로 해서 그의 주거는 한결 더 따뜻해지고, 아늑하고 호젓해지리라……[358]

여기에 덧붙여서 바슐라르는 겨울에 포위된 집의 틈새를 막기 위한 무거운 '커튼'에 대한 이야기를 하면서, '어두운 커튼 뒤로 눈은 한층 더 하얗게 보이리라. 모순이 누적될 때 일체의 것이 더욱 생생하게 살아난다'[359]고 말한다. 그러나 우리는 그러한 공간심리보다도 그 텍스트를 만들어내고 있는 기호의 형성 과정에 더

357) 앞 글, p.51.
358) 앞 글, p.52.
359) 앞 글, p.52.

관심을 기울여야 할 것이다. 말하자면 내/외의 경계 구분에서 겨울은 '내' 공간을 강화하는 의미 작용으로서 '외' 공간을 형성하는 기호 형식이 된다는 점이다.

청마의 텍스트에서도 겨울, 그리고 저녁(어둠)은 집의 '내' 공간을 바깥으로부터 구분하고 또 가치화하는 변별적 차이로 작용하고 있다. 밤이 추울수록 내부는 따뜻해진다. 보들레르의 그 역설을 청마는 '겨울의 익살'이라고 부른다.

> 사나운 이 겨울의 익살은 대체 어디서 오는겐가
> 그칠줄 모르는 그의 익살은
> 밖에서 놀다 오는 아기의 고사리 손에도 붙어 있고
> 안해의 치맛자락에도 아침상 처붐에도
> 어쩌면 밤 할아버지의 대 터는 소리에도 옮아 있다.
>
> —「겨울」[360]

여기서 익살이라 한 것은 그 추위가 오히려 '내' 공간을 따뜻하게 하고 평화롭게 함으로써 '목숨의 영위'에 참된 빛을 던지게 되는 '모순의 누적'을 말하는 것이다. 아이, 아내, 할아버지는 다 같이 여성으로 대표되는 '내' 공간에 속해 있는 존재이다.

---

360) 『蜻蛉日記』, 124쪽.

반짇고리와 마찬가지로 아침상이나 그 저붐(젓가락)도, 그리고 재떨이는 모두 노르베르크 슐츠의 분류대로 공간의 최하층위를 형성하는 가구-기구의 공간에 속하는 것으로 '내' 공간을 형성하는 중요한 사물들이다.[361]

겨울의 추위(감각)에 의해서 내/외의 대립이 심화되는 것처럼 역시 집의 '내' 공간을 형성하는 요소 가운데 하나는 명암의 대립이다. 황혼과 밤은 어둠에 의해서 '집'이라는 내면 공간의 특징을 부각시킨다.

'다시 황혼이 온다'로 시작되는 「諸神의 座」에서 집은 휴식, 그리고 남성적 공간(외)보다 여성적 공간(내)이 더욱 강한 신화적 공간으로 나타난다.

> ……落照의 마지막 餘光이 먼 올림포스의 산산을 물들이고
> 처마끝에 찾아 든 참새들 즐겁게 법석대는 이 한 때를
> 사나이는 그의 善한 하루의 직책에서 돌아오고
> 해 가는 줄 모르고 놀기에만 잠착한 아이들도 어서 오라
> 종일을 안으로 거두기에 알뜰하던 지어미와 더불어
> 돌이돌이 저녁상을 받아 마루 위에 둘러 앉은 자리……

361) C. Noberg-Schulz(1971), 앞 글, p.27.

　낙조는 낮 : 밤 : : 외 : 내의 경계를 나타내는 빛이며 어둠이다. 빛과 어둠의 양의성을 띠고 있어(수평적 매개항의 장을 참조) 동태적 텍스트에서는 밖에서 안으로 향하는 운동과 그 횡단의 궤적을 나타낸다. 수직적 공간에서는 '하下'를 나타내던 참새는 수평적인 공간 체계에서는 인간의 주거와 관련된 '내內' 공간의 기호로 작용한다. 황혼과 참새는 다 같이 바깥의 남성 공간을 붕괴시키고 집 안의 여성 공간을 부각시키는 기능을 한다. 즉 그것은 '사내의 善한 하루의 직책'에서 돌아오는 것의 지표가 된다. 아이들도 마찬가지이다. 해 가는 줄 모르고 밖에서 '놀던 아이들도' '외' 공간에서 '내' 공간으로 돌아온다. 결국 그 집 안의 공간은 '종일을 안으로 거두기에 알뜰하던 지어미'로 대표되는 공간인 것이다. '저녁 상을 받아 둘러앉는 자리'는 '외' 공간과 가장 대비되는 '내' 공간으로서의 그 의미론적 해석은 '영위'가 된다.

　그런데 이 '안으로 거두기만 하는 지어미의 공간'인 여성의 '내' 공간이 여기에서는 원시의 공간으로 배치되어 있다.

　　……이제 黃昏과 더불어 가난한 神들이 여기에 모였나니

---

362) 『靑馬詩集』, 26쪽.

神의 날개도 가지지 않고

니힐과 混沌의 오늘의 이 苦難의 날을 살아

二十世紀를 神話하는 어진 神들이여.

저녁상을 물러 냄과 함께 밀려올

燈도 없는 무한한 밤아 오라

팔굼치 베고 이 쥬피터— 一族은 또한 아랑곳없이 자리니.

아아 蒼蒼히 宗教도 있기 前!

—「諸神의 座」 중에서

　신으로 비교되는 가족들이 '등도 없는 무한한 밤' 속에서 '팔굼치 베고 쥬피터 一族'이 아랑곳없이 자는 상태를 '창창히 종교도 있기 前'으로 표현하고 있는 것으로, 집 안의 궁극적인 '내' 공간은 문명과 대립되는 원초적 공간과 연계된다. 그러므로 '내' 공간은 생명처럼 주어진 문명/신화의 대립항으로 이루어진 공간이며 자궁 속 같은 깊은 시원始原의 어둠이 들어 있는 이념(종교) 이전의 세계를 나타내고 있음을 알 수 있다.

　……아내가 부엌에서 돌아올 때면

밤은 갑자기 기울어진다……

—「大寒 前後」 중에서[363)]

이 시에서 보듯이 여성과 연계된 그 '내' 공간은 밤과 깊이 연관되어 있고, 그것은 여성에 의해 재생산되는 아이들의 생명에 의해서 그 빛을 갖게 된다.

> 바늘없는 시계
> 앞 못보는 청맹과니
> 아기 없는 집
> 영아야 네가 들어
> 우리집에 꽃등을 밝혔고나!
>
> —「꽃등」[364)]

여성의 '내' 공간은 아이를 낳는다는 것으로 가치화된다. 그러므로 청마의 텍스트에서 '외' 공간에 대립하는 '내' 공간의 주체를 이루는 것은 어머니, 아내, 그리고 아이이다.

> 지붕에 뜨락에 바자에

---

363) 『蜻蛉日記』, 123쪽.
364) 『祈禱歌』, 64쪽.

오늘밤 고요히 소리하고 내리는 것은

저 찬란한 뭇별에서 흐르는 에-텔의 소나기

아기야 창문을 열지 말라

보면은 그대로 비가 되느니

—「밤비」³⁶⁵⁾

밤비는 겨울과 마찬가지로 '외' 공간의 변별적 차이를 만들어
냄으로써 '내' 공간을 강화하는 기능을 갖고 있다. 그러므로 내/
외의 경계를 이루고 있는 창문을 연다는 것은 바로 그 내/외 구별
이 없어지는 것을 의미한다. 그러한 공간의 경계 상실을 아이가
그대로 비가 되어버린다고 표현한 것은 아이가 '내' 공간의 가장
큰 변별 특징이 되고 있기 때문이다. 그러므로 이것을 거꾸로 말
하면 '내' 공간을 구축하기 위해서는 창을 닫고 '아이'를 안고 있
으면 된다.

실제로 청마의 텍스트에서 남성이 '내' 공간을 의미하게 될 때
에는 '아이를 안고 있는' 상태로 기술되는 일이 많다. 어머니, 아
내의 육아성은 '내' 공간의 요소 가운데 하나인데 남성이 '아이'
를 안고 있다는 것은 남성으로서의 '외' 공간이 '내' 공간으로 들
어와 있는 상태를 나타낸다. 그렇기 때문에 청마의 경우 '아이를

---

365) 『蜻蛉日記』, 102쪽.

안고 있는 남자'들의 공간적 위치는 집의 '내' 공간 중에서도 '외' 공간과 연결되어 있는 '마당'으로 되어 있는 경우가 많다. 그것이 동태적인 텍스트(sújet가 있는 공간 텍스트)에서는 여성적인 '내' 공간에서 남성적인 '외' 공간을 지향하고 있는 '방→마당→거리(H-/0/+→)로 발전되기도 한다.'

> 낙엽이 지니 휘언해진 건너편 등성이에
> 뜻하지 않은 집이 한 채 있고
> 저녁답이 되어 내가 마당에나 나서량이면
> 그쪽에도 애기를 안은 사나이가 서서
> 외로운 양으로 이편을 바라보고 있다.
>
> —「落葉」[366]

이 시에서 낙엽이 졌다는 것과 뜻하지 않은 집의 출현은 서로 분리될 수 없는 관계를 맺고 있다. 그것을 공간 기호 체계로 번역하면 낙엽은 하강적인 것을 나타내는 텍스트로 상승적인 것과 대립된 의미 작용을 한다. 성에서 속으로 이상에서 현실로, 추상에서 구상으로 이동하고 상방적 공간(하늘)은 하방적 공간(땅)으로 대체된다.

---

366) 『蜻蛉日記』, 126쪽.

이 뜻하지 않은 집은 수직 공간에서 수평 공간으로의 전환, 즉 초월적 가치로부터 현실주의로의 코드 전환을 의미하는 것이다. 하늘을 매개하는 나무에 가려서 보이지 않던 '집'은 하늘의 우주 공간에 대응하는 땅의 소우주에 대한 발견이다. 수평 공간 중에서도 '내內' 공간을 뜻한다.

그런데 그 집에 동태적인 의미를 부여하고 있는 것은 '애기를 안은 사나이'다. 사람이 집 안에 있을 때에는 타인과의 관계, 집 밖의 세계와 단절된 상태이므로 서로 알 수가 없다. 이 폐쇄된 공간(여성 공간)과 바깥을 연결해 주고 있는 것은 '창'이나 '문'과 같은 매개 공간이 있을 때 비로소 가능해진다. 동태적인 텍스트에서는 인물의 행동을 통해서 나타나게 되는데, 그것이 바로 '아이를 안고 마당에 나서는 사나이'의 의미이다. 사나이는 '외' 공간(H+), 아이는 '내' 공간(H-)을 나타내는 것으로 사나이가 아이를 안고 있는 것을 공간적인 코드로 해독하면 내/외의 경계적 의미가 나타난다. 집의 공간으로 치면 내/외를 연결하는 '마당'인 것이다.

[[[방] 마당] 마을]

저녁답이라는 말도 이 마당의 경계적인 매개항을 강화하고 있다. 저녁은 낮(외) 밤(내)의 시간적인 경계선으로 마당과 같은 매개적 양의兩義 공간으로 작용한다. 그러므로 '저녁답에 애기를 안고 마당에 서 있는 사나이'는 모두가 내/외의 경계적 공간의 의미 작용을 나타내고 있음을 보여준다.

저녁(시간적 경계) ·················· 시간적 공간

마당(공간적 경계) ·················· 주거적 공간

아이를 안은 사나이(양성적 경계) ········· 신체적 공간

'저녁답에 아이를 안고 마당에 서 있는 사나이'는 '부동적 텍스트'에 속하는 것이지만 그 사나이가 그냥 서 있지만 않고 무엇인가 움직임을, 그 공간에 변화를 일으키는 작용을 하게 될 때에는 그 텍스트에 움직임이 생겨나게 된다. 그리고 그 같은 인물의 행동은 부동적 텍스트를 동태적 텍스트로 전환케 한다.

이 텍스트에서는 단지 그 시선에 의해서만 그 움직임의 벡터가 나타나 있는데, 그것이 바로 '바라보고 있다'는 동사이다. 우리는 이미 수직적인 텍스트에서 '우럴어 보다'라는 것이 하방적 공간에서 상방적 공간으로 향하는 벡터임을 관찰한 바 있다. 수평적 텍스트에 있어서는 '밖을 내다보다'와 '안을 들여다보다'의 두 방향성이 그와 대응하는 시선이 될 것이다. 로트만의 용어로 하자면 직접적 방향성과 역방향성이다.

변별 공간	+	−
수직(V)	우러러보다(상) V+ ↑	굽어보다(하) V− ↓
수평(H)	내다보다(외) H+ →	들여다보다(내) H− ←

〈도표 6〉 시선의 공간적 변별성

이러한 시선의 방향성으로 보면 '저녁에 아이를 안고 마당에 서 있는 사나이'는 마당에서 밖으로 나가려는 벡터를 나타내고 있으나 밖에서는 자기와 똑같은 사나이가 이쪽을 들여다보고 있으므로 결국은 경상적 자아로 되돌아오는 과정을 보여주게 된다.[367]

그쪽에도 애기를 안은 사나이가 서서 외로운 양으로 이편을 바라보고 있다.

그쪽과 이편의 두 공간은 서로가 서로의 거울 노릇을 하고 있

367) "Mirror-Phase".

Rosalind Coward and John Ellis(1977), 앞 글, pp.109-112.

J. Kristeva(1974), 앞 글, p.43.

는 두 개의 경상적 대칭 공간으로서 밖으로 나가는 것이 곧 자기 내부로 되돌아오는 역설적 의미 작용을 산출한다. 밖을 내다보는 것이 다른 '내' 공간(집)을 들여다보는 것이 되므로 '내다보는 것'과 '들여다보는 것(시선)'의 대립이 하나가 되는 모순을 낳게 된다.

즉 수직성을 상실한 수평적 세계상, 그리고 밖으로 나가기를 멈추고 '내' 공간에서 바깥만을 꿈꾸고 있는 존재, 그러나 그 바깥은 자기의 안과 똑같은 '내' 공간을 반영시키고 있는 것, 이른바 타자 공간이면서도 그것이 곧 자기 자신의 세계가 되는 간주관적(intersubjectivity) 양의적 세계가 형성된다.

X: 화자
Y: 아이를 안고 마당에 선 사나이
Z: 나무(落葉이 진 나무)
➡ : 화자의 시선
◀ : 애를 안고 마당에 서 있는 사나이의 시선

〈도표 7〉

이 텍스트와 대응하는 것으로 「天啓」를 보면 수직성을 부여한 '낙엽'의 시적 의미가 더욱 확실해질 것이다.

> 즐거운 아이들의 외치는 소리에
> 아기 안고 사립을 나가 보니
> 행길에는 이웃들
> 언제 다 나와 하늘 우러러 선 가운데
> 이 무슨 뜻하지 않은 福된 소식이리오
> 빗줄기 어느새 씻은듯 개여
> 화안한 夕陽빛에 옆엣 山들
> 아낙네처럼 머리 곱게 감아 빗고 둘러앉고
> 반공중엔 제비떼 쌍쌍이 올라 떴는데
> 아아 거룩할세라 五색도 영롱히
> 때 아니 열린 하늘門 한채.
>
> —「天啓」[368]

이 시에서도 화자는 아기를 안고 있다. 안고 있는 아이는 유아로서 '내' 공간(H-)의 코드에 속해 있다. 「어린 피오닐」에서처럼 그리고 유아보다 큰 소년들(아이들)은 땅과 하늘을 잇는 매개적 공

---

368) 『蜻蛉日記』, 12쪽.

간의 의미 작용을 한다. 수평적 텍스트에 있어서도 마찬가지로 아이들은 밖에서 놀지만 곧 집 안으로 들어온다. 내/외의 경계를 끝없이 왕래하고 횡단한다.[369] 그러므로 화자가 아이들 소리에 아기를 안고 사립을 나간다는 것은 곧 내(방 안)→경계(사립과 아이들의 외침)→외(행길)의 이동 H→(-/0/+)의 동태적 텍스트의 형태가 되는 것이다.

그런데 이 바깥 한길의 이웃은 수직적 공간이 소멸될 때 발견되는 '낙엽'의 텍스트와 정반대로 수직적 공간과 함께 출현된다. 서로가 서로를 쳐다보는 시선이 아니라 여기에서는 화자가 '위로 올려다보는' 매체의 역할을 하고 있다.

　　행길에는 이웃들
　　언제 다 나와 하늘 우러러 선 가운데

의 시구에서 개체들은 집이라는 각자의 '내' 공간에서 한길의 '외' 공간으로 나와 집단을 이루고 있으며 그들(이웃)은 서로를 쳐다보는 것이 아니라 하늘을 우러러보며 서 있다. 그것은 수평적 공간을 수직적 공간으로 전환시키는 계기, 나뭇잎이 떨어져 보이지 않던 이웃집이 보이

---

369)　밖에 나가 놀다가 울며 돌아와 어머니의 품에 안기는 유년 시절의 이야기를 쓴 청마의 「歲月」을 참조할 것.

게 된 그 수평적 인간 관계가 아니라 인간과 하늘의 수직 관계(지상적인 것의 초월)의 회복이다. 그러므로 그들의 시선을 유도하고 있는 것도 '산'과 '무지개'의 수직적 매개물이다.

화안한 석양빛에 옆엣 산들

아낙네처럼 머리 곱게 감아 빗고 둘러앉고

반공중엔 제비떼 쌍쌍이 올라 떴는데

아아 거룩할세라 오색도 영롱히

때 아니 열린 하늘門 한채.

'산', '제비 떼' 그리고 하늘의 문으로 은유된 '무지개'는 모두가 하방의 행길(V_-)을 상방의 하늘(V_+)로 연결시켜 주는 점진적 상승 단계를 나타내는 매개 공간(V_0)의 성격을 지닌 것들이다.

갑자기 나타난 무지개를 보고 아이들이 외친다. 그래서 그 소리를 듣고(H_0) 집 안에 있던(H_-) 사람들이 한길로(H_+) 모이는 과정은 안에서 밖으로 나오는 수평적인 동태적 텍스트이지만, 거기서 다시 산과 제비 떼와 무지개를 우러러보는 시선은 수직적이고 동태적인 텍스트를 형성한다. 그것을 부호로서 표기하면 $H \rightarrow (-/0/+)$ $V \rightarrow (-/0/+)$가 된다. 그리고 그와 반대 구조를 갖고 있는 「落葉」 텍스트의 형태는 $V \rightarrow (/0/-) H \rightleftarrows (0/+)$로 기술할 수가 있다.

그러나 이 두 텍스트는 '아이를 안고 있다'는 점에서는 상동성을 지니고 있다. 밖으로 나가건 하늘로 상승하건 여기, 이쪽은 집이라는 '내' 공간을 중심으로 구축된 공간이기 때문이다. 말하자면 소여given로서의 공간, 그것은 '아기'이고 '아기'를 안고 있는 '사나이'의 실존을 나타내 주고 있는 공간이다. '나' '여기' '지금'(moi, ici, maintenant)으로 현존하는 나의 신체의 존재는 필연적으로 그리고 언제나 '내' 공간에 있다는 것을 의미한다. 그리고 그것은 동시에 어머니, 아내, 아기라는 같은 가족, 집이라는 '내' 공간에 있음을 의미한다. 이웃, 한길 같은 '외' 공간도 「落葉」에서 보듯이 자기의 '내' 공간의 연장에 지나지 않는다. 그러므로 이러한 현존재에서 벗어나거나 새로운 공간의 지평으로 나가려고 할 때, 비로소, 경계 공간이나 '외' 공간이 나타나게 된다.

변별기준＼공간	내(H-)	경계(HO)	외(H+)
신체	심장(피) 내장	개구부 눈, 코, 입······	피부·옷
연령	아기(유아)	어린이들(소년소녀)	어른
성별	여성 아내/어머니/딸	중성적 아이들	남성 남편/아버지/아들
혈족	혈친	먼 친척(이웃)	남(낯선 사람)

〈도표 8〉

‘내’ 공간의 기본 구조를 이루고 있는 것은 주거 공간인 집이며 그 주거 공간의 기호 의미가 되는 것은 가족이라는 단위이다. 그리고 그 ‘내’ 공간을 다시 하위 구분해 보면 개인의 신체·사회·성별 혈연 관계 등에 의해서 내/경계/외의 공간 체계가 복합적으로 구축되어 있음을 알 수 있다.

　신체적 공간은 신체의 생체적, 연령적, 성별적 그리고 타자와의 관련 등에 의해서 그 수평적 공간 관계를 나타내게 된다. 그리고 이미 인용된 텍스트를 통해서 밝혀진 것만 가지고 보더라도, 집→마당→사립→한길의 경우 집 안에는 아기, 마당에는 아기를 안은 사나이, 그리고 한길에는 이웃(또는 아기를 안고 나온 사나이)으로 내/경계/외의 공간이 분절되어 있다.

　그러나 가옥 공간은 그때그때, 내/외의 짝을 이루는 텍스트의 에믹 차원에 따라 그 변별성이 달라지게 된다. 같은 가옥이라 해도, ‘L……방/창/마당의 경우’에서는 창이 경계가 되고 방이 안, 마당이 바깥 공간으로 분할되지만, ‘L……방 창 마당/사립/한길의 경우’에서는 방, 창, 마당이 안, 사립이 경계, 한길이 바깥 공간으로 분절되어, 방/창/마당은 집이라는 동일한 ‘내’ 공간에 흡수되어 차이의 관여성이 없다.[370]

370)　말과 얼룩말을 비교할 때 얼룩말의 시차성은 형태가 아니라 그 얼룩 무늬에 있다. 그러나 하이에나와의 관계에서는 줄무늬가 아니라 목과 같은 형태에 있다. 즉, 전자의 경

그러므로 「天啓」는 [[[집]사립]한길]로 체계화되어 있고 신체 공간으로는 [[[아기]아기를 안고]이웃]으로 대응된다.

집과 신체 공간과의 연계성을 더욱 구체화하기 위해서는 청마의 텍스트에 나타난 주거 구조를 더욱 가까운 거리에서 살펴볼 필요가 있을 것이다.

우엔 얼룩 무늬가 관여적인 것이 되고 후자의 경우엔 형태적인 것이 시차성에 관여한다. 비교의 체계에 따라 관여성이 달라지는 현상이 공간의 내/외 시차성에서도 똑같이 일어나게 된다. Umberto Eco(1976), 앞 글, p.206.

4 꿈의 '내' 공간─'침대'와 '눕다'

외부로부터 비호를 받고 있는 집의 '내' 공간이 언제나 행복, 내밀성, 휴식 등의 긍정적 의미 작용을 갖게 되는 것은 아니다. 첫째로 수직적인 공간으로 볼 때 집은 하늘과 대립되는 지상적 항목에 속해 있는 것이다. 그러므로 그 의미 체계 역시 부정적인 요소를 띠게 된다(지상의 집과 반대되는 하늘의 집을 세운 것이 사원, 탑, 정자 같은 것이다. 엄격한 의미에서 긍정적인 의미를 지닌 성스러운 수직의 집(V+)은 사람이 거주할 수 없는 집, 그 '내' 공간이 폐쇄된 신전과 같은 집이다). 그렇기 때문에 수평적인 내/외 구조에 있어서, 청마의 텍스트에서 집이 비록 '내' 공간으로서 긍정적 가치가 부여되는 경우라 할지라도 그것은 일상적인 차원의 삶을 나타내는 '영위'의 한계성을 갖게 된다.

수직 공간(V+)의 직립성이 정신, 공정, 솔직, 독립, 긍지, 존엄, 영웅적인 것을 나타내는 인간의 문화적 기호로 쓰이고 있는 데 비해 수평적 공간은 네 발로 기어다니는 동물적인 삶, 경제적 생활, 물질적인 일상적 생활을 의미한다. 수평면에서의 운동은 단지 그 순환 속에서 땅의 층위에서만 관련을 맺고 있어, 래반Laban의 지적대로 인간끼리의 커뮤니케이션과 사회적인 행위의 영역만을 의미하게 된다.[371] 그리고 또 희랍어의 집 오이코스oîkos가 '경제economy'란 뜻의 조어임을 생각해 봐도 그것이 세속적 의미를 강하게 내포하고 있음을 알 수 있다.

둘째로는 수직의 집이 집 안에서도 지붕과 지하실로 분할되어 그 의미 체계에 있어서 각기 대립항을 나타내고 있듯이 수평 구조에 있어서도 중심/주변, 내/외의 분할이 있어, 이미 같은 집의 내부라 할지라도 층위에 따라 그 의미 작용이 달라지게 된다.

바슐라르의 말대로 분명히 '집은 인간 존재의 최초의 세계이다'. 그리고 '세계에 내던져지기 전에 인간은 집의 요람 속에 놓여진다. 몽상 속에서 집은 언제나 커다란 요람인 것이다'[372]라는 말을 우리는 수긍하면서도 그것이 기호론적인 해석과는 많은 거리가 있음을 부정할 수 없다. 왜냐하면 '집은 인간 존재의 최초의 세계'라는 점이 결코 우리의 완전한 행복을 보장해 주지는 못할 것이기 때문이다. 신화의 공간이 그렇듯이 카오스와 대립되는 코스모스는 처음부터 내/외로 분절되어 있는 공간이다. 그러므

---

371) K. C. Bloomer and C. W. Moore(1975), 앞 글, p.58.
372) G. Bachelard(1958), 앞 글, p.26.

로 우리는 세계에 대립되는 공간, 별개의 그 공간에 탄생되는 것이 아니라 바로 그 축소된 우주(코스모스)의 공간 속에 태어나는 것이다. 몽상 속의 집은 세계와 다름없이 안팎으로 되어 있으며, 그 커다란 요람에도 내/외의 불행한 칸막이는 존재한다.[373]

청마는 「出生記」에서 자기의 탄생 공간이 이미 태어나기 이전부터 큰 소리로 책을 읽고 있는 아버지의 공간인 사랑채와 장지 안의 등잔불이 희미하게 빛나는 어머니의 산실로 분리되어 있었음을 말하고 있다. 그리고 동시에 태어나는 순간, 그는 자기의 슬픈 족속—태반과의 헤어짐(분리)을 겪는다. 자기 자신도 그 태胎와 마찬가지로 죽는 자로서 이 세상에 태어난 슬픈 족속이므로 할머니는 명命이나 길라고 '돌메'란 이름을 붙여준다. 이 '명명命名의 공간'은 바로 그가 이름 지어지지 않은 '내' 공간으로부터 호명에 의해 '외' 공간으로 나가고 있음을 시사한다. 크리스테바의 용어대로 하자면 '어머니의 몸'에서 '아버지의 이름'으로 나가는 과정에 그 집이 있다.[374] 한번은 어두운 자궁 밖으로, 그리고 이름 지어질 때에는 무명의 자연적 공간에서 사회의 공간으로 내던져진다. 그러므로 청마의 텍스트만이 아니라, 집은 자연히 신체 공간의 연장으로서 확산되어가는 의미 작용을 나타낸다.

---

373) J. Kristeva(1977), 앞 글, pp.476-484.
374) J. Kristeva(1974), 앞 글, p.17 참조.

'아이를 안고 마당에 나서 있는 사나이'는 이미 실내 공간에서 밖으로 나가고자 하는 욕망의 한 기호로서 존재한다. 집에 마당이 있다는 것은 곧 집의 '내' 공간 속에 이미 밖으로 또는 하늘로 탈출과 초월을 시작하는 공간이 있다는 것을 의미한다. 마당이 아니라도 가옥 구조 자체가 내/외의 경계선인 벽을 뚫은 '창'과 '문' 같은 개구부를 갖고 있다는 점에서 집을 단순히 '외' 공간과 별개의 세계로 분리시킬 수는 없다.[375] 집을 밖으로부터 분리시켜 '내' 공간을 형성하는 것은 벽이지만 그것이 지나치게 높고 두껍고 단단하면 그것은 완전히 닫혀진 공간이 됨으로써 감옥이 되어버린다.[376] 반대로 그 격벽隔壁이 너무나 약하고 얇고 낮으면 집의 내부는 벌판과 다름없는 개방 공간이 되어 비호성을 상실하게 된다. 엄격하게 말해서 집의 공간은 그 자체가 세계상(imago mundi)을 그대로 반영시킨 것으로 내/경계/외의 삼원 구조를 그대로 지니고 있다.

집이 무엇인가를 의미하는 기호로 쓰이게 될 때, 그것 역시 언어 기호의 특성과 마찬가지로 독립된 사물로서 존재하고 있는

---

375) Otto Friedrich Bollnow(1980), "내內, Tür와 창窓, Fenster,", 앞 글, pp.154-159 참조.
376) C. Norberg-Schulz(1971), 앞 글, p.89. 주거를 주변으로부터 격리하여 고립시키려는 경향은 건축의 역사를 통해서 강하게 작용하여 왔다.
Otto Friedrich Bollnow(1980), p.154. 주거가 감옥이 되지 않기 위해서는 그 배후의 세계 가운데로 열린 개구부, 즉 그 안이 되는 세계와 밖이 되는 세계를 연결하는 개구부를 구비하여야 한다.

것이 아니라 사물과 사물의 관계를 나타내고 있는 그 체계의 차이 속에 있는 실재체로서 존재하게 된다. 캐나다의 겨울, 눈에 덮인 움막집을 꿈꾸는 보들레르는 동시에 그 집을 구속으로 생각하고 바다 너머로 항해하는 「invitation au voyage」의 시인이기도 한 것이다. 리파테르Riffaterre의 연구를 통해서도 드러나 있듯이 '집—내면 공간의 평화'의 전통적인 개념을 뒤엎는 것으로 그려진 것이 그의 「Spleen」이라는 소네트이다.[377] 바슐라르의 『공간의 시학』에서 최대 약점이 되고 있는 것은 집을 '의미하는 공간'으로 보지 않고 '의미된 공간'(Sé)으로 파악하고 있다는 것이다. 공간의 기호 체계에 의해서 '집'은 행복한 공간의 의미 작용을 나타내기도 하고 때로는 벗어나야만 할 감금의 공간이 되기도 한다. 그러므로 중요한 것은 집의 심리적 또는 미적 가치가 아니라 그 주거의 '내' 공간이 문학 텍스트에서 어떤 변별성으로 작용하고 있는지를 밝히고 따져보는 일이다.

집의 분절 체계만이 아니라 동태적인 텍스트에서는 더욱더 그 내/외의 경계는 유동적이고 복합적인 의미를 갖게 된다. 안에서 밖으로 가든지, 밖에서 안으로 들어오든지 하는 인간의 행동, 욕망에 의해서, 그 공간의 엔트로피는 증대되고 집의 공간은 정적

377) M. Riffaterre(1978), 앞 글, pp.51-53.

靜的인 성격을 띠게 된다. 이러한 시점에서 「꽃」[378]을 분석해 보면 '아이'들이 '내' 공간에서 '외' 공간으로 향하는 과정을 선명하게 기술해낼 수가 있다.

가을이 접어드니 어디선지

아이들은 꽃씨를 받아 와 모으기를 하였다.

봉숭아 금전화 맨드래미 나팔꽃

밤에 복습도 다 마치고

제각기 잠잘 채비를 하고 자리에 들어가서도

또들 꽃씨를 두고 이야기 ―

우리 집에도 꽃 심을 마당이 있었으면 좋겠다고

어느덧 밤도 깊어

엄마가 이불을 고쳐 덮어 줄 때에는

이 가난한 어린 꽃들은 제각기

고운 꽃밭을 안고 곤히 잠들어 버리는 것이었다.

―「꽃」

여기 아이들은 유아와 마찬가지로 여전히 이 시에서도 집의 가장 깊은 '내' 공간과 결합되어 있다. '엄마가 이불을 고쳐 덮

---

378) 『生命의 書』, 70-71쪽.

어 줄 때에는'의 시구에서 아이들의 공간은 이불 속(내)과 어머니의 손 밑(하)에 위치해 있다. 이 공간의 좌표계는 이중적으로 강화된 '내' 공간을 뜻하고 있다. 그것은 어머니가 있는 방보다도 한층 더 깊숙한 내부의 내부를 형성한다. 서양의 경우라면 '이불 속' 공간은 침대와도 같은 공간이 될 것이다. 거기에 아이들이 누워 있다. 그리고 잠들어 있다. '눕다'와 '잠들다'의 동사에 내포된 공간성은 집의 중심성과 휴식성을 나타낸다. 아이들이 누워 잠들어 있을 때 가장 아이다운 것도, 그것이 '내' 공간의 중심성, 휴식성과 일체화되어 있기 때문이다. '이불 속'이란 주거 공간 속에서 가장 최종적인 단위가 되는 '내' 공간이라 할 수 있다.

볼노우는 가옥의 중심을 침대에 두고 있다. 왜냐하면 아궁이와 식탁은 가족 공유의 중심을 상징하는 것이지만, 개개의 구성원의 중심이 되는 것은 자신의 잠자리(침대)이고, 거기에서 하루가 시작되고 그곳에서 다시 하루가 끝나고 있기 때문이라는 것이다.[379] 그리고 그는 침대의 공간적 의미를 설명하기 위해서 호메로스 Homeros의 「오딧세이」를 인용한다. 영웅이 오랜 방랑 끝에 집으로 돌아온 것은 바로 대지에 튼튼하게 뿌리박은 침대의 지주(支柱), 세계축의 기점이 되는 그 웅대한 상징인 침대의 중심점을 향

---

[379] Otto Friedrich Bollnow(1980), 앞 글, "Das Bett als Mitte,", p.165.

해서이다.[380] 그런데 '내' 공간 속의 '내' 공간인 이 침대의 서술어는 '눕는다'이다.

한국어에서는 신체의 동작과 주거의 분절이 완전한 결합을 이룬 것으로 '일어나다'와 '드러눕다'라는 합성동사가 있다. '일어나다'는 '일어서다+나가다'로 일어서면 집 밖('외' 공간)으로 나가는 것이 되고, '드러눕다'는 '들어오다+눕다'로 집 안으로 들어오면 '눕는다'는 뜻이다. 즉 '일어서다'라는 동사에는 '외' 공간이, 그리고 '눕다'라는 동사에는 '내' 공간이 각각 잠재되어 있다.

	외	내
신체동작	일어나다, 나가다	드러눕다, 자다
주거공간	마당, 문 밖	침실, 침대/이불, 베개

〈도표 9〉

'서다'와 '눕다'의 신체 동작의 이차 대립은 내/외의 공간을 형성할 뿐만 아니라 여러 가지 감정이나 가치의 변별성이 되는 기능을 갖기도 한다.

'자세'란 신체의 겉모양만이 아니라 내적 자세라고 부를 수 있

---

380) 침대Bett의 어원은 포위적 공간인 공동(空洞)과 같은 비어 있는 틈을 의미하는 것으로 되어 있다. 앞 글, p.166.

는 인격의 태도[381]를 의미하는 일종의 기호라 할 수 있다. 볼노우는 그것을 '인간 자신이 스스로에게 부여한 일정한 내적 형태화'[382]라고 규정하면서 '동물에는 자세라는 것이 없다'[383]고 말한다. 그런데 문제는 인간이 누워 있을 때에는 그 내적 자세의 가능성을 상실하게 된다는 점이다.[384]

'인간이 인간인 이상 수평적으로는 살 수 없다. 인간의 휴식, 수면은 일종의 추락이다. 상승하면서 잠자는 사람은 아마 없을 것이다'[385]라는 바슐라르의 말이나 '잠든다는 것은 자세를 포기한다는 것이다. 신체만이 아니라 인격 전체에도 해당되는 말이다'라는 린스호텐Linschoten의 말, 그리고 '눈뜨고 있을 때만이 인간은 직립해 있을 수가 있다'[386]는 슈트라우스E. Straus의 말은 모두가 '서다/눕다'의 인간의 동작이 공간의 기호 영역에서 어떤 의미 작용을 하게 되는 것인지를 극명하게 보여주고 있는 예이다. 그리고 동시에 침대 공간이 집의 내면성, 중심성의 변별적 차이를 나타내게 된다는 것도 알 수가 있다. '우리에게 있어 직립의

---

381) 앞 글에서 재인용.

382) 앞 글, p.171.

383) 앞 글, p.172.

384) 앞 글, p.172.

385) 앞 글에서 재인용, p.172.

386) 앞 글에서 재인용.

자세가 의미하고 있는 모든 것, 말하자면 인격과 세계의 대립, 직립하는 것, 우리의 머리 위에 있는 것을 잡으려고 하는 것, 멀리 있는 것을 향해 가는 것…… 우리의 주변에 있는 모든 것을 손으로 잡을 수 있도록 가까이에 있다는 것, 우리가 존재해 있는 공간을 내다볼 수 있다는 것, 자유롭게 장소를 선택할 수 있다는 것, 이러한 모든 것이 잠들어 있을 때에는 포기되는 것이다.'[387]

'우리는 잠을 자기 위해서 몸을 눕히면서, 손발을 뻗고 세계에 투항한다. 즉 우리는 세계에 대해서 자기주장을 하는 것을 멈춘다.'[388] 그러기 때문에 수직의 세계, 의지의 세계, 주어진 것이 아니라 무엇을 창조하려 하거나 새로운 의미를 찾으려는 사람에게 있어서는 결코 '집'과 '침대'가 긍정적인 의미로만 쓰일 수 없다는 결론이 나오게 된다. 이런 우회를 통해서 우리는 이불 속에 누워 잠들어 있는 아이들이 어떻게 시 「꽃」에서 그 '내' 공간으로부터 벗어나 '외' 공간을 향해 나오게 되는지 그 텍스트의 형성 과정을 살펴볼 수가 있다.

동태적 텍스트는 공간의 이동을 나타내는 것이므로 항상 행위를 서술하는 동사가 중요하다. 이 텍스트에서도 행위항(actant)의 기능 단위가 되는 서술어의 서열을 보면 '① 꽃씨를 받다→② 복

---

387) J. Linschoten, Otto Friedrich Bollnow(1980), 앞 글에서 재인용.
388) E. Straus, Otto Friedrich Bollnow(1980), 앞 글에서 재인용.

습을 마치다→③ 잠잘 채비를 하다→④ 자리에 들다→⑤ 꽃씨 이야기를 하다→⑥ 꽃 심을 마당을 원하다→⑦ 꽃밭을 안고 잠들다'이다. 이 텍스트는 밖에서 꽃씨를 받고 집 안에 들어와 이불 속에 들어가 잠드는 과정이 시간의 순서대로 연쇄를 이루고 있다. 그런데 아이들이 '내' 공간으로 들어올수록 '마당'(외 공간으로 향하는 경계)을 꿈꾸는 것이다. 즉, 아이들은 꽃씨를 받아 모으고 그것을 심기 위한 마당을 꿈꾸고 있다.

> 제각기 잠잘 채비를 하고 자리에 들어가서도
> 또들 꽃씨를 두고 이야기 —
> 우리 집에도 꽃 심을 마당이 있었으면 좋겠다고
>
> —「꽃」 중에서

　자리에 들어가서도 그들은 수면 밖으로, 이불 밖으로, 방 밖으로 나가고 있는 것이다.
　그것은 '마당'의 공간을 갖고자 하는 욕망이다. 이 마당에 꽃씨를 뿌리는 꿈은 집의 '내' 공간에서, 밖을 향해 수직으로 일어서서 걸어 나가는 행동의 시작이다. 꽃씨는 행위의 씨이고 마당은 세계의 바깥 공간으로 향해 나가는 혹은 집을 벗어나는 통로이다.[389] '내' 공간의 극한에 이르는 단계에 오면 아이들은 꽃과 일체화하여 '이 가난한 어린 꽃들은'으로 묘사된다.

엄마가 이불을 고쳐 덮어 줄 때에는
이 가난한 어린 꽃들은 제각기
고운 꽃밭을 안고 곤히 잠들어 버리는 것이었다.

—「꽃」 중에서

아이들은 이불에 덮여 있고 잠들어 있다. 그들은 가장 깊은 '내' 공간 속에 있다. 꽃씨 안에 꽃이 들어 있는 것처럼, 아이들은 지금 이불 속에 있다. 꽃씨에게는 그것을 심어야 할 마당이 있어야 하듯이, 수면 속에 있는 것은 세계의 마당인 것이다. 결국 이 텍스트가 보여주고 있는 것은 '이불 속으로 들어간다' '눕다' '잠자다'가 '내' 공간을 나타내는 최후의 서술어가 아니라는 점이다. '꿈꾸다'라는 행위어가 있다. 주거 공간(L)을 층위로 한 '내' 공간에 있어서는 이불, 베개, 침대가 그 '내' 공간의 마지막 변별적 차이가 되는 것이지만 그것이 더 내면화하면 신체 공간(L-)의 차원으로 바뀐다. 그것이 꿈의 '내' 공간이고 동시에 그 꿈의 '내' 공간은 '외' 공간으로 나아가는 역전 코드를 낳게 된다. 부동적 텍

389) C. Norberg-Schulz(1971), 앞 글, p.14.

스트와 동태적 텍스트의 경계 단계에 있는 텍스트의 형태, 구체적 예를 들면 프루스트, 조이스, 이상 등의 서사적 형태가 여기에 속한다. '내' 공간의 극한 속에서 '외' 공간을 향해 나가는 꿈의 행위는 어른들의 공간에서도 나타난다.

5 감각의 '내' 공간

장독대 그늘에 석화 같이 엉겼던 저녁 으스름이 기척 없이 번져자라,
걷기를 잊은 바자의 빨래, 어둠의 밀물에 하나 둘 하얗게 떠오를 때면
어디선지 귀뜰이 은밀한 온실을 잣기 시작하는 우리집 斗屋 左舷 나즉
이 北斗의 찬란한 珊瑚가시는 어느덧 그 끝머리를 살쩨기 내미나니

―「北斗」1연

이 텍스트는 '장독대 → 바자의 빨래 → 斗屋 → 左舷(처마)'의 순
으로, 그 공간적 언술이 밖에서 안으로(수평축), 위에서 아래로(수직
축) 진행되고 있다. 그리고 다시 두 번째 연에 이르면 완전히 집의
외부에서 집의 내부로 시점이 이동되고 실내 공간 속에서의 화자
의 행동이 기술된다.

이리하여 밤마다, 내가 窓장을 내리고 등불에 마주 앉아 글을 읽거나
이슥하여 등을 죽이고 벼개에 머리 얹고 허잘것 없는 꿈을 맺을 때나

그는 나의 자리의 변두리에 아련히 푸른 그늘의 호(弧)를 그리며 아득히
먼 天頂을 고요히 맴돌고 있나니.

—「北斗」2연

'窓장을 내리고'에서부터 '내' 공간의 폐쇄성을 강화하는 데서
부터 화자의 '내' 공간(방 안)이 전개된다. 2연의 화자 행위의 연쇄
관계를 통해 그 신체 자세의 변화와 행위의 기능 단위를 추출해
보면,

서다	앉다	눕다	자다	꿈꾸다
(窓장을 내리다)	(등불에 마주앉다)	(베개에 머리를 얹다)	(꿈을 맺다)	(맴돌다)

로 직립 자세에서 눕는 자세의 그 과정과 마디(분절)를 통해 실
내 공간은 '窓' → '燈불' → '베개'로 응축된다. 즉 집의 공간은 장
독대에서 베개의 한 점으로까지 수축되면서 그 내밀성이 최고의
밀도를 가하게 된다. 그러나 내부로의 수평적 공간의 이동은 수
직적 높이를 갖고 있다. 하늘의 북두칠성과 이어지듯이 방 안의
'내' 공간도 천장의 높이(하늘)와 결합된다.

마지막 연에서 북두칠성의 꿈이 묘사된다. 수평적인 '내' 공간
은 수직적으로 상승하면서 닫혀진 방 안은 넓은 바깥, 무한히 열
려져 있는 하늘의 공간으로 전환되는 계기가 마련된다.

이렇게 밤마다 나의 꿈자리의 기슭을 은밀히 꾸며 주는 일곱 개 단추
같은 별이여, 神秘로운 열쇠 모양의 별이여, 너는 나와에 무슨 알지 못
한 인연을 맺고 있으며 또한 날더러 그 무엇을 끄르(解)라는 말이냐.

　　　　　　　　　　　　　　　　　　　　　　　—「北斗」2연

북두칠성은 두 개의 비유로 구성된다. 즉 '비유되는 것(ce)'은
하나이고 '비유하는 것(ct)'은 둘이다.

북두칠성 ⎰ 일곱개 단추같은 별이여·········단추 ⎱ →열다 (끄르다+따다)
　　　　⎱ 신비로운 열쇠모양의 별이여·····열쇠 ⎰

북두칠성이 일곱 개의 단추처럼 빛나고 그 형태가 열쇠같이 생
겼다는 단순한 시각적인 유추가 아니라, 이것은 폐쇄적인 공간을
개방적 공간으로 역전시키는 공간 체계에 의해 형성된 은유인 것
이다. 이 두 개의 비유가 공통적으로 함의하고 있는 의미 작용은
닫혀져 있는 것을 끄르고 따는 것이기 때문이다.
　단추를 풀고 열쇠로 자물쇠를 열면, 숨겨져 있던 공간이 드러
나게 된다.

나의 자리의 변두리에 아련히 푸른 그늘의 弧를 그리며 아득히 먼 천
정을 고요히 맴돌고 있나니.

이런 꿈은 집의 '내' 공간을 허물고 그것을 수직의 무한한 공간으로 개방시키려는 행위이다. 그것은 집 자체가 배로 은유되어 있듯이(斗屋左舷) 항해하는 것, 밖을 향해 나아가고 있는 본래의 집과는 정반대의 의미 체계를 만들어내고 있음을 알려주는 것이다.

아이들이 이불 속에서 집의 공간 밖에 있는 마당을 꿈꾸고 있는 것처럼 이 시의 화자는 베개에 머리를 얹고 하늘을 향해한다. 집의 마당은 밖으로 통한다. 마찬가지로 방 안의 천장은 하늘로 연결된다. 순수하고 고립된 내면의 방이란 존재하지 않는 것이다. 내면 속에는 늘 외부의 길이 들어와 있다. 데리다의 표현대로 하자면 신체 내부 깊숙이 있는 구강이나 질(膣) 같은 것은 마치 호주머니처럼 안으로 들어온 '외' 공간과 마찬가지이다.[390] 꿈의 '내' 공간을 확대하면 감각 공간이 된다. 신체 공간(L-)의 차원에서의 '내' 공간을 서술하는 말들은 '보다, 듣다, 냄새맡다, 춥다, 덥다'와 같은 말들이다.[391] 이 감각 공간에서 내/외의 경계(벽)를

---

390) 데리다의 분석에 의해서 명확해지는 것은 〈pavergon〉에 의한 구별의 뒤얽힌 구조이다. 그는 내와 외의 복잡한 관계를 표시하기 위해 〈강적(膣的) 공간화innagination〉("Living on," p.97)란 말을 자주 쓰고 있다. 우리들이 육체의 가장 깊숙한 부위라고 생각되는 강(膣)이나 위장은 실은 외부가 안으로 접혀 들어온 호주머니 같은 것이다. Jonathan Culler(1982), *On Deconstruction*(Ithaca : Cornell Univ. Press), p.198.

391) G. Matoré(1976), *L'espace Humain* (Paris : Librairie A. G Nizet) "Je suis l'espace où je suis"에 대한 해설 참조, p.88.

보다 쉽게 뚫고 집의 내부로 침입해 오는 것은 청각적인 공간이다. 「밤비」에서도 이미 관찰한 바 있지만, 「復活」에서 청마는 새벽 종소리의 청각 공간을 통해 내(H-)에서 외(H+)로 벽을 뚫고 나가는 내면적 행위의 세계를 보여준다. 그래서 '꿈꾸다'는 '듣다'가 된다.[392]

　　문장지 가므레 나의 머리맡으로 물인듯 창창히 스며드는 새벽빛이여.
　　어제 저녁 그렇게도 안타까이 絶望에 몰아뜨려 까무러치고야 말더니, 이제 다시 내 곤히 잠결에 잠겼어도 그 기척 아련히 살아 듦을 알겠거니, 은은히 종소리도 울려 오며—

　　드디어 사망의 집 속에 누웠을 날에도 이렇게 날 일깨워 부르실 소리여.
　　　　　　　　　　　　　　　　　　　　　　　　　　—「復活」[393]

　　내/외의 공간을 변별하는 경계의 벽이 여기에서는 '문장지'로 되어 있다. 아브라함 몰의 격벽 형태 이론으로 보면 그것은 시각

392)　E. Minkowski(1933), 앞 글, pp.101-110.
393)　「예루살렘의 닭」, 76쪽.

을 차단하는 가장 얇은 벽에 속한다.[394] 그러므로 이 벽을 뚫고 외부의 빛이 침범한다. 동시에 그 빛은 은은한 종소리가 되어 머리맡으로 울려온다. 여기에 머리맡은 신체 공간에서 상방성을 나타내는 것으로(시 「山嶺인 양」 참조) 그 빛과 종소리는 다 같이 물질적/세속적인 하방성과 대립항을 이루는 정신적/성적(聖的)인 세계의 의미 작용을 지닌다.

드디어 사망의 집 속에 누웠을 날에도 이렇게 날 일깨워 부르실 소리여.

'방 안에 누워 잠자는 것'은 휴식과 평온이지만 그것을 극대화하면 집의 '내內' 공간은 곧 감옥이나 무덤과 같은 폐쇄 공간이 되어버린다. 그 의미 작용은 이미 말한 바대로 세계를 향해 투항하는 것이 된다. 그러므로 잠을 깨우는 것, 눈뜨게 하는 것, 그래서 '외外' 공간으로 나가게 하는 것, 그것을 청마는 부활의 생명과 견준다.

눕다 ····················· 죽다

---

394)   A. Moles, "La Proie Comme Discontinuité" *Psychologie de l'espace* (Casterman, 1972), p.36.

일어나다 ················ 부활하다

방 ····················· 무덤

방 밖으로 나가다 ·········· 무덤에서 나와 새 삶을 시작하다

로 집의 '내' 공간이 부정적 의미로 그려진 텍스트의 형태이다.

사립문, 문장지, 창 등 주거 공간에 있어서의 개구부(開口部)는 그 '내(內)' 공간의 여러 가지의 감각 공간을 만들어내고 그것이 '외(外)' 공간과 넘나드는 코드 전환을 일으키게 된다.

어디메 僚爛한 花林을

狼籍하게 무찌르고 온 비는 또

나의 窓앞에 종일을 붙어서서

비럭지처럼 무엇을 졸르기만 한다.

—「五月雨」³⁹⁵⁾

문 밖의 걸인처럼 종일을 붙어 서서 무엇을 조른다는 것을 실질적 상황으로 환원시키면 '비(五月雨)가 왼종일 내리다' '비에 갇혀 왼종일 방 안에 있었다'의 진술이 될 것이다. 그러나 바로 자신을 방 안에 묶어둔 봄비가 실은 자신을 '내' 공간으로부터 끌어

---

395) 『靑馬詩鈔』, 99쪽.

내는 작용을 하기도 한다.

비는 밤, 추위와 마찬가지로 집의 비호성을 증대시킨다. 밖이 추울수록, 밤이 깊을수록, 그리고 비가 내릴수록 우리는 방 안의 아늑한 그 내밀성(intimié)을 더욱 잘 느낄 수가 있다. '비오는 날의 自動車 속'을 그린 엘리엇T. S. Eliot은 '눈에 파묻힌' 보들레르의 움집과 같은 효과를 지닌다. 그러나 바슐라르와 볼노우는 그 內/外의 이항 대립적 세계를 의미의 변별 특징으로서가 아니라 심리적인 세계로 환원시켜 버린다. 우리가 주목할 것은 집의 비호성이 코드 전환을 하고 역전되었을 때, 그것이 폐쇄성 구속성으로 변하게 되는 그 의미 작용이다.

밤, 추위, 비는 방 안을 더욱 아늑하게 해줌으로써 '內' 공간의 내밀성을 더욱 증대시키지만, 동태적 텍스트의 형태에서 '內' 공간이 부정적인 것으로 그려질 때에는, 거꾸로 경계 침범에 의해 '外' 공간으로 나가는 행위의 轉機가 된다.

별을 꿈꾸는 마음, 새벽녘의 빛과 종소리, 봄비 소리 등은 경계의 벽을 소거시킴으로써 방 안의 '내' 공간을 '외' 공간으로 확산시키는 동태적인 텍스트를 형성하게 된다. 수직적인 공간 구조에서 매개항에 의한 상승 작용처럼 수평적인 공간 구조에 있어서도 내/외(H-/+)로 분할된 세계를 융합, 전도, 이동시키는 움직임을 부여하는 것은 수평적인 경계 공간들(H₀)이다.

6 기다림의 '內' 공간

'내부로 침입해 들어온 외부'와 '외부를 탄생시키는 내부'의 이다의적 기호는 꿈과 감각의 '內' 공간과 양의성을 가진 코드 일탈현상을 보여주고 있다. '內' 공간이면서도 이렇게 '外' 공간으로 향하는 기호의 벡터는 '기다림의 공간'에서도 찾아볼 수 있다. 기다림이란 내부에 있으면서도 그 내부의 비호성을 잃은 형태, 즉 평화, 휴식이 없는 상태이다. 밖에서 들어오는 것을 기다리는 빈 공간이므로 '내' 공간의 가장 큰 특색인 눕다/잠자다 모두가 불가능해진다. 이것이 그 많은 고전시가에 나타나는 여성 공간의 내부―'耿耿孤枕上에 어느 잠이 오리오.'396)의 전전반측輾轉反側하는 불면의 공간(H-)이다.

청마의 시 가운데에서 가장 여성적이고, 서정시적 요소를 갖고 있는 것이 바로 이 텍스트 형태에 속하는 것들이라고 할 수 있다.

---

396) 「滿殿春別詞」, 『樂章歌詞』.

해 지자 날 흐리더니

너 그리움처럼 또 비내린다.

문 걸고

등 앞에 앉으면

나를 안고도 남는 너의 애정!

—「밤비」³⁹⁷⁾

비는 '內' 공간을 증대시키지만 동시에 너(밖에 있는 것)에 대한 그
리움('外' 공간) 또한 증대시키고 있다. '문 걸고' '등 앞에 앉으면'은
외부를 차단시키는 경계 강화[398]이지만 그 거는 행위, 즉 문을 닫
는 행위는 그리움과 너를 향한 마음을 여는 행위가 된다. 옛날부
터 문이 건축의 중요한 상징적인 요소의 하나가 되었던 것은 조
금도 이상스러울 것이 없다. 문은 닫아버리거나, 열어젖히거나
하는 것이다. 즉 결합하고 분리할 수 있다. 문은 실제로 닫혀 있
던가 열려 있던가 어느 한쪽이 지배적임에도 불구하고 심리적으
로는 어떠한 문도 열려질 수 있는 상태에 있고 또 항상 열려져 있
으면서 동시에 닫혀져 있는 것이다.

---

397) 「祈禱歌」, 58쪽.

398) C. Noberg-Schulz(1971), 앞 글, p.25.

생각은 종일을 봄비와 더불어 하염없이

뒷산 솔밭을 묻고 넘어 오는 안개

모란꽃 뚝뚝 떨어지는 우리집 뜨락까지 내려

—「모란꽃 이우는 날」[399]

　비는 확산적인 공간성을 갖는다. 청각 공간과 마찬가지로 그것
은 퍼져가는 진동의 공간이다. 그러나 청마는 비에 안개를 부가
함으로써 '뜰 안에 내리는 응축된 비'의 '내' 공간을 만들어낸다.
봄비와 더불어 뒷산 솔밭을 넘어온 안개가 '우리집 뜨락까지 내
려'의 시구가 바로 그런 것이다. '뜨락까지'란 말은 밖에 있는 것
이 집 안의 공간으로 들어오고 있음을, 그리고 '내려'라는 말은
봄비에도 안개에도 다 같이 걸리는 서술어로서 위에서 아래로 떨
어지는 하강 운동을 나타낸다. 거기에 모란꽃이 떨어진다는 것은
밖에서 안으로 들어오고 위에서 아래로 떨어지는 농밀한 공간의
응축성을 배가하는 것이다.

　설령 당신이 이제

　우산을 접으며 반긋 웃고 사립을 들어 서기로

　내 그리 마음 설레하지 않으리

---

399) 「波濤야 어쩌란 말이냐」, 50쪽.

이미 허구한 세월을

기다림에 이렇듯 버릇되어 살므로

　　　　　　　　　　—「모란꽃 이우는 날」 중에서

비, 안개가 밖에서 뜰로 들어오던 것이 2연에서는, 기다리는 사람이 사립을 들어서서 안으로 들어오는 것으로 그 이미지가 바뀐다. 그리움, 기다림의 그 수동적인 '내' 공간에 있어서는 사립문이 안에서 밖으로 '나가는 것'이 아니라 '밖에서 안으로 들어오는' 매개물로 그려진다.[400] 기다림은 문이 안으로 열리도록 되어 있는 공간인 것이다.

'우산을 접고 사립을 들어선다'는 동작은 모두가 '외' 공간에서 '내' 공간으로 끌어들이는 것으로 이때의 집은 방어와는 정반대의 의미 작용을 갖게 된다. '기다림에 이렇듯 버릇되어 살므로'의 이 버릇은 끝없이 밖에서 안으로 들어오는 환상을 꿈꾸어 온

----

[400]　여기의 '사립문'은 바깥과 안을 이어주는 서양의 'anti-chambre'와 같은 역할을 한다. R. Barthes(1963), *Sur Racine*(Paris Seuil), pp.9-11. 바르트는 라신느의 비극을 이항 대립의 복합적 구조로 분석하고 있다. 그 이항 대립 중 가장 기본적인 것이 'chambre(옥내)'와 'espace extérieurs(옥외)'의 대립이다. 즉 '외' 공간은 죽음mort과 탈출fuite과 사건événement의 장소이고 집의 '내' 공간은 다시 이항 대립으로 분리되는 내실과 'antichambre(대기실)'로 나뉘어 내실은 침묵의 장소 그리고 대기실은 침묵과 행위의 매개자가 된다. 즉 대기실은 바깥과 안을 이어주는 것으로 '문자와 사물의 의미의 중간에 있으면서 머뭇거리며 자기의 사정을 이야기한다.'(entre la lettre et le sens des choses, parle ses raisons)

것을 표시하는 것이므로, 기다림의 공간은 꿈의 '내' 공간과 같은 것임을 알 수 있다. 그리고 오는 사람을 기다리기 위해서는 '내' 공간에 계속 머물러 있어야 한다는 반복성도 함께 나타낸다.

> 모란은 뚝뚝 정녕 두견처럼 울며 떨어지고
> 생각은 종일을 봄비와 더불어 하염없이
> 이제 하마 사립을 들어오는 옷자락이 보인다.
>
> —「모란꽃 이우는 날」

마지막 연을 보면 기다림의 공간은 꿈과 같은 환상 공간임을 알 수 있다. '모란꽃이 뚝뚝 떨어지는' 것이 '두견처럼 울고'로 청각화되어 있고, 아무것도 없는 사립문이 '이제 하마 사립을 들어오는 옷자락이 보인다'로 환각화되어 있다. 그리고 환각 공간은 다름 아닌 봄비와 더불어 종일을 하염없이 되풀이하고 있는 그 '생각'(의식 내부)에서 비롯된 것이다. '내' 공간에 있으면서도 의식은 끝없이 밖으로('외' 공간) 향해 있는 상태, 이 모순의 공간이 바로 모란꽃 이우는 뜨락이고 봄비가 내리는 뜨락이다.

7 병病의 부정否定 공간

삶의 작은 '영위'에 가치를 둔 그 '내' 공간의 결정적 붕괴를 보이는 것은 '병'을 통해서이다.[401] 너와 나의 인간적인 커뮤니케이션에 가치를 부여하는 것이 수평적 공간이 산출해내는 의미 작용들이다. 이미 본 것처럼 외부와의 커뮤니케이션을 가능케 하는 것은 그리움, 기다림, 이웃에 대한 관심이다. 그것은 초월적인 것이 아니라 주어진 지상(하방적 공간)의 삶에 기반을 둔 가치이다. 이 하방적 공간의 긍정을 만들어낸 것이 하늘과 단절된 상태의 「염소는 장미순을 먹고」[402]와 「parthenon의 하늘」[403] 등의 시들이

---

401) 인도인들은 〈건강을 원한다〉라고 하지 않고 〈무병(無病)을 원한다〉라고 한다. 무병이란 것은 신체의 건강 상태의 특수한 경우를 명명하는 것이 아니라 단지 병의 결여를 의미하는 것에 지나지 않는다. 병이 소멸되었을 때 무병이 나타난다. 中村元, 「살아 있는 身體」, 『現代思想』 1982년 7월, Vol. 10-9. 201쪽.

402) 『波濤야 어쩌란 말이냐』, 270쪽.

403) 『第九詩集』, 26쪽.

었다. 그 인간애적인 것, 세속적인 삶의 감정을 청마는 '애린'이라 부르고 거기에서 출발된 행위를 '영위'라고 표현한다. 그런데 그 애린과 영위의 중심이 되는 집(가족)의 '내' 공간을 붕괴시키는 것이 병이다.

병은 애련의 감정이나 일상적인 영위의 능력 밖의 것이기 때문이다. 바꿔 말하면 '下' 공간인 땅과 '內' 공간의 집이 결합된 의미 작용을 한마디로 나타낸 것이 바로 병으로 상징되는 모탈mortal로서의 운명이다.

청마의 시에서 '병'을 다룬 텍스트는 모두가 집이라는 '내' 공간과 연관된다.

아내와 아이들의 병을 그린 시는 「病妻」[404], 「變故」[405], 「안해 앓아」[406], 「病兒」[407], 「點景에서」, 「驚異는 이렇게 나의 身邊에 있었도다」[408] 등이고 이것들은 구조적인 의미에서 모두 공간의 상동성을 지니고 있다. 즉 아내나 아이들이 '병'에 걸렸을 때의 공간적 언술은 언제나 화자가 '내' 공간에서 '외' 공간으로 나가는 (H-/+→) 형태의 동태적 텍스트의 성격을 띠고 있다.

---

404) 『靑馬詩鈔』, 34쪽.

405) 『祈禱歌』, 57쪽.

406) 『生命의 書』, 86쪽.

407) 『祈禱歌』, 68쪽.

408) 『生命의 書』, 82쪽.

들창넘에 담장

담장우에 호박넝쿨

그리고 이 强健한 손바닥같은

푸른 호박닢에 담뿍 받힌 壁空의 一角—

이 얼마안된 平凡한 點景은

조금하면 잊혀지기 쉬운 이 淸貧한 家族에게

다만 하나 季節에의 生氣로운 通風孔

—「點景에서」[409]

점경의 시작(1연)은 집의 '내' 공간이 부정否定으로 향하는 벡터를 뚜렷이 보여준다.

조금하면 잊혀지기 쉬운 이 淸貧한 家族에게

다만 하나 季節에의 生氣로운 通風孔

'가옥은 인간을 구금하는 것이 되지 않도록 그 내부를 적절한 방법으로 외부 세계와 연결시키고 있는, 세계로 향한 몇 개의 개구부를 필요로 한다. 이들의 개구부는 세계의 교류를 위해 가옥을 연다. 그리고 이러한 기능을 맡고 있는 것이 문과 창이다.' 그

---

409) 『靑馬詩鈔』, 38쪽.

렇기 때문에 공간 텍스트에 있어서 창이나 문에 대한 언술을 분석해 보면 내/외의 공간에 대한 뚜렷한 시차성과 그 가치 범주가 드러나게 된다.

바슐라르의, 보들레르의 움막 '내' 공간의 분석에서는 커튼이 중요한 의미 작용을 갖고 있었다는 것을 본 바 있다. 커튼은 문의 빗장과 마찬가지로, 개구부를 막아 '외' 공간을 차단시키는 기능을 갖고 있는 것이다. 즉 '내' 공간의 강화이다. 그러나 창을 통해 바깥을 본다거나 문을 여는 것은 '내' 공간으로부터 '외' 공간을 향해 나가는, 또는 그와 연결하는 '외' 공간의 강화이다. 이 텍스트의 경우에는 창을 '生氣로운 通風孔'으로 비유하고 있는 것을 보아서도 알 수 있듯이 세계와의 연결, '내' 공간에서 '외' 공간으로 향하는 공간 이동의 첫 단계로서의 작용을 하고 있다.

실제로 이 텍스트의 공간적 언술은 창을 기점으로 하여 펼쳐지는 '외' 공간의 묘사로 이루어져 있고, 그 '행정parcour'은 '내'에서 '외'의 수평적 이동과 '하'에서 '상'의 수직 이동으로 되어 있다. 즉 '들창넘에 담장/담장우에 호박넝쿨'에서 '넘에'는 수평 전진(H-→HO), '우에'는 수직 상승의 화자 시선을 나타내 준다.[410] 공

---

410)   Louis Marin, "Dégénérescene Utopique : Disneyland," *Utopiques : Jeux D'es-paces* (les Editions de Minuit. 1973). 공간을 하나의 행정parcours을 통해 그 언술을 체계화한 것은 루이 마랑이었다. Parcours를 통해 디즈니랜드의 공간(텍스트)을 읽은 것이 위 논문이다.

간의 수평 체계에서 담장은 바깥 공간을 분할하는 경계선으로 방 안의 들창을 확대한 것과 다름없다.

그 담장 위에 호박 넝쿨을 묘사함으로 해서 안에서 밖으로 이 동하던 시선은 하에서 상으로 상승하기 시작한다. 굴천성(屈天性, ouranotropisme)을 나타내는 호박 넝쿨은 위로 뻗어 올라가는 상방 성의 표지가 된다. 그 호박잎은 하늘(벽공)로 이어져 시선은 최정 점에 이른다.

그러나 '碧空의 一角'이라고 한 것처럼 들창 너머의 하늘은 수 직만을 나타내고 있는 것이 아니라 담 너머의 지평, 높고 먼 하늘 (V+, H+)로서의 수평적, '외' 공간의 의미도 산출하고 있다.

> 항상 믿업고 부지런한 안해의 하로의 스케듈은
> 이 點景의 晴雲에 따러 定하여지고
> 때론 一片 靑雲이 머뭇는 저 穹隆을
> 커다란 箴言처럼 사나이는 우르르노라.
>
> —「點景에서」

1연의 들창 너머의 점경을 '외' 공간의 구성이라고 볼 때, 2연 은 그 공간이 산출하고 있는 의미의 구성이 된다. '내' 공간은 '외' 공간의 상대성에 의해서만 그 의미가 생겨나는 것이므로 2연의 가족, '내' 공간은 1연과 연결해서 파악되지 않으면 안 된다. 즉 공간과 연결된 통풍공이 없으면 '안해의 하로의 스케듈'은 혼란에 빠져 '믿업고 부지런한' 것이 될 수 없을 것이고 '사나이'는 문자 그대로 '一片 靑雲'의 뜻을[411] 지니고 살아가는 이념(잠언)을 상실한 생활을 하게 될 것이다.

'외' 공간(하늘)에 대한 '내' 공간의 반응

내부
공간
┌ 여성 : 일상생활(가족)을 영위해 가는 척도⋯물질적
│   ('항상 믿업고 부지런한 안해의 하로의 스케듈')
└ 남성 : 정신적 이념의 척도⋯정신적
     ('一片靑雲이 머믓는 저 穹隆을 커다란 잠언처럼 사나이는 우르르노라')

오늘의 이 艱難과 不如意를
스스로 安直하야 彌縫함이 아니라
또한 蹉跌에 호올로 哀傷짐도 아니라

아무리 苛酷한 乏迫의 底流에 잠기었어도
끝내 흐리잖는 明瞭한 理念은
끝없는 孤獨에 玉石처럼 눈을 뜨고

411) V. N. Toporov, "On Dostoevsky's Poetics and Archaic Patterns of Mythological Thought," *New Literary History* Vol IX 1978, winter, No.2, p.333.

항상 높은 矜持를 가져 自身을 직히고

온갓 있는 것을 깊이 愛着하며

明確히 季節을 認識하여야 來日에—

저 遼遠한 人生의

雲表에 솟은 거윽한 바비론을 바라노라.

—「點景에서」

3연과 4연은 2연의 기호 내용을 더욱 구체적으로 나타낸 것으로 3연의 '艱難', '不如意', '安直'한 삶, '彌縫', '蹉跌', '哀傷' 등의 부정적 어휘군lexicon들은 통풍공이 없는 청빈한 가족의 '내' 공간의 표지들이다.

4연의 '明瞭한 理念', '孤獨에 玉石처럼 눈뜸', '높은 矜持' 등은 집 안의 '내' 공간을 매개하는 통풍공(창)을 통해 '외' 공간과 연결되었을 때 산출되는 의미들이다.

'雲表에 솟은 거윽한 바비론을 바라노라.'의 시구를 공간 코드로 분석해 보면,

雲表에 솟은→ '상' (V+) 공간(높다)

바비론→ '외' (H+) 공간(멀다)

로 주거 공간의 '낮고', '가까운' '하'(V-) 공간과 '내' 공간의 대

립항을 이룬다는 것을 알 수 있다. 화자 시점의 '투묘(投錨)의 장소'[412]는 주거 공간(H-, V-)에 있고 그 시점의 방향은 '바라노라'로 '상', '외' 공간(V+, H+)에 있으므로 3, 4연의 공간적 언술은 창(H0)을 매개로 하여 안에서 밖으로 나와 아래에서 위로 올라가고 있는 형태의 텍스트를 형성하게 된다(H-/0/+ → V-/0/+→). 이러한 텍스트의 형태는 「天啓」와 동형isomorphism을 이룬다. 「天啓」에서는 아이를 안고(H-) 사립문(H0)을 나와 행길(H+)에서 산과 제비(H0) 그리고 무지개(H+)를 바라보는 행정(行程, parcour)으로 되어 있어 그 공간 언술은 'H-/0/+ → V-/0/+→'인 것이다.

그러나 한 가지 점에서 시차성을 지니고 있는 것이 '아이를 안고'이다. '안다'는 나와 타자의 거리가 '영도(零度)'의 밀착성을 나타내는 '프로세믹proxsemic의 기호'[413]로 '내' 공간의 가장 밀집된 근접성을 표시하는 것이다. 그러나 「天啓」와 달리 이 텍스트에서는 '내' 공간의 밀착 거리가 단절되어 있다. 그것이 아이의 병을

---

412) M.-Ponty(1945), 앞 글, p.89. "Points d'ancrage" 참조.

413) 에드워드 T. 홀은 인간에 있어서의 거리를 네 가지 단위로 분절하여 그 의미 작용을 기호론적proxemics으로 관찰하고 있다. ① 밀접 거리Intimate Distance, ② 사적 거리Personal Distance, ③ 사회적 거리Social Distance, ④ 공중 거리Public Distance이다. 이 거리에 따라 대화, 커뮤니케이션의 몸짓, 자세, 목소리의 템포, 그리고 말의 발음과 문체가 변화한다. 이같은 proxemics를 이용하여 문학의 텍스트의 공간론에 적용해도 유의적 단위가 될 수 있다. ① 밀접 거리와 ② 사적 거리는 〈내〉 공간이 되고 ③, ④의 사회적 거리와 공중의 거리는 외적 공간의 단위가 될 수 있기 때문이다. Edward T. Hall(1966), 앞 글, pp.113-123.

말하는 5연째의 코드 전환이다.

  둘째야 가엾게도
  그렇게 앓아서 못견디느냐.
  來日은 日曜日—
  (—紅疫에는 가재가 좋다니!)
  나는 山곬을 찾어가서 가재를 잡아 오리라.
  한낮얼 들판의
  강냉이ㅅ대 잎파리 빛나는 밭두던을 지내서
  山머리에 조으는 구름을 바라보고
  이 모처럼 하로의 半날을
  내만의 외로움에 휘파람 불며 다녀오리라.

                              —「點景에서」

　이 5연은 앞의 연들과 비교해 보면 거의 다른 시처럼 느껴진
다. 그 이유는 1~4연까지는 부동적 텍스트인 데 비해 5연은 행위
에 의해서 공간을 이동하고 바꾸는 동태적 텍스트로 그 언술[414]

---

414) 〈예술 공간의 개념은 슈제트Sujet의 개념과 밀접한 관계가 있다.〉〈텍스트에 있어서
의 사건은 등장인물로 하여금 의미론적 장(場)의 경계선을 넘게 하는 것이다.〉로트만은 이
같은 관점에서 문학 텍스트를 경계가 고정되어 있는 〈슈제트가 없는 텍스트〉와 경계를 넘

이 전환되어 있기 때문이다. 극단적으로 말하면 서정적인 시에서 서사적인 소설로 바뀐 경우와 같다. 그렇기 때문에 둘째가 '병'이 났다거나 그래서 '가재'를 잡으러 산골짜기로 간다거나 하는 '슈제트sujet'가 생겨나게 되고 시선에 의해서 분할되었던 세계는 직접 행위에 의해서 그 의미 작용을 갖게 되는 것이다.

둘째가 병이 났다는 것은 '내' 공간에만 머물러 있을 수 없는 상황을 만들어내고 그러한 상황은 내/외의 공간을 선택하는 어떤 움직임을 일으키는 전기가 된다.

'그렇게 앓아서 못견디느냐'의 말투에서 잘 나타나 있듯이 화자인 나와 병을 앓는 아이 사이에는 거리가 있다. 병의 아픔 속에 있는 것은 둘째 자신이다. '아이를 안고'의 그 포옹은 병을 통해서 그 존재의 진실한 거리를 드러낸다. '집'(가족)이라는 같은 '내' 공간 속에 있으면서도 그 아이는 아이만의 '내' 공간 속에 있다. 그것을 화자의 말투에 그대로 반영한 것이 '못견디느냐'라는 의문의 구절이다.

그렇기 때문에 그 병은 나를 아이에게 접근시키는 것이 아니라

어서거나 자기 환경을 버리고 새 공간으로 나가는 슈제트가 있는 텍스트로 분할하고 있다. 문화 타이폴로지의 기술에 있어서의 메타 언어에서 〈부동적 텍스트〉와 〈동태적 텍스트〉로 나눈 것과 같은 의미이다. 〈내〉 공간에서 〈외〉 공간으로 향해 나가는 텍스트는 〈슈제트가 없는 텍스트〉가 파괴해 놓은 금지적 경계선의 횡단을 뜻하는 것이다. Y. Lotman, (1970), 앞 글, pp.326-332.

거꾸로 집의 '내' 공간(아이)에서 벗어나 밖으로 나가는 역설적인 행위 공간[415]을 만들어낸다.

来日은 日曜日—
(—紅疫에는 가재가 좋다니!)
나는 山곬을 찾아가서 가재를 잡아 오리라.

아이의 병이 그를 밖으로 나가게 한다. 그것은 집안을 영위하기 위해서 고향의 바다를 지나서 먼 땅 객지 대구로 약재를 구하러 가는 아버지의 '내' 공간 탈출과 똑같은 패턴이다.

비기호적인 실질 세계에서 보면 홍역을 앓는 아이를 위해서 아버지가 가재를 잡으러 밖에 나간다는 것은 매우 합리적인 행위이다. 그러나 기호의 세계(이차 체계의 공간 언어)로 보면 아이의 병과 화자의 외출은 '내' 공간을 부정하고 '외' 공간으로 나가는 세계의 해석과 '행위'의 한 코드 작성인 것이다. 병은 '생로병사'의 생 전체를 지시하고 있는 제유법으로서 주거 공간에 의해 산출된 세속적 삶, 말하자면 가장 기본적인 '내' 공간의 단위인 가족의 가치를 부정하는 의미소이다. 거기에서 세속의 인연을 끊고 집을 나가는 석가모니의 가출과 같은 모티프가 생겨난다. 누구도 남의

---

415) 인간이 행하는 대부분의 행위는 공간적 측면을 갖고 있다.

병고를 대신 해줄 수 없고 그 병을 막아줄 수 없다. 실존적인 자각이, 지금 그가 있는 이 실존 공간('내' 공간)으로부터 벗어나지 않으면 안 된다는 결의를 낳는다. 병의 자각은 우리를 한 울타리의 집 안에 머물 수 없게 한다. 병을 통해 진정한 목숨의 공간이 어느 다른 곳에 있음을 깨닫는다. 일상적 생의 '영위' 공간인 '내' 공간은 부정될 수밖에 없다. 가재를 잡으러 밖에 나간다는 것이 탈'내' 공간적 언술이라는 것은 집을 나가 산골짝으로 나가는 과정을 묘사한 행정(parcour)을 분석해 보아도 금시 알 수 있다.

가재를 잡으러 집을 나가는 그 무수한 경계 횡단의 행위는 어둡고 닫혀진 방 안(H-)이 눈부신 들판으로 바뀌는 과정을 나타낸다. 그렇기 때문에, '한낮의 들판'은 집 안의 방('내' 공간)과 대응되는 다음과 같은 변별적 구조로 이루어져 있다.

들판(H,)	방(H.)
+바깥(外)	−안(內)
+밝음(明)	−어둠(暗)
+열림(開)	−닫힘(閉)
+넓음(廣)	−좁음(狹)
+홀로(獨)	−가족(共同)

〈도표 10〉

그리고 그 들판을 지나는 것은 수평적인 전진성만이 아니라 수직적 상승도 동시에 내포하고 있다는 점도 간과할 수 없다.

'강냉이ㅅ대 잎파리 빛나는 밭두던'에서 강냉잇대는 그 벌판의 수평면보다 높은 곳에 위치한다. 그리고 '山머리에 조으는 구름'은 강냉이 밭보다 높은, ① 산, ② 산머리, 산머리 위의, ③ 구름으로 계단 같은 상승 과정을 나타낸 것이다. 그러나 화자는 가재를 잡기 위해 산골짜기를 찾아가는 것으로 '내'에서 '외'로 나가는 수평적 이동에 주된 의미가 부여되고 있다. '내' 공간에서 벗어나려는 화자의 태도에 결정적인 의미를 부여하고 있는 것이 이 시의 마지막 두 행이다.

> 이 모처럼 하로의 半날을
> 내만의 외로움에 휘파람 불며 다녀오리라.

　여기의 '모처럼'이란 말은 그가 지금껏 '내' 공간에 갇혀 있었음을 반증하고 있는 표현이다. '하로의 반날'이라는 시구 역시 화자가 집 안에서 완전히 해방된 것이 아님을 표현하고 있다. 즉 반쯤 풀려난 상태이다. 그리고 '내만의 외로움에 휘파람 불며'라는 구절은 가재를 구하러 나오는 것은 표층적인 이유이고 그 심층에는 주거 공간(가족)으로부터의 탈출과 해방의 기도였음이 분명해진다. 그것이 '휘파람 불며'라는 행위에 의해서 드러난다.[416]

---

416)　C. Norberg- Schulz(1971), 앞 글, p.91. 공간을 하나의 언어로 볼 때 그 구조는 이

외부의 공간은 '내만의 외로움'을 확인시키는 공간이고, 휘파람이 나오는 신나는 자유의 공간이다. 아이의 병을 통해서 화자는 '내만의 외로움'을 발견하게 되고 갇혀 있던 '내' 공간으로부터 떳떳하게 풀려날 수 있는 구실을 갖게 된다. 거기에서 우리는 통풍공으로 빠져나와 점경點景으로, '세계'로 걸어 나오는 그 잠언 속의 '사나이'를 보게 된다.

기호 영역에 있어서 아이와 아내가 다 같이 '내' 공간적 존재에 속하게 된다는 사실은 이미 밝힌 바대로이다. 그러므로 아내의 병 역시 아이의 그것과 동일한 작용을 하게 된다. 「안해 앓아」에서도 화자는 아내가 아프기 때문에 집 밖으로 나와 새벽의 새로운 공간을 발견하게 된다. 거기에는 휘파람을 불던 것과 같은 해방 공간과 비일상적인 신선한 '감각 공간'이 전개된다.[417]

안해 앓아

대신 일찍 일어나온 첫아침

아직 어두운 가운데

도표에서 보는 대로 심층적인 것에 속하게 되고 그 구조를 형성하는 것은 타고난 능력 innate structuring capacity이 된다. 이 경우 Structure myth의 자리에 공간을 대입시켜도 무방할 것이다. Michael Lane(ed.)(1970), *Structuralism : A Reader* (London : Jonathan Cape), p.15.

417) G. Matoré(1976), "L'espace Sensuel et la Littérature,", 앞 글, p.213 참조.

풍로에 붙이는 숯불 새빨갛게 일어 펴고

앞 길에선 달각 달각

市內로 들어가는 馬車소리 채찍소리

물 같이 맑은 새벽 空氣를 울리고

잎새 얼마 남지 않은 가지엔

밤 부터 부는 세찬 바람이 걸려있어

주먹 같은 光彩의 별 하나 남아 있는 東方으로 부터

끝없이 淸澄한 銀빛 아침을 데불고 오나니

안해는 항상 이렇듯 맑게 일어 나오는 것이었고나

—「안해 앓아」

풍로에 붙이는 숯불 새빨갛게 일어펴고 ········· 열감각(빛·불)

市內로 들어가는 馬車소리 채찍소리 ··········· 청각(소리)

물 같이 맑은 새벽 空氣 ····················· 촉각

밤 부터 부는 세찬 바람이 걸려 있어 ··········· 역동감

주먹 같은 光彩의 별 하나 남아 있는 東方 ········ 시각

끝없이 淸澄한 銀빛 아침 ···················· 빛감각

이 목록 속에 나타난 감각들은 '내' 공간과 '외' 공간의 변별적 차이가 되는 것으로 병의 부정 공간과 대립항을 이루는 것이다.

아내나 아이의 병이 가져다주는 경계 횡단의 기호 과정을 구체

적으로 설명하고 있는 시가 「病妻」이다.

　　　아픈가 무르면 가늘게 微笑하고
　　　아프면 가만이 눈감는 안해ー
　　　한떨기 들꽃이 피었다 시들고 지고
　　　한 사람이 살고 病들고 또한 죽어 가다.
　　　이 앞에서는 全宇宙를 다 하야도 더욱 無力한가
　　　내 드디어 그대 앓음을 난호지 못하나니.

　　　가만이 눈감고 안해여
　　　이 덧없이 無常한
　　　骨肉에 엉기인 有情의 거미줄을 觀念하며
　　　遙寥한 太虛가온대
　　　오직 孤獨한 홀몸을 凝視하고
　　　보지못할 天上의 아득한 星芒을 직히며
　　　簫條히 地底를 구우는 無色 陰風을 듣는가.
　　　하얀 哀憐의 야윈 손을 내밀어
　　　因緣의 어린 새새끼들을 愛惜하는가.
　　　아아 그대는 일즉이
　　　나의 靑春을 情熱한 한떨기 아담한 꽃.
　　　나의 가난한 人生에

다만 한포기 쉬일 愛憎의 푸른 나무러니

아아 가을이런가.

秋風은 簫條히 그대 위를 스처 부는가.

그대 萬若 죽으면―

이 생각만으로 가슴은 슬픔에 즘생 같다.

그러나 이는 오직 철없는 愛憎의 짜증이러니

眞實로 嚴肅한 事實앞에는

그대는 바람같이 사라지고

내 또한 바람처럼 외로이 남으리니

아아 이 至極히 가까웁고도 머언 者여.

―「病妻」⁴¹⁸⁾

　병 앞에서는 '전 宇宙를 다하여도 더욱 無力'하다라는 것, 그리
고 '내 드디어 그대 앓음을 난호지 못하나니'와 같은 1연이 아내
의 '병'을 통해서 '나'의 '무력'을 발견한 것이라 한다면 2연은 이
렇게 무력하고(타자의 병을 대신 할 수 없는), 절대적인 고립 속에 있으면
서도 '애린', '유정'이니 하는 인간관계, '거미줄의 관념'에 의해
한 가족의 '내' 공간을 이루며 살아가고 있는 세속적 삶이 얼마나

418)　『靑馬詩鈔』, 44쪽.

덧없는 것인가의 발견이라 할 수 있다. 한마디로 '내' 공간의 가치 부정이다.

그 시적 언술을 분석해 보면 2연은 아내의 입장(앓는 사람)에서 병이 기술된다. 골육, 유정, 애련, 인연 등의 관념들은 거미줄이라는 말로 표현되어 그 무상함을 나타내고 있고, '오직 고독한 홀몸을 응시하고'에서 홀로 있는 실존을 드러내 놓는다.

결국 이 시를 마무리 짓는 것은 '아아 이 지극히 가까웁고도 머언 자여'라는 모순어법(oxymoron)으로 기술된 아내와의 관계이다. 그것이 청마에게는 그리움, 별리, 기다림 등 인간관계의 모든 애정은 철없는 짜증이 되고 진실로 엄숙한 사실(죽음) 앞에서는 바람처럼 사라지고 바람처럼 외로이 남는 '무'일 뿐이다.

'내' 공간과 결합된 의미 작용은 '애련'이고 '집념'이고 '철없음'(깨달음이 없는), 무감각적인 '일상' 등이다. 이 일상적인 자동화된 삶의 공간에서 벗어나는 것, 그 '내' 공간과 대립되는 초월을 위해 새로운 공간을 찾아 나서는 것, 그것이 수직적 초월과 대응되는 수평적 탈출 공간이다. 아래에서 위로 올라가는 상승의 운동이 수평적 공간 구조에서는 '안에서 밖으로' 탈출하려는 공간 횡단의 능동적 텍스트로 나타난다. 광야, 바다, 사막과 같은 '외' 공간의 넓은 지평으로 나가는 것은 집이나 고향과 같은 기지既知의 공간에서 낯선 공간으로 나간다는 것을 의미하는 것이고, 애련, 인연, 인정 등에서 벗어나 그와 반대되는 새로운 가치와 직면

하는 모험적 삶을 의미하는 것이다. 상승의 최정점에 신이 있듯이 안에서 밖으로 향하는 미지의 지평 너머에도 신이 있다. 전설일 신화의 텍스트에 나오는 문화 영웅들의 이야기가 바로 그렇다.[419] 안과 바깥으로 분할된 세계(부동적 텍스트)는 한 인물(화자)의 행동을 통해서 '안에서 바깥으로' 또는 '밖에서 안으로' 이동된다. 그 궤적이 그려내는 공간적 언술은 그 공간 횡단의 행위적 변별적 요소에 의해 여러 가지 동태적 텍스트와 그 의미 작용을 생성한다.

---

419)   Joseph Campbell(1949), *The Hero with a Thousand Faces*(New York : Princeton Univ. Press), p.77.

VII

도주逃走의 길과 '외外' 공간

1 도주 공간의 형성 과정

　'수직적 초월'의 언술에 비해서 '수평적 탈출'의 언술은 훨씬 더 복잡한 구조를 띠게 된다. 수직적인 경우에는 우주론적 텍스트가 그 모델로 되어 있고,[420] 땅과 하늘이라는 양극점이 기호적 세계가 아니라도 자연적인 실질의 공간에서도 그 대립성을 분명하게 보여주고 있기 때문이다. 그러나 수평적인 내/외 체계는 화자의 관점과 공간의 투묘점을 어디에 설정하느냐에 따라 대립 구조는 매우 자의적인 것이 되어버린다. 공간 이동에 따라 내/외 영역은 수시로 달라진다.[421] 그렇기 때문에 오툴이 제시한 것 같은

---

420)　Northrop Frye(1976), *The secular Scripture*(Harvard Univ. Press), p.97.
　　프라이는 수직적인 공간 이동으로 서사 양식을 패턴화하고 있다. 〈천계에서 지상으로 하강하는 것, 지상에서 지하계로 하강하는 것, 지하계에서 지상으로 상승하는 것, 지상에서 천계로 상승하는 것.〉 모든 이야기story는 결국 이 네 기본형의 변형에 지나지 않는다.
421)　〈인간이 수목에 오르거나 또는 동혈洞穴 속으로 내려가거나 또는 집이나 탑 같은 것을 세운다거나, 또는 우물이나 광산을 파고 또는 비행기를 타고 한참 동안 지표 위로 올라

기호론적 공간semiotic space[422]의 차원이 더욱 필요하게 되고, 또 그러한 차원의 성격을 검증하지 않고서는 '내' 공간에서 '외' 공간으로 횡단하는 의미 작용도 찾아내기 힘들어질 것이다. 그러나 청마는 그 자신이 도주 공간에 대해 직접 시를 쓴바 있고, 그 텍스트 개념도 비교적 밖으로 노출되어 있는 편이어서 그 분석은 비교적 용이한 편이다. '나아감' '벗어남' '떠남'과 같은 탈출, 도주의 언술을 관찰하기 위해서 청마 자신이 「逃走에의 길」이라고 명명한 텍스트는 매우 유효한 모형이 되어줄 것이다.

> 이는 逃走의 길이요
> 대낮 사향 꽃골목을
> 피눈물로 내닫는 逃走의 길이요
> 그렇게도 애터지게 날 울리던 너도
> 조국도 원수도 모른다 모른다고—
> 세번 물어 세번
> 유치환을 모른다고 모른다고만 내달아

가는 것으로 겨우 떨어질 수 있는 그 거리는, 거인 아틀라스가 그것을 모사하고 있는 것처럼 어떤 짓을 하든 인간은 원칙적으로 이차원의 공간에 얽매여 있다는 것을 바꿀 수가 없다.〉 볼노우의 체험된 인간의 공간은 수직적인 것이 아니라 이차원의 수평면이라는 것을 강조하고 있다. Otto Friedrich Bellow(1980), 앞 글, "Die Erdoberfläche" p.47.
422)   L. M Otool(1980), 앞 글 참조.

아아 내 아는

하늘자락 끝간 질편한 大路ㅅ길!

그 길을 즐거이 활개치고 가면

神과 더불어 나도 神이 될 수 있어—

시방 울불고 찾아 돌아 내닫는

골목 안길이요

—逃走의 길이요.

—「逃走에의 길」[423]

이 텍스트에서 제시되어 있는 도주의 기점은 ① '너', ② '조국', ③ '원수', ④ '유치환'의 네 대상 또는 그 공간이다. 그것을 오툴의 기호 공간 차원으로 배치해 보면 가장 하위의 차원이 '유치환', 즉 자기 자신으로부터의 도주이다(L_{-1}). 그 바로 위가 '그렇게도 애터지게 날 울리던 너'로서 자기와 가장 가까운 혈족, 또는 사랑하는 인간이므로 그것은 집의 차원과 등가 체계에 있는 '내' 공간적 존재가 될 것이다. 즉 집(L)으로부터의 떠남, 그 도주이다. 세 번째의 차원은 '조국'이다. 그것은 자신의 고향이나 그것을 확대한 나라[한국]가 될 것이므로 내 편이 되는 동족 인간들의 사회(L_{+1})이다. 그러므로 조국에서 도망친다는 것은 조국 아닌 곳, 고

---

423) 『蜻蛉日記』, 52쪽.

향 아닌 곳으로 나가는 것이며, 문화 텍스트의 개념으로 보면 문화가 다른 오랑캐 같은 이방의 땅으로 가는 것이 된다. 정치적 용어로는 망명과 통하는 것이 될 수도 있다. 네 번째의 차원은 원수도 모른다고 한 것으로 인류를 내/외로 갈라놓는 조국, 내 편과 원수 반대편을 모두 버리는 것이므로 인간계 자체를 넘어서는 도주의 차원이다. 그것은 우주론적인 차원(L₊₂)이 된다.

이 텍스트의 도주는 이렇게 개체로부터 가족, 민족, 그리고 인류, 그 모든 차원의 공간으로부터의 도주이므로 최종적인 곳에 이르면 이승/저승의 차원에서도 벗어나

그 길을 즐거이 활개치고 가면

神과 더불어 나도 神이 될 수 있어—

라는 우주 차원의 초월이 되는 것이다. 그러나 그 도주가 수직적 공간의 초월과 구별되는 것은 그 현실성에 있다. 수직의 매개항들은 산, 나무, '標ㅅ대' 등이 있으나 수평적 공간 속에서는 그것이 '길'이 된다.[424] 이미지로서의 추상적인 이동이 아니라 실제

---

424) 공간을 정복하기 위한 수단으로서의 도로들은 넓은 곳으로 통해 있다. 그런 경우 넓음이란 언제나 가능한 전개의 여지로서 인간의 활동에 즉 팽창적이고 확산적인 충동의 중심으로서의 인간에 관련되어져 있다……. 여기에서의 넓은 곳이란 (……) 구체적인 목표

로 인물이 등장하게 되고 공간을 횡단하는 것이므로, 전자가 시적 텍스트(부동적 텍스트)의 성격을 지니고 있다면 후자는 서사적 텍스트의 특징을 내포하고 있다.

이 텍스트에 씌어진 길의 계합적paradigmatic 항목을 보면

(1) '대낮 사향 꽃 골목'

(2) '하늘 자락 끝간 질펀한 대롯길'

(3) '골목 안길'로 되어 있다.

(3)이 가장 현실적인 것으로 제일 좁고 어둡고 닫혀진 '골목' 길이고 동시에 안길로 되어 있어 그것이 '외' 공간으로 나가는 통로이면서도 '내' 공간적 요소를 많이 지니고 있다. 그다음이 (2)의 '大路ㅅ길'로서 골목보다는 넓고 또 외향적이며 밝다. 그 대로에 '하늘 자락 끝간'이라는 수식어가 있어 멀고 무한한 지평과 연결되어 있어 현실과 환상의 양면성을 지니고 있다. 더구나 '질펀한'이라는 말은 평탄성과 광역성을 주고 있어 골목 안길의 '안'과 대립적인 '바깥'의 변별성을 내포하고 있다. (1)의 대낮 사향 꽃 골목은 가장 환상적인 것으로 대낮의 빛과 사향의 향기 그리고 꽃

의 관념은 전혀 갖지 않고 단지 압박하는 좁은 곳에서 밖으로 나가 자꾸 앞으로 나가려는 운동을 가로막지 않는 공간을 뜻하는 것이다. Otto Friedrich Bollnow(1980), "Enge und Weine,", 앞 글, p.89.

의 색채 등으로 추상적이며 감각적인 길이다.[425) 그러나 골목으로 되어 있어서 좁고 어두운 미로와 같은 '내' 공간의 양의성을 갖고 있다.[426)

이 세 개의 길은 '내' 공간에서 '외' 공간으로 향하는 여러 차원을 동시에 나타낼 '도주의 길'의 변이태라 할 수 있다. 특히 주목할 만한 것은 가장 환상적인 길로 시작한 이 텍스트가 끝에 오면 가장 어둡고 좁은 골목길로 끝나 있다는 점이다. 그러므로 도주 공간의 양의성과 그 현실성이 강화된다. 이 세 가지 길에는 각기 도주의 양상이 첨가되어 있다.

(1) 피눈물로 내닫는…

(2) 즐거이 활개치고…

(3) 울불고 찾아 돌아 내닫는

(1)은 괴로우면서도 아름다운 도주의 첫 출발 (2)는 '즐거이 활개치고'로 대로와 하늘에 걸리는 가장 희망적인 꿈—전개 (3)은

---

425) 후각은 확산적인 것이다. 아무리 내부에 가두려고 해도 밖으로 배어 나오는 것이 냄새의 특징이기 때문에 후각 공간은 〈외〉 공간의 코드에 속하게 된다. Dr. E. Minkowski, (1933), 앞 글, p.115.

426) A. Moles E. Rohmer(1972), 앞 글, p.94.

단지 울불고 찾아 돌아 내닫는 미로의 답보 상태, 맴도는 안타까움과 도주의 실패를 암시하고 있는 현실적 귀결로 그 통합적인 syntagmatic 의미가 전개되어 있다.

청마의 도주적 언술은 위의 분석을 통해서 보았듯이 대개 신체(L-1), 집(L), 나라·고향(L+1), 우주(L+2) 층위의 각기 다른 계합축paradigm과 대낮, 사향 골목의 출발→대로의 기대→골목길의 좌절로 이어지는 통합축syntagma의 연쇄로 구성되어 있다고 할 수 있다.

2 도주 공간의 사회적 층위

집의 차원에서 내/외의 공간을 형성해 주는 것은 벽과 담이다. 청마의 텍스트에서 내/외 공간의 기본이 되는 주거 공간(L)을 관찰할 때, 무엇보다도 그 텍스트의 특성을 나타내고 있는 것은 그 벽들이 결코 두텁지가 않다는 사실이다. 바깥으로부터 집의 '내' 공간을 만들어내는 경계(H₀)의 벽은 '장지'이다.[427] 장지 창호지는 금시 찢어지는 것으로 가장 얇은 벽이다.[428] 이 얇은 벽의 의미 작용은 「문을 바르며」에 뚜렷이 나타나 있다.

---

[427] 청마 시 가운데 '장지'라는 시어가 사용된 것으로는 「밤이면은」, 「出生記」, 「春愁」, 「夏雲」, 「문을 바르며」 등이 있다.

[428] '벽Mur은 일체의 격벽parois의 원형으로 나타나 있으며 그 역할은 '여기ici'라는 중심점을 확립하고 하나의 장소를 폐쇄시키는 것이며, 외부에 대립케 하여 내부를 만들어내는 것이다. ……벽은 공간에 모든 단위를 만들어내고, 공간의 구축과 표지 설치ballisage에 공헌하는 것이다.' Abraham A. Moles E. Rohmer(1972), 앞 글, p.37.

울가에 黃菊도 이미 늦은 뜰에 내려

겨울맞이 문장지를 바르노라면

하연 종이의 석양볕에 눈에 스밈이여

—「문을 바르며」

　　겨울과 저녁이 집의 '내' 공간을 강화하는 기호라는 사실은 이미 앞에서 분석한 바 있다. 밝힌 바대로 집의 내부는 곧 밖으로부터의 비호성에 있고 그 비호성은 추위와 밤, 그리고 바람 등으로부터 나를 지켜준다는 데 있다.[429] 이 시도 「營爲」[430], 「밤이면은」[431], 「解冬녘」[432]들처럼 '외' 공간은 다 같이 겨울과 저녁으로 설정되어 있다. 그러므로 문장지를 바른다는 것은 바로 여자가 김장을 담그는 것으로 내부를 강화하는 작업에 속한다. 그런데 내/외를 갈라놓고 '내' 공간의 비호성을 마련해 주는 그 격벽이 튼튼치가 않은 것이다.

　　첫째는 시집가고

---

[429]　하이데거는 주거, 보호, 평화, 자유라는 말이 어원적으로는 모두 같은 말이라는 것을 밝혀주고 있다. Martin Heidegger(1971), 앞 글, p.149.

[430]　『蜻蛉日記』, 125쪽.

[431]　『生命의 書』, 69쪽.

[432]　『파도야 어쩌란 말이냐』, 291쪽.

둘째는 타관으로 보내고
한겹 창호지로도 족히
몇 아닌 식구의
추위와 욕됨을 가릴 수 있겠거늘
아내여
가난함에 애태우지 말라
또한 가난함에 허물 있이 말라
진실로 빈한보다 죄된
숱한 불의가 있음을 우리는 알거니

'한겹 창호지로도 족히' 추위와 욕됨을 가릴 수 있다고 한 말은
내/외의 그 경계 자체에 대한 회의, 아무리 두꺼운 벽, 강철의 문
을 해 달아도 아이들은 밖으로 나가게 되고 밖으로부터의 그 욕
됨은 막을 길이 없다는 것이다. 원래 집 안의 '내' 공간은 '한겹 창
호지' 같은 것으로 지탱되고 있다는 표현과 같은 것이다. '한겹
창호지'가 오히려 내/외의 경계 강화가 아니라 파벽과도 같은 의
미 작용을 띠고 있음을 마지막 연에서 뚜렷이 보여준다.

얼른 이 문짝을 발라 치우고
저녁놀이 뜨거들랑
뒷산 언덕에 올라

고운 꼭두서니빛으로 물든 먼 세상의
사람들의 사는 양을 바라다 구경하자

'얼른 이 문짝을 발라 치우고'에서 그 작업이 귀중한 것이 아님
이 나타난다. 집의 '내' 공간을 지키기 위한 폐쇄적인 작업(문바르는
일)보다는 '온 식구가 뒷산 언덕에 올라'(수직적 상승) '먼 세상의 사람
들의 사는 양을 구경하자'는 것이 화자의 진정한 욕망이다. 온 식
구가 문짝 안으로부터 나와 넓고 먼 '외' 공간을 향해 나가는 탈
출의 암시이다. 그러므로 이 시에서는 첫째가 시집을 가고, 둘째
가 타관으로 간 것이 긍정적인 삶의 양식으로 그려진다. 그러므
로 창문을 바르는 것과 대립되는 행위가 바로 '꼭두서니빛으로
물든 먼 세상의 사람들'이 사는 '외' 공간을 보는 것이고 결국 그
러한 행위가 생성하고 있는 것이 청마의 휴머니즘이다. 청마의
휴머니즘, '이웃'에 대한 관심은 창문을 바르는 것 같은 주거 공
간의 비호적인 행복을 거부하는 데 있다.

폐쇄적인 주거 공간이 열리고, 그것이 '먼 세상'과 연결되는 가
장 원초적인 커뮤니케이션의 하나가 결혼이다. 결혼의 공간성은
자기 집의 '내' 공간을 떠나거나 또는 '외' 공간을 '내' 공간으로
끌어들이는 교환이다. '오늘은 순이의 시집가는 날/또 하나 거룩

한 꽃이 이 동니에 피어오르다'라고 청마는 「또 하나의 꽃」[433]에서 결혼을 칭송하고 있다. 여기에서 우리가 주목할 만한 시구가 있다면 아마도 순이가 시집가는 것을 '또 하나의 꽃이 피어오르다'라고 표현한 점일 것이다. 한국어에는 꽃의 개화에 잠재되어 있는 공간성을 나타내고 있는 표현이 있다. 즉 '꽃이 피어오르다'는 수직적인 공간성을, '꽃이 피어나다'는 수평적 공간성을 각기 표시해 주고 있다는 것이 그것이다. 꽃의 의미가 수직적 공간의 텍스트에서는 땅 밑으로부터 솟아나 하늘을 향해 상승하는 것이 되지만, 수평적 공간에서는 갇혔던 내부에서 열려진 바깥 공간의 세계를 향해서 나가는 것이다.

시집을 간다는 것도 마찬가지이다. 그것은 여성으로 상징된 '내' 공간(규방)에 오랫동안 갇혀 있다가 열려진 바깥 공간으로 나오는 행위이다. 그러므로 시집가는 것을 꽃피는 것과 동의어로 놓고 있다.

둘째는 순이의 시집을 한 집안의 축제가 아니라 마을 전체의 차원에서 바라보고 있다는 점일 것이다. '이 동니에 피어오르다'라고 표현한 것이 그것이다. 뿐만 아니라 그 시 전체의 구성이 그렇게 되어 있다.

'동니 안악네들이⋯⋯ ⋯⋯밀어 짜섰고', '사립 사립에선', '길에

<hr />

433) 『靑馬詩鈔』, 70쪽.

서 맞나는 어른들은 滿足한 우슴으로', '동니 집집마다' 등으로서 순이의 집이 아니라 마을 전체가 하나의 '내' 공간으로 기술되어 있다. 그래서 결혼의 언술은 마을의 차원에서 끝맺음을 하고 있다.

> 오늘은 순이의 시집가는 날
> 온 마을이 일어서 받드는
> 또하나 거룩한 꽃이 이 동니에 피여오르다.

이 텍스트에는 집에서 마을(사회)로, 가족에서 종족으로 그 '내' 공간이 확산되어 가는 경계 돌파의 행위가 숨겨져 있는 까닭이다. 그것은 『마담 보바리』의 소설을 좁은 공간에서 점차 넓은 공간으로 전환되는 과정으로 해석하고 있는 풀레George Poulet가 그 공간 확충의 첫 모멘트를 그녀의 결혼에 둔 것과도 같은 시점이다.[434]

여성이 시집을 가는 것은 가장 아름다우면서도 가장 좁은 골목의(피의 차원이므로) 도주로의 하나이다. 집안(L)에서 마을의 차원(L+1)

---

434) G. Poulet(1961), *Les Métamophoses du Cercle*(Paris : Librairie Plon), p.381. 풀레는 『마담 보바리』의 소설 구조를 공간의 확산 과정으로 파악하고 있다. 그녀는 결혼함으로써 자기 집을 나와 토스트에서 욘빌로, 거기에서 다시 루앙으로 연못에 돌을 던진 것처럼 점점 넓은 장소로 그 동그란 원이 번져 나가고 있다.

으로 옮아가는 그 도주로의 코드는 고향, 그리고 그것이 확대되면 모국이라 불리는 나라 전체로까지 뻗치게 된다.

그래서 집은 고향/타향, 고국/이국의 차원으로 넓어지고 높아져 가는 도주의 계합적 구조가 생겨나고, 그 원환이 바깥을 향해 확산되어 갈수록 도주 또는 탈출의 의미 작용은 짙어져 간다. 그것이 『生命의 書』에 나오는 북만주의 공간이다. 물론 북만주 땅이나 그 묘사는 청마 자신이 고국을 떠나 낯선 이국에서 생활한 실제 체험을 토대로 한 것이다. 그러나 우리는, 되풀이해서 말하고 있는 것처럼, 이러한 전기적인 실질적 의미가 공간의 언술을 생성해내고, 시적 언술로 전환되어 있는 그 텍스트를 해명하지 않으면 안 되는 것이다. 쉽게 말해서, 전기적인 북만주 땅을 기호 영역의 북만주로 읽는 작업이다. 북만주가 지니고 있는 그 공간적 의미는 그것이 집, 고향, 고국에서 벗어난 외국땅이라는 점(고국/이국), 산골짜기와 넓은 광야(지평)의 지리적 대응(산/광야), 한국인과 대응되는 호인胡人의 인종(한국인/호인), 그리고 언제나 남쪽 방향으로 기술되고 있는 고향과는 정반대인 북쪽의 방향성, 「郭爾羅斯後旗行」과 같은 지명 표기로 특징지어지는 모국어/외국어의 언어적 대응 등 거의 완벽에 가까운 내/외의 변별적 특징과 그 경계 표지를 갖고 있다.

그러므로 북만주의 생활과 그 벌판을 묘사한 시들은 그가 태어난 「出生記」의 탄생 공간과 구조적 대립성을 이룬다. 인간의 탄생 공간과 도주 공간(북만주)의 차이화, 대립화로 세계 인식의 의미론적 독해가 가능해진다. 『生命의 書』에서 북만주의 체험을 시로 쓴 「絶島」[435], 「郭爾羅斯後旗行」[436], 「道袍」[437], 「우크라이나 寺院」[438], 「六年後」[439], 「飛燕과 더불어」[440], 「北方 10월」[441], 「哈爾濱道裡公園」[442], 「濱綏線 開道에서」[443], 「曠野에 와서」[444], 「首」[445], 「絶命地」[446], 「나는 믿어도 좋으랴」[447], 「沙曼屯 부근」[448], 「北方秋色」[449], 「새에게」 등은 모두가 광야의 도주 공간('외' 공간)을 나타낸 것들이다.

435) 『生命의 書』, 64쪽.

436) 앞 글, 66쪽.

437) 앞 글, 74쪽.

438) 앞 글, 80쪽.

439) 앞 글, 88쪽.

440) 앞 글, 91쪽.

441) 앞 글, 100쪽.

442) 앞 글, 102쪽.

443) 앞 글, 104쪽.

444) 앞 글, 106쪽.

445) 앞 글, 108쪽.

446) 『旗빨』, 118쪽.

447) 『生命의 書』, 110쪽.

448) 『旗빨』, 123쪽.

449) 앞 글, 124쪽.

3 '외外' 공간으로서의 광야

가) 조주성肇州城

城문은 또렷이

안타깝게도 닿을데 없는 먼 廣野로 열려있고

따뜻이 흐린 初春의 肇州城은

어디선지 낮닭소리 옛적같이 들려오고

까마귀 날러 노는 네거리 白楊나무 아랜

팔리러 온 새끼 당나귀 한마리 두고

서너사람 한가로이 보고 섰는 밖에

　　　　　　　　　　　　　　　　—「郭爾羅斯後旗行」

　성은 도시 공간과 같은 차원에 속해 있는 '내' 공간이지만 이
시에서는 그 안팎의 경계를 이루는 성문이 '내'(H-)가 아니라 바깥
광야(H+)로 이어지고 있다. 그러므로 '안타깝게도 닿을데 없는 먼

광야로 열려 있고'의 시구는 다음과 같은 '외' 공간의 변별 특성
을 갖게 된다.

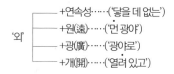

이것은 2의 탄생공간인 '장지안 희미한 등불'이 있는 방안과는
대극적인 요소들을 나타내고 있다. 그래서 '장지안 희미한 등불'
이 있는 그의 탄생 공간과는 대극적인 요소로 구성되어 있다.
  언어의 층위에서도 내/외의 이산성이 드러난다. 조주성의 지
명 역시 낯선 한자어이고 그 뜻도 일상적인 것과는 단절된 것이
어서 해독을 어렵게 하고 있다. '郭爾羅斯後旗行', '桃李滿城', '蒙
旗', '沙曼屯' 등의 지명을 사용한 것들이 모두 그렇다. 탄생 공간
에 있어서 명명된 '돌메'라는 이름은 순수한 토착어, 생활어이며
낯익은 사투리로서 앞의 한자식 이름들과 대립된다(탄생 공간에 있어
서의 아명은 고유명사이면서도 동시에 해독 가능한 보통명사의 생활어에서 온 것이다).[450]

450) 야만인이라는 뜻의 영어의 〈Barbarian〉은 희랍어의 〈Barbaros〉(foreign)에서 나온
말이다. 그리고 또한 희랍어의 〈barbar〉는 이방인들이 말하는 소리를 나타낸 일종의 의

여기에서 다시 내/외는 기지(친밀성)/미지(생소)의 변별성으로 심화된다. 그리고 「出生記」의 탄생 공간(방안)에 있는 사람들은 어머니, 할머니 그리고 '같은 종족'이라고 부르는 '태반'으로, 모두 자신의 분신들이다. 그런데 그 북만주의 공간에서 화자의 대상(인간, 동물, 식물)은 낯선 것, 이질적인 것, 자기의 종족이 아닌 것이다. 그리고 화자의 대상 역시 '팔리러 온 새끼 당나귀 한 마리'와(더구나 이 당나귀는 팔려고 가지고 온 것으로 '내'에서 '외'로 나가는 도주 공간적 특성을 강화하고 있다) 그것을 구경하고 있는 서너 사람의 낯선 이방인들이다. 이방인은 '사람도 六畜같이 슬픈(2. 桃李滿城)', '나는 가축과 더불어 살 수 있으리'(3. 蒙旗에 와서) 등, 가축과 동일시된다. 짐승이면서도 인간과 함께 살아가는 가축이 종족과 대립되는 이방인, 이종족의 변별성을 부여하고 있다. '내' → 동포, '외' → 오랑캐(가축)의 전형적인 '우리 ↔ 그들'의 공간 배치가 생겨난다.[451]

성어이다. 즉 〈바르바르〉라고 말하는 사람이 곧 이방인, 야만인의 뜻으로 변한 것이다. 자국어-〈내〉, 외국어-〈외〉의 공간 분할을 나타낸 대표적인 예라 할 수 있다. *Websters New Twentieth Century Dictionary of the English Language*(New York : The World Publishing Company), 1968.

451) 내/외의 공간적 대립은 인간의 영역에선 가까운 사람/먼 사람의 차원에서 인간과 비인간(신, 짐승, 死者)의 차원으로 확대되어 간다. 민화, 신화에서는 경계 너머에 존재하는 것들은 인간/비인간의 정식을 갖고 있는 것으로 용, 괴물, 요정, 한국 같으면 도깨비 등이 등장한다. 이 텍스트에서 내/외는 인간/비인간(가축)의 성격을 띠고 있다. Yu. Lotman(1970), 앞글, p.332.

그리고「郭爾羅斯後旗行」에 나오는 시어들을 보면 '고량ㅅ대
만 삭막히', '絶島', '가도가도/희멀건 하늘……', '끝없는 광야',
'외딴 세상', '외딴 하늘' 등으로 중심을 잃은 미분화된 공간성,
한계와 질서와 비호성이 전연 없는 중심에서 멀리 떨어진 주변성
(외딴곳)을 강렬하게 드러내 놓고 있다. 하늘까지도 수직의 높이를
잃고 희멀건 것으로 그려진다. 특히 대륙의 넓은 벌판이 바다에
있는 외딴 섬(絶島)으로 비유되어 있다는 데 주목해야 할 것이다.
섬은 인간의 생활 영역에서 벗어난 단절된 공간으로, '외' 공간에
있는 또 하나의 폐쇄 공간(closure)이고 비호성과 내밀성이 있는 집
과 대응되는 역설적인 공간이다. 그러한 공간의 의미를 한 편의
시로 다룬 것이「絶島」이다.

허구한 歲月이
曠野는 외로워 絶島이요

새빨간 夕陽이 물 들은
세상의 끝 같은 北쪽 의지 없는 마을

머언 벌가 兵營에서
어둠을 불러 喇叭소리 량량히 울면

큰악한 終焉인양

曠野의 하로는 또 지오

—「絶島」[452)

 '세상의 끝', '북쪽', '의지 없는 마을', '머언', '벌가' 등은 중심
에 대응하는 주변, 그리고 근접성과 대립되는 단절의 의미를 나
타내는 것으로서 그 벌판의 의미 그룹은 소외성isolation이다. 그래
서 단절은 '내' 공간의 비호성, 내밀성과 대립항을 이루며 '孤絶'
의 의미 작용을 나타내고 있다. 즉 청마의 텍스트에서 '내' 공간
의 기호 의미가 되는 이 '孤絶'은 '상' 공간의 기호 의미인 '孤高'
와 맞먹는 것이 된다.

동태적
텍스트 ┌── '孤高'······수직적 공간의 하늘을 향한 상승적 텍스트(V_+)
      └── '孤絶'······수평적 공간의 대지의 끝을 향한 도주의 텍스트(H_+)

 그리고 그것은 다 같이 상황을 변화시키는 화자의 행동에 의해
서 산출된 의미이다. 하나는 수직적 상승으로서만, 그리고 또 하
나는 수평적인 전진(도주)으로서만 가능한 의미 작용이다. '고절'

---

452) 『生命의 書』, 64쪽.

의 의미 체계는 휴식, 친숙, 따뜻함, 애련, 인정 등 '내' 공간의 의미 작용인 그 모든 가치에 대립하는 것이다. '나아가는 것', '도망치는 것', '건너가는 것'의 월경적越境的 행위의 궤적은 '의지'의 의미를 나타낸다. 로트만은 경계 강화로 '내' 공간을 구축할 때 생기는 것이 '집, 안락, 문화'의 시이고 경계 붕괴로 '내' 공간을 소멸시키거나 또는 그것을 횡단하여 '외' 공간에 이르는 것이 자연적인 힘 '침입의 시'[453]라고 말한다. 그러므로 '외' 공간의 집은 「桃李滿城」의 사회교육관처럼 가구 하나 없이 바람벽밖에는 없는 초옥이 된다.

> 호올로 社會敎育舘의 草屋으로 찾아오니
> 녹 쓸은 煖爐 燃料의 高粱ㅅ대만 索漠히 쌓여 있고
> 桃李滿城의 족자 하나 바람벽에 걸렸나니

'침구, 난로, 온기와 같은 부속물을 갖고 있는 집' 일반적으로 닫혀진 주거 공간은 기사나 영웅담의 텍스트에서는 '여성적 세계'를 의미하는 것으로서 거부되었다. 그 공간에 대립하는 것은 남성적 공간으로 들판(또는 전장)이다. '……닫혀진 공간에서 자유

---

453) Yu. Lotman(1975), 앞 글, "On the Metalanguage of a Typological Description of Culture,", p.112.

와 대지, 즉 스텝이나 광야를 향한 영웅의 출발을 다루는 영웅서사시 등이 이에 속한다.' 로트만은 경계를 넘어서 가는 '외' 공간의 특색을 이렇게 지적한 다음 타라스 불리바Taras Bul'ba가 가구, 도구 전체를 산산이 부수고 '여자처럼' 되지 않으려고 집을 나와서 전쟁터로 나가는 예를 들고 있다. 잠잘 때에도 그는 사랑채 밖에 눕는다. '따뜻한 것/추운 것'이 '집에서/집 밖에서'의 대립 공간이 된다는 것도 지적해 주고 있다. 족자 하나만이 바람벽에 걸려 있는 북만주의 '외' 공간은 이렇게 여러 가지 층위에서 남성 공간, 투쟁 공간, 의지의 공간, 영웅 공간, 비정적 공간이 되는 것이다.[454]

먼 북쪽 광야에
크낙한 가을이 소리 없이 내려서면

잎잎이 몸짓하는 高粱밭 십 리 이랑 새로
무량한 탄식같이 떠오르는 하늘!
석양에 두렁길을 호올로 가량이면
애꿎이도 눈부신 제 옷자락에

---

454) 앞 글, p.122.

설흔 여섯 나이가 보람없이 서글퍼

이대로 활개 치고 만 리라도 가고지고

—「北方秋色」

　‘이대로 활개 치고 만리라도 가고지고’라는 마지막 연은 +북방
성(먼 북쪽땅), +광역성(고량밭 십 리 이랑), +호올로 등 ‘외’ 공간을 향해
걸어 나가는 의지를 나타내고 있다. ‘만리라도 가고지고’는 ‘외’
공간을 증대시키는 고절을 향한 걸음으로 향수, 그리고 돌아옴에
대립되는 행위이다. 그렇기 때문에 이러한 ‘외’ 공간의 지향은 텍
스트에서는 애련에 물드는 것이 치욕이 되는 것이고 동시에 고향
으로 돌아가려는 망향의 감정은 패배를 의미하는 것으로 욕된 것
이 될 수밖에 없다.

짐승같이 孤獨하여 호올로 걸어도

내 오히려 인생을 倫理능지 못하고

마음은 望鄕의 辱된 생각에 지치었노니

—「哈爾濱 道裡公園」

　여기에서 ‘걷는다’는 것은 공간의 횡단을 뜻하는 투쟁과 동위
태이다. 그러므로 걷기를 멈추거나 뒤로 돌아가려는 망향의 생각
은 ‘욕된 생각’으로 표현된다.

'외' 공간은 '내' 공간의 비호성이 전연 없는 광야이다. 그렇기 때문에 땅이 있어도 「道袍」의 시에서처럼,

　―나는 한궈人이요(韓國人이요)
　가라면 어디라도 갈/―꺼우리팡스요

로 한국인=도주인으로 그려져 있고(정치적인 뜻만이 있는 것은 아니다) 한국인이란 말 자체가 이방의 '만주어'로 변질되어 있다. 그러므로 이 '도주의 공간'을 위태롭게 하는 것은 망향, 회한, 애련(정)에 물드는 것이고, 그것을 뿌리치고 '외' 공간으로 침입해 가는 것은 '만리라도 가고지고'로 표현되는 세계 전체가 도주로의 의지 공간이 되는 셈이다. 그러므로 '도주의 공간'과 '탄생 공간(어머니 공간)'의 내/외 텍스트가 충돌하고 혼합되면 「曠野에 와서」와 같은 형태의 텍스트가 생겨난다. 즉, '탈주'와 '회귀'의 시련 속에서 내/외의 두 힘이 동시에 긴장과 모순으로 혼합된 텍스트이다.

　興安嶺 가까운 北邊의
　이 曠漠한 벌판 끝에 와서
　죽어도 뉘우치지 않으려는 마음 위에
　오늘은 이레째 暗愁의 비 내리고
　내 망난이에 본 받아

花툿장을 뒤치고

담배를 눌러 꺼도

마음은 속으로 끝없이 울리노니

아아 이는 다시 나를 過失함이러뇨

이미 온갖을 저버리고

사람도 나도 접어 주지 않으려는 이 自虐의 길에

내 열번 敗亡한 人生을 버려도 좋으련만

아아 이 悔悟한 앓임을 어디메 號泣할 곳 없어

말없이 자리를 일어나와 문을 열고 서면

나의 탈주할 思念의 하늘도 보이지 않고

停車場도 二百里 밖

暗담한 진창에 가친 鐵壁같은 絶望의 曠野

— 「曠野에 와서」

　‘내’ 공간의 요소를 나타내고 있는 것들은 ‘暗愁의 비’, ‘花툿
장’, ‘담배’ 등이다. 그리고 그것과 인접된 행위가 ‘내리다’, ‘뒤치
고’, ‘눌러’, ‘끄다’ 등이다. 이 동사들은 ‘걸어가다’, ‘나아가다’와
대립되는 것으로 앞으로 나가는 것을 방해하거나 정체성停滯性을
나타낸다. 그것들은 모두가 바깥이 아니라 안에서 일어나는 행동
들임을 알 수 있다. 이러한 행동과 감정에 대립되는 ‘외’ 공간을
지향하고 있는 시구는 ‘죽어도 뉘우치지 않으려는 마음’, ‘온갖

것을 저버리고', '말없이 자리를 일어나와 문을 열고', '脫走할 思念', '停車場' 등이다. 그것들은 모두가 떠나는 것, 밖으로 나가게 하는 것과 관계를 맺고 있다.

결국 비가 내리는 것, 정거장이 '二百里 밖'이라는 것, 하늘이 보이지 않는 '암담한 진창에 가친 鐵壁 같은 絶望의 曠野(地平線의 喪失)' 등이 전진을 방해한다. 그것이 '悔悟의 앓임'을 증대시키고 되돌아갈 수밖에 없는 향수의 감정을 불러일으킨다.

이 시는 '죽어도 뉘우치지 않으려는 마음'과 반대로 '회오의 앓임을 號泣'하고 싶은 팽팽한 대립 속에서 더 갈 수도, 또 돌아올 수도 없는 '외' 공간의 끝('이 광막한 벌판 끝' 「광야에 서서」, '高梁밭 십리 이랑 새로' 「北方秋色」)에 '문을 열고 서 있는' 긴장을 보여준다. 여기에서 다시 더 나아가면 「生命의 書」, 「내 너를 세우노니」가 되고 여기에서 돌아서면 「歸故」[455]와 같은 텍스트의 형태가 되어 향수의 시, 귀향의 시가 된다.

그렇기 때문에 '哀憐恥辱說'을 놓고 논란들을 많이 벌였었지만 그 말은 청마의 다른 용어와 마찬가지로 공간 구조를 통해서만 명백하게 그 의미의 특성을 파악할 수 있게 된다. 청마가 잘 쓰는 '悔悟', '孤絶'이나 평범하게 쓰이는 '鄕愁', '歸故' 등의 말 모두가 그렇다.

---

455) 『生命의 書』, 2쪽.

자신의 출생 공간과 북만주의 도주 공간의 이항 대립적인 내/외 공간의 변별성을 정리해 보면 그것이 프로이트가 말하는 'Heimlich'와 'Unheimlich'의 의미론적 대립 체계와 유사한 구조를 나타내고 있음을 발견하게 된다.

변별성 ＼ 작품	탄생 공간(출생기)	도주 공간(북만주)
공간의 이산적 단위	'내' (방안)	'외' (광야)
방향성	남쪽 끝	북쪽 끝
광협성	狹隘(장지안)	廣(광막한 벌판 끝)
거리	近(등잔불 밑, 곁)	遠(먼)
중심	중심	주변(외딴)
인간 (대상)	어머니, 아버지, 할머니 (親, 分身)(태반)	호인, 이방인들 (疎)(家畜)
언어	토착어 ('돌메')	외국어 (郭爾羅斯後旗行-한궈인)
감각	시각적 응축 별(등잔불)	후각 확산성 (말똥 냄새, 강냉이 구어파는 내 음새……)
음식	떡 (제사떡)	甘台瓜(를 바수어 먹는) 胡餠
식물	호박, 석류	고량, 고량ㅅ대
도구	가구	족자 하나

〈도표 1〉

　사라 코프만Sarah Kofman은 데리다를 Unheimlich의 철학자라

부르면서 거의 번역 불가능한 이 독일어에 대한 프로이트의 정의를 소개하고 있다.[456]

Heimlich: 집[家]에 소속해 있는 것, 낯익은 것, 길들여진, 화기애애한, 고향을 느끼게 하는 것 등. 마음 푸근한 것, 느슨한 것, 그리는 고향을 생각케 하는 것, 담으로 둘러쳐져 있는 숨겨진 것, 감춰진 것. 아늑한 주거가 베풀어주는 고요한 만족감, 기분 좋게 차분한, 든든한 보호의 감정을 불러일으킨다.

Unheimlich: 견디기 어려운 불안에 빠져 있는, 공포를 불러일으키는 것, 기분이 으스스할 정도로, 을씨년스러운, 숨겨지고 감춰져 있어야 할 것이 겉으로 드러나 있는 경우이면 모두 'Unheimlich'라고 불려진다.

(프로이트, des Unheimlich)

안에 숨겨진 생명, 인간 조건, 운명 등이 '외' 공간인 북만주의 벌판에서는 모두 겉으로 드러나게 된다. 즉 '내' 공간은 Heimlich를 나타내는 기호이며, '외' 공간은 Unheimlich한 것을 뜻하는 기호이다. '내'에서 '외'의 공간으로 나간다는 것은 곧 문화,

---

456) Sarah Kofman(1973), *Écarts Unphilosophie Unheimlich*(Librairie Arthème Fayard.

지식, 가족 제도, 반복, 습관 등에 의해서 길들여지고 숨겨진 원시적 생명을 바깥으로 노출시키는 것이 된다. 그 'Unheimlich'의 번역 불가능한 말을 텍스트의 공간 구조로 직접 보여준 것이「首」라는 시이다.

북만주의 네거리에 효수되어 높이 하늘에 내걸린 비적의 목「首」와 같은 끔찍한 광경은 바로 Unheimlich의 '旗빨'이라 할 수 있다.

十二月의 北滿 눈도 안오고

오직 萬物을 苛刻하는 黑龍江 말라빠진 바람에 헐벗은

이 적은 街城 네거리에

匪賊의 머리 두개 높이 내걸려 있나니

그 검푸른 얼굴은 말라 少年 같이 적고

반쯤 뜬 눈은

먼 寒天 糢糊히 저물은 朔北의 山河를 바라고 있도다

너희 죽어 律의 處斷의 어떠함을 알았느뇨

이는 四惡이 아니라

秩序를 保全하려면 人命도 雞狗와 같을 수 있도다.

或은 너의 삶은 즉시

나의 죽음의 威脅을 意味함이었으리니

힘으로 써 힘을 除함은 또한

먼 原始에서 이어온 피의 法度로다

내 이 刻薄한 거리를 가며

다시금 生命의 險烈함과 그 決意를 깨닫노니

끝내 다스릴 수 없던 無賴한 넋이여 瞑目하라!

아아 이 不毛한 思辨의 風景 위에

하늘이여 恩惠하여 눈이라도 함빡 내리고지고

—「首」[457)]

먼 原始에서 이어온 피의 法度로다

내 이 刻薄한 거리를 가며

다시금 生命의 險烈함과 그 決意를 깨닫노니

  '외' 공간의 생명은 원시성, 검열성, 힘으로써 힘을 제하는 비
정성, 불모성('아아 이 不毛한 思辨의 풍경 위에') 등으로 애련에 물들고 친
숙하고 인정 있는 고향의 포근한 生과 대응된다. 고향과 대립적
의미를 산출하는 북만주의 도주로는 숨겨진 생명길로서 「生命의
書(一章)」의 아라비아 사막이나 극지의 빙산 같은 극한적 '외' 공간
에 의해서 그 의미가 산출된다.

457) 『生命의 書』, 108쪽.

나의 知識이 毒한 懷疑를 救하지 못하고

내 또한 삶의 愛憎을 다 짐지지 못하여

病든 나무처럼 生命이 부대낄 때

저 머나먼 亞剌比亞의 沙漠으로 나는 가자.

　　　　　　　　　　　　　　　─「生命의 書(一章)」[458]

머나먼 아라비아 사막의 공간이 산출하고 있는 의미는

　(1) 知識이 毒한 懷疑를 救하지 못하는 空間

　(2) 삶의 愛憎을 다 짐지지 못하는 空間

　(3) 病든 나무처럼 生命이 부대끼는 空間

의 유표화된 공간에 대립되는 공간이다. 즉 이 텍스트에서는 '내' 공간이 유표화되어 있고 도주의 '외' 공간이 무표화되어 있어 A~non A의 대립적 의미를 구성하고 있다. 그러므로 이 세 가지 공간의 요소를 뒤집으면 아라비아의 사막이 의미하는 '외' 공간이 되는 것이다. 무엇보다도 생명이 부대끼는 '병든 나무'는 부동성을 나타내는 것이므로 그 공간에서 벗어나 사막으로 '가자'라고 한 것은 한 곳에 붙박혀 있는 '뿌리의 공간'(H-)을 부정하는

---

458)　『生命의 書』, 52쪽.

것이 된다. 사막의 공간은 '동사'의 공간이 되어 ① 회의를 求하는 것 ② 삶의 애증을 다 침치는 것 ③ 생명이 부대끼지 않는 것(자유로워지는 것)과 등가적인 것이 된다.

부동적인 수직 텍스트에서는 긍정적인 매개 공간이었던 나무가 수평적인 동태적 텍스트에서는 한 장소에서 벗어나지 못하는 그 뿌리의 부동성 때문에 부정적 의미의 표지가 된다는 것으로 매우 흥미 있으면서도 중요한 문제를 시사하고 있다.

나무
- 수직적 공간 체계 : 우주수와 같은 천/지의 상/하를 연결하는 긍정적인 의미 기능
- 수평적 공간 체계 : 한곳에 구속되어 밖으로 나가지 못하는 '내' 공간의 부정적 요소

거기는 한번 뜬 白日이 不死神같이 灼熱하고

一切가 모래 속에 死滅한 永劫의 虛寂에

오직 아라-의 神만이

밤마다 苦悶하고 彷徨하는 熱沙의 끝

2연에 나타난 아라비아의 사막은 그 공간적 의미 성분이 1연과 달리 유표화되어 있다.

```
                      ┌─ (+) 빛('한번 뜬 백일이 불사신같이 작열')
                      ├─ (+) 영원
                      ├─ (+) 虛寂
        아라비아의     ├─ (+) 神('오직 아라ー의 神만이')
         사막          ├─ (-) 生命('모든 것이 死滅한')
                      ├─ (-) 平安('고민하고')
                      ├─ (-) 定住('방황하는')
                      └─ (-) 中心('熱沙의 끝')
```

  '내' 공간과 대립을 이루는 이 변별적 특징에서 생명, 평안, 정
주, 중심만 +로 바꾸면 '하늘'의 공간과 같아지게 된다.
  3연은 아라비아 사막의 공간이 하나의 기호 표현으로 되고 기
호 의미와 결합되는 과정procédé을 나타내고 있다.

  고독 : 열렬한 고독, 옷자락을 나부끼고 호올로 서면

  자아 : 운명처럼 반드시 '나'와 대면케 될지니

  본연의 생명 : '나'란 나의 생명이란, 그 원시의 본연한 자태

  회한 없는 삶 : 회한 없는 백골

  그것은 일상 속에 매몰되어 있던 본연의 생명, 숨겨져 있던 나
를(자아) 찾는 '고절孤絕'의 영역이다. 그리고 그것은 「生命의 書(二
章)」[459]에서 도주 공간의 생이 탄생 공간의 생과 어떻게 다른가를

---

459) 『生命의 書』, 59쪽.

보여준다.

　　뻗쳐 뻗쳐 아세아의 거대한 地壁의 알타이의 氣脈이
　　드디어 나의 고향의 조그마한 고운 구릉에 닿았음과 같이

　「生命의 書(二章)」의 공간은 아라비아 사막과 같은 '저 머나먼' '외'의 공간이 아니라, 고향의 조그마한 '고운 구릉'의 內 공간이다. 그러나 그것은 '아세아의 거대한 地壁, 알타이의 氣脈'이 응축된 것으로 '내' 속으로 응축된 '외' 공간으로, 정확하게 말하면 「生命의 書(一章)」이 확산된 '외' 공간이라면, 「生命의 書(二章)」은 응축된 '외' 공간이라고 할 수 있다. 개체 속에 종족 전체를, 현재 속에 인류의 전 시간을 응축시킴으로써 의미 작용은 「生命의 書(一章)」과 같은 생명의 본연, 시원, 그리고 일상 속에 감춰져 있던 원형적 삶이다.[460]

---

460)　'내/외'는 우리/그들의 대립으로 나타나고 그것의 가치화가 강해지면 동지/원수로 나타난다. 청마의 원수는 이 차원의 것으로 '내' 공간에 대립되는 '외' 공간에 배치된 인간들을 뜻한다. 그 대립을 Lotman은 이렇게 목록화하고 있다(I는 '내' 공간, E는 '외' 공간). Yu. Lotman(1975), 앞 글, "On the Metalanguage of a Typological Description of Culture,", p.105.

I		E
one's nation(race, tribe)	↔	foreign nations(races, tribes)
initiated	↔	laymen

아라비아의 사막은 우리가 살고 있는 '이곳', '고향'에서 멀리 떨어져 있는 공간적 격절을 나타낸 것이지만 「生命의 書(二章)」의 생명은 '지금', '오늘'이라는 시간에서 멀리 떨어져 있는 시간적 격절을 나타낸 것으로 모두 '여기, 지금'과 대립하고 있는 코드이다.

> 오늘 나의 핏대속에 脈脈히 줄기 흐른
> 저 未開人적 種族의 울창한 성격을 깨닫노니
> 人語鳥 우는 原始林의 안개 깊은 雄渾한 아침을 헤치고
> 털 깊은 나의 祖上이 그 曠漠한 鬪爭의 生活을 草創한 以來
> 敗殘은 오직 罪惡이었도다.

미개적 종족은 광막한 투쟁의 생활을 만들어낸 '원시적 생명'으로 오늘의 문명 속('내' 공간)에 감춰지고 억압되어 있는 야만적 생명력인 것이라 할 수 있다.

> 내 오늘 人智의 蓄積한 文明의 어지러운 康衢에 서건대
> 오히려 未開人의 朦昧와도 같은 勃勃한 生命의 몸부림이여

culture	↔	barbarism
intelligentsia	↔	masses
cosmos	↔	chaos

머리를 들어 우러르면 光明에 漂渺한 樹木 위엔 한 점 白雲

내 절로 삶의 喜悅에 가만히 휘파람 불며

다음의 滿滿한 鬪志를 준비하여 섰나니

하여 어느때 悔恨없는 나의 精悍한 피가

그 옛날 果敢한 種族의 野性을 본받아서

屍體로 엎드릴 나의 尺土를 새빨갛게 물들일지라도

오오 해바라기 같은 太陽이여

나의 좋은 원수와 大地 위에 더 한층 强烈히 빛날진저!

　'좋은 원수'는 집안('내' 공간)의 가족, 나라 안의 동족처럼, 애련으로 뭉쳐진 친숙한 인간과는 대립되는 외부에 있는 인간 존재이다. 그것이 '좋은 원수'라는 모순어법으로 형상화된다.

　외적 공간에 배치된 인간의 특성은 식구들과 살아가는 것이 아니라, 원수와 싸우며 살아가는 사람이고, 그 생명의 본연성을 지닌 바깥에 사는 미개인(원시인)과 같은 존재이고 그 특성은 희열, 회한 없는 정한, 야성, 강렬 등의 속성을 갖는다. 「生命의 書」는 이렇게 내/외의 공간 관계를 비공간적 요소인 역사의 관념(의미) 체계를 나타낸 것이라고 할 수 있다.[461]

　그리고 「生命의 書(一章)」과 「生命의 書(二章)」의 텍스트의 시차

---

461)　Abraham A. Moles(1972), 앞 글, pp.11-12 참조.

성은 다음과 같이 기술할 수 있다.

「生命의 書(一章)」

내/외의 공간적 특성, 기호 표현의 형식

내/외의 개념의 기호 내용의 형식(개념)

「生命의 書(二章)」

내/외 공간 속에 있는 인간적 특성

내/외의 공간 코드가 형식면에서 인물의 메시지로 나타난 경우

:메시지

내	외
문명인(人智)	미개인(曚昧와도 같은 생명력)
타협	투지
우울	희열, 회한 없는 사람
회한	精悍
가족들과 살다	원수와 살다

　　자잘한 실내의 가구나 일상적인 생활어들은 이차 체계 '내' 공간의 모델이 되고 크고, 넓고, 멀고 확산적인 의미를 갖고 있는 말들은 '외' 공간의 모델을 형성한다. 그리고 시간을 나타내는 말로는 먼 미래나 먼 원시의 과거와 같은 현재의 시간 감각을 넘어선 상태가 '내'에 대응한다.

「내 너를 세우노니」[462)]는 도주의 공간을, 가치 범주를 종교적 영역으로까지 코드화한 것으로 구약의 종교 의식 같은 언술로 기술되어 있다.

북만주나 아라비아의 사막이 여기에서는 '崑崙山脈의 한 골짜구니'로 되어 있고 도주라는 말은 그보다 더 강력한 '탈주'란 말로 바뀌어져 있다.

崑崙山脈의 한 골짜구니에까지 脫走하여 와서

그리고 가족, 고향 사람, 동포, 외국인, 오랑캐, 이들과의 결별이 이 시에서는 '드디어 獰惡한 韃靼의 隊商마저 여기서 버리고/ 호올로 인류를 떠나'로 인간 전체와의 단절로 나타난다.

'외' 공간을 향한 탈주의 극으로 설정된 공간은 빙하의 하상河床 밑으로 되어 있다. 그것은 북만주의 '북'의 추위를 극대화한 것으로 극한을 나타낸다.[463)] 그 극한적 공간은 침대나 이불 속의 공

---

462) 『生命의 書』, 56쪽.
463) 북방은 추위와 관련되어 있다. 바슐라르는 니체론에서 초월, 투쟁, 의지 등이 한기, 침묵, 고소로 나타나 있는 그 상상력을 논하면서 그것들이 모두 같은 뿌리에서 나온 것이라고 말하고 있다. 청마의 텍스트에서도 그 같은 요소는 〈상〉, 〈외〉의 요소로 동일한 패턴을 지니고 있다. 〈히말라야 산〉의 수직성과 북방 광야의 수평성은 구조적인 동일성을 이룬다. G. Bachelard(1943), 앞 글, p.161.

간과는 가장 먼 바깥 세계가 될 것이다. 인간이 살아갈 수 없는 그 공간의 의미 작용은 '생명'의 극한성이다. 그것은 '주검과 寒 氣에 제 糞尿를 먹고서라도/너 오히려 그 모진 生命欲을 버리지 않겠느뇨'라는 물음과 다짐으로 기술된다. 그리고 운명의 '부당 한 잔을 마시겠느뇨'라는 물음 다음에,

> 薄暮의 이 연고 없이 외롭고 정다운
> 아늑한 거리와 사람을 버리고
> 영겁의 주검!
> 눈 코 귀 입을 틀어막는 철벽 같은 어둠 속에
> 너 어떻게 호올로 종시 묻히어 있겠느뇨.

라는 마지막 연으로 그 다짐을 끝낸다. 도주의 공간은 결국 죽음의 극한점을 나타내는 기호로서 우주론적인 차원과 존재론적인 차원에 이르면 인간/자연, 이승/저승으로 그 내/외의 영역이 심화된다.

북만주의 광야, 아라비아의 사막, 곤륜산맥을 넘어선 빙하의 하상, 청마는 이러한 일상적인 그리고 인간적인 공간과는 멀리 떨어진 '외' 공간을 통해서 '도주의 공간'을 구축한다. 도주의 언술은 탄생 공간으로부터 되도록 멀리 떠남으로써 인간이 주거하는 공간과 대극을 이루는 행동의 궤적을 나타내는 데 있다. 그 외

적인 공간 성격에 따라 도주의 의미 작용도 달라진다. 외적인 공간들은 차원이 다른 것끼리 은유적인 교환이 가능해지므로, 극단적인 예로 집 안의 뜰과 아라비아의 사막은 구조적인 의미에 있어 동형성isomorphism이 될 수 있다. 그러므로 도주의 공간은 내적 공간의 은유적인 팽창, 확산이라고도 할 수 있다. 그러므로 이 사막은 은유적인 교환에 의해 '바다'가 되기도 한다.

4 광야, 사막, 바다의 동형성(isomorphism)

북만주의 광야를 묘사하는 데 있어 청마는 이따금 그것을 바다와 관계된 은유로서 나타내고 있다. 그 같은 예로 땅과 바다가 일차적인 언어의 의미 체계에서는 대립을 이루고 있지만 이차 체계의 공간 체계에서는 그것이 상동성을 띠고 있다는 점을 보여준다.[464]

바다, 광야, 사막은 '내' 공간과 대립되는 '외' 공간의 개방성, 확산성, 비거주성과 같은 특성을 가지고 있기 때문이다. 그것들은 다 같이 주거 공간의 근접성과 내밀성을 배제하고 있다는 점에서 유사성을 갖는다.[465]

---

464) C. Norberg-Schulz(1971), 앞 글, p.23.
465) '내' 공간의 토포로지적 개념은 근접성(proximity)+구심성(centralized)+폐합성(closure)이다. 주거, 공간은 이 세 특성을 모두 지니고 있으며 광야는 그 반대에 위치한다. 앞 글, p.21.

曠野는 陰雨에 바다처럼 荒漠히 거츨어

타고 가는 망아지를 小舟인 양 추녀끝에 매어 두고

낯 설은 胡人의 客棧에 홀로 들어 앉으면

······

―「絶命地」 중에서[466]

······

허구한 歲月이

曠野는 외로워 絶島이요

······

―「絶島」 중에서[467]

　　지평선을 수평선으로 바꾸어 놓기만 하면 우리는 쉽사리 넓은
광야가 바다로 전환되는 상상을 할 수가 있다. 그리고 망아지를
타고 가는 것이 배를 타고 가는 것과 유추되고, 객잔(주막)은 자연
히 항구와 같아진다. 바다의 항해자와 뭍의 여행자가 다 같이 기
착하는 장소이기 때문이다.
　　청마의 텍스트에서 사막, 광야와 상동성을 띠고 있는 바다의

466)　『生命의 書』, 99쪽.
467)　앞 글, 64쪽.

의미 작용을 밝히기 위해서, 우선 리치(Geoffrey Leech)와 바슐라르의 독해법을 토대로 위의 시구를 분석해 보기로 한다.

말(馬)은 유생有生, 배(船)는 무생無生이다. 그리고 말은 육상에서 움직이지만 배는 해상에서 움직인다. 그러나 리치는 그 대립하는 개념의 융합(conceptual fusion)을 통해서, 시인은 언뜻 보면 부조리하게 보이는 것을 제시함으로써 독자에게 충격을 주고 독자가 지닌 범주를 재배열하는 것이라고 설명한다. 즉 일반적인 영어의 범주는 그와 같은 새로운 범주에 의해서 달라지게 된다는 것이다.[468]

리치만이 아니라 이것이 종래의 메타포를 설명하고 그 시적 효과를 나타내는 대부분의 해석이었다. 그러나 공간 기호론적 이차 체계에서 청마의 시에 나타난 망아지와 배의 관계를 보면 개념의 경계는 전혀 달라지게 된다.

1. 영어에 있어서의 범주

말(馬)	배(船)
1. 有生	1. 無生
2. 陸上에서	2. 海上에서
3. [旅行手段]	3. [旅行手段]
4. [上下運動과 함께]	4. [上下運動과 함께]
5. [戰爭 같은 데]	5. [戰爭 같은 데]

---

468) Geoffrey Leech(1974), *Semantic*(Penguin Books) 참조.

2. 메타포에 의해 생겨난 새로운 範疇

말(馬)	배(船)
1. 有生	1. 無生
2. 陸上에서	2. 海上에서
3. [旅行手段]	3. [旅行手段]
4. [上下運動을 하는]	4. [上下運動을 하는]
5. [戰爭 등에]	5. [戰爭 등에]

〈도표 2〉

　망아지를 소주(小舟)라고 부르게 된 그 메타포는 광야가 비가 내려 거친 바다처럼 보였기 때문이다. 3, 4, 5의 유사성은 전연 고려의 대상이 되지 않고 오히려 공간의 관계에 의해서, 즉 구조적인 상동성에 의해서 그 미지의 접합점이 생기는 것이다.

　그러므로 리치가 배제한 '그 陸上에', '그 海上에'의 물과 바다가 청마의 텍스트에서는 그 동일성을 이루는 핵(noed)이 된다. 왜냐하면 공간의 내/외 체계, 그리고 도주 공간의 특징으로 볼 때, 광야와 바다는 다 같은 '내'에 대한 '외' 공간의 특징을 갖고 있기 때문이다. 그러므로 이 메타포에서 문제가 되는 것은 오히려 배제가 아니라 광야와 바다의 동일성에 있다. 그리고 실제로 물질적 상상력으로 그것을 풀이해 주고 있는 것이 바로 바슐라르의 현상학적 방법이다. 바슐라르의 은유 체계가 시각적 이미지가 아니라 물질적·역동적 상상력에 의한 것임은 디올레Philippe Diole의 다음과 같은 사막 묘사에 대한 해석에서도 검증될 수 있을 것이다.

나는 일찍이 심해를 안 자는 다른 보통 사람으로 되돌아갈 수 없을 것이라는 말을 한 적이 있다. 지금 이 같은 순간에 (사막 한복판에서) 그것을 증명하고 있다. 왜냐하면 나는 걸어가면서, 마음속에 이 사막의 광경을 물로 채우고 있는 사실을 느꼈기 때문이다. 내가 그 중심을 걷고 있는 공간, 나를 에워싸고 있는 이 공간을, 나는 공상의 물로 범람시켰다. 나는 공상의 범람 속에서 살고 있다. 나는 유동하고 반짝이는 구원의 그리고 농밀한 물질, 바다의 물이며, 바다의 물의 회상인 물질의 중심으로 나아갔다. 이 책략으로 충분했다. 그것에 의해 나는 거부하는 메마른 세계를 부드럽히고, 바위와 침묵과 고독과 하늘에서 떨어져 내리는 태양의 황금빛 광선과 화해할 수가 있었다. 피로까지도 가벼워진 것 같았다. 내 육체의 무게는 이 공상의 물에 지탱되어 있는 것처럼 느껴졌다.

무의식적으로 이 심리적 방어 수단에 호소한 것은 이번이 처음이 아니었다는 것을 알았다. 사하라 사막에서의 침묵과 완만한 그 걸음걸이가 나에게 잠수하던 생각을 일깨워준 일도 있었다. 그때의 그 부드러운 감각이 내 내부의 이미지의 한 자락을 적시고 몽상이 자아낸 수로에서 물이 아주 자연스럽게 흘러들어 왔다. 나는 마음속에 깊은 바다의 기억

그것이라 할 수 있는 반영과 투명한 농밀성을 짊어지고 앞으로 걸어갔다.[469]

바슐라르는 이것으로써 이미지의 드라마, 물과 건조의 물질적 이미지의 기본적인 드라마를 우리에게 체험시키고 있기 때문이다. 물속에 잠수하는 경험, 물의 내밀성의 그 정복을 체험하게 되면 그 일차원의 공간(공간 물질)을 알게 되고 우리를 대지나 지상의 생에서 멀리 떠나게 한다고 말한다. 이 깊은 물의 공간과 어떤 모순도 일으키지 않는 사막의 공간도 디올레의 꿈속에서는 물의 어법으로 표현된다. 사막의 건조한 모래와 물, 서로 적의를 가진 찰흙이나 진흙과 같은 타협을 받아들이지 않는 두 요소의 상상력에서 태어나는 드라마, 그것은 '성실한 상상력'의 산물이라고 극찬을 한다.

그러나 청마의 광야와 바다의 결합은 결코 물질적 상상력으로 설명될 수 없는 또 다른 성질을 지니고 있는 것이다. 설명된다 해도 그 텍스트를 독해하는 데 아무런 도움도 될 수가 없다. 우리가 해명해야 할 것은 텍스트의 성격이 아니라 텍스트의 차이이고, 또 상상력이 아니라 그것이 전달하고 산출해내는 의미 작용이기 때문이다.

469) G. Bachelard(1958), 앞 글, p.187.

청마의 그 텍스트가 디올레와 같은 것이 될 수 없었던 것은 그것이 건조한 사막이 아니라 비가 내리는 광야였기 때문이다. 청마에게 있어 북만주의 광야나 또는 아라비아의 사막(「生命의 書」)이 동일한 공간이 될 수 있었던 것은 그것이 모두 고향, 그리고 주거하는 집 안의 '내' 공간과 다른 변별 특징을 지니고 있었기 때문이다. 공간은 언어처럼 그 공간 자체에 의미가 있는 것이 아니라 항상 그것에 포함되어 있지 않은 한정과 배제를 축으로 해서만 성립된다. 사물처럼 공간은 객관적으로 존재하는 것이 아니다. 광야와 바다의 실질성, 물질성은 달라도 집과 고향의 '내' 공간에 대립되는 그 관계로서의 공간성은 동일성을 갖게 된다. 물질적 상상력이 아니라 기호적 동일성에 의해서 그것들은 같은 자리에 있게 된다.

그러므로 이따금 광야나 사막이 바다가 되기도 하고 절도絶島가 되기도 하는 것은 그것이 직간접으로 고향(집)과 관련되었을 때이다. 또 반대로 고향의 '내' 공간으로 돌아가려는 '회한'은, 고향의 '내' 공간이 벌판(사막)과 바다와 대립되는 공간성으로 나타났을 때이다. 그러한 상관 관계를 청마의 텍스트 속에서 찾아보면 그 공간적인 의미 관계가 명백하게 드러날 것이다.

5 '외' 공간으로서의 바다

......

그러나 오늘은 早春의 이 황막한 들녘 끝(a) 등성이에 내 호올로 거닐
며 노닒은

마음 이끌려 먼 먼 바다로(b)

그 외론 섬들의 변두리에 근심스리 설레이는 風浪되어 보내고

아아 나는 차라리 이대로 이대로 무료한 神이어라(c)

—「虛無의 傳說」[470]

「虛無의 傳說」마지막 연에 나오는 시구 가운데 (a)의 공간적인
변별성을 알기 위해서는 그것이 어떤 공간(무표 공간)과 대립되어
있는 유표 공간인가를 알아내야 한다.[471] 즉 (a)는 非(a)에의 관계

---

470) 『蜻蛉日記』, 69쪽.

471) Elizabeth Mertz & Richard J. Parmentier(ed.) (1985), *Semiotic Mediation*(Academic

에 의해서 그 의미(시차적)를 가질 수 있기 때문이다. 특히 (a)=非(a)의 관계를 강력하게 나타내 주고 있는 것은 '그러나 오늘은……'이란 말이다. 오늘은 오늘이 아닌 그 이전의 날들에 의해서 시차성을 갖는 것으로 시간적 분절이 곧 공간적 대립과 연계된다.

```
시간 ────── ────── 공간
오늘 ────── ────── (a)
보통날 ────── ────── 非(a)
```

그러므로 (a)의 시구가 유표화하고 있는 '황막', '들녘', '끝'의 세 요소들과 대립되는 非(a)의 무표항의 의미소를 추출해 보면 그 유표함의 의미 작용이 확실하게 드러날 것이다.

```
            ┌── 황막   +무한성, +확산성, +개방성, +비주거성
(a)공간 ┤── 들녘   +평면성, +외, +연속성
            └── 끝     +원방성, +변두리(-중심성), +지평성[472]
```

Press), p.15, "Beyond Symbolic Anthropology : introducing semiotic mediation," 有標, 無標(marked, unmarked)의 도표 참조.

472) 지평선이란 대체 무엇인가. 간단한 지리학적인 정의라면 가령 하늘이 땅과 접해져 있어 그 위에 올라타고 있는 듯한 선이라고 규정할 수 있을 것이다. ……그러나 아무리 인간이 높은 곳에 오른다 해도 절대로 자기가 지평선을 넘어갈 수는 없다는 것을 알게 된다. 지평선은 뒤에 남는 일 없이 함께 올라간다. 즉 지평선은 언제나 인간의 높이 속에 없는 것

공간적 의미 성분을 역전시켜 보면

```
        ┌─ 아늑한    +거주성, -무한성(유한성), -확산성(응축성), -개방성
非(ⓐ)공간 │  집안    -평면성(입체성), -외, +이산성
        └─ 속     -원방성(근방성), +중심성
```

결국 ⓐ의 시구는 집 안에서 생활해 오던 것과는 다른 '외' 공
간성을 보여주는 것이며 그것은 실질적 의미와 규모에 있어서는
다르나 북만주나 아라비아의 사막 등이 지니고 있는 '외' 공간의
양상과 동일하다는 것을 알 수 있다. 공간적인 대립은 행위의 단
위에 있어서도 그대로 반영되어 '내 홀로 거닐며 노닮은'은 겨우
내 집 안에 갇혀 지내던 '내' 공간의 행동(앉다, 눕다)과는 정반대가
되는 것이다.

그것은 구속—해방으로 특히 '홀로'라는 말은 타자와의 관계
(가족)를 단절한 것이며 애련이나 인정, 후회 등 유정의 세계에서
벗어나는 행위, 즉 탈주·도주의 행동을 보여주는 코드라 할 수 있
다.

이것 역시 북만주의 광야, 그리고 사하라 사막으로 '나는 가자'
라고 다짐하는 그 의지와 행위의 상동성과 관련된다.[473]

이다. Otto Freidrich Bollnow, *Mensch und Raum*(1980), p.75.
473) 벌판, 하늘, 바다는 청마의 텍스트 속에서는 '의지의 공간'으로 설정되어 있고 그것

그러나 문제는 (a)와 非(a)의 대립만이 아니라 (a) 공간이 (b) 공간과 유사성을 갖고 있는 데서 그 시차성이 한층 뚜렷해진다는 점이다. 즉, 황막한 들녘 끝에서 거니는 것이 바다의 풍랑이 되어 섬 변두리를 돌아다니는 것으로 묘사되어 있는 그 시구의 대비 관계이다. 디올레가 사막을 횡단하면서 바다가 잠수하는 것을 몽상한 것과 동일한 은유 체계이다. 그 은유는 (a)~非(a) (b)~非(a)의 관계에서 a≡b 등가 관계가 생겨난다. '적의 적은 내 편'이라는 논리이다. 말하자면, 앞의 시구 (a) 위치에 (b)를 환입시켜도 (a)≡非(b)의 관계에서 아무런 차이가 생겨나지 않는다. 땅과 물이라는 실질의 차이는 공간적 모델의 이차 체계에서는 그 의미에 관여되지 않기 때문이다.

주인공(화자)과 공간의 관계에서 생겨나는 동태적 텍스트(서사체 텍스트의 공간)의 성격으로 보면 더욱 그 두 공간은 동일한 기능을 나타내고 있다는 것을 알게 된다. 非(a)('내' 공간 – 집)에서의 인간은 아버지, 남편, 또는 아들로 불리어진다. 이러한 인간이 그 주어진 환경으로서의 집을 나와 들판의 끝, 먼 바다로 나간다는 것은(도

은 예외없이 '외', '상' 공간으로 '내', '하'에 대립되어 있다. 민코프스키는 그 같은 공간을 체험으로 거리distance vécue와 생의 확산적 관념('보다 멀리' 나가려는 욕망)과 의지로 풀이하고 있다. '가자'는 수평적, '오르자'는 수직적인 욕망을 나타낸다. Dr. E. Minkowski(1927), 앞 글, "Etudes Prénoménologiques et Psychopathologiques,", p.366.

주, 탈주) 인간으로부터 초인, 또는 신으로 변모되는 것을 의미한다.

실제로 신화 텍스트에서는 '내' 공간에서 '외' 공간으로 나가는 이야기를 통해 (예, 헤라클레스의 신화) 보통 인간이 영웅, 반신半神 등으로 그 신분이 달라지는 서사적 형태가 많다. 아이가 어른이 되는 통과의례(initiation)의 공간적 의미도 그와 상동성을 갖게 된다.[474]

즉 (a)(벌판) (b)(바다)가 '호올로 거닐며 노는 인간'(나)에게 '이대로 무료한 '神'이어라(c)'의 가치 부여를 하는 공간으로서 작용하고 있다는 점에서도 그것들은 등가 관계를 갖게 된다.

집을 나와 바다로 가는 행위를 냇물로 의인화한 「겨레의 어머니여, 낙동강이여」를 보면 도주 공간으로서의 그 의미 작용이 한층 더 분명해진다. 「겨레의 어머니여, 낙동강이여」는 지리적 공간의 차원[475](L₁)으로, 한국 전체가 주거 공간(L)과 같은 '집'의 '내' 공간이 되는 셈이다. 그런데 그 '낙동강'이 바다로 향해 가는 것을 청마는 이렇게 기술하고 있다.

---

474) 문학 텍스트에서는 등장인물의 성격이나 지위 또는 운명 등은 어떤 장소(공간)에 의해 표출되는 일이 많다. '장소는 여러 가지 인물이다'라고 쓰고 있는 것처럼 프루스트는 등장인물 하나하나에 특정 공간을 배치한다. 이때의 공간은 배경적 의미가 아니라 등장인물의 기호 표현으로서 작용하고 있는 것이다. Georges Poulet(1962), 앞 글, p.47.

475) 지리학적 공간의 단계는 인식적 성격을 갖는다. 〈생존되어지는 것lived〉이라기보다는 〈사고되어지는 것〉이다. C. Norberg-Schulz(1971), 앞 글, p.28.

1. 가난하고도 후덕하고 숫되고도 완고하고 슬기롭고도 무지하고

2. 어질고도 비굴하고

3. 대범하고도 용렬하고 질기고도 인종하므로

4. 무수히 빚어나는 웃음과 울음과 한숨과 노염과

5. 그 가지가지 애락을 어루만지고 달래고 또한 깡그리 거두어

6. 저 망각과 歸一의 지역, 창망한 대해로 너는 흘러 보내거니

　　　　　　　　　　—「겨레의 어머니여, 낙동강이여」[476] 중에서

　1~4까지는 모두가 '내' 공간의 의미 작용(H-)을 담고 있다. 청마가 말하는 「營爲」의 작은 삶에서 빚어지는 가치행동, 감정들이다. 강물이 흘러 바다로 간다는 것은 바로 이러한 '내' 공간의 것들에서 벗어나 5~6의 '외' 공간적 특성인 망각과 귀일의 지역으로 나가는 것이다. 바다를 망각과 귀일의 지역으로 보고 있는 한, 바다는 북만주의 광야나 아라비아의 사막과 다를 것이 없고 흘러가는 그 물은 바로 그러한 광야와 사막을 향해 나아가는 나그네의 마음과 유사한 것이 된다.

　고향도 사랑도 懷疑도 버리고

　여기에 굳이 立命하려는 길에

---

476) 『나는 고독하지 않다』, 180쪽.

—「絶命地」중에서

「絶命地」의 이 '여기'는 광야이지만 '망각'(겨레의 어머니여, 낙동강이
여)과 「絶命地」의 '버리고'의 그 의미 작용은 똑같다. 사하라 사막
에는 한번 뜬 태양이 떨어지지 않는 곳이라고 했듯이 바다 역시
도 동일한 상상적 공간으로 '거기 중천에 걸린 해는 종시 지지 않
을는지도 모른다'고 되어 있다.

港口에서 防波堤를 벗어나 저 섬모롱이를 돌아 나가기만 해도, 거기
에는 얼마나 넓고 큰 大海가 있는가. 그리고 거기 中天에 걸린 해는 종
시 치지 않을는지도 모른다. 그리고는 그 푸른 물결 사이사이 하얀 人
魚의 少年들이―그 숱한 少年들이 어쩌면 그렇게도 얼굴들이 꼭 같이
닮았단 말인가―뒤치락 엎치락 종일을 오쫄오쫄 물결 타고 놀고 있
어―

아아 廣大한 것의 이 그지없는 無聊! 눈을 감으면 그 싸늘한 鄕愁의
물거품이 人魚의 얼굴인 양 자꼬만 끼얹힌다.

―「바다」[477)]

이 텍스트에서는 '내' 공간=현실 공간, '외'=환상적 공간의 그

477) 『예루살렘의 닭』, 58쪽.

의미론적 대응이 인간-인어의 관계로 되어 있다. 들판 끝에 나가 '신'이 되는 것처럼 여기에서는 '인어'가 되어 다 같이 인간-비인간의 변별적 차이를 보여준다. 이 텍스트에서 바다의 변별 특징이 되어 있는 '+광대', '+무료'는 광야나 사막의 그것과 다를 것이 없다. 뿐만 아니라 '향수'의 감정 역시 마찬가지이다.

바다의 의미 작용이 내(H-)에서 외(H+)로 나아가는 도주, 탈주의 공간이라는 사실은 청마 자신의 산문에서도 찾아볼 수가 있다.

못 견디게 바다가 그리운 때가 있습니다. 그래 어째서 바다가 그렇게 그리운지 스스로 물어보기도 합니다. 아득히 영원적이면서도 동적인 바다는 확실히 어떤 마성을 띠고 있습니다. 그 마성의 요기가 사람을 불러 호리는 것이라고 나는 으레 독단합니다.

못 견디게 바다가 그리울 때는 혼자 지도를 펴 놓고는 들여다 봅니다. 물론 외국 항로선을 타고 적도를 넘어 보든지, 몇 날을 떠 가도 창망히 水天 밖에 아닌 태평양의 한복판을 질러가보든지 하고픈 마음이야 발발합니다마는, 오늘 우리네같이 남에게 얻어먹는 나라의 국민 중의 서민으로선 生意조차 내기 어려운 일이므로 아예 그 쪽으로는 눈을 감습니다. 언제나 국민의 용기는 그 국가의 부강에 정비례하는 것이 아닙니까?

그래 현실로 내가 갈 수 있는 고양이 이마팍만한 모국의 판도내의 영해에만 고정하고 여심을 달립니다. 고양이 이마팍만하다 하였지만 다

행히도 반도라 바다로 탈출한 「루우트」가 썩 많습니다.…

　　　　　　　　　　　　　　—「꿈은 동해로!」[478) 중에서

　‘다행히도 반도라 바다로 탈출한 ‘루우트’가 썩 많습니다’의 마지막 탈출이란 자기(L₋₁)에서, 집(L)에서, 고향과 그리고 ‘나라’(L1)에서의 벗어남을 뜻한다. 실제로는 외국 항로선을 타고 태평양의 한복판을 나가는 것이 소원이지만 현실적으로 불가능하기 때문에 지도를 펴놓고 들여다보거나, 실제로 갈 수 있는 영해의 바다 안으로 고정하여 그 내심을 달래는 것으로 되어 있다. 이 글은 청마의 바다가 탈출 공간의 의미 작용만이 아니라 기호 공간 차원이 둘로 나뉘어져 있음을 보여주는 중요한 단서를 제공해 준다.


```
        ┌─ (a) 영해의 바다……동해 등.
바다 ─┤
        └─ (b) 외항선을 타고 가는 바다……태평양 등.
```


　(a)의 바다는 L1(고향 국가의 차원) (b)의 바다는 L2(우주적 차원)에 속해 있는 것임을 알 수 있다. 이것은,

---

478) 『나는 고독하지 않다』, 148쪽.

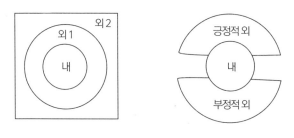

$$\text{땅} \begin{cases} \text{(a) 광야……北滿州} \\ \text{(b) 사막……아라비아의 사막(「生命의 書」)} \end{cases}$$

과 동일한 차원의 대응 관계를 보여준다. 로트만의 도표로 표시하면 '외' 공간에 또 하나의 '외' 공간이 겹쳐져 있는 형태이다.[479]

〈도표 3〉

그렇기 때문에 북만주의 광야에서는 그것이 민족적인 감정이 '내' 공간과 대응을 이루는 경우가 있듯이, 동해는 본질적인 우주 차원의 바다와 달리 한국이라는 사회, 지리적 공간과 대응되는 의미론적인 성격을 띠는 일이 있다. 그 때문에 같은 바다라 해도 L_1의 바다와 L_2의 바다, 동시에 L_1의 차원에서의 섬(울릉도, 독도 등)과 L_2의 섬(망각의 섬) 같은 계층적인 이공간(異空間)이 형성된다.

---

479) Yu. Lotman(1971), 앞 글, pp.109-110.

그러나 芝溶 詩에도 읊어져 있는,

날마다 밤바다 섬둘레가 근심스런 풍랑에 씹히는가 하노니

하는 서편 황해 편으로는 마음 잘 쏠리지 않음은 역시 나의 빈한으로
는 멀기도 하거니와, 어쩐지 그 쪽 해안선은 탁 트임이 없고 꾀죄죄할
것만 같은 선입관의 탓이라 하겠읍니다.

또한 남쪽의 너무나 아기자기한 여성적인 바다도 싫은 것입니다.

그러므로 으레 동해 쪽으로 마음은 열리고 맙니다.

동해야말로 내가 좋아하는 바다의 요건인 창망한 푸름과 넓음과 굵
음을 갖추고 있는 것입니다. 그리고 동해는 반도의 등덜미입니다. 등덜
미에 서서 바라다 봄으로써 더 넓고 큰 조망을 즐길 수 있는 것입니다.

자연은 이성을 그립게 한다고 합니다. 그 자연이 추억에 한번 젖은
것이라면 얼마나 더 한층 그리움을 갖게 하겠읍니까? 내가 바다를 못
견디게 좋아는 하지만, 바다로 가서 무슨 낚시질을 한다든지 헤엄을 친
다든지 뱃놀이를 한다든지 하는 것도 아니요, 할 줄도 모르는 것입니
다. 바다로 가서는 언제까지고 바위에나 모래밭에 앉아서 바다를 바라
보든지 누웠든지 하는 것뿐입니다. 마치 기약 없는 애인을 기다리는 그
러한 시늉뿐입니다.

그러면서도 나는 얼마든지 흡족하고 만족한 것입니다. 이렇게 바다
앞에서 나태하여 보면 나태할수록 내 안으로는 말할 수 없는 풍유한 소
득을 얻는 것입니다. 올해는 아무래도 동해의 고도 울릉도로 가볼 것입

니다. 이 울릉도로 꼭 한번 가보려는 또 하나의 다른 이유는, 지금 외국으로는 갈 수 없는 나로서 날로 증오가 더하여 가기만 하는 나의 모국을 그 거리에서나마 바라보며 내 안의 애증(愛憎)을 다시 한번 되새겨 물어 보아야 할 필요에서입니다.

바다는 나의 영원한 애인의 영상입니다.

—「꿈은 동해로!」 중에서

동해에서 다시 더 멀리 나아가면(도주의 계속) 울릉도, 독도가 나타난다. 광야를 '절도絶島'라고 불렀듯이 이러한 탈출 공간은 '고절성'이 그 의미의 핵을 이루고 있으므로 '바다'는 섬에 의해서 더욱 그 공간적 특성을 강화한다. 광야의 넓고 무한한 공간이 그 과잉성으로 하여 '철벽'과도 같은 또 하나의 폐쇄 공간으로 그려지기도 한다. 광야가 감옥처럼[480] 가두는 것과 동일한 것이 바다에서도 일어난다. 그것이 절도, 땅으로부터 멀리 떨어져 있는 '섬'이다.

---

[480] Otto Preidrich Bollnow(1980), 앞 글. 공간 과잉은 공간의 결핍(좁은 것)과 통하여 극과 극의 유사성을 보인다. 이것이 볼노우나 바슐라르가 이야기하고 있는 넓은 〈외〉 공간에 있는 감옥이다. 〈어느 초원 지대를 가는 여행자가 보행과 더불어 따라다니는 똑같은 지평선 안에 언제나 자신이 갇혀 있다는 것을 알고 불안해진다는 사실을 보고한 적이 있다. '절망적이리만큼 질주를 했음에도 조금도 변하지 않은 지평선에 직면해서 나는 이 대초원이 다른 감옥보다 훨씬 더 답답한 감옥으로 느껴졌다'는 것이다.〉 G. A. Van Peur Sen, *L'Horizon*, *Stituation*, p.208.-Bollnow. 75.

6 섬의 고절孤絶

섬은 정치적·사회적(L₁) 차원과, 우주론적·존재론적(L₂) 차원의 의미 작용을 갖고 청마의 텍스트에 빈번히 등장하게 된다.

공간 기호론적 관점에서 보면 청마의 시 가운데 섬이 많이 등장하게 되는 것은 극히 자연스러운 일이다. 수평적 공간 텍스트에서 집과 대극을 이루는 것은 벌판, 바다이지만 그것이 하나의 이산적 공간의 단위가 되기 위해선 그 연속성이 단절되어야 한다. 그렇게 해서 그 '외' 공간의 기호적 특징인 '고절성孤絶性'을 내포할 수가 있게 된다.

주거(집)와는 달리 도시, 국가 등 L₁ 차원의 공간은 '지리적 공간'으로서 그 내/외의 분절이 이루어지게 되므로, 성벽이라든가 국경선, 또는 내/외의 경계를 이루는 산맥이나 하천 등이 격벽의 구실을 하게 된다.[481] 지리적 공간으로 볼 때, 그 격벽이 가장 넓

481) 경관적 공간landscape spaces. 〈……우리들은 경관적 공간에 관하여 말하고 또 집

고 그 단절성이 강한 것은 육지와 섬을 갈라놓는 바다이다. 기호학자들은 섬의 '공간 언어'적 특성을 검증하기 위해서 공간을 나타내는 불어의 전치사를 예로 드는 경우가 있다.[482] 불어에는 소재지를 나타내는 두 개의 기본적인 전치사로서 en과 à가 있다. 이 두 대립은 지리적 개념을 나타내는 말과 결합하여 두 부류의 공간적 차이를 형성하게 된다.

전치사 en을 갖는 경우

- en france 불란서(국)
- en Belgique 베르기에(국)
- en Auvergne 오베르뉴 지방에(불, 지방명)
- en ce lieu 이 자리에(여기)
- en ce moment 이때에(지금)

을 생각한다. 산맥은 벽, 벌판은 마루, 하천은 통로가 되며 해안은 경계, 산기슭은 문이 된다.〉 Rudolf Schwartz(1949), *Van der Behaung der Erde*, p.11. Christian Noberg-Schulz(1971), 앞 글, p.28에서 재인용.

482)　Ю. С. Степанов Семиотнка нєд 《Наука》. Москва, 1971. Yu. 스츄파노프(1971), 『기호학 입문』, 磯谷孝, 勝本降(譯)(東京 : 經草書傍, 1980), pp.78-80.

전치사 à을 갖는 경우 ┌ à la Mantinique 마르띠니끄 섬(島)
                      ├ à Madagascar에서 마다스갈 섬(島)
                      ├ au lointain~멀리(저쪽)
                      └ à ce moment 그때(당시)

이와 같은 à, en의 전치사 용법을 분석해 보면 '먼 것'(전치사 à)─
'가까운 것'(en)이라는 두 차원에의 명확한 구별로 공간을 특징
짓고 있다는 사실이다. 그러나 언어 체계가 바뀌어 en이 '가까운
것'을, à가 '먼 것'을 나타내지 않게 된 현재에서는 전자가 나라나
대륙의 일부를 나타내고, 후자는 섬을 나타내게 된다. 그런데도
섬이 '먼' 것을 나타낸다는 내/외의 공간 구조적 핵심은 변화하
지 않는다. 그래서 가깝고 큰 섬은 나라(대륙의 일부)로 간주되어 en
corse(코르시카 섬)이라고 하고, 멀리 있는 작은 나라는 섬으로 해석
되어 구아두르프 섬à la cuadeloupe이라고 한다.

섬은 문학적 언술 속에서 언제나 '가까운 것/먼 것', '일상적인
것/초현실적인 것', '현실/공상(이상)', '기지의 반복/미지의 모험'
등, 내/외의 가장 첨예한 대립 공간으로 이용되어 왔다.

허균이 만든 이상국인 율도국이나 박연암의 「양반전」에 나오
는 이상세계도 모두 '섬'이다. 서구 문학에 있어서의 로빈슨 크루

소의 무인도를 비롯하여 스위프트의 소인국 등의 공상적인 나라나 보물섬과 같은 모험의 세계, 돈키호테의 풍자적인 섬 같은 것들이 모두 그런 것이다.[483]

섬은 비교적 닫혀진 하나의 체계를 나타내기 때문에 독특한 종류의 실존적 공간을 만드는 요인도 된다. "'섬island'과 '고립시키다(isolate)'라는 말에서 공통적 어근을 지적할 수도 있을 것이다"라고 한 노르베르그 슐츠의 말에서도, 우리는 섬이 표상하고 있는 그 공간 언어의 특성을 읽을 수가 있다.[484]

그렇기 때문에 항상 '섬'은 '섬 아닌 것', '반도/대륙'의 시점이 있기 때문에 무엇인가의 의미를 갖게 된다. 그것의 고절성은, 고절성 자체에 가치가 부여되어 있는 것이 '내' 공간과 대립된 '외' 공간에 의해 차이화하는 역할을 하는 데 있다고 할 수 있다. 즉 청마는 '울릉도'에 꼭 한번 가보고 싶은 이유의 하나로 '지금 외국으로 갈 수 없는 나로서 날로 증오가 더하여 가기만 하는 나의 모국을 그 거리에서나마 바라보며 내 안에 애증을 한번 되새겨 물어보아야 할 필요에서입니다'라고 말한다.

「울릉도」를 비롯하여 실제로 청마가 그 섬을 시 속에 그린 것은 「울릉도」, 「獨島」, 「巨濟島 둔덕골」, 「佐沙里 諸島」 등 10여 편

---

483) 앞 글, p.81.
484) Christian Norberg-Schulz(1971), 앞 글, p.85.

이다.[485) 그중에서도 섬의 모형이 되는 것은 울릉도이다.

　　東쪽 먼 深海線 밖의

　　한 점 선 鬱陵島로 갈꺼나

　　錦繡로 구비쳐 내리던

　　長白의 멧부리 방울 뛰어

　　애달픈 國土의 망내

　　너의 호젓한 모습이 되었으리니

　　蒼茫한 물구비에

　　금시에 지워질 듯 근심스리 떠 있기에

　　東海 쪽빛 바람에

　　항시 思念의 머리 곱게 씻기우고

　　지나새나 뭍으로 뭍으로만

　　向하는 그리운 마음에

　　쉴 새 없이 출렁이는 風浪 따라

485) '울릉도 시초 중 6. 독도여'……『나는 고독하지 않다』, 167-168쪽. 「巨濟島 屯德
골」……『鬱陵島』, 44쪽. 「佐沙里 諸島」……『뜨거운 노래는 땅에 묻는다』, 36쪽.

밀리어 밀리어 오는 듯도 하건만

멀리 祖國의 社稷의
어지러운 소식이 들려 올 적마다
어린 마음의 미칠 수 없음이
아아 이렇게도 간절함이여

東쪽 먼 深海線 밖의
한 점 선 鬱陵島로 갈꺼나

—「鬱陵島」[486]

　'저 머나먼 亞刺比亞의 사막으로 나는 가자'의 「生命의 書」와
같은 떠남의 형식으로 시작되는 이 울릉도는 섬을 특징지우는 세
가지 지리적 변별성을 보여준다.

　동쪽 먼 深海線 밖의
　한 점 선 울릉도로 갈꺼나

에서 +원방성(遠方性, 동쪽 먼), +외방성(外方性, 심해선 밖), +고립성(한

---

486)　『울릉도』, 74쪽.

점) 선 등이다. 이러한 특성은 울릉도 자체에 있는 것이 아니라 한반도라는 내륙의 지리적 공간을 투묘점으로 한 관계 속에서만 빚어지는 것이다. 그러므로 의미론적 해석으로 '울릉도로 갈꺼나'의 시구를 볼 때 현존하는 '여기'의 그 공간은 그와 대립된 것으로 -원방성, -외방성, -고립성을 나타내는 '내' 공간이다. 그러므로 울릉도로 간다는 것은 '내' 공간에서 +의 가치 기호로 전환하는 '외' 공간으로 이동하고자 하는 욕망의 표시가 된다.

그리고 그것은 바다로 가려는 것과는 몇 가지 의미 성분에서 차이를 보여준다. +원방성, +외방성은 바다와 같으나 한 점 섬이라는 한 '점'은 광야의 개방성이나 확산성을 지닌 평면성과 다르다. 점/면의 대립소가 그 시차성을 이룬다. 섬이 지니는 +점은 바다만이 아니라 2연째의 '내' 공간과의 대립에서도 변별적 구조를 이루는 중요한 기능을 보인다.

錦繡로 구비쳐 내리던
長白의 멧부리 방울 뛰어

장백산맥의 멧부리로 제유된 한반도의 내륙적인 지리 공간은 '구비쳐 내리던'으로서 선의 연결성으로 되어 있고, 울릉도도 거기에서 방울 뛰어서 떨어진 것으로, 점의 단절성으로써 그 의미의 시차성을 나타내고 있다.

선…연속성…한반도-대륙

점…단절성…울릉도

그러므로 섬은 선(뭍), 면(바다), 점(섬)의 각기 다른 공간적 요소에 의해서 의미가 구조화되고 의인화된 그 울릉도의 공간은 마치 집, 고향을 나와 북만주의 광야에서 향수에 젖어 있는 화자와 같은 입장으로 그려진다. '내' 공간으로나 '외' 공간으로 그 장소를 이동해 가는 도주의 행위는 '내' 공간이 부정적 가치를 나타낼 때 생겨나는 것이다. 울릉도 역시,

> 멀리 祖國의 社稷의
>
> 어지러운 소식이 들려 올 적마다
>
> 어린 마음이 미칠 수 없음이
>
> 아! 이렇게도 간절함이여

로서 모국인 한반도(H-)는 부정적인 '내' 공간으로 표시되어 있다. 그리고 멀리 '祖國의 社稷'이란 말로서 그 울릉도에 대립되는 '내' 공간은 사회, 지리적(L₁)인 기호론적 공간의 차원에 속하는 것임을 알 수 있다. 그러므로 울릉도에 가고 싶다는 것은 단순히 '안에서 밖으로 나가는 도주가 아니라, 도주의 공간에서 다시 '내' 공간을 돌아다보는' 그 시점의 역전을 의미한다. 그렇기 때

문에 '울릉도'의 단절된 '외' 공간은 한국 땅에서 벗어남으로써 한국을 다시 돌이켜볼 수 있는 반성 공간을 나타낸다. 이 섬을 가짐으로써 한반도 전체의 공간이 하나의 '내' 공간으로 관찰되고 반성되는 대상 공간으로 변하게 된다. 로트만이 말하는 역방향성의 공간이 형성되는 것이다.[487]

'섬은 모험의 장소라는 그 통념이 세르반테스의 「돈키호테」에서는 풍자적인 것으로 쓰여진다'고 시쿠로프스키는 지적하였다.[488] 그러나 모험이든 풍자든 섬이 가지는 공간적 의미의 핵심에는 변함이 없는 것이다. 왜냐하면 섬이 현실적인 '내' 공간에서 끝없이 벗어나 '외' 공간으로 나가는 동태적 텍스트를 형성할 때에는 모험의 의미 작용을 하게 되지만 그 역방향으로 시점을 섬에 두고 '내' 공간을 밖에서 관찰할 때에는 풍자적인 것으로 바뀐다. 때로는 향수의 공간이 될 수도 있다. 울릉도는 그 세 가지 면을 다 같이 소유하고 있다.

東海 쪽빛 바람에
항시 思念의 머리 곱게 씻기우고

---

487) Yu Lotman(1971), 앞 글, p.105.
488) Yu. 스츄파노프(1971), 앞 글, p.81.

라는 구절에서는 +사념, +정신성을 나타내므로 한반도 전체는
동시에 그와 반대의 것을 나타내게 된다. 이러한 관점에서 한국
의 현실을 보면 울릉도는 풍자시를 태어나게 하는 공간이 될 것
이다.

> 자나 새나 뭍으로 뭍으로만
> 向하는 그리운 마음에
> 쉴 새 없이 출렁이는 풍랑 따라
> 밀리어 밀리어 오는 듯도 하건만,

에서는 향수와 같은 감정을 읽을 수가 있다. 뭍에 있을 때에는
뭍의 그리움을 모른다. 이 고절의 섬은 뭍으로 향한 그만큼의 간
절한 소망을 낳는다. 그것은 텍스트에 역설적인 다의성을 부여한
다. 섬은 멀리 떨어질수록 더욱 가까워지고 복합적인 향수의 의
미를 만들어낼 수가 있는 것이다.

울릉도의 이 같은 특성을 극대화하고 L1의 사회적·정치적 차
원을 존재론적인, 또는 우주론적인 차원(L2)으로 확대시킨 것이
「獨島」이다.

독도는 울릉도와는 달리 섬의 거주성을 상실한 공간, 그리고
그 점이 극한으로까지 줄어들어 인간은 물론 새들도 제대로 앉아
있을 수도 없는 폐쇄적 고절성을 지닌 공간이다. 여기에서 독도

는 정치 사회적인 지리적 공간이 아니라 생명적 공간으로서의 존재론적인 의미를 담게 된다.

무슨 저주가
이같이 絶海에 너를 있게 하였는가?

종시 靑盲같은 일월과
풍랑의 虛妄에 깎이고 찢기어

한 포기 푸새도 생명하기 힘겨운
禿兀 不毛한 암석만의 편토.

돌아갈 곳 없으매
갈매기도 마침내 해골을 바래는 곳

그러나 진정 너의 욕됨은
이 流竄의 孤絶에 있음이 아니거니

제 모국에의 분노가 오늘처럼 치밀 제는
차라리 너 되어 이 絶海에 이름 견디고저

존재론적인 차원에서 이승/저승의 내/외 공간의 차이화를 만
들어내고 있는 섬은 「망각의 섬」이다. 이미 그것은 울릉도나 독
도와 같은 지리적 고유명사를 갖지 않는 것으로서 현실의 희로애
락이나 정념, 일상적 가치에서 완전히 벗어난 망자들의 세계이
다.

저 無邊한 미지의 邊涯에서 일어, 끊임없이 밀어 오는 목숨의 바다
저편, 그 섬 둘레에 이르르면 마침내 슬어지는 忘却과 죽음의 섬이 있
나니

그 絶島로 가 보라, 이미 이승을 떠난 젊은이 어린이 늙은이, 그 뭇 衆
生들이 그 중에는 하직길에 실없이도 입혀 준 어색스런 壽衣 그대로 분
단장도 완연히, 앉고 눕고 서고 또는 뜻없이 손작난 같은 것도 하며 제
각기 하염없는 몸매로, 누구와도 말도 건느지 않는다. 마주쳐도 모른
다ㅡ드디어 제 있고 없음도 잊은드시

아아 하 그리 애닯던 喜怒哀樂의 因緣에서 놓여난 삶들이매 인제는
혈혈 창창 忘却과 無緣 속에 길이 살 수 있는, 이같은 虛無의 섬이 있
어ㅡ

---

489) 『나는 고독하지 않다』, 167쪽.

　이러한 '섬'의 공간적 기호가 정치지리적인 공간으로 나타
난 것이 휴전선이라고 할 수 있다. '休戰線에 服務하는 軍番
9976729 一兵에게'에서 휴전선은 후방의 거리와 대응하는 것으
로서 섬처럼 고절의 '외' 공간으로 그려져 있다.

> ......
>
> 뱀이 멍 감고 간 종아리와
>
> 일순 무량한 啓示 같은 流星에 스려드는 영혼에
>
> 내쳐 먼 人情과 그 人情들이 얼려 사는 저 거리를 생각하고
>
> 너는 너의 靑春과 人生을 거기에 허탕치는 것으로 눈물짓는가?
>
> ......
>
> 　　　　—「休戰線에 服務하는 軍番 9976729 一兵에게」[491)] 중에서

　'인정들이 얼려 사는 저 거리'는 일상적 가치를 믿고 살아가는
'내' 공간의 의미 작용을 나타내고 있는 데 비하여 그것을 부정하
는 휴전선은,

---

490)　『예루살렘의 닭』, 78쪽.

491)　『第九詩集』, 89쪽.

—아니다

그 孤絶에서 너는 가혹하게 견뎌나야 한다.

네가 눈물짓고 그리는 여기 殷盛스런 거리야말로

救할 길 없는 虛榮과 僞善으로 마지막 몸뚱아리를 가리고들

一切가 한갖 腐肉처럼 썩어만 가는 소돔의 저자

너의 성실한 人生이 한가지로 더불어 썩지 않기 위하여는

너는 그같이 孤絶의 눈물에서 깎여야 하고

그 孤絶을 强要하는 채찍으로 因하여

레푸라같이 더러운 利己의 틈을 自身에게 許容하지 않으므로서

너도 한 가지 腐肉으로 썩지 않을 理由를 배워야 한다.

……

— 「休戰線에 服務하는 軍番 9976729 一兵에게」 중에서

　　와 같은 '고절'을 나타낸다. 거리(H-)와 휴전선(H+)의 대립 관계
는 특히 휴전선에서 복무하는 일병의 계급장이 '갈매기'란 점에
서 은연중에 바다를 연상케 하고 그 외롭고 소외된 공간의 시련
은 절도絶島를 암시하게 된다.

　　……

마침내 언제고 네가 이 腐肉의 거리로 돌아오는 날

그 외론 孤絶에서 스스로 가꾼 솔뿌리 같은 精神의 풍채와

갈매기 하나 너 더욱 自身에게 준렬하였던 영광스런 자격으로

이미 救援 놓친 인간의 被告의 座席에서가 아니라

당당히 인류 앞에 證言하고 告發할 편에 선 너이리라.

　　　　　　—「休戰線에 服務하는 軍番 9976729 一兵에게」 중에서

　고절, 갈매기 하나 너, 더욱 자신에게 준열하였던 영광스러운
자격 등의 표현들은 지금까지 보아온 도주 공간에서의 시련이나
소외를 나타내는 말들과 일치하는 것이다.

VIII

탄생 공간으로의 돌아옴 : 「歸故」

1 제비의 공간성

안(H+)에서 밖(H-)으로 나가는 '도주 공간'과 대립되는 텍스트는 밖(H+)에서 안(H-)으로 들어오는 탄생 공간이다. 앞엣것이 확산적인 데 비해 뒤엣것은 응축적이다.[492] 모든 서사적(소설, 시, 희곡) 예술의 언술은 나아가는 것과 들어오는 것의 두 연쇄의 불변항으로 이루어져 있다. 그러므로 프로프[493]가 러시아의 민화의 형태

---

492) 풀레Poulet는 안에서 밖으로 확산하는 원환과 밖에서 안으로 응축되는 원환의 운동으로 텍스트의 주제(의식)를 파악한다. 이 확산과 응축의 대립을 가장 선명하게 나타낸 것이 『보바리 부인』이다. 그 텍스트에서는 구심적 운동이 부정적이고 안에서 밖으로 확산하는 것이 긍정적인 의미로 나타나 있다. 〈내〉는 현실, 〈외〉는 이상(사랑), 꿈 등으로 그려져, 남편은 〈내〉 공간적 존재로 되어 있다. Georges Poulet(1961), pp.375-376.

493) 프로프의 31가지의 기능 단위의 서열을 〈나가는 것〉과 〈들어오는 것〉의 두 행위의 대립항으로 크게 나누어보면, 1에서 19까지가 밖으로 나가는 것이 되고 거기에서 31까지가 돌아오는 〈귀환〉이 된다. 그리고 1에서 19가운데 1에서 9는 역방향으로 〈밖에서 들어오는 침입〉이고 9에서 11이 매개가 되어 12부터 주인공이 〈외〉 공간으로 가는 것이 된다. 그 사이에 개재되어 있는 것은 모두 경계1 경계2로 나타나 초경(超境)의 행위를 낳게 된다.

를 31개의 기능 단위로 나눈 것이나 혹은 그레이마스A. J. Greimas
가 모든 이야기의 행위를 계합적paradigmatic 구조로 도형화한 것
이나 그것을 크게 분류해 보면 '나가는 축'과 '들어오는 축'의 이
항 대립으로 양분할 수 있다.[494] 호메로스의 양대 서사시인 「일리
아드」와 「오딧세이」의 텍스트적 시차성은 전자가 '내' 공간에서
'외' 공간으로 나가는 언술로(H-→H+) 되어 있는데 후자는 '외' 공
간에서 이타카의 '내' 공간으로 들어오는 것(H-←H+)의 전도된 형
태라는 점에 있다. 이와 같은 것은 이태백과 두보의 텍스트에서
도 발견된다. 이태백의 시는 '내'에서 '외', 그리고 '하'에서 '상'
으로 나가는 공간적 언술인 데 비해 두보는 '외'에서 '내'로 끝없
이 돌아오는 텍스트의 성격을 나타낸다. 달에의 동경과 고향에
대한 향수의 두 감정은 바로 그러한 텍스트의 시차성에 의해 실

V. Propp(1965), 앞 글 참조.

494) 그레이마스는 프로프의 통합적syntagmatic인 도표를 계합적paradigmatic인 배열로 고
쳐, 부정·긍정의 이항 대립의 체계에 의해 다음과 같이 기술하고 있다. $\mathrm{p\ A\ \bar{C_1}\ C_2\ \bar{C_3}\ p\ A_1}$
$\overline{\mathrm{p}}(\mathrm{A_2+F_2+NON\ C_2)\ dnonp1}$

   (F1+c1+non c3)non p1 dF1p1(A3+F3+nonc1)C2C3A(nonc3)

   그러나 이것 역시 긍정 시리즈와 부정 시리즈로 나누어져 있어 전체의 이야기는 집을
중심으로 나아가는 과정(Rupture de l'ordre Aliénation)과 돌아오는 과정(Réintégration et Restitution
de l'ordre)으로 분할될 수 있다는 것으로 AC̄가 〈내〉 공간에서 나가는 것이고 CA가 〈외〉 공
간에서 〈내〉 공간으로 들어오는 것이 된다. A. J. Greimas(1966), *Sêmantique Strutura-
le*(Paris : Librairie Larousse), pp.199-203.

현된다.

  문학사에서 언급되어 온 고전적인 것과 낭만적인 두 사조를 공간 기호론적 접근으로 보면 바로 이 같은 텍스트의 시차성으로 풀이될 수 있다.

  동일 시인의 작품이라 할지라도 나가는 것(H-/0/+→)과 들어오는 언술(H-/0/+←)에 따라 그 텍스트의 형태나 의미 작용이 전혀 다른 양상을 띠게 된다. 청마의 경우 같은 북만주의 광야를 모티프로 한 시라 할지라도 「飛燕과 더불어」나 「沙曼屯附近」은 앞서 검증한 바 있는 「北方秋色」, 「絶命地」 등과는 반대되는 의미 작용을 보이고 있다.

  텍스트의 방향을 결정하고 있는 서술어를 분석해 보아도 금시 그 텍스트의 시차성이 드러난다. 「北方秋色」은 '이대로 활개치고 만리라도 가고치고', 그리고 「絶命地」는 '고향도 사랑도 회의도 버리고', '나의 인생은 다시는 記憶ㅎ지 않으려니'로 되어 있다. '~가다', '~버리다', '~記憶ㅎ지 않다' 등은 모두가 떠나는 것으로 회한하지 않는 의지의 언표이다. 그 진로는 '앞'이다.[495] 그러

---

495) Otto Friedrich Bollnow(1980), 앞 글, "Das Born und das Hinten,", p.51. 전방이라는 것은 인간에 있어 그가 행동과 함께 향해 있는 방향이라고 할 수 있다. 무엇이 전방이고 무엇이 후방인가를 인간이 경험하는 것은, 아무 일도 하지 않고서 있는 상태가 아니라, 무엇인가의 일을 하고 있을 때인 것이다. 주위의 공간은 이 활동으로부터 시작되어 일정한 방향 설정을 하게 되는 것이며 그 방향 설정에 있어서, 다시 전방, 측방, 그리고 후방으

나 「飛燕과 더불어」[496)와 「沙曼屯附近」[497)의 시는 뒤돌아보는 것으로, '記憶ㅎ지 않다'는 '記憶하다'('오늘도 머나면 故國생각에')로 '이대로 ~가다'는 떠나온 곳을 향해 돌아가려는 것('그리움의 寂寞한 恨에 날아라') 등으로 바뀐다. 그리고 그 진로는 미지의 전방을 향해 열려 있는 것이 아니라, 후방의 점을 향해 안으로 응축해 가는 공간이 된다.

> 허물어진 城문턱에 홀로 앉으면
>
> 太平洋의 푸른 물이 하염없이
>
> 찰삭찰삭 변죽을 와서 씻는 조선半島!
>
> 팔매처럼 숨막히게 날아 오르면 제비야
>
> 서울 장안이 보이느냐
>
> 南大門이 보이느냐
>
> 鴨綠江을 건느고
>
> 秋風嶺을 넘어
>
> 우리 고장은 경상도 南쪽 끝 작은 港口

로 방향의 기초가 생겨나게 된다. ……전방에 대한 이상과 같은 지적은 인간이 공간적으로 주어진 어느 목표 지점을 향해 다가가고 있을 때 가장 근원적이고, 그리고 가장 구상적인 형태로 들어맞게 된다.

496) 『生命의 書』, 91-93쪽.
497) 『旗빨』, 정음사, 1985, 123쪽.

그 하아얀 十字ㅅ길 모퉁집이

우리 父母가 할아버지 할머니로 계시는 곳이란다.

　　　　　　　　　　　　　　　　　　—「飛燕과 더불어」

　「飛燕과 더불어」의 둘째 연의 공간을 보면 광야의 허물어진 성
문턱에서부터 시작하여 태평양→조선반도→압록강→서울→
추풍령→경상도→남쪽 끝 작은 항구→십자ㅅ길→모퉁집(부모
계신)으로 끝나고 있다. 이 같은 장소의 서열sequence은 도주로의
경로를 그대로 뒤집은 것이다.
　'북만주 먼 벌판 끝 외딴 마을'로 시작되는 이 시의 첫 행과 비교
해 보면 그 대립 공간의 의미 작용이 분명해질 것이다. '북만주의
끝'은 '남쪽 끝'과 그 방향이 대극을 이루고 있으며 '먼 벌판' 역시
'작은 항구'로 대응된다. 벌판의 광대한 공간이 작은 항구로 축소
된 것이다. 그리고 '허물어진 성문턱에 홀로 앉으면'의 현존하는
공간('여기')에 대립하는 마음속의 그 공간('저기')은 '하아얀 십잣길
모퉁집'이다. '허물어진 성문턱'은 곧 내/외의 경계가 무너진 공간
으로 '내' 공간의 비호성을 상실한 장소인데 '십잣길의 모퉁집'은
'외' 공간으로부터 명확한 문턱을 가지고 있는 비연속성 공간의
내밀성을 이룬다. 사방으로 열려진 '십자ㅅ길'의 그 '외' 공간으로
부터 한층 더 그 집의 격벽과 내밀성을 강화해 주고 있는 것이 '모
퉁'이라는 말이다. '모퉁'이라는 공간성은 '외' 공간에 있는 일종

의 구석(coin)[498]이라 할 수 있다. 그리고 그곳은 홀로 있는 곳이 아니라 부모, 즉 할아버지, 할머니가 함께 있는 공간인 것이다.

탈출 또는 도주로의 대립항을 이루는 이 귀로의 구조는 부동적 텍스트에서는 '내' 공간의 의미 작용이 되는 대상물의 제시로, 그리고 동태적 텍스트에서는 인물의 직접적인 귀환의 행위로 나타내게 된다.[499] 전자의 기호 의미가 바로 '향수'이며 그 코드에 속해 있는 일련의 새들이 수평적 체계에 의해 차이화한 제비, 까마귀, 참새, 묏새 등이다.

「飛燕과 더불어」에서 제비가 향수의 의미 작용이 되는 것은 그것의 공간적 변별 특징이 소리개처럼 수직적 구조만이 아니라 경계 횡단의 수평 이동을 나타내는 데 있다. 그리고 북방의 새가 아니라 남방성을 나타낸다는 점이며, 넓은 바다를 건너다니면서도 갈매기와는 달리 인가의 처마 밑에 집을 짓고 사는 주거 공간과 근접 관계를 나타내는 환유이기 때문이다. 제비의 공간적 변별 특징은 갈매기와의 대립 관계를 통해 더욱 그 차이성을 분명하게

498) '구석coin'은 존재의 작은 집이다. G. Bachelard(1958), 앞 글, pp.130-139.
499) Yu. Lotman(1970), p.102. 로트만은 동태적 텍스트를 다음과 같이 정의하고 있다. 〈동태적 텍스트란 환경, 세계에 있어서의 인간의 위치, 지위와 활동을 특징짓는 하위 텍스트로서 sujet에 의해서 그 텍스트는 상황을 분해하여 무엇이 일어났으며 어떻게 일어났는가, 그는 무엇을 했는가라는 물음에 답하는 것이다. 그리고 plot의 기술 장치에는 궤적점의 이동 경로와 관련된 토폴로지적 개념, 특히 그래프 이론이 형성된다.〉

드러낸다.

> 猖狂不知所求
> 浮遊不知所住

> 나의 세상은 모두가 서툴렀거늘
> 萬事는 될대로 되는 것이어늘

> 밤비 나리는 都會여,
> 이방 湖面같은 나의 舖道에
> 알롱이는 燈들도 저윽이 구슬퍼
> 나는 젖는대로 비에 젖는
> 어느 한마리 외로운 갈매기로다

> 願하야 이룬바 없고
> 悔恨은 오직 病같어

> 내 無賴漢같이 헐한 酒店에 앉어
> 목을 메우는 한잔 胡酒에
> 오늘밤 어느 갈매기처럼 嗚咽하노니
> 오오 나의 骨肉이여 너는 어느때

개인 너의 하늘을 깨다르려느뇨.

—「어느 갈매기」[500]

'내 無賴漢같이 헐한 酒店에 앉어/목을 메우는 한잔 胡酒'에서
무뢰한, 주점, 胡酒의 인물, 장소, 음식물의 세 자질이 갖는 공간
적 변별성은 모두가 집, 가정생활의 '내' 공간과 대립되는 유표항
이라는 데 있다. 무뢰한은 집 없이 거리를 떠도는 자이고 주점은
거리를 향해 열려져 있는 집이다. '내' 공간에 속하는 집이면서도
주점에는 문이나 벽이 의미에 관여하지 않는다. 그곳에 모이는
사람들도 모두가 바깥에 있는 사람들, 즉 낯선 과객들이므로 통
로의 공간과 다를 바가 없다.

호주는 '한솥의 밥'이라는 정형구cliché로 표현되어 온 '내' 공
간의 의미 작용인 '밥'과 대립되는 음식물이다. 더구나 호주는 이
방의 술이므로 「大邱에서」의 당재처럼 이국적인 '외' 공간(L+2)을
표시하는 기호이다.

음식	유표(有標)	무표(無標)
일상적	떡	밥(H.)
비일상적	胡酒	(막걸리)(H.)

〈도표 1〉

500) 『靑馬詩鈔』, 102쪽.

이 세 가지의 변별 특징을 한데 묶은 것이 바다의 '외' 공간에서 살고 있는 '갈매기'이다.

도회의 철도는 집의 주거 공간과 대립되는 것이며 거기에서 비에 젖는다는 것은 지붕이 없는 열려진 '외' 공간을 더욱 증폭시키는 작용을 한다. 그리고 가치 부여(valorization)에 있어서 갈매기의 오열(갈매기 울음소리)은 '세상은 서툴렀거늘', '원하야 이룬 바 없고' '情恨은 오직 병 같어'에서 지적된 '내' 공간의 붕괴(가족의 營爲의 실패) 또는 그것을 버린 정황을 청각 기호로 부각시킨다. 물론 갈매기의 공간은 외롭고 오열하는 고통으로 기술되어 있지만 그것은 집, 고향의 '내' 공간을 버리고 새 삶으로의 전환을 시도하는 의지의 시련을 보여주는 것이다. 그러므로 시의 모두冒頭에 인용된 한문의 경구처럼 구하고 사는 바를 모르는 인간의 생과 대립된다.

초라한 내 斗屋 처마끝에
또 한때의 보금자리를 기탁한
참 단출한 뜨내기들이여

너희의 그 광활한 의욕 귀서리
어느 끝바지 뒷골목에 앉은 구멍가게,
고문서 같은 내 인생의

연필토막 혓바닥 찍어 치부하는 인색한 去來로선

아예 뺌기조차 겨운

저 무한한 立體版圖를 질러 연신

오늘도 지극히 가벼운 이웃 나들인양

미끌어져 基地로 갈아드는 눈부신 營爲

—「對話」[501]

제비의 집과 화자의 집은 환유적 관계에서 동일성을 이루고 있다. 의미 작용에 있어서도 제비와 자신의 삶은 가족의 살림을 영위하는 것이고 그 가치 평가는 영위의 능력이다. 이 시의 마지막 구로 되어 있는 '눈부신 營爲'가 제비의 기호 의미가 되는 부분이다. 그것은 '어느 끝바지 뒷골목에 남은 구멍가게', '古書', '연필토막 혓바닥 찍어 치부하는 인색한 去來' 등으로 기술된 자신의 영위('내' 공간의 삶)와 대조를 이룬다.

앞에 든 의미소들은 모두가 '외' 공간과 단절된 '내' 공간의 폐쇄성을 나타낸다. 인색이란 말을 우리가 공간적으로 표현할 때, 흔히 '마음이 좁다'라고 표현하는 것처럼 그 영위는 '좁다'의 특성을 갖고 있는 것들이다. 그러나 그 대조는 대립적 관계가 아니라 의미의 강세를 위한 비교이다. 그것이 처마 밑 보금자리에 기

---

501) 『청마전집2』(정음사, 1984), 254쪽. (원본 : 문학시대 1966. 3.)

탁된 삶이며 그 빛나는 영위란 것, '내' 공간의 가족적 삶은 다를 것이 없다. 단지 '빛나는' '빛나지 않는'의 관형어적 의미의 차이 뿐이다. 작은 둥지의 '내' 공간에 기탁하고 있는 삶이면서도 제비는 날쌔게 바깥 공간에서 날고, 먼 바다를 건너 남쪽 공간으로 갔다 정확히 다시 제 처마 밑으로 들어온다. 좁은 둥지 속에 남쪽의 넓은 바다를 들여오는 넓은 영위, 그것이 빛나는 영위이다.

집도 거리도 안개 속에 묻히어

잔뜩 雨意 짙은 이른 아침

飛燕 두엇

網膜을 베듯 날쌔게 날고 있나니

너는 오늘도 時間에 일어

窓문을 자치고 生活을 開店하여 앉건만

이날 하로의 期待나 근심을

너는 얼마큼 정확히 計算할 수 있느뇨

이는 정하게 길든 日常의 習性!

오히려 박쥐보다 못한 存在임을 알라

보라 霖雨期의 이른 아침

飛燕의 긋는 날카로운 認識의 彈道를

차거운 意慾의 꽃 팔매를

　‘너는 오늘도 시간에 일어/창문을 차치고 생활을 開店하여 앉건만’은 인간들의 영위를 나타낸 것이다. ‘일어’는 영위를 위해 ‘내’ 공간에서 ‘외’ 공간을 향해 나가는 동작 기호다. ‘창문을 차치고’ 역시 ‘창문을 닫고’에 반대되는 것으로 ‘외’ 공간을 향해 ‘내’ 공간을 여는 행위이다.[503] 그러나 그러한 영위는 ‘開店하여 앉건만’에서 ‘飛燕’ 두엇이 망막을 베듯 날쌔게 날고 있는, 즉 제비의 ‘날다’에 대립된다.

　　영위　┌─ 앉다(개점하여 앉다)······인간
　　　　　└─ 날다(날쌔게 날고 있나니)······제비

　좁은 ‘내’ 공간에서의 ‘앉은 영위’는 무한한 하늘을 날아다니는 ‘나는(비상의) 영위’로 분리된다. 그러나 앉다~날다의 그 차이는 영위에 있어서의 정태적~동태적 구분만이 아니라 부정확/정확과

---

502)　『生命의 書』, 94쪽.

503)　창은 내적 공간에 있어서 단지 부정적인 요소에 지나지 않는다. 그래서 중세예술에서는 단지 실용적 기능으로서만 등장한다. 그러나 고딕 미학이 탄생되면서 비로소 창은 예술의 표현과 그 기본적인 테마의 역할을 하게 된다. G. Matoré(1976), 앞 글, pp.178-179.

연계된다.

> 이날 하로의 期待나 근심을
> 너는 얼마큼 정확히 計算할 수 있느뇨
> 이는 정하게 길든 日常의 習性!

　여기서 '너'는 자기 자신을 가리킨 것으로 '부정확한 계산의 영위' 속에서 살아가는 인간의 삶을 지적한다. 그것은 일상적인 오염에 길들여진 습성으로, 정확한 계산 속에서 살아가는 제비의 정하게 길든 습성의 영위와 차이를 나타내는 것이다. 동시에 '정확한 計算'의 영위는 날카로운 인식의 탄도로서 '차거운 意慾'으로 이끌어가는 영위이다. 그것은 맹목적인 탐욕으로 자기 집만을 꾸려가는 인간의 '뜨거운 의욕'과 반대항을 이룬다.

	인간의 영위(H.)	제비의 영위(H.)
동작	앉다	날다
계산	부정확한 계산	'정확한 계산'
욕망	뜨거운 의욕	'차거운 의욕'
일상적	오염에 길든 습성	'정하게 길든 습성'
주거 공간	집(상점)	둥지

〈도표 2〉

결론적으로 말해 제비는 '내' 공간의 가치와 결합된 의미 작용으로서 향수의 중요한 메시지를 담고 있다. 제비는 주거 공간의 차원(L)에서만이 아니라 지리적 공간의 차원(L₁), 그리고 또 우주적 공간의 차원(L₂)에서도 다 같이 긍정적인 '내' 공간의 의미 작용을 구축한다. 「哨戒」[504], 「제비에게」[505]와 같은 시들도 지리적·사회적 공간의 차원에서 기술된 제비로서, 개인의 가내 공간이 아니라 한반도라는 국내 공간, 그리고 집살림이 아니라 나라살림으로서의 영위가 나타나 있다.

> 어저께도 스산히 진눈깨비로
> 먼 산은 허옇게 도로 추운데
> 제비 한 마리 난데 없이
> 돌팔매처럼 포도(鋪道)를 긋고 가면
> 갑짜기 거리는 급경사 짓고
> 온통 굴러 드는 푸르고 부풀은 大海
> 창들은 일제히 재껴진다.

> 수다스런 꽃전갈은

---

504) 『미루나무와 南風』, 110-111쪽.
505) 『第九詩集』, 87쪽.

진해 四월 五일

경주 十二일

창경원 二十五일

그러나 그것은 지꽂은

저 맥령(麥嶺) 고개 아래 난만하는

허기(虛氣)가 올리는 분홍빛 가화(假花) 가화

초계보고 제一호

「한반도는 상기 해동은 까맣게 멀어

봄이 착륙할 인생이 없음」

―「哨戒」

이때의 제비는 처마 밑 둥지를 드나드는 내/외 횡단이 아니라 계절 속에서, 나라(지리적) 안팎으로 오가는 비상이다.

갑짜기 거리는 급경사 짓고

온통 굴러 드는 푸르고 부풀은 大海

창들은 일제히 재껴진다.

제비의 비상은 '내' 공간(지리적 공간)에 움직임을 주어 '급경사',

'굴러드는', '푸르고 부풀은', '窓', '일제히', '재껴지다' 등 모든 어휘들은 약동하고 확산하는 열려진 생명감을 나타낸다. 그것은 제비의 기호 작용과 결합된 봄의 의미소들이다. 봄의 초계자로 그려진 제비는 '저 麥嶺고개 아래 난만하는/蘆氣가 올리는 분홍빛 가화'로 한국 땅 전체를 '내' 공간으로 한 부정적 의미를 띠게 한다.

우주적 차원(L₂ 봄-계절)이 사회·국가적 차원(L₁ 경제, 정치적 해빙-보릿고개)으로 대치되어 한국에는 봄이 와도 제비가 돌아올 수 없는 땅이라는 우유적 의미를 산출한다. 이때의 '내' 공간에 대한 부정은 개체의 몸이나 집이 아니라 한국 땅 전체에 관여된 것으로 향수를 나타내는 제비의 의미 작용은 모국에 대한 감정과 사회적 비판 정신과 연계된다. 「제비에게」라는 시를 보면, 향수가 사회·국가의 차원(L₁)으로 기술되었을 때의 그 의미가 어떤 것인지를 명확하게 밝힐 수 있다.

제비야 너희 벌써 이렇게 왔었고나.
너희도 이 나라 江山이 좋으냐?
너희의 그 고운 飛翔이 있음으로
이 슬픈 나라의 호젓한 江山이
얼마나 아쉬운 위안이 되는지 모른다.

그러나 제비야,

사랑하는 자를 미워해야 하는 외로움을 알겠는가?

오늘 이렇게 들끝으로 나와 내가 앉았음은

나는 너무나도 無力하고

나의 사랑과 미움은 너무나 크기 때문이란다.

―「제비에게」

1연의 제비의 돌아옴이 이 나라 이 강산의 차원에서 언표되고, '외'에서 '내'로 향한 공간의 이동은 '그 고운 飛翔'이나 '아쉬운 위안'이라는 말로 가치화되고 있다. '이 슬픈 나라의 호젓한 강산'의 시구 가운데 '호젓한'이란 말은 내밀성, 비호성을 나타내는 것으로 강산 전체를 '내' 공간화하고 있음을 알 수 있다. 그러나 화자(인간)와 그 '내' 공간의 관계는 제비의 그것과는 정반대의 방향을 나타내고 있다.

1연의 제비와는 달리 2연의 행위항(actant)은 화자로 '오는 자'가 아니라 '가는 자'이다. '오늘 이렇게 들끝으로 나와 내가 앉았음은'의 시구에서 '들끝으로 나와'는 '내' 공간으로부터의 탈출을 의미하는 말이고 '들끝은' 북만주의 광야 또는 「生命의 書」에서 외 공간의 변별적 특징이 되었던 '벌판 끝, 광야의 끝, 땅의 끝'과의 동위태이다.

화자와 제비의 상충되는 공간 이동은 공간의 다의적 기호 작용을 형성하여 사랑(들어오는 것)과 미움(나가는 것)을 동시적으로 표현해 주고 있는 양의적 감정을 나타낸다. 본래 향수는 자기가 버리고 떠나온 장소를 그리워하는 것으로 이미 이중적인 모순의 감정을 내포하고 있는 공간의 산물이다.

2 향수의 기호론적 구조

'사랑하는 자를 미워해야 하는 외로움을 알겠는가?'는 조국('내' 공간)의 현실에 대한 비판도 부정과 긍정의 양가성ambivalence을 띠고 있고 그러한 모순이 제비의 공간 기호적 특성으로 구상화되어 있음을 보여준다. 그러한 모순이 한층 더 심화되고 다의성을 띠게 되면, 그리고 또 그것이 존재론적·우주론적 공간의 차원 속에 나타나게 되면 「熱禱」[506]와 같은 시가 된다. 그러나 혼란을 피하기 위해서 「熱禱」의 제비는 해체 공간을 다룰 때 자세하게 분석하기로 한다. 여기서는 다만 '내' 공간으로 향한 향수의 의미 작용을 새와 여러 사물들의 공간적 변별 특성을 통해 관찰해 보기로 한다.

　　나는 零落한 孤獨의 가마귀

---

506)　『뜨거운 노래는 땅에 묻는다』, 83-86쪽.

창랑히 雪寒의 거리를 가도

心思는 머언 고향의

푸른 하늘 새빨간 동백에 지치었어라.

고향 사람들 나의 꿈을 비웃고

내 그를 憎惡하야 폐리같이 버리었나니

어찌 내 마음 독사같지 못하야

그 不信한 미소와 인사를 꽃같이 그리는고.

오오 나의 고향은 머언 南쪽 바다ㅅ가

반짝이는 물결 아득히 水平에 조을고

滄波에 씻인 조약돌같은 색시의 마음은

갈매기 울음에 愁心저 있나니

希望은 떠러진 포켓트로 흘러가고

내 黑奴같이 病들어

異鄕의 치운 街路樹밑에 죽지 않으려나니

오오 저녁山새처럼 찾어갈 고향길은 어디메뇨.

— 「鄕愁」⁵⁰⁷⁾

507) 『靑馬詩鈔』, 106-108쪽.

이 시는 이향異鄕과 고향이라는 말로 세계상(공간)을 완전히 둘로 분할·대립시키고 있다. 전형적인 내/외(H-/+)의 형태로 된 부동적인 공간 텍스트라 할 수 있다. 그러므로 자연히 텍스트의 구조 전체가 내/외 이항 대립의 짝으로[508] 이루어져 있고 그 '향수'의 의미 작용도 짝을 이룬 사항들과 연계되어 구상화된다. 그중에서도 가마귀와 산새는 다른 새와 달리 트릭스터tricster의 기능을 하고 있었지만 수평 공간에 있어서도 역시 그와 유사한 작용을 나타낸다. 다른 새들은 보편적으로 하늘을 날아다니기 때문에 수직 공간 체계에서는 하늘의 상방성과 관계가 깊고, 또 귀소본능이 있어 저녁이면 둥지로 돌아가기 때문에 수평 공간 체계에서는 '외'에서 '내'(H-←H+)의 의미 작용을 갖게 된다. 「새에게」의 시에도 나타나 있듯이 아무리 밖에서 떠돌아다녀도 새는 자기가 쉴 둥지를 ('내' 공간)을 갖고 있다.

그러나 가마귀는 새이면서도 천상보다는 지상의 의미를 더 많이 갖고 있는 새이고 수평적 공간에서도, '내' 공간보다는 거리나 들판의 '외' 공간성과 관계를 맺고 있다. 그러나 가마귀는 인가(人

---

508) P. Guiraud(1978), 앞 글, p.164. 불어에서는 차이를 문제로 하지 않는 〈한쌍la couple〉과 서로 상보적인 관계에 있는 〈짝〉(서로 다른le couple)을 구분하고 있다. 열쇠와 자물쇠는 〈한 짝le couple〉이고 똑같은 두 개의 반지는 〈한 쌍la couple〉이다. 기호론에 있어서의 이항 대립은 〈쌍〉이 아니라 〈짝〉 사이에서 나타나는 그 대립 관계이다.

家)와 가까운 곳에서 살고 있으므로 갈매기처럼 먼 '외' 공간에서 날아다니는 새와는 구별된다. 언제나 들판에서 인가를 기웃거리고 있는 새이다.

　　검정 포대기 같은 가마귀 울음소리 고을에 떠나지 않고
　　　　　　　　　　　　　　　　　　　　　　　　　　　　　—「출생기」

　　어디서론지 호-ㅁ의 지붕우에 가마귀 한 마리 높이 앉어 스스로 제 발톱을 쪼고 있도다.
　　　　　　　　　　　　　　　　　　　　　　　　　　　—「白晝의 停車場」

　그러므로 그것은 타향의 거리('외' 공간)를 돌아다니고 있으면서도 끝없이 고향을 들여다보며 사는 인간의 향수와 유계성을 갖는다. 그러나 산새는 이미 그 이름 속에 '산'이라는 골짜기의 내밀성 그리고 비호성의 아늑한 '내' 공간이 담겨져 있다. 들판과 산의 대립이 바로 이 새들의 공간적 차이를 연출한다. 뿐만 아니라 이 시는 가마귀로부터 시작하여 산새로 끝을 맺고 있어 시의 형태상으로도 대립 관계를 보여준다.

　　나는 零落한 孤獨의 가마귀
　　蹌踉히 雪寒의 거리를 가도

......

오오 저녁 山새처럼 찾어갈 고향길은 어디메뇨

    만약 가마귀의 반복이나 그와 유사한 새로 이 시가 끝났다면, 이 시는 고향과 이방(내/외)의 병렬 구조(parallelism)로 된 부동적 텍스트의 성격에서 벗어나지 못했을 것이다. 그러나 가마귀로 시작된 시가 그와 대립되는 산새로 끝나 있다는 것은 시적 언술이 텍스트에 어떤 방향성과 동적인 움직임을 주고 있다는 증거이다. 비록 인물의 공간 횡단을 통한 동태적 텍스트는 아니라 할지라도 까마귀에서 산새로 변해 있는 것은 곧 그 공간의 의미가 대립적인 방향으로 전환되어 가고 있음을 보여주는 것이다.

    가마귀/산새는 수사학적 면에 있어서도 그 대립성을 이룬다. 가마귀와 산새는 모두 화자인 '나'와 동일시되는 비유어로 볼 수가 있다. 가마귀는 설한의 거리를 떠돌고 있는 이향의 나를 나타내고, 산새는 고향길을 찾아 돌아가려는 나를 비유해 주고 있다. 그런데 그 비유 형태 자체가 대립된 성격을 보여주고 있는 것이다. '가마귀'와 '나'는 'X는 Y이다'('나는 零落한 고독의 가마귀')의 은유에 의해서 연결되어 있는 데 비해서 '산새'와 '나'는 '~처럼'으로 직접 연결된 직유 형식으로 되어 있다.[509] 그러므로 '가마귀-나'의

---

509) G. Genette, "La Rhétorique restreinte," *Communications*, 16. 1970(seuil) p.158.

수사학적 관계는 동일성이고 '산새-나'의 그것은 차등성이라는 차이가 생겨난다.

음성적 층위에서도 가마귀와 산새는 대립 관계에 있다. '고독의 까마귀/……거리를 가도'에서 가마귀의 음성적 특징은 어둡고 무거운 /k/음인데, '저녁 산새처럼 찾어갈'의 산새는 /s/, /c/, /j/의 가볍고 선명한 치조마찰음(sibilant)이다. 새의 공간적 변별 특징에 의해 이향/고향은 그 방향성에서도 남북의 양극적 대립을 나타내고 있다.

이 텍스트에서 고향은 남쪽으로 되어 있고, 이향은 무표로 기술되어 있으나 '雪寒의 거리'란 말로 북방성을 암시하고 있다. 이와 같은 보기는 「大邱에서」 또는 북만주의 시들에서, 여러 차례 보아왔던 현상이다.

나무 역시도 이항 대립을 이루고 있다. 이향의 '외' 공간을 나타내는 나무가 가로수이고, 고향의 '내' 공간을 가리키고 있는 나무가 동백나무이다.

고향 : 동백나무 : '푸른 하늘 새빨간 동백에 지치었어라'

Genette는 비유 형태를 Comparé(비유되는 것), *Comparant*(비유하는 것), Motif(모티브), Modalisateur(양태를 부여하는 자)의 네 가지 요소로 나누고 직유는 이 네 요소를 다 가진 것을 뜻한다고 한다. 이 요소의 결합으로 생겨나는 비유의 종류는 10종류가 된다.

이향 : 가로수 : '이방의 치운 街路樹 밑에 죽지 않으려니'

이 텍스트에서 동백과 가로수의 의미론적 대립은 동백이 푸른 하늘을 향해 있는데 가로수는 문자 그대로 거리(街路)에 늘어서 있다는 데 있다. 즉 수직/수평의 공간적 대립이다. 동백은 개별성을 지니고 있는데, 가로수는 집단적 군집성을 나타낸다. 무엇보다도 동백나무는 자연성을 가로수는 도시성을 내포하고 있다는 점에서 변별성을 갖는다.

그러나 청마가 의도적으로 유표화한 대립은 동백이 '뜨거운 나무'로 가로수가 '치운 나무'로 되어 있다는 점일 것이다. 동백에는 '새빨간'이란 수식어가 붙어 꽃, 피(血) 등의 뜨거운 열정을 부여하고 있는 데 비해서 가로수에는 '치운'으로 차가운 이미지를 주어 감각적 차이성을 부여한다.

사람에 있어서도 그 분극 원리는 그대로 지켜지고 있다. 버린 신발짝 '폐리'에 비유하면서도 동시에 '꽃'이라고 한 고향 사람과 '병든 黑奴'가 그것이다. 고향 사람은 꽃나무처럼 자기 땅에 뿌리 박고 사는 정착성을 나타내고 있으나 이향에서 살아가는 인간(나)은 아프리카 대륙을 떠나 팔려다니는 흑인 노예들처럼 뿌리의 상실, 동질성의 상실(indentity - 백인사회에서의 흑인종), 생명력의 상실(病) 등을 나타낸다. 모든 병든 흑인노예의 마음은 상실자의 마음이고 그것은 '떠러진 포케트'로서 '내' 공간의 닫혀진 내밀성이 훼손된 존재이다.

그러나 무엇보다도 중요한 것은 이 시에는 이향/고향, 가마귀/산새, 가로수/동백, 흑노/고향 사람의 내/외 공간 대립항을 연결하는 매개항이 존재하고 있다는 점이다. 그것이 3연의 고향과 이향의 거리 사이에 있는 '바닷가'라는 제삼 항의 공간이다.

항구나 바닷가는 육지와 바다의 경계선이다. 그 경계 영역에는 양극적 대립항을 이어주는 매개물들이 존재하고 있다. 가마귀/산새 사이에는 '갈매기'가 있고 나의 꿈을 비웃는 고향 사람과 병든 흑노 같은 이향의 사람 사이에는 창파에 씻긴 조약돌 같은 '색시'의 마음이 있다. 그리고 동백과 가로수의 두 속성을 함께 지닌 매개물의 조약돌은 하방 공간 속에서 땅에 굴러다니는 것이지만, 그것은 그냥 돌이 아니라 하늘처럼 푸른 수평선과 창파에 '씻인' 것으로 꽃에 버금간다. 그 조약돌은 새빨간 동백꽃도 아니며 그냥 '치운' 나무도 아니라 맑고 차가우면서도 반짝인다. 고향은 빨간 색채, 이향은 검은빛(흑노, 설한)으로 변별되어 있지만 바닷가의 경계 영역은 푸른빛이다. 갈매기, 바다, 창파에 씻긴 조약돌 같은 색시의 마음은 다 같이 '내'에서 '외'로 끌어내는 견인력을 지니고 있다. 고향 사람은 밖으로 가려는 꿈을 비웃고 불신하지만, 반짝이는 물결, 아득히 수평에 졸고 있는 창파의 조약돌=색시의 마음은 그 꿈을 사랑한다. 그러면서도 조약돌이나 색시는 다 같이 부동적인 '내' 공간적 존재들이다.

그러므로 이 매개 공간으로 해서 참으로 기이한 순환 운동이 일어나게 된다. 고향을 생각하는 그 향수는 밖에서 안으로 향한 역방향성을 나타내지만 바로 그 고향은 안에서 밖으로(바닷가) 나가려는 꿈의 공간으로 작용한다. 그러므로 고향을 그리는 마음은 곧 안에서 밖으로 나가는 동경과 직결된다. 고향으로 돌아가고자 하는 향수는 곧 고향에서 밖으로 떠나고자 하는 동경의 반대 감정과 하나로 어울리게 되는 것이다. 이 시에 나타난 모순과 순환성을 그 순서대로 옮겨 적으면 다음과 같은 도표가 생겨나게 된다.

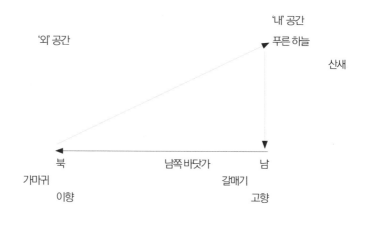

〈도표 3〉

장소(공간) 변별적 요소	이향('외' 공간)	경계	고향('내' 공간)
장소	도시 거리	바닷가	바닷가의 마을
사람	'나' 병든 黑奴	색시	고향 사람들 (꿈을 비웃는 사람)
새	까마귀	갈매기	산새
나무(자연물)	가로수	조약돌	동백꽃
방향	북쪽	(수평선)	남쪽
색채	'검은'(黑奴)	'푸른'(청색)	'새빨간'(적색)
溫感	'치운'	'반짝이는 滄波 (차갑고 따스한)	(따뜻한)

〈도표 4〉 삼항 대립의 관계군

앞의 도표에서 보듯이 향수는 '외' 공간에서(까마귀) '내' 공간으로(산새) 변전되는 마음이지만 그 '내' 공간의 산새는 갈매기로 바뀐다. 갈매기는 '내' 공간에서는 반짝이는 물결 아득히 수평으로 향하는 색시(조약돌)의 마음으로 '외' 공간을 향한 꿈이 된다. 그 꿈은 병든 흑노의 마음으로 다시 전환되어 아무리 꿈(희망)을 넣어도 그냥 흘러내리는 '떠러진 포케트'와 같은 것이 된다. 여기에서 가위, 바위, 보와 같은 순환이 생겨난다.[510]

향수란 고향을 떠나 있는 자만이 느낄 수 있는 감정이다. 고향

---

510) 이항 대립의 순환성으로는 가위, 바위, 보나 '나뭇잎은 돌을 싸고, 돌은 가위를 부수고, 가위는 나뭇잎을 자른다'라는 프랑스 속담에서 발견될 수 있다.

이 참된 향수의 대상이 되기 위해서는 그 고향은 항상 밖으로 나가게 하는 바닷가의 조약돌을 가지고 있어야만 한다. 향수의 공간적 구조야말로 로고스 중심주의로 설명될 수 없는 탈구조적(deconstructive)인 것이다. 향수의 마음, 그리고 고향으로 돌아가는 행위 속에는 이타카 섬으로 귀환하던 오디세우스의 언술이 숨겨져 있는 것이다.

3 귀환의 과정과 구조

　밖에서 안을 들여다보거나, 혹은 밖에서 안을 생각하는 시선,
관념의 이동이 직접적 행동으로 나타나게 되면 그 텍스트는 동태
적인 것이 되고 서사적인 것이 된다. 공간 기호론적 접근으로 보
면 시는 대체로 공간의 부동적 텍스트에 속하고 소설은 공간의
동태적 텍스트에 해당하는 것이라고 할 수 있다. 똑같은 시인에
의해 씌어진 시라 할지라도 동태적인 텍스트의 요소를 갖게 되
면 그 공간들은 변화하게 되고 공간에 관계되는 인물(화자)의 중심
도 이동하게 된다. 지금까지 공간은 주인공(화자)의 배경으로서만
연구되어 왔지만 바르트의 「라신느론」[511], 토포로프와 바흐친의
도스토옙스키 연구[512]에서도 나타나 있듯이 그것은 오히려 인물

---

511)　R. Barthes(1963), 앞 글, 참조.
512)　카니발의 세계 감각을 도스토옙스키의 문학 공간에 직접 적용한 예로 라스콜리니코
프의 꿈 장면을 분석한 것이 있다. 〈그 꿈의 공간은 카니발 정신에 의한 보충적 의미 부여

의 행동을 결정짓고 그 언술을 지배하는 체계가 된다. 사실상 서사체 예술에서 인물의 행위, 사건 등은 공간을 매개로 하지 않고는 일어날 수 없는 것이기 때문에 행위의 기능 단위와 그 연쇄성은 공간을 이동하는 궤적과 불가분의 관계를 맺게 된다. 어떤 서사적 구조든 공간적으로 보면 '내'에서 '외'로 (H-/0/+→) 또는, '외'에서 '내'로 (H+/0/-→)로 표시된다. 매우 단순한 것 같으나 그 경계 횡단과 내/외의 대립항이 자아내는 다양한 변이태는 거의 무한에 가까운 것이다. 밖에서 안으로 들어오는 형태의 기본적인 텍스트를 분석해 보면 북만주나 아라비아의 도주의 언술과 다른 시차성을 찾아낼 수 있을 것이다.

> 검정 사포를 쓰고 똑딱船을 내리면
>
> 우리 故鄕의 선창가는 길보다도 사람이 많았소
>
> 양지바른 뒷산 푸른 松栢을 끼고
>
> 南쪽으로 트인 하늘은 旗빨처럼 多情하고
>
> 낯설은 신작로 옆대기를 들어 가니

이다. 상la haut, 하le bat, 계단l'escalier, 문지방le seuil, 현관l'entrée, 문턱le palier은 점의 의미가 부여되고 있는데 거기에서 위기, 급격한 전환, 뜻하지 않은 운명의 변전이 일어나고 결정되고 금단의 경계선을 넘어, 재생하거나 파멸된다. 모순은 도스토옙스키의 작품에서는 이러한 점에서 일어나게 된다. 집이나 방이나 문지방에서 떨어진 내측 공간을 도스토옙스키는 거의 쓰지 않는다.〉 M. Bakhtine(1970), 앞 글, pp.126-127.

내가 크던 돌다리와 집들이

소리높이 창가하고 돌아가던

저녁 놀이 사라진 채 남아있고

그 길을 찾아가면

우리집은 유약국

行而不信하시는 아버지께선 어느덧

돋보기를 쓰시고 나의 절을 받으시고

헌 冊曆처럼 愛情에 낡으신 어머님 옆에서

나는 끼고 온 新刊을 그림책인양 보았소

— 「歸故」[513]

    동태적 텍스트에서 가장 중요한 것은 공간 속에서 행위의 변별 특징이 되는 기능 단위를 찾아내는 일이다. 그리고 그러한 기능 단위는 행위를 서술하는 동사와 장소의 결합에 의해 나타난다. 바르트가 이른바 행위 코드[514]라고 부른 행위의 연쇄 관계이다. 이 텍스트에서 주인공(화자)의 행위에 관련된 서술 구조와 그 단위

513) 『生命의 書』, 2-3쪽.
514)   바르트는 행위의 연쇄축을 proaïrétique 코드라고 명명하고 있다. 텍스트를 악보로 비교할 때, 그 전체를 지탱해 주는 것, 질서정연하게 전체를 이어주는 것이 이 proaïrétique의 시퀀스이다. 그리고 그것은 시간의 구속을 받는 비가역적 순서에 의해 구성된다. R. Barthes(1970), 앞 글, p.35.

를 가려내고 그것의 공간적 배열을 분석해 보면 다음과 같은 도
표를 얻을 수 있다.

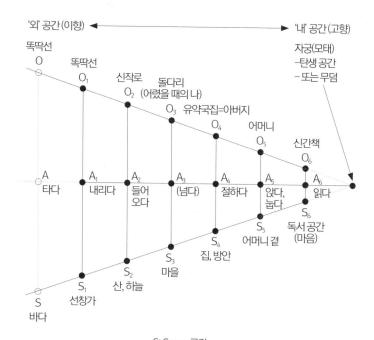

S: Space 공간
O: Object 대상
A: Act 행위
O, A, S=무표 공간-외 공간
O1-5, A1-5, S1-5=유표 공간-내 공간
O6, A6, S6=독서 공간-의식내 공간

이러한 행위의 사슬들이 귀환의 경로를 보여주는 것으로 공간

과 그 대상의 이동, 변화와 밀접한 연계성을 가지고 있다는 것을 한눈으로 알 수 있다.

'똑딱선을 내린다'는 것은 바다를 건너온 행위, 즉 '똑딱선'을 타다의 행위와 바다라는 장소의 무표항에 대립된다. 말하자면 외 공간은 무표, 내 공간은 유표로 되어 있다. 그러므로 선창가는 '외' 공간과 고향의 '내' 공간을 가르는 경계 영역이 된다. 경계 영역은 바닷가의 경우처럼 기슭을 나타내는 '~가'의 접미사로 표시되는 일이 많다. 선창가는 밖으로 나가는 곳이기도 하고 안으로 들어오는 곳이기도 하므로 내/외의 양의적인 성격을 띤다. 그것이 여기에서는 '언제나 사람이 많았오'로 떠나는 사람과 들어오는 사람이 혼합되어 있는 상태로 표시된다.

「歸故」는 이 선창가에서 마을로 들어오는 행위에 의해서 텍스트의 방향과 의미가 결정되어 있다. 나가다/들어오다의 선택지에서 들어오다의 행동축은 중심점을 갖게 되고 그 중심으로의 구심적 운동은 안으로 죄어드는 축소 공간에 의하여 표시된다. 무한한 바다는 송백이 우거진 뒷산의 둘러쳐진 구석진 공간으로 바뀌고, 하늘마저도, '남쪽으로 트인'으로 그 방향성과 한계성을 나타내고 있다. 위상기하학적인 근방(neighbourhood) 모델을 빌려 말하자면 화자(p)을 중심으로 할 때, 선창가, 산, 남쪽으로 트인 하늘은 경계점(boundary)을 이루는 집합이 되고 무표항인 바다, 바다 너머의 도시, 거리 등 외점의 집합은 외부(exterior)가 된다. 그리고

'낯설은 신작로 옆대기를 돌아가니'로 '내린다', '돌아가니'로 옮겨지면 길, 돌다리, 집들의 내점이 집합을 이루고 있는 내점개핵 (open kernel)의 '외' 공간이 생겨나게 된다. 그러나 화자(p)의 이동에 따라 외부(내점의 모든 집합), 경계(경계점의 모든 집합), 그리고 내부(내부의 모든 집합)의 근방 모델이 바뀌게 된다.[515]

신작로에 '낯선'이라는 수식어가 붙어 있는 것을 보면 근방 모델의 변화를 알 수 있다. 선창가를 지나 그것이 마을로 가는 길이라 하더라도 신작로는 '돌다리의 길'에 비하면 외부에 속하는 것이다. 이 말을 뒤집으면 귀고의 경로는 밖에서 안으로 들어오는 내/외의 무수한 차이로 기술된다는 사실이다. 똑딱선(뱃길)→신작로→돌다리로 연속되는 길 자체가 내/외로 분절된 불연속적인 연쇄로 되어 있다.

'절하다'에서 길은 끝나고 걷다(돌아오다)로 나타내지는 일련의 연쇄는 도착점을 갖게 된다. '절하다'의 공간은 아버지, 어머니,

---

515) Abraham A. Moles은 〈여기〉라는 내 공간을 만들어주는 점을 세 가지로 법칙화해서 나타내고 있다.

① 모든 격벽은 공간이 있는 장소에 있어서 감각의 경도 $\frac{ds}{dx}$의 돌연한 변화이다.

② 격벽은 그 경도 $\frac{ds}{dx}$가 심해질수록 강해진다.

③ 격벽은 같은 점 X_0로 동시에 변화의 영향을 받게 되는 지각수(知覺數)의 수 S_1 S_2 …S_n이 많아질수록 강해진다.

Abraham A(1972), 앞 글, p.32.

나, 그리고 돋보기와 같은 내점들의 집합으로 이루어진 내부, 방 안이다. 무표항까지 넣어 화자와 인간의 관계를 보면 이향의 사람들(도시의 거리), 선창가 사람들(고향과 이향 사람이 섞인), 마을 사람들, 아버지, 어머니로 바뀌어가고, 구체적인 장소로서는 바다, 마을, 집들, 유약국집, 방 안의 순서로 점점 응축된다. 낯선 사람으로부터 친숙한 사람, 친숙한 사람에서 혈육으로 인간관계의 단계가 달라지고 그 공간은 무한하고 열려져 있는 바다가 산, 길, 돌다리를 거쳐 마을과 유약국집의 '방 안'이라는 좁고 닫혀진 공간으로 변한다. 타인이 혈친으로 바뀌고 광야나 바다가 방 안의 공간이 되는 것 그것이 '내리다', '걷다', '들어오다', '절하다'의 술어가 산출하는 고향의 '개핵開核'이 되는 셈이다.

'절하다'는 방 안으로 '들어오다'보다 훨씬 더 강렬한 내부 침투를 나타내는 동사이다. 이미 그것은 물리적 공간을 벗어난 심층적 내부에의 이행을 표시하는 것이 된다. '절하다'는 나와 대상의 간격을 최대한으로 없애므로 집의 주거 공간을 신체적 공간의 차원으로 전환시키는 역할을 한다.

'절하다'는 다시 '읽다'로 이어진다. 그것은 '절하다'보다 한층 더 내부로 들어가는 행위로서 이미 외부적인 동작 묘사나 그 분절로는 나타낼 수 없는 내적 활동이 된다. 화자는 아버지와 어머니를 읽는다. '行而不信하시는 아버지'를 이해하고 느끼기 위해서는 그 혈친의 몸을 직접 읽어야 한다. 그것은 부재의 시간들까지 현존성을 갖는다. 그래서 아버지는 '돋보기'의 환유로 나타나고(늙음-시간의 경과) 어머니는 헌 책력으로 은유된다.

'늙음' ┌ 아버지…돋보기…환유적
       └ 어머니…헌 책력…은유적

돋보기와 헌 책력은 다 같이 '읽다'의 의미 그룹에 관여하게 되고 그것은 실제적인 독서 행위와 결합된다. 절하다와 읽다의 전연 관계없는 두 행위가 환유와 은유 체계에 의해서 하나의 고리쇠처럼 이어지게 된다.

독서의 행위는 어머님 옆이라는 지근 거리 공간에서 이루어지고 있다. 그리고 그가 읽고 있는 책은 '신간'으로서 헌 책력(어머니의 몸)과 시간적인 대립을 일으키고 있다.

'헌 책력처럼 애정에 낡으신 어머님 옆에서/나는 끼고 온 신간을 그림책인 양 보았오'의 '끼고 온 신간'이란 말에서 우리는 이 신간(책)이 화자의 신체성을 지닌 자기 육신의 환유임을 알 수 있다. 그래서 이 마지막 시구에서

어머니=어머니의몸 → 헌 책력
나=내몸 → 신간

의 비유 체계가 생겨나고, 그것은 다시

책-헌 책력-新刊
신체-어머니의몸-내몸

의 대립 체계로 그 시구는 계합적(paradigmatic)으로 배열된다. 그러나 이러한 대립은 그 책을 읽는 행위에 의하여 무너져 버리고 그 모순은 해소되어 하나가 된다. 그 비유 체계는 새로운 비유 체계에 의해서 흡수되고 변형되어 버리기 때문이다. 그것이 '신간을 그림책인 양 보았다'는 최후의 시구이다.

'신간을 그림책인 양 보았다'는 것은 의지적인 독서 행위이다. 현존하는 텍스트는 신간이므로 어른들이 읽는 책, 문자로 기록된 글이다. 그러나 화자는 그것을 아이들이 읽는 그림책에 비유하여 문학 기호를 시각 기호(그림-만화)로 바꿔치기를 한다. 그래서 성인들의 읽는 독서는 유아들의 독서가 된다. 신간이 수십 년 전, 유년 시절에 읽던 옛날 그림책이 된다는 것은 어머니의 몸과 내 몸 사이에 가로놓여 있는 시간의 장벽을 무너뜨려 어린 옛날로 되돌아가려는 행위이다. 책을 읽다→책을 보다의 독서 행위(상상적 행위)의 변환은 나의 몸이 어머니의 몸으로(헌 책력과 신간의 대립이 무너진다) 바뀌어 탄생 이전의 태내로까지 귀환하는 의미 작용을 갖게 된다.

「歸故」의 마지막 '내' 공간의 귀향점은 시간의 소급, 과거로 끝없이 퇴행해 가는 유년 시절이고 그것은 '읽기'와 '보기'에 의해서 이루어진다. 읽는다는 것은 말을 하고 듣는 것과는 다르다. 소리의 기호들은 언제나 현존적인 것이므로 시간의 흐름 속에 소멸된다. 그러나 문자는 소리를 공간 속에 응결시킨다. 읽는다는 것은 그 흔적을 찾아내는 일이다. 문자보다도 더욱 순수한 시각, 소리가 없는 기호가 공간 속에 깊이 각인되어 있는 그림이다. 시간은 그 흔적 앞에 비로소 가역성을 허락한다. 신간을 그림책인 양 본다는 것은 이렇게 로고스 중심주의의 음성언어를 기억 속에 각인된 흔적의 공간적 언어로 바꾸는 일이다. '검정 사포를 쓰고 똑딱선을 내린' 내가 시의 끝에 오면 '大邱에서'의 시처럼 어머니의 반짇고리 곁에서 노는 아이로 바뀐다.

청마의 텍스트에서 모자는 상방 공간을 나타내고 그리고 동시에 수평 체계에서는 '외' 공간의 기호 작용을 한다. 그 의미 작용은 로고스, 정신적, 초월 등이다. 「靑鳥여」에서 '洋帽' 등의 경우를 보면 알 수 있다. 그러나 절을 하기 위해서는 이 검정 사포를 벗어야 한다. '내' 공간에서는 이미 모자는 무력한 것이 된다(이 검정 사포는 「향수」의 까마귀와 공간적인 동일성을 갖는다). 방 안에 있는 '나'는 배 속에서 검정 사포를 쓴 그 사람이 아니다. 그리고 성인용 신간을 만화책(그림책)처럼 보고 있는 어머님 옆의 그 독서는 그 화자를 아직 글자를 모르는 아이가 되게 한다. 저녁놀이 뜨면 밖으로부터

창가를 하며 돌다리를 건너 집으로 돌아온 그 아이이다. 이렇게 '외' 공간에서 '내' 공간으로 들어오는 귀향의 언술은 시간적인 이동을 내포하고 있다. 그리고 그것은 여성 공간(어머니)과 탄생 공간에로의 복귀 과정으로 구성된다.

귀향의 서사성은 공간을 계속 응축시켜 바다→선창가→마을 →돌다리→집들→유약국집→방안→부모→아버지의 몸→ 어머니의 몸(책)→문자→그림으로 옮겨 '넓은 바다'가 '신간'의 책으로 응축된다. 끝내는 시간의 소급으로 모태의 '내' 공간에까지 이른다.

이 여성 공간(어머니의 몸)→모태 공간이 구상적 대상으로 나타나게 된 것이 무덤이다. 영어의 자궁(womb)은 묘지(tomb)와 음이 유사하여 의미의 층위에 있어서도 시적인 메타포를 이루고 있다. 그러나 영어권이 아니라도 공간 기호 체계로 볼 때 자궁은 생/사의 대립에도 불구하고 무덤과 상동성을 나타내게 된다.

오래 오래 헛된 길을 둘러
石榴꽃 그늘 밝은 故鄕의 조약돌 길에 서면
나는 어느덧 마흔짝으로 늙었소

오늘 나의 生涯가 보람없이 辱될지라도
푸르른 하늘 속속들인

그 어디 愛情을 무찌른 生長이기에

할머니 할머니 나의 할머니
그의 어깨를 말등같이 닮은 무덤을 찾아
나는 꽃같이 뉘우쳐 절하고 우려오

— 「石榴꽃 그늘에 와서」[516]

이 텍스트에서 귀향 공간은 「歸故」의 어머니가 할머니가 되고 유약국 집안이 무덤으로 나타나 있다. 고향의 궁극적 기호는 집이 무덤의 공간이 되고 어머니의 신체 공간은 '할머니'가 되는 것이다. 그리고 그 안으로 돌아오는 귀향의 궁극적 의미 작용은 '죽어도 뉘우치지 않는……' 의지가 이제는 '꽃같이 뉘우'치는 울음으로 바뀌는 것이다.

'나는 꽃같이 뉘우쳐 절하고 우려오'에서 「歸故」의 '돌아오다'가 '절하다'로 이어지는 것과 동일 구조를 나타내고 있으며 책읽기가 울음의 행위로 치환되어 있음을 알 수 있다.

'말등같이 닮은 무덤'은 가장 깊은 '내' 공간이고 가장 묵은, 시간이 닫혀져 있는 곳이 된다. 「出生記」에서 만났던 석류꽃이 이 시에서도 고향의 공간 기호로 쓰이고 있다. 그것은 뉘우침('꽃같이

---

516) 『生命의 書』, 36쪽.

뉘우쳐')과 통하는 것으로 그 무덤의 공간에서는 그 꽃이 돌로 변한다. 석류꽃은 '바위'로 굳어져 버린다. 자궁-무덤-바위는 청마의 텍스트에서 모두 '내' 공간의 궁극적인 기호, 내밀적 공간을 나타내는 기호로서 생/사 분절 이전의 원기호와 같은 기능을 갖고 있다.

　　　내 죽으면 한개 바위가 되리라

　　　아예 愛憐에 물들지 않고

　　　喜怒에 움직이지 않고

　　　비와 바람에 깎이는 대로

　　　億年 非情의 滅黙에

　　　안으로 안으로만 채찍질 하여

　　　드디어 生命도 忘却하고

　　　흐르는 구름

　　　머언 遠雷

　　　꿈 꾸어도 노래하지 않고

　　　두쪽으로 깨뜨려져도

　　　소리 하지 않는 바위가 되리라

　　　　　　　　　　　　　　　　　　　　　— '바위'517)

517) 『生命의 書』, 26쪽.

IX

경계 영역과 해체 공간

1「春信」에 나타난 세 개의 길

꽃등인양 窓앞에 한거루 피어 오른

살구꽃 연분홍 그늘 가지 새로

적은 멧새 하나 찾아와 무심히 놀다 가나니

적막한 겨우내 들녘 끝 어디메서

적은 깃을 얽고 다리 오그리고 지나다가

이 보오얀 봄길을 찾아 문안하여 나왔느뇨

앉았다 떠난 아름다운 그 자리 가지에 餘韻 남아

뉘도 모를 한때를 아쉽게도 한들거리나니

꽃가지 그늘에서 그늘로 이어진 끝 없이 적은 길이여

—「春信」[518]

518) 『生命의 書』, 18-19쪽.

이 시의 아름다움은 새를 관찰하고 있는 섬세한 감성이나, 살구꽃을 노래한 그 서정성에 있는 것이 아니다. 이 시는 무엇을 나타내고 있는 의미라기보다도, 의미 그 자체를 만들어내고 있는 텍스트의 형성 작용에 우리의 관심이 더욱 끌리기 때문이다. 말하자면 「春信」은 시 제목부터가 암시하고 있듯이, 봄에 대해서 쓴 시가 아니라, 바로 그러한 봄의 메시지(春信)를 생성하는 것에 대해서 말하고 있는 작품이다.

「春信」의 발신자는 '살구꽃'이고 그 수신자는 '멧새'로 되어 있다. 그리고 청마는 이 발신과 수신의 경로channel를 '봄길'이라고 부른다. '이 보오얀 봄길을 찾아 문안하여 나왔느뇨'의 봄길은 봄소식을 전하는 길이며 동시에 봄의 즐거움을 주고받는 마음의 통로이다. '문안'이라는 말이나 '찾아와', '놀다 가나니'라는 말 등은 모두가 상호의 마음의 소통, 메시지의 전달 작용을 의미하고 있다. 특히 '봄길'이란 말 바로 앞에 나오는 '적막한 겨우내 들녘 끝 어디메서/적은 깃을 얽고 다리 오그리고 지나다가'의 시구는 봄길의 의미 작용을 더욱 뚜렷하게 밝혀준다. '들녘 끝'(H+)에 있던 멧새가 화자의 창문 앞 뜰에 피어 있는 꽃나무(H-) 위로 날아온 것은 마치, 꽃을 보고 나비가 날아온 것이나 다름없다. 봄의 정보가 적막한 겨울의 들녘 끝('외' 공간)에 있던 멧새의 먼 '날개깃'과 '오그린 다리'를 펴게 했고 이 뜰로까지 불러들인 것이라 할 수 있다. 살구꽃을 '꽃등'이라고 표현한 것도 그런 의미에서 보면 정보의 기호(밝히는 것, 알리는 것) 작용으로 이해될 수도 있다.

　그러나 여기의 멧새는 수동적인 수신자만으로 그려져 있지 않다. 새는 스스로 또 하나의 '길'을 만들고 있는 존재로 제시된다.

　　앉았다 떠난 아름다운 그 자리 가지에 餘韻 남아
　　뉘도 모를 한때를 아쉽게도 한들거리나니
　　꽃가지 그늘에서 그늘로 이어진 끝 없이 적은 길이여

　살구꽃이 만든 봄길(메시지 전달의 길)과는 달리 멧새가 만드는 길은 직접적인 움직임에 의해서 생성되고 있는 길인 것이다. '발신-수신'의 길은 '출발과 도착'의 행로가 된다. '가지에서 가지로 앉았다 떠난 자리'는 모든 길의 본질에 그대로 적용된다. '길은 멈추기 위해서 있는 장소가 아니다. 왜냐하면 그것은 고향이 아닌 까닭이다.'[519] 아무리 넓고 쾌적한 길이라 할지라도 길은 거주할 수 있는 공간이 아니다. 거기에서는 누구나 멈추었다 떠나는 통과, 이동, 나들이를 위해서 움직이도록 운명 지어진 곳이다. 케네트 버크Kenneth Burke의 용어대로 한다면 길은 지향적 본질directional substance로 동작motion, 동기motive, 운동movement[520] 등으

---

519)　Otto Friedrich Bollnow(1980), 앞 글, "Der Mensch auf der Strâze,", p.106.

520)　Kenneth Burke(1955), *A Grammar of motives*(New York : George Brahiller), pp.31-33.

로 이루어진 장소로 '꽃가지 그늘에서 그늘로 이어진 끝없이 적은' 그 길을 형상화하고 확대해 놓은 것과 같다.

새가 한 가지에만 머물러 있거나, 인간이 한 장소에서만 정착하게 된다면 길은 생겨나지 않는다. 가지와 가지 사이를 날아다닌 새의 궤적, 그리고 그것이 떠나고 난 뒤에도 여운처럼 흔들리고 있는 가지들, 그 부재 속의 흔적처럼 길의 본질을 잘 나타내고 있는 기호도 없을 것이다. 끝없이 작은 길이지만 그것은 세계로 뻗은 모든 길의 욕망을 나타내고 있는 원형이다.

그러나 「春信」에는 또 하나의 길이 숨어 있다는 것을 놓쳐서는 안 된다. 그 최종적인 길은 화자 자신의 시선 속에서 생겨나고 있는 것이다. '꽃등인양 窓앞에 한거루 피어 오른'이란 시 첫 구절에 나오는 '창' 역시 순수하고 원초적인 길의 한 원형임을 잊어서는 안 된다. 바슐라르는 창을 어둠과 빛의 '경계의 상처'[521]라고 부른다. 우리가 내부와 외부의 공간을 만들어내는 것은 격벽(parois)이다. 그러나 이러한 벽을 그대로 가진 채로 바깥 공간과 접촉할 수 있는 것은, 밖의 빛을 안으로 끌어들이고 안의 시선을

---

521) G. Bachelard(1958), 앞 글, p.115. 바슐라르는 D. H. Lawrence의 〈바깥과 안 사이에 뚫린 구멍〉이라는 말을 인용하며 창의 내밀성과 우주의 변증법이 지닌 양의성을 보여주고 있다. 창은 또한 내면의 생과 세계의 감각적 세계의 접촉을 뜻하는 상징으로 문학작품에 많이 등장한다.

밖으로 끌어내는 '그 빛의 길과 시선의 통로'인 창을 통해서만이 가능한 것이다.[522)]

지금 화자는 그 창의 길을 통해서 꽃과 새를 바라보고 있다. 바깥 풍경을 본다는 것은 곧 그 풍경을 소요하고 있다는 것이다. 단순한 시각의 운동이 아니라 그 바깥 공간을 온몸으로 거닐고 있다는 말이기도 하다.

길의 의미 역시 언제나 '길 아닌 것'과의 관계에 의해서만 비로소 생성된다. 다닐 수 없는 금제된 공간 속에 허락되어 있는 공간, 말하자면 금지(벽)와 허락의 차이는 「공간의 심리학」에서 A. 몰이 명명한 그 '간극間隙의 자유'[523)]다. 창은 벽 속에 둘러쳐져 있을 때 비로소 창의 구실을 한다. 벽이 없어지면 이미 그것은 창이 아닌 것이다. 사방이 막힌 가운데 한 곳으로 뚫린 것이 바로 길의 본질이듯이 창의 '뚫림'은 막힘과의 관계에서만 의미를 나타낸다.

정보의 길도 마찬가지이다. '春信'이 정보가 되기 위해서는 겨울이 우리를 에워싸고 있어야 한다. 누구나 다 봄이라고 생각하고 있을 때에 피는 꽃은 '春信'일 수가 없다. 봄의 정보는 겨울 속

---

522) A. K. Ziolkovsky, "The window in the poetic world of Boris Pasternak," *New Literary History*, Vol IX Winter, 1978, No.2, p.280.

523) Abraham A. Moles(1972), 앞 글, p.26.

에 있는 것이다. 정보는 알려주는 것이지만 언제나 그 가치와 작용은 불확실성과 미지성의 엔트로피치가 높았을 때이다.[524] 연분홍 살구꽃의 '봄길'은 '적막한 겨우내 들녘 끝'이 있을 때 비로소 가능해진다. 멧새가 만들어내는 '끝없이 적은 길'도 마찬가지이다. 허공을 나는 새에게는 길이란 것이 없다. 어디를 향해 가든 격벽이 없는 허공에선 '간극의 자유'란 존재하지 않는다. 가지와 가지 사이에서만, 그리고 앉았다 날아가는 정지와 비상이 있을 때만 길은 생겨난다. 가지는 허공에 쳐진 가느다란 격벽이다.

　살구꽃이 만든 '春信'의 '봄길', 멧새가 만들어낸 나뭇가지 사이의 그 '끝없이 적은 길', 그리고 창을 횡단하는 시선의 길, 이 세 개의 길의 언술로 구성된 공간, 그 텍스트가 이 「春信」이다. 그리고 그 길 자체가 시의 의미 작용이라고 할 수 있다. '모든 말 속에는 하나의 동사가 숨겨져 있다. 문文은 하나의 행동이며 정확하게 말하자면 하나의 걸음이다. 역동적 상상력이란 바로 모든 「걸음의 박물관」이다'[525]라는 바슐라르의 말에서 몇 마디만 수정하면 그대로 「春信」의 텍스트가 만들어내고 있는 그 의미 작용이 될

524)　기호론 등의 입장에서 엔트로피Entropy를 다룬 것으로는 다음과 같은 것이 있다.

　① Umberto Eco(1976), 앞 글, pp.42-44.

　② Jeremy Campbell(1982), *Grammatical man,* "Information, Entropy, Language and Life," (New York, Simon and Schuster, Inc.), p.11 참조.

525)　G. Bachelard(1943), 앞 글, p.75.

것이다. '모든 말'을 '모든 길'로 바꿔보고, '文'을 '공간'으로 역동적 상상력이란 말을 '길의 의미 작용'으로 대치시키면 훨씬 더 '걸음의 박물관'이란 비유가 생생하게 살아날 것이다.

이 세 개의 길은 민코프스키가 분할 불가능한 공간의 삼 단계로 제시한 그 관념과 일치한다. 즉 길의 공간은 이동, 시선, 사고의 단계로 이루어진다.[526]

멧새가 만들어낸 '적은 길'은 이동에 의해서 생겨나는 길(공간)이고, 창을 통해서 꽃과 새를 바라보는 그 길은 '시선'의 공간, 그리고 살구꽃이 만들어내는 '봄길'의 정보는 사고 공간이다. 뿐만 아니라 길을 만들어내고 있는 '멧새', '화자', '살구꽃'이 위치한 공간은 각기 뚜렷한 차이성을 보여준다.

멧새는 겨울 들판의 끝에서 날아온 것으로 '외' 공간에 속해 있는 것이고, 화자는 창 안에서 밖을 내다보고 있는 것으로 '내' 공간에 자리해 있다. 그리고 '春信'을 전하는 살구꽃은 그 '외'와 '내'의 경계 지역인 뜰에 있다. 이 경계 지역 속으로 세 개의 길이 얽혀 있으며, 더구나 살구나무는 땅과 하늘을 연결하는 수직적 매개(상/하)의 역할까지 하고 있다. 그것을 정리해 보면 내/외를 매개하는 경계항이 수평 구조에 어떤 변화를 일으키게 되는지를 관찰할 수 있다.

526)   E. Minkowski(1933), 앞 글, p.69.

「春信」의 세 가지 길과 공간적 변별성

```
          ┌─ 1. 이동의 길······멧새(나뭇가지 사이의 길)······들끝 '외'
          │                '앉았다 날아가다'
          │
  '길' ────┤─ 2. 시선의 길······화자(窓)······방 안 '내'
          │                '내다보다'
          │
          └─ 3. 사고의 길······살구꽃(春信, 봄길)······뜰 '경계'
                           '꽃등인양'······피어 오르다
```

「春信」은 겨울 들 끝의 '외' 공간과 벽으로 둘러쳐진 '내' 공간으로 대응된다. 그리고 이원 구조의 그 공간은 내/외를 분할하고 또 매개하는 양의성을 띤 뜰(봄)의 출현으로 삼원 구조로 바뀌고 부동적 텍스트에서 동태적 텍스트로 변하게 된다. 길은 격벽의 경계와 그 경계 횡단 사이에서 탄생되며, 공간의 문법에 있어서 서술어와도 같은 기능을 갖게 된다.

「春信」 속의 세 길의 원리를 확대해서 청마의 텍스트에 적용해 보면 그 경계 영역을 세 범주로 분류할 수가 있다. 멧새처럼 이동에 의해서 직접 경계 영역(길)을 만들어낸 것이 '驛−汽車−철길' 또는 '酒幕집−신발, 지팡이(걷는 것)−길' 등이고, 시선에 의한 것(감각에 의해 '외' 공간으로 나가는 것)이 '港口−船−배', 그리고 마음속의 추상적인 길이 '郵便局−편지−통신경로'라고 할 수 있다. 그러므로 청마의 텍스트에 나오는 역, 항구, 우편국, 기차, 배, 편지와 같은 매개물들은 계합적인 수평 공간의 구조를 형성하게 된다.

　지금까지 검토된 사실로 미루어 청마의 작품 속에 나오는 '거리'는 '저자' '뒷골목' 등의 말과 함께 부정적인 의미 작용을 나타내는 공간 언어로 쓰여졌었다. 그것은 하늘의 '상' 공간에 대한 땅의 '하' 공간을 나타내는 것으로 성에 대한 속, 정신에 대한 물질 등 부정적 의미와 연계를 이루게 된다. 그러나 그것이 수평세계에 오면 의미체계가 달라져서 집에 대립하는 '외' 공간이 되고 그 가치 부여도 긍정적 방향으로 기울게 된다('釜山圖'나 '天啓'의 '거리' 등). 그리고 거리란 말은 '길'이란 말로 바뀌어지게 되고 특히 '경계' 공간의 횡단을 뜻할 때에는 부정과 긍정의 긴장된 양의성을 나타내게 된다. 그 대표적인 의미 전환이 수직 공간 구조의 모형으로 삼았던 「市日」과 거의 대극적 위치에 있는 「冬日」의 신작로일 것이다.

　　　南쪽 그늘진 멧부리 위에

　　　銀빛 구름 떠있는 읍내 장날

　　　머언 邊涯에 屯친 海獸인양

　　　흰 장꾼들은 추운 등을 하고

　　　이따금 회오리 바람이 일다마는

　　　장터를 뚫고 지내간 신작로 길은

　　　다음 읍내로 날 저문 六十里

—「冬日」[527]

　장꾼들을 수직축에서 보면 「市日」의 경우와 마찬가지로 멧부리(V₀) 위의 은빛 구름(V+)의 상방 공간에 대립하는 장터—땅(V-)에 속한다. 인파가 물결치는 장터(장꾼들)는 하늘 위에 떠 있는 은빛 구름과 대립적인 시차성을 나타낸다. '흰 장꾼들'의 '흰'은 '은빛 구름'의 '은빛'과 대비를 이루고 있으며 그 구름이 남쪽 '멧부리 위'에 있는 데 비해서 장꾼들은 '머언 邊涯에 屯친 海獸'로 비유됨으로써 북방성(극지)의 공시적 의미를 띠고 있다. 또한 '머언 邊涯의 海獸'는 장꾼들의 수평성을 나타내는 것으로 멧부리 위의 수직적 구름과 대응된다.

　특히 장꾼들의 수평 공간은 '추운 등'에 의해서 유표화된다. 인체어 가운데 '머리'는 누워 있어도 수직적 공간의 '상'(V+)을 나타내지만 '등'은 서 있을 때라 할지라도 '하'(V-)와 그리고 수평적인 후방성(H-)을 의미하게 된다.[528]

　그러나 여기의 장꾼들은 「市日」의 '넘쳐나는 시끄러운 人波'와는 다른 의미 작용을 갖는다. 왜냐하면 하방적 공간의 특색인 물

---

527)　『生命의 書』, 9쪽.
528)　등은 무거운 짐을 진다거나 징계를 받는 장소로 부정적인 상징성을 지니고 있다. Ad de Vries(1974) 참조.

건을 사고파는 세속적, 물질적 폐쇄 공간인 '장터'를 뚫고 지나간 '신작로 길'이 있기 때문이다. 장터는 수직적 공간 체계만이 아니라 수평적 공간 체계에 의한 코드의 전환으로 가치 부여 작용_valorisation_이 달라지게 된다.

> 이따금 회오리 바람이 일다마는
> 장터를 뚫고 지내간 신작로 길은
> 다음 읍내로 날 저문 六十里

바람은 언제나 닫혀진 공간을 열고 모든 존재를 세계로 확산시킨다. 하방의 것을 위로 끌어올리는 상승 작용과 안에 있는 것을 바깥으로 끌어내 움직이게 하는 의미 작용으로서 '旗빨'의 '나부낌'과(수직적 운동) 나그네의 옷의 '나부낌'(수평적 운동)으로 현시된다. 그러므로 여기의 회오리 바람은 수직적인 것으로, 은빛 구름이 떠 있는 하늘로 장터의 의미를 일으켜 세우는 역할을 한다. 그러나 그것은 '이따금'이라는 말이 암시하고 있듯이 순간적인 것에 지나지 않는다. 장터가 초월 공간이 되기에는 너무나도 무거운 중력을 가지고 있다. 그러므로 장터의 의미 작용에 변화를 주는 것은 바람과 대응하는 수평축의 신작로이다.

신작로는 장터에 긍정적인 의미 전환을 일으킨다. '뚫고'라는 말은 경계 침범을, 그리고 다분히 공격적 의미를 담고 있는 동사이다. '뚫고 지내간' 신작로의 '뚫고'라는 말은 장터의 장꾼에게 '머언 邊涯'로 나아가는 수평적인 이동성을 부여한다. 장터에서 읍내로 난 육십 리의 신작로 길을 수직으로 세우면 그것은 산이나 나무 그리고 깃발의 '標ㅅ대' 같은 의미 작용이 된다. 말하자면 '신작로 길'은 수평화한 나무, 수평으로 누운 산으로서 장터의 폐쇄 공간(내)과 바깥 공간을 매개하는 경계 횡단의 기호이다.[529]

그러므로 장꾼들은 '경계인'이 되고 '팔고 사는 것'의 물질적 교환의 공간(청마가 '장사치'라고 부르고 있는 그 공간)은 '걷는 것'의 도보공간으로 바뀐다. 장꾼들은 장터에서 물건을 매매하는 사람들이며 동시에 이 장터에서 저 장터로 옮겨 다녀야 할 사람들이다. 장터라는 닫혀진 공간의 기호에서는 그 행위항이 '파는 사람'이지만 장터를 옮겨 다녀야 하는 길(신작로)의 공간 속에서는 '걷는 사람'이 된다. 장꾼은 공간의 작용에 따라 장터의 장꾼과 신작로의 장꾼으로서의 두 의미를 갖게 된다. 이것은 이효석의 「메밀꽃 필 무렵」의 공간 구조와 허생원의 의미를 해독할 수 있는 가장 귀중한 단서가 되는 부분이기도 하다.

장터에 바람이 불듯이, 신작로는 장터를 뚫고 횡단한다. 그 순

---

[529] 중심과 주변은 길에 의해 이어진다. 도스토옙스키의 『죄와 벌』에서 이 길은 유표적 기호가 된다고 토포로프는 말하고 있다. 구제의 희망, 집으로부터 떠나는 것. V. N. Toporov(1978), p.342.

간 장꾼에게는 경계인으로서의 동사가 생겨나게 되고 '팔다'와 '걷다', '멈추다'와 '떠나다'의 양의적 긴장성이 생겨난다. 지금 그들은 한 곳에서('내' 공간) 혼잡을 이루며 물건을 팔고 있지만 신작로는 그들이 곧 떠나야 할 것을 말해 준다. 장터엔 지금 해가 떠 있어도 '날 저문 육십리'의 시구는 신작로의 또 다른 공간시(空間時, espace-temp)[530]를 나타낸다. 우리는 장터와 신작로의 공간적 차이가 곧 시간적 차이임을 읽을 수 있다. 신작로는 장터를 뚫고 지나가고 있다. 즉 장터와 신작로는 교차되어 혼유되어 있는 것처럼 장터의 대낮 시간에는 신작로의 '저문 육십리'의 박모(薄暮)의 시간이 혼재해 있다(제목 '冬日'부터가 이 대낮 속에 저녁의 박모를 갖고 있는 양의성, 모순의 빛을 담고 있다. 겨울 낮 속에는 다음 장터로 떠나야 할 장꾼들의 바쁜 신작로의 저녁 시간 같은 것이 있다). 장터의 시간과 신작로의 시간을 갖고 사는 경계인으로 장꾼들은 그 모순된 시간이 공간으로 나타나면 공간적인 위치에 있어서도 양의적 모순성을 띠게 된다. 그들은 내점(內點)의 집합들로서 장터라는 '내' 공간의 근방적(近傍的) 모델을 형성하고 있으나 때만 되면 금시 외점의 집합이 되는 '외' 공간에 존

---

530) 우리는 시간적 체험을 기술하기 위해서 공간적 이미지를 사용한다. 시간과 공간의 전통적인 비유는 영혼과 육체의 관계와도 같다. Space is the body of time, time is the soul of space. W. Mitchell, "Spatial Form in Literature : Toward a General Theory," *Critical Inquiry*, Vol. 6, No. 3, Spring, 1980, p.543.

재하게 된다. 말하자면 장꾼들은 장터 안에 함께 있으면서도 언제나 '머언 邊涯에 屯친 海獸'처럼 바깥 공간으로 떠나야 하는 것이며, 서로 마주 보고 있으면서도 언제나 '추운 등'을 보인다. 이것들이 장터를 뚫고 지나간 신작로의 의미이다.

경계 영역과 경계 횡단의 장꾼, 신작로는 내/외 사이의 벽에 위치하여 그 공간을 분할하기도 하고 결합시키기도 한다. 장터에는 혼잡성만 있는 것이 아니라 동시에 파장(신작로의 시간)의 정적이 있다. 장꾼은 그 혼잡과 정적, 들어옴과 나아감 등의 경계 작용[531]으로 길의 다의적 기호를 형성해낸다. 가치 부여에 있어서도 장꾼들은 가장 세속적인 공간에 얽매인 존재이면서도 한편으로는 한시도 한 곳에 머물지 않고 도주의 새 공간으로 궤적을 그려 나가는 탈주자들이기도 한 것이다.

이상에서 보았듯이 길의 텍스트는 '내' 공간과 '외' 공간을 이어주는 것으로 언제나 양의적인 것으로 기술될 수밖에 없다.[532]

---

531) 이러한 의미에서 매개항은 언제나 제3범주를 도입하는 것으로 실현된다. 하지만 그 것은 일상적인 '합리적' 범주에서 보아 '비일상적'이며 또한 '변칙적'인 것이다. 그러한 까닭으로 신화에는 괴물이나 신들의 화신인 처녀모들이 많이 등장한다. 이 중간 영역middle ground은 비일상, 비자연이며 또한 신성한 것이다. 그것은 상징적으로 모든 터부와 제례의 초점이 된다. Edmund R. Leach(1967), 앞 글, p.4.

532) '모든 길은 세계의 끝과 통해 있다.' 린스호덴은 '길은 무한한 원방의 표식이다. 길은 정지해 있는 지역을 운동, 그것도 지평선을 향한 운동으로 바꿔놓는다'라고 말한다. 그래서 길은 인간 자신의 초월의 표현이 되는 것이다. 그러나 동시에 길은 근원에의 귀환을 나

등성이 넘어 풀잎을 밟고 오솔길을. 원수도 처음 이 길로 하여 찾아 오고 사랑도 이 길로 갔으리니, 아득히 山河를 건느고 田園을 지나, 눈물겹게도 綿綿히 따르고 불려 얽힌 人間恩讐의 이 잇닿음을 보라.

가도가도 神에게로 가는 길은 없는 길, 필경은 나도 나의 自僞에서 돌아 서 그 위에 瓢瓢히 나타나 사라질 길이여.

—「길」[533]

원수와 사랑하는 사람의 대립, 오고 가는 것의 대립들이 서로 잇닿아 있는 것이 길이다. 은수恩讐의 구별도, 만남과 이별만이 아니라 구하고 포기하는 가치나 행위의 방향성도 길에서는 경계지을 수가 없다. 신을 찾아 '가는 길'은 바로 그 자위를 버리고 표표히 '돌아오는 길' '사라지는 길'이다. 나타남과 사라짐이 한 공간 속에 공존하고 희망과 절망이 동일한 선상에 함께 자리한다. 그러므로 '길'의 기호는 그 방향이나 목표와 관계없이 이동성, 비정착성, 비주거성 등을 나타내는 의미 작용을 갖게 된다.[534] 그러므

타낸다. 이 양의성으로 길의 가장 본질적인 의미는 떠도는 것Wandern이다. 볼노우는 '희랍 전설의 안테우스Antäus가 어머니인 대지와 접촉하므로 언제나 새 힘을 얻듯이, 인간은 길을 떠돌아다니는 것으로 다시 젊어진다'라고 말한다. Otto Friedrich Bollnow(1980), 앞 글, p.120.

533) 『예루살렘의 닭』, 35쪽.

534) E. Minkowski(1933), 앞 글, p.216.

로 길의 언술은 교통성을 나타내는 것들, 그 경계 공간인 역이나 교통수단인 기차와 같은 승용물에 의해서 그 양의성을 유효하게 나타낸다.

2 역과 기차의 다의적 기호

'이동 공간으로서의 길'을 경계 영역으로 나타낸 것이 역驛이다. 역은 보통의 건축과 마찬가지로 외부와 대립된 '내' 공간을 갖고 있지만 역의 의미론적 공간은 '내' 공간과 달리 비거주성, 비정착성으로 되어 있다. 장터를 뚫고 나간 신작로와 마찬가지로 역은 내부로 침입해 들어온 일종의 길로서 문지방과 같은 경계 기능의 양의성을 지니고 있다.[535] 행위항에 있어서도 역은 길의

---

535) 내/외의 경계를 허무는 것이 문, 그리고 문지방이라는 것을 바슐라르는 다음과 같이 적고 있다. '문지방은 아버지의 집의 도착과 출발의 궤적이다. 나는 이렇게 정의하는 내 자신을 본다. ……어떤 문물, 즉 단순한 그 문이 주저, 유혹, 갈망, 안전, 환영, 경의의 이미지를 줄 때, 영혼의 세계에서는 그 모든 것이 얼마나 구상적인 것이 되는가? 만약 한 사람이 자기가 닫은 문, 자기가 연 문, 자기가 열려고 생각하고 있는 문, 이러한 그 모든 문에 대해 이야기할 수 있다면 그는 자기의 전 생애를 남김없이 말할 수 있으리라. ……독일에 쌍둥이가 있었다. 그중 하나는 문을 오른손으로 열고, 또 한 사람은 문을 왼손으로 닫았다. ……시인은 문 속에 두 '존재'가 있어 문은 우리들 가운데 두 방향의 꿈을 일깨우고, 문이 이중으로 상징적인 것임을 안다.' G. Bachelard(1958), 앞 글, p.181.

출발점이며 동시에 도착점이고 타는 곳이며 또한 내리는 곳이다.

청마의 텍스트에서도 이 경계적인 기호로서의 시적 기술을 가장 생생하게 전달하고 있는 것이 바로 이 '역'과 '기차'의 공간이다. 청마가 역(정거장)의 공간에 주목하여 그것을 기호화한 것은 「離別」[536]이라는 시이다.

> 瓢然히 낡은 손가방 하나 들고 나는
> 停車場 雜遝속에 나타나 엎쓸린다
> 누구에게도 잘있게 말 한마디 남기지 않고.

정거장에 관계된 의미 그룹들을 보면 첫째 '낡은 손가방'으로 그것은 집 안('내' 공간)의 가구들과 대립되는 변별적 차이를 나타낸다.[537] 가방은 거주하는 데 필요한 것이 아니다. 비거주성의 이동성 등으로 '외' 공간(H+)을 형성한다. 그러나 한편 그것은 의상과 마찬가지로 주거 공간을 축소한 것이기도 하다. 가동적인 축소된 방이 바로 손가방이다. 아무리 도주를 해도, 가방은 손에서 떨어

---

536) 『靑馬詩鈔』, 22쪽.
537) 노르베르그 슐츠는 기물器物을 둘로 나누고 있는데, 공간의 가장 하위 계층에 속하는 것이 기물, 기구들이다. 여기의 〈낡은 손가방〉은 하위 계층에 속하며 외 공간에 속한다. C. Noberg-Schulz(1971), 앞 글, p.32.

지지 않는다. 이 가방이 청마의 다른 텍스트에서는 '의상'으로 환입(mutation)되어 있다.[538]

다음에는 역과 관계된 술어군들의 특성이다. 정거장(역)은 길의 시작, 출발점으로 기술되어 있지만, 그것은 완전히 떠나 바깥 공간으로 나간 것이 아니라는 점에서 손에 들린 가방처럼, '내' 공간의 견인력에서 완전히 벗어나 있지 않다. 그것이 '雜遝 속에 나타나 엎쓸린다'라는 술어이다. 주거 공간의 내부를 기술하는 술어들은 '들어오다', '앉다', '눕다'이고 '외' 공간을 기술하는 그것은 '일어서다', '나아가다', '걷다', '다니다' 등이다. 여기의 '엎쓸린다'는 '엎어지고 쓰러진다'로 움직임과 정지, 전진과 후퇴의 양의성을 표시하는 동작어이다.

여기의 '역'은 '내' 공간에 시점을 두었을 때에는 이별의 슬픔이고 '외' 공간을 기준으로 했을 때에는 출발의 기쁨이 된다. 출발의 탐색보다는 이별의 방식이 더 문제가 된다. '말 한마디 남기지 않고' 떠나겠다는 결의부터가 실은 말을 남기고 있는 것이다.

---

538) 피부는 고유의 신체의 한계이며 존재의 경계를 구성한다. 즉 피부는 자연과 존재, 자아와 세계의 차이를 결정한다. ……의복은 피부, 즉 존재의 내측의 고유한 영역의 확장이라 해도 좋다. 즉, 자아는 제2의 피부인 의복 밑에 있다. Abraham A. Moles(1972), 앞 글, p.44.

새삼스리 離別에 지음하야
섭섭함과 슬픔을 느끼는 따위는
한갓 虛禮한 感想밖에 아니어늘

의 2연은 바로 뒤의 3연의

虛荒한 저녁, 慟哭하고 싶은 외로운 心思엔들
우리의 주고 받는 最大의 인사는
오직 反誼로운 微笑에 지내지 못하거니

와 모순된다. 역은 '내' 공간을 부정하고 '외' 공간의 도주로를 향한 장소이지만 그 자체가 도주 공간은 아니다. 그러므로 어느 쪽을 향한 것이든 '내' 공간의 세계, 애련, 인정, 혈육의 정과 같은 것이 애써 누르려고 하는 비정, 망각(인사 한마디 없이 떠나는)의 틈 사이에서 배어 나오고 있다. 그것이 고독의 애상을 횡단하는 길이다.

나무에 닿는 바람의 인연—
나는 바람처럼 또한
孤獨의 哀傷에 한 道를 가졌노라.

'여기'라는 그 '내' 공간의 인간관계(혈육, 친지들)는 '나무에 닿는 바람의 인연’ 같은 것이므로 언젠가는 떠나야 한다. 바람에게 있어서는 나무에 ‘닿다’와 나무에서 ‘떠나다’는 같은 말이 되는 것이므로 역은 ‘바람의 집’ 그리고 철길은 고독의 애상에 뚫려 있는 ‘길’이다.

경계 공간 사이의 긴장, 출발과 이별의 양의적 감정은 ‘내’ 공간이면서도 동시에 ‘외’ 공간인 역의 의미 작용이 되고 그것은 내/외의 공간 코드를 파괴한다. 그 같은 역의 기호 과정을 가장 선명하게 보여주고 있는 것이 「白晝의 停車場」[539]이다.

> 白晝는 陰影을 잃고 茫然히 自失하고
> 멀건히 비인 廓寥한 停車場.
> 가지가지 旅裝으로 어제밤 驛頭의 그 雜遝은
> 希望에 지치인 數많은 人間의 旅裝의 幻花이었나니
> 보라
> 높다란 時計塔은 지금 헛되이 子午의 天邊을 가리치고
> 倉皇히 보따리를 들고 다름질하는 者ー하나없는 호ーㅁ에는
> 야윈 鐵柱만 느런히 지붕을 받들고 있어
> 아아 여기 한 가지못한 亡靈은 우두머니 남었나니
> 멀직히 默한 信號柱의 섰는곳

---

539) 『靑馬詩鈔』, 120쪽.

寂寥의 轢死한 하얀 옷자락이 널려 있고
어디서론지 호―ㅁ의 지붕우에 가마귀 한마리
높이 앉아 스스로 제 발톱을 쪼고 있도다.

　　　　　　　　　　　　　　　　―「白晝의 停車場」

「冬日」의 장터에서 본 것처럼 정거장은 사람들로 잡답을 이루고 있는 공간이다. 그런 점에서 '역'의 공간 코드는 적요나 공허와는 대립된 메시지를 낳는다. 그러나 사실은 장터와 마찬가지로 떠나기 위해서 사람들이 모여드는 곳이므로 그 잡답 속에는 언제나 공허와 적요가 함께 잠재해 있는 것이다.

　데리다의 말대로 현전성(presence)은 늘 부재(absence)와 계층 질서의 대립(hierarchical opposition)으로 나타나 있다. 그러나 제논의 패러독스Zeno's paradox처럼 만약에 현전성만을 생각한다면 날고 있는 화살은 운동의 불가능성을 나타내게 된다. 날고 있는 화살은 하나하나의 순간이 과거와 미래의 흔적을 지닐 때만이 운동의 현전이라는 것을 생각할 수 있다. 즉 운동이 현전하기 위해서는 현전성은 처음부터 차이와 지연(deferral)에 의해 각인되어 있지 않으면 안 된다.

　'탈구축이란 현전성이 말해진 바대로의 기능을 수행하기 위해서는 그 대립자인 부재에 속하는 성질을 갖고 있지 않으면 안 되는 것을 나타내는 것이다. 즉 부재를, 현전성을 근거로 하여 그것의 부정으로 규정하는 대신에 '현전성' 그 자체를 일반적인 부재의, 차연(différance)의 효과로서 다룰 수가 있게 된다.'[540]

이같이 난삽한 데리다의 탈구축의 한 단면을 역의 공간적 구조처럼 잘 보여주는 것도 없다. 역의 혼잡(현전성)은 현전성만으로는 나타낼 수 없는 것이다. 역에는 언제나 부재하는 공허와 적요의 흔적을 갖고 있으며, 그 흔적과 차연 효과에 의해서만 그 잡답의 공간은 현전하게 되는 것이다. 사람이 다 떠나버린 빈 역구의 부재, 막차가 떠나고 난 역의 텅 빈 정적의 흔적은 사람이 잡답을 이루는 그 혼잡성의 차이화, 지연으로서 작용하게 된다. 혼잡하다는 역의 의미는 탈구축되고 그 혼잡한 정적을 포함하게 된다. 이 「白晝의 停車場」은 역 속에 깊이 각인된 차이의 흔적을 보여줌으로써 현전의 체계를 탈구축하고 있는 가장 전형적인 텍스트라 할 수 있다.

a 白晝는 陰影을 잃고 茫然히 自失하고
  멀건히 비인 廓寥한 停車場
b 가지가지 旅裝으로 어제밤 驛頭의 雜遝은
  希望에 지치인 數많은 人間의 旅裝의 幻花이었나니

---

540) Jonathan Culler(1982), 앞 글, p.95.

IX 경계 영역과 해체 공간 633

이 텍스트의 첫머리에는 a와 b의 두 대립된 역이 그려지고 있다. 백주의 텅 빈 정거장⒜과 간밤의 잡답을 이룬 역이다. 그리고 그것들은 일종의 차연 효과를 일으키고 있다. 백주의 정거장, 그 대낮의 적막과 공허는 부재를 나타낸다. 「白晝의 停車場」에는 시간도 사람들도 어떤 의미까지도 모두 부재한다. '白晝의 역'의 현전성은 부재를 통해서 나타나 있다.

> 높다란 時計塔은 지금 헛되이 子午의 天邊을 가리치고
> 倉皇히 보따리를 들고 다름질하는 者―하나 없는 호―ㅁ에는
> 야윈 鐵柱만 느런히 지붕을 받들고 있어
> 아아 여기 한 가지못한 妄靈은 우두머니 남었나니

에서 태양이 정점에 이르러 모든 사물로부터 그림자가 사라진 대낮의 공간은 시간의 부재를 나타내고 있으며 사람 하나 없는 텅 빈 홈은 모든 존재의 부재, 공허한 무의 공간을 나타낸다.[541] 떠나지 못하고 그곳에 남아 있는 자신도 '망령'이 된다.
    그러나 이 부재는 역의 현전성을 내포하고 있다. 텅 빈 홈은 그냥 텅 빈 것으로 그려지고 있는 것이 아니라 '창황히 보따리를 들고 다름질하는 자'의 현전성과의 차이화로 기술되고 있기 때문이

---

541)   G. Poulet(1961), 앞 글, p.438.

다. 간밤의 홈에 각인된 창황, 다름질, 보따리와 같은 시끄러움은 차연의 효과에 의해 백주의 텅 빈 홈의 적요함과 공존하고 있는 것이다. 이 탈구축 상태는 역만이 아니라 한밤중의 텅 빈 카페, 경기가 끝난 운동장, 파장의 장터 등에서 손쉽게 발견될 수 있다. 그것들이 주고 있는 공허는 처음부터 아무것도 없었던 사막의 공허와는 다르다. 데리다의 탈구축을 상식적 차원으로 끌어내릴 때 분명히 백주의 역의 그 부재, 정적, 공백의 기호는 로고스 중심주의(logocentrism)의 체계를 탈구축하는 한 모형이 되어줄 수 있다. 화자는 이 백주의 역에서 자신의 부재를 느낀다. 그리고 그것을 '망령'이라고 부른다. 그러나 이 '망령'으로서의 내가 있기 때문에 내 존재의 현전성은 제논의 화살처럼 운동 가능한 것이 된다 (이 같은 탈구축 작용들은 「逆技」[542], 「石窟庵大佛」[543] 등에서도 찾아볼 수 있다).

멀직히 默한 信號柱의 섰는 곳
寂寥의 轢死한 하얀 옷자락이 널려있고
어디서론지 호ー口의 지붕우에 가마귀 한마리
높이 앉아 스스로 제 발톱을 쪼고 있도다.

542) 『第九詩集』, 24쪽.
543) 『柳致環詩選』, 140쪽.

백주의 햇빛은 '寂寥의 轢死한 하얀 옷자락'이 되지만 바로 그 부재하는 역의 공간은 '어디서론지 호—ㅁ의 지붕 위에 가마귀 한마리 높이 앉아 스스로 제 발톱을 쪼고 있도다'에서 밤의 흔적으로서의 까마귀, 발톱을 쪼고 있는 그 검은 까마귀와의 차연의 시스템에 의해서 개별화된다.

백주의 역에 대한 발화는 그보다 선행하는 밤 역 '어제밤 역두의 그 雜遝' 구조에 의해 결정되고 그 구조에 의해 가능해진다. 그러므로 역의 공간성은 현전/부재라는 대립으로 출발해서는 인식될 수 없는 구조이며 운동이다. '차연이란 차이의 놀이, 차이의 흔적의 놀이이며 그 요소들을 서로 결합시키는 간격의 체계적인 놀이이다. 이 간격화가 능동적으로 또한 수동적으로(différance의 a는 능동성과 수동성에 관한 미정 상태를 가리킨다. a는 능동성과 수동성의 대립에 의해서는 또한 지배도 조직도 할 수 없는 것을 나타낸다) 산출하는 간극만이 알찬 사항의 의미 작용과 그 기능을 가능케 하고 있다'[544]라는 데리다의 말 앞에 '백주의 역'을 그대로 갖다 놓을 수가 있다. 경계와 경계 돌파를 동시에 수행하고 있는 역의 의미 작용은 내/외의 대립 요소를 동시적으로 차이화하고 그 간극의 체계적인 놀이를 통해 로고스 중심적인 공간 코드를 탈구축한다.

544) Jonathan Culler(1982), 앞 글, pp.38-39. Derrida, "Positions".

「夏日哀傷」[545]의 역의 공간도 마찬가지다.

    피빛 맨드래미 피어 있는 閑가론 村 정거장
    벗나무 아쉬운 그늘아랜
    이 따거운 한낮의 쬬약볕은 避할 길 없나니
    떠나지 못할 分身같은 깜안 影子를 앞세우고
    오오 나는 어디메로 가려는고
    오늘도 天道는 憂鬱히
    무르녹는 푸른 벌 위에 불타 있고
    벌을 뚫고 一直으로 달아난 鐵路는
    어느 鄕愁의 길에도 連하지 않았나니
    오오 매미 귀또리 처럼 울음 우는
    이 可恐한 白晝의 虛寂 가운데선
    나의 行爲하려는 것
    그는 오직 意志없는 한 슬픔 影繪일 뿐

 '벌을 뚫고 一直으로 달아난 鐵路는/어느 鄕愁의 길에도 連하
지 않았나니'에서 '역'은 분명한 목적지와 통해 있지 않은 길을
갖고 있다. 청각의 세계에서도 백주의 허적은 매미, 귀또리의 울

545) 『生命의 書』, 34쪽.

음소리의 흔적에 의해서 현전한다. 나와 그림자(현전/부재)의 대립은 없어지고 그 계층적 대립은 사라진다. 즉 그림자가 나를 따라오는 것이 아니라 내가 그림자를 따라가는 것이다. '떠나지 못할 分身같은 깜안 影子를 앞세우고'의 표현이 그것이다.

원래 청마에게 있어 집('내' 공간), 고향 등을 버리고 밖('외' 공간)으로 나가는 도주로는 의지와 후회 없는 행위를 나타내고 있는 것으로, 「車窓에서」[546], 「鐵路」[547]의 시에서 보듯 강렬한 '내' 공간의 부정과 그 대립으로 이루어져 있다.

　　사나운 情炎의 불을 품은

　　鋼鐵의 機關車앞에

　　차거이 빛나는 두줄의 鐵路는

　　이미 宿因받는 運命의 軌道가 아니라

　　이 巨魂의

　　―스스로 取하는 길

　　―取하지 아니ㅎ지못하는 길

　　意志를 意志하는 深刻한 苦行의 길이로다.

　　비끼면 奈落!

---

546) 『生命의 書』, 96쪽.

547) 『靑馬詩鈔』, 48쪽.

또한 빠르지 않으면 안되나니

오오 한가닥 自虛에도 가까운 意慾의 熱意의 길이로다.

보라

悽慘한 暴風雨의 暗夜에 묻히어

말없이 가리치는 두줄의 鐵路를

그리고 한결같이 굴러가는

信念의 피의 불꽃의 火車를.

—「鐵路」

　그러나 역은 이러한 대립보다는 오히려 미로 상황을 나타내고 있으며 자신은 '意志없는 한 슬픈' 그림자로서 '행위하는 것'이 된다. '외' 공간도 '내' 공간도 그 가치화에 있어서 어느 한쪽으로 기울어져 있지 않다.

　역의 경계 영역을 뚫고 나가는 것은 기차이다. 승용물은 공간의 이동을 나타내는 수단으로 청마의 텍스트뿐만 아니라 공간적 구조에 있어서 그것이 차지하고 있는 비중은 매우 크다고 할 수 있다. 프루스트의 공간에 극적인 의미의 전환을 일으키고 있는 것은 마차이다.[548] 네르발에 있어 마차냐 기차냐 하는 승용물의

---

548)　G. Poulet(1962), 앞 글, p.91.

선택은 바로 그 문학적 언술 전체를 지배하고 있는 체계이다.[549]

청마의 시적 언술에 있어서도 역에서 기차로 이어질 때 그것은 동태적 텍스트의 방향을 결정짓는 횡단의 중대한 의미 작용을 갖는다.

> 달아 나오듯 하여
>
> 모처럼 타보는 汽車
>
> 아무도 아는이 없는 새에 자리잡고 앉으면
>
> 이 게 마음 편안함이여
>
> 義理니 愛情이니
>
> 그 濕하고 거미줄 같은 속에 묻히어
>
> 나는 어떻게 살아 나왔던가
>
> 기름때 저린 '유치환이'
>
> 이름마저 헌 벙거지 처럼 벗어 팽가치고
>
> 나는 어느 港口의 뒷골목으로 가서
>
> 고향도 없는 한 人足이 되자
>
> 하여 名節날이나 되거든
>
> 인조 조끼나 하나 사 입고
>
> 제법 먼 고향을 생각하자

---

549) J. P. Richard(1955), 앞 글, p.28.

모처럼만에 타보는 汽車

아무도 아는이 없는 틈에 자리 잡고

홀로 車窓에 붙어 앉으면

내만이 생각의 즐거운 외로움에

이 길이 마지막 西伯利亞로 가는 길이라도

나는 하나도 슬퍼 하지 않으리

—「車窓에서」

기차는 '내' 공간에서의 도주의 수단이고 '외' 공간으로 나가는 구체적 행위의 매개물로서 그려져 있다. 기차 공간의 변별성은 '아무도 아는 이 없는'의 미지성으로 '의리니 애정이니 하는 거미줄 같은 속'으로 표현되는 '내' 공간과 대립되는 데 있다. 즉 미지(모르는 사람)/기지(既知, 아는 사람)의 관계이다.

그러므로 기차는 '내' 공간에 속해 있는 일상적인 '나'(기름때 저린 유치환), '집', '고향', '고국'의 세 차원(L-1, L, L+1, L+2)에서 모두 벗어나 시베리아의 '외' 공간의 '고절성'과 연결된다. 그러나 기차는 '내'→'외'의 월경만이 아니라 때로는 밖에서 안으로 들어오는 '향수'와 '귀환'의 행위를 매개하기도 한다. 이러한 모순을 동시에 나타내 주고 있는 것이 「어디로?」라는 시이다.

北쪽 어느 먼 曠野였다.

마지막 落日의 아쉬운 餘光도 사라지고 하나

둘 외로운 별들도 나타나기 전, 그 漠漠히 저물어가는 曠野 위를 시방 앞서거니 뒷서거니 높이 높이 하늘 건느는 落葉같이 고달픈 새 그림자 서넛 있고, 나는 쫓기는 듯 一心으로 헐떡이며 굴러 닫는 어두운 車窓에 기대어 초조하고도 납덩이 같은 鄕愁를 샘키고 大陸을 橫斷하고 있었으니.

아아 이같이도 애달프게 돌아가고파 하는 곳은? 먼먼 저의 깃이랴! 번화히 불 밝힌 都心이랴! 아니로다 아니로다—그러면 어디로? 그리고도 더욱 돌아가고파 하는 것, 이 寂寞한 歸心이여.

—「어디로?」[550]

이 시에서 기차의 물리적 방향과 거기에 탄 '승객으로서의 나'(화자)의 방향은 일치되어 있지 않다. 그러므로 기차는 '외→내', '내→외'의 두 방향을 동시에 달리게 된다. 기차는 '떠나는 것'이고 또 '돌아오는 것'의 모순된 복합동사의 기능을 갖는다. 이 시는 제목부터가 '어디로?'로 되어 있어 미로 상황을 나타낸다. 원래 미로는 외부에서 내부로 들어오지 못하게 하는 경계 강화를 위한 것이면서도 한편에서는 내부에서 외부로 나가지 못하게 하는 금제의 이중성을 지니고 있다. 뿐만 아니라 미로 상황은

---

550) 『예루살렘의 닭』, 90쪽.

끝없는 기대, 여기를 빠져나가면, 이 모퉁길을 돌아서면 거기에
길이 있겠거니 하는 기대로 이루어져 있다. 미로란 끝없이 뚫려
있으면서도 끝없이 막혀 있는 것, 기대와 좌절의 연속으로 만들
어진 구조물이다.[551]

　　기차는 이러한 미로 구조의 양의성과 경계인으로서의 '승객'을
표상한다. 집 안에 있을 때의 '나'와 기차 승객으로서의 '나'는 공
간의 시차성에 의해서 다른 의미가 부여된다. '내' 공간 속의 나
(아버지, 남편, 친구)는 승객이 됨으로써 '경계인' 또는 '경계통과'의 행
위자가 되는 것이다.

　　……나는 쫓기는 듯 一心으로 헐떡이며 굴러 닫는 어두운 車窓에 기
　대어 초조하고도 납덩이 같은 鄕愁를 샘키고 大陸을 橫斷하고 있었으
　니…….

　　기차의 이동을 정해진 한 방향을 지시한 '쫓기는 듯'이라 한 데
서 우리는 기차가 도주의 수단인 것을 알게 된다. 이미 「車窓」이
라는 시에서 이 도주의 행동과 기차의 기호 기능을 살펴본 대로
이다. 그러나 대륙을 횡단하는 기차 속에서 '향수는 납덩이같이'
무거워진다는 표현은 떠나가면서도 마음은 역방향으로 달리고

---

551)　Abraham A. Moles(1972), 앞 글, p.95.

넓은 공간(대륙)의 횡단은 거꾸로 고향과 집의 좁은 '내' 공간으로 돌아가는 것이 된다.

'아아 이같이도 애달프게 돌아가고파 하는 곳은? 먼먼 저의 깃이랴? 번화히 불 밝힌 都心이랴! 아니로다 아니로다—그러면 어디로? 그리고도 더욱 돌아가고파 하는 것, 이 寂寞한 歸心이여'의 마지막 행에서 기차는 나가고 있는데 거기에 탄 화자는 '적막한 歸心'이라고 부른다. 이미 '향수'의 코드가 대립이 아니라 내/외 관계를 하나로 묶는 순환구조로 되어 있음을 밝힌 바 있다. 기차가 바로 그 향수의 양의성과 모순 구조를 행위를 통해서 보여주고 있다.

기차는 떠나고 싶은 마음과 반대로 돌아가고 싶은 마음의 두 가지 다른 기호 기능을 수행한다. 「沙曼屯 附近」에서는 기차가 향수, 돌아가려는(H+→H-) 형태의 텍스트를 형성하고 있어 「車窓에서」와 대립하고 있다.

화안히 불밝힌 성글은 窓마다
단란한 그림자 크다랗게 서리고.
이슥하여
車窓마다 꽃다발 같은 旅愁를 자옥 실은
二十三時 十七分 마지막 南行列車가
바퀴소리 멀리멀리 남기고 굴러 간 때는

도란도란 이야기에도 지치어

마을은 별빛만 찬란하오.

　　　　　　　　　　　　　　　　　　―「車窓에서」

　　역과 기차의 다성적 기호를 한층 더 증폭시킨 텍스트가 「京釜
線 원동역에서」이다.

　　낙동강 하류 호젓한 한 江굽이의

　　조그마한 정거장 플랫폼가엔

　　몇그루 높다란 버드나무 서 있어

　　그곳을 지나칠 적마다 차창으로 내다볼라치면

　　때따라 바뀌어 가는 계절의 모습이

　　가만히 흐르는 강물 속에 비춰있고

　　그 아래 낡은 驛員 사택 뜰에 엿보이는

　　때로는 사나이 때론 아낙네 어린이

　　人生에도 강물처럼

　　덧없는 추이의 흔적이 비춰져 있었다.

　　지금은 雨水 가까운 절후

　　강물속 그리매엔 다시금

　　아련한 춘정이 감돌기 비롯하는데

　　그 나무 아래 우두머니 섰는 한 젊은이의 심중엔

어떤 애환의 빛이 젖어 오고 있는 것인가.

─「京釜線 원동역에서」[552]

　이 텍스트에는 시점이 둘로 되어 있다. 역의 경계를 중심으로 기차를 타고 바깥 집 안 뜰을 바라다보고 있는 승객(화자인 '나')과 밖에서 그 기차를 우두커니 바라보고 있는 사람의 두 마음이 교차된다.

　'그 나무 아래 우두머니 섰는 한 젊은이의 심중엔/어떤 애환의 빛이 젖어 오고 있는 것인가'에서 비록 의문으로 되어 있기는 하나 사나이는 지나는 기차를 보며 그곳을 떠나고 싶어 하는 것으로 암시되어 있다. 그리고 또 반대로 '낙동강 하류 호젓한 한 江굽이의/조그마한' 역마을을 기차에서 내다보고 있는 여객(화자)은 그 아늑한 '내' 공간으로 들어가고 싶은 태도로 그려져 있다. 이 역경상逆鏡像 구조는 흐르는 것과 멈춰 있는 것의 경계를 허물어 버린다.

　'낙동강 하류'는 냇물과 바다가 만나는 경계이다. 그리고 강물의 흐름은 기차처럼 움직이는 것, 멈추지 않고 흘러가고 굴러가는 것이다. 그러나 멈춰 있는 것은 역이며, 플랫폼의 버드나무, 사택들은 그리고 거기에서 살아가고 있는 사람들이다. 원동역 부

---

552)　『미루나무와 南風』, 98-99쪽.

근에 나열된 목록들은 모두 기차에 탄 '승객'과 대응한다. 강물이 매일매일 흘러내려 가듯이 이 작은 역에는 차창에서 그들을 내다보며 지나가는 사람들이 있다. 그것을 청마는 '때따라 바뀌어 가는 계절의 모습이 가만히 흐르는 강물 속에 비춰있고' '人生에도 강물처럼 덧없는 추이의 흔적이 비춰져있다'라고 말한다. 냇물에 반사된 흔적들은 화자와 기차를 바라보고 서 있는 사나이의 관계와도 같은 것이다. 너와 나의 대립, 반사하는 것과 반사되는 것, 흘러가는 것과 멈춰 서 있는 것 그것은 역과 기차의 관계처럼 경계이자 동시에 경계의 영역을 허무는 기호들이다.

시 「A와 A′」는 이러한 양의성 반反구축적인 기호 체계를 직접적인 언술로 나타내고 있다.

A는 시방 어느 먼 골짜기를 지나가는 낯 설은 황혼이 서린 車窓에 호올로 기대어 A′ 생각에 잠기어 있다.

A′는 집을 나간 A를 생각하며 시방 밖에서 돌아온다. 땅거미 끼인 마루에 앉아 저녁 등을 준비한다. 안으로 향하여 세째를 부른다.

나는 이렇게 둘, 영원히 一致하지 않는 A와 A′ 언제나 서로 지켜 슬프게 살고 있다.

—「A와 A′」[553]

---

[553] 『예루살렘의 닭』, 64쪽.

이 시에서는 집의 '내' 공간과 북만주의 광야인 '외' 공간이 공존하고 있으며 집을 나가는 행위와 밖에서 집으로 돌아오는 행위가 한 문턱 위에 존재한다.

이 시를 자세히 관찰해 보면 그 경계 영역을 나타내는 세 개의 불빛이 있음을 발견할 수 있다. 첫째는 '황혼'이라는 빛의 경계이다. 황혼은 밤과 낮의 경계 속에서 탄생되는 빛이다. 빛/어둠의 대립이 황혼 속에서는 서로 혼합된다. 둘째는 '차창'이라는 창의 경계이다. A가 A′를 생각하는 위치가 바로 이 '차창'이라는 바깥과 안의 경계이다. 셋째는 '마루'이다. 마루 역시 방 안과 바깥 사이의 경계를 이루는 곳이다. 거기에서 A′는 등불을 준비한다. '안으로 향하여 세째를 부른다'에서 알 수 있듯이 기차가 완전한 외지가 아니듯, 이 마루 역시 완전히 방 안의 '내' 공간은 아니다.

황혼, 차창, 마루의 경계가 집을 나간 나와 집으로 돌아온 나를 동시에 수용하는 공간과 시간으로 존재한다. A와 A′는 분열적인 존재가 아니라 '경계인'으로 공간의 양극성을 허물고 그 간극의 체계인 '흔적'이 되는 것이다. 장터ㅡ장꾼에서 본 것처럼 역과 기차는 경계와 경계 돌파의 양의성을 지닌 경계인, '내' 공간에 있는 나와 '외' 공간에 있는 나를 그 차이에 의해서 공존케 한다.

3 항구와 배

　역―기차의 체계는 대륙 공간에서의 경계 형성과 그 해체를 나타내는 것이지만 그 물이 바다가 되면 그 구조는 항구―배의 연계성으로 변환된다. 항구는 물이 끝나고 바다가 시작되는 곳에 있기 때문에 연계성을 나타내는 육로의 역보다는 훨씬 더 그 경계 영역이 뚜렷하다.

　그러나 기차는 일상적으로 직접 교통수단이 되어 그 역은 화자의 직접적 공간 이동을 나타내는 것이 되지만 항구의 경우엔 '외' 공간을 향한 커다란 창의 구실을 한다. 그것은 경계와 그 경계를 통과하는 시선의 길로서 특징지어질 때가 많다.

공간\승용물	공간영역	공간체계	운동	체험	경계 영역
비행기	하늘 (비일상적)	수직	상승	간접	지상 (비행장)
기차	땅 (일상적)	수평	통과	직접	역
배(船)	바다 (중간)	수평	횡단	중간	항구

〈도표 1〉

항구, 배의 길은 비행기와 기차의 중간적 성격으로서 '春信'의 분석을 통해서 본 시선의 길(감각 작용을 통한 내부와 외부의 두 공간의 통로)에 가장 적합성을 띠고 있다.

그러므로 주인공의 공간 이동이라 할지라도 대개는 항구에서 끝나고 멈춰지는 것이 청마의 일반적인 텍스트의 예이다. 항구에 있는 사람은 배를 타지 않아도 이미 뭍과 바다의 경계인이 되는 까닭이다. 이 점은 항해를 소재로 한 유럽의 시들과 매우 다른 것으로 기호 형성 작용에 있어서 역사와 문화가 간접적인 영향을 끼치고 있다는 것을 알 수가 있다.

청마의 시 전집(정음사 간) 가운데 직접간접으로 항구와 배를 다룬 것은 54편이 되지만 그것은 예외없이 양의성을 드러낸 것으로 '외' 공간을 나타낼 경우나 혹은 '내' 공간과 결합될 때라 할지라도 경계 영역으로서의 다기호적 성격을 띠고 있다.

지리적 공간으로 볼 때 항구는 역처럼 수평적 경계성을 띠고 있지만 기호 체계로 볼 때에는 하늘의 경우처럼 수직적 매개항의 성격을 띠고 있다. 그 대표적인 것이 「釜山圖」로서 부산항은 이미 관찰한 대로 수직 공간 체계에서의 매개(V_0) 기능을 나타낸 텍스트였다. 그것은 부산이 청마의 말대로 '언덕으로 뻗어 올라간 도시'이기 때문이다. 그러나 '부산'을 수평 공간 체계에서 보면 더 이상 수평으로 뻗쳐갈 곳이 없는 한반도의 남단 항구라는 데서 경계 영역(H_0)의 공간이 된다.

청마가 부산을 가장 '이상적 공간'으로 설정한 것은 그것이 수직, 수평의 양체계에서 모두 양극적 공간의 대립을 공유하는 긴장, 그리고 그것을 완화하는 융합의 다의적인 공간으로서 변칙적인 시적 기호를 산출해내는 작용을 하고 있기 때문이다.

부산항을 직접 시로 쓴 것은 모두 4편으로

「釜山圖」—『靑馬詩鈔』

「釜山圖」—『生命의 書』

「榮光의 港口」—『步兵과 더불어』

「自由港」—「대부산에부치다」—『나는 고독하지 않다』

등이다.

이미 논의된 바 있는 『生命의 書』의 「釜山圖」는 작자의 주석대로 '山上의 都市'로서의 수직 공간을 다룬 것이지만 『靑馬詩鈔』

의 「釜山圖」는 수평적 공간을 나타낸 것으로 '항구 도시'의 경계 영역이 유표화되고 있다.

그리고 「榮光의 港口」는 공간보다도 6·25 때 외국으로부터 구원의 창구가 되어 나라를 구했다는 역사적인 실질성이(에틱 차원의) 강조되어 있다. 그러나 그것을 지리적 공간(L)에서 보면 '내'-한국, '외'-외국, '경계'-부산으로 공간 기호론적 접근도 가능해진다. 그 네 편의 텍스트 가운데 항구로서의 경계 영역을 시차화한 것이 『靑馬詩鈔』의 「釜山圖」이다.

> 푸른 水平은 市街보다 높이 부풀어 구울고
> 山허리 測候所 旗폭은 오늘도 西北으로 흐른다.
>
> 저 까암한 回歸線附近 異國의 외로운 輪船이 지내간 뒤
> 시방 그 무서운 虛漠은 水晶色 風洞을 낮윽이 둘렀으리니
>
> 東半球의 조고만 突出南半島 그 最南端 고은 이 漁港은
>
> 豊漁와 遠航의 白夢에 배삼처럼 한창 거리도 寂寞하다.
>
> ―「釜山圖」[554)]

554) 『靑馬詩鈔』, 81쪽.

‘푸른 水平’, ‘부풀어’, ‘구울고’, ‘異國의 외로운 輪船’, ‘遠船’, ‘白夢’ 등은 모두 ‘내’ 공간과 대립되는 ‘외’ 공간을 나타내는 기호들이다. 그 변별적 특징 역시 +확산성, +이국성, +원방성, +비거주성, +이동성 등을 표시하고 있다.

그러나 이 요소만이 있다면 「釜山圖」는 바다의 ‘외’ 공간을 텍스트로 한 다른 작품들과 다를 것이 없게 된다. 그런데 이 유표화된 공간은 그것들을 ‘내’ 공간의 요소와 융합, 결합시키고 있다는 점에서 ‘외’ 공간의 바다와 구별된다.

　　푸른 水平은 市街보다 높이 부풀어 구울고

에서 푸른 수평은 ‘市街’와 비교되어 있다. ‘높이’와 ‘부풀어’와 ‘구울고’의 세 공간적 시차성은 모두 부산이라는 시가(육지의 도시)와의 비교가 이루어진 것이다. 이 시에서 중요한 것은 푸른 수평과 부풀어올라서 구울고 있는 바다가 아니라 ‘市街보다’라는 시구 속에 있는 ‘보다’의 비교사이다. 이것은 단순한 비교가 아니라 바다의 그 ‘+遠方性’, ‘+비거주성’, ‘+팽창성’ 등의 ‘+’ 표시를 ‘-’로 바꾸어놓는 부산 도시가 하나의 흔적으로서 그 ‘외’ 공간에 차연 효과를 일으키고 있다는 점이다.

내륙 도시의 공간 속에 깊이 각인된 도시성, 육지성, 폐쇄성, 혼잡성 등이 부산이라는 항구의 창이 되어 바깥에 열려져 있는 바다와 결합되어 있는 것이다. 「부산도」는 바로 무표화된 일상의 '내' 공간에서 유표화된 바깥(바다) 공간을 유표화하고 있는 '視線의 길'이라고 할 수 있다.

　　山허리 測候所 旗폭은 오늘도 西北으로 흐른다.

　의 측후소와 기폭이 바로 그 창 시선의 통로와 같은 작용을 하고 있다. '山허리'는 육지/바다의 경계를 이루고 있는 공간이며 측후소는 도시의 건축물/윤선의 대립을 이루는 바로 그 간극에서 존재하고 있는 '역과 같은' 경계물이다.
　좀 더 자세히 분석해 보면, 산허리는 시가와도 구별되며 동시에 바다 공간에서도 구별되는 공간이고 측후소는 시가의 집들과도 다르며 바다에 떠다니는 배와도 다르다.
　시가의 집은 +내공간, +밀집성, +거주성, +부동성 등이다. 그러나 측후소는 그것이 자리한 위치부터가 산허리로서 시가에 밀집해 있는 집들로부터 떨어져 나 홀로 서 있는 고립성(반밀집성)을 지니고 있다. 그리고 측후소는 바깥 기후를 측량하기 위해서 있는 것이므로 역의 건물처럼 '내' 공간성을 갖고 있는 건축물이면서도 그것은 바깥 기상을 재기 위해서 있는 모순적인 집이다. 한마디로 그것은 주거 공간과는 반대의 뜻을 지닌 집이다. 역의 건물은 움직이지 않지만 철로가 통과하고 있음으로 해서 의미론적 해석 체계로 보면 기차와 환유 관계에 있다. 서 있으면서도 역은 움직이는 집이 된다. 항구의 측후소 건물도 꼭 같다. 그것이 바람을 재는 '측후 행위' 기폭이다. 나부끼는 기폭은 측후소를 바람의 방향에 떠도는 집, 이를테면 돛단배와 유사한 은유 관계를 나타낸다.

그러므로 '西北으로 흐르는 기폭'을 단 측후소는 대지에 세워진 도시의 건축과 바다에 떠 있는 선박의 경계적 건축물의 요소를 지니게 된다. 특히 기의 의미는 이미 앞에 살핀 대로 지상과 천상을 매개하는 것이며, 그 나부낌은 정지(구속)와 움직임(자유)을 동시에 나타내는 양의적인 기호이다. 더구나 그 기의 방향이 서북으로 흐르고 있기 때문에 윤선이 가는 남쪽 바다와는 반대 방향인 시가 쪽으로 되어 있다. 안으로 밖으로 팽팽히 맞서는 시각의 운동이다. 결국 산허리의 측후소와 그 깃발은 부산이라는 항구도시 전체의 시차성을 나타내는 제유라고 볼 수 있다.

이 시는 「釜山圖」라고 되어 있으면서도 막상 부산 시가는 바다 풍경에 가려 보이지 않는다. 단지 '東半球의 조고만 突出南半島 그 最南端 고은 이 漁港은'으로 지리적 위치가 추상적으로 제시되어 있을 뿐이다. 그러나 그 지리적 공간으로 설명된 부산 시가의 의미는 '측후소 旗빨'의 提喩的 공간 속에 응축되어 있고 시가지에서 바다를 바라보는 창, 즉 '視點' 공간 속에 숨겨져 있음을 알 수 있다. 시점 공간은 繪畫의 경우처럼 유표화된 공간을 통해서 인지된다. 그냥 인지되는 것이 아니라 실은 화가의 시선이 (無標空間) 그 그림들의 遠近法에는 물론, 전체의 구도와 그 形象들의 질서화 속에 숨겨져 있는 것이다. 묘사된 공간은 언제나 그것을 묘사하고 있는 공간(시점 공간)과의 관계에서 의미를 갖게 된다.

더 정확하게 말하면 우리가 그림을 본다는 것은 항상 그 그림 속에 부재하고 있는 시점 공간을 보고 있다는 역설이 생겨난다. 그림 속에 없는 不在의 공간(시점)에 의해서 그림 속의 그림들은 현전성을 갖게 된다.[555]

「釜山圖」의 제목에 '圖'란 말이 있듯이 이 묘사된 공간 역시 마찬가지이다. 「白晝의 停車場에서」에서 본 것처럼 바다의 '虛漠'은 화자의 시점 공간인 도시의 그 혼잡성에 의해서 차이화된 기술이다.

그러므로 텍스트의 첫 행에는 바다만이 유표화되어 있지만 그 끝에 오면 바다에 대응되는 시점 공간인 시가가 유표화되고, '외' 공간과 '내' 공간은 그 경계 영역에서 하나로 융합된다. 그것이 지리적으로는 동반구의 돌출한 남반도 최남단의 고운 그 '漁港'이라는 말이며 '豊漁와 遠航의 白夢에 배삼처럼 한창 거리도 寂寞하다'의 시행 속에 등장하는 거리란 어휘이다.

555) John R. Searle, "Las Meninas and the Paradoxes of Pictorial Representation," *Critical Inquiry* Vol. 6, No.3, 1980, p.477.

그것들은 바다와 대립 공간이면서 '허막'과 '적막'이라는 같은 형용사를 공유하고 있다. '적막'에 의해서 '외' 공간과 '내' 공간의 대립은 사라진다.

바다: 虛莫(虛莫은 水晶色을 낮윽이 둘렀으리니)
거리: 寂寞(한창 거리도 寂寞하다)

바다와 거리를 바꾸어 놓아도 그 의미 작용은 달라지지 않는다. 즉 바다는 거리로, 거리는 바다로 환입mutation이 가능한 것이다. 그 경계 영역의 양의성을 강화해 주고 있는 것은 현실과 환상(현전성/부재)의 차이를 다 같이 지니고 있는 '白夢'이란 말이다. '白夢'을 그 두운의 /p/에 의해서(백몽, 배삼) 유표화되고 있을 뿐 아니라 풍어와 원항이라는 현실적인 행위항과 연계된다. 그들은 아직 육지 바깥으로 나간 것은 아니지만 그렇다고 육지 안에서 있는 것도 아니다. 그들의 행위는 안에 있으면서도 밖으로 나간다. 거주와 항해의 경계적 행위가 그 백몽, 꿈꾸는 행위이다.

부산처럼 지리적 공간을 나타내는 특정한 항구가 아니라도 뭍과 바다가 만나는 경계점에는 「釜山圖」와 같은 공간의 흔적과 이항 대립이 공존하는 의미 작용을 나타내고 있다.[556]

556) Christian Norberg-Schulz(1971), 앞 글, p.28. 과거에는 지리학적 층위가 거의 없었

바다 소리가 市街에 들리고

山허리 測候所에 하얀 旗폭이 나부낀다.

비인 개[浦]는 멀리 치웁게 반짝이고

이 몇날을 돌아오는 배가 없다.

　　　　　　　　　　　　　　　 —「港口의 가을」557)

「港口의 가을」에서도 '山허리 測候所에 하얀 旗폭이 나부낀다'
는 같은 말이 있으며 '바다 소리가 市街에 들리고'로서 청각적 공
간에 의해 시가와 바다는 융합되어 있다.

　그러나 「釜山圖」와 달리 「港口의 가을」에는 제목이 표시하고
있는 그대로 항구의 공간적인 경계성 뒤에 가을이라는 시간적 경
계까지가 복합되어 있다.

비인 개[浦]는 멀리 치웁게 반짝이고

이 몇날을 돌아오는 배가 없다.

에서

으나 그 대신 '우주론적cosmological' 층위가 있었다. 여기의 해안선은 지리적 단계에서
우주론적인 공간 차원으로 향하고 있다.

557) 『靑馬詩鈔』, 97쪽.

하얀 旗폭	색채감
바다 소리	음감
치웁게	溫感(촉각)
멀리	거리감
빈	밀도감

등의 감각 공간은 여름과 겨울의 경계성을 나타내고 있다. 역시 여기에서도 내륙의 밀도성이나 복잡성이 바다의 공백, 그리고 그 적요함('돌아오는 배가 없다')과 어울려 항구의 경계적 의미 작용을 나타내고 있다. 뭍과 바다의 그 경계적인 양의성이 극대화하면 「港口에 와서」와 같은 형태의 공간이 된다.

바다 같은 쪽빛 旗빨을 단 배는
저 멀리 바다 넘어로 가버린지 오래이고
浦口에는 갈매기 오늘은 그림도 그리지 않고
멀건히 푸른 하늘엔 고동도 울리지 않고
船夫들은 이렇게 배들을 방축에 매어 둔 채로
어디로 다른 避하였는가.
그늘진 倉庫 뒤 낮잠 자는 젊은 거지 옆에
나는 뉘도 기다리지 않고 앉었노라.

　여전히 이 텍스트에서도 경계(매개)를 나타내는 기호 작용으로 깃발이 등장하고 있다. 그리고 '저 멀리' '바다 넘어' 등 '외' 공간의 원방성을 표시하는 말들이 나오고 있다. 그러나 이 텍스트에서 주목해야 될 것은 「白晝의 停車場」처럼 '~않고'의 부정사로 표현되는 그 부재 공간의 흔적이다. '~않고'로 묘사된 공간은 그 부정되기 이전의 공간의 흔적 위에서 생겨난 유표 공간으로 다음과 같은 대비를 이룬다.

A 무표항(평소의 항구)	B 유표항(오늘의 항구)
배-쪽빛 깃발을 단 배	바다 넘어로 가버린 지 오래이고
갈매기-포구에는 갈매기가 그림을 그리고	그리지 않고
배고동소리-푸른 하늘에 고동 울리고	배고동도 울리지 않고
船夫-船夫들은 배들을 저어가고	배들은 방축에 매어둔채로
나-누구를 기다리다, 찾아다니다	누구도 기다리지 않다, 앉아 있다.

　유표 공간과 무표 공간의 차이화로, 말하자면 그 흔적과 간극에서 항구의 경계적 의미를 생성할 수 있다. 여기에서 가장 주목해야 될 것은 간극의 그 공간 속에서 존재하고 있는 화자(나)의 기호론적 위치이다. 제목은 그냥 항구가 아니라 「항구에 와서」로

558) 『青馬詩鈔』, 98쪽.

되어 있다. 부동적인 텍스트가 아니라 인물의 이동에 따라 그 공간이 변화되는 동태적 텍스트이다.

항구는 하나의 창으로서 내/외 공간이 비교되는 그런 '視線의 길'이 아니라 서사체의 텍스트처럼 구체적인 인물의 행위를 통해서 출현된 공간이다. 그러므로 「釜山圖」나 「항구의 가을」과는 달리 화자인 나는 소설, 또는 희곡의 주인공처럼 인물, 장소 등과 연계된 특별한 행위에 의해서 그 기호를 산출해 내고 있다.

'나'는 어디에선가 이곳(항구)으로 온 것이다. 그 말은 '내' 공간에서 또는 '외' 공간에서 이곳으로 왔다는 이야기이다. 그리고 '왔다'는 그 행위는 '나'가 이곳(異空間)에 오기 이전의 공간적 시차성을 띠게 된다.

이 텍스트에서 보면 '나는 뉘도 기다리지 않고 앉았노라'로 화자의 그 행위가 서술된다. 그렇다면 항구에 오기 이전의 '나'는 누군가를 기다리고 있었으며 그냥 앉아 있지 않고 찾아다녔다는 반대 진술을 얻어낼 수가 있다. 그것은 방축에 매어둔 배의 의미가 '푸른 하늘에 배고동을 울리며 떠다니는 배'의 반대항에 의해서 의미를 갖게 되는 것과 마찬가지이다.

누군가를 기다린다는 것은 '내' 공간(H-) 속의 나이고 누군가를 찾기 위해 찾아 돌아다닌다는 것은 '외' 공간 속의 나이다. 그런데 항구에 온 나는 이 내방(內方)의 나도 외방(外方)의 나도 아닌 경계인으로 존재한다. 그 상태가 바로 앉아 있는 나이며(서다와 눕다의 경계) 뉘도 기다리지 않고 있는 나이다. 그러나 '뉘도 기다리지 않는다'는 말에는 누군가를 기다린다는 '흔적'의 차연작용이 있다는 것을 부정할 수 없다. 오늘 항구의 풍경 속에 갈매기도 배도 '선부'도 없다고 해서 그냥 아무것도 없는 공간이라고 말할 수 없는 것과 똑같은 구조이다. 현전/부재의 대립이 함께 나타난 「白晝의 停車場」과 동일한 텍스트이다.

　　그늘진 倉庫 뒤 낮잠 자는 젊은 거지 옆에……

　의 시구에서 나/항구와의 관계는 나/거지의 근접 관계로서 그 뜻이 보완된다. 창고는 '내' 공간성의 폐쇄성을 나타내는 기호이다. 자물쇠와 외부로부터의 침입을 막는 건축물로 넓은 도시 공간으로 확대되면 감옥, 지하실, 성과 같은 의미 작용을 갖는다. 견고한 벽의 의미를 더욱 강조시키는 것이 '그늘', '창고', '뒤'라는 그 후방성이다. 그리고 '잠'은 '내' 공간의 특성인 침대, 이불, 베개의 의미 그룹과 연관되어 있는 것으로 '내' 공간 속의 '내' 공간을 나타내는 변별적 요소이다.

　그런데 '거지'는 창고로 표시되는 그 '내' 공간과는 무연無緣한 인간으로 주거도 주소도 없이 '외' 공간에 떠돌아다니는 인간이다.

　내가 항구에 왔다는 것은, 그리고 그 항구에 지금 있다는 것은 바로 내/외, 휴식/노동, 기대/망각, 유/무, 평화/투쟁, 현전/부재가 대립되어 있는 바로 그 틈, 경계의 영역에 있다는 것을 뜻한다. 쪽빛 깃발을 단 배와 그것이 가버린 빈 바다의 틈 사이, 갈매기가 날아다니는 것과 자취를 감춘 텅 빈 허공의 틈 사이, 뱃고동소리와 아무것도 들려오지 않는 적막의 틈 사이, 배를 몰고 다니는 '선부'와 방축에 매어둔 채로 어디론가 가버린 부재하는 '선부'의 틈 사이, 창고와 거지의 낮잠 틈 사이, 거지와 나의 틈 사이, 기다림과 기다리지 않는 그 틈 사이, 걸어다니는 행동과 앉아 있는 몸짓의 그 틈 사이…… 그 모든 틈 사이에 있는 것이 항구라는 공간이다. 항구 속의 나는 '장지 안에 있는 나' '벌판 끝에 서 있는 나'의 대립에서 벗어난 나이다.

항구가 동태적 텍스트로 나타난 또 하나의 예가 「마지막 港口」이다.

> 어디를 가도 애터지게 불어 쌓는 바람이여
> 끝끝내 날 죽일 바람이여
> 꿈도 보람도 깡그리 불리우고
> 흘러 흘러 드디어 예까지 왔노니
>
> 여기는 나의 靑春의 마지막 港口
> 오만 旗폭은 일제 날 따라

한가지 향을 하고 못 견디어 퍼덕여라

마침내 옷자락같이 찢기인
나의 목숨이 旗ㅅ대에서 사라지는 날
바람이여 실상 나는 너 안에
이미 붉은 薔薇의 무덤을 지녔더니라

―「마지막 港口」559)

　여기의 항구는 이승과 저승의 경계로서 그려진다. 나의 청춘의
마지막 항구라고 한 것은 단순히 연령을 뜻하는 젊음이라기보다
열정을 갖고 사랑을 추구하는 인간의 생명 전체를 상징하고 있는
제유이다. 마지막 이 항구가 삶과 죽음의 경계라는 것을 분명히
보여주고 있는 것은 '오만 旗폭은 일제 날 따라 한가지 향을 하고
못 견디어 퍼덕여라' '마침내 옷자락같이 찢기인 나의 목숨이 旗
ㅅ대에서 사라지는 날'과 같은 '旗ㅅ대'에 대한 묘사이다.
　이 텍스트에서 나의 목숨은 깃발과 동위태를 이루고 있는 것으
로 그 깃발을 나부끼게 하는 것은 바람이고, 바람에 의해 나는 이
항구에까지 온 것이다. 예까지 날 따라온 '旗폭'이 찢긴다는 것은
더 이상 갈 수 없는 한계를 나타내는 것이 되고 그 한계를 넘으면

---

559)　『蜻蛉日記』, 362쪽.

목숨이 깃대(신체)에서 사라지는 것, 즉 죽음이 된다. 이 비유를 도표로 성리해 보면 다음과 같다.

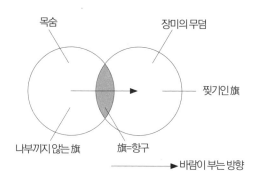

〈도표 2〉

'드디어 예까지 왔노니'는 삶의 최종적인 경계선까지 왔음을 의미하는 것이다. 더 이상 가면 죽음이 있는 곳이다. 그러나 항구는 뭍에서 밖으로 나가는 것만이 아니라(H-/0/+→) 밖에서 안으로 들어오는(H-/0/+←) 내內이기도 하다. 그것은 문자 그대로 경계 영역이므로 역과 마찬가지로 출발점이 아니라 귀착점일 수도 있다. 「自由港」이 그렇다.

창망한 물과 하늘과 - -

아아, 자유란 얼마나 고독하고도 영광스런 것인가?

그 안에서만

온갖은 제대로의 몸매를 가진다.

제대로의 꿈을 가진다.

제대로의 길을 가진다.

그리하여 -

그 창망한 물과 하늘과 햇빛과 어둠 속을

vo! vo!

향수에 메인 제 목소리를

자신의 사념(思念)에 메아리짓고 찾아온 당신들.

잘 왔소, 잘 왔소이다.

여기는 언제고 뉘게나 열려 있는 소박한 잔치 마당.

저마다 조국의 영광이요 자랑인 '리본'을 팔랑대고

가슴엔 자기네 예지의 선물들을 가득 안고

찾아온 갖은 차림새의 당신들.

그 당신들을 진정 기쁨과 정성으로 환대할 거리라곤

유자 향기 풍기는 밝은 남풍과

갈매기의 인사와 흡족한 천연수(天然水)와

보랏빛 '오존'에 젖어있는 낯설은 풍물(風物)과 그리고

그 속에서만 우리의, 또한 당신들의 조국과

조국의 꿈이 살 수 있는 햇빛같은 자유!

이것 밖에 여기엔 없소이다.

잘 왔소이다.

그러나 내일이고 모레며는

이 마음껏 환호에도 미련없이 또 어디메고

창망한 수천(水天) 속을 물꼬리짓고 길 떠날 당신들!

잘 가소이다 또 오소이다.

　　　　　　　　　　　　　—「自由港 – 대부산에 부치다」[560]

　　역과 기차의 연계성처럼 항구와 배는 그 인접성으로 환유적인 동일성을 이룬다. 「釜山圖」의 분석 과정에서도 잠시 비교된 바 있지만 배, 기차 등은 일종의 움직이는 집[561]으로서 '내' 공간을 지닌 채 '외' 공간으로 나가는 양성구유적인 성격을 지니고 있다. 그런 면에서 내/외 공간을 모두 지닌 가장 이상적인 공간의 기호로 작용될 수도 있다.

---

560)　『나는 고독하지 않다』, 159쪽.

561)　기차, 배 등은 일종의 움직이는 집으로서 〈내〉 공간이면서도 〈외〉 공간에 있는 모순의 공간이 된다.

청마는 자신의 집(주거)을 항해라는 배로 비유하고 밤하늘의 우주 공간을 바다로 묘사하는 시를 몇 편 남기고 있다.[562] 그는 「배」라는 일행시에 그것을 이렇게 간략히 기술하고 있다.

그 완한 孤獨! 스스로의 無限思念에 오락 가락, 蒼然한 古城같은 너, 배여[563]

'無限思念'은 바다의 '외' 공간을 뜻하는 것이고 창연한 '古城'은 배의 '내' 공간을 나타내는 것이다. 유한한 '내' 공간이 무한한 '외' 공간과 분리될 수 없는 동전의 양면처럼 결합되어 있다.

「商船에 대하여」[564]를 분석해 보면 배가 문자 그대로의 '양성구유'로 기술되어 있다는 것을 발견하게 된다. '젠더의 공간'에서 언급한 바 있듯이 '내' 공간은 여성 공간, '외' 공간은 남성 공간으로, 역(易)의 원리처럼 음, 양으로 분리된다. 그런데 청마는 시의 첫머리에 '영어에선 배의 대명사를 여성 인칭인 She로서 부른다고'라는 말을 앞세운 다음 배를 여성으로 의인화하여 묘사해 가고 있다.

---

562) 청마는 직접적으로 집을 배로 비유하지는 않아도 처마를 배의 현(舷)으로 표현하고 있다.
563) 『예루살렘의 닭』, 60쪽.
564) 『미루나무와 南風』, 24쪽.

그래 풍요한 체구의 그녀는 지금 잔잔한 아침 만(灣) 위에 떨어져선 느낄 수 없는 무수한 엔진의 음향을 조용히 내포하고 백조처럼 여왕처럼 머물어 있어 외부에서의 어떤 조그마한 건드림도 이내 촉감하는 아닌 듯 가만한 몸짓의 반응

시의 2연에서 묘사된 배는 여성의 의미소를 모두 지니고 있는 것으로 순수한 '내' 공간성을 보여준다. 텍스트에 나타난 배의 여성성의 목록을 보면

풍요성='풍요한 체구'
내면성='떨어져선 느낄 수 없는 무수한 엔진의 음향을 조용히 內包하고'
고결성='女王', '白鳥'
수동성='外部에서의 어떤 조그마한 건드림도 이내 촉감하는'
감수성='아닌듯 가만한 몸짓의 반응'

등은 모두 여성의 속성으로서의 젠더 공간을 형성하고 있다.[565] 그러나 이런 '내' 공간을 지니고 있는 배가 3연에 오면 여성적 요소와 함께 남성적 요소를 공유함으로써 대립되는 기호소를 한

---

565) Perre Guiraud(1971), 앞 글, p.174 참조.

몸에 각인시키고 있는 양성구유적 성격을 띠게 된다.[566]

　　그것은 그녀가 어느 한 곳에도 착근할 줄 몰라 언제고 숱한 꿈과 선
물의 사절(使節)로서 도착과 출발 새를 밤이면 무변한 칠흑속을 자신이
내장한 꿈다발로 꽃밭처럼 불 밝히고 낮에는 먼 수평선을 고독한 王者
처럼 가기 마련인 때문

　'한 곳에 着根할 줄 몰라'는 '내' 공간의 여성의 정착성과 대립
되는 남성 공간의 요소이다. 그러나 '도착과 출발 새를'의 시구에
서는 나가는 것과 들어오는 것의 '내', '외' 두 공간의 요소를 함
께 지님으로써 양성구유의 특성을 갖게 된다. 그리고 '무변한 칠
흑 속(H-)을 자신이 내장한 꿈다발로 꽃밭처럼 불밝히고'의 시구
로 이어지면 이번엔 '외' 공간에 대립된 '내' 공간의 여성적 요소
가 우세해져 다시 그것은 꽃밭의 여성 공간(H-)으로 돌아간다.
　그런데 밤이 낮으로 바뀌면 배는 다시 성전환을 해서 '여성'성
은 '남성'적인 요소로 변해 버린다.

　　낮에는 먼 수평선을 고독한 王者처럼 가기 마련인 때문

566)　Mircea Eliade(1964), "Le Mythe de l'androgénie humaine,", p.354.

먼(+원방성) 수평선(+확산성)은 모두 '외' 공간의 기호소로서 그 술어는 '가다'가 된다. 그러므로 여왕, 백조, 꽃밭으로 비유되던 배는 갑자기 '공주'가 아니라 '왕자처럼'의 직유로 변환되면서 남성이 된다.[567]

이렇게 3연에서는 남/녀가 경합, 공존함으로써 배의 젠더 공간은 여성에서 양성구유로 기술되고 있다.

그런데 4연의

　　그러나 이렇게 호사스런 그녀가 실상인즉 얼마나 기구한 지난날의
　　歷程을 겪고 겪어 여기에 이르렀음인가

에서는 '실상인즉'이라는 말이 암시하고 있듯이 호사스런 그녀의 지난날을 말하게 됨으로써 겉보기의 여성성과는 더욱 반대되는 남성적 요소를 강화시킨다. 그것이 상항商航이 생겨나기 이전의 역사들로 '내' 공간에서 '외' 공간으로 나아가려는 인간의 의지, 길의 개척사에 대한 서술이다.

　　어쩌면 그것은 오늘날의 우주 개척의 초창草創보다 외로웁고 힘겨운

---

567) 「青鳥여」의 분석 참조(여류비행사가 밖으로 나오는 순간 여성적인 묘사가 바뀌어 소년으로 비유되는 수사법과 같다).

이야긴지 모른다.

짐짓 인류가 상기 우매한 未知속에 묻혀 땅덩이의 끝바지는 두려운 낭떨어진 줄로 믿고 살던 그런 어느 무렵에서부터 이미 인간은 오직 자신의 어쩔 수 없는 好奇의 꿈과 슬기에 이끌려 들어서 전해 아는 까마득한 동방과 서역西域과의 끼리 서로 찾아 바꾸고 사귀기에 진귀로운 보옥이며 향료며 주단이며 기물 등속들을 짐승 등에 싣고선 저 허막한 타클라마칸 사막沙漠의 저주와 죽음을 회피하여 머나멀리 천산남로天山南路를 우회함에도 더욱 헤일 수 없는 天然의 준열한 거부와 저지를 헤쳐 무수한 밤의 광막한 별가루에 묻으며 쉼없이 가각하는 계절을 바꾸고 바꿔 입고 더듬어 내왕하던 Silk Road 그 신산의 길을 가까스로 거쳐 나와 마침내 이렇게도 호화롭고 날렵한 모습으로 오늘 여기 서느로 이 나타났거니

그러나 이같이 아득히 회로廻路하여 인간이 피해 온 여정旅程저편 이제도 그대론 채 남아 지켜 있을 허막한 부정否定과 죽음의, 임자 없는 허귀虛鬼 울고 종적 잃은 망령亡靈들의 신발짝만 흩어져 바래질 불사의 타클라마칸 사막이여

여기에서 배는 이미 여성적인 '내' 공간과 대립되는 남성적 특성으로 그려지고 있다. '내' 공간에서 '외' 공간을 향해 나가는 꿈과 그 의지의 수단으로서의 교통수단, 교역 방법을 표시하고 있

는 것으로 그 모든 요소가 남성적인 +개척성 +모험성 +투쟁성 +
전진성 등을 나타낸다.

1연, 2연	3연	4연
여성	양성	남성
(내공간)	(내/외공간)	(외공간)

〈도표 3〉

 팽팽한 남녀의 경합, 또는 공존으로 구조화되어 있던 배가 4연
에 오면 이렇게 남성적으로 바뀌어 버린다. 그러나 그 남성적인
전진성과 투쟁성에 있어서도 여성적인 요소가 개입하여 '우회'라
는 기묘한 술어가 탄생된다.

 으로서 '저 허막한 타클라마칸 사막의 저주와 죽음을 회피하여
머나멀리 天山南路를 迂廻한'의 시에서는 앞으로 나아가려는 것
과 후퇴하려는 내/외의 대립적 행동이 타협 중화하여 '우회'라는
중성적 술어가 되는 것이다.
 그리고 '마침내 이렇게도 호화롭고 날렵한 모습으로 오늘 여기
서느로이 나타났거늘'의 이 시구는 배가 다시 여성적인 요소로

반전 묘사되어 있음을 보여준다.

마지막 연을 보면 배의 양성구유적 양의성은 더욱 확실해진다.

　　그러나 이같이 아득히 회로廻路하여 인간이 피해 온 여정旅程 저편 이
제도 그대론 채 남아 지켜 있을 허막한 부정否定과 죽음의, 임자 없는 허
귀虛鬼 울고 종적 잃은 망령亡靈들의 신발짝만 흩어져 바래질 불사의 타
클라마칸 사막이여

에서 다시 '회로'라는 말과 배가 이르지 못한 저편('외' 공간)의 허
막한 부정과 죽음의 타클라마칸 사막을 이야기함으로써, 배는
'내' 공간적 존재에 속해 있음을 시사한다.

좀 더 정확하게 말하자면 종적 잃은 망령들의 신발짝만 흩어져
있는 사막과 인간의 길들여진 일상적 삶의 경계 영역을 오가는
것이 바로 배의 공간적 위치가 되는 셈이다. 배는 그 불사의 사막
에서 보면 '내' 공간인 영원한 여성인 것이고, '땅덩이의 끝바지
는 두려운 낭떨어진 줄로 믿고 사는' 그런 '내' 공간의 시각에서
보면 그것은 서역을 뚫고 나가는 영원한 남성의 '외' 공간이 된다.

4 우편국-편지의 경계 통로

역 기차의 육로 교통과 항구, 선박의 해상 교통에 대응하는 마음의 통로가 우편국과 편지이다. 청마의 시 가운데 가장 아름다운 것들은 모두가 이 양극화한 공간 체계의 제3항인 그 매개 공간으로부터 탄생된다.

「郵便局에서」, 「편지」 등의 시 역시 그 공간 구조에 있어서는 역-기차와 항구-배의 그것과 상동성을 이룬다.

진정 마음 외로운 날은

여기나 와서 기다리자

너 아닌 숱한 얼굴들이 드나는 유리문 밖으로

연보라빛 갯바람이 할일 없이 지나가고

노상 파아란 하늘만이 열려 있는데

　소식의 통로, 내가 너에게 네가 나에게 서로 오가는 그 마음의 길이 시작되고 또한 끝나는 곳이 우편국이다. 항구, 역처럼 편지 역시 이 우체국의 공간을 통해 발신되고, 수신된다. 이 들어오고 나가는 반대 방향의 것이 한 공간에서 존재한다. 그것은 흑백의 형식 논리 그리고 그 대립적인 택일의 세계와는 다른 특성을 지니고 있다. 우편국 역시 사면이 벽으로 에워싸여진 '내' 공간이지만, 역이나 측후소 혹은 기차, 배처럼 그것은 밖을 향해 열려 있는 '외' 공간이기도 하다. 안에 들어와 있는 외부, 한 곳에 멈춰 있으면서도 항상 밖으로 이동하고 있는 집이다. 그래서 이 텍스트에는 '유리문 밖'이라는 시구가 유표화되어 있다. '연보라빛 갯바람'이나 '파아란 하늘'은 모두 '열려 있는 것'으로 '외' 공간의 코드를 나타낸다. 그러나 화자는 밖으로 나가는 것이 아니라 '유리문' 안에 있다. 우편국은 '와서 기다리'는 상반된 행위의 공간인 까닭이다. '와서'는 움직임을 나타내는 말이며, '기다리다'는 한 곳에 멈춰 있는 행위를 가리키는 말이다.

　편지는 나에게로 '오는 것'이고 내가 '읽는 것'이며 동시에 그것은 '보내는 것'이며 '쓰는 것'이다. 우편국은 '기다림'의 공간이

---

568)　『蜻蛉日記』, 92쪽.

지만, 동시에 소식을 '보내는' 공간이다. 그렇기 때문에 「幸福」이 라는 시에서는 「郵便局에서」와는 달리 이쪽에서 편지를 쓰는 마음을 묘사하고 있다.

　─사랑하는 것은

사랑을 받느니보다 행복하나니라.

오늘도 나는

에메랄드빛 하늘이 환히 내다뵈는

우체국 창문 앞에 와서 너에게 편지를 쓴다.

─「幸福」[569]

「幸福」의 1연은 '사랑하는 것은/사랑을 받느니보다 행복하다'는 아주 상투적인 사랑의 정형구로 시작된다. 그러나 그것이 '오늘도 나는/에메랄드빛 하늘이 환히 내다뵈는/우체국 창문 앞에 와서 너에게 편지를 쓴다'로 우편국의 공간이 편지를 쓰는 행위와 결합될 때, 그 상투어들은 갑자기 새로운 차원의 기호로서 탄생된다. 왜냐하면 사랑하는 것과 사랑을 받는 것을 편지를 쓰는 것과 받는, 즉 수신-발신 관계로 바꿔놓았기 때문이다. 즉 추상적 사랑이 공간화됨으로써 '실질'의 영역이 '기호 영역'으로 전환

---

569) 『靑馬詩鈔』, 160쪽.

된 것이다.

사랑하는 것은 편지를 쓰고 보내는 것이라면, 사랑을 받는 것은 편지를 받고 읽는 것과 같은 것이 된다. 이렇게 사랑은 공간화되고, 사랑이 오고 가는 마음은 우편국이라는 교신 장소에 의해서 의미화(signifié)된다. 여기에서 우편국은 닫혀진 공간이면서도 '에메랄드 빛'과 '창문 앞'이라는 말로써 '열려진 공간'의 의미 작용을 한다. 닫혀져 있으면서도 열려져 있는 경계 공간이 바로 사랑, 메시지, 배달의 우편국이다.

> 행길을 향한 문으로 숫한 사람들이
> 제각기 한가지씩 생각에 족한 얼굴로 와선
> 총총히 우표를 사고 전봇지를 받고
> 먼 고향으로 또는 그리운 사람께로
> 슬프고 즐겁고 다정한 사연들을 보내나니.
>
> —「幸福」

우편국을 찾아오는 사람들은 모두가 발신자들로서의 계합적 관계에 놓인다. 그것들은 통신 수단의 매개물('우표', '전봇지'), 발신자와 수신자의 주소('먼 고향', '그리운 사람'), 메시지('그리운 사람', '슬프고 즐겁고 다정한 사연')로 분류되어 있지만 그것들을 함께 서술하는 술어는 한 가지로 '보내나니'이다.

‘우표’는 메시지의 배달이라는 기호 작용이다. 데리다의 말대로 엽서, 우표는 그 자체가 배달이라는 메시지를 지니고 있다.[570] 그리고 편지 겉봉에 상대방의 이름을 쓰고 주소를 쓰는 것은 발신자의 이름과 주소를 쓰는 것과 분리될 수가 없다. 서로 다른 이름과 장소지만, 그 우편 제도와 수단에서는 그 두 개가 있을 때 비로소 ‘발신-수신’의 교신이 이루어진다. 발신자는 수신자가, 수신자는 발신자가 있을 때 비로소 자기의 기능을 발휘할 수 있다(전화 거는 것을 생각해 보면 알 수 있다).

메시지는 슬픈 것이든 즐거운 것이든 다정한 것이든 그 계합적인 의미에서는 ‘쓰다’이다. 쓰는 것 그것이 메시지의 기호이다. 편지를 쓰고 읽는다는 것은 그 내용(실질)보다 그 행위 자체를 배달하고 수신하는 데 있다. 교화(交話) 기능에서는[571] 그 내용이 문제가 되지 않는 것과 같다. 시적 기능 역시 외시적 의미가 문제되지 않는다는 점에서 교화 기능과 유사한 데가 있다. 우표를 구하고 사연을 쓰고 그것을 부치는 통합축은 모두 ‘郵便局에 들어가다’의 하위 단위로서 교신과 사랑의 계합적 단위로 볼 때, 그것은 ‘사랑하다’와 같은 말이 된다.

---

570)   Roman Jakobson(1981), 앞 글, “Linguistics and Poetics,”, pp.27-28.
571)   Jacques Derrida, “La Facteur de la Vérité,” *Poétique*, 21, 1975, p.96. 편지의 술어에 대한 분석.

세상의 고달픈 바람결에 시달리고 나부끼어
더욱더 의지 삼고 피어 흥클어진 인정의 꽃밭에서
너와 나의 애틋한 연분도
한망울 연련한 진홍빛 양귀비꽃인지도 모른다.

—「幸福」

우편국의 공간은 그 바깥의 공간과 대립된다. 그 바깥 공간은 '내' 공간과 '외' 공간이 다 같이 포함된다. 즉 우편국 창문 바깥의 세계란 '세상의 고달픈 바람결에 시달리고 나부끼어'에 해당한다. 그러나 우편국은 그럴수록에 '더욱더 의지 삼고 피어 흥클어진 인정의 꽃밭'을 이룬다.

—사랑하는 것은
사랑을 받느니보다 행복하나니라.
오늘도 나는 너에게 편지를 쓰나니
—그리운이여 그러면 안녕!
설령 이것이 이세상 마지막 인사가 될지라도
사랑하였으므로 나는 진정 행복하였네라.

—「幸福」

편지로 은유되는 사랑은 발신자로서의 사랑과 수신자로서의 사랑으로 나뉘어진다. 편지를 받는 것보다 쓰고 부치는 것은 발신자의 사랑으로 우편국의 공간에 해당된다. 그러므로 '사랑하였으므로 나는 진정 행복하였네라'와 '오늘도 나는 너에게 편지를 쓰나니'라는 등가 관계를 이루게 된다. 쓰는 것이 곧 사랑하는 것이다.

그러나 이 구조를 자세히 살펴보면 그것이 일방적으로 사랑을 주기만 하는 절대적인 사랑을 노래한 것이 아님을 알 수 있다. 그것은 앞서 분석한 대로 편지의 제도와 그 교신 수단에는 이미 발신과 수신은 상대적인 것이 아니기 때문이다. 편지의 구조야말로 사랑을 탈구축할 수 있는 유일한 방법이다. 우편국이 발신하는 공간이며 수신하는 공간인 것처럼 편지는 아무리 한쪽에서 발신자로서의 일방성을 고집해도 왕복 개념에 의해서만 그것은 비로소 의미를 갖게 된다.[572] 즉, '편지의 소유자는 누구인가?'를 생각해 보면 된다. 편지는 분명 쓴 사람의 것이지만, 수신자를 상대로 쓴 것이기 때문에 수신자의 것이다. 그러나 편지의 내용, 글씨, 서명은 모두 발신자에 속해 있는 것이다. 이것은 로고스 중심주의로 구축된 세계에서는 대답할 수 없는 질문이다. 그렇기 때문에 '사랑하였으므로 행복하였네라'가 편지 구조로서의 발신자적 사랑을 의미하게 될 때, 즉 우편국의 공간 관계로 그 사랑의 관계

---

572) Tzvetan Todorov(1976), *Littérature et Signification*(Librairie Larousse), 참조.

를 나타내게 될 때 받고 주는 대립 관계는 무너진다. 그것은 사랑
을 주는 것과 받는 것의 계층적 대립을 소멸시킨다.

X
공간의 해체와 탈구조

1 상·하 수직 구조의 해체 — 눈, 안개, 바람

이상에서 살펴본 대로 청마는 수직의 상·하, 수평의 내·외로 텍스트의 공간을 구축해 간다. 그리고 그것은 청마의 시적 언술과 그 의미 작용을 지배하는 중요한 변별 특징이 된다. 이항 대립적 공간 체계는 우열의 층위에 의해서 각기 가치가 부여되고 인간의 감정, 행위, 관념 등이 그 공간 체계에 의해 표출된다.

그렇게 해서 청마의 공간적 텍스트는 청마의 세계상을 나타내는 이차 모델 형성 체계의 기호가 되는 것이다. 그러나 우리는 동시에 상·하, 내·외의 이항 대립의 공간 구축이 그 경계를 이루는 매개항의 개입에 의하여 코드의 일탈이나 변칙 또는 융합이 생겨나는 다양하고 동적인 현상을 관찰한 바 있다. 그리고 로트만이 지적한 대로 예술 텍스트를 기술하는 데 있어서도 공간적 메타언어의 본질적 요소는 바로 그 '경계'라는 사실을 검증하였다.[573]

---

573) 집에서 성속의 두 공간을 분리하는 것이 문지방이다. 가정은 세계의 중심에 해당한

공간의 이항 대립 구조와 제3항에 의한 통합의 원리는 엘리아데가 『탐색(The Quest)』의 마지막 장 '종교 이원론에 대한 서론—이항성과 분류성'[574]에서 상세히 언급하고 있는 모든 종교 텍스트의 공간 구조와 일치된 점을 보이고 있다. 동서 할 것 없이 공간 분할의 체계가 이항 대립의 분극적 원리에 의해 구축되어 있다는 현상만이 아니라, 그 '분극성과 단절', '대립 관계와 상호성', '이원론과 반대의 일치'의 예증에 있어서도 그런 것이다.[575]

특히 인도네시아의 우주론 : 대립(antagonism)과 그 재통합(integration)의 모델은 청마의 텍스트 분석은 물론 문학 공간의 기호론에 있어 그 총체적인 결론을 끌어내올 수 있는 좋은 시사점을 제공해 주고 있다. 인도네시아에 있어서는 우주적 이원론(이항 대립)과 상보적인 대립 관계는 부락과 집의 구조, 의상, 장식품, 무기, 그리고 통과의례(탄생, 가입의례, 결혼, 죽음)에 나타나 있다.

그중 몰루카Molucca 군도의 암부리나Ambryna에 있어서 '섬의 부락 구조는 두 부분으로 분할되어 있다. 이 분할은 사회적인 것만이 아니라 우주적이다. 왜냐하면 그것은 세계의 모든 대상, 모든 과정을 내포하고 있기 때문이다'. 또 엘리아데가 제시한 이항 대

다. Mircea Eliaade(1964), 앞 글, p.319.

574) 앞 글, 127쪽.

575) 앞 글, 162쪽.

립 구조를 기호론적 방법으로 정리하면 다음과 같다.

	공간 분절의 메타언어		우주론적 층위		인간적 층위		의미론적 층위	
하 (낮은곳)	外	西	地	해안	女	少 (젊은이)	정신적	새것
상 (높은곳)	內	東	天	육지 또는山	男	老 (늙은이)	現世的 (mun- dam)	옛것

〈도표 1〉

그러나 암부리나 사람들은 이 체계에 대해 언급할 때에는 두 분할보다는 오히려 3분할에 대해 말한다. 제3의 요소는 이항 대립의 요소를 통합하여 그것에 균형을 부여하는 '종합(superior synthesis)'[576]이다.

엘리아데는 인도네시아의 우주론과 상징론을 분극의 종합, 즉 '제3항(third term)'은 직전의 상황, 즉 분극적인 대립과 관련되면 새로운 창조를 뜻하는 것이지만 동시에 그것은 하나의 퇴행, 서로 대립하는 것이 아무런 차이도 생겨나지 않았던 하나의 전체성(non differentiated totality) 속에서 공존하는 원초적 상황에의 회귀이

---

576) M. Eliade, 앞 글, p.162.

기도 한 것이다.

엘리아데가 말하고 있는 '제3항'은 청마의 텍스트에서 수직의 중간항인 山, 나무, 旗빨, 그리고 수평 구조의 경계인 문지방, 창, 문, 마당 그리고 경계 영역의 통로가 되는 역, 항구, 우편국 등 상·하, 내·외의 이항 대립을 다 같이 내포하고 있는 매개항에 해당할 것이다.

그러나 엄격한 의미에서 이 3항은 이항 대립을 확대한 체계의 하나이므로, 공간을 구축하는 한 요소에 지나지 않는다. 이항 대립과 그것을 뛰어넘어 원초의 전체성, 분극 이전의 퇴행 상태로 회귀하려는 것은 공간의 구축 자체를 해체하려는 것이다. 상·하나 내·외의 경계적 의미가 아니라, 그 경계 자체를 소멸시킴으로써 공간의 분절을 붕괴하려는 기호의 해체이다.

청마의 경우, 이미 보아온 대로 그는 엄격한 이항 대립적 코드에 의해 공간을 질서정연하게 분할, 구축해 가고 있지만 한편에서는 자기 자신이 만들어낸 시적 우주의 그 공간과 질서를 무너뜨리는 해체 작업을 하고 있는 것이다. 즉 청마가 수직 체계의 공간에 있어서 그 중간항을 창조해내는 데 그치지 않고 상/하, 내/외의 대립 체계를 근본적으로 전도시켜 버리거나, 또는 그 대립의 간극(brusure)을 없애버리는 탈구축의 기법을 사용하고 있는 것이 바로 그것이다.

가) 눈의 해체 공간

「雪日」 같은 텍스트에서는 하늘과 땅의 상/하 구별이 소멸되어 있는 예를 보여준다.

> 하늘도 땅도 가림할 수 없이
> 보오얀히 적설(積雪)하는 날은
> 한 오솔길이 그대로
> 먼 천상(天上)의 언덕배기로 잇따라 있어
> 그 길을 찾아가면
> 호젓이 지쳐 붙인 사립 안에
> 그날 통곡하고 떠난 나의 청춘이
> 돌아가신 어머님과 둘이 살고 있어
> 밖에서 찾으면
> 미닫이 가만이 밀리더니
> 빙그레 웃으며 내다보는 흰 얼굴!
>
> —「雪日」[577]

'하늘도 땅도 가림할 수 없이'란 말은 하늘과 땅이 늘 대립되어 오고, 그 대립된 공간은 언제나 다른 이공간異空間의 의미 작용을

---

577) 『靑馬詩鈔』, 188쪽.

낳아왔음을 뜻하는 진술이다. 그러므로 오솔길이 천상의 언덕배기로 잇따라 있고 하늘도 땅도 가림할 수 없게 된 상태는 작은 천지개벽을 의미하고 있는 것이다. 차이의 분극이 생기기 전의 카오스적 공간이다. 그러므로 거기에는 현재와 과거를 가르는 시간의 벽도, 생과 사를 가르는 경계도 없어진다. 온 천지를 덮은 눈이 하늘, 땅을 하나가 되게 하고 그 초현실적 공간이 만들어낸 공간 속에서 인간은 그 경계 침범을 허락받는다. 그렇기 때문에 '그 길을 찾아가면/호젓이 지쳐 붙인 사립 안에/그날 통곡하고 떠난 나의 청춘'과 '돌아가신 어머님'을 만날 수가 있는 과거의 시간 속으로 들어갈 수 있다.

물론, 여기에서도 '길', '사립', '미닫이' 등의 경계어가 등장하지 않는 것은 아니다. 그러나 상/하(하늘/땅)가 맞닿은 그 해체 공간에서는 '미닫이가 가만히 밀리는' 공간으로 '닫힘'과 '열림'의 그 대립이 하나가 되어버린 세계인 것이다. 특히 '미닫이가 밀리는'의 아름다운 한국어의 그 소리와 의미가 그 해체 공간에 생생한 울림을 부여한다.

'미닫이'는 '밀다'(開)와 '닫다'(閉)의 반의적 동사가 복합되어 하나의 명사를 만들어낸 말이다. 열린 공간과 닫힌 공간의 대립은 이미 '미닫이'란 말 속에서 해체되어 있는 셈이다. 인구어에는 이

렇게 해체 공간을 나타내는 말이 거의 없다.[578] 뿐만 아니라 '미
닫이'와 '밀리더니'는 음의 동일한 반복으로 닫힌 상태와 여는 상
태가 음의 동일성에 의해서 하나를 이루고 있는 것이다. '밀다'는
여는 것으로 /m/음, '닫이'는 닫는 것으로 /t/음으로, 의미만이 아
니라 그 음성에 있어서도 /m/~/t/의 유음과 파열음으로 대립되어
있다. 그리고 '밀리더니'에서 유음 /l/이 더 첨가되어 그 열림이
한층 강세되어 있으나 역시 '더니'의 /t/음이 있어, 앞의 /m/~/t/
음을 그대로 반복하고 있다. 그리고 문법의 층위에 있어서도 '미
닫이를 가만히 밀고 내다보는 것'이 아니라 '미닫이가 밀리더니'
로 되어 사격이 직격으로 되고 그래서 그것은 자동문처럼 절로
열리는 역할을 한다.

　언뜻 보면 「雪日」의 이 텍스트에서 하늘, 땅의 수직적 대립 공
간은 해체되어 있어도 수평적인 내/외 공간은 그대로 남아 있다
고 생각될지 모른다. '밖에서 찾으면'의 '밖'이나 '오솔길'이라는
말 자체가 '바깥'과 '안'의 분할을 나타내 주고 있기 때문이다. 그
러나 이 수직의 시간 속에는 너/나의 경계도 무너져 있다. '밖에
서 찾으면/미닫이 가만히 밀리더니/빙그레 웃으며 내다보는 흰

인구어에서는 이항 대립을 공존 융합시키지 않고 계층적 질서에 의해 한쪽을 무표로
하고 다른 한쪽을 유표로 하는 배제의 원리를 사용한다. 〈Elevator〉, 〈Escalator〉, 〈Draw-
er〉 등이 모두 그렇다. 한국어에서는 승강기, 미닫이 등으로 양면성을 함께 나타낸다.

얼굴!'의 마지막 시행에서 '흰 얼굴'은 하나로 그려져 있다. 분명히 앞에서는 '돌아가신 어머님과 둘이 살고 있어'로 되어 있는데, 미닫이가 밀리며 나타나는 얼굴은 하나인 것이다. 내 청춘의 얼굴과 어머니의 얼굴은 '눈'처럼 하나로 덮여 있다. 둘이 하나가 된 얼굴, 그것이 '흰 얼굴'이며 하늘도 땅도 가림할 수 없이 된 「雪日」의 세계이다.

물론 이러한 해체 공간을 만들기 위해 사용된 것은 '눈'이다. 눈은 이항 대립 체계를 부수고, 그 간극[579]을 메워주는 해체 기호에 유계성(motivation)을 주고 있다. 윤동주가 그의 시 「눈오는 地圖」[580]에서 보여준 것과 똑같다.

順伊가 떠난다는 아침에 말못할 마음으로 함박눈이 나려 슬픈 것처럼 아득히 깔린 地圖 위에 덮인다. 壁과 天井이 하얗다. 房안에까지 눈이 내리는 것일까?

에서 지도는 공간을 분절화하고 무수한 의미의 경계들을 각인해 놓은 것이다. 그 위에 눈이 덮인다는 것은 눈이 인위적으로 분절된 공간을 해체하여 분절 이전의 상태로 돌아가 버리는 세계를

579) Otto Friedrich Bollnow(1980), 앞 글, "Der Nachtraum,", p.221.
580) 윤동주(1945), 『하늘과 바람과 별과 詩』(서울 : 정음사), 19쪽.

만들어낸다는 말이다. 그래서 내/외도 사라지고 방 안도 모두 하얗게 되어 천장과 벽의 구별도 없어진다.

나) 안개와 밤의 해체 공간

'눈'과 마찬가지로 '안개'와 '밤'[581]도 공간의 해체 기호로 작용한다. 청마의 경우 '안개'에 의해 상/하, 내/외의 이산적 공간의 대립을 연속적이고 등질적인 무한 공간으로 해체시킨 텍스트가 「霧夜」이다.

> 밤 안개는 소리 없이
> 나의 외론 港口로 밀려 와서
> 기어이 입어야 할 슬픔 같이
> 방축도 잠기고 집도 잠기고 나도 잠기고
>
> 그 하이얀 슬픔에 얼굴을 묻고
> 고기처럼 헤치고 가면
> 겨우 선창가엔 旅人宿 등불 하나
> 젊은 女主人은 호젓히 앉아 웃고

---

581) Otto Friedrich Bollnow(1980), 앞 글, p.224.

밤새도록 저렇게 汽笛은

咫尺 같이 들리는데

비쳐도 비쳐도

아무것도 燈台사 안보인단다

—「霧夜」[582]

「雪日」에서 '눈'이 길을 덮은 것처럼 「霧夜」에서는 항구의 경
계 영역을 안개가 덮어버린다. 더구나 그것은 밤안개로서 이중적
인 해체 작용을 한다. 밤 하나만으로도 공간의 경계가 무너져버
리는데,[583] 거기에 불빛마저 가리는 짙은 안개가 밀려온다.

'방축도 잠기고 집도 잠기고 나도 잠기고'에서 '방축'(H0),
'집'(H-), '나'(P.V)가 모두 잠긴다는 것은 공간적 분할이 없어진다
는 말이 된다. '잠기다'는 침몰, 하강적인 동사로서 공간적인 체
계에서는 '하'(V-)에 속한다. 그래서 지상은 물속과 동일시된 공간
체계의 변화로 '걸어가다'가 '헤엄쳐 가다'로, '사람'이 '물고기'
로, '공기'가 '물'이 된다. 「雪日」에서는 하늘/땅의 경계가 없어져
서 하나가 되었지만 여기에서는 뭍/물, 지상/수중의 경계가 사라

582) 『울릉도』, 14-15쪽.

583) E. Minkowski(1933), 앞 글, p.173.

져 하나로 융합된다.[584]

이러한 해체 공간에서는 역시 너/나의 경계도 없어진다. 그 경계 소멸을 나타낸 것이 '웃음'이다. 「雪日」의 웃는 얼굴이 여기에서는 '젊은 여주인은 호젓이 앉아 웃고'로 되어 있다. 즉 '여인'은 모두 '내'의 젠더 공간을 형성하고 있지만 여기의 여인숙은 보통 집과는 달리 외부를 향해 열려 있는 내부이므로, 그 젠더 공간(규방) 역시 규방 체계의 내 공간을 해체한다. 그것을 한층 더 강화하고 있는 것이 '웃음'인 것이다.

안개의 해체 공간에서는 원/근의 거리 질서proxemic도 소멸된다. '밤새도록 저렇게 기적은/지척같이 들리는데'도 멀리에서 울리는 기적 소리가 아주 가까이 들리고, 반대로 '아무것도 등대사 안 보인단다'라는 시구에서는 바로 앞에 있는 등대인데도 안 보이는 것이다. 청각적 거리는 시각적 거리와 그 원근이 완전히 전도되어 있다.[585]

눈이나 안개는 다 같이 기상 현상이다. 같은 공간이라도 눈이 올 때와 안개가 낄 때에는 그 특징feature이 달라지게 된다. 그래서 그 자연 현상이 기호화하여 의미 작용에 유계성을 주게 되면 공

---

584) '건조한 것'과 '물'의 기호론적 분석. Mathieu Casalis(1976), "The dry au the wet : A semiological analysis of creation and flood myth," *Semiotica* 17 : 1. (Mouton), pp.35-36.
585) E. Minkowski(1933), 앞 글, p.44.

간을 구축했던 코드가 해체된다.

『잃어버린 시간을 찾아서』[586)]의 서두에서 주인공이 한밤중에 선잠을 깨자, 자기가 어디 누워 있는지 몰라서 불안해하는 장면 묘사가 바로 그 '해체된 공간'을 나타낸 예이다. 밤의 어둠이 그런 탈코드의 작용을 하고 있는 것이다.

다) 바람의 파벽 공간

바람은 안개, 눈, 밤과 함께, 이 같은 해체 작용을 하는 대표적인 기상 현상의 하나이다.[587)]

바람은 수직 공간에서도, 수평 공간에서도 다 같이 경계 침범을 한다. 하방 체계에 속해 있는 풀이 수직으로 일어서서 상승적 공간을 만들어내게 하는 것도 그 바람이며, 거리의 인간들을 깃발처럼 나부끼게 하여 그 시선을 하늘로 옮기게 하는 것도 그 바람이다.[588)] 상/하의 공간은 회오리 바람 같은 것에 의해 뒤섞이고 만다. 이 '높이 부는 바람'의 수직 체계가 수평 공간에 나타나면 「破壁」의 경우처럼 내/외를 가르는 벽을 무너뜨린다.

---

586) G. Poulet(1962), 앞 글, p.34 참조.

587) J. Chevalier(1969), 앞 글, p.336.

588) 「그리움」참조, 『靑馬詩鈔』, 20쪽.

바람아 바람아 어쩌면

너의 고독한 통로(通路) 복판에

내가 서 있는지도 모른다.

바람아 바람아 어쩌면

나의 마음에 파벽(破壁)이 있어

거기에 네 통로가 있는지도 모른다.

바람아 바람아

등도 없고 잠도 안 오는 밤에 듣는

―바람아

―「破壁」⁵⁸⁹⁾

너의 고독한 '通路 복판'이란 바로 벽이 무너진 자리의 해체된 공간인 것이다. 그것을 청마는 '破壁'으로 표현한다. 내/외의 벽을 갖지 않는 통로로서의 바람은 밤과 연계된다. 바람과 밤은 음운적 상사성만이 아니라 구축된 공간을 해체시키는 그 의미론적 층위에 있어서도 동위태를 이루고 있다.

'바람아 바람아/등도 없고 잠도 안오는 밤에 듣는/―바람아'의

---

589)　『旗빨』(정음사, 1984), 301쪽.

마지막 연에서, 바람은 어둠('등도 없고')과 해체된 마음('잠도 안 오는')
과 결합함으로써 그 '고독한 통로'는 세계 전체를 하나의 공간이
되게 한다. 통로밖에 없는 텅 빈 무의 우주 공간, 그것이 모든 의
미를 구축해냈던 공간이 무너져내려 '통로 복판'에 서게 되는 해
체 공간이다.

　이와 같은 '破壁의 공간'이 밤의 공간과 결부되어 더욱 그 해체
성을 강렬하게 나타낸 것이 「밤바람」이라는 시이다.

　　너의 편지에
　　창밖의 저 바람소리마저
　　함께 봉하여 보낸다면 그 바람소리
　　잠결에도 외로와 깨어 이 한밤을 듣는다.

　　알 수 없는 먼먼데서 한사코
　　적막한 부르짖음하고 달려와
　　또 어디론지 만 리나 날 이끌고 가는
　　고독한 저 소리

　　너 또한 잠 못 이루는 대로 아득히 생각
　　이 한밤을 꼬박이 뜨고 밝히는가

그리움을 모르는 이에게
저 하늘의 푸름인들 무슨 뜻이리

진정 밤 외로운 바람은
너와 나만을 위하여 있는 것

아아 또 적막한 부르짖음하고 저렇게
내게로 달려오는 정녕 네 소리

—「밤바람」[590]

낮에 부는 바람은 물체의 '나부낌'으로 나타나 시각적인 해체 공간을 만드는 작용을 하지만 밤바람은 청각적인 것으로 그 기능을 나타낸다. 바람 소리는 밤과 동일시하여 바람 소리를 듣는 것을 은유적 일체로 '이 한 밤을 듣는다'고 표현하고 있다. '바람≡밤'의 의미 체계에서 바람 소리는 어둠이 소리로 변한 조응(correspondance) 공간을 만들어낸다.[591] '참결에도 외로와 깨어'라는 시구에서 보듯이 바람 소리를 듣는 의식의 세계는 수면과 각성의 경계가 사라진 상태로 역시 경계 침범으로 인한 '파벽 공간'을 만

590) 『旗빨』(정음사, 1984), 319쪽.
591) E. Minkowski(1927), 앞 글, p.382.

들어낸다.

'너의 편지에/창밖의 저 바람소리 마저/함께 봉하여 보낸다면'
의 구절은 바람과 편지(言語)를 결합시킨 것으로 그것은 이미 분
석한 바 있는 '발신-수신'의 '우편국 공간'과 같은 것이다. 바람
은 그 '행위 공간'에 있어서도 해체 작용을 한다. '알 수 없는 먼
먼 데서 한사코/적막한 부르짖음하고 달려와/또 어디론지 만리
나 날 이끌고 가는/고독한 저 소리'의 시행에서, '달려오다'는 밖
에서 안으로 오는 것이며, '이끌고 가다'는 반대로 안에서 밖으
로 나가는 것이다. 바람은 이렇게 '기지既知의 공간'과 '미지未知의
공간'을 넘나드는 행위, 오고 가는 대립 행위를 뛰어넘는 양의성
을 갖고 있다. 바람은 오는 자이며 동시에 가는 자이므로 바람 속
에는 '오다', '가다'의 두 대립된 동사가 언제나 함께 존재하고 있
다. 밤바람의 해체 공간은 결국 나/너의 경계를 무너뜨리는 것에
서 긍정적인 의미를 표시하게 된다. 사랑의 언어들은 바로 나/너
의 구별이 없는 이 해체 공간 속에서 탄생되는 까닭이다. '진정
밤 외로운 바람은/너와 나만을 위하여 있는 것'이란 시구가 더욱
심화되면, 바람이 바로 '너'가 된다. 그래서 마지막 연은 '아! 또
적막한 부르짖음하고 저렇게/내게로 달려오는 정녕 네 소리'로
끝난다.

이 시의 첫 연에 나오는 것과 마지막 연을 대비해 보면 이 텍스
트가 만들어내는 '공간'의 의미 작용을 분명히 읽을 수 있게 된다.

시의 서두에서는 '바람'과 '너'는 별개의 존재로 '창밖의 바람소리를 편지와 함께 보낸다면'이라는 가정적 서술이 가능하게 된다. 이 같은 언표 행위는 바람과 '나'(화자)가 발신자에 속해 있고, '너'는 그 편지를 받는 수신자로 설정되어 있음을 밝혀주고 있는 것이다.

그런데 마지막 연에서는 바람이 거꾸로 '네 소리'가 된다. 즉 '나=바람'의 관계가 '너=바람'으로 전환되어 있는 것이다. 동시에 발신자로서의 나는 수신자가 되고, 수신자였던 너는 발신자가 된다.

A와 B는 정반대이다. 나의 메시지였던 밤바람이 마지막에 오면 너의 메시지가 되는 것이다. 이렇게 해서 밤바람은 나, 너의 관계를 완전히 뒤엎어 놓고, 너이면서 나, 나이면서 너인, 같은 메시지에 의해 경계 침범의 해체 공간을 만들어낸다. 그러므로 이 텍스트에서 바람의 부르짖음은 세 대상과 은유 관계를 맺고 있다.

바람≃밤…바람은 밤이다.

바람≅나…바람은 나이다.

바람≅너…바람은 너이다.

이 수사학적 유추에 의해 이루어지는 삼단 논법은, 고로 '너는 나다'라는 등식 관계에 도달하고 만다. 튼튼한 벽으로 구축된 기호들은 바람 속에서 죽는다. 기호 역시 다른 생물과 마찬가지로 무無 속에서 탄생해서 활동하다가 노쇠하여 굳어져서는 죽는다. 시적 기호를 기호의 과정으로 볼 때, 그것은 탄생의 한순간과 사멸의 한순간의 섬광 속에서 존재하는 것이라고 할 수 있다. 공간의 기호 역시 마찬가지다. 구축해 갈 때의 공간과 허물 때의 공간에서 시적 공간은 복합적이고도 생생한 기호의 기능을 갖게 된다. 완전히 코드화하여 그것이 굳어져 코스모스의 공간, 노모스 nomos의 공간 상태가 되면,[592] 그 기호는 자동화하여 정보량을 상실하게 되고 그 메시지도 논리적인 것이 되고 만다.[593] 따라서 기호가 탄생하는 자리와 사멸하는 자리가 바람의 통로 한복판의 해체 공간이라고 할 수 있다.

592) Terence Hawkes(1977), *Structuralism and semiotics*(Berkeley and Los Angeles : Univ. of California press), p.64.

593) Jeremy Campbell(1982), 앞 글, p.64 참조.

라) 전도된 하늘

눈, 안개, 바람으로 공간을 덮어버리거나 무너뜨리는 작용과는 달리, 하늘을 냇물, 호수 등에 반사시켜 땅으로 내려와 상/하의 대립을 없애버리는 방법을 쓰고 있는 경우도 있다. 바슐라르가 물의 물질적 상상력에서 언급한 것의 하나로, 하늘은 그 물에 전도된 모습에 의하여 상/하 질서의 차이를 상실하게 된다.[594] 보수적인 사상가들이 물에 비친 하늘의 그림을 비난한 것도 그것이 상/하의 계층적 공간 질서를 혼란케 한다는 이유에서였다.[595] 청마가 물에 비친 하늘을 그린 대표적인 작품들은 「雅歌一」[596]과 「歲月」[597], 「흐름에 잠긴 小刀」[598] 등이다.

어느 神話에 있다는 神秘의 湖水가 당신의 검은 눈같이 고웁기사 하랴.

향그럽고도 서느로운 그늘로 화안히 변두리 꾸며진 안으로 한점 불안의 흐림도 없이

거기 와 비취는 온갖을 남김없이 비치기 위하여 항시 깊숙이 열려있

---

594) G. Bachelard(1942), 앞 글, p.44.

595) 앞 글, p.55.

596) 『第九詩集』, 58쪽.

597) 앞 글, 100쪽.

598) 『柳致環 詩選』, 170쪽.

는 그 맑음의 조요로운 깊이를 아아 무어론들 측량이나 하랴.

　　─구름이 스쳐간다. 바람결이 지나간다. 새 그림자가, 잎새가 흘러
간다.

　　그러나 그 꿈꾸듯 열려 있는 맑음의 九重 깊이에 세월과 더불어 시종
담뿍이 담겨 있는 것은 저 한장 푸른하늘!

　　그 한점 꾸김살 없이 펼쳐있는 푸른 하늘인즉 이 나이거니 나의 사랑
이거니─
　　아아 이 나의 사랑을 담기 위하여서만 이 神秘의 검은 湖水는 있고
이 나의 사랑을 通하여서만 萬像은 그 福된 비췸을 여기에 누린다.

　　　　　　　　　　　　　　　　　　　　　　　　　─「雅歌」

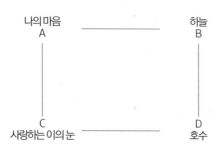

〈도표 2〉

하늘이 호수에 비쳐 하나가 되는 것은 내가 곧 타자(님)와 하나가 되는 것이다. 너/나의 경계 소멸이 호수에 비친 하늘의 상/하가 소멸된 공간에 의해 실천된다. A : B : : C : D에서, B : D : : A : C의 관계로 변한다.

상/하의 대립을 이루는 '틈'을 헐고 메꾸는 해체 공간이 아니라, 한층 더 대담한 것은 그 틈을 그대로 둔 채 가치 체계를 전도시켜 버리는 것, 바흐친의 '脫冠과 載冠'의 카니발의 세계 감각과 같은 것을 많지는 않으나 청마의 텍스트에서도 발견할 수 있다. 「地上은 연한 청색」, 「遠景」 등이 그 모형이라고 할 수 있다.

우주 창성 이후 처음으로
저 무량 광대한 금단의 영역 문전엘
잠깐 엿보고 돌아온 사나이의 증언인즉
하늘은 어둡고
지상은 연한 청색이더라고

아니나 다를까 인간은
얼마나 오랜 오류에 사로잡혀 왔는가
이 세상은 어두운 죄값의 구렁이요
하늘 어디엔 무르익는 天國이 있다고 믿어

아아 이곳 인간의 땅은 연연한 푸름

때론 곤두서는 노도광란이야

빛이 진한 때문 그늘도 짙은 소치

장미원에 바람비가 붙안기고

병벌레가 온통 쏠기도 하듯

차라리 저 하늘 후미진 어디메에

전지전능 거룩하게 계신다고 믿기우는 사나이

존대스런 그 사나이를 이리로 오라 해서

우리와 함께 살게 할 순 없을까

할일 없으면 손톱이나 깎으라며

아아 여기는 연연히 고운 인간의 영토

아예 부질없는 심로일랑 버리고

내 동산이나 살뜰히 가꾸며 헤룽헤룽 살다

잎새가 떨어져 제 발 아래 거름되듯

마침내 어느 길목 모퉁이에 여한없이 묻힘이

얼마나 사무치는 紀念의 일인가

―「地上은 연한 靑色」[599]

---

599) 『미루나무와 南風』, 105-107쪽.

인공위성과 같은 가장 문명한 과학기술을 청마는 무엇보다도 오래된 선사 이전의 우주론적 공간에 투사시킨다. 자신의 죽음을 바라보는 사람들을 '케이프 카나베랄에서' 인공위성을 쏠 때 '일제이 머리'를 '재껴' 하늘을 '우러러보는' 구경꾼에 비긴 「某年 某月 某日」[600]이 그렇다. 그의 죽음은 늘 상방에 있었고 하늘은 지상적 생을 초월한 영원으로서 악/선, 유한/무한, 속/성, 육신/영혼 등의 대립항으로서 긍정의 목록을 작성한다. 그러나 우주인의 체험을 통해서 '하늘은 어둡고 지상은 연한 청색'으로 지금껏의 하늘/땅의 가치가 반전된 세계를 텍스트화한다. 청마는 그 하늘의 가치를 탈관脫冠하고 하위에 있는 땅이 재관載冠하는, 카니발적 세계를 형성한다. 신의 탈관은 '할 일 없으면 손톱이나 깎으라며'로 나타나고, 인간의 재관은 '아 여기에 연연히 고운 인간의 영토'로 표현된다. 이 시구는 'ㅇ'이 9개나 되며, '여'가 네 번이나 반복되면서, 모음의 공간을 만들어낸다. 신화론에서 모음은 원초적인 영원한 창조의 음으로 인식된다.

「遠景」에서도 하늘/땅의 가치는 전도되어 땅이 긍정적으로 그려진다.

저 다행한 죽음의 하늘나라 그 편에서도

---

600) 『미루나무와 南風』, 22쪽.

나는 내가 不在한 이곳 먼 地上을 잊을 수 없으리라.

여기서 살던 인생이 더러는 쓰고 괴로왔을지라도

그것은 끝낸 인간을 인간이 버림으로 말미암은 벌.

우러러 성곽같이 지켜 선 늙은 산악의 주름주름

깃들인 마을이며 질펀한 들이며를 물들여

사과꽃 피고 들국화 하늘대는 맑은 계절의 지샘과

허허로이 휘황한 무한을 전전표백하므로 입는 진한 빛의 黑白과

또한 순정과 죄악이 홍역처럼 번져 있는 인생의 뒷골목과 ─

나는 인간이었고

거기는 인생으로 차지되기 마련인 세월이었으므로

설령 그날 天主의 곁에서 질탕한 환락의 누림을 입는다손 치더라도

나는 내가 살던 이 먼 地上은 한시인들 잊을 수는 없으리라.

─「遠景」[601]

　하늘의 저편 땅은 이편이었으나, 이 시에서는 시점이 바뀌어 하늘에서 지상이 기술된다. '地上은 한시도 잊을 수 없는 것'으로 그려지며, '純情과 죄악이 홍역처럼 번져 있는 인생의 뒷골목'도 긍정적인 것으로 그려진다.

601) 『뜨거운 노래는 땅에 묻는다』, 34-35쪽.

탈코드화된 기호들은 상징의 기호와 반대되는, 크리스테바가 말하는 코라_{chora} 공간, 원기호태(le semiotique)와 유사한 것이 된다. 그래서 청마의 「能力」과 같은 사물들의 반란, 공간 질서의 초현실적 세계가 벌어지게 된다.

> 휘정휘정 전봇대가 걸어가려고 한다.
> 날개를 떨치고 바위가 이제라도 鶴이 되어 날려한다.
> 다시 山들은 큰소리로 부르짖으며 본디로 모이려 한다.
> 물은 일어서리, 바람은 한바탕 껄껄대며 나타나리.
> 이 모든 可能의 姿勢를 一步直前 거느려 지탱하고 있는 것.
>
> —「能力」[602]

---

[602] 『예루살렘의 닭』, 98쪽.

2 내/외의 수평 구조의 해체

가) 안팎이 없는 세계 — 꽃피는 공간

수직 공간과 마찬가지로 청마가 시를 쓰는 행위, 또는 그 삶의 전략 중의 하나가 내 /외의 대립을 허무는 것이라 할 수 있다. 이미 경계 영역을 횡단하는 역, 항구, 우편국을 통해서 공간의 탈구축 현상을 관찰했으나 그런 경계 공간에서의 양의성 외에도, 우리는 구조적으로 내/외를 뒤바꾸거나 경계를 허물어버리는 텍스트들을 많이 볼 수 있다. 그것을 가장 질적으로 청마 자신이 표현한 것이 '이제는 안팎이 없는 나의 가슴안'이란 말이다.

> 어찌하여 한점
> 桃花꽃이 피는지를 아는가
> 보오얀히 아지랑이 아리[痛]는
> 이제는 안팎이 없는 나의 가슴안
> 그 어느 촌스런 등성이 가지에

시방 한 점 도화가 꽃 피나니

이제는 내가 아니란다
내 안에 있는 너

그 네가
시방 벌어 나나니

아아 이렇게
보오얀히 아리는 천지가, 내가

나 아닌
네가

―「開花」⁶⁰³⁾

'이제'라든지 '시방'과 같은 시간을 나타내는 부사들은 지금까
지 구축된 공간의 질서가 무너지는 그 순간을 표출한 것이다. '이
제'란 말로 연결된 말들을 병렬적으로 배치해 보면,

---

603) 『旗빨』(1984), 327쪽.

(A) 이제는 안팎이 없는……

(B) 이제는 내가 아니란다. 내 안에 있는 너

로 되어 있어 공간(내/외)과 존재(나/너)가 동일한 것으로 연계되어 있음을 알 수 있다. 지금까지 나/너의 관계는 내/외의 공간적 대립으로 표출되어 왔으나, '이제' 그리고 '시방'부터의 공간은 그것이 해체되어 안팎이 없어진 공간, 그리고 나/너의 관계가 하나로 귀일된 세계로 돌아간다. 그리고 '이제'와 동격인 '시방'이란 말로 시작되는 시구를 보면 '시방 한점 도화가 꽃 피나니'이다. 그러고 보면 도화꽃이 꽃 피는 것이 바로 그 공간과 존재를 가리키는 격벽을 허무는 것이 된다. 결국 개화의 공간은 세 가지 벽을 허무는 계합 구조를 보인다.

꽃	나무→꽃(開花)
사람	나/너→나=너
공간	내/외→내=외

도화나무에서 꽃이 핀다는 것은 그 꽃이 나무에 있으면서도 바깥 것이 된다는 것을 뜻한다. 꽃 피는 것을 '피를 吐하듯이'라고 말하는 청마의 표현처럼 나무는 꽃을 피우므로 그 내/외의 경계를 허물고 외부와 일체가 되는 것이다. 이는, 사람으로 치면 사랑하는 것이고, 그 사랑은 자기 내부에서 일어나는 것이지만 그것은 외부

에 있는 타자에게로 가 그와 일체를 이루는 행위인 것이다. 그래서 나와 타자는 '내 안에 있는 너', '너 안에 있는 나'로 기술된다.

인간과 인간의 관계가 공간적인 것으로 확대되면 바깥과 안의 구별이 없어지는 것으로, '보오얀히 아리는 천지(空間)'와 내가 하나가 된다. '보오얗다'는 말 자체가 경계를 불투명하게 하는 작용을 하지만, '아리다'라는 것은 바깥의 것이 직접 자기의 신경의 일부로 연계되어 있음을 나타낸다.

'보오얀히 아지랑이 아리는/이제는 안팎이 없는 나의 가슴'에서, '아'의 모음이 세 번 두운으로 반복되어 음의 동일성과 함께 바깥과 내 마음의 일체성을 보여준다. 꽃나무, 나, 사랑하는 이(타자), 그리고 이 전부를 에워싸는 공간(천지)이 모두 담장을 부수고 한 덩어리의 기호 너머의 세계로 귀일한다. 즉 기호는 해체되어 버리는 것이다.

차이, 대립의 자리에서만 기호는 탄생된다. 그러나 개화의 기호는 그 차이나 대립이 무너지고 귀일되는 '이제, 시방'의 짧막한 순간 속에서 의미의 광망(光芒)을 보이고 사라진다.

나) 제비의 해체 공간

이런 공간의 해체 작용에 의해서 내/외 대립을 없애는 탈코드화가 시적 기법의 본질이라 해도 과언이 아니다. 소리개와 제비를 비교해 보면 그것이 같은 매개항에 속하는 것이면서도 서로 시적 기능에 있어서는 현저한 차이를 보여준다는 것을 알 수 있다.

7장 2절에서 본 것처럼 소리개는 하늘과 땅을 이어주는 수직적인 매개물이다. 전연 수평선을 갖고 있지 않다. 그렇기 때문에 공간 구축에서 명료한 분절 체계를 보여준다. 하에서 상으로 가는 과정에서 소리개는 완전히 지상적인 것을 떠나 상에 귀착한다. '靜思의 닻을 내린다'라고 표현한 것이 그렇다. 그러나 제비는 수직적인 높이를 갖고 있는 새이면서 동시에 수평적인 공간성을 나타내는 새이다. 인간의 주거 공간(H-)인 집 안에 둥지를 짓고 살면서도, 동시에 바다 너머의 먼 강남으로 날아가는 새이다. 가장 가까운 '내' 공간과 가장 먼 '외' 공간을 동시에 갖고 있는 모순의 새이다. 그리고 그것은 날아갔다가 다시 돌아온다. 그래서 신화에서는 제비가 이런 속성 때문에 '영원회귀'의 상징적 의미를 지니기도 한다. 청마의 시에 소리개를 직접 소재로 한 시는 딱 한 편밖에는 나오지 않으나 제비는 11번이나 등장한다.[604] 그만큼 소리개에 비해 제비는 총체적 공간을 구축할 수 있는 동시에 그것을 해체시키는 의미 작용을 하고 있기 때문이다.

청마의 제비들은 찾아오는 제비(외→내), 또는 집 안에 있는 제비

---

604) 「立秋」, 「飛燕과 더불어」, 「飛燕의 서정」, 「그의 一團」, 「제비」, 「고목」, 「제비에게」, 「熱禱」, 「哨戒」, 「五月의 노래」.

('내' 공간)들로 그려져 이산적 공간의 단위 속에서 각기 그 공간을 구축하고 있는 요소로 기능하고 있으나, 그것이 공간의 해체 작용을 할 때에는 집 안에도 있지 않고 또 떠나지도 돌아오지도 않는 제비로서 탈코드화 한다. 그것이 「熱禱」에 나오는 '제비'들이다.

우선 그 은유의 의미론적 층위에서 그 해체 작용을 관찰해 보면 1연의 제비들이 열풍으로 은유되어 있음을 알 수 있다(은유 1. 제비≅熱風).

> 적막한 풍요(豊饒)와 결실(結實)의 종말 위에
> 크낙한 판결처럼 물러 선 하늘 땅—
> 더욱 미진한 꿈이 애잔하는 여기 낙동강 十里 뚝에
> 수千, 수萬, 수수萬, 바람에 쓸려 모인 등겨,
> 제비 제비 제비 제비 제비떼의 난데없는 이 검은 열풍(熱風)은?
>
> ─「熱禱」[605]

계절은 가을로서 풍요와 결실의 종말이고, 하늘과 땅은 물러서 있다. 시간적 특징은 종말과 후퇴이다. 그리고 감정의 국면에 있어서, '더욱 미진한 꿈', '애잔하는' 등에서 - 가치부호를 나타낸다. 그 시간과 감정의 경계를 나타내고 있는 공간이 '낙동강 十里 뚝'이다. 그런데 '검은 熱風'으로 은유된 제비들은 그러한 공간

---

605) 『뜨거운 노래는 땅에 묻는다』, 83-86쪽.

구축을 해체시켜 버린다. 열풍이 내포하고 있는 의미는 종말에 대립하는 시작(모여든다)이고, 후퇴에 (물러 선) 대립하는 전진성을 갖게 된다. 그래서 낙동강 십리 뚝은 - 가치에서 + 가치로 바뀌어지게 된다. 꿈이 사라져가는 공간은 꿈에 부푼 공간이 되고, 하늘과 땅이 물러선 그 '적막한' 정지된 공간은 새로운 움직임을 낳는 동적 공간으로 바뀐다. '난데없는'이란 말은 낙동강 십리 뚝의 공간을 바꿔놓는 의미의 돌연한 변이, 그 해체성을 유표화한 것이다.

제비가 나타나기 전까지의 공간이(구축된 공간) 제비의 출현으로 무너진다. 제비는 기상 현상인 바람처럼 한 공간을 교환하고 변환시킨다. 더구나 그 열풍은 가을의 썰렁한 바람이 아니라 뜨거운 바람이다.

> 저어기 수숫대 쇠붙이 울림 우는 산마루 너머로
> 이제는 악의(惡意)의 검은 날개를 떨쳐 밀고 오는
> 절망과 냉혹을 피하여 머나멀리 자리 뜰
> 외로운 차비인 대단원(大團圓) ―
> ―저 상춘(常春)의 나라로! 먼 남명(南冥)의 땅으로!
>
> ―「熱禱」

2연의 제비는 '모여든다'라는 동사를 다시 뒤엎는다. 이 자리에 제비 떼가 '모여든 것'은 '떠나기 위해서'이다. 그리고 낙동강 십리 뚝은 '오다'라는 말과 '가다'라는 반대어를 동시에 내포하고 있는 행동 공간이 된다. '저 상춘의 나라로! 먼 남명의 땅으로!'란 말은 '저 어기 수숫대 쇠붙이 울림 우는 산마루 너머'의 겨울나라, 먼 북국의 땅과 대립된다. 낙동강 십리 뚝은 남/북, 여름/겨울의 두 대립의 틈새를 만들어내고 있는 것이다. 그 진공의 '틈'이 제비가 지금 있는 곳, 제비가 지금 만들어내는 공간이다. 그 공간이란 다름 아닌 그 내/외의 격벽을 허물어버린 해체 공간이다. 말하자면 제비는 지금 떠나기 위해서 이곳에 왔으므로 그것은 엄격히 말해 집 안의 추녀 밑이나 한국 땅의 '내' 공간이 아니다. 그렇다고 남명 땅도 아닌 곳이다. 낙동강은 바로 그 '경계 영역'의 틈새에 존재하는 기호이다.

그러므로 이 경계 영역의 틈새에 있는 제비들은 지금까지 지니고 있던 제비의 그 특징들에서 모두 벗어나 있다. 탈코드화된 제비인 것이다.

> 이미 그들은
> 그 허구한 나달 아쉬운 미끼를 줍기에 들로 산으로 헤매이던 외톨
> 어디메 들녘끝에 앉아 호젓한 노래를 지줄이던 떠돌이가 아니라
> 한 개 목숨의 자장磁場으로 응결된 크낙한 단괴團塊.
> 하나가 하나 반들반들 빛나는 흑요석 뜨거운 돌팔매의 分身들.
> 그러기에 이들은 저 홍해紅海에 애소哀訴하던 야베도 갖지 않았다.
> 오직 스스로의 고독한 예지와 결단과 계산이 있을 뿐.
>
> —「熱禱」

제비는 들로 산으로 헤매던 '외톨'이며 들녘 끝에 앉아 호젓한 노래를 지줄이던 '떠돌이'의 특징에서, 이제는 '한 개 목숨의 磁場으로 응결된 크낙한 團塊'로 변한다. 개체성(외톨, 떠돌이)→ 집단성(團塊)으로 바뀐 제비의 은유 체계는 열풍의 확산성에서 응집성으로 바뀌게 된다. 그리고 그 응집된 '團塊'의 은유는 이윽고 '반들반들 빛나는 흑요석'으로 광석화한다(은유 2. 제비≅흑요석).

제비는 여기에서 다시 탈코드화된다. 제비는 빠르게 나는 새로 속도는 중력으로부터의 자유, 즉 가벼움과 일치된다. 제비만이 아니라 모든 새들은 '重/輕'의 대립항으로 변별된다. 그런데 여기의 이 제비들은 흑요석으로 은유되어 애초에 바람이 보여주었던 의미 성분과는 정반대의 것으로 바뀐다. 그것들의 변별 특징을 보면,

변별 특징 \ 은유	제비은유 1 熱風(바람)	제비은유 2 흑요석(돌)
확산성	+	−(응결)
輕(가벼움)	+	−(重)
熱(뜨거움)	+	− (冷'반질반질 빛나는')
운동 (떠돌아다님)	+	− ('한곳에 붙박혀 있을')

〈도표 3〉

과 같이 된다.

그러나 그 흑요석의 은유는 다시 '뜨거운 돌팔매'로 흡수된다
(은유3. 제비≅뜨거운 돌팔매). 그래서 은유 1의 제비와 은유 2의 제비의
대립된 속성은 은유 3의 출현으로 해소되고 융합된다 즉, 뜨거운
돌팔매는 '돌'과 '뜨거운 팔매'의 두 의미소가 합친 것으로, 돌의
속성과 열풍의 속성을 모두 내포하고 있다. 말하자면, '뜨거운 돌
팔매'가 된 제비는 돌의 속성에 '뜨거운 바람'의 속성이 혼합된
형태인 것이다. 그것은 단순한 감각적인 통합만이 아니다.

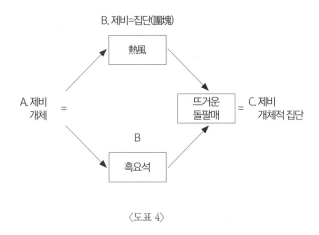

〈도표 4〉

A의 제비는 여러 단계의 은유적인 전환을 거쳐 B의 제비로 바
뀐다. 그 결과로 외톨박이, 떠돌이 제비가 집단적으로 응집된 제
비로 그것이 다시 은유 3에서는 개체이며 동시에 집단인 다원논

리적인(polylogue) 존재물이 된다. 그래서 그것은 단일적 기호 체계(monosemic)에서 벗어난 해체 작용을 일으키게 된다.

'그러기에 이들은 저 홍해에 애소하던 야베도 갖지 않았다/오직 스스로의 고독한 예지와 결단과 계산이 있을 뿐'으로 제비의 특성이 규정되어 있다. 이스라엘 민족의 출애굽기와 비교된 이 제비의 집단은 '야베도 갖지 않았다'는 말로써, 그리고 '스스로의 고독한 예지'란 말로써 집단적 행동을 하면서도 하나하나가 따로 떨어진 개체의 생명을 가진 존재로 그려진다. '團塊'는 집단성이지만 흑요석의 돌은 뚜렷한 개체의 윤곽을 갖고 있다.

4연의 행동적 의미에 의해서 그 공간적 해체는 본격적으로 작용하게 된다.

—그것은 이밤 미명未明녘인가? 내일 일몰日沒 무렵인가?
일제이 이들은 깃을 치고 운하雲霞처럼 일어나
그 스스로의 예지와 결단과 계산에 실은 의지의 그물을
손바닥 위에선양 질서하고 균형하여
묘막히 푸른 나락奈落이 설레이는 허천虛天 복판, 고독히 펼쳐서는
설령 어느 귀서리에 비상悲傷의 결락缺落이 있을지라도
일체 밀약密約의 非情으로 이뤄지는 밀도와 중량의 무애無碍로운 응답.
그리하여 저 모호연模糊然한 이데아의 원대遠大를 날개소리도 숙숙히
한 개 명확한 실체로 구상具象하여 끌어 오리니.

　　경계 파괴의 공간적 해체는 시간의 양상에서부터 시작된다. '이 밤 미명녘인가? 내일 일몰 무렵인가?'라는 시구에서 미명/일몰의 대립항이 애매하게 기술되어 있음을 알 수 있다. 그 결정의 시간이 그 어느 것일 수도 있다는 가정은 제비의 행동 자체가 그런 경계를 넘어선 것이기 때문이다. 이 4연에는 이항 대립 체계가 무너져 있는 무수한 시구들로 상감되어 있다.

　　'푸른 나락이 설레이는 虛天 복판'의 그 시구에서는 '奈落/虛天'의 상/하 대립이 하나로 나타나 있고, '저 모호연한 이데아의 원대를 날개소리도 숙숙히/한 개 명확한 실체로 구상하여 끌어오리니'에서는 '模糊然한/명확한', '이데아(抽象)/具象'의 대립이 또한 동일한 것으로 배치되어 있다. 뿐만 아니라 개체와 집단 역시 '고독/비정'으로 그 관계가 넘나들고 있다.

> 이 불퇴전의 장도(壯途)를 앞에 하고 이 영특한 미물들은
>
> 여기 마지막 교두보에 집결하여
>
> 다만 성숙하는 때의 계시(啓示)를 기다려
>
> 한 줌 바람, 별빛의 낌새에도 머리 재껴 응시하는
>
> 아아 한 족속의 생잔(生殘)에의 거룩한 열도! 열도!

—「熱禱」

마지막 연에서 제비들은 '熱禱'란 은유로 끝난다(은유 4. 제비≡熱禱).

지금 이 제비들은 마지막 교두보에 집결되어 있다. 이 '낙동강 十里 뚝'의 경계선이 '내'도 '외'도 아닌 것처럼, 그들의 행동 또한 앉아 있는 것도 날고 있는 것도 아니다. '별빛의 낌새에도 머리 재껴 응시하는' 이 제비들은 날아오르기 직전의 상태에 있는 것이다. 그러한 행위는 하나의 기도와도 같다. 기도가 '해체 공간'이라는 것은 여러가지 면에서 그것이 양의성을 갖고 있으며, 기존해 있는 의미의 코드에서 벗어나 있기 때문이다. 기도는 '여기'에 있으면서 항상 '저기'를 지향하는 마음이며 행동이기 때문이다. 결핍과 충족, 모험과 안위, 절망과 기대, 행과 불행의 모든 대립의 간극에서만 기도는 태어난다. 기도가 성취되었을 때에는 이미 그 기도는 없어지고 마는 것이다. 특히 뜨거운 기도일수록 그렇다.

그러나 제비가 하늘을 바라보고 있는 것이 열도를 드리는 것 같다는 그것만으로 해체 공간이라고 말할 수는 없다. 해체 공간은 보다 구체적인 행동의 세계에서 펼쳐진다. 자세히 관찰해 보면 제비가 남방으로 날아가는 것은 흑요석처럼 싸늘하고 반들반들 빛나는 합리적 힘에 의해서이다. '예지와 결단과 계산에 실은 의지', '질서하고 균형하여', '밀약의 비정', '밀도와 중량' 등은 냉정한 계산과 싸늘한 합리주의의 세계를 반영하고 있다. 질서와 균형으로 이루어진 치밀한 항법과, 동료가 죽어도 아랑곳하지 않는 비정의 율법(밀약)으로만이 그 넓은 바다와 하늘을 건너갈 수 있겠기 때문이다. 그러한 합리주의적 이성의 세계는 떠나기 전의 그 제비들 세계와는 완전히 모순된다.

'다만 성숙하는 때의 계시를 기다려'의 계시와 열도의 세계는 예지, 계산, 질서, 균형과는 전연 다른 신비주의적 초월성을 보이고 있다. 그것은 비합리적인 것이며 능력과 계산 바깥의 것이다. 기도를 드리는 사람의 마음은 이성의 자로 잴 수는 없다. 더구나 '熱禱'의 '熱'은 '뜨거운 돌팔매'의 '뜨거운'과 같은 것이다. 돌팔매는 아무리 힘차게 날아가도 떨어지는 탄도를 지니게 된다. 니체의 말대로, '떨어지기 위해서 날아가는 돌이다.'[606]

606)   G. Bachelard(1943), 앞 글, p.101.

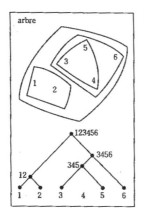
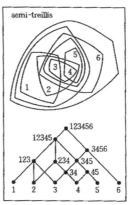

그러나 뜨거운 돌팔매는 거룩한 기도처럼 추락하지 않는다. '熱禱'는 땅/하늘, 北녘땅/南冥, 합리/비합리의 이항 대립들을 해체하여 하나의 것이 되게 한다. 이것이 낙동강 십리 뚝으로 나타나는 열도의 공간이다. 우리는 그 열도의 공간을 통해서 기성적인 질서정연한 공간들이 탈구축되어 가는 것을 볼 수 있다.

해체 공간이란 결국 단일 시점에서 복합적인 다시점에 의해 기술된 공간이며, 로고스 중심주의로 구축된 공간을 허물어 '원原에 끄리띠에르archeécriture'의 공간을 찾아내는 일이다. 로고스 중심주의적 공간이란, 모든 것이 하나의 정점이나 중심을 갖고 있는 계층화된 공간인 것이다. 유일신적인 공간이거나,[607] 자아를 중심으로 해서 구축된 카르테시안의 주지적 공간이다.[608] 그러므로 알렉산더의 개념을 빌려서 말하자면, 로고스 중심주의적 공간은 수목적 구조형으로 된 공간이고, 해체 공간은 'semi-trellis(반격자 구조)'의 구조로 이루어진 공간이다.[609] 혹은 들뢰즈와 가타리G, Deleuze. & F. Guattari가 이야기하는 '리좀rhizome' 공간[610]과도 같은 것이라 할 수 있다.

---

607) Jonathan Culler(1982), 앞 글, p.59.
608) A. A. Moles(1972), 앞 글, p.9.
609) P. Boudon, "Un modèle de la cité grecque," *Communication* 27 (Seuil, 1977), p.149.
610) G. Deleuze(1976), F. Guattari, *Rhizome*(Les Editions de Minuit) 참조.

3 탈중심과 유동 공간

청마의 표현대로 하자면 그것은 중심을 가지고 있으나, 그것은 한곳에 고정되어 있는 것이 아니라 끝없이 움직이고 있는 중심, 밤바다로 항해하는 배와 같은, 표류하는 중심이다.

이제야 나는
우주의 중심!

천지도 빛도 한 점으로 응집하여
뚜렷한 圓光 나를 에워치다.

내가 가면
따라서 원광도 옮으고

이 위치야말로 昇華의 焦點

어느 새 나는 간데 없이

원광만 거기
衣裳처럼 남다.

—「울릉도 시초 4, 한바다 복판에서」[611]

　'이제야'란 말은 개화 공간에서 언급한 것처럼, 지금까지의 우
주 공간 또는 자신이 쌓아올린 구축된 공간의 연속성으로부터 단
절된 간극, 그리고 그 전환의 순간을 나타내는 부사이다. 그가 비
로소 찾아낸 우주의 중심이란 어떤 곳인가, 그것은 응집성과 확
산성이다.

　　응집-한 점 '천지도 빛도 한 점으로 응집하여'
　　확산-'뚜렷한 원광' 나를 에워치다

　그런데 그 중심은 한 곳에 있는 것이 아니라 자기와 더불어 움
직인다. '내가 가면/따라서 원광도 옮으고'라는 것이다. 그러나
그 중심점이 되어 있는 나마저도 사라져 버리는 것, 자기 멸각의
중심인 것이다.

611)　『나는 고독하지 않다』, 164쪽.

청마는 여기에서 공간의 탈코드화를 뚜렷이 보여준다. 우주의 중심은 세 번에 걸쳐 탈코드화되어 있다.

① 우주의 중심ー중심은 응집된 것이다. 그러나 청마는 그 응집된 점에 원광(圓光)의 의미를 부여하여, 중심에서 응집에 대립하는 확산성과 결합시킨다.

② 우주의 중심은 부동적이어야 한다.ー청마는 중심의 부동적 코드에서 벗어나, 배가 이동함에 따라 우주의 중심도 자기를 따라 움직인다고 했다.

③ 우주의 중심으로서의 자아ー청마는 이 시에서 우주의 중심을 내가 있는 곳에 두고, 그 투묘점을 두어놓고, 막상 '나는 간데 없어'로 탈코드화한다.

④ 우주의 중심의 공동화空洞化ー청마는 '원광만 의상처럼 남다'란 말로써 실체가 사라진 공동空洞=무(void) 속에 그 중심을 놓고 있다.

「5. 밤항해」에서도 나타나 있듯이, '땅만을 믿어 딛고 살아온 슬픈 因果랴'라고 밤 항해의 색다른 공간 인식을 토로하고 있는데, 이 밤 항해의 배는 육지 위에 튼튼히 세워놓은 그 공간들을 허물고 그 슬픈 인과(논리-로고스 중심주의)를 해체시킨다. 밤, 바다, 배(항해)는 공간 해체의 3대 기호가 되는 셈이다. 그 세 가지는 모호하고(불명료성) 한계가 없고, 유동하는 공간을 특징으로 하고 있는 것이므로, 명료한 의미의 경계를 만들고 한정된 공간에 고정된 위치를 설정 구축하는 그 공간 기호와 대립하는 것들이다. 한마디로 밤, 바다, 배는 무의 공간인 것이다.

공간 언어의 최종적인 귀착점은 본래의 그 무, 그리고 동양인들의 원초적인 감각 속에 깃들여 있던 '공간은 무'라고 생각했던 그 개념이다. 기호론적으로 볼 때 이 무가 있음으로 해서 그와 대립항을 이루는 '유'의 공간들이 비로소 의미를 갖게 되는 것이다. 해체 공간, 그 무라는 공간은 이산적인 공간을 구축해내는 것과 대립함으로써 그 유의 공간에 시차성을 부여한다. '밤항해'의 공간은 낮의 모든 차이화된 공간을 해체함으로써 오히려 그 공간들의 진정한 의미 작용을 끌어내 오도록 한다.

해체 공간만 있다면 그것은 의미가 없는 카오스의 공간이 되고 만다. 모든 창조 신화는 카오스에서 코스모스가 생겨난 것으로 되어 있으나, 기호론적 입장에서 보면 그것은 선후의 인과성이 아니라 동시적인 것이어야 한다. 코스모스가 없다면 카오스란 의미도 생겨날 수가 없다. 아담이 혼자 있을 때는 남자란 개념도 생겨나지 않는다. 그러므로 이브가 태어나기 이전의 아담을 남성이라고 부를 수 없는 것과 마찬가지다. 되풀이해서 말하자면 언어는 이항 대립, A~nonA의 대립과의 배제에서 생기는 그 차이의 체계이다. 여자는 남자의 갈비뼈에서 만들어졌다는 말을 기호론적으로 보면 '거짓'이 된다. 갈비뼈를 빼서 여자가 태어나는 순간, 그와 대립되는 의미인 남성이 함께 태어난다. 그것은 의미론적으로 공기적(共起的)인 것이 된다.

카오스, 코스모스도 마찬가지이다. 이산적 공간이 생겨나기 이전의 공간은 무질서도 질서도 아니다. 질서라는 개념과 무질서라는 의미는 동시적으로 태어난다. 그래서 코스모스 이전의 카오스를 카오스모스chaosmos라고 부르는 학자들도 있다.

공간의 해체와 구축도 똑같다. 구축된 공간을 허물거나, 허물어진 공간에 새 공간을 쌓는 것이 아니라, 구축적인 공간의 의미는 항상 반구축적인 공간과 동시적으로 있다. 하나의 텍스트는, 그것을 양의 텍스트라 하면 반드시 그와 반대되는 음의 텍스트의 대립에 의해서만 의미를 갖는 것이다. 말해진 공간은 말해져 있지 않은 공간에 의해서 의미 작용을 갖는 것이다.

양의 텍스트⋯⋯공간 구축⋯⋯미분절에서 분절로(cosmos)
음의 텍스트⋯⋯공간 해체⋯⋯분절에서 미분절로(chaos)

공간 구축과 해체 공간을 동시에 포함하는 창세기 이전의 그 공간, 아담과 이브 이전의 아담, 이 원공간을 만들어내는 것이 탈공간 또는 反구축 공간이 될 것이다. 청마는 아마도 해체 공간에서 이 탈공간, 反구축 공간으로 무의식적으로 나아가는 것을 그의 시론으로 생각하고 있었던 것 같다. 바로 그것이 그의 시에서

번번이 나타나고 있는 '빈집'의 테마이다. 그리고 그것을 시로 쓴
것이 「뉘가 이것을 만들었는가」이다.

> 표표히 고독한 옷자락을 나부끼며 저 無人한 바닷가를 거닐어
> 거기에 이름없이 굴러있는 한개 고둥껍질을 줍거들랑
> 다시 한번 人類의 가장 素朴한 知識으로 돌아가 너는 疑問하라.
> 眞珠 바탕에 아련히 무지개빛 감도는 이 아름다운 城郭은
> 진실로 뉘가 이것을 만들었는가?
> 사람의 솜씨런가?
> 또한 人爲와 天然은 무엇으로 분별하는가?
>
> 요행 너의 적은 知識이
> 이는 自然의 無爲한 諧謔의 所致가 아니라
> 일찍 廣大無邊한 宇宙에 生을 받은 한 슬픈 腹足類의
> 그의 絶對한 生命의 營爲에서 結果된 바 建築임을 깨칠진대
> 그러면 이 杳漠한 바닷가에 밤을 낮으로
> 첩첩 波濤를 아득히 굴러오는 보라빛 바람이 스쳐올 적마다
> 듣는 이 없는 絶妙한 가락을 은은히 젖대 부는 무수한 이 遺蹟들이
> 한결같이 한가지 方向으로 꿈꾸듯 또아리 틀어 앉았음은
> 아아 또한 어느 뉘 뜻이 무슨 뜻으로 이렇게 거느렸음이런가.

표표히 옷자락을 나부끼고 無人한 바닷가를 거닐어

거기에 버려진 한개 고둥껍질을 주워 보면

그지없이 적은 한낱 石炭質의 이 빈 物體는

그가 잣(紡)는 想念은 想念을 불러 溺溺히 끝간데를 모르거늘

아아 너는 우러러 漂渺한 天地 間에 물으라

진실로 진실로 뉘가 이것을 만들었는가?

> ─「뉘가 이것을 만들었는가─포올·봐레리氏에게」[612]

'고둥껍질'의 장소는 바다와 뭍의 경계인 바닷가에 있다. 그것도 '無人한 바닷가'이다. 인간이 부재하는 공간, 인간이 살고 있는 육지와 그 대립된 공간의 경계선, 경계 공간이다. 그 고둥껍질을 청마는 '아름다운 성곽'('내' 공간)이라고 부른다. 이 건축적 비유는 청마의 공간적 텍스트를 한마디로 상징하고 있는 것으로서 니체의 건축 비유와도 버금갈 만한 것임을 알 수 있다.

청마는 '이 고둥껍질을 누가 만들었는가'라고 묻는다. '旗빨을 맨처음 공중에 달 줄을 안 그는 누구인가?'의 질문과 마찬가지의 수사적 의문이다.

그 해답으로 청마는 그 공간의 건축(고둥껍질)은 절대한 생명의 영위에서 창조된 것이라고 말한다.(그는 생명의 의미를 건축적인 것으로 공간

612) 『祈禱歌』, 43-45쪽.

화하고 있다.) 즉 고둥껍질은 절대한 생명의 영위라는 의미작용의 기호형식(sign:fiant)이 되는 것이다.

Sa	Sé
고둥껍질 건축공간	절대한생명의 영위

그 건축물의(Sa) 구조와 그것의 의미 구조(Sé)로써 청마는 '바다를 향해 한결같이 한가지 방향으로 꿈꾸듯 또아리틀어 앉았음'을 에서 고둥껍질의 의미 작용을 해독한다. 영어의 의미에는 방향이란 뜻도 가지고 있듯이, 여기 '한 방향으로 꿈꾸듯 또아리를 틀어'라는 것은 모두 고둥껍질의 의미(방향)를 나타내는 코드들인 것이다.

고둥껍질이란 말에서 우리는 그 껍질에 대해서 주목을 해야 할 것이다. 고둥껍질이 기호 형식(sa)이라 한다면 그 기호 의미가 되는 것은 바닷가에서 들려오는 바닷바람 소리이다. 바다 건너의 공간을 향해 그 고둥껍질은 또아리를 틀고 있고, 또 바람 소리를 그 껍질에 각인시키고 있다. 한 방향으로 또아리 튼 것은 바닷바람, 파도, 그 수평선 너머의 흔적들이다.

그러나 그 껍질 속은 비어 있다. 비어 있는 성곽, 비어 있는 내공간, 그것이 '그가 잦는 상념을 불러 요요히 끝간 데를 모르거늘'의 비어 있는 기호 의미(sé)이다. 기호 형식만 있고, 기호 의미는 요요히 끝간 데를 모르는 공허인 채로 남아 있는 것이다.

카오스와 코스모스를 넘어선 청마는 속이 비어 있는 이 고둥 껍질의 공허한 카오스모스의 건축물(空間)을 만들어낸다. '旗를 맨 처음 空中에 매달 줄을 안 그는 누구인가?'의 '그'가 그의 시론, 마음속의 원시인原詩人이었다면 '이 조개껍질을 누가 만들었는가'라는 질문은 더 심도 깊은 공간으로 향한다. 고둥껍질을 향해서 '진실로 진실로 뉘가 이것을 만들었는가?'라고 청마의 물음은 해답을 갖지 않는다. 질문과 해답의 대립항이 나란히 놓이기 위해서는 그 해답은 빈 껍질의 공허, 해체된 공간인 채로 있어야 한다. 중심에 공허를 만든다. 이것이 청마의 빈 고둥껍질, 아무도 없는 빈집의 공간이다.

'내' 공간이 바깥처럼 비어 있어 안과 바깥이 둘이면서도 하나이고, 경계는 있으나 문은 항상 열려져 있는 그 이상한 집들, 정적과 여름 햇빛 속에 인기척 없는 그 '빈집'들의 시를 보면 고둥 껍질의 계합적 체계(paradigmatic axis)를 찾아내게 될 것이다.

> 돌담을 끼고 돌아 나가는 하얀 길은 바다로만 가고
> 푸른 바닷가엔
> 먼 異鄕의 港口로 들어가는 門같은 작은 방죽이 하나
> 무섭고도 그리운 은은한 바다 소리에 낡은
> 오막사리 집들을 껍질처럼 벗어두고

어제도 오늘도

뿔뿔이 바다로 헤어져 가버린 빈 담장가에

뉘를 기다려 大海를 向하여 철 겨운 빨간 蜀葵ㄴ고!

—「蜀葵있는 漁村」[613]

---

613) 『生命의 書』, 32-33쪽.

XI

결론 : 총체적 공간과 텍스트 형태

1 수직의 길—동질적 결합

공간 구조를 밝히기 위해서 지금까지 편의상 수직 공간과 수평 공간을 따로 분리하여 관찰해 왔다. 그러나 실제 작품에 잠재되어 있는 그 공간은 이 두 공간의 체계가 결합하여 비로소 총체적인 공간을 형성하게 된다. 작품에 따라, 그리고 작가에 따라서 그 공간의 지배소(dominant)가 수평 쪽으로 되어 있는 것도 있고 반대로 수직적인 구조로 편재되어 있는 경우가 있어, 그 텍스트의 시차성을 만들어내게 되는 것이지만, 궁극적으로 보면 하나의 건축처럼 그 단편들이 모인 총체 공간에 의하여 텍스트(우주)를 형성해내고, 그 세계상 속에 예술적 의미가 깃들이게 된다. 그렇게 해서 공간, 그 자체가 메시지가 된다.

그러나 우리는 두 가지 점에서 총체 공간을 살펴보지 않으면 안 된다. 하나는 작품 속에 수직, 수평의 두 체계가 복합적으로 나타나 있는 경우이고 또 하나는 한 시인이나 작가의 작품 전체를 하나의 '총체 공간'으로 수렴하거나 구축해내는 작업이다. 지금까지 분석해서 얻어낸 청마의 작품들을 모두 종합해 보면 자연히 청마의 시 세계를 한 공간으로 구축할 수 있는 경우가 그것이다. 그러면 원리상 수직/수평으로 분리해서 고찰할 수밖에 없었기 때문에 부득이 분석 대상에서 제외되었던 텍스트, 말하자면 수직과 수평의 두 공간적 요소가 혼합된 그 첫 번째의 텍스트부터 검토해 보기로 한다. 엄격한 의미에서 공간적 텍스트들은 모두가 조금씩은 총체성을 띠고 있다고 할 것이다. 청마의 경우에 있어서도 반수 이상이 수직/수평의 두 체계가 복합적으로 결합되어 있는 '총체 공간'의 텍스트들이다. 이미 분석한 작품들 중에서도, 혼란을 피하기 위해 그 구조 분석에서 보류하였을 뿐, 실은 수직 텍스트 안에 수평적 체계가, 그리고 수평 공간 안에 수직적 요소가 함유되어 있었던 예가 많았던 것이다.

수직과 수평의 삼원 대립 구조들은 상호 상동성을 갖고 연계되는 일이 있다. 즉, '내'는 '하', '외'는 '상', 그리고 수직적 '매개항'과 수평적 '경계'는 구조적으로 상동성을 갖게 된다. 그러므로 같은 성격의 요소끼리 결합되면 그 기호의 특성은 배가되어 강세를 나타낸다. 그중에서도 수직과 수평의 매개항이 함께 결합되면 그 자체가 모두 양의성을 지니고 있기 때문에 상/하, 내/외까지 포함되는 총체 공간이 나타나게 된다. 길은 두 공간 사이의 이동과 전환 작용을 하는 것이지만 그것이 산이나 언덕과 같은 수직 체계의 매개적 공간(v_0)과 결합되면 일반적인 길과는 다른 H_0/V_0의 구

조가 된다. 산길이나 언덕길이 바로 수직, 수평의 두 매개항을 이
중으로 지니고 있는 그 공간의 예가 될 것이다.

> 한낮에 재넘에로 가는 길은
>
> 넘는이 없이 희어 희어
>
> 진한 풀 찌는 냄새
>
> 풀벌레 푸념 같이 울음울고
>
> 멀리 온 人情이 수럿이 생각 나
>
> 호올로 가는 길 알뜰도 하이
>
> 치어 보면 재 위엔
>
> 전봇대 하나
>
> 푸른 하늘 끝 없이
>
> 쨍이도 하나
>
> —「재」[1]

'재넘에로 가는 길'은 수평적 공간의 이동성[2]만이 아니라 상

---

1) 『生命의 書』, 16-17쪽.
2) 〈길은 우선, 어떤 장소에서 다른 장소로 연락하는 것이다〉라고 말하고 이때의 공간은
〈인간이 자기의 집에서 볼 수 있는 사적인 공간과 다른 공간이다. 그것은 본래 초개인적인

승적인 매개 기능의 역할도 한다. 산처럼 '재'는 하방 공간을 상방 공간으로 연결시키고 있는 것인데, 이 텍스트에서는 그 길 때문에 상방성이 더욱 증폭되어 수직적 초월의 의미 작용이 강화된다.[3] 즉, 재 위에는 '전봇대', '푸른 하늘', '쨍이(잠자리)', '진한 풀 찌는 냄새'의 후각성[4]으로 다 같이 상방적인 수직선을 이루고 있기 때문이다. 뿐만 아니라 '대낮'과 '넘는 이 하나 없는 정적', 그리고 백색('희어 희어')의 색채 감각 등은 다 같이 그 길에서 무거운 지상의 중력을 빼앗아, 길 자체가 아지랑이처럼 하늘에 가볍게 떠 있는 느낌을 준다.

그러나 이 수직의 길은 수평 체계의 '외' 공간성을 드러내는 '멀리 온'(遠方性)이란 말과 동시에 '내' 공간성을 환기시켜 주는 '人情이 수럿이 생각 나'(-원방성 +구심적)라는 시구에 의해서 하방적 세속적인 인간관계(H-/V-)의 지상적 의미 작용을 내포하고 있다.

또는 가치적으로 중립인 공간, 즉 교통의 공간이다〉라고 정의된다. 〈교통 공간〉은 일종의 매개 공간과 같은 성격임을 알 수 있다. O. F. Bollnow(1980), 앞 글, pp.101-102.

3) 길의 지형 분석topoanalyse에서 바슐라르는 언덕으로 올라가는 길의 아름다움을 말하고 있다. 〈……오솔길은 얼마나 멋진 역동적인 사물인가? 언덕으로 올라가는 그리운 오솔길은 근육 의식에 얼마나 명확한 존재인가?〉라고 말한다. G. Bachelard(1958), 앞 글, p.29.

4) 후각 공간에 대해 민코프스키는 그것을 확산성se répandre으로 특징지우고 있다. 후각이란, 모든 감각 가운데 환경(공간)의 가장 가까운 곳에 있으며 환경에 알맞는 관념이나 표상을 가장 잘 나타내는 감각이다…… 후각은 절대로 경계에 구애받는 일이 없다.〉 Dr. E. Minkowski(1933), 앞 글, pp.111-112.

그러므로 수평적 탈주와 수직적 초월은 복귀와 하강의 복합성을 띠고 있다. 결과적으로, 일반적인 수평적 길보다 훨씬 다양성을 지니게 된다. 그러므로 '수직의 길'이 수평적 공간성을 완전히 상실하면 「兒殤」에서 보듯이 죽음을 나타낸다. 즉 지상의 '사립문과 하늘 나라'를 이어주는 '淸福한 오솔길'이 되고 만다. 수평 체계에서 경계 공간의 기능을 갖고 있던 '역(驛)'(H₀)이 수직 체계의 매개 공간(V₀)인 재(嶺)와 합쳐져도 역시 그 경계의 의미는 배가된다. '嶺'은 산과 마찬가지로 상/하를 연결하는 매개항이며(V₀) 역은 내/외를 이어주는 매개항(H₀)이기 때문에, 가장 이상적인 공간 기호를 만들어낼 수가 있다. 그것이 「직지사 정거장 근방」이다.

吾不關焉의 산울림은

먼 세상으로만 굴러 돌아 나가고

골짜기도 골짜기 외딴 뜨락에 빠알간

夕陽받이 감나무 하나 남아 남아 선대로

아아 이미 몇 五百年!

— 「직지사 정거장 근방」[5]

직지사는 추풍령에 있는 정거장이다. 골짜기의 외딴 뜨락은 수

평적인 내/외의 경계지만, 이 역은 하늘을 향해서도 열려 있다. 추풍령은 역에 수직의 높이를 부여하고 있으며, 그것을 더욱 유표화하고 있는 것이 '감나무'이다. 깊은 산골짜기의 닫혀진 공간은 역에 의해 먼 세상들과 결합되고, 빨간 고원의 감나무는 하늘의 석양빛과 하나가 된다. 일상적 공간의 질서(V-, H-) 속에서 길들여진 사람들에게 있어, '직지사 정거장 근방'은 하나의 몽환적 공간으로서 우리의 감각과 의미, 존재의 아이덴티티identity를 새롭게 재구축한다. 이러한 공간을 만날 때, 우리는 시를 읽는 것이 아니라 그 시 속에서 거주하게 된다. 그러나 기호론적 공간은 심미적인 공간도 심리적인 공간도 아니라 의미 작용의 체계로서의 공간인 것을 잊어서는 안 된다. 여기에서 중요한 것은 그러한 시적 감각이나 의미를 나타내는 공간의 기호적 기능 즉, 'H0V0'의 텍스트적 시차성[6]을 밝혀내는 일이다.

텍스트에 따라서는 수직/수평의 매개 공간이 일대일로 결합되어 있는 것만이 아니라, 그것이 다항적으로 복합되어 있는 경우도 있다. 대개 그런 텍스트는 다향성(polyphonic)을 띠게 되고 시적 의미도 풍부해지며 그 깊이도 더하게 된다.

---

[6] 쥬네트는 공간의 두 종류, '이야기하는 공간le parlant'과 '이야기되는 공간le parlé'을 구분하고 있다. 기호론의 공간은 '이야기하는 공간'에 속하는 것으로 '이야기되는 공간'과 구별이 되어야 한다. G. Genette(1966), 앞 글, p.103.

봄이란다

어디라도 길떠날수 있는 봄풀 같은 人生이기에

나는 오늘 산으로 가자

산으로 가서—

언제나 그 窓옆에 가서 나의 사연을 써 보낼 수 있는

행길을 향하여 젊은 사무원이 앉아 있는 우편국과

발셀로나로 싼디아고로 어디라도 갈수 있는

파아란 기빨 하나 나부끼는 윤선회사와—

그 먼 거리를 눈 아래 바라보는

나는 산으로 가자

어디라도 길 떠날 수 있는 봄풀 같은 人生이기에

산으로 가서 메에 누워

그대로 나는 산엣봄이 되자

—「산엣봄」[7]

    산은 이미 검토한 바대로 지상과 천상을 이어주는 대표적인 매
개 공간이다. 이러한 수직 매개 공간으로 '가자'는 행위는 안에서
밖으로 나가는 수평적인 경계를 나타내고 있는 매개 공간인 윤선

7) 『울릉도』, 32-33쪽.

회사와 우편국, 그리고 행길과 이어진다. 그리고 그것들은 수직 공간의 매개항을 이루는 '깃발', 내/외의 수평 공간을 연결하는 '창' 등의 매개물들[8]과 다시 이어진다. 이중 삼중의 매개 공간, 매개적 요소가 메아리와 같이 반향을 일으키고 있는 텍스트이다.

수평적 매개 공간(HO)

- 우편국: 소식을 전하는 교환, 매개의 장소, 수신/발신의 매개…편지
- 윤선회사: 먼 외국으로 갈 수 있는 항구와 같은 장소, 내국/외국 ('발셀로나로 싼디아고로 어디라도 갈 수 있는')…기선
- 창: 주거 공간에서 내공간과 외공간을 이어주는 경계 영역
- 행길: 공간과 공간을 이어주는 이동 공간

수직적 매개 공간(VO)

- 산: '어디라도 길떠날 수 있는 봄풀 같은 人生이기에/나는 오늘 산으로 가자'
- 기빨: '파아란 기빨 하나 나부끼는'

시간적 매개 공간(VOHO)

- 봄: '그대로 나는 산엣봄이 되자' 겨울과 여름의 경계.
- 가을: 겨울은 내(H_-) 하$(V-)$이고 여름은 외(H_+) 상(V_+)으로 공간화된다.

「산엣봄」은 수직과 수평의 공간적 코드에서의 일탈 현상을 보이고 있다. '어디라도 길떠날 수 있는 봄풀 같은 人生이기에'는 수평적 이동, 열려진 공간을 향해 나아가는 것인데, 그 말을 받는

8) 창의 경계적 '내' 공간과 '외' 공간을 잇는 본격적인 경계항의 연구는 졸코프스키의 파스테르나크 시 분석에서 시도되고 있다. A. K. Zholkovsky(1978), 앞 글, Vol. IX. winter No 2, pp.279-314.

말은 '산으로 가자'이다. '어디라도 길떠난다'는 말이 '산으로 간다'와 접속되어 있는 것이다. '어디라도 길 떠날 수 있다'는 말이 마지막 연에서 다시 되풀이되는데, 이것 역시 마찬가지로 앞의 말과 모순을 일으킨다.

산으로 가서 메에 누워
그대로 나는 산엣봄이 되자

'눕는다'는 말은 '간다'는 말과 정반대의 술어이며 '산엣봄'이 된다는 것은 어디로라도 떠날 수 없는 공간에의 유폐를 뜻한다.
그러나, '봄'을 계절의 매개항, 겨울의 닫혀진 공간에서 여름의 열려진 공간으로 넘어가는 경계, 그리고 겨울의 하강적인 생명(동면, 얼음, 나무뿌리, 모든 칩거생활) 등이 상승적인 생(生)으로 바뀌는 경계 돌파로 보면 이 시 전체가 위로, 밖으로 뻗어나갈 수 있는 생명의 잠재력, '어디라도 길떠날 수 있는' 가능성을 지닌 경계 영역임을 알 수 있다.[9] 완전히 떠나버리거나, 혹은 어느 한 방향을 선택했다면 그것은 경계적 의미, 매개의 양의적 긴장감을 상실한다. 그렇기 때문에 모든 서술어는 미래의 추정어로 되어 있거나 의지의

---

9) Gabriel Zoran(1984), 앞 글, 〈space is one aspect of space time〉(chronotopos), Vol. 5, No 2, p.314.

표명으로 기술되어 있다. 오늘의 현재성을 나타내고 있으면서도 그 서술어는 '간다'가 아니라 의지를 나타내는 미래형인 '가자'로 되어 있다.[10]

> ……떠날수 있는
> ……가자
> ……갈수 있는
> ……되자

이 텍스트는 수평적 경계와 수직적 매개 공간에 시간적인 경계와 매개의 요소까지 합쳐짐으로써 완벽에 가까운 V0H0 형태의 텍스트를 형성한 예이다.

---

10) 가정법 또는 미래 추정법이 하나의 paradox 구조를 만들어낸다는 것은 의도의 신비 평가들의 연구, 특히 형이상학파의 분석에서 많이 지적되고 있다. Cleanth Brooks, *The* (1947), 앞 글, p.14.

2 이산적 결합, 「對空射擊演習」의 수직 전환

    총체적 공간을 이루는 또 하나의 형태는 수평적인 또는 수직적인 공간에 다른 체계의 공간을 접합시키는 경우이다. 즉 H-/O/+가 H-/OV+ 또는 V-/O/+가 V-/OH+로 그 요소 하나를 다른 것과 교체하는 방법이다.

    — 못간다, 못간다!
    — 안되느니, 안되느니!

    팔을 흔들며 머리를 저으며
    치운 물결만 이리 설레대는 항구의 埠頭는
    더 갈 수 없는 막다라지 골목길
    그 흐려 찌푸린 虛空을 우럴으고

    나도

남들이 보고들 섰는

먼 對空射擊練習이나 구경한다.

꽁지를 단 외 臺 비행기가

落落히 돌아 헤어 올 적마다

이내 그 둘레를 뒤쫓아

소리없이 생기는 水墨빛 砲煙망울과

그리고는 동을 두고

새삼스리 들려오는 가벼운 炸裂音들.

이

귀와 눈이 느끼는

초조롭고도 무관스런 物理를 아는가?

네가 오늘 갈데없이

여기에 허전히 와 섰음도

현실과 욕망—

육신과 정신—

허위와 진실—

고기가 가는 곳마다 물이 있듯

一切 生이 負債하는

二律背反의 그 不安과 焦慮에서거니

찌푸린 날씨는 이미 저물었는데

차운 물결만

창망한 하늘 끝 간 데까지 열려

더 갈 데 없고 영 없는 地點

할일없이 서서

먼 허공 사격연습이나 구경하는

한 脫獄囚!

—「對空射擊演習」[11]

이 텍스트는 수평적인 '내(H-)→외外(H+)'의 이동으로 시작되고 있다. 그러나 도주의 선이 항구의 경계선, '더 갈 수 없는 막다라지 골목길'에 이르면(H0) 갑자기 수직적인 공간(V+)으로 그 체계가 바뀌게 된다.

$H- \rightarrow H_0 \rightarrow V-/0/+$

'못간다'　　　　　　(H-)

'항구의 埠頭'　　　　(H0)

'찌푸린 허공'　　　　(V+)

'대공사격연습'　　　　($V_0 \rightarrow$)

11) 『第九詩集』, 80-82쪽.

‘비행기’　　　　　　($V_0\rightarrow$)

　자신을 ‘脫獄囚’[12]라고 부르고 있는 이 시는 전체적인 언술이 도주, 탈주선으로 전개되어 있는 것이다. ‘내’ 공간으로부터 ‘외’ 공간으로 향하는 그 탈주선은 텍스트에 기술되어 있는 그대로 ‘현실/욕망’, ‘육신/정신’, ‘허위/진실’의 ‘이율배반의 불안과 焦慮’에 의해 나타나 있다. 그러나 이 텍스트의 의미 작용은 그러한 불안과 초려에 있는 것이 아니라 수평적 탈출을 대공사격연습에 의해 상승적인 초월로 코드를 전환하는 데서 찾아볼 수가 있다.

　「對空射擊演習」을 분석해 보면 그 안에 세 가지의 의미소를 내포하고 있음을 알 수 있다. 즉 ‘대공’, ‘사격’, ‘연습’으로 첫째는 ‘對空’, 즉 수직적 상승의 의미 작용이다. 수평적 탈주(탈옥수로서의)의 실패(‘더 나갈 수 없는 막다라지 골목길’)를 수직으로(대공으로) 돌리는 의미의 전환이다. 그것이 그 흐려 찌푸린 허공을 ‘우럴으고($V+$)’의 행위이다. 항구 너머의 바다가 하늘로 대치되고 골목길은 하늘로 향한 시선(관념, 사고)으로 전환된다.

　그 마음과 시선을 감상적으로 현상화한 것이 ‘사격’이다. 사격

───────────────

12) 〈내〉 공간을 감옥으로 다룬 시작품으로 「監獄墓地」, 그리고 「姜五元」 등이 있다. 또 청마는 밤을 벽으로 보고 자신이 밤 사이에 이 벽을 허물어야 하는 탈옥수의 입장으로 노래한 시도 남기고 있다.

은 목표물을 맞히는 것이다. 거기에서 하늘에 있는 것(여기에서는 비행기)의 이념적인 목적어가 탄생되고 사격 행위로 상승적 동사가 생겨난다. 탈주의 '걷다', '벗어나다'는 '쏘다', '오르다'로 전환된다.

마지막엔 '연습'이라는 말이다. 어디까지나 수직적 초월은[13] 직접적인 행위가 아니라 연습이고 또 구경인 것이다. 이 초월의 연습 또는 구경이 자연이나 실질의 현실과 구별되는 '시'라는 기호 현상(semiosis)의 세계이다.[14] 수평적 탈주가 현실적인 정치, 경제, 일상생활 속의 실제적 행위라 한다면 수직적 초월은 명상, 상상, 예술적 또는 종교적 상징의 정신적 행위이다.[15]

---

13) 〈하나의 탑/하나의 암벽은 단순한 수직의 선이 아니라 그것은 수직성의 투쟁으로 우리를 몰아 넣는 것이다.〉 G. Bachelard(1947a). *La Terre et les Rêveries de la Volonté*(Librairie José Corti), p.354.

14) 이때의 'semiosis'란 Lévi-Strauss가 말하는 'bricolage'란 말과 유사한 개념을 지니고 있다. Claude Lévi-Strauss(1962), 앞 글, chap. I 참조.

15) 수평면은 수직과 달리 사회적인 행위의 영역을 나타낸다. K. C. Bloomer and C. W. Moore(1975), 앞 글, p.56.

3 공간 요소의 총체적 결합

세 번째는 이와 똑같은 형태에 속하는 시들(H-→H₀ V+→)로는 「港口에 와서」, 「天啓」, 「어디로 가랴」 등을 들 수 있다. 그 시들은 모두가 일단 안에서 밖으로 나와 매개물에 의해 수직 공간으로 향해 있다.

문자 그대로 수평·수직의 공간적인 전 요소가 모두 결합하여 건축과 같은 총체적인 공간을 구축하는 텍스트의 경우이다. 이런 형태의 텍스트는 자연히 길어질 수밖에 없고 안에서 밖으로, 밖에서 안으로, 그리고 아래에서 위로 위에서 아래로의 전 이동 과정을 나타내기 때문에 약간의 서사성을 띠게 마련이다.

그 전형적인 텍스트가 「短杖」과 「실솔」이다. 그중 「短杖」에서 그 공간을 구성하는 요소들이 어떻게 텍스트 안에 재구성되어 있는가를 시 전문을 따라가며 기술해 보기로 한다.

[I]

　나는 나의 마지막 伴侶인 그(단장 L, V₀ , H₀)를 이끌고 집(H-)을 나선다.(L, H-→H+) 구태여 家人(L, H-)에게 行方을 이르지 않음은 언제고 人生의 不意에 驚愕치 않으려 설사 그때의 문지방(H₀이승과 저승의 경계) 넘음(L, H₀→H+=죽음)이 그대로 飄然한 不歸의 길(L, H₀→=저승)이 될지라도 다시 뉘우침 없기를 내 항상 마음 예비하여 지녔으며(H-→H+의 마음) 家人들(L, H-) 또한 그를 배워 왔기 때문인 것이다.

[II]

　문전(L, H₀)을 나서자 (L, H₀→H+) 잠간 하늘을 (L, V+) 우럴어보고 (L, V+→) 길을 巷間의 거리로(L, H₀, V-) 취하지 않는다. 그는(단장 ; V0) 내 아무리 떨고 주릴지언정 인생의 去來(L, V-)에서 천량과 愛怨의 貸借를 지고(L, V-, H-) 지우지는 않기를 戒心하여 왔기에, 어느 누구라도(L, H-) 그 부끄러운 殘高(L, V-, H-)를 毫釐도 가지지 않았으므로 그곳(L, V-)에는 아예 소간 없음에서이다.

[III]

　차라리 虛虛로운 하늘(L+2, V+) 찾아 교외로(L+1, H+) 가자. (H- → H+) 거기엔들(L+, H+) 무슨 소간 있으랴마는 오직 人生이 이미 無爲하므로 오가는 구름(L+2, V+) 흐르는 물(L+2, H+)의 行止를 바라보며(P, H+, V+), 나를 다시 헤아리려 함이거니 총총히 人家(L, H-)를 벗어나 푸른 田園이 펼쳐진 길

(L+1, H0)을 나의 伴侶(단짝, V0H0)의 이끄는대로 지향없이 가량이면(H0 →)하마 그 煤煙과 罵言(L+1, V-H-)에서 서느로이 놓여난 높푸른 하늘 아래(H-→H+, V+) 한떨기 푸새, 한마리 벌레(L+2, V-, H+)마저 한결같은 그들의 生을 飄飄히 누리고 있음을 보나니 저 숨가쁘게도 눈부시게 文明하는 人間이(L+1, H-V- '저' P, V-H-) 文明하노랄수록 人間 自身마저 그 無用과 退殘을 엄청나게 積出함에 비길진대 이 적은 微物들은(L+2, V-, H+) 그 얼마나 雅致로운 單調와 冗雜없는 緊切만을 갖추고서 彌久한 曠日속에(L, H+V+) 절로들 同樂하고(L+2, H0) 있음이랴.

　개울을 건너(L, H0 → H,) 산길(L+2, H0V0→)을 접어든다. 이미 기울은 한낮 햇빛(L+2, V+→) 바른 모퉁이에(L+1, H0) 무덤(L+1, H-) 서넛 없는듯이 지켜 있다. 이 호젓한 산기슭(L+1, H0V0) 오고가는 바람(V0)소리 귀여겨 들으며 食枕인양(L, H-) 흙쓰고 누웠는 양의 차라리 눈물나는 이 어인 謙虛며, 마침내 영혼이(L-1, V+, H+) 다스릴 수 없는 육신(L-1, V-, H-), 그 肉身이 감당키 어렵던 영혼을 필경 고이 돌려주고(L+2, H+→, V+→) 여기에 혈혈이 돌아와 쉬이는(L, H-)이를 어찌 살아서 살기에 하그리 악착하고 沈浮하던 그였음(L, H-)을 믿으랴, 진실로 兄弟여(L+1, H-) 묻노니, 마음한번 도사리면 이같이 쉬이 그만이더뇨.

　[IV]

　이윽고 한 등성이에 이르러(L+2, H-→H+, V0→) 걸음을 멈추고 돌아서 바라본다$(L_{+2}, H \leftarrow H+, V_0 \rightarrow)$, 아 寂寂히 펼쳐진 하늘$(L_{+2}, V+)$과 땅$(L_{+2}, V-)$, 그리고 이 浩漠한 神氣 속에 소리없이 구비쳐 잇닿은 山嶽들(H_0V_0) 여기서$(P. H_0V_0)$ 나는 여기가 미리부터 지향하여 온 곳인 양$(L_{+2}, H-, V+ \rightarrow H_0, V+)$ 비로소 安堵와 終了感을 느끼고 스스로 족하며 곰곰히 想念은 天地$(V+, V-)$와 더불어 끝간 데를$(L_{+2}, H+)$ 모른다.

나의 願하는

아무것도 없어라 峨峨한 山아(L, V_0H_0)

—「短杖」[16]

　　우선 제목 「短杖」부터 그것이 어떠한 공간 기호 체계 속에서 쓰이고 있는지를 위의 분석을 통해서 보면, 수직 공간에서는 상/하를 잇는 '매개항'(V_0)으로, 수평 공간에서는 내/외를 이어주는 경계 공간(H_0)의 변별 특징을 지니고 있다는 사실을 발견할 수 있다. 즉 단장은 방 안에서 쓰는 도구가 아니다. 그렇다고 밖에 놔두는 것도 아니다. 단장은 집 안에 있으면서 사람이 밖으로 나갈 때 도움을 주는 매개물, 역이나 항구의 차원에서는 기차, 배와 같은 승용물처럼 도보여행의 수단이 되는 것이다. 즉 경계 공간과 연계되어 있는 매개물로서 내/외의 틈 사이에 있다(H_0). 그리고 그것은

16)　『柳致環詩選』, 173-177쪽.

집과 관계된 도구의 일종이며 개인 차원에서의 것이니 L-1차원이다. 그러나 이 텍스트에서도 볼 수 있듯이 단장은 세속적인 거리를 피한다. 즉 지상의 생활, '愛怨의 貸借'로 은유되는 지상적 교환, 거래와 소간을 갖지 않는 것(말하자면 단장은 주판, 장부, 간판, 명함 등의 도구성과는 대립된 의미를 갖고 있다)으로 초월적 공간(聖)인 하늘을 수직으로 가리키고 있다. 깃대, 나무, 장대처럼 그 수직적 공간을 매개하는 것이다. 상/하의 매개항적인 기호 작용을 한다($-V_0$).

'단장'
— 수평…내/외 대립의 경계(H_0): 안에 있는 것을 밖으로 나오게 하는 매개물
  (또는 반대일 수도 있다)
— 수직…상/하 대립의 매개 공간(V_0): 지상에 있는 것을 천상으로 향하게 하는 매개물
  (또는 반대로 하강적 매개도 된다).[17]

뿐만 아니라 단장은 텍스트의 서사적 구조, 즉 동태적 텍스트와 구조적인 연계성을 갖는다. 이 텍스트에서 서사 구조는 주인공(화자)의 집에서 나와 산등성이로 오르는 공간적 이동의 연쇄로되어 있는데 단순히 안에서 밖으로 나가는 것이 아니라, 동시에평지에서 위로 올라가는 상계의 궤적을 나타내고 있다. 수평적으로는 안에서 밖으로 나가는 것이고 수직적으로는 아래에서 위로

---

17) 1) 하늘과 땅을 잇는 세계축, 2) 지도력, 3) 성(性)과 비행 등의 상징성이 있다. 공간성은 1)과 3)이다. Ad de Vries, *Dictionary of Symbols and Imagery*(1974) 참조.

올라가는 것이 된다.

위에서 분석한 것을 약호와 도식으로 기술하면 다음과 같다.

V_+			하늘, 영혼(저승)
V_0		산등성이산기슭	무덤
V_-	집·거리	교외	산넘어 '적적히' 펼쳐진 땅
	H_-	H_0	H_+

〈도표 1〉

그리고 그것을 약호로 간략히 적으면 ($H_- V_- \to H_0 \to V_0 H_+$)로 되어 있는 텍스트이다. 이 정식에 구체적인 어휘를 삽입해 보면 집(H_-) 거리(V_-)/교외(H_0) 문명의 도시를 벗어나($\to$) 산등성이(V_0) 오르다 ($\to$)/무덤들의 영혼, 저승(H_+) 하늘(V_+)이 된다.

행동의 단위…도주(수평적 이동) : 초월(수직적 이동)

인간의 단위…공간차원에 의한 변별특징과 그 대립항

이승 속(生者)
┌ L_2문명인 : 자연물(한떨기 푸새, 한 마리 벌레)
├ L_1市井人 : 나
└ L家人 : 나

저승 무덤 속(亡人)-L-1 육신 : 영혼

이 텍스트에 나타난 수평적 공간 분절과 수직적 공간 분절을 그 분석된 목록에 의하여 기술해 보면 수평적 분절은 $(H- \rightarrow H_0 \rightarrow H+)$로서 행위항은 집에서 벗어난 산기슭, 무덤에까지 이르는 과정으로 이어진다.

공간분절단위 : [[[[[[집]문전]인가]전원 길]개울]산기슭]무덤]

행동의 線分 : 나서다 → 가다 → 건너다 → 접어들다

집 바깥은 방향이 두 가지로서 하나는 도시의 거리 쪽이고 다른 쪽은 교외 쪽이다. 내/외의 대립만이 아니라 같은 바깥(외 공간)이라도 '거리'와 '교외'가 대립하는 것은 수직 분절에 의한 것으로 거리는 수평적인 외 공간이고 교외는 산이 있는 곳으로 수직적인 상승 공간과 접합된다.

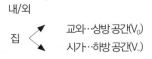

내/외

집 〈 교외‥상방 공간(V_0)

시가‥하방 공간($V_.$)

그러므로 그 내/외 대립항에 있어서도 수평적인 전진성은 집의, L차원에서 '家人'으로부터 벗어나는 것, 집안 살림에서 풀려나는 것이고, 사회의 L_1차원에서는 거리의 인간들로부터, 그리고 문명적인 공간으로부터 벗어나는 것이다. '門前을 나서자', '교외

로 가자', '지향없이 가량이면'의 '가다'의 행위항이 '개울을 건너서'로 경계 돌파의 동사와 '산길을 접어든다'의 방향 전환의 동사로 변하면 수평적 공간의 내/외와 그 이동은 수직공간의 하/상의 상승으로 옮겨 간다. 수평과 수직이 만나는 접합점에 있는 것이 산기슭의 무덤이다. 그리고 기호론적 공간의 계층도 주거나 사회, 지리적 차원(L+1)에서 우주론(존재론)의 차원(L+2)으로 옮겨 간다. 수평적인 텍스트는 현세적인 것이고 수직적 텍스트는 보다 관념적이라는 점이 드러난다. 이 무덤에는 수평공간의 요소와 수직공간이 혼합되어 있는 것으로 수평적 내/외 체계로 보면 무덤은 이승 밖의 저승 세계의 기호이다. 수평적인 극한의 외공간(저승)은 영혼이 다스릴 수 없던 육신이 묻힌 것으로 세속적인 삶의 부정적인 탈출일 수밖에 없다. 이러한 죽음은 '愛怨의 거리', 이해타산의 사회적 삶이나 '매'의 두운으로 유표화된 매연과 매리의 인류문명으로부터의 도주선이 끝나는 종점이다.[18] 그러나 여기에서부터 수직적 상승이 시작되면서 무덤 속에 묻힌 영혼의 초월공간으로 이어진다.

18) A. Moles, E. Rohmer(1972), 앞 글, p.25. "La liberté maginale et l'élasticité des limites".

무덤(H_1) — 수직적 '상' 공간-영혼(V_+),산등성이-하늘
　　　　　 수평적 '외' 공간-육신이 쉬는 곳(V_-)-산기슭

　같은 죽음의 세계라 해도 수직적 공간의 체계에서는 상/하로 분절되어 그 하방에는 무덤의 육신이 있고('악착하고 沈浮하던 '그'가 이제는 돌아와 쉬는') 그 상방에는 무덤처럼 눈으로 볼 수 없는 영혼('육신이 감당키 어렵던 영혼을 필경 고이 돌려주고')의 초월 공간이 있다.

　산기슭-무덤을 기점으로 하여 수평적 이동은 산등성이로 오르는 상승적 운동으로 바뀌고, '이르다'에서 그 행위는 끝난다. 교외의 경계(H_0)는 산등성이(V_0)의 매개 공간이 되고 여기에서 '걷다'→'오르다'→'바라보다'로 시선, 관념적인 차원의 삶, 우주의 공간으로 이어진다. 그것이 '적적히 펼쳐진 하늘과 땅', '호막한 神氣속에 소리없이 구비쳐 잇닿은 산악' 등의 공간이다. 여기에서 산은 상/하로 이어져 있는 중간적 매개 공간이면서 동시에 잇닿은 산악들은 수평적으로 산맥을 이루며 뻗어 있는 것으로 외공간의 경계를 나타내는 것이기도 하다. 산등성이에서 보는 '펼쳐진 하늘과 땅'은 수평·수직의 모든 공간적 요소가 결합되어 이루어진 총체적 공간이 되는 것이다. 청마는 내에서 외로 그리고 하에서 상으로 향하는 도주와 초월의 동선 궤적으로 창조되어 가는 시적 의미의 과정을 보여준다. 그리고 그 '적적히 펼쳐진 하늘과 땅'의 시적 공간(청마가 구축한)과 '愛怨의 貸借'와 매연과 매리 속에

살아가는 주어진 공간(비시적, 수학적인 삶)의 차이화에 의해서 세계상 (world view)의 모델을 만들어낸다. 그것이 청마의 시적 우주이며 그 시의 메시지이다.

그러나 이 시에는 산에서 집으로 돌아오는 과정이 없어 완전한 총체적 공간으로 볼 수 없다. 가장 완벽한 것은 「실솔」[19]의 경우로 집(L)에서 학교(L_{+1})로, 학교에서 산(L_{+2})으로 올라갔다가 다시 산(L_{+2})에서 거리(L_{+1})로, 거리에서 집(L), 집에서 방 안(L_{-1})의 귀뚜라미 소리에 이르는 전 과정이 한 편의 시에 담겨져 있다.

이 총체적 공간은 기로Guiraud가 보들레르론에서 시도한 것처럼[20] 그 전체시의 모든 어휘(시어)들이 하나의 공간 체계에 의해 분할되고 그 유기적 관계로 구조화되어 있음을 보여준다.

기로는 보들레르의 「악의 꽃(fleurs du mal)」의 상징 구조를 다음과 같은 공간 체계로 밝힌 바 있다. 그 자신이 스스로의 방법론에 대해서 그것을 다음과 같이 요약해 놓았다.

「악의 꽃」의 어휘를 구성하는 네 개 정도의 말은 커다란 네 개의 역선力線에 따라서 분포되어 있으며 그 역선이 보들레르 우주의 범주를 정하여 그 물질적, 정신적인 배경을 구성하고 있다. 그것은 우선 '하늘(ciel)'과 '지옥(enfer)'과 '땅(terre)'이며, 이 최후의

---

19) 『第九詩集』, 70쪽.
20) P. Guiraud(1971), 앞 글, pp.73-74.

'땅'은 이중의 모양을 하고 있어 도시와 집과 거리 속에 살고 있는 이 시인의 일상적 운명인 '생활(vie)'과 이국 취미에의 도주인 '꿈(rêve)'이 대립을 이루고 있다.

'생활'은 더럽고 시끄럽고 속악한 안개에 휩싸여 초라한 도회 속에, 진흙투성이의 거리 속에 펼쳐진다.

그 숙명은 무력감, 불구, 추악, 빈곤, 매춘, 악덕, 육체적, 정신적인 좌절이다. 그것은 권태와 '우울'과 '괴로움'의 장소이다. 그것은 유배지이다. '꿈'은 사랑이 불가능한 이 체재지에서 우리를 도피시켜 준다. 섬들로, 향취와 리듬과 조화와 안락과 사치와 힘참과 건강과 젊음과 쾌락으로 둘러싸인 장소에의 도망이다. …… 이국 취미의 몽상에 대립하는 또 다른 종류의 도망은 술과 방탕으로 된 인공 낙원으로 향하는 것이다.

이와 같은 수평 세계가 다시 수직 차원, 즉 '천'과 '지옥'으로 나뉘어진다.

지옥에 있는 것은 죄, 음탕, 얼어붙은 어둠의 광기, 악몽의 현기증이다. 이 공포의 심연에 대립하는 것이 '하늘', 투명하고, 깊고, 빛나고, 따뜻한 '창천(azur)'이다. 거기에는 자유와 순수함과 힘이 넘쳐 있다. 그곳에 있는 것은 '미'와 '평온'의 자리이다.

바다에도 '하늘'의 유사물이 있고 하늘과 마찬가지로 바다도 광대하고 깊고 영원하다. '창천'에의 상승과 푸른 파도의 요람은 보들레르에 있어 주요한 행복의 주제이다. 그것은 상승의 행복과

타락의 공포를 대립시키는 변증법적인 비전이다.

위의 공간 체계를 문체론에서는 도표 2로 제시되어 있다.

이것을 우리가 지금까지 분석해 온 공간 체계와 비교해 보면 그 유사성과 동시에 그 차이점을 분명히 읽을 수 있다. 그리고 공간의 이차 모델 형식 체계로서 시 작품에 어떻게 작용하고 있는지 그 보편성도 아울러 입증될 수 있을 것이다.

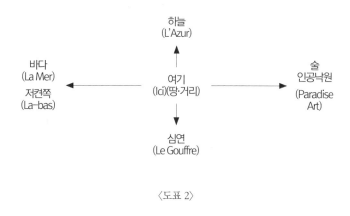

〈도표 2〉

4 분석 결과의 유효성과 그 전망

기호론의 기본을 이루고 있는 것은 차이이고 그 차이는 이항 대립적 관계에서 생겨나는 것이다. 이러한 체계를 통해서 공간의 이산성을 검토해 보면 그것이 수직 수평으로 분절되고 다시 상/

중/하와 내/경계/외의 이중 분절로 대립 체계를 이루고 있음을 알 수 있다. 그리고 그러한 공간 체계는 성/속이나 생/사와 같은 양극화된 관념, 슬픔이나 기쁨 같은 대립된 감정, 그리고 긍정 부정과 같은 가치의 체계와 연계된다. 이 같은 공간의 이산성과 그 의미 작용을 검증하기 위해서 청마의 시적 언술(poetic discourse)을 분석하고 그 공간이 의미하는 것을 신화적인 그리고 우주론적인 원형적 상징성과 비교해 보면 놀랍도록 일치된 구조적 상동성을 발견할 수가 있다.[21)]

공간의 이차 모델 형성 체계는 '세계의 像'을 나타내는 것이라고 했다. 그렇다면 당연히 문학에 있어서의 공간적 언어와 세계를 표상하는 의식, 신화의 텍스트에는 구조적인 상동성이 있어야 할 것이다. 청마 시의 분석 결과를 이번에 베이그베데르Olivie Beigbeder의 중국「天壇(Temple of the Sky)」과 비교해 보면 그 유효성이 스스로 증명될 것이다.

이미 특기한 것처럼 중국에는 산, 즉 '天柱'와 지옥의 구멍과 하늘의 '蒼穹'이라는 개념이 공존하고 있다. 그리고 그 앞에서 지적한 대로 북경의 공희(供犧)의「天壇」이나 유에Húe의 '聖域'에서 보는 바와 같이 '露天'의 자연 그대로의 성소는 매우 중요한 의미를 지닌다. 이 같은 개념이 이러한 성소에 있어 어떠한 조화를 나

---

21)   P. Guiraud(1971), 앞 글, p.96.

타내고 있는지를 검토해 보기로 하자. 중국적인 미묘한 생각에는 언제나 이분법이 따라다니기 마련이라, 그 사원에 있어서도 '땅'의 상징 표현인 정방형이 '하늘'의 원에 대립하고 있다는 점을 짐작할 수 있다. 「天壇」에 있어서는 두 부분이 구별되어 그 사이를 남북으로 통하는 길이 연결되어 있다. ……하늘의 신에 바치는 희생물은 불태워져 연기는 하늘에 올라가고, 지하의 구멍을 통해 그 동물의 피는 흘러 떨어진다. 종국에는 이 같은 방법에 의해 그의 모든 시를 구조화하고 일정한 약호를 사용해서 그 불변항에 의해 변이항들을 기술해낼 수 있다.[22]

뿐만이 아니라 일차 언어의 의미가 이차 체계의 언어로 번역되는 코드 전환을 밝혀냄으로써 그가 많이 사용하고 있는 키워드(旗, 山, 푯대, 하늘, 거리, 그리고 감정을 나타내는 말로서는 회한, 孤絶, 哀戀 등)의 내포적인 의미를 해독할 수 있게 된다.

그래서 다음과 같은 텍스트의 의미 작용을 분석해낼 수가 있다.

① 수직적인 공간의 텍스트는 이념적인 가치의 시차성을 형성한다. 상방적 공간은 하늘, 하방적 공간은 땅=거리로 분할되어 각기 긍정적인 것과 부정적인 가치 체계가 부여되고 세계상의 질서를 나타내는 메타언어의 기능을 갖게 된다.

② 그러므로 '하' 공간에서 (땅/거리) '상' 공간(하늘)으로 상승하고

---

22) O. Beigbeder, *La Symbolique*, pp.45-50. P. Guiraud(1971)에서 재인용.

있는 대상물들은 모두 수직적 초월의 의미 작용을 나타내는 기호로서 그 기능을 갖게 된다. 우러러, 발돋움, 솟아나다, 서다, 등등의 술어가 청마의 시에 유난히 많이 나오게 되는 이유도 그 때문이다. 그리고 이러한 텍스트는 위에서 아래로 하강하는 대립적인 텍스트의 의미 작용에 의해서 유표화한다.

③ 상하의 이원 구조에 동적인 변환 체계를 일으키는 것이 그 매개항의 기능을 나타내는 산, 수목, 장대, 기와 같은 중간 공간이다. 상하의 양의성을 띤 그 중간적 공간은 새, 나비, 잠자리와 같은 생물과 위로 올라가는 담배연기, 불꽃 향내 등 감각적인 자연 현상에 이르기까지 다의적 기호polysemic의 의미를 생성하게 된다. 그리고 이러한 매개 공간은 무수한 텍스트의 변이태를 형성하여 일상적 언어의 탈자동화와 같은 변칙, 일탈의 시적 언술을 가능케 한다.

④ 수직 공간이 정신적인 이념 체계를 나타내는 기호 형식이라고 한다면 수평 공간은 세속적인 인간관계를 나타내는 사회적 체계를 나타내는 표현 공간이라고 할 수 있다. 내외로 분절되는 수평 공간에서 내 공간은 주로 거주 공간인 집과 고향 등이며 그와 대립되는 외 공간이 북만주의 광야나 아라비아 사막, 바다, 그리고 섬들이다. 북이 외 공간을 나타내는 기호로서 작용하고 있는데 비하여 남은 고향의 내 공간을 표시하고 있는 화살표와 같은 작용을 한다.

⑤ 수평 공간은 수직 공간과 달리 인물의 공간 이동이 가능하므로 자연히 그 텍스트는 동태적인 것이 되고 서사적인 성격을 띠게 된다. 그러므로 그 동태적인 텍스트는 주인공=화자가 내 공간에서 외 공간으로 향해 <u>나가는</u> 텍스트와 외 공간에서 내 공간으로 <u>들어오는</u> 텍스트로 대립되고 그에 따라 서로 상위한 의미 구조가 생겨나게 된다. 수직 체계에서는 우주수처럼 긍정적인 의미 작용을 나타내던 나무가, 열려진 외 공간을 지향하고 있는 수평적 텍스트에서는 한 곳에 뿌리박고 있는 그 부동성 때문에 폐쇄 공간의 부정성을 나타내게 된다.

⑥ 수평 공간에서의 경계 영역이나 격벽/창 같은 것들은 수직 공간에서의 매개항과 동일한 기능을 갖게 된다. 내와 외의 교환이 이루어지는 항구, 역, 우체국, 그리고 길 같은 곳은 청마의 텍스트에 있어 다의적인 기호를 생성하고 있는 공간이다. 그것들은 상호 교환성도 가지고 있어서 기차, 배, 편지 등은 그 의미론적 해석에 있어서 동위태를 이루게 된다.

⑦ 소리개가 수직 공간을 대표하는 새라면 수평 공간의 새는 제비이다. 그것은 인가의 처마에서 살면서도 먼 바다를 오가는 새이기 때문에 집에서의(내 공간) 탈출과 복귀를 동시에 나타낸다. 그러므로 그것은 복합적 감정과 행동을 표시하는 기호로서 중요한 기능을 갖게 된다. 제비와 같은 모순의 언어들을 생성하는 공간, 그것이 수평적 매개 공간이 보여주고 있는 시적 언술이라고

할 수 있다.

수평 수직의 이산적 단위들이 결합하여 이렇게 여러 가지 형태의 텍스트를 형성하고 그것들의 기호 작용을 통해서 자연어로서는 기술할 수 없는 시적 의미를 생성한다. 중심과 주변, 상승과 하강, 열림과 닫힘, 비어 있는 것과 차 있는 것, 그리고 감각 공간. 단순한 이항 대립 체계에서 인식된 공간은 무한수에 가까운 분절과 그 연쇄의 연출에 의하여 한 시인의 의미 공간이 구축되고 종국에는 그 공간을 다시 해체해 버리는 탈기호에 의해 다의적인 시적 메시지를 생성한다. 그리고 그것은 시만이 아니라 서사체 예술, 건축, 무용, 조각, 그림, 영화 등 공간 기호를 이용한 인접 텍스트와 그 공통적인 연계성을 가지고 광범위한 문화 텍스트를 형성해낸다.[23]

한때 원시 문화에서 우주론적인 텍스트를 형성했고 신화와 제례의 문법을 만들어낸 것이 바로 그 공간의 언어들이었다.[24] 그것은 데리다가 말하는 원기호, 로고스 중심주의의 문화를 낳는 음성 편중의 그 언어가 아니라 흔적, 차연(differance)의 기호와도

---

23)   불변적 요소로 변이적인 것을 기술하려는 방법과 그 의의를 푸로프를 논하는 자리에서 밝힌 바 있는 메레진스키의 말은 청마의 모든 시를 공간 체계의 불변소로 형태화하고 기술화하는 중요성을 뒷받침해 주는 것이다. Dr. E. Mélétinski(1970), "L'étude structurale et typologique du conte" in V. Propp, p.51, 203 참조.

24)   Jan Van der Eng and Mojmir, Grygar(ed.)(1973), 앞 글, pp.1-28.

가까운 것이다. 공간을 갖지 않는 언술일수록 그것은 로고스 중심주의(logocentrism)의 문화 텍스트라는 사실을[25] 우리는 그 공간 기호 연구의 결론으로 확인할 수 있다. 청마는 관념적인 시인으로 또는 후기에는 강렬한 사회참여적 시를 쓴 시인으로 알려져 있으나,[26] 그는 언제나 그것을 이차 체계의 언어인 공간을 통해서 기술했다는 점에서 로고스 중심주의에서 벗어난 시인이었음을 알 수 있다.

공간적 언술은 항상 '지금 여기(hic et nunc)'라는 생의 구체적인 자리(topos)를 떠나서는 존재할 수가 없다는 것, 둘째 예술 텍스트에는 시점이라는 것이 있고 그것이 텍스트를 구성하는 불가결의 요소가 된다는 것, 그리고 그 시점이란 다름 아닌 한 공간 속에 위치한다는 것을 의미하는 것이며, 셋째 어떤 감정, 가치, 그리고 시점을 그 공간을 통해서 말한다는 것, 그리고 이 모든 것이 추상적인 과학적 언술로부터 예술 텍스트를 구별해내는 변별적 특징이 된다는 것 등이다. 그것이 문학 공간의 기호론적 접근을 통해서 검증된 결론들이라고 할 수 있다.

---

25) Osward Ducrot, Tzvetan Todorov(1972), 앞 글, "Grammatologie et Linguistique", p.435. 원흔적Arche trace, 원에크리튀르Arche écriture.
26) 김윤식(1970), 앞 글, 134쪽. 김재홍, 앞 글, 219쪽. 김현(1973), 앞 글, 264쪽. 조동민(1976), 앞 글, 361쪽. 홍기삼(1975), 앞 글, 253-256쪽.

문단 : 등단 이전 활동

「이상론-순수의식의 뇌성(牢城)과 그 파벽(破壁)」	서울대 《문리대 학보》 3권, 2호	1955.9.
「우상의 파괴」	《한국일보》	1956.5.6.

데뷔작

「현대시의 UMGEBUNG(環圍)와 UMWELT(環界) -시비평방법론서설」	《문학예술》 10월호	1956.10.
「비유법논고」	《문학예술》 11,12월호	1956.11.

* 백철 추천을 받아 평론가로 등단

논문

평론·논문

1.	「이상론-순수의식의 뇌성(牢城)과 그 파벽(破壁)」	서울대 《문리대 학보》 3권, 2호	1955.9.
2.	「현대시의 UMGEBUNG와 UMWELT-시비평방 법론서설」	《문학예술》 10월호	1956
3.	「비유법논고」	《문학예술》 11,12월호	1956
4.	「카타르시스문학론」	《문학예술》 8~12월호	1957
5.	「소설의 아펠레이션 연구」	《문학예술》 8~12월호	1957

학위논문

단평

국내신문

3. 「화전민지대 - 신세대의 문학을 위한 각서」　　《경향신문》　　1957.1.11.~12.

4. 「현실초극점으로만 탄생 - 시의 '오부제'에 대하여」《평화신문》　　1957.1.18.

5. 「겨울의 축제」　　《서울신문》　　1957.1.21.

6. 「우리 문화의 반성 - 신화 없는 민족」　　《경향신문》　　1957.3.13.~15.

7. 「묘비 없는 무덤 앞에서 - 추도 이상 20주기」　　《경향신문》　　1957.4.17.

8. 「이상의 문학 - 그의 20주기에」　　《연합신문》　　1957.4.18.~19.

9. 「시인을 위한 아포리즘」　　《자유신문》　　1957.7.1.

10. 「토인과 생맥주 - 전통의 터너미놀로지」　　《연합신문》　　1958.1.10.~12.

11. 「금년문단에 바란다 - 장미밭의 전쟁을 지양」　　《한국일보》　　1958.1.21.

12. 「주어 없는 비극 - 이 시대의 어둠을 향하여」　　《조선일보》　　1958.2.10.~11.

13. 「모래의 성을 밟지 마십시오 - 문단후배들에게 말
한다」　　《서울신문》　　1958.3.13.

14. 「현대의 신라인들 - 외국 문학에 대한 우리 자세」　《경향신문》　　1958.4.22.~23.

15. 「새장을 여시오 - 시인 서정주 선생에게」　　《경향신문》　　1958.10.15.

16. 「바람과 구름과의 대화 - 왜 문학논평이 불가능한가」《문화시보》　　1958.10.

17. 「대화정신의 상실 - 최근의 필전을 보고」　　《연합신문》　　1958.12.10.

18. 「새 세계와 문학신념 - 폭발해야 할 우리들의 언어」《국제신보》　　1959.1.

19. *「영원한 모순 - 김동리 씨에게 묻는다」　　《경향신문》　　1959.2.9.~10.

20. *「못 박힌 기독은 대답 없다 - 다시 김동리 씨에게」《경향신문》　　1959.2.20.~21.

21. *「논쟁과 초점 - 다시 김동리 씨에게」　　《경향신문》　　1959.2.25.~28.

22. *「희극을 원하는가」　　《경향신문》　　1959.3.12.~14.

　　* 김동리와의 논쟁

23. 「자유문학상을 위하여」　　《문학논평》　　1959.3.

24. 「상상문학의 진의 - 펜의 논제를 말한다」　　《동아일보》　　1959.8.~9.

25. 「프로이트 이후의 문학 - 그의 20주기에」　　《조선일보》　　1959.9.24.~25.

26. 「비평활동과 비교문학의 한계」　　《국제신보》　　1959.11.15.~16.

27. 「20세기의 문학사조 - 현대사조와 동향」　　《세계일보》　　1960.3.

28. 「제삼세대(문학) - 새 차원의 음악을 듣자」　　《중앙일보》　　1966.1.5.

29. 「'에비'가 지배하는 문화 - 한국문화의 반문화성」　《조선일보》　　1967.12.28.

56. 「半島性의 상실과 회복의 역사」   《한국일보》 광복50년 신년특집   1995.1.4.
     특별기고

57. 「한국언론의 새로운 도전」   《조선일보》 75주년 기념특집   1995.3.5.

58. 「대고려전시회의 의미」   《중앙일보》   1995.7.

59. 「이인화의 역사소설」   《동아일보》   1995.7.

60. 「한국문화 50년」   《조선일보》 광복50년 특집   1995.8.1.
     외 다수

외국신문

1. 「通商から通信へ」   《朝日新聞》 교토포럼 主題論文抄   1992.9.

2. 「亞細亞の歌をうたう時代」   《朝日新聞》   1994.2.13.
     외 다수

국내잡지

1. 「마호가니의 계절」   《예술집단》 2호   1955.2.

2. 「사반나의 풍경」   《문학》 1호   1956.7.

3. 「나르시스의 학살 – 이상의 시와 그 난해성」   《신세계》   1956.10.

4. 「비평과 푸로파간다」   영남대 《嶺文》 14호   1956.10.

5. 「기초문학함수론 – 비평문학의 방법과 그 기준」   《사상계》   1957.9.~10.

6. 「무엇에 대하여 저항하는가 – 오늘의 문학과 그 근거」 《신군상》   1958.1.

7. 「실존주의 문학의 길」   《자유공론》   1958.4.

8. 「현대작가의 책임」   《자유문학》   1958.4.

9. 「한국소설의 현재의 장래 – 주로 해방후의 세 작가 《지성》 1호   1958.6.
     를 중심으로」

10. 「시와 속박」   《현대시》 2집   1958.9.

11. 「작가의 현실참여」   《문학평론》 1호   1959.1.

12. 「방황하는 오늘의 작가들에게 – 작가적 사명」   《문학논평》 2호   1959.2.

13. 「자유문학상을 향하여」   《문학논평》   1959.3.

14. 「고독한 오솔길 – 소월시를 말한다」   《신문예》   1959.8.~9.

15. 「이상의 소설과 기교 - 실화와 날개를 중심으로」	《문예》	1959.10.
16. 「박탈된 인간의 휴일 - 제8요일을 읽고」	《새벽》 35호	1959.11.
17. 「잠자는 거인 - 뉴 제네레이션의 위치」	《새벽》 36호	1959.12.
18. 「20세기의 인간상」	《새벽》	1960.2.
19. 「푸로메떼 사슬을 풀라」	《새벽》	1960.4.
20. 「식물적 인간상 - 『카인의 후예』, 황순원 론」	《사상계》	1960.4.
21. 「사회참가의 문학 - 그 원시적인 문제」	《새벽》	1960.5.
22. 「무엇에 대한 노여움인가?」	《새벽》	1960.6.
23. 「우리 문학의 지점」	《새벽》	1960.9.
24. 「유배지의 시인 - 쌍죵·페르스의 시와 생애」	《자유문학》	1960.12.
25. 「소설산고」	《현대문학》	1961.2.~4.
26. 「현대소설의 반성과 모색 - 60년대를 기점으로」	《사상계》	1961.3.
27. 「소설과 '아펠레이션'의 문제」	《사상계》	1961.11.
28. 「현대한국문학과 인간의 문제」	《시사》	1961.12.
29. 「한국적 휴머니즘의 발굴 - 유교정신에서 추출해본 휴머니즘」	《신사조》	1962.11.
30. 「한국소설의 맹점 - 리얼리티 외, 문제를 중심으로」	《사상계》	1962.12.
31. 「오해와 모순의 여울목 - 그 역사와 특성」	《사상계》	1963.3.
32. 「사시안의 비평 - 어느 독자에게」	《현대문학》	1963.7.
33. 「부메랑의 언어들 - 어느 독자에게 제2신」	《현대문학》	1963.9.
34. 「문학과 역사적 사건 - 4·19를 예로」	《한국문학》 1호	1966.3.
35. 「현대소설의 구조」	《문학》 1,3,4호	1966.7., 9., 11.
36. 「비판적 「삼국유사」」	《월간세대》	1967.3~5.
37. 「현대문학과 인간소외 - 현대부조리와 인간소외」	《사상계》	1968.1.
38. 「서랍 속에 든 '不穩詩'를 분석한다 - '지식인의 사회참여'를 읽고」	《사상계》	1968.3.
39. 「사물을 보는 눈」	《사상계》	1973.4.
40. 「한국문학의 구조분석 - 反이솝주의 선언」	《문학사상》	1974.1.
41. 「한국문학의 구조분석 - '바다'와 '소년'의 의미분석」	《문학사상》	1974.2.
42. 「한국문학의 구조분석 - 춘원 초기단편소설의 분석」	《문학사상》	1974.3.

43. 「이상문학의 출발점」	《문학사상》	1975.9.
44. 「분단기의 문학」	《정경문화》	1979.6.
45. 「미와 자유와 희망의 시인 – 일리리스의 문학세계」	《충청문장》 32호	1979.10.
46. 「말 속의 한국문화」	《삶과꿈》 연재	1994.9~1995.6.
외 다수		

외국잡지

1. 「亞細亞人の共生」	《Forsight》新潮社	1992.10.
외 다수		

대담

1. 「일본인론 – 대담:金容雲」	《경향신문》	1982.8.19.~26.
2. 「가부도 논쟁도 없는 무관심 속의 '방황' – 대담:金璟東」	《조선일보》	1983.10.1.
3. 「해방 40년, 한국여성의 삶 – "지금이 한국여성사의 터닝포인트" – 특집대담:정용석」	《여성동아》	1985.8.
4. 「21세기 아시아의 문화 – 신년석학대담:梅原猛」	《문학사상》 1월호, MBC TV 1일 방영	1996.1.
외 다수		

세미나 주제발표

1. 「神奈川 사이언스파크 국제심포지움」	KSP 주최(일본)	1994.2.13.
2. 「新潟 아시아 문화제」	新潟縣 주최(일본)	1994.7.10.
3. 「순수문학과 참여문학」(한국문학인대회)	한국일보사 주최	1994.5.24.
4. 「카오스 이론과 한국 정보문화」(한·중·일 아시아 포럼)	한백연구소 주최	1995.1.29.
5. 「멀티미디어 시대의 출판」	출판협회	1995.6.28.
6. 「21세기의 메디아론」	중앙일보사 주최	1995.7.7.
7. 「도자기와 총의 문화」(한일문화공동심포지움)	한국관광공사 주최(후쿠오카)	1995.7.9.

8. 「역사의 대전환」(한일국제심포지움)	중앙일보 역사연구소	1995.8.10.
9. 「한일의 미래」	동아일보, 아사히신문 공동주최	1995.9.10.
10. 「춘향전'과 '忠臣藏'의 비교연구」(한일국제심포지엄)	한림대·일본문화연구소 주최	1995.10.
외 다수		

기조강연

1. 「로스엔젤러스 한미박물관 건립」	(L.A.)	1995.1.28.
2. 「하와이 50년 한국문화」	우먼스클럽 주최(하와이)	1995.7.5.
외 다수		

저서(단행본)

평론·논문

1. 『저항의 문학』	경지사	1959
2. 『지성의 오솔길』	동양출판사	1960
3. 『전후문학의 새 물결』	신구문화사	1962
4. 『통금시대의 문학』	삼중당	1966
* 『축소지향의 일본인』	갑인출판사	1982
* '縮み志向の日本人'의 한국어판		
5. 『縮み志向の日本人』(원문: 일어판)	学生社	1982
6. 『俳句で日本を讀む』(원문: 일어판)	PHP	1983
7. 『고전을 읽는 법』	갑인출판사	1985
8. 『세계문학에의 길』	갑인출판사	1985
9. 『신화속의 한국인』	갑인출판사	1985
10. 『지성채집』	나남	1986
11. 『장미밭의 전쟁』	기린원	1986

| 『다시 한번 날게 하소서』 | 성안당 | 2022 |
| 『눈물 한 방울』 | 김영사 | 2022 |

칼럼집

| 1. 『차 한 잔의 사상』 | 삼중당 | 1967 |
| 2. 『오늘보다 긴 이야기』 | 기린원 | 1986 |

편저

1. 『한국작가전기연구』	동화출판공사	1975
2. 『이상 소설 전작집 1,2』	갑인출판사	1977
3. 『이상 수필 전작집』	갑인출판사	1977
4. 『이상 시 전작집』	갑인출판사	1978
5. 『현대세계수필문학 63선』	문학사상사	1978
6. 『이어령 대표 에세이집 상,하』	고려원	1980
7. 『문장백과대사전』	금성출판사	1988
8. 『뉴에이스 문장사전』	금성출판사	1988
9. 『한국문학연구사전』	우석	1990
10. 『에센스 한국단편문학』	한양출판	1993
11. 『한국 단편 문학 1-9』	모음사	1993
12. 『한국의 명문』	월간조선	2001
13. 『뜻으로 읽는 한국어 사전』	문학사상사	2002
14. 『매화』	생각의나무	2003
15. 『사군자와 세한삼우』	종이나라(전5권)	2006
1. 매화		
2. 난초		
3. 국화		
4. 대나무		
5. 소나무		
16. 『십이지신 호랑이』	생각의나무	2009

희곡

대담집&강연집

교과서&어린이책

8.	『느껴야 움직인다』	시공미디어	2013
9.	『지우개 달린 연필』	시공미디어	2013
10.	『길을 묻다』	시공미디어	2013

일본어 저서

*	『縮み志向の日本人』(원문: 일어판)	学生社	1982
*	『俳句で日本を讀む』(원문: 일어판)	PHP	1983
*	『ふろしき文化のポスト・モダン』(원문: 일어판)	中央公論社	1989
*	『蛙はなぜ古池に飛びこんだのか』(원문: 일어판)	学生社	1993
*	『ジャンケン文明論』(원문: 일어판)	新潮社	2005
*	『東と西』(대담집, 공저:司馬遼太郎 編, 원문: 일어판)	朝日新聞社	1994. 9

번역서

『흙 속에 저 바람 속에』의 외국어판

1.	*『In This Earth and In That Wind』 (David I. Steinberg 역) 영어판	RAS-KB	1967
2.	*『斯土斯風』(陳寧寧 역) 대만판	源成文化圖書供應社	1976
3.	*『恨の文化論』(裵康煥 역) 일본어판	学生社	1978
4.	*『韓國人的心』중국어판	山侏人民出版社	2007
5.	*『В ТЕХ КРАЯХ НА ТЕХ ВЕТРАХ』 (이리나 카사트키나, 정인순 역) 러시아어판	나탈리스출판사	2011

『縮み志向の日本人』의 외국어판

6.	*『Smaller is Better』(Robert N. Huey 역) 영어판	Kodansha	1984
7.	*『Miniaturisation et Productivité Japonaise』 불어판	Masson	1984
8.	*『日本人的縮小意识』중국어판	山侏人民出版社	2003
9.	*『환각의 다리』『Blessures D'Avril』불어판	ACTES SUD	1994
10.	*『장군의 수염』『The General's Beard』(Brother Anthony of Taizé 역) 영어판	Homa & Sekey Books	2002
11.	*『디지로그』『デヅログ』(宮本尙寬 역) 일본어판	サンマーク出版	2007
12.	*『우리문화 박물지』『KOREA STYLE』영어판	디자인하우스	2009

공저

1.	『종합국문연구』	선진문화사	1955
2.	『고전의 바다』(정병욱과 공저)	현암사	1977
3.	『멋과 미』	삼성출판사	1992
4.	『김치 천년의 맛』	디자인하우스	1996
5.	『나를 매혹시킨 한 편의 시1』	문학사상사	1999
6.	『당신의 아이는 행복한가요』	디자인하우스	2001
7.	『휴일의 에세이』	문학사상사	2003
8.	『논술만점 GUIDE』	월간조선사	2005
9.	『글로벌 시대의 한국과 한국인』	아카넷	2007

전집

지성의 숲을 걷기 위한 길 안내

34종 24권 5개 컬렉션으로 분류, 10년 만에 완간

이어령이라는 지성의 숲은 넓고 깊어서 그 시작과 끝을 가늠하기 어렵다. 자칫 길을 잃을 수도 있어서 길 안내가 필요한 이유다. '이어령 전집'의 기획과 구성의 과정, 그리고 작품들의 의미 등을 독자들께 간략하게나마 소개하고자 한다. (편집자 주)

북이십일이 이어령 선생님과 전집을 출간하기로 하고 정식으로 계약을 맺은 것은 2014년 3월 17일이었다. 2023년 2월에 '이어령 전집'이 34종 24권으로 완간된 것은 10년 만의 성과였다. 자료조사를 거쳐 1차로 선정한 작품은 50권이었다. 2000년 이전에 출간한 단행본들을 전집으로 묶으며 가려 뽑은 작품들을 5개의 컬렉션으로 분류했고, 내용의 성격이 비슷한 경우에는 한데 묶어서 합본 호를 만든다는 원칙을 세웠다. 이어령 선생님께서 독자들의 부담을 고려하여 직접 최종적으로 압축한 리스트는 34권이었다.

평론집 『저항의 문학』이 베스트셀러 컬렉션(16종 10권)의 출발이다. 이어령 선생님의 첫 책이자 혁명적 언어 혁신과 문학관을 담은 책으로

1950년대 한국 문단에 일대 파란을 일으킨 명저였다. 두 번째 책은 국내 최초로 한국 문화론의 기치를 들었다고 평가받은『말로 찾는 열두 달』과『오늘을 사는 세대』를 뼈대로 편집한 세대론『거부하는 몸짓으로 이 젊음을』으로, 이 두 권을 합본 호로 묶었다. 베스트셀러 컬렉션의 세 번째 책은 박정희 독재를 비판하는 우화를 담은 액자소설「장군의 수염」, 보카치오의『데카메론』형식을 빌려온「전쟁 데카메론」, 스탕달의 단편「바니나 바니니」를 해석하여 다시 쓴 한국 최초의 포스트모던 소설「환각의 다리」등 중·단편소설들을 한데 묶었다. 한국 출판 최초의 대형 베스트셀러 에세이『흙 속에 저 바람 속에』와 긍정과 희망의 한국인상에 대해서 설파한『오늘보다 긴 이야기』는 합본하여 네 번째로 묶었으며, 일본 문화비평사에 큰 획을 그은 기념비적 작품으로 일본문화론 100년의 10대 고전으로 선정된『축소지향의 일본인』은 베스트셀러 컬렉션의 다섯 번째 책이다.

여섯 번째는 한국어로 쓰인 가장 아름다운 자전 에세이에 속하는『하나의 나뭇잎이 흔들릴 때』와 1970년대에 신문 연재 에세이로 쓴 글들을 모아 엮은 문화·문명 비평 에세이『현대인이 잃어버린 것들』을 함께 묶었다. 일곱 번째는 문학 저널리즘의 월평 및 신문·잡지에 실렸던 평문들로 구성된『지성의 오솔길』인데 1956년 5월 6일《한국일보》에 실려 문단에 충격을 준「우상의 파괴」가 수록되어 있다.

한국어 뜻풀이와 단군신화를 분석한『뜻으로 읽는 한국어사전』과『신화 속의 한국정신』은 베스트셀러 컬렉션의 여덟 번째로, 20대의 젊은이에게 들려주고 싶은 말을 엮은 책 『젊은이여 한국을 이야기하자』는 아홉 번째로, 외국 풍물에 대한 비판적 안목이 돋보이는 이어령 선생님의 첫 번째 기행문집 『바람이 불어오는 곳』은 열 번째 베스트셀러 컬렉션으로 묶었다.

이어령 선생님은 뛰어난 비평가이자, 소설가이자, 시인이자, 희곡작가였다. 그는 남들이 가지 않은 길을 가고자 했다. 그 결과물인 크리에이티브 컬렉션(2권)은 이어령 선생님의 장편소설과 희곡집으로 구성되어 있다. 『둥지 속의 날개』는 1983년 《한국경제신문》에 연재했던 문명비평적인 장편소설로 10만 부 이상 팔린 베스트셀러이고, 원래 상하권으로 나뉘어 나왔던 것을 한 권으로 합본했다. 『기적을 파는 백화점』은 한국 현대문학의 고전이 된 희곡들로 채워졌다. 수록작 중 「세 번은 짧게 세 번은 길게」는 1981년에 김호선 감독이 영화로 만들어 제18회 백상예술대상 감독상, 제2회 영화평론가협회 작품상을 수상했고, TV 단막극으로도 만들어졌다.

아카데믹 컬렉션(5종 4권)에는 이어령 선생님의 비평문을 한데 모았다. 1950년대에 데뷔해 1970년대까지 문단의 논객으로 활동한 이어령 선생님이 당대의 문학가들과 벌인 문학 논쟁을 담은 『장미밭의 전쟁』은 지금도 여전히 관심을 끈다. 호메로스에서 헤밍웨이까지 이어령 선생님과 함께 고전 읽기 여행을 떠나는 『진리는 나그네』와 한국의 시가문학을 통해서 본 한국문화론 『노래여 천년의 노래여』는 합본 호로 묶었다. 한국인이 사랑하는 김소월, 윤동주, 한용운, 서정주 등의 시를 기호론적 접근법으로 다시 읽는 『시 다시 읽기』는 이어령 선생님의 학문적 통찰이 빛나는 책이다. 아울러 박사학위 논문이기도 했던 『공간의 기호학』은 한국 문학이론사에서 빼놓을 수 없는 명저다.

사회문화론 컬렉션(5종 4권)은 이어령 선생님의 우리 사회와 문화에 대한 관심을 담았다. 칼럼니스트 이어령 선생님의 진면목이 드러난 책 『차 한 잔의 사상』은 20대에 《서울신문》의 '삼각주'로 출발하여 《경향신문》의 '여적', 《중앙일보》의 '분수대', 《조선일보》의 '만물상' 등을 통해 발표한 명칼럼들이 수록되어 있다. 『어머니와 아이가 만드는 세상』은 「천년을 달리는 아이」, 「천년을 만드는 엄마」를 한데 묶은 책으로, 새천년의 새 시대를 살아갈 아이와 엄마에게 띄우는 지침서다. 아울러 이어령 선생님의 산문시들을 엮어 만든 『시와 함께 살다』를 이와 함께 합본 호로 묶었다. 『저 물레에서 운명의 실이』는 1970년대에 신문에 연재한 여성론을 펴낸 책으로 『사씨남정기』, 『춘향전』, 『이춘풍전』을 통해 전통사상에 입각한 한국 여인, 한국인 전체에 대한 본성을 분석했다. 『일본문화와 상인정신』은 일본의 상인정신을 통해 본 일본문화 비평론이다.

한국문화론 컬렉션(5종 4권)은 한국문화에 대한 본격 비평을 모았다. 『기업과 문화의 충격』은 기업문화의 혁신을 강조한 기업문화 개론서다. 『푸는 문화 신바람의 문화』는 '신바람', '풀이'라는 키워드를 통해 고급의 예화와 일화, 우리말의 어휘와 생활 문화 등 다양한 범위 속에서 우리 문화를 분석했고, '붉은 악마', '문명전쟁', '정치문화', '한류문화' 등의 4가지 코드로 문화를 진단한 『문화 코드』와 합본 호로 묶었다. 한국과 일본 지식인들의 대담 모음집 『세계 지성과의 대화』와 이화여대 교수직을 내려놓으면서 각계각층 인사들과 나눈 대담집 『나, 너 그리고 나눔』이 이 컬렉션의 대미를 장식한다.

2022년 2월 26일, 편집과 고증의 과정을 거치는 중에 이어령 선생님이 돌아가신 것은 출간 작업의 커다란 난관이었다. 최신판 '저자의 말'을 수록할 수 없게 된 데다가 적잖은 원고 내용의 저자 확인이 필요한 부분이 있었으니 난관이 아닐 수 없었다. 다행히 유족 측에서는 이어령 선생님의 부인이신 영인문학관 강인숙 관장님이 마지막 교정과 확인을 맡아주셨다. 밤샘도 마다하지 않으면서 꼼꼼하게 오류를 점검해주신 강인숙 관장님에게 이 지면을 빌려 감사의 말씀을 드린다.

KI신서 10653
이어령 전집 16

공간의 기호학

1판 1쇄 인쇄 2023년 2월 17일
1판 1쇄 발행 2023년 2월 26일

지은이 이어령
펴낸이 김영곤
펴낸곳 (주)북이십일 21세기북스

TF팀 이사 신승철
TF팀 이종배
출판마케팅영업본부장 민안기
마케팅1팀 배상현 한경화 김신우 강효원
출판영업팀 최명열 김다운
제작팀 이영민 권경민
진행·디자인 다함미디어 | 함성주 유예지 권성희
감수 김옥순
교정교열 구경미 김도언 김문숙 박은경 송복란 이진규 이충미 임수현 정미용 최아림

출판등록 2000년 5월 6일 제406-2003-061호
주소 (10881) 경기도 파주시 회동길 201(문발동)
대표전화 031-955-2100 **팩스** 031-955-2151 **이메일** book21@book21.co.kr

© 이어령, 2023

ISBN 978-89-509-3877-2 04810

(주)북이십일 경계를 허무는 콘텐츠 리더

21세기북스 채널에서 도서 정보와 다양한 영상자료, 이벤트를 만나세요!
페이스북 facebook.com/jiinpill21 포스트 post.naver.com/21c_editors
인스타그램 instagram.com/jiinpill21 홈페이지 www.book21.com
유튜브 youtube.com/book21pub